Noemi Jordan
Tal der Tausend Nebel

PIPER

Zu diesem Buch

Hawaii, 1893: Elisa landet mit ihrer Mutter auf der Insel Kauai. Um nach dem Tod des Vaters die Zuckerrohrplantage der Familie zu retten, soll Elisa einen vermögenden Kolonialherren heiraten. Doch bei ihrer Ankunft kommt sie beinahe durch einen Haiangriff ums Leben. Der junge Hawaiianer Kelii rettet sie, allerdings wird wegen ihrer Narben die Hochzeit abgesagt. Voller Verzweiflung will sich Elisa schon das Leben nehmen, da gibt ihr Kelii neuen Mut und weiht sie in die Heilkunst der Kahuna ein. Elisa ist von der Welt der Hawaiianer fasziniert und lernt die geheimnisvolle Pflanze »Tal der Tausend Nebel« kennen, die auch die Wunden ihres Herzens zu heilen vermag. Aber als sie Kelii einen Treueschwur leistet, rächt sich ihr ehemaliger Verlobter auf grausame Weise. Tief gedemütigt flieht Elisa mit Kelii übers Meer – doch dann merkt sie, dass sie von ihrem Vergewaltiger schwanger ist …

Noemi Jordan ist das Pseudonym einer deutschen Autorin, die vor zwei Jahrzehnten in einen hawaiischen Clan eingeheiratet hat. Durch ihre Zwillinge fühlt sie sich für immer mit Hawaii verbunden, und über die Jahre entstand durch die Besuche der Inseln eine tiefe Liebe zu der exotischen Landschaft und ihren Bewohnern. Besonders fasziniert sie die legendäre Heilkunst der dortigen Kahuna, einer Art Schamanen, die bisweilen die Gabe haben, jenseits von Zeit und Raum zu wandeln. Die Autorin lebt mit ihrem Mann und ihren beiden Kindern im Süden Deutschlands.

Noemi Jordan

Tal der Tausend Nebel

Roman

Piper München Zürich

Mehr über unsere Autoren und Bücher:
www.piper.de

MIX
Papier aus verantwortungsvollen Quellen
FSC® C083411

Originalausgabe
März 2012

Umschlagkonzept: semper smile, München
Umschlaggestaltung: Cornelia Niere, München
Umschlagfoto: Cornelia Niere (Blumen und Insel),
Cavalli/Corbis (Mann im Boot)
Satz: Kösel, Krugzell
Gesetzt aus der Sabon
Papier: Pamo Super von Arctic Paper Mochenwangen GmbH, Deutschland
Druck und Bindung: CPI – Clausen & Bosse, Leck
Printed in Germany ISBN 978-3-492-27383-1

Mahalo – für meine Söhne

Prolog

Côte d'Azur, Septembervollmond 2010

In der Stille, verborgen unter der Meeresoberfläche, berührte Maja zum ersten Mal Keanus Haut. Sie fühlte sich anders an als ihre eigene. Maja war nur zu einem Teil Polynesierin. Der Rest von ihr war deutsch. In Keanus Augen war sie eine Haole, wie die Hawaiianer die Weißen nannten. Aber ihre mandelförmigen Augen und ihr dunkles schweres Haar erinnerten an ihre Ahnen aus der Südsee.

Mahalo und Aloha waren die einzigen Worte, die Maja in der Inselsprache beherrschte. Mahalo hieß danke. Aloha war eine ganze Philosophie. Einfacher Gruß, aber ebenso tiefes Wissen um die Ausgewogenheit aller Lebensenergien im Geben und Nehmen.

Jetzt fror Maja erbärmlich im nächtlich kalten Wasser der Côte d'Azur. Keanu schien die Kälte nichts auszumachen. Er schmiegte sich unter Wasser an sie. Seine goldbraune Haut glühte vor Leidenschaft. Seine Hand ermutigte die ihre. Forschend ertastete sie im Wasser seine muskulösen Schultern, das Grübchen unter seinem Schlüsselbein. Sie konnte fühlen, wie ihre Berührungen ihn erregten. Aber Sex war es nicht, was sie von ihm wollte, noch nicht. Bibbernd vor Kälte legte sie ihre Hand auf den Haifischzahn, den er an einem Lederband um den Hals trug.

»Erzähl mir von der Haifischfrau.«

Seine Augen strahlten wie eine fremde Sonne, als er ihr von dem Riff erzählte, an dem seine Vorfahren lebten. Ein riesiger Hai war das Oberhaupt seiner Sippe. Den Haifischzahn gaben die Männer seiner Familie seit Generationen weiter. Kraft und Mut verlieh er dem Mann, der einst Anführer werden sollte. Mit einem Lächeln löste Keanu den Knoten um seinen Hals und legte Maja den Haifischzahn um. Er fühlte sich warm auf ihrer Haut an. Sie fror weniger und drehte sich auf den Rücken. Keanu folgte ihrem Beispiel. Mit klopfenden Herzen trieben sie nebeneinander im nächtlichen Meer. Sie wand ihr Gesicht dem Mondlicht zu, während er ihr von dem Riff in seiner Heimat erzählte, an dem die Mütter seit Jahrhunderten ihre Neugeborenen von den Haien segnen ließen. Das Plätschern der Wellen wurde zur Melodie, während Maja verzaubert seinen Worten über die hawaiische Insel Kauai lauschte.

Die Küste mit Nizzas glitzernden Lichtern lag wie eine Kette Edelsteine in angenehm entfernter Distanz. Maja fühlte sich in den sanften Wellen frei und glücklich. Seit sie hier in Nizza das Lehrerseminar besuchte, im dem sie Keanu kennengelernt hatte, war München wunderbar weit weg, ebenso wie ihr Freund Stefan. Sie wollten eigentlich in wenigen Monaten heiraten, aber ihre Beziehung war im letzten Jahr viel Stress und Kampf gewesen. Wenn sie ehrlich war, hatte Maja in diesem Moment unter dem Sternenhimmel nur einen einzigen Wunsch. Sie wollte mit dem Schönen aus Kauai verschmelzen.

Als würde Keanu ihre hungrigen Gedanken ahnen, griff er im Meer nach ihrer Hand. Fordernd begann er, an ihren salzigen Fingern zu saugen, bis sie seine Lust in jeder Pore ihrer Haut spüren konnte.

»Komm mit mir zu den Ahnen!«, flüsterte er heiser. Dann zog er Maja mit sich in die Tiefe der lichtlosen Fluten.

1. Kapitel

Hanalei Bay, Wintersonnenwende 1893

Elisa Vogels Schicksal war anfangs ein kleiner brauner Punkt auf tanzenden Wellen. Die beiden Kanus mit den vier Eingeborenen näherten sich dem stolzen Dreimaster, auf dem die große junge Frau aus Hamburg stand. Die Haut der Männer glänzte goldbraun in der untergehenden Sonne. Mit zusammengekniffenen Augen beobachtete Elisa die fremden Ruderer, die in Kürze herangekommen sein würden, um vom Schiff die Waren aus Deutschland zu holen, die für die Zuckerrohrplantage ihres Onkels auf Kauai bestimmt waren. Am nächsten Morgen würden die Männer dann ihre Mutter und sie selber ans Festland bringen.

»Ob die Männer am ganzen Körper nackt sind? Vater hatte in seinen Zeichnungen der Eingeborenen immer ein Lendentuch angedeutet, aber ich kann keinen Stoff sehen.«

»Aber Elisa, so etwas fragt eine junge Dame nicht!« Ihre Mutter warf ihr einen tadelnden Blick zu. Gleichgültig zuckte Elisa mit den Schultern. Zumindest aus der Ferne sah es so aus, als wären die Männer nackt. Auf den Südseeinseln, auf denen sie bisher Station gemacht hatten, trugen manche der Eingeborenen so gut wie gar nichts am Leib. Ihre Mutter tat aber selbst nach einem Jahr auf See immer noch, als müssten sie nach Hamburger Anstandsregeln leben. Dabei hatte ihr Vater erzählt, dass auch die europäischen Einwanderer auf den hawaiischen Inseln weitgehend nach eigenen Gesetzen lebten, sodass die Kleiderordnung den Frauen zumindest keine Korsetts aufzwang.

Der stolze Dreimaster Bremen III hatte Elisa und ihre Mutter auf vielerlei Umwegen vom Hamburger Hafen bis nach Kauai gebracht. Sie waren auf der Überfahrt an so vielen Häfen von Bord gegangen, dass Elisa das Gefühl hatte, den halben Globus zu kennen. Aber hier, an ihrem Zielort Kauai, würden sie den Hafen nicht anlaufen können. Es herrschte Ausnahmezustand. Ihr Schiff würde aus Sicherheitsgründen über Nacht an der Westküste der Insel in einer geschützten Bucht ankern müssen.

Seit gut einem halben Jahr befanden sich die hawaiischen Inseln in Aufruhr. Die von ihrem Volk über alles geliebte Königin Lili'uokalani sollte abgesetzt werden, um Platz für eine neue Regierung zu schaffen, die den weißen Plantagenbesitzern mehr Mitspracherecht ermöglichte. Als Lili'uokalani sich widersetzt hatte, war ihr von den Amerikanern Hausarrest auferlegt worden. Amerikanische und europäische Söldner hatten ihren Palast umstellt. Man wollte die Königin durch verschiedene Repressalien dazu bringen, freiwillig abzudanken, aber dieser Plan war fehlgeschlagen. Derzeit lebte die Herrscherin Hawaiis jedoch als Gefangene in ihrem Palast, und das gefiel ihren Untertanen nicht. Überall auf den Inseln hatten die Königstreuen zu den Waffen gegriffen. Hanalei Bay war auf Kauai eine der wenigen sicheren Buchten für Handelsschiffe. Aber selbst hier war es angeblich bereits zu Übergriffen gegen weiße Einwanderer gekommen.

Elisa interessierte sich mit ihren neunzehn Jahren bereits brennend für Politik. Ihr Vater und seine Freunde in Hamburg hatten ihr viel beigebracht. Da sie ein Einzelkind war, hatte der Vater Elisa immer mehr wie einen Jungen als ein Mädchen behandelt. Alle ihre Fragen über die Geschichte Europas hatte er geduldig beantwortet. Er wusste, dass Elisas Mädchenlyzeum in Hamburg den jungen Frauen in diesen Fächern nur unzureichend Wissen vermittelte, und füllte all ihre Wissenslücken mit Vergnügen.

Elisa war eine gelehrige Schülerin, sodass ihr Vater ihr zusätzlich einen Privatlehrer zur Seite stellte, wenn er auf seinen ausgiebigen beruflichen Reisen unterwegs war. Deswegen hatte Elisa, vor allem was die Kolonien betraf, umfangreiche Kenntnisse und durchaus bisweilen eine kritische eigene Meinung. Unter gleichaltrigen jungen Männern war sie deshalb als Blaustrumpf verschrien, aber das machte Elisa nur wenig aus. Ihr Traum war es, eines Tages die Firma ihres Vaters übernehmen zu können. Deshalb versuchte sie, die Zusammenhänge von Geschichte und Politik zu verstehen, um bei Tisch mitreden zu können, wenn die Geschäftsfreunde ihres Vaters kamen.

Elisa wusste, dass es den Amerikanern und den Europäern auf den hawaiischen Inseln vor allem um die ertragreichen Ernten und die billigen Arbeitskräfte ging. Durch Kaffeeernten waren viele Europäer reich geworden, und seit Kurzem war Zuckerrohr die neueste Mode. Wie Pilze schossen die Plantagen aus dem fruchtbaren Inselboden. Eine Art Goldgräberstimmung lockte mehr und mehr Einwanderer aus Europa und Amerika auf die paradiesischen Inseln in der Südsee.

Doch schnell waren die Reichtümer zum Zankapfel zwischen den Ländern geworden. Die Europäer stritten sich um die ertragreichsten Ländereien, und Deutschland schlug sich wacker auf diesem Spielfeld. Elisas Familie gehörte mittlerweile selbst eine der ertragreichsten Zuckerrohrplantagen auf Kauai. An die zweihundert Hawaiianer arbeiteten für ihren Onkel auf den Feldern, für einen Lohn, der nach europäischem Standard schlicht lächerlich war. Aber angeblich brauchten die Eingeborenen nicht viel zum Leben. So zumindest hatte der Vater es Elisa erklärt, als er noch am Leben war.

Jahrelang war auf Kauai alles gut gegangen, die kleine grüne Insel, wie sie genannt wurde, war im Gegensatz zu Hawaii, Oahu und Maui kein Zentrum des politischen Geschehens. Keiner der Arbeiter hatte je offen rebelliert – bis die Amerikaner ihre Königin eingesperrt hatten. Seitdem herrschte kein Frieden mehr zwischen den europäischen Zuwanderern und der Urbevölkerung. Noch war es nur zu gewalttätigen Vorfällen auf Hawaii und Oahu gekommen, aber die Zahl der Toten war mehr als beunruhigend. Zunehmend machten sich kritische Stimmen auf den anderen Inseln breit. Man sprach von Ausbeutung durch die Haole, wie die ankommenden Einwanderer aus Europa verächtlich genannt wurden. Die Weißen sollten das Land zurückgeben und die Inseln verlassen, so lautete die Forderung der Königstreuen. Aufruhr und Widerstand lagen in der Luft.

Das alles wusste Elisa. Mehr als einmal hatte sie versucht, sich während der Überfahrt in die Gespräche zwischen dem Kapitän und seinen Leuten einzumischen, wurde aber aufgrund ihrer Jugend nicht ernst genommen. Oder hatte man sie ignoriert, weil sie nur eine Frau war? Dabei hatte Elisa einen politischen Weitblick, der ihrer Mutter gänzlich fehlte. Nur wollte niemand bei Tisch ihre Meinung hören, sodass sie es schließlich vorzog, alleine in ihrer Kabine zu essen, um dabei lesen zu können.

Elisa sollte mit ihren politischen Befürchtungen recht behalten. In den kommenden Jahren würde ein Großteil der Hawaiianer zu den Waffen greifen, um ihre Königin und vor allem ihre hawaiische Kultur gegen die Übergriffe der Weißen zu verteidigen. Aber wovon Elisa bei ihrer Ankunft auf Kauai noch nichts ahnte, war ihre eigene Rolle in den politischen Wirren der Zeit.

Alles, was Elisa fühlte, als sie zum ersten Mal die atemberaubende Schönheit der Insel in sich aufnahm, war eine ungewisse Sehnsucht, die tief in ihrem Inneren aufstieg. Schon als ihr Vater ihr in Hamburg seine Zeichnungen und Aquarelle von den Ureinwohnern Kauais zeigte, klopfte Elisas Herz laut und fordernd. Wie schön diese Menschen waren, hatte sie gedacht, als sie selber noch ein kleines Mädchen war, das mit Puppen spielte. Und sie hatte eine dieser Puppen braun angemalt und ihr einen hawaiischen Namen gegeben.

Die wohlgestalteten Männer, die in ihren Kanus mit gleichförmigen Bewegungen paddelten, gehörten sicher zu ihren Arbeitern, dachte Elisa. Neugierig musterte sie die näher kommenden Körper. Im Vergleich zu ihrer eigenen Blässe schien die Haut der Männer im Abendlicht wie dunkles Gold zu glänzen, wie die Haut vieler anderer Inselbewohner, die Elisa auf der Überfahrt gesehen hatte.

Ihre Mutter versuchte ein tapferes Lächeln, um zu überspielen, wie viel Angst es ihr machte, von nun an auf einer Insel zu leben, die sich noch dazu in einem Ausnahmezustand befand.

»Ist die Landschaft nicht unglaublich schön hier, mein Kind? Dein Vater hat uns nicht zu viel versprochen. Der Anblick ist zauberhaft.«

Elisa nickte. Gehorsam spielte sie das Spiel mit, vor allem um ihre Mutter zu beruhigen.

»Ja, das stimmt. Hanalei Bay sieht genau so aus, wie Vater es auf dem Aquarell gemalt hat, das in eurem Schlafzimmer hing. Er hat kein bisschen übertrieben. Sieh mal die Felsen dort!«

Elisas Augen leuchteten. Im Licht der untergehenden Sonne bot sich ein unvergleichliches Naturschauspiel. Die Mutter nickte.

»Die Felsen im Tal der Tausend Nebel solltest du skizzieren. Versuche es doch gleich einmal mit unserem Schiff im Vordergrund. Deinem Onkel würde ein Bild unserer Ankunft sicherlich Freude machen. Bis morgen früh hättest du Zeit für erste Impressionen. Die nächsten Wochen könntest du es als Aquarell ausgestalten, wenn du wieder eine Staffelei hast. Die Farben in deinem Kasten müssten noch für ein Bild reichen.«

Elisa war sofort einverstanden. Das Tal der Tausend Nebel, benannt nach einer Pflanze mit berauschender Wirkung, die dort wuchs, war als Motiv genauso spannend, wie ihr Vater es ihr beschrieben hatte. Es schien geradezu etwas Magisches von den bewaldeten Schluchten auszugehen. In dem beginnenden Abendlicht wechselten die Grünschattierungen mit den schnell dahinziehenden Wolken, die sich vor die Sonne schoben. Nebel stieg aus den tiefsten Tälern steil gen Himmel und bildete über dem großen Felsen einen Kreis, der wie ein

Heiligenschein unbeweglich in der Luft stand. Unwirklich und gleichzeitig atemberaubend schön war dieses Tal, das von nun an ihr Zuhause werden würde. Elisa zog bereits das Skizzenbuch aus der Tasche ihres Baumwollkleides. Da sie gerne zeichnete, hatte ihre Mutter in jedes von Elisas Kleidern eine extratiefe Tasche für Papier und Stifte genäht.

In sorgfältigen Strichen brachte Elisa die ersten Eindrücke ihrer neuen Heimat zu Papier. Das türkise Meerwasser vor dem weißen Sand in der Bucht. Das strahlende Grün der satten Vegetation. Hier strotzte das Land von Fruchtbarkeit. Vom Schiff aus sah Elisa wilden Dschungel, aber auch kultivierte Flächen. Im Osten der gezackten Hügelkette standen Bäume in regelmäßigen Reihen. Dort musste bereits die erste Pflanzung ihres Onkels liegen. Ihr Vater und ihr Onkel hatten vor zehn Jahren für sehr wenig Geld den Eingeborenen ein großes Stück fruchtbares Land abgekauft. Zusätzlich zum Zuckerrohr wollte Elisas Vater dort ursprünglich noch eine Obstplantage für den Handel mit Äpfeln aufziehen. Äpfel seien schonender anzubauen als Zuckerrohr, hatte er gesagt, weil die Arbeiter dabei nicht so geschunden werden müssten.

Elisa konnte nicht anders, sie musste erneut zu den schönen braunen Männerkörpern hinsehen, die auf das Schiff zupaddelten. Waren das die geschundenen Arbeiter, von denen ihr Vater gesprochen hatte?

»Vergiss den großen Felsen dort nicht. Vater hatte davon erzählt. Erinnerst du dich? Dort halten die Eingeborenen ihre Feste ab.«

Elisa nickte. »Das Tal der Tausend Nebel, so heißt das Gebiet unterhalb des Felsens. Keine Weißen sind dort erlaubt, weil dort geheime Rituale stattfinden ...«

Sie war jetzt konzentriert mit ihrer Skizze beschäftigt. Ihre geübte Hand glitt flink mit dem Grafit über das raue Büttenpapier. Die ungewöhnliche Felsformation hatte es ihr angetan. Eine tiefe Spalte in der Mitte war dicht mit Vegetation überzogen. Sie wirkte von Ferne einladend, fast wie ein weiches, smaragdgrünes Kissen.

Elisa erinnerte sich an die Worte ihres Vaters, als er ihnen nach seiner letzten Reise von diesem Ort erzählt hatte. An dem großen Felsen fanden die Hochzeiten der Arbeiter statt. Es waren heidnische Vermählungsrituale. Unter freiem Himmel, begleitet von Trommeln und Tänzen, paarten sich nackte Eingeborene bei Vollmond. Wie die Tiere seien sie, gänzlich ohne Moral und Anstand, so waren seine Worte, begleitet von einem Augenzwinkern, da seine Frau ihn schnell zum Schweigen brachte. Das waren keine Themen für ein unschuldiges kleines Mädchen.

Die beiden Kanus waren jetzt so nah, dass Elisa viele Details ausmachen konnte. Vor allem einer der jungen Männer war atemberaubend schön gewachsen. Sein Oberkörper erinnerte Elisa an die antiken griechischen Statuen im Museum. Im Rahmen des Kunstunterrichts hatte sie in Hamburg Aktzeichnen geübt. Der junge Hawaiianer musste groß sein. Seine Muskeln spannten sich beim Paddeln, seine Schultern waren gerade, wie mit dem Lineal gezogen. Den Kopf hielt er auf seinem langen Nacken stolz erhoben. Auf seinem Gesicht lag ein Ausdruck von fast heiligem Ernst. Kein junger Arbeiter in Hamburg hatte eine derartig würdevolle Ausstrahlung. Königlich würde Elisa seine Erscheinung nennen, wenn das angebracht wäre. Aber gab es denn Adlige auf Hawaii?

Sie wusste von ihrem Vater, dass die Deutschen das Königshaus der Hawaiianer nicht anerkannten. Lili'uokalani, die jetzige Königin Hawaiis, war selber zur Hälfte Europäerin. Zudem musste sie sehr gebildet sein und hatte auf dem amerikanischen Festland studiert, was äußerst ungewöhnlich für eine hawaiische Frau war. Dennoch hatten die Plantagenbesitzer beschlossen, sie zu ignorieren. Was diese Königin verlangte, nämlich Schulbildung für ihr ganzes Volk, vor allem aber eine gleichberechtigte Behandlung der Frauen, schien einfach absurd. Die Hawaiianer sollten auf den Plantagen arbeiten, auch die Frauen und Kinder, um die stetig wachsende Nachfrage nach Kaffee und Zucker zu stillen. Bei zwölf Arbeitsstunden täglich war keine Zeit für Schulbildung übrig.

Den Anblick des schönen jungen Wilden musste Elisa auf alle Fälle in ihrem Büchlein festhalten. Fieberhaft skizzierte sie seine Schultern, die Neigung seines Kopfes, den langen Hals. Plötzlich sah die Mutter ihr über die Schulter.

»Nicht den Wilden, sondern die Landschaft!« Obwohl die Stimme der Mutter leise war, hörte Elisa den scharfen, tadelnden Unterton. Elisa seufzte. Auch wenn sie sich täglich bemühte, gerieten sie in letzter Zeit immer häufiger aneinander. Nach Monaten an Bord war es dringend an der Zeit, dass Elisa wieder mehr ihre eigenen Wege gehen konnte. Mit neunzehn Jahren war sie nicht mehr das kleine Mädchen, das sich einfach unterordnen konnte.

Ihre Mutter sah sie kritisch an. »Du verbrennst in der Sonne. Hatte ich dir nicht gesagt, du solltest deine Haut immer bedecken, wenn du an Deck gehst. Wo ist deine Haube?«

Elisa hatte sie zusammen mit ihrem Umhang beiseitegelegt, weil es ein lauer Abend war und sie ohnehin keine Vorliebe für Hauben hatte. Sie störten beim Zeichnen. Aber das ließ ihre Mutter nicht gelten. Energisch versuchte sie, ihr die Haube jetzt aufzusetzen, doch Elisa tauchte mit einem Lachen unter ihr weg.

»Lass das, Mutter! Jetzt kann die Sonne meiner Haut nichts mehr tun, und außerdem stört sie mich.«

Aber ihre Mutter schüttelte den Kopf und stemmte ihre Hände in die Hüften, um ihren Worten Nachdruck zu verleihen.

»Du ruinierst dir nicht nur deine zarte Haut, sondern auch deinen guten Ruf. Wenn dein Onkel Wort gehalten hat, wirst du im kommenden Jahr heiraten. Und auch wenn europäische Frauen auf Kauai Mangelware sind, wird dein Zukünftiger bestimmt Wert auf einen untadeligen Ruf legen. Eine wohlerzogene junge Dame mit Anstand kann sich weder braune Haut noch Sommersprossen leisten!«

Elisa zuckte zusammen. Die Liebe hatte bis jetzt in ihrem Leben noch keine Rolle gespielt. Aber das Thema Männer war in letzter Zeit öfter auf den Tisch gekommen. Sie wusste, dass ihr Onkel auf den Inseln bereits nach einem passenden Ehemann für sie Ausschau hielt. Deutscher sollte er sein, wenn möglich ebenfalls kultiviert und aus einer großen deutschen Stadt stammend. Aber vor allem spielte Wohlstand eine entscheidende Rolle, wenn unter den europäischen Plantagenbesitzern geheiratet wurde. Elisa war die einzige Erbin des Plantagenanteils ihres Vaters und somit keine schlechte Partie, wenn es auch weit bessere Zeiten gegeben hatte.

Um nicht weiter auf ihre Mutter eingehen zu müssen, beugte Elisa sich wortlos tiefer über ihre Zeichnung. Sie verspürte nicht den geringsten Wunsch, in nächster Zeit zu heiraten. Auch konnte sie sich gar nicht vorstellen, ein Leben als Ehefrau und Mutter zu führen. Immer hatte sie ihren Vater bewundert, weil er frei und unabhängig in der Welt unterwegs sein durfte, wohingegen sie die häusliche Rolle ihrer Mutter eher als bemitleidenswert empfand. Aber Clementias Wortschwall war noch keineswegs zu Ende. Gerade weil Elisa sie ignorierte, geriet ihre Mutter in Fahrt.

»Deine Haare sind zu wild, um sie nur mit einem Band im Nacken zusammenzuhalten. Wie oft habe ich dir das schon gesagt, junge Dame? Ab jetzt nur noch mit Zopf oder Steckfrisur in der Öffentlichkeit. Du bist seit ein paar Tagen neunzehn Jahre alt, und als ungezähmte Wilde findest du auch in der Südsee keinen passenden Mann. Willst du deinem Vater das antun? Er würde sich im Grabe herumdrehen, wenn er dich so sehen könnte!«

Energisch hatte ihre Mutter begonnen, die Haube aus weißer Baumwolle trotz des Windes auf Elisas wilder Mähne festzuzurren. In Elisa kam mit einem Mal all das hoch, was sie in der Enge des Schiffes mühsam unterdrückt hatte. Wütend funkelte sie ihre Mutter an.

»Was weißt du schon, was Vater für mich gewollt hätte! Immer hat er mir beigebracht, dass ich alles erreichen kann, was ich will, wenn ich nur meinen Verstand benutze. Und was willst du aus mir machen? Nur ein … ein erbärmliches, dummes Hausmütterchen!«

Elisa richtete sich zu ihrer vollen Größe auf, sodass sie ihre Mutter überragte. Sie war so wütend, dass sie Clementia am liebsten an der Reling hätte stehen lassen. Aber etwas in ihr brachte das nicht fertig. Sie wusste, wie fragil ihre Mutter im Grunde genommen war, auch wenn sie es oft nicht zeigen konnte. Deshalb zügelte Elisa ihren harschen Ton.

»Tut mir leid, Mutter, aber es ist unser letzter Tag auf dem Schiff! Ich will jetzt keine Haube tragen. Und vielleicht will ich auch in Zukunft meine Haare tragen, so wie ich es möchte. Wenn Onkel und du denken, dass ich alt genug für die Ehe bin, dann darf ich wohl auch über meine Frisur selber entscheiden!«

Die Stirn der Mutter hatte sich in ungehaltene Falten gelegt.

»Aber noch bist du nicht mit einem Mann verheiratet, der deine moderne Vorstellung vom Leben einer Ehefrau und Mutter teilt. Zudem soll die Frau deines Onkels viel Wert auf Anstand legen, also lass jetzt das Zappeln. Bitte, Kind, lass dich noch eine kleine Weile von mir beraten. Ich will doch nur dein Bestes … bitte!«

Zu gerne hätte Elisa in Ruhe die Skizze von dem jungen Wilden beendet, aber gegen den flehenden Blick der Mutter hatte sie sich noch nie gut wehren können. Zudem zerrte der auffrischende Abendwind jetzt an Elisas wilder Lockenpracht, die ihr bis an die Hüfte reichte. Nur von einem losen Band gehalten, wehten die Haare wie ein Schleier um ihr Gesicht.

»Siehst du Kind, bei dem Wind sind sie doch gleich wieder verfilzt. Du hältst jetzt bitte still!«

Mit flinken Händen flocht die Mutter der Tochter einen einfachen Zopf. Dann zog sie Elisa die Haube über den Kopf. Zuletzt machte sie ihr eine große Schleife unterm Kinn. Zufrieden betrachtete sie ihr Werk.

»Viel besser. So gehört es sich für eine junge Dame. Denk immer dran, du bist nicht irgendwer, sondern die Erbin deines Vaters. Wir müssen ihn hier würdevoll vertreten. Denk an deinen Onkel und deine Tante. Sie erwarten von dir, dass du deinem Vater Ehre machst.«

Elisa steckte ergeben ihr Skizzenbuch weg und blickte gen Abendhimmel. Ein Anflug von Traurigkeit überfiel sie. Wie immer, wenn sie an ihren Vater dachte, bildete sich ein Kloß in ihrem Hals. Sein Tod hatte eine große Wunde in ihr Herz gerissen. Aber sie wusste, dass diese Wunde irgendwann heilen würde, weil sie noch jung war. Das hatte der Pfarrer gesagt, als er Elisa nahegelegt hatte, gut auf ihre Mutter zu achten. Seit dem Tod ihres Mannes war Clementia Vogel stark abgemagert und hatte sich auch sonst verändert. Es wäre gut gewesen, wenn sie mit ihrer Tochter über ihren Schmerz hätte reden können, aber das war nicht Clementias Art. Der bittere Zug um ihre Mundwinkel zeugte jedoch von den heftigen Kämpfen in ihrem Inneren, denn die Trauer nagte an ihr.

Sehnsüchtig folgte Elisas Blick im Abendlicht einem Vogelschwarm, der vor dem Hintergrund der grünen Felsen seine weiten Kreise zog. Elisa konnte rötliches Gefieder erkennen. Als die Vögel über dem Schiffsmast kreisten, hörte sie ihr Lied zum ersten Mal. Sie sangen hoch und pfeifend, diese polynesischen Vögel. Es war etwas Klagendes in ihrem Ruf, und wieder musste sie an ihren Vater denken. In den letzten Tagen seiner Krankheit hatte er fast nur noch von dieser Insel gesprochen, und jede einzelne Vogelart hatte er Elisa beschrieben. Er war sehr gut im Nachahmen von Vogelstimmen gewesen. Elisa spürte plötzlich einen Kloß in ihrem Hals. Sie wünschte sich sehr, dass ihr Vater in diesem Moment bei ihnen hätte sein können.

»Hörst du ihr Lied, Mama? Die Vögel heißen uns auf Kauai willkommen. Ist es nicht schön?«

Clementia antwortete nicht. Ihr Blick war in die Ferne gerichtet, wie so oft in letzter Zeit. Elisa lächelte schmerzlich, während sie ihren Kopf in den Nacken legte, um die Exoten besser beobachten zu können. Der Schwarm bestand aus etwa zwanzig Vögeln, die aussahen wie kleine Papageien.

»Sie singen von einem glücklichen Leben, das auf der Insel auf uns wartet – auf uns beide, Mutter.«

Aber die Mutter schüttelte langsam ihren Kopf.

»Für mich gibt es kein echtes Glück ohne deinen Vater, aber vielleicht finde ich hier meinen Frieden.«

Leise waren ihre Worte, die der Abendwind gen Himmel trug. In ihnen hörte Elisa erneut den Wunsch ihrer Mutter nach Erlösung. Seit dem Tod des Vaters hatten sich nicht nur Trauerfurchen in das einst schöne Gesicht ihrer Mutter eingegraben, auch auf ihrem Herz lag ein dunkler Schatten.

Eine plötzliche Angst ließ Elisa im Licht der Abendsonne frösteln, während sie stumm aufs Wasser starrte. Ihre Mutter war der einzige Mensch auf der Welt, der ihr noch nahestand. Ihren Onkel Paul, bei dem sie von nun an leben würden, hatte Elisa nur ein einziges Mal gesehen. Seine Frau kannte sie lediglich aus Erzählungen. Elisa konnte den Gedanken, ihre Mutter auch noch zu verlieren, nicht ertragen. Energisch schüttelte sie ihre düsteren Gedanken ab.

»Wir fangen auf Kauai ein neues Leben an. Du wirst wieder lachen. Wir werden glücklich sein, das verspreche ich dir.«

Obwohl sie an Deck in Sichtweite der Matrosen waren, umfing Elisa die hagere zarte Frau jetzt behutsam. Ihre Mutter, fast einen Kopf kleiner als sie, fühlte sich in ihren Armen an wie ein zerbrechliches Vögelchen. Mit einem Anflug von spontaner Zärtlichkeit drückte Elisa ihr einen Kuss auf die Wange.

»Du wirst sehen, Mama, von nun an wird alles gut. Mit Onkel Pauls Hilfe werden wir uns ein eigenes Haus auf Vaters

Land bauen. Ich werde zeichnen und Bilder malen. Du wirst wieder Klavier spielen. Wenn wir wollen, werden wir beide auf dieser Insel ein wunderbares, neues Leben führen und das graue Hamburg nicht ein kleines bisschen vermissen. Es gibt bei Onkel Paul sogar schon ein Klavier für dich. Er hat es uns doch geschrieben, nicht wahr?«

Clementia schwieg. Elisa spürte das leichte Zittern im Körper ihrer Mutter, das in letzter Zeit immer stärker geworden war. Manchmal konnte Clementia nicht einmal mehr einen Faden in eine Nadel einfädeln. Elisa schmiegte ihr Gesicht an das ihrer angespannten Mutter und flüsterte ihr ins Ohr: »Hier wirst du auch wieder ganz gesund werden können, das fühle ich.«

Um ihre Worte zu bekräftigen, strich Elisa ihrer Mutter über die Wange und wischte eine Träne ab.

»Vater würde nicht wollen, dass du dich wegen ihm zu Tode grämst. Er will, dass wir beide hier auf Kauai glücklich werden, wenn er schon nicht mehr bei uns sein kann.«

Die Mutter nickte. Einen Moment lang wirkte sie fast weich und kindlich neben ihrer starken Tochter. Fest umschlungen sahen sie jetzt beide mit klopfenden Herzen hinüber zu den Ufern der geheimnisvollen Insel in der Abendsonne. Ab morgen würde Kauai ihre neue Heimat sein.

Die Schiffsglocke läutete. Die Bremen III ließ scheppernd ihren Anker zu Wasser. Ein wenig beunruhigt sah Elisa zu den beiden Kanus, die inzwischen fast beim Schiffsrumpf angekommen waren. Wie klein und wenig verlässlich sie in den Wellen wirkten. Die braunen Männer ließen ihre Paddel ruhen und warteten darauf, dass der Anker seinen Platz im Riff fand, während die Ankerkette sich spannte. Kleine Schaumkronen bildeten sich auf dem Meer, so weit Elisa sehen konnte. Die Wellen waren durch den Abendwind aufgewühlt. Einige von ihnen waren schon so hoch, dass die beiden Kanus kurz aus Elisas Blickfeld verschwanden. Wie Nussschalen wurden sie hin und her geworfen. Aufschäumende Gischt zeichnete nasse Spuren auf das goldene Braun der Muskeln.

Der junge Wilde, der ungefähr in Elisas Alter sein musste, hatte Freude an dem Wellengang. Lebhaft unterhielt er sich mit dem Älteren in seinem Kanu. Elisa konnte sehen, wie beim Lachen seine Zähne blitzten. Dann stellte er sich kurz auf, um einem dritten Kanu zuzuwinken, das sich dem Schiff näherte. So konnte Elisa seinen Körper ganz sehen und war hingerissen von seiner Schönheit. Er war nicht ganz nackt. Um seine Lenden trug er ein gewickeltes Tuch, das bis zur Mitte der Oberschenkel reichte. Lange, kräftige Beine endeten in einem muskulösen Hinterteil, das eine ungewöhnlich ausgeprägte Wölbung hatte. Elisa lächelte. Es war wirklich der Körper eines griechischen Kouros, nur höher gewachsen. Der junge Mann war sehr groß, wie sie jetzt sehen konnte. Sie schätzte ihn auf fast zwei Meter. Immer noch gestikulierte er lebhaft in Richtung des dritten Kanus. Lächelnd zeigte er auf eine große Welle und machte den beiden Ruderern Zeichen. Sie sollten die Welle lieber seitwärts als frontal nehmen. Seine Bewegungen waren von einer Anmut, wie Elisa sie nie zuvor bei einem Mann gesehen hatte. Wie wohl sein Name war?

Ein schriller Pfiff. Das dritte, deutlich größere Kanu, holte schnell auf, nachdem es die große Welle seitlich genommen hatte. In dem großen Lastkanu saß zwischen den rudernden Eingeborenen ein fetter Weißer, der eine Trillerpfeife im Mund hatte. Der Mann war stark übergewichtig, trug einen zu engen Tropenanzug, und sein Gesicht glänzte rotspeckig in der Abendsonne. Ungehalten machte er dem jungen Wilden in dem kleinen Kanu ein Zeichen und schrie etwas zu ihm hinüber. Elisa meinte das Wort Kanaka zu hören, eine abfällige Bezeichnung für Hawaiianer. Der junge Mann sollte sich hinsetzen und weiter in Richtung Schiff paddeln. Der schöne Wilde gehorchte wortlos, aber Elisa meinte Verachtung in seinen edlen Zügen zu erkennen. Soweit sie das auf die Entfernung beurteilen konnte, hatten der Weiße und der junge Hawaiianer nicht gerade eine freundschaftliche Beziehung. Sie sah genauer hin. Nein, dieser Weiße mit dem Schweinegesicht war auch nicht ihr Onkel Paul, sondern wahrscheinlich der Verwalter der Plantage, ein Holländer mittleren Alters, von dem Elisas Vater ihr einiges erzählt hatte. Die Mutter seufzte. Clementias Schwager war also nicht persönlich gekommen, um sie abzuholen. Elisa spürte die Enttäuschung ihrer Mutter, noch bevor sie die verbitterten Worte vernahm.

»Paul hätte wirklich selber kommen können. Es ist Zumutung genug für uns Frauen, mittels Kanus an Land gehen zu müssen, anstatt wie üblich den Hafen anzulaufen. Was denkt sich dein Onkel eigentlich, wie stabil meine Nerven sind?«

Elisa wusste, warum ihre Mutter so ungehalten war. Seit Tagen hatte sie sich bereits Sorgen darüber gemacht, dass sie an keinem vernünftigen Hafen von Bord gehen würden. Wegen der befürchteten Unruhen am Hafen der kleinen Hauptstadt Lihue mussten sie die übliche Route nach Kauai verlassen. Die Bremen III würde so lange in Hanalei Bay vor Anker liegen müssen, bis alle Güter ausgeladen waren und die beiden Frauen das Ufer erreicht hatten. Aber der imposante Dreimaster konnte nicht sehr nah ans Ufer, denn gefährliche Riffe säumten die Bucht zu beiden Seiten. Es war zu riskant.

Der Kapitän hatte mit der Mannschaft beraten, ob sie die Frauen mit dem Beiboot ans Ufer bringen sollten, aber auch das könnte als Provokation gesehen werden. Dieser Tage war es am besten, wenn gar kein europäisches Schiff der Insel zu nahe kam. Die Frauen würden deshalb in aller Früh von Kanus ans Ufer gebracht werden.

Das Schiff schwankte stark, sodass Elisa und ihre Mutter sich an der Reling festhalten mussten. Der Anker hatte Halt am felsigen Riff gefunden. Die Kette spannte sich mit lautem Klirren. Es folgte ein weiterer Ruck. Unsicher klammerte sich Clementia an ihre Tochter, fast wäre sie gefallen. Dann stand das Schiff still. Der Kapitän trat zu ihnen. Seine hohe Stirn zeigte Sorgenfalten. Er sah ernst aus.

»Leider habe ich schlechte Nachrichten für Sie, meine Damen. Ursprünglich wollten wir hier in der Bucht für drei Nächte ankern, aber jetzt müssen wir den Plan ändern. Die Unruhen auf den Inseln zwingen uns dazu. Eigentlich sollten wir gleich nach dem Ausladen der Waren die Segel setzen und umkehren.« Er zögerte einen Moment, bevor er die Hand von Elisas Mutter in seine nahm und weitersprach.

»Ursprünglich wären Sie mit Ihrer Tochter erst morgen früh in die Kanus gestiegen …«

Elisas Mutter nickte. Noch verstand sie nicht, was er ihr sagen wollte. Aber Elisa verstand sehr wohl, um was es hier ging. Sie bekam mit einem Mal ein mulmiges Gefühl in der Magengrube. Der Aufstand der Insulaner machte den Weißen Angst. Ihnen könnte in der Tat schon bald Gefahr drohen.

Die Stimme des älteren Mannes in der stattlichen Kapitänsuniform war voller Bedauern, aber gleichzeitig von männlicher Entschiedenheit, als er Elisas Mutter vor die Wahl stellte, ihre Reise auf seinem Schiff hier zu beenden oder aber zum nächsten sicheren Hafen zu fahren, bis Kauai wieder sicher sei.

»Es tut mir leid, aber wenn Sie auf Kauai bleiben wollen, dann müssten Sie mit Ihrer Tochter in einer Stunde von Bord. Wegen der zunehmenden Unruhen unter den Eingeborenen können wir nicht einmal über Nacht vor dieser Küste ankern. Heute ist Vollmond. Sehen Sie, die Kanakas versammeln sich bereits am Felsen. Einige von ihnen sind bewaffnet.«

Der Kapitän ließ die beiden Frauen abwechselnd durch sein Fernglas sehen. Elisa konnte drei Eingeborene ausmachen, die den Berg hinauf zum großen Felsen liefen, aber sie sah keine Waffen. Fragend sah sie den Kapitän an.

»Sind Sie sicher, dass diese Männer bewaffnet sind? Mein Vater hatte mir erzählt, dass die Hawaiianer ausgesprochen friedliebend sind.« Einen kurzen Moment schien der Kapitän verlegen zu werden.

»Es wird immer wieder von Waffen berichtet. Mein Steuermann wurde bei unserem Landgang auf Oahu explizit gewarnt. Zudem hat es in den Häfen der anderen Inseln bereits mehrfach Übergriffe gegen europäische Schiffe gegeben. Dort drüben, sehen Sie das Leuchtzeichen, meine Damen? Das ist die Warnung eines Plantagenbesitzers an alle Schiffe. Wir sollen fort von hier. Die Bremen ist eine ganz und gar unnötige Provokation. Ich bin mir zudem sicher, dass es nicht im Sinne Ihres Schwagers wäre, wenn ich Sie unnötig in Gefahr bringe.«

Elisa sah das Leuchtfeuer flackern. Es war auf der Spitze der Landzunge entzündet worden. Wie ein kleiner unwirklicher Punkt im Grün des Dschungels leuchtete es zu ihnen hinüber. Mit einer Decke wurden Zeichen gegeben, Morsezeichen, wie Elisa annahm. Ihre Mutter war vor Schreck blass geworden und hielt sich krampfhaft an der Reling fest.

»Aber was sollen meine Tochter und ich denn jetzt tun? Unmöglich können wir bei derartig unruhigem Seegang an Land. Jetzt wieder umzukehren, so kurz vor dem Ziel ... das kann ich mir allerdings gar nicht vorstellen. Mein Mann wollte doch, dass wir auf dieser Insel ein neues Glück finden.«

Der Kapitän bemühte sich um ein Lächeln.

»Die Wellen beruhigen sich innerhalb der nächsten Stunde. Ich kenne die Bucht. Die einsetzende Abendflut wühlt das Wasser nur kurzzeitig auf. Wenn es dunkel wird, sind auch die Wellen wieder zahm.«

Er sah erneut durch sein Fernglas hinauf zu dem Berg. Elisas scharfe Augen konnten die Gestalten jetzt auch ohne Hilfe erkennen. Mehr und mehr Männer strömten zu dem Versammlungsfelsen im Tal der Tausend Nebel, doch sie sah immer noch keine Waffen.

Der Kapitän seufzte. »Vor der Versammlung sind sie angeblich ungefährlich. Aber bei Vollmond halten sie ihre heidnischen Rituale ab und nehmen einen berauschenden Trank zu sich, der, wie man hört, auch den zahmsten Arbeiter in ein wildes Tier verwandeln kann ...« Er zögerte einen Moment, bevor er seine weiteren Worte sorgfältig wählte. Sie waren vor allem an Elisa gerichtet. »Sie sind eben nicht wie wir, diese ... Wilden. Sie lernen zwar durch unsere Missionare zunehmend mehr christliche Werte, aber ich habe sogar gehört, dass einige von ihnen bis vor Kurzem noch Menschenfleisch aßen. Wenn alle Kanaka sich auf den hawaiischen Inseln zusammentun und sich gegen die Weißen auflehnen, bleibt von uns noch nicht einmal ein Häufchen Asche über.«

Elisa wagte ein Widerwort. »Jedes Volk würde aufbegehren, wenn man es derartig demütigt. Die Lage Hawaiis ist durch den bewaffneten Arrest ihrer Königin mehr als angespannt. Aber das müssten doch auch Sie verstehen können. Die Amerikaner haben ihre Königin gefangen genommen. Ich meine, was würden Sie denn sagen, wenn so etwas bei uns in Deutschland geschehen würde? Meinen Sie nicht, dass wir uns zur Wehr setzen würden?«

Der Kapitän musterte Elisa mit mildem Lächeln. Auch wenn diese junge Frau wunderschöne Augen hatte, war sie ihm von Anfang an viel zu vorlaut gewesen. Frauen sollten sich ihre hübschen Köpfe grundsätzlich nicht über Politik zerbrechen, so seine Meinung. Er verbeugte sich wohlerzogen, aber mit ironischem Lächeln. »Ich weiß, dass Sie viel Mitgefühl mit den hiesigen Kanaka haben, Fräulein Vogel. Ihr weiches Frauenherz ehrt Sie. Aber hüten Sie sich vor zu viel jugendlichem Idealismus. Wenn sich diese Wilden erst berauscht in Rage geredet haben, sind sie zu allem fähig. Haben Sie schon einmal gesehen, was die mit ihresgleichen anstellen, wenn sie sich in die Haare kriegen? Sie gehen mit Zähnen aufeinander los, bis weder eine Nase noch ein Auge im Gesicht ihres Gegners übrig ist. Stellen Sie sich nur einmal vor, was die Arbeiter auf der Plantage mit der Familie Ihres Onkels anstellen würden ...«

Der Kapitän überließ den Rest der unerfreulichen Vorstellungen Elisas Phantasie. Als er von der Brücke aus gerufen wurde, nickte er Mutter und Tochter abschließend zu.

»Sie entscheiden natürlich letztendlich, was Ihre eigene Sicherheit betrifft. Aber wenn Sie auf Kauai bleiben wollen, dann müssten Sie in einer Stunde mit Ihrem Gepäck von Bord sein. Wäre das möglich, meine Damen?«

Das zittrige Ja, das Elisas Mutter hauchte, war kaum zu hören. Allein der Gedanke, im Dunkeln das Schiff zu verlassen, versetzte ihre angegriffenen Nerven gefährlich in Schwingung. Aber Clementia ließ trotz ihrer Ängste verlauten, dass sie noch an diesem Abend an Land gehen würden. Der Kapitän drückte ihr ermutigend die Hand.

»Gut. Wenn Sie es so entscheiden, dann werde ich alles Nötige an Bord veranlassen. Bitte haben Sie Vertrauen, verehrte Frau Vogel. Ihr Schwager hat sicherlich seine fähigsten Männer geschickt, um sicheres Geleit zu gewähren. Wir sehen uns dann in einer Stunde.«

Elisa sah zu, wie der Kapitän nach einer knappen Verbeugung beschwingt zurück zu seinem Steuermann auf die Kommandobrücke ging. Irgendwie konnte sie sich der Vorstellung nicht erwehren, dass der Mann soeben eine unliebsame Last losgeworden war. Natürlich war es ihm lieber, dass sie heute noch von Bord gingen. Die Bremen III war als Frachtschiff nur ungenügend für den Transport von Passagieren vorbereitet. Quartiere für den Transport von Sklaven gab es unter Deck zur Genüge, aber für Elisa und ihre Mutter hatte der Kapitän seine eigene komfortable Kajüte räumen müssen. Das hatte mit den guten Beziehungen zu tun, die Elisas Vater in Hamburg aufgebaut hatte, bevor er seine eigene Reederei, die Reederei Vogel, durch einen schändlichen Bankrott verlor. Alles was von ihrem einst großen Vermögen noch geblieben war, war diese Zuckerrohrplantage auf Kauai. Auch deswegen mussten sie von Bord. Elisa und ihre Mutter hatten kaum noch Barmittel zur Verfügung. Sie konnten gar nicht umkehren.

Kurz darauf packten sie in der Kapitänskajüte ihre letzten Sachen zusammen. Das Meiste war seit Tagen in ihren beiden

Reisetruhen vorbereitet. Weiteres Hab und Gut aus der Hamburger Heimat war im Schiffsrumpf verstaut. Sie mussten sich jetzt nur noch frisch machen und umziehen. Die Kleidung, die sie tragen würden, um bei der Begrüßung der Verwandtschaft angemessen auszusehen, hatte ihre Mutter schon seit Tagen ausgewählt. Elisas dunkelblaues Seidenkleid, das sie bei offiziellen Anlässen trug, begutachtete sie ein letztes Mal. Mit einem Monokel, das der Vergrößerung diente, suchte sie nach Schäden und Flecken. Elisas Mutter konnte in solchen Sachen unglaublich pingelig sein.

Elisa sah beunruhigt zu, wie ihre Mutter ihre kleine Phiole öffnete und mehr als zehn Tropfen Medizin auf ihre Zunge gleiten ließ. Sie nahm diese Tropfen regelmäßig seit dem Tod des Vaters. Nervlich bedingtes Zittern sowie gelegentliche Asthmaanfälle quälten sie. Beides versuchte sie mit einem Opiat unter Kontrolle zu bringen, denn ihre Konstitution war schwach. Während sie zusah, wie ihre Mutter versuchte, ihren Atem zu beruhigen, dachte Elisa nach. Ihr gefiel der Gedanke, noch heute einen Fuß auf die Insel zu setzen. In einer Stunde würde es so weit sein. Sobald die Waren für die Plantage und ihr Gepäck in die Kanus umgeladen waren, würden sie von Bord gehen. Mit dem Entschwinden der Bremen III würde auch das letzte Stückchen Heimat ein Teil ihrer Vergangenheit werden. Dann konnte ihr neues Leben beginnen. Sanft legte sie ihrer Mutter die Hand zwischen die Schulterblätter.

»Schaffst du es, Mama?«

Clementia hatte ihre Atemnot durch die Tropfen halbwegs unter Kontrolle gebracht. Sie versuchte, ihrer Tochter ein zuversichtliches Lächeln zu schenken.

»Es bleibt mir ja wohl nichts anderes übrig. Noch sind mir keine Engelsflügel gewachsen.«

Elisa litt darunter, wenn ihre Mutter von Engeln sprach. Immer wieder ließ sie anklingen, wie wenig ihr das Leben auf der Erde nach dem Tod ihres Mannes bedeutete. Das tat weh. Elisa legte vorsichtig ihre Hände auf die ihrer Mutter.

»Du wirst sehen. Alles wird gut, wenn wir erst auf der Plantage sind. Bei Onkel Paul kannst du dich ausruhen. Er hatte bestimmt zu viel zu tun, um selber zu kommen. Nur deswegen hat er Herrn van Ween geschickt.«

Elisas Mutter sah noch nicht einmal auf. Ihre Hände zitterten immer noch, während sie krampfhaft an einem unsichtbaren Fleck auf der Seide rieben.

»Dein Onkel wird es schon richtig machen. Zudem mag Herr van Ween zwar unsympathisch auf uns wirken, er muss aber ein sehr tüchtiger Verwalter sein. Seit fast sechs Jahren arbeitet er jetzt auf der Plantage. Sein ältester Sohn Johannes ist der kluge junge Mann, von dem dein Vater uns erzählt hat. Ihr seid fast im gleichen Alter. Johannes wird die gesamte Buchhaltung auf der Plantage übernehmen und ist angeblich sehr gut mit Zahlen. Aber Johannes wäre leider keine gute Partie für dich. Das hatte ich mit Vater bereits geklärt. Er hat zu wenig Vermögen und zudem brauchst du einen Mann, der älter ist, damit er dir deine Flausen austreiben kann ...«

Elisa lächelte flüchtig. Tatsächlich hatte ihr Vater ihr einige Male von dem Wunderknaben Johannes van Ween erzählt. Wenn Elisa Nachlässigkeit bei ihren Rechenaufgaben zeigte, war dieser Johannes immer als leuchtendes Vorbild angeführt worden. Akribie und Zahlenliebe waren herausragende Eigenschaften des Patensohns ihres Vaters. Elisa wusste, dass Johannes als zukünftiger Ehemann für sie höchstens eine Notlösung war. Man hoffte auf mehr Wohlstand bei Elisas Zukünftigem. Auch wäre ein Deutscher besser als ein Holländer. Aber die van Weens waren tüchtig. Bereits jetzt gehörte ihnen eigenes Land auf Kauai. Statt sich auszahlen zu lassen, hatte der Verwalter um eigenes Land gebeten. Dafür musste seine Frau auch auf der Plantage mitarbeiten, weil der Lohn sonst nicht für den Unterhalt der Familie gereicht hätte. Marie van Ween war angeblich eine ausgezeichnete Köchin. Bestimmt würde es den van Weens auch gelingen, für ihren talentierten Ältesten eine gute Partei zu verhandeln, da Johannes zusätzlich zu seinen anderen Qualitäten für einen jungen Mann in seinem Alter auch schon ausgesprochen männlich aussah. Elisa hatte sein Foto gesehen. Als sie das erste Mal Johannes Gesichtszüge sah, hatte ihr Herz spontan einen kleinen Sprung gemacht.

Still legte Clementia als letzte Vorbereitung eine blaue Schleife für Elisas Haar auf das Kleid. Für sich hatte sie ebenfalls ihr vornehmstes Kleid gewählt. Plissiert und hochgeschlossen und aus feinster schwarzer Baumwolle, ihrem Witwenstand angemessen. Elisa beobachtete, wie stark die Hände der Mutter immer noch zitterten, als sie trotz der warmen Temperaturen ihr wollenes Umschlagtuch zu ihrem Kleid legte.

»Ist dir kalt?«

»Nein, nein, es ist alles in Ordnung. Ich bin nur ein wenig aufgeregt. Der Morgen wäre mir lieber gewesen. Wenn wir ankommen, ist es bereits dunkel. Dazu noch die bevorstehende Geburt … deine arme Tante. So kurz hintereinander vier Kinder, da ist es kein Wunder, dass sie ihren Mann bei sich zu Hause haben will.«

Elisa wusste, dass ihre Mutter ihr nicht die Wahrheit sagte. Sie wollte ihre Tochter nicht unnötig belasten, aber tatsächlich quälte Clementia eine ungute Vorahnung. Sie fürchtete, dass Elisa und sie bei Pauls Frau nicht willkommen sein würden. Pauls junge Frau hatte ganz einfach kein Interesse daran, ihre Hoheit über Haus und Plantage mit Elisas Mutter zu teilen. Aber mit diesen Gedanken sollte Elisa nicht beunruhigt werden, zumindest noch nicht. Deswegen sprach Clementia lieber über die Geburt, die angeblich dieser Tage die Plantage in Atem hielt. Deswegen, nur deswegen, war der Onkel nicht selber gekommen, um sie hier am Ende der Welt in Empfang zu nehmen.

»Unser Schiff hätte bereits vor Tagen einlaufen sollen. Sicherlich muss Paul in dieser schweren Stunde seiner Frau beistehen. Das könnten wir Frauen doch sehr gut verstehen, nicht wahr? Dann wäre es keineswegs mangelndes Interesse an uns, oder gar mangelnde Achtung …«

Die Stimme der Mutter wurde leise. Elisa hörte den furchtsamen Unterton. Das ganze Wesen ihrer Mutter strahlte seit Vaters Tod Furcht und Hoffnungslosigkeit aus. Ihr Körper schien in diesem Moment merkwürdig verloren in dem bodenlangen Unterrock. Clementia stand an der Waschschüssel. Mit einem feuchten Lappen reinigte sie mit mechanischen Bewegungen ihr Gesicht, so als würde sie einen Topf schrubben. Wortlos ging Elisa zu ihrer Mutter und vollendete das Waschen sanft und zärtlich. Dann trug sie Rosenwasser und zuletzt eine feine Salbe auf die durchscheinende Haut ihrer Mutter auf.

Clementia Vogel war mit ihrem weißblonden Haar und den großen blauen Augen in Hamburg eine Schönheit gewesen. Ihre Verehrer hatten sich regelrecht darum geprügelt, wer seinen Namen in ihr Tanzkärtchen eintragen durfte. Aber diese Zeit der Unbeschwertheit war lange her. Mit Ende dreißig sah Clementia alt und verbraucht aus. Im letzten Jahr war Elisa ihr einziger Trost gewesen. Durch ihr Kind fühlte sie sich über den Tod hinaus täglich mit ihrem Mann verbunden, denn Elisa ähnelte ihrem Vater sehr.

Kluge, lebhafte Augen dominierten das schmale Gesicht. Auch die gerade lange Nase hatte sie vom Vater. Gerhard Vogel war mit dem Aussehen eines Aristokraten gesegnet. Elisas Großmutter, eine geborene Gräfin von Dettenburg, hatte aus Liebe einen bürgerlichen Professor geheiratet, blieb aber in ihrem Inneren ihrem Stand treu. Adel verpflichtet, pflegte Elisas Großmutter zu mahnen, wenn sie dem kleinen Mädchen bei ihren Besuchen die wilde Mähne zähmte. Seit sie vor sechs Jahren gestorben war, achtete Clementia umso strenger auf Elisas Erziehung. Sie hoffte mit ganzem Herzen, dass ihre Tochter unter den Plantagenbesitzern der Südseeinseln eine bessere Partie machen würde als Johannes, den Sohn des Verwalters. Sie hatte große Pläne mit Elisa, denn aus ganz

Deutschland strömten wegen des Zuckerrohrs die Söhne guter Handelsfamilien auf die Kolonien. Für standesgemäßen Nachwuchs und ein zivilisiertes Leben auf den Inseln brauchten sie eine deutsche Frau aus gutem Hause. Clementia seufzte. Spätestens mit Elisas Hochzeit würden ihre finanziellen Sorgen ein Ende haben, so hoffte sie, und nahm sich vor, in den kommenden Wochen besser auf die zarte Haut ihrer Tochter zu achten.

Elisas Nase war durch die Sonne auf der Überfahrt mit Sommersprossen übersät. Ihre Unterarme waren golden getönt und die Wangen schimmerten rosig und gesund. All das ließ sie gewöhnlich wirken. Dabei wäre ihre Elisa eine Schönheit, wenn ihr Mund nicht zu groß und ihre Augenbrauen zu gerade geraten wären. Clementia seufzte. Sie würde auf Kauai anfangen, sich ernsthaft mit Elisas Aussehen zu beschäftigen. Aus ihrer eigenen Jugend kannte sie einige Tricks. Auch ein zu großes Mädchen, das zudem mit zu viel Intelligenz und einem zu forschen Mundwerk geschlagen war, ließ sich mit Raffinesse in Heiratsmaterial verwandeln, zumindest hier in der Südsee.

In Hamburg hingegen hatte Elisa kaum eine Chance auf einen geeigneten Ehemann. Schon immer fehlte ihr der mädchenhafte Liebreiz der Zurückhaltung, auf den man in besseren Kreisen besonderen Wert legte. Aber ihre Elisa war nicht zurückhaltend, sondern neugierig und konnte ihre Zunge nur schwer im Zaum halten. Zudem war sie klüger als die meisten jungen Männer in ihrem Alter. Auch war das Leben in der Hansestadt viel zu teuer, wenn sie gesellschaftlich mithalten wollten. Allein die Ausstattung für Elisas Debütantinnenball hätte ihre restlichen Reserven so gut wie aufgezehrt. Um Elisa das Leben zu ermöglichen, das ihr Vater für sie geplant hatte, musste Clementia aus der Not eine Tugend machen. Mutig und stark war ihre Elisa. Deswegen war der Plan, nach Hawaii auszuwandern, die einzig richtige Entscheidung gewesen.

Die Mutter trocknete sich ab. Danach kniff sie sich in beide Wangen, um ihre transparente Blässe zum Erröten zu bringen. Sie würde versuchen, bei der Begrüßung von Pauls Frau einen zuversichtlichen und gesunden Eindruck zu machen. Alles, was nötig ist, würde sie tun, um für Elisa den bestmöglichen Mann zu finden. Aber zusätzlich zu Wohlstand, Geist und Humor würde ihr Schwiegersohn auch noch Körpergröße mitbringen müssen. Ihr Kind war auf dem Meer noch einmal wie Unkraut in die Höhe geschossen. Auch wenn sich verführerische Formen unter Elisas Unterrock abzeichneten, war ihre Tochter für die meisten Männer bereits jetzt ganz einfach zu groß.

Elisa war fertig mit Packen. Ein letztes Mal setzte sie sich im Unterrock auf die kleine Koje, die über viele Monate ihre einzige Rückzugsmöglichkeit gewesen war. Sie nahm das Foto auf dem Nachttisch in die Hand. Das Bild in dem schwarzen Rahmen zeigte im Hintergrund ihr stattliches ehemaliges Zuhause in Hamburg. Ein richtiger Fotograf hatte die Aufnahme gemacht. Im Vordergrund saß die kleine Elisa auf ihrer Schaukel. Sie war flankiert von ihren strahlenden Eltern. An diesem Tag hatte Vater ihr die neue Schaukel am Apfelbaum aufgehängt. Es war ihr zehnter Geburtstag gewesen. Zärtlich strich Elisa über das Foto.

»Erzähl mir von deinem schönsten Tag. Damals als mit uns beiden alles angefangen hat.«

Clementia wusste, was Elisa meinte. Fast jeden Abend hatten sie sich am Anfang ihrer Reise gegenseitig Geschichten von zu Hause erzählt, um das Heimweh zu verdrängen. Eine dieser Geschichte mochte ihre Tochter am allerliebsten. Während sie Elisas Zopf löste, um das Haar noch zu kämmen und aufzustecken, begann Clementia zu erzählen.

»Ein Rotkehlchen hat auf dem Baum vor meinem Schlafzimmer gesungen, während ich viele Stunden auf deine Ankunft wartete. Ich war so ungeduldig. Der Klapperstorch hat an diesem Sonntag lange auf sich warten lassen. Deswegen hat der kleine Vogel mit der roten Kehle über Stunden sein Bestes gegeben. Er wollte uns beide bei Laune halten, denn auf ein Kind zu warten, kann sehr, sehr anstrengend sein ...«

Die Frauen warfen sich einen Blick zu, der auf weiblichem Einvernehmen beruhte. Über diese Dinge sprachen Mutter und Tochter erst kurz vor der Hochzeitsnacht. Auch wenn Elisa bereits wusste, dass das Kinderkriegen eine schmerzhafte und vor allem anstrengende Angelegenheit war, wusste sie keine Details. Sie mochte die Geschichte vom Klapperstorch. Ihr reichte schon ihre Mondzeit, wie ihre Mutter das weibliche Übel nannte, das Elisa einmal pro Monat die Nerven raubte, seit sie fünfzehn war. Zum Glück hatte der lästige Fluch aufgehört, seit sie Hamburg per Schiff verlassen hatten. Ein Arzt, den die beunruhigte Mutter auf ihrem Zwischenstopp in New York aufsuchte, verschrieb Elisa pro Tag ein Hühnerei, um einer leichten Anämie entgegenzuwirken. Anatomisch sei alles normal. Das würde sich von alleine wieder einrenken, spätestens, wenn Elisa ausgewachsen sei.

Clementia erzählte weiter, während sie Elisas Haar mit der Bürste glattzog.

»In den Abendstunden, als der Mond bereits hinter dem Apfelbaum aufstieg, war es so weit. Ich hielt mein Sternenkind endlich in den Armen. Dein Vater kam, um dich zu bewundern. Wir wussten sofort, dass du unser schönstes Geschenk auf Gottes Erdboden sein würdest ...«

Elisa schluckte. Clementia ließ die Bürste sinken. Gemeinsam saßen Mutter und Tochter ein letztes Mal in der engen Koje. Sie hielten sich umschlungen, so als würden sie einander festhalten müssen. Eine unbekannte Welt lag vor ihnen. Jede hing in ihrer letzten Stunde auf der Bremen III ihren Erinnerungen nach, so als würden sie die Kraft aus ihren Heimatwurzeln brauchen. Elisa dachte an den kleinen tapferen Vogel vor ihrem Fenster. In den Jahren ihrer Kindheit kam das Rotkehlchen jeden Frühling, wenn der Apfelbaum blühte. Immer sang es vor Elisas Fenster. Ihr großer Garten am Elbufer war ein blühendes Paradies gewesen, dicht bewachsen mit Rosen in allen Farben. In der Gartenlaube hatte Clementia ihr endlos Märchen vorgelesen.

Anfangs hoffte sie, erneut schwanger zu werden, aber das Brüderchen, von Elisa sehnsüchtig erwartet, kam nicht. Um schließlich einen Erben für das weitverzweigte Familienunternehmen zu haben, wurde Elisa mit zwölf Jahren in den Dokumenten als Alleinerbin eingesetzt. Elisa erinnerte sich an das ernste Gesicht des Vaters. Er hatte mit ihr von Verantwortung und Familienehre gesprochen, bevor er das erste Mal in die Südsee fuhr, um die Ländereien auf Kauai zu kaufen. Damals war seine Reederei noch ein blühendes Unternehmen. Erst drei Jahre später verursachte ein schweres Schiffsunglück katastrophale Verluste.

Die Zuckerrohrplantage der Gebrüder Vogel würde von nun an die einzige Heimat von Elisa und ihrer Mutter sein. So wurde es entschieden, nachdem der Vater vor zwei Jahren unerwartet gestorben war. Das Haus im Hamburg, in dem Elisa das Licht der Welt erblickt hatte, musste wenige Wochen nach dem Tod verkauft werden. Ihre Familie war bankrott. In weiser Voraussicht hatte Elisas Vater jedoch kontinuierlich einen Teil seines Vermögens in ihre Besitzungen in der Südsee gesteckt. Auf den hawaiischen Inseln würde für den weltweiten Handel immer mehr Zucker angebaut werden. Der Markt wurde auf Jahre hinaus als stabil eingeschätzt, und von Elisas Onkel wurde die Gebrüder Vogel-Plantage auf Kauai seit nunmehr acht Jahren erfolgreich geführt. Es war ein sicheres Geschäft, denn auch von den wachsenden Apfelhainen wurde für die Zukunft solider Gewinn erwartet. Deshalb kam der von Paul vorgeschlagene Verkauf ihrer Plantagenanteile für Elisas Mutter nicht infrage. Clementia Vogel wollte keine Abfindung, sondern eine Chance für ihr einziges Kind. Ein Leben in Wohlstand und Glück sollte es sein. In Hamburg waren sie gesellschaftlich zu stark abgesunken. Der Tod ihres Mannes sowie die bankrotte Reederei hatten eine wirklich angemessene Partie für Elisa so gut wie unmöglich gemacht.

Während ihre Mutter sich das Korsett anzog, blieb Elisa noch einen Moment lang auf ihrer Koje sitzen. Sanft strich sie über das Foto in ihrer Hand, auf dem ihre Familie vor Glück strahlte. Ihr Vater hatte ein sanftes Lächeln auf den Lippen. Sie dachte an seine warmen, starken Hände, die sie einst auf die Schaukel gehoben hatten. Unverwundbar war er ihr vorgekommen. Nie hatte sie auch nur im Traum für möglich gehalten, dass sie ihn so früh verlieren würde. Aber in einer Winternacht hatte er zu lange im eisigen Hafenkontor gearbeitet, um ihr Unternehmen aus seiner verzweifelten Lage zu befreien oder zumindest zu retten, was noch zu retten war. Dabei hatte er sich erkältet. In den folgenden Wochen hatte er immer stärker gehustet und kaum gegessen. Wegen der geschäftlichen Krise konnte er sich nicht schonen. Im Frühling folgte eine schwere Lungenentzündung. Seine Kräfte schwanden innerhalb weniger Wochen. Er war schließlich so krank, dass ihre Mutter die Pflege nicht mehr schaffte. Eine Krankenschwester kam, um nachts in seinem Zimmer zu wachen.

An einem klaren Aprilmorgen im Jahr 1851 hatte morgens das Rotkehlchen vor Elisas Fenster gesungen. Die Fenster im Zimmer ihres Vaters wurden weit geöffnet. Er wollte es so, damit er den Gesang ihres Lieblingsvogels besser hören konnte. Das Rotkehlchen strengte sich an. Es sang sein allerschönstes Lied. Als Elisa zu ihrem Vater gerufen wurde, saß er aufrecht und still in seinem Lehnstuhl. Er war friedlich für immer eingeschlafen.

»Gott hat deinen Vater im Himmel gebraucht«, lautete die Erklärung ihrer ebenfalls zu Tode erschöpften Mutter. Damals war Elisa sechzehn. Jetzt hatte sie vor wenigen Tagen ihren neunzehnten Geburtstag gefeiert und war zu einer Riesin geworden. Ihrem Vater hätte gefallen, wie groß und stark ihr Körper war. Davon war Elisa überzeugt. Immerhin hatte er ihr auch das Reiten beigebracht und das Segeln auf der

Elbe. Ihr Vater mochte sportliche Frauen. Bei ihm hätte Elisa sicherlich keine engen Seidenkleider tragen müssen.

Als Elisa seufzend aufstand, um ihrer Mutter bei ihrer Frisur zu helfen, musste sie sich in der Kabine bücken. Einige der Matrosen an Bord überragte sie bereits, aber neben ihrer zierlichen Mutter kam sie sich wie ein wahres Ungetüm vor. Inständig hoffte sie, dass dieser Johannes van Ween kein Zwerg sein würde. Wenn es nach Elisa ging, würde sie lieber einen Mann heiraten, der weniger vermögend war, sie dafür aber als ebenbürtige Partnerin ansehen würde. Mit ihren Sprachkenntnissen und ihrer Klugheit hätte sie große Lust, auf Kauai selber als Geschäftsfrau tätig zu werden.

Die Frisur ihrer Mutter gestaltete Elisa so elegant wie möglich. Das von Trauer spröde Haar glättete sie mit dem letzten Rest Frisierbalsam aus Rosen, ein Überbleibsel aus Hamburg. Dann reichte sie ihrer Mutter die Ohrstecker aus Perlen. Bei Paul und seiner Frau einen guten ersten Eindruck zu machen, war sicherlich kein Fehler. Dann bestand Clementia darauf, dass Elisa sie besonders fest in ihr Korsett einschnürte.

»Fester! Zieh noch ein wenig fester!«

»Aber du bist doch ohnehin schon so dünn«, protestierte Elisa. Ihre Mutter zog die Luft ein.

»Fester! Eleganz muss sein. Deshalb ziehst du ja auch ein letztes Mal dein schönes Kleid an.«

Elisa zurrte die Schleife am Korsett fest und steckte die Bänder unter das Gestänge. Zufrieden umfasste Clementia ihre eigene schmale Taille, während Elisa zweifelnd die Nähte an dem blauen Seidenkleid prüfte.

»Es wird reißen. Das Kleid ist mir viel zu klein. Da krieg ich keine Luft. Und zu kurz ist es auch.« Trotzig verschränkte sie die Arme.

Clementia schüttelte den Kopf.

»Mit einem Korsett von mir wird es gehen. Zudem ist es das Einzige, in dem du nicht wie eine junge Wilde aussiehst. Du möchtest doch nicht unschicklich wirken, nicht wahr?«

Die Mutter ließ ihren Blick über Elisas frech nach oben schauende Brüste wandern, die sich im Unterkleid einladend und prall abzeichneten.

»Kann ich denn etwas dafür?«

Die Mutter seufzte erneut. Wildfang hatte der Vater sie genannt, weil sie lieber mit ihm auf die Bäume in ihrem Garten geklettert war, als im Salon mit ihrer Mutter Klavier zu üben. Elisa war Gerhard wirklich mehr als ähnlich. Er hätte seine helle Freude an ihr gehabt.

Elisa hatte sich ebenfalls an der Waschschüssel notdürftig gewaschen. Als sie unter ihrem Unterrock den Waschlappen hervorzog, erschrak sie. Ein roter Streifen Blut leuchtete auf der weißen Baumwolle. Clementia sah es ebenfalls. Sie lächelte. Spontan umarmte sie ihr großes Kind. Elisas Mondzeit hatte endlich wieder begonnen, Gnade und Fluch zugleich. Aber vielleicht war ihr Kind jetzt endlich genug gewachsen!

Als die beiden Frauen zurück an Deck kamen, war alles bereit. Die Waren für die Plantage wurden aus dem Frachtraum von Matrosen mit Tauen und Flaschenzügen auf das größte der drei Kanus herabgelassen, während der holländische Verwalter von unten Kommandos brüllte. Die beiden Truhen mit den Kleidern und Büchern der Frauen standen an der Reling. In ihrem blauen Seidenkleid und mit der einfachen Hochsteckfrisur sah Elisa jetzt aus wie eine junge Adlige. Die Vorfreude ließ ihr Herz laut klopfen, während sie mit ihrer Mutter ein letztes Mal das Panorama Kauais bewunderte.

»So wie diese Landschaft hier, so stelle ich mir das biblische Paradies vor.«

Die Mutter lächelte.

»Du hoffst also, wir sind hier im Garten Eden, in dem der Baum des Lebens und der ewigen Weisheit wächst …«

Elisa nickte ergriffen. Sie hatte ein Gefühl, wie sie es sonst nur aus dem Alten Michel kannte, wo sie in Hamburg sonntags immer zur Kirche gegangen waren. Die sinkende Sonne hatte die Landschaft mit rosigem Glühen übermalt. Ihr Vater hatte Kauai in seinen Erzählungen als Paradies beschrieben, und er hatte recht damit gehabt, wie Elisa jetzt fand. Wo es so viel Schönheit gab, musste auch das Glück zu Hause sein. Ein Schauer der Vorahnung ließ die feinen Härchen auf ihren Unterarmen sich aufrichten. Hier würde sie ihr ganz persönliches Paradies finden, das hoffte sie von ganzem Herzen.

»Wenn Vater jetzt nur bei uns sein könnte ...«

Elisa ging ganz in ihrer Vorfreude auf. An dem Strand standen majestätische Palmen auf weißem Sand. Rechts ragten die schroffen Klippen der Na-Pali-Küste auf. Links entdeckte Elisa die sanfteren Hügel von Hanalei. Bis zur Spitze von Kilauea konnte sie im Abendrot sehen. Dann beugte sie sich neugierig über die Reling. Sie wollte wissen, wo das Kanu mit dem schönen jungen Mann abgeblieben war. Während sie sich unter Deck fertig gemacht hatten, waren weitere Boote von der Insel gekommen. Es war ein lebhaftes Treiben. Waren wurden abgeladen, andere an Bord genommen. Elisa konnte den jungen Mann nicht entdecken. Einen kurzen Moment wurde ihr schwindelig. Das passierte manchmal, wenn sie nach unten aufs Wasser sah. Elisa mochte keine Höhen. Zudem mochte ihre Mondzeit etwas damit zu tun haben, dass Elisa sich insgesamt nicht sehr wohl fühlte. Der unbequeme Lappen zwischen ihren Beinen tat sein Übriges.

Kurze Zeit später hatte Elisa dem Kapitän und der Mannschaft die Hände geschüttelt und sich mit ihrer Mutter für alles bedankt. Ihre Gepäckstücke, von dem Matrosen an Deck gebracht, wurden ein letztes Mal überprüft. Knoten und Schlösser saßen fest, das Verladen konnte losgehen. Elisa spürte, wie ihre Fußsohlen unruhig kribbelten, ihre Füße freuten sich ungemein auf das Gefühl von Erde zwischen den Zehen.

»Die Kanus warten! Es ist Zeit.«

Elisa und ihre Mutter folgten dem Kapitän auf die andere

Seite des Schiffes. Elisa sah über die Reling. Da war er, ihr schöner Wilder. Gerade ergriff er ein Tau, das ihm vom Deck zugeworfen wurde. Der holländische Verwalter, Piet van Ween, bellte vom größten der Kanus Anweisungen in unverständlichem Kauderwelsch. Elisa kniff die Augen zusammen. Der Vater von Johannes gefiel ihr immer noch nicht.

Dann war sie mit einem Mal durch etwas abgelenkt. Nicht weit von den Kanus entdeckte Elisa eine Haiflosse. Kurz blitzte sie aus dem Wasser hervor und verschwand wieder. Seit geraumer Zeit hatte Elisa immer wieder Haie gesehen. Angelockt von den Abfällen des Schiffes folgten ihnen die Tiere bisweilen über weite Strecken. Diese Haiflosse aber war sehr viel größer als all die anderen auf der Überfahrt. Ihr Vater hatte ihr von gigantischen Haien erzählt, die in den Riffen um Kauai lebten und fast so groß waren wie ein Wal.

Es war fast dunkel, als Elisa über die Reling stieg und nervös die Strickleiter ergriff. Sie sollte ausgerechnet in das Kanu steigen, das von dem schönen jungen Mann gerudert wurde, doch es versprach eine wackelige Angelegenheit zu werden. Das größere Kanu, in dem der Verwalter saß, war für ihr persönliches Gepäck vorgesehen und ohnehin schwer beladen. In dem zweiten kleinen Kanu würde ihre Mutter an Land gelangen. Der Verwalter hatte es so bestimmt. Überhaupt hatte er das Sagen und machte das bei jedem zweiten Satz überdeutlich. Vor Elisa und ihrer Mutter hatte er zwar zur Begrüßung einen formvollendeten Diener gemacht, aber dann sofort zur Eile gedrängt. Ein überaus unsympathischer Zeitgenosse, wie Elisa nach wie vor fand. Ihren ersten Eindruck sah sie bestätigt und konnte sich plötzlich auch gar nicht mehr so recht vorstellen, dass Johannes van Ween ein netter und kultivierter junger Mann sein würde. Allein die geradezu anzügliche Distanzlosigkeit, mit der der beleibte Mann sie angeredet hatte, und die ungehobelte Art, mit der Piet van Ween unaufhörlich auf die Hawaiianer einschrie, empfand sie als abstoßend. Die Hawaiianer jedoch ertrugen seine Schreierei mit Gleichmut.

Elisa zählte insgesamt sechs. Außer dem jungen Mann, der ungefähr in ihrem Alter sein musste, schätzte sie die anderen als deutlich älter ein. Sie trugen nichts außer einem gewickelten Lendentuch, und ihr glänzendes schwarzes Haar fiel ihnen offen bis über die Schultern. Nur einer von ihnen trug es zurückgebunden, und es war bereits grau. Er war der Älteste und saß hinten in dem Kanu, in das Elisa einsteigen sollte. Sie konnte silbrige Narben erkennen, die in einem martialischen Muster seine sonnengegerbte Haut durchzogen. Dennoch schien der Alte von sanftem Gemüt zu sein. Er sprach in melodiösem Singsang mit dem Jungen und lächelte Elisa dabei hin und wieder schüchtern zu. Sie beobachtete, wie er mit dem Jungen geschickt den Schiffskoffer mit ihren Büchern balancierte. Um das schwere Ding auf dem großen Kanu festzuschnallen, tänzelte der schöne Wilde wie ein Akrobat. Elisa hatte das Gefühl, das auch er mehrmals zu ihr nach oben sah, aber sicher war sie sich nicht.

Plötzlich tauchte die riesige Haiflosse ein zweites Mal neben den Kanus auf. Elisa entfuhr unwillkürlich ein Aufschrei, und ein Lächeln huschte über das Gesicht des Jungen. Unendlich vorsichtig kletterte sie die Strickleiter weiter nach unten, während der Hai um die Kanus kreiste. Elisa bekam Angst. Was, wenn die Strickleiter reißen würde?

»Du weißt, was passiert, wenn dir schwindlig wird. Einfach nicht nach unten sehen.«

Die Stimme der Mutter an Bord zitterte. Sie wussten beide um das Schwindelgefühl, das Elisa nicht kontrollieren konnte. Wenn es einmal begann, wurde ihr einfach schwarz vor Augen und sie kippte um. Aber Elisa kämpfte mit aller Macht gegen das Gefühl einer beginnenden Ohnmacht an, obwohl ihr bei dem Anblick der großen Haiflosse furchtbar übel wurde. Sie wusste, was passieren würde, wenn sie ins Wasser fiel, denn sie hatte mit eigenen Augen gesehen, zu was hungrige Haie fähig waren. Vor etwa drei Wochen war ein Matrose in einem Sturm von einer Welle über Bord gerissen worden. Trotz des tosenden Sturms hatte Elisa den Mann schreien hören, als der erste Hai zubiss. Das Wasser hatte rot geschäumt, als auch die anderen über ihn herfielen. Alles ging so schnell, dass die Mannschaft noch nicht einmal einen Rettungsring auswerfen konnte. Elisa hatte noch geglaubt, einen Stiefel gesehen zu haben, dann war es vorbei. Ihr Schiff war bereits zu weit weg.

»Fräulein Vogel, Sie müssen weiterklettern!«

Die Stimme des Kapitäns klang ebenfalls besorgt. Elisa atmete tief durch. Jetzt nur nicht die Angst gewinnen lassen. Sie wollte ihrer Mutter nicht noch mehr Kummer bereiten. Entschieden zwang sie sich an etwas Schönes zu denken. Als Elisa klein war, durfte sie beim Vorlesen in der Gartenlaube oft auf Vaters Schoß liegen, während die Mutter vorlas. An dieses Gefühl dachte sie jetzt, während sie ihre Angst bezwang und eine weitere Sprosse wagte.

»Gut, Elisa, so ist es gut. Jetzt wieder ein Schritt. Das machst du gut, Liebes.«

Aber die Stimme ihrer Mutter klang unsicher. Alle Blicke waren auf Elisa gerichtet. Fast die ganze Besatzung hing über der Reling. Der eine oder andere Kommentar sollte ermutigend klingen, verfehlte aber seine Wirkung. Elisa bekam zunehmend mehr Panik. Dabei war sie schon auf halber Höhe. So schätzte sie es ein, als sie nach oben in das Gesicht ihrer blassen Mutter blickte. Elisa wagte nicht, nach unten zu sehen, und ließ ihren Blick in die Ferne schweifen, um einen erneuten Anflug von Übelkeit zu kontrollieren. Sie bekam schlecht Luft in ihrem Seidenkleid. Es spannte durch das eng geschnürte Korsett über der Brust.

»Du hast es fast geschafft!«

Eine letzte Sprosse, dann spürte Elisa seine Hand an ihrem Schnürschuh. Sie wusste sofort, dass er es war. Ohne ihn anzusehen, wusste sie es. Der Druck seiner Hand war warm und ermutigend. Seine Stimme sprach in fremden Lauten zu ihr, melodisch wie ein Lied. Noch hielt Elisa sich an der

Sprosse fest, um nicht aus dem Gleichgewicht zu geraten, wenn sie sich in das schwankende Kanu setzte. Ermutigend reichte er ihr seine zweite Hand. Sie musste loslassen, sich seiner Hand anvertrauen. Ein einziger großer Schritt, und sie würde sicher im Kanu sitzen. In dem Moment passierte es. Ratsch! Ein hässliches Geräusch. Der Riss in Elisas Kleid musste gewaltig sein. Elisa schluckte. Ob man an ihrem Rücken nackte Haut sah? Schamesröte überzog ihr Gesicht.

»Elisa, vergiss das Kleid! Lass jetzt die Strickleiter los!«

Ein tiefer Atemzug. Dann war ihre Hand sicher in seiner. Mit seiner Hilfe setzte sie sich in das schwankende Kanu und musste vor Erleichterung plötzlich lachen. Wie sie aussehen musste! Der Riss in ihrem Kleid ging von der Taille bis zur Schulter. Man sah ihr Korsett, aber vor allem auch ihre Haut. Ihre Mutter würde sie später deswegen schelten.

Der junge Hawaiianer sprach wieder schnelle Worte in seiner singenden Sprache und lächelte sie auffordernd an. Wahrscheinlich wollte er sie willkommen heißen. Elisa bedankte sich höflich auf Deutsch für seine Hilfe und reichte ihm ihre Hand, wobei sie ihre bloße Haut bedeckte, so gut es ging.

Von oben johlten die Matrosen um die Wette, und Elisa war fast sicher, dass die frechen Kerle noch wochenlang Scherze über ihr Ungeschick machen würden. Doch das war ihr in diesem Moment egal. Alles, was sie faszinierte, waren die unglaublich schönen Augen des jungen Mannes, der sie so offen anlächelte. Kelii, sagte er und zeigte auf sich. Verlegen nannte sie ihm auch ihren Namen. Er wiederholte ihn. »Elisa Vogel«, sagte er langsam, mit einer samtig weichen Stimme, die Elisa vor lauter Schamgefühl erneut erröten ließ. Und sie wünschte sich plötzlich nichts sehnlicher, als allein mit ihm zu sein, einfach nur seine Haut zu berühren. Nie zuvor hatte sie einem männlichen Wesen gegenüber derartige Gefühle gehabt. Es war ihr derart unheimlich, dass sie die Augen niederschlug, damit er ihr nicht ansehen konnte, was sie in diesem Moment empfand.

Während sie sich abmühte, um den Riss zu bedecken, der ihre Haut von der Schulter bis zum Rücken unzüchtig bloßlegte, reichte er ihr ein Tuch vom Boden des Kanus. Es war aus einfacher Baumwolle, eines, wie auch er es um die Lenden trug. Elisa verstand. Sie legte es sich über ihre Blöße. Als sie fertig war, machte er eine grüßende Geste. Dann sprach er erneut, langsam und deutlich. Elisa verstand dieses Wort. Aloha. Es bedeutete Dank und Gruß zugleich. Sie nickte und wiederholte es mit dankbarem Lächeln. Es war eines der wenigen Worte, die sie von ihrem Vater nach seiner Reise gelernt hatte. »Aloha Kelii«, sagte sie, froh darüber, die Gewalt über ihre Stimme wiedergewonnen zu haben. Er nickte, und erneut fand sie sein Lächeln derartig bezaubernd, dass sie schnellstens die Augen niederschlug. Wie schade, dass dieser junge Wilde augenscheinlich kein einziges Wort Deutsch konnte. In Elisas Kopf wirbelten mindestens tausend Fragen durcheinander, die sie Kelii stellen würde, sobald sie seine Sprache gelernt hatte. Das war es, was sich Elisa in den ersten Sekunden ihrer Begegnung vornahm. Sie würde seine Sprache lernen, um mit Kelii zu reden.

Nur wenig später war auch Clementia der Abstieg über die Schiffswand gelungen. Sie saß in dem zweiten Kanu, in der Mitte zwischen den Ruderern. Schnell paddelten die drei Kanus nun gen Ufer, während die Nacht über der Bucht Einzug hielt. Die Wellen waren immer noch von beachtlicher Höhe und nur ein schmaler Streifen Tageslicht über den Hügeln wies ihnen noch den Weg.

Elisa saß hinter Kelii und wagte kaum zu atmen, weil sie so aufgeregt war. Sie versuchte, nicht zu der riesigen Haifischflosse hinüberzusehen, die ihnen vom Schiff in Richtung Ufer folgte. Auch konnte sie nicht benennen, ob es der Hai oder die präzise arbeitenden Muskeln des vor ihr sitzenden Mannes waren, die ihr Herz so heftig klopfen ließen. Sie konnte ihn riechen, oder besser gesagt sein dichtes langes Haar verströmte einen ganz eigenen Duft. Das dichte Schwarz glänzte durch den Gebrauch von Kokosfett, wie ihre Nase ihr verriet.

Trotz der Anstrengung schien Kelii nicht zu schwitzen, sodass sie keinen Körpergeruch an ihm wahrnehmen konnte. Nur das Tuch, das er ihr geliehen hatte, um sich zu bedecken, roch nach ganzem Mann, ein wenig so, wie ihr Vater gerochen hatte, nachdem sie zusammen beim Reiten gewesen waren. Unauffällig schnupperte Elisa an dem Stoff. Der Alte mit den grauen Haaren saß singend hinter ihr, und sie hoffte, dass man ihr nicht ansah, was sie in diesem Moment empfand, denn ihre Gefühle waren ganz und gar ungehörig.

Hinter ihr läutete die Schiffsglocke, und sie warf einen letzten Blick zurück. Im schwindenden Licht des Tages hob sich das Weiß der Takelage gegen den dunklen Himmel ab. Auf der Bremen III wurden die Segel gehisst. Rasselnd wurde die Ankerkette eingeholt.

Das Kanu, in dem Elisas Mutter saß, kam an Elisas Seite. Verkrampft sah Clementia geradeaus. Ihr Atem ging flach. Es hatte vor ihrer Abfahrt zwischen dem Verwalter und ihrer Mutter eine kurze Unstimmigkeit gegeben. Es ging um die Bücherkiste. Ihre Mutter hatte das Wortgefecht verloren. Sie würden die Kiste mit ihren Lieblingsbüchern erst in zwei Wochen bekommen. Van Ween hatte nur sechs Männer dabei und keine Lasttiere. Die Männer müssten die Vorräte und die Waren tragen, hieß es, das sei für die Plantage wichtiger als Frauenlektüre. Unfreundlich hatte der Verwalter Elisas Mutter in fehlerhaftem Deutsch angeblafft. Man hätte ihm nicht gesagt, dass die Frauen aus Hamburg so viel Gepäck dabeihaben würden.

Elisa kannte diesen verkniffenen Ausdruck im Gesicht ihrer Mutter. Es würde seine Zeit dauern, bis sie sich von dieser ersten Niederlage erholt hatte. Immerhin war sie mit Elisa zu fünfzig Prozent Besitzerin der Plantage. Sie hieß »Gerhard Vogel & Paul Vogel«. Sie hatte von dem Verwalter, der immerhin ihr Angestellter war, mehr Respekt erwartet.

Elisa hatte das Benehmen des ungeschlachten Holländers ebenfalls nicht gefallen. Das schmierige Lächeln, mit dem er bei der Begrüßung ihren Köper gemustert hatte, war ekelhaft. Groß und kräftig mochten die van Ween-Männer ihre Frauen, hatte er gesagt, ohne mit der Wimper zu zucken. Vor allem ideal zum Kinderkriegen sollte ein Frauenbecken sein, so wie bei Elisa. Zu fassungslos, um etwas Passendes zu erwidern, hatte Elisa sich von dem Mann abgewendet, aber sie war mehr als entrüstet. Was fiel diesem Kerl bloß ein! Sie würde ihm bei erster sich bietender Gelegenheit eine Lektion verpassen, dachte sie sich jetzt, während sie zu seinem Kanu hinübersah.

Wieder schrie Piet van Ween seinen Ruderern ungehalten Kommandos zu, obwohl die drei Kanus im Gleichtakt gut vorwärtskamen. Ohrenbetäubend schrill ließ er seine Pfeife ertönen und zerstörte so die Magie der Stunde ihrer Ankunft auf der Insel. Ihnen diesen Mann zur Begrüßung zu schicken, war die maximale Beleidigung. Das würde Elisa ihrem Onkel bei Gelegenheit auch sagen, zumal er und seine Frau keineswegs durch die Geburt ihres neuen Babys verhindert waren. Das hatte Elisa bereits von dem Verwalter erfahren. Das Kind war seit vier Wochen auf der Welt, und ihre Tante hatte sich prächtig erholt. Onkel Paul war nicht persönlich zu ihrer Begrüßung gekommen, weil seine Frau an diesem Abend eine wichtige gesellschaftliche Einladung gab. Auch ohne sie je getroffen zu haben, war Elisa ihre Tante jetzt schon unsympathisch.

Mit kräftigen Bewegungen brachten die Männer die drei Kanus dem Ufer näher. Da sah Elisa plötzlich, dass eine ihrer Truhen nicht gut in dem großen Kanu befestigt war. Sie schwankte gefährlich hinter dem dicken Holländer auf einem großen Schrankkoffer. Farbige Aufkleber auf der Holztruhe zeugten von der weiten Reise, die Mutter und Tochter hinter sich gebracht hatten. Selbst im schnell schwindenden Abendlicht konnte Elisa sie deutlich lesen. London, New York, San Francisco. Auch ein Aufkleber aus Australien war dabei. Dort waren sie eine Zeit bei Geschäftsfreunden von Elisas Vater untergekommen, damit ihre Mutter ein böses Fieber auskurieren konnte. Elisa sah, wie das Seil, das Truhe und Schrankkoffer zusammenhielt, sich weiter löste. Die Truhe mit Elisas Kleidern und persönlichen Sachen würde in Kürze ins Meer fallen. Spontan stand Elisa in ihrem Kanu auf.

»Herr van Ween, Achtung! Meine Truhe …«

Doch es war bereits zu spät. Die kleine Truhe rutschte. Das Kanu des Verwalters legte sich gefährlich auf eine Seite. Dann versank die kleine Truhe in den Wellen. Elisas abruptes Aufstehen hatte auch ihr Kanu ins Wanken gebracht. Aufgeregt redete der Alte hinter ihr auf sie ein, aber es war zu spät. Einen Moment lang ruderte Elisa noch mit ihren Armen hilflos in der Luft, dann fiel sie über Bord.

Tiefer und tiefer versank Elisa in dem salzigen schwarzen Wasser. Ihr Seidenkleid hing wie Blei an ihrem Körper. Schwimmen konnte sie nicht. Ihr Vater hatte es ihr nicht mehr beibringen können. Das waren Elisas letzte Gedanken, während sie unter Wasser verzweifelt mit den Armen um sich schlug. Schnell war sie orientierungslos in den dunklen Fluten. Kurz zwang sie sich ihre Augen zu öffnen. Sie wollte zumindest sehen, wo die Oberfläche war. Das Salz biss ihr in den Augen, aber sie sah einen letzten Schimmer Abendrot. In der Richtung müsste die Oberfläche sein. Doch so sehr sie sich auch abmühte, ihr Sinken war unvermeidlich. Enge drückte ihre Brust zusammen. Sie würde sterben. Auf dem Grund des Meeres würde sie ihr Leben aushauchen. Das war es aber nicht, was sie wollte. Sie hatte doch gerade erst ihr Paradies gefunden. Ihr ganzes Leben lag noch vor ihr, dachte sie wütend, während sie versuchte sich das Kleid vom Leib zu reißen, um nicht noch weiter abzusinken. Ihren Vater brauchte sie jetzt. Er müsste ihr doch helfen können, in seiner anderen Welt. Sie versuchte unter Wasser nach ihm zu rufen, aber immer mehr Wasser drang salzig und bitter in ihren Mund. Mit letzter Kraft rief sie nach dem Mann, der sie vielleicht wirklich retten könnte. Kelii, wollte sie rufen, aber es blieb bei dem Gedanken an seine Augen, die ihre getroffen hatten wie ein Pfeil aus Licht.

In den letzten Sekunden ihres Lebens verfluchte Elisa ihr geliebtes Meer, während sie immer tiefer sank. Ihre Arme waren inzwischen viel zu müde, um gegen die bleierne Schwere anzukämpfen. Nur ihr Geist war noch voller Widerstand. Ausgerechnet das flüssige kalte Blau, das sie seit Anbeginn ihrer Reise immer wieder gemalt hatte, sollte jetzt ihr letztes Bett werden. Dann begann auch Elisas Wut immer mehr zu weichen. Sie hatte das Meer lieb gewonnen, dachte sie mit schläfriger Schwere. Warum sollte es nicht ihre letzte Ruhestätte sein?

Als ihre Füße auf dem felsigen Grund bei dem Riff angekommen waren, nahm sie mit letzter Kraft eine Präsenz wahr. Elisa war nicht allein. Im Wasser mit ihr war ein großes Wesen. Sie fühlte es eher, als dass sie es sah. Aber alles um sie herum schien sich zu verändern. Das Wasser war plötzlich wärmer. Dieses Wesen umfasste sie mit einem hellen Ton, fast wie das sonntägliche Glockengeläut vom Alten Michel. Was oder wer auch immer diese Präsenz war, sie schickte ihr ein beruhigendes Gefühl. Leicht und hell wie ein milder Sommertag in ihrem Garten war ihr zumute. Da war kein Druck mehr auf ihrer Brust. Auch ihre Wut spürte Elisa nicht mehr. Stattdessen nahm sie wahr, wie sie mit allem, was sie fühlte und dachte, eins wurde. So war es also, als ihr Vater dem Rotkehlchen zum letzten Mal zuhörte. Seinen letzten Atemzug tat er in diesem hellen Licht. Schön, dachte Elisa, der Tod war einfach nur unfassbar schön. Er war kein grausamer Geselle mit schwarzer Sense, sondern ein rettender Engel aus Licht.

Aus dem grellen Licht hinter Elisas Augenlidern begann sich das Gesicht einer jungen Frau zu formen, das sie anlächelte, so als seien sie schon lange Freundinnen. Elisa konnte erkennen, dass die junge Frau Gesichtszüge hatte, die sowohl polynesisches als auch europäisches Blut verrieten. Auch hörte Elisa eine Stimme, die nach ihr rief. Aus dem Glockengeläut im Inneren ihrer Ohren formte sich der Klang dieser weiblichen Stimme mit großer Dringlichkeit, so als müsste Elisa in der Sekunde ihres Todes noch eine letzte Botschaft empfangen. Ganz klar hörte Elisa einen Namen, der nicht ihr eigener war: Maja.

In diesem Moment biss der Hai zu. Er versenkte seine Zähne tief in Elisas linkem Oberschenkel. Das Wasser färbte sich rot von ihrem Blut.

2. Kapitel

Tal der Tausend Nebel, Sommer 1894

Was genau in den Minuten nach dem Angriff des riesigen Weißen Hais geschah, sollte Elisa erst Jahre später in allen Details erfahren. Kelii hatte sich geweigert, ihr davon zu erzählen, solange seine Freundin noch nicht mit der Narbe an ihrem Bein versöhnt war. Aber von Versöhnung konnte bislang keine Rede sein. Der Hai hatte Elisa für immer gezeichnet, gar entstellt, wie ihre Tante mehrfach betont hatte, als es um die Auswahl des passenden Bräutigams ging. Man hatte das Thema Heirat um sechs weitere Monate verschoben, in der Hoffnung, Elisa würde im kommenden Winter nicht mehr hinken. Es war nicht von Vorteil für eine junge Frau, in die hiesige Gesellschaft eingeführt zu werden, wenn sie körperlich beeinträchtigt war. Es minderte ihren Wert.

Der jährliche Hibiskusblüten-Neujahrsball, so hieß das wichtigste gesellschaftlich relevante Ereignis auf Kauai, verlangte den jungen Damen viel ab. Nicht nur mussten sie die europäischen Tänze perfekt beherrschen, auch sonst wurde um den besten Ehemann konkurriert. Es wurden eigens Ballroben geschneidert, und Mutters Schmuckschatulle wurde geplündert. Haare wurden kunstvoll aufgesteckt und die Kunst der gehobenen Konversation beim Abendbrot geübt. Kurz, die Familien der Plantagenbesitzer investierten in das Balldebüt einiges an Zeit und Geld. Letztes Jahr glaubte allerdings auf der Plantage der Gebrüder Vogel keiner, dass Elisa überhaupt mit beiden Beinen bis zur Jahreswende überleben würde. Umso neugieriger würde man in diesem Jahr auf ihr erstmaliges Erscheinen als Debütantin warten.

Elisa hielt während ihres Aufstiegs zu dem großen Felsen einen Moment inne. Sie liebte den ersten Anblick des Tals der Tausend Nebel, musste aber dringend Atem holen. Der schmale

Pfad, der sich durch das smaragdgrüne Dickicht hinauf zu dem Wasserfall am großen Felsen schlängelte, war an diesem Stück besonders steil, bevor es wieder abwärts ins Tal ging. Aber sie hatte von hier einen Ausblick, dessen Schönheit ihr bei jedem Besuch fast den Verstand raubte.

Zu ihrer Rechten lag das Meer, genauer gesagt die Bucht, in der sie angekommen war. Sie konnte von so weit oben sogar das Riff erkennen, in dem der große Hai wohnte, weil sich dort das Wasser anders kräuselte und eine hellere Farbe hatte. Zu ihrer Linken lag das weite Tal in sanften grünen Wellen, von hier aus trügerisch harmlos aussehend. Erst wenn man näher kam, stellte sich das dschungelartige Dickicht an vielen Stellen als undurchdringlich heraus. Deshalb blieb Elisa immer auf den Pfaden, die von den Dorfbewohnern hier oben seit Jahrzehnten festgetreten worden waren.

Das Tal lag auch an diesem Morgen noch in hellen Nebelschwaden, die nach kräftigem Grün duftend nach dem nächtlichen Regen aus den Pflanzen aufstiegen. Sie atmete tief ein und aus und konnte förmlich spüren, wie ihre Lungen sich weiteten. Dieser Geruch war einzigartig und völlig anders als der auf ihrer Plantage, wo es überall süßlich nach Zuckerrohr und Jasmin roch. Da war er wieder, der scheußliche Gedanke an die Plantage und damit an ihre Tante, die ihr das Leben zur Hölle machte.

Elisa war zornig. Warum konnte ihre Tante es nicht lassen, sie bei jeder Gelegenheit vor Onkel Paul als minderwertig hinzustellen? Natürlich würde Elisa sich für einen guten Mann entscheiden, sobald sie wieder ganz gesund sein würde! Es gab Männer wie Kelii, die eine Frau mit Mut, Geist und Esprit wertschätzten und denen eine hässliche Narbe nichts ausmachte. Aber auf der Plantage durfte sie noch nicht einmal einen derartigen Gedanken äußern, denn nur ein weißer Mann kam infrage.

Wenn es nur nach ihrer Tante ginge, müsste Elisa täglich ihren Porzellanteint kultivieren, ihr stümperhaftes Klavierspiel verbessern und voller Entzücken in die Hände klatschen, wenn wieder einmal eine ihrer kleinen Cousinen ihr Skizzenbuch mit ihren Dreckpfoten beschmierte. Dabei war Elisa viel mehr an dem Geschäft interessiert, über das Kelii ihr schon einiges beigebracht hatte, denn er kannte sich zumindest mit der Pflanze Zuckerrohr aus. Aber am liebsten würde sie jeden ihrer Tage mit Onkel Paul im Kontor verbringen, um mehr über den Handel zu lernen. Im Moment durfte sie nur jeden Donnerstag ins Kontor, in Begleitung ihrer Mutter. Es war eine Farce. Statt über Zahlen und Handelsmodalitäten zu reden, hatte Onkel Paul eine Art Teestunde mit gepflegter Konversation aus ihrem gemeinsamen Kontortag gemacht.

Elisa ließ ihre Augen weiter unten am Hang über die jungen Apfelbäume schweifen, die ihr Vater bei seinem letzten Besuch gesetzt hatte. Dieser Teil der Plantage gehörte einzig und allein ihr. Und selbst, wenn manche sagten, dass es minderwertiges Land war, da durch Vulkanaktivitäten Teile des Hangs ins Meer gerutscht waren, überfiel sie bei dem Anblick ein Gefühl von Stolz. Die kleinen Bäume gediehen zwar langsam und ihre Früchte waren nicht besonders groß, aber die Äpfel schmeckten besonders köstlich, wie sie fand. Außerdem war es ein wunderbares Gefühl, ein Stück Land zu besitzen.

Über sich hörte sie einen Falken rufen und lächelte. Auch das war eines der Geheimnisse dieses Tals. Es gab sonst keine Falken auf Kauai, wie Kelii ihr erklärt hatte. Nur im Tal der Tausend Nebel wohnte ein einziges Paar. Angeblich hatte es mit der begehrten Heilpflanze Tausend Nebel zu tun, wie er gesagt hatte. Die Falken waren die Hüter der Nebel. Und die Nebel wiederum, von der Heilpflanze in den Körper gebracht, verscheuchten Krankheiten und brachten das göttliche Licht. So sangen es die Hawaiianer aus Keliis Dorf bei jedem Vollmond oben am großen Felsen, begleitet von ihren Trommeln.

Elisa seufzte. Eines Tages würde Kelii sie mitnehmen, das hatte er ihr versprochen. Aber jetzt wurde es Zeit weiterzugehen, obwohl Elisa sich kaum an dem nebligen Grün im Tal sattsehen konnte. Wie geheimnisvolle Frauen in langen Gewändern sahen manche der weißen Schleier aus, bevor sie von der Sonne in kleine Wölkchen zerteilt wurden.

Elisa musste beim Abwärtsgehen besonders vorsichtig sein. Trotz der Übungen, die sie gewissenhaft täglich ausführte, war sie durch ihr beschädigtes Knie beeinträchtigt. Der Hai hatte nicht nur eine tiefe, mondsichelförmige Narbe auf ihrem Oberschenkel hinterlassen, sondern einer seine Zähne war tief in ihr Kniegelenk eingedrungen. Er war im Knorpel stecken geblieben, bis Keliis Vater ihn entfernt hatte.

Elisa lächelte vor sich hin. Wenn sie überhaupt etwas an ihrer Begegnung mit dem Hai als positiv werten konnte, waren es Kelii und sein Vater. Seit sie von den beiden gerettet worden war, bestand zwischen ihr und Kelii eine Verbindung. Wie ein unsichtbares Band, an dem sie gemeinsam hingen, konnte sich Elisa ein Leben ohne ihren Freund schon jetzt nicht mehr vorstellen. Er war ihr tägliches Lächeln, ihre Freude und ihr Licht. Zur Zeit sahen sie sich fast jeden Tag, da Kelii eine Weile für die Plantage arbeitete. Auch für heute, sobald Elisa mit den frischen Tausend-Nebel-Pflanzen für ihre Mutter auf die Plantage zurückgekehrt sein würde, waren sie verabredet. Allein der Gedanke daran ließ Elisas Schritte schneller werden.

Wenn sie nur nicht ständig mit dem lästigen Stoff kämpfen müsste. Dabei trug sie heute verbotenerweise noch nicht einmal ihr Korsett, auf das die Tante größten Wert legte. Aber mit dem Walgestänge, das bei jedem Schritt in die Rippen pikste, würde der Weg zu den Becken unterhalb des Wasserfalls doppelt so lange dauern. Und nur dort würde sie die Tausend-Nebel-Pflanzen finden, die stark genug waren, um ihre Mutter zu heilen.

Elisas weißes Baumwollkleid hing lose und in lockerem Faltenwurf an ihrem trainierten Körper, als sie so schnell wie möglich den Pfad bergab in die letzten Nebelfelder ging. Alles war feucht, und die Pflanzen hingen voller feiner Tropfen, weil es hier jede Nacht regnete. Wenn es nach ihr ginge, würde sie nur noch weite Kleidung tragen, aber dafür um einiges kürzer, maximal bis zur Wade und nicht bis zum Knöchel herunter. Und dünner müssten die Stoffe sein. Die gestärkte Baumwolle mit dem Spitzenkragen war jetzt schon zu heiß. Sie konnte es nicht leiden, wie im feuchtwarmen Inselklima der Stoff an ihrer Haut klebte. Und die Länge war völlig unpraktisch.

Schnell hatte sich ihr Saum an den Farnen vollgesogen. Elisa musste den schwerer werdenden Rock beim Gehen raffen und fluchte leise vor sich hin. Hier in diesem Tal der Tausend Nebel hörte sie niemand, denn das Dorf war auf der anderen Seite. Es war durch eine hohe Felswand von den Tümpeln mit den wertvollen Heilpflanzen getrennt. Elisa raffte ihren Saum noch höher. Barfuß war sie ohnehin schon. Die Schuhe hingen an ihren Bändern über ihrer Schulter. Elisa war in ihren ersten sechs Monaten auf Kauai eigen geworden, was die Kleider und vor allem auch die Schnürstiefel betraf, die ihr von ihrer Mutter aufgezwungen wurden. Aber noch hatte sie ihre Vorstellungen auf der Plantage nicht durchsetzen können. Nur wenn sie unbeobachtet war, ging Elisa barfuß.

Kurz darauf stand sie mit den Füßen in dem bräunlichen Wasser des ersten Tümpels. Die Kühle war herrlich. In der Nähe des Wasserfalls glaubte sie sich so früh am Morgen allein und hatte vorne einen dicken Knoten in ihren Rock gemacht, um die Hände frei zu haben. Sie wollte im Tümpel genug Tausend-Nebel-Pflanzen sammeln, um für einen Monat Tee für ihre Mutter kochen zu können. Auf der Suche nach den begehrten Wasserpflanzen durchwatete sie mit ihren nackten Beinen langsam das flache Ende. Insgesamt waren es drei Becken, die sich zu Füßen des Wasserfalls gebildet hatten, und durch ihre wärmere Temperatur den idealen Nährboden für die magische Pflanze bildeten. Sie gingen ineinander über, ein Becken ein wenig höher als das nächste, und waren mit sprudelnden Wasserfällen verbunden. Der größte war kaum mannshoch.

Der heilige Platz der Tausend Nebel, wie ihn die Einheimischen nannten, diente tagsüber auch als Badestube und Kinderspielplatz. Hier trafen sich vor allem die Frauen mit den kleinen Kindern, um in der Hitze Abkühlung und Zerstreuung zu suchen, aber nie pflückte eine von ihnen auch nur eine einzige heilige Pflanze. Dieses Privileg war Kelii und seinem Vater vorbehalten. Auch Elisa hatte Kelii um Erlaubnis fragen müssen, allerdings hatte sie das schon vor einigen Tagen getan.

Während sie vorsichtig durch das Becken ging, musste sie erneut lächeln. Nachts trafen sich hier die Liebespaare vor ihrer offiziellen Vermählung, wie Kelii ihr verraten hatte. Doch in dieser frühen Morgenstunde war sie allein. Dieser Ort war in letzter Zeit öfter Elisas geheimer Kraftplatz gegen Kummer und Wut geworden. Das beruhigende Rauschen der Wassermassen des großen Wasserfalls, der einige Hundert Meter weiter oben senkrecht nach unten fiel, empfand Elisa als Trost. Hier fielen ihr bisweilen spontan Lösungen ein, auf die sie auf der Plantage nicht gekommen wäre, weil ihre Tante sie tagsüber kaum in Ruhe ließ. Doch manchmal dauerte es Tage, bis sie Gelegenheit fand, ihr zu entkommen.

Heute hatte Elisa eine fast ohnmächtige Wut in aller Frühe aus dem Bett getrieben. Sie war am Vorabend mit ihrer Tante aneinandergeraten. Mit Bitterkeit dachte sie jetzt an ihre aussichtslos scheinende Situation, während sie vom flacheren Ende des Pools langsam in das Tiefe watete. Das Leiden ihrer Mutter, das nach dem Tod des Vaters begonnen hatte, wurde unter der Behandlung des hiesigen Arztes nicht besser, und ihr Zustand hatte sich in den letzten Tagen verschlimmert. Wenn Elisa keinen Weg fand, ihrer Mutter bis zum nächsten Vollmond zu helfen, würde sie vor dem Winter sterben. Das sagte Elisa ihr Gefühl, aber auch Kelii hatte es bestätigt, nachdem er sich selbst ein Bild vom Zustand ihrer Mutter gemacht hatte.

Dem unfähigen Arzt war nichts anderes eingefallen, als die Dosis des lähmenden Opiats, das der Mutter Tropfen für Tropfen die Lebenskraft raubte, zu erhöhen. Das durfte auf keinen Fall geschehen. In Elisa stiegen spontan Tränen auf, wenn sie daran dachte, wie ihre Mutter in den Wochen nach ihrem Unfall Tag und Nacht an ihrem Bett gesessen hatte. Sie hatte dabei kaum auf sich selber geachtet, deshalb war sie krank geworden. Als es ihrer Tochter besser ging, war sie vollkommen erschöpft zusammengebrochen. Über den Frühling hatte sie sich nur wenig erholt, und jetzt konnte es passieren, dass sie sich an manchen Tagen nicht einmal ankleidete. Die Hitze machte ihr zu schaffen. Nur der Donnerstag, wenn Mutter gemeinsam mit Paul ihrer Verantwortung als Plantagenbesitzerin nachkam, war ihr heilig. Egal wie schwach sie sein mochte, an ihrem Kontor-Tag erschien Clementia immer in tadelloser Aufmachung.

Elisa musste beim Waten ihren Rock noch höher knoten, damit er nicht ganz nass wurde, und hielt unter Wasser Ausschau. Die glitschigen giftgrünen Stiele der Tausend-Nebel-Pflanze wuchsen nur in der sommerlichen Jahreszeit. Keliis Vater hatte ihr vor wenigen Tagen beigebracht, wie sie verarbeitet werden mussten, um zu wirken. Der Vorrat vom letzten Jahr ging jetzt auch im Dorf zur Neige. Getrocknet, zerrieben und zu einem feinen grünen Pulver verarbeitet, war die Pflanze eines der wichtigsten Heilmittel. Es half vor allem, wenn die Lebenskraft schwach wurde und man zur Quelle der Seele reisen musste, um Licht zu holen. Elisa wusste anfangs nicht, was mit der »Quelle der Seele« gemeint war, aber die Wirkung der Heilpflanze hatte sie mehrfach gespürt.

Als sie nach ihrer Ankunft auf Kauai zwischen Leben und Tod schwebte, hatte sie das grüne Pulver von Kelii heimlich verabreicht bekommen. Der wohlmeinende Arzt, der auch Elisa behandelte, durfte nichts davon erfahren. Hexerei und

Teufelszeug nannte der Mediziner aus England die Heilmethoden der Hawaiianer, allen voran das grüne Pulver, das er ein gefährliches Rauschmittel nannte. Elisa erinnerte sich deutlich an den plötzlichen Moment der Klarheit, als der Wirkstoff der geheimnisvollen Pflanze zum ersten Mal in ihrem Blut zu spüren war. Dr. Wellington hatte zu dem Zeitpunkt bereits die Amputation ihres Beines beschlossen. Die Instrumente glänzten drohend, während der Arzt am Morgen seiner geplanten Operation die eiternde Wunde an ihrem Bein mit Alkohol desinfizierte. Eine Säge war auch darunter gewesen.

Aber durch die Tausend-Nebel-Pflanze wurde Elisa, die bis dahin vor Schüttelfrost und Fieber kaum ihre Augen hatte öffnen können, mit einem Mal wach. Ihr geschwächter Körper bekam einen Schub plötzlicher Kraft, und sie konnte sich sogar ein wenig aufrichten. »Nein«, hatte sie so ruhig wie möglich beim Anblick der Folterinstrumente gesagt, »ich werde mein Bein behalten. Ich brauche keine Amputation.« Ihre Mutter hatte vor Freude geschluchzt, während sie Elisas erste Worte seit dem Unfall aus dem Deutschen ins Englische übersetzte. Es musste Gottes Wille sein.

Der Arzt hatte Elisa zugenickt und angekündigt, dass er am nächsten Tag wiederkommen würde. Doch wie durch ein Wunder sank in dieser Nacht das Fieber. Dann klang die Entzündung wie von selbst ab. Niemand, nicht einmal ihre Mutter, durfte je erfahren, dass Kelii von da an jede Nacht zu ihr kam. Er war an ihrer Seite, sobald die Mutter eingenickt war. Dabei riskierte er eine schlimme Strafe, denn es war den Hawaiianern verboten, die Wohnräume ihrer Herrschaft zu betreten. Wenn sie nicht im Hause als Dienerschaft arbeiteten, hatten sie nachts hinter dem Zaun, der das Herrschaftshaus schützte, nichts zu suchen.

Elisa stand unbeweglich in dem kühlen Wasser, lauschte dem Zwitschern der Vögel und genoss die kribbelnde Sensation der aufsteigenden Kälte in ihren Beinen. Ihm hatte sie es zu verdanken, dass sie noch zwei Beine hatte. Kelii hatte viel gewagt, indem er Nacht für Nacht heimlich zu ihr gekommen war, aber das war ihr zu diesem Zeitpunkt noch nicht bewusst gewesen. Alles, was sie anfangs von ihm wollte, war das grüne Pulver, auf das sie einen regelrechten Appetit entwickelte.

Nicht der Geschmack der Heilpflanze war es, den Elisa jede Nacht herbeisehnte, sondern die klaren Träume, die sie hatte. Wieder und wieder kam im Traum die junge Frau zu ihr, die auf dem Meeresgrund gerufen hatte. Maja war ihr Name. In der Traumwelt der Tausend Nebel sprachen sie anfangs nicht miteinander. Die schöne junge Frau mit den Mandelaugen, die um den Hals den Zahn eines Haifisches an einem Lederband trug, nahm nur ihre Hand. Eine Kaskade aus Lichtpunkten wanderte über Elisas Wirbelsäule bis hinunter in ihr verletztes Bein. Die Wirkung dieser Pflanze grenzte an ein Wunder. Mit jeder Nacht, in der Maja im Traum zu ihr kam, um ihr die Hand zu reichen, heilte die tiefe Wunde an ihrem Bein weiter. Doch eines Nachts, als sie ihn schon ungeduldig nach dem grünen Pulver fragte, sah er ihr bei Kerzenlicht prüfend in die Iris. Was er sah, gefiel ihm. Er hatte gelächelt.

»Du brauchst die Hilfe von Tausend Nebeln nicht mehr. Dein Körper und deine Seele sind wieder eins«, sagte er auf Englisch.

Eine ganze Woche war er danach nicht mehr zu ihr gekommen. Elisa hatte schlechte Laune und zudem ekelhafte Kopfschmerzen und immerzu starken Durst. Sie schrieb auch diese Symptome der Wirkung von Tausend Nebeln zu und verstand jetzt, warum Dr. Wellington das grüne Pulver als Teufelsdroge der Hawaiianer bezeichnete.

Während Elisa an diesem Tag zum ersten Mal selber nach der magischen Pflanze suchte, überkam sie ein tiefes Gefühl von Dankbarkeit. Sie hatte viel über Heilung von Kelii gelernt.

Aber ihm näherzukommen, war nicht einfach gewesen. Nachdem es ihr besser ging, hatte sie immer wieder versucht, sich für seine Hilfe bei ihm zu bedanken. Sie wollte ihn belohnen. Doch über ihr Geld hatte er nur gelächelt. Er wollte auch keine Kleider oder Tücher für seine Schwester oder seine Mutter, die während dieser Zeit auf Reisen war. Nur für Elisas Sprache hatte er sich interessiert. Er sprach zwar recht gut Englisch, wie sie schnell herausgefunden hatte, mochte die Sprache aber nicht. Weder die Amerikaner noch die Engländer konnte er leiden, wie er ihr sagte. Mit Freude nahm er schließlich Elisas Angebot an, ihn die deutsche Sprache zu lehren.

Sobald sie wieder aufstehen konnte, trafen sie sich Tag für Tag für eine Stunde. Es war nie einfach, sich zu treffen, aber er fand immer einen Weg. Immer wartete er schon auf sie, als würde er spüren, wann Elisa mit ihren Krücken angehumpelt kommen würde. Er begrüßte sie stets mit seinem zurückhaltenden Lächeln, aber Elisa fühlte, dass sein Herz vor Aufregung mindestens genauso heftig pochte wie ihres. Bei jedem ihrer Treffen erfuhr sie mehr über ihn.

Von Geburt an hatte Kelii die Gabe des zweiten Gesichts, was unter den Hawaiianern als klares Zeichen galt. Ihm war das Schicksal eines Kahuna vorherbestimmt.

Kelii sah schon als Kind schlimme Dinge vorher, konnte aber nichts dagegen tun. So hatte er mit vier Jahren eines Morgens Asche auf sein Haupt gestreut, weil sein Großvater an diesem Tag ums Leben kommen würde. Und so war es auch geschehen. Am Abend wurde er erschlagen nach Hause gebracht. Ein englischer Plantagenaufseher hatte so lange mit der Peitsche auf ihn eingeschlagen, bis sein Rückgrat brach.

Elisa hatte nichts erwidert, als sie diese Geschichte hörte. Sie hatte sich auch nicht getraut, nach den Narben zu fragen, die sich wie ein silbernes Muster über den Rücken von Keliis Vater zogen. Auf den Plantagen wurden die einheimischen Arbeiter geschlagen, auch bei ihrem Onkel war das so. Selbst wenn es Elisa nicht gefiel, konnte sie nichts dagegen tun.

Keliis Name bedeutete Oberhaupt seiner Familie. Wegen dieser Bestimmung arbeitete er nicht auf den Zuckerrohrfeldern wie die anderen jungen Männer aus seinem Dorf. Er und sein Vater besaßen ihr eigenes Kanu in der Bucht. Sie waren angesehene Fischer. Bisweilen tauchte Kelii mit seiner Schwester Leilani am Haifischriff nach Perlen, denn dafür gaben die Weißen viel Geld aus. Seine Familie hatte innerhalb des Dorfes einen besonders guten Stand. So zumindest hatte es sich Elisa nach ihrem ersten Besuch in dem malerischen Dorf auf der anderen Seite des Wasserfalls zusammengereimt.

Drei Monate waren vergangen, als Kelii sie zum ersten Mal dorthin mitnehmen konnte, weil sie endlich keine Krücken mehr brauchte. Für Elisa war ihr erster Besuch in dem hawaiischen Dorf eine Offenbarung. Sie hatte das Gefühl, im Paradies angekommen zu sein, denn aufgrund der Gesetze der heiligen Gastfreundschaft wurde sie warm und herzlich empfangen.

Doch Kelii warnte sie vor allzu viel Idealisierung, und sie erkannte nach kurzer Zeit auch Missstände. Schnaps und andere Sorten Alkohol wirkten bei Hawaiianern besonders stark, wie ihr Freund ihr erklärte. Das Blut der Polynesier war anders als das der Weißen. Schnaps machte die Männer willenlos und gefügig, was die Plantagenbesitzer für ihre Zwecke missbrauchten. Innerhalb kurzer Zeit hatte es sich auf den Inseln eingebürgert, den Arbeitern den Großteil ihres Lohnes in billig gebranntem Schnaps aus Zuckerrohr auszuzahlen. Diese Familien verarmten und verrohten.

Kelii und sein Vater tranken nie einen Tropfen. Sie wetterten im Dorf gegen Alkohol, schütteten den Schnaps weg und versuchten auch sonst die Würde und Traditionen ihres Volkes zu bewahren. Wenn es so etwas wie Adel unter den Hawaiianern gab, dann gehörte Keliis Familie zweifelsohne dazu. Keliis Mutter stammte aus der Königsfamilie. Daher war sie auch sofort nach der Inhaftierung von Königin Lili'uokalani nach Maui abgereist, um ihrer Familie beizustehen.

Auch in den Augen von Elisas Onkel gehörte Kelii in eine andere Kategorie als die gewöhnlichen Feldarbeiter. Selbst wenn er der Plantage den einen oder anderen Dienst erwies, so wurde er bevorzugt behandelt. Über das hawaiische Königsblut lästerte Elisas Tante allerdings spöttisch. Hochmütig und arrogant sei Keliis Kanaka-Familie, weil sie sich für etwas Besseres hielt. Aber Elisa gab nicht viel auf solche Worte. Weder ihr Onkel noch ihre Tante hatten auch nur die geringste Ahnung von der hawaiischen Kultur. Primitive Wilde, die zum Arbeiten auf den Feldern mit der Peitsche gezwungen werden mussten, weil sie lieber in der Ecke lagen und billigen Schnaps tranken, lautete der Konsens. Die Plantage der Gebrüder Vogel gehörte dabei noch zu den löblicheren Ausnahmen, wenn es um den Umgang mit den Arbeitern ging. Van Ween benutzte seine Peitsche lediglich in Ausnahmefällen.

Während Elisa ihre Schritte in dem kühlen Becken sorgfältig setzte, um nicht auf dem glitschigen Untergrund auszurutschen, dachte sie über die Unmöglichkeit ihres Lebens nach. Sie war durch und durch eine Deutsche und fühlte sich zu Hause in den vielen beruhigenden Ritualen auf der Plantage, die an ihre alte Heimat erinnerten. Dennoch lebte Elisa durch ihre Verbindung mit Kelii inzwischen in zwei Welten, die eigentlich unvereinbar waren. Um ihrem neuen Freund zu gefallen, bemühte sie sich, so viel wie möglich über die Welt der Hawaiianer zu lernen, denn Wissen spielte eine enorme Rolle für ihn. Im Gegenzug bemühte sich Kelii, ihrer Welt zumindest halbwegs gerecht zu werden.

»Nicht alles bei euch ist schlecht!«

Kelii sagte diese Worte immer wieder, fast so, als würde er die grausame Realität dadurch beschwören können, denn was er tagtäglich in seinem Dorf sah und erfuhr, waren vor allem Ungerechtigkeiten. Viele Weiße behandelten ihre hawaiischen Dienstboten wie den letzten Dreck.

»Zeige mir, wie ich ein Deutscher werde!«

Elisa hatte anfangs über ihn gelacht, aber bald schon verstanden, dass er ihr zuliebe mehr Nähe zu ihrer Familie suchte. So wollte er auf der Plantage immer öfter bei Elisas Onkel sein. Sie fand ihn tagsüber im Kontor. Wenn der junge Hawaiianer auch noch nicht korrekt auf Deutsch lesen und schreiben konnte, so konnte er doch ausgezeichnet rechnen, wovon Paul Vogel jetzt regelmäßig profitierte. Wenn die monatlichen Abrechnungen erstellt werden mussten, war Kelii zur Stelle. Nie machte er auch nur einen einzigen Fehler.

Ein britischer Missionar hatte den Kindern seines Dorfes vor gut zehn Jahren eine Menge beigebracht. Leider war dieser Missionar eines Tages erschlagen beim großen Wasserfall aufgefunden worden. In Ermangelung anderer Verdächtiger hatten die Plantagenbesitzer daraufhin grausam in Keliis Dorf gewütet. Fünf Männer hatte man als angebliche Mörder aufgeknüpft, um ein Exempel zu statuieren. Kelii hatte das nie erwähnt. Aber Elisa erfuhr es von dem alten Fried, der regelmäßig am Sonntagabend zum Essen zu ihnen auf die Plantage kam.

Friedrich von Königsburg entstammte einem verarmten Adelszweig, der wiederum weitläufig mit Elisas gräflicher Großmutter verwandt war. Der alte Fried, wie er von seinen Freunden genannt wurde, wusste sehr viel über die Geschichte der Hawaiianer zu erzählen. Besonders die Geschichten über Keliis Dorf faszinierten Elisa mehr und mehr. Sie realisierte aber auch schnell, dass nicht alles der Wahrheit entsprach, was Fried nach ein paar Gläsern Wein von sich gab. Elisas Mutter munkelte hinter vorgehaltener Hand, dass einst eine hawaiische Schönheit Fried den Kopf verdreht hatte. Nur deshalb sei er so lange auf der Insel geblieben. Angeblich hätte der alte Fried mit seiner einheimischen Schönheit in wilder Ehe zwei Kinder gezeugt, bevor sie vor einigen Jahren gestorben sei.

Elisa hatte Fried in einem Anfall von plötzlichem Wagemut einst unter vier Augen angesprochen.

»Verzeihen Sie meine Neugierde, aber stimmt es, dass Sie zwei Kinder in meinem Alter hier auf der Insel haben?«

»Wie kommen Sie denn darauf, mein schönes Fräulein Elisa? Wenn ich Kinder hätte, dann würden sie doch meinen Namen tragen, oder etwa nicht?« Er zwinkerte ihr verschwörerisch zu.

»Falls Sie mich aber auf Ihre dezente Art und Weise fragen wollen, ob es auf dieser Insel Früchte meiner Huldigung an den Gott Amor gibt, so kann ich das durchaus bestätigen. Sie haben den Klatsch richtig gedeutet! Die beiden sind in Ihrem Alter, aber Sie werden Sie wohl kaum je in Ihren Kreisen zu Gesicht bekommen ...«

Als Elisa ihr Befremden ausgedrückt hatte, erntete sie lediglich ein mildes Lächeln. Über diese Dinge sprach man in der höheren Gesellschaft nicht ausführlicher, vor allem nicht als junge Dame.

Dennoch waren auch Fried und Elisa über ihre sonntäglichen Begegnungen langsam vertrauter miteinander geworden. Sie konnte bei Fried ihren generellen Wissensdurst über das Volk der Hawaiianer und die Geschichte des hawaiischen Königshauses, wie sie von außen gesehen wurden, stillen.

In akribisch genauer Handschrift hielt Elisa in jeder Sonntagnacht am Rand ihres Skizzenbuchs fest, was sie beim Abendessen vom alten Fried erfahren hatte. Den Rest ihrer Neugierde ergänzte sie teilweise aus Schriften in der Bibliothek. So wurde sie für Kelii mit der Zeit immer mehr zu einem echten Gegenüber. Ihr Deutschunterricht erweiterte sich auf Unterricht über die Geschichte Hawaiis und diesmal war er der Lehrer.

»Die Weißen schreiben viel Unsinn ...!«

Kelii versuchte, ihr auf seine Weise zu erklären, wie die Kultur der Hawaiianer entstanden war. Dieser Version widersprach der alte Fried beim folgenden Sonntagsmahl heftig.

»Alles nur Unsinn, was dein Kelii sagt. In Wirklichkeit hat die königliche Familie Kamehameha zwar über die Inselgruppe Hawaii geherrscht, aber es gab nie Frieden. Zwistigkeiten unter den verschiedenen Zweigen der königlichen Familie zerbrachen immer wieder die Einheit unter den Inseln, bis es zu Kriegen kam.«

Elisa hatte energisch gekontert, dass daran vor allem die Europäer schuld waren. Immerhin hatten sie das Inselvolk gestört. Aber Fried schüttelte energisch seinen Kopf, sodass sein schütteres weißes Haar in Unordnung kam.

»Als die Europäer kamen, herrschte bereits seit Langem kein Frieden mehr! Das Volk der Hawaiianer war unter sich zerstritten. Es war unfähig, einen Konsens zu erlangen, dem die gesamte Königsfamilie zustimmen konnte!«

Jetzt mischte sich auch Elisas Onkel in das Gespräch ein.

»Am schlimmsten ist die jetzige Königin! Sie ist zwar stark gen Westen orientiert und durch ihr vermischtes Blut nur zur Hälfte Hawaiianerin, aber das Weib ist unmöglich! Wie kann eine Frau, die zur Hälfte Schottin ist, nur derartig verbohrte Ideen haben? Sei bloß vorsichtig, Elisa, dass Kelii dir keine verqueren Flausen in den Kopf setzt, denn mit dieser Königin wird es ein böses Ende nehmen.«

Seine bessere Hälfte nickte energisch. Katharina liebte es, wenn Elisa zurechtgewiesen wurde, und stimmte mit ein.

»Die Frau ist einfach verrückt! Dabei hätte sie die Europäer und vor allem auch die Amerikaner mit Klugheit und Zurückhaltung durchaus für sich gewinnen können. Aber durch ihr Studium im Westen hat sie Ideen für die Frauen in ihrem Volk, die völlig absurd sind.«

Auch Elisas Mutter gab Katharina recht.

»Solche Ideen sind zwar grundsätzlich fortschrittlich, haben aber auf diesen rückständigen Inseln einfach keinen Platz. Wir reden hier zum Großteil von unkultivierten Wilden!«

Elisa sah ihre Mutter erstaunt an.

»Die Königin wollte doch nur erreichen, dass von jetzt an auch alle einheimischen Mädchen auf den hawaiischen Inseln zur Schule gehen sollten!«

Katharina lachte laut.

»Nicht nur das, den einheimischen Frauen Hawaiis sollte auch das Studieren ermöglicht werden, wenn sie Begabung zeigten.«

Eine ganz und gar absurde Idee, wie auch der alte Fried fand, der die Mädchen und Frauen Hawaiis vor allem ihrer sinnlichen Schönheit wegen schätzte, wie er sagte.

»Weder die Europäer noch die Amerikaner können diese Monarchin ernst nehmen, Elisa, sag das deinem Freund.«

Paul sah ihr direkt in die Augen.

»Aber vor allem achte darauf, liebe Nichte, dass du nicht allzu oft mit ihm gesehen wirst. Die Leute beginnen bereits zu reden ...«

Elisa verstand den warnenden Blick und verfolgte das Thema bei Tisch nicht weiter. An diesem Abend zeigte Fried ihr im Geheimen sein eigenes Skizzenbuch, das voll mit Zeichnungen einer halbnackten einheimischen Schönheit war.

»Sie war eine Offenbarung ... ein Geschenk der Götter.«

Elisa sagte nichts, sondern lächelte nur höflich. Sie war klug genug, um vor Fried ihre Meinung für sich zu behalten. Ihr Bauchgefühl sagte ihr, dass es das Klügste war, was sie tun konnte. Aber gleichzeitig stieg in ihr ein Gefühl von Ekel auf, das sie nicht benennen konnte.

Onkel Paul übte in den folgenden Wochen immer mehr Druck auf Elisa aus. Er wollte nicht, dass seine Nichte zu viel Zeit mit dem jungen Hawaiianer verbrachte. Nachdem er mitbekam, wie rasend schnell Kelii durch Elisa die deutsche Sprache lernte, wurde ihm die Klugheit des jungen Hawaiianers unheimlich. Unter vier Augen redete er ihr jetzt fast täglich ins Gewissen.

»Es schickt sich für ein weißes Mädchen nicht, mit einem Kanaka gesehen zu werden, der nicht ihr Diener ist. Die Leute reden über dich, Elisa. Denk immer dran, du bist nicht nur eine Vogel, sondern vor allem bist du als meine Nichte unter meiner Obhut! Du hast es geschafft, schnell wieder halbwegs gesund zu werden. Das liegt als positives Gewicht auf der Waagschale. Du könntest immer noch eine gute Partie machen. Zerstöre dir deine Chance nicht durch Torheit, indem du ins Gerede kommst.«

Elisa wartete einen Moment, nachdem ihr Onkel seinen Satz beendet hatte. Sie wusste, wie sehr er es brauchte, respektiert und bewundert zu werden. In seiner Ehe, so hatte sie aus hawaiischer Quelle erfahren, musste er permanent zurückstecken. Oft wurde er noch nicht einmal ins Ehebett gelassen, sondern musste im kleinen Salon schlafen.

»Lieber Onkel, Sie haben natürlich recht, und ich danke für Ihre Fürsorge«, zirpte Elisa. Mit dem gesammelten Charme, den sie trotz ihrer Verachtung für den Bruder ihres Vaters in diesem Moment aufbringen konnte, strahlte sie ihn an.

»Aber ich bin eine gläubige Christin. Was würde es für einen Eindruck machen, wenn ich meinen Lebensretter von einem Tag auf den anderen nicht mehr unterrichten würde? Man könnte mich unter Umständen für hartherzig halten oder aber mir mein christliches Benehmen absprechen. Das kann keinesfalls Ihre Absicht sein, oder? Um trotz meiner … Behinderung, oder sagen wir einmal Beeinträchtigung, auch nur eine halbwegs gute Partie zu machen, muss es doch letztendlich mein vorbildlicher Charakter sein, der überzeugt?«

Als Elisa das Kontor nach diesem Gespräch mit ihrem Onkel verlassen hatte, jubelte sie innerlich vor Freude. Sie hatte auf Kauai ihren ersten kleinen Sieg errungen.

Elisa war nicht naiv. Sie wusste, dass ihr beschädigtes Bein sie unter Umständen für Jahre zur gesellschaftlichen Außenseiterin machen würde. Wen kannte sie hier schon? Und wer war in ihrem Alter? Johannes, der Patensohn ihres Vaters, auf dessen Freundschaft sie insgeheim gehofft hatte, war kurz nach ihrer Ankunft einem Ruf aufs Festland gefolgt. Dank eines kleinen Erbes ihres Vaters hatte er die Möglichkeit bekommen, sich auf einer Universität weiterzubilden. Junge Europäerinnen in ihrem Alter hatten sie bisher gemieden. Haifischfrau nannte man sie angeblich in Lihue, aber niemand war neugierig genug, um die vierstündige strapaziöse Fahrt über die Lehmstraßen auf sich zu nehmen.

Doch es war nicht nur der Mangel an Alternativen für eine Freundschaft unter Gleichaltrigen, der Elisas Band mit Kelii stärkte. Sie hatte ihn aufrichtig gern. Nicht nur hatte er ihr das Leben gerettet, sondern er beschützte Elisas verstümmelte Seele. Der Hai hatte ihr viel von dem genommen, was für Elisa einst selbstverständlich war. In ihrem bisherigen Leben hatte sie sich sicher gefühlt. Selbst der Tod ihres Vaters hatte ihrem tiefsten Inneren nichts anhaben können. Doch seit ihrer Begegnung mit Großvater Hai, wie Kelii das Ungeheuer nannte, hatte sich in ihrer Seele ein Riss aufgetan, der ihr bisweilen wie ein tödlicher Abgrund schien. Wer war Elisa Vogel wirklich?

Es waren nicht nur ihre Begegnungen mit Maja durch die Tausend-Nebel-Pflanze, die ihre Seele beben ließen, sondern sie fühlte sich auch sonst wie ein gespaltener Mensch.

Elisa gab es in zwei Varianten, vor der Begegnung mit dem Hai und danach. Das Danach war nicht wirklich zu benennen. Ein Tor zu einer anderen Welt hatte sich am Meeresgrund aufgetan. Kelii war der Einzige, der Elisa geeignet schien, auch nur ansatzweise zu verstehen, wer sie seit ihrem Unfall war. Oder aber im Begriff war zu werden.

Elisa seufzte in dem angenehm kühlen Wasserbecken, während sie die erste Tausend-Nebel-Pflanze für ihre Mutter vorsichtig pflückte. Sie konnte sich ein Leben ohne Kelii gar nicht vorstellen. Am Anfang waren ihre Treffen lustig gewesen. Elisa hatte Ehrgeiz darin entwickelt, ihm ihre Sprache möglichst rasch beizubringen. Er hatte sich belustigt revanchiert. Peu à peu hatte er ihr die Sprache seines Volkes ebenfalls beigebracht. Wahine, Frau. Kane, Mann. Alles war anfangs ein

Spiel. Doch über die Frühlingsmonate hatte er ihr weitaus mehr beigebracht als nur die Worte. Er hatte sie mit Sinn gefüllt.

Bei seinem Volk gab es nicht einfach nur Frau und Mann. Die Energien von Weiblich und Männlich hatten eine größere Bedeutung. In der Pflanzenwelt, vor allem in der Heilung von Krankheiten, war das Geschlecht einer Heilpflanze essenziell. War eine Pflanze eine Wahine oder ein Kane, so hatte sie unterschiedliche Eigenschaften. Heilung war das Ziel. Elisa wusste, dass nur die männliche Wasserpflanze ihrer Mutter Segen bringen würde. Der erste männliche Tausend-Nebel-Stiel lag glänzend in ihrer Hand. Es war ein prachtvolles Exemplar, saftig und mindestens zwanzig Zentimeter lang.

»Mahalo!«

Sie dankte dem Geist der Pflanze durch eine kleine Verbeugung, wie Kelii es ihr beigebracht hatte, als er sie das erste Mal zum Wasserfall brachte und ihr gezeigt hatte, wo die besten Tausend-Nebel-Stiele wuchsen.

Elisa lächelte weich, als sie jetzt an ihn dachte. Kelii hatte immer wunderbare Pläne mit ihr. Seit einigen Wochen schon wollte er sie jetzt mit in seine Unterwasserwelt nehmen. Es war Sommer. Der Ozean wärmte sich tagsüber auf, sodass er nicht mehr zu kalt für Elisa krankes Bein war. Kelii schwamm bei Vollmond auch immer nachts mit den Haien am Riff. Aber bisher hatte er immer gesagt, dafür sei die Zeit noch nicht reif. Großvater Hai hätte Elisa zwar ausgewählt, aber noch sei er eine Gefahr für sie, weil sie Angst vor ihm hätte. Zudem mochte Großvater Hai keine Weißen, wie Kelii sie gerne neckte, wenn er sie provozieren wollte.

Elisa seufzte. Wenn nur ihre Angst vor dem Schwimmen endlich weichen würde. Seit der Hai sie in die Tiefe gezogen hatte, war etwas mit ihr geschehen. Immer wenn Elisa jetzt Angst verspürte, war sie wie versteinert. Ihr Bein war dann wie festgefroren, sie konnte sich nicht bewegen, und ihr Herz klopfte ihr bis zum Hals. In diesen Momenten spürte sie den

Kranz des Gebisses von Großvater Hai auf ihrer Haut am Oberschenkel. Selbst jetzt, als Elisa in dem harmlosen Süßwasserbecken an den mächtigen Hai dachte, kroch das Gefühl der Angst in ihr hoch. Sie konnte diesen Horror alleine nicht kontrollieren und schämte sich bisweilen, wenn sie unter Menschen plötzlich versteinerte und nur noch stottern konnte.

Nur wenn Kelii bei ihr war, war es anders. Er gab ihr das Gefühl von Sicherheit, weil sie sich vor ihm nie verstellen musste.

Mit traurigem Lächeln stieg Elisa aus dem Wasser. Sie legte drei glitschige Stiele auf den runden weißen Felsen in die Sonne zum Trocknen. Es waren männliche Pflanzen, eindeutig zu erkennen an der schwarzen Markierung an der Spitze. Es würde reichen, um für ihre Mutter genug Pulver für ein halbes Jahr zu machen. Dann würde sie sicherlich wieder gesund werden.

Elisa ließ am Ufer ihre Füße trocknen. Die Sonne brach mit goldenem Morgenlicht durch das dichte Blätterdach. Die wenigen Strahlen, die den fruchtbaren schwarzen Boden erreichten, waren ungewöhnlich warm für die Tageszeit.

Obwohl sie wusste, dass es besser wäre sich zu beeilen, um nicht allzu spät ihre Pflichten im Haus zu beginnen, war das Rauschen des Wasserfalls eine große Verlockung. Nur einmal kurz eintauchen! Schnell zog sie sich das Kleid über den Kopf. Eilig stieg sie aus der langen Unterhose, gerüscht und gestärkt ein Relikt aus ihrer deutschen Heimat, aber ihre Mutter bestand darauf.

Ordentlich hängte Elisa die Kleider über einen Zweig. Danach löste sie ihren geflochtenen Zopf. Meist trug sie ihr wildes Haar streng gebunden, damit es nicht in der tropischen Sommerluft verfilzte. Jetzt jedoch schüttelte sie es mit einem zufriedenen Seufzer. Sie blickte an sich herunter und betrachtete ihren blassen, nackten Körper. Wie weiß ihre Haut war! Ihre Brüste schimmerten so hell wie die kugelförmigen Quarzsteine, die das Wasserbecken einrahmten.

Elisa schloss genüsslich ihre Augen. Warm durchströmte die Sonne ihre Haut. Kleine Lichtpfeile kitzelten sie. Ihre Poren erwachten zum Leben. Sie berührte zärtlich ihre hellrosa Brustwarzen, die sich sofort unter ihren tastenden Fingerspitzen aufrichteten. Wie gerne würde sie auch einmal von ihm berührt werden!

Öfter schon hatte Elisa mit Kelii zusammen gesehen, wie die Hawaiianerinnen in ihrem Alter hier nackt badeten, sich berührten und gegenseitig wuschen. Manchmal waren auch die jungen Männer mit dabei, und es wurden spielerisch Zärtlichkeiten ausgetauscht. Sie hatte sich kaum getraut hinzusehen und war über und über errötet. Verboten waren diese Gefühle. Aber allein die Erinnerung an Keliis sinnliches Lächeln und seine schönen Hände ließen Elisa erschauern. Lust, aber auch Schamgefühle durchfluteten ihren Körper. War es wirklich etwas Verbotenes, so zu fühlen?

Sie folgte dem unruhigen Strom ihrer hitzigen Gedanken, während sie Wasser aus der hohlen Hand über ihre nackten Brüste goss, um sich abzukühlen. Sie war allein und damit sicher hier in der Natur. Doch selbst wenn so früh am Morgen kein Mensch in der Nähe war, so sah doch immerhin Gott, was sie tat, und vor allem, was sie für Kelii fühlte! Schon allein nackt hier zu baden, war ein Unrecht.

Aber die Versuchung war dann doch zu groß, und ein wenig später watete Elisa splitternackt tiefer in das Wasserbecken. Sie genoss das ungewohnte Gefühl von Freiheit zwischen ihren Beinen, wo kein schwerer Stoff ihre Bewegungen behinderte. Ihre Haut unter der Wasseroberfläche schimmerte weich und golden. So als wäre ich eine von ihnen, schoss es ihr durch den Kopf, als die lindernde Kühle ihren Nabel erreichte. Das Wasser ist einfach zu verlockend, dachte sie, als sie in dem hüfthohen Wasser ihren Kopf untertauchte, um sich ganz zu erfrischen.

Es war ein unglaublicher Genuss. Während sie sich nackt auf dem Rücken im Wasser treiben ließ, immer mit einem Fuß auf dem Boden, um sicher zu gehen, dass sie nicht aus Versehen untertauchen würde, kam ihr ein Gedanke. Wie würde es wohl sein, nackt in dem großen Wasserfall zu stehen? Durch Kelii kannte sie eine Stelle, an der die Wassermassen nicht ganz so hart auf die Felsen niederprasselten. Durch einen Felsvorsprung abgetrennt gab es einen sanften Strahl, durch den sie einmal an seiner Hand hinter den großen Wasserfall getreten war. Wie ein Vorhang aus flüssigem Glas war das Wasser dort. Dahinter hatte er ihr eine Höhle gezeigt.

»Wir nennen sie unser Liebesnest ... hierher kommen die Paare, wenn sie ausprobieren wollen, ob ihre Körper zusammen Himmelslieder singen können, bevor sie sich in der Ehe aneinander binden.«

Er hatte sie angelächelt, in der Art und Weise, wie nur Kelii lächeln konnte. Schwach war ihr geworden in den Knien, weil sie in diesem Moment Wünsche verspürt hatte, die sie noch nicht einmal träumen durfte. Ihr Herz hatte wie in einem plötzlichen Fieber geklopft. Doch Elisas Vernunft hatte gesiegt.

»Bei uns müssen die Körper sich leider auf Gott verlassen. Ein Ausprobieren gibt es nicht. In einer Ehe werden Kinder gezeugt. Die Körper müssen nicht miteinander singen können, wie du es nennst.«

Tatsächlich hatte Elisa keine Ahnung, wovon er sprach. Aber sie ahnte natürlich, dass es die Kunst der körperlichen Liebe gab. Warum sonst sollte ein Mann wie Fried einer Hawaiianerin auf Jahrzehnte verfallen?

Elisa ließ sich weiter im Wasser treiben. Ihre Haare umfluteten ihr Gesicht wie eine dunkle Wolke, und sie schloss ihre Augen, um ihren Gedanken an ihren Liebsten nachzuspüren. Ihren Liebsten, so nannte sie Kelii, wenn sie heimlich an ihn dachte. Ob er etwas verstand von der Kunst, zwei Körper zusammen Himmelslieder singen zu lassen? Bestimmt war er ein Experte darin, so wie er sie in der Höhle hinter dem Wasserfall angelächelt hatte. Himmelslieder!

Elisa würde viel darum geben, wenn sie ganz einfach mutiger wäre und es mit ihm ausprobieren würde, dieses gemeinsame Körpersingen von Mann und Frau. Aber sie wagte es nicht. Ihr Liebster durfte Kelii nur in ihren Gedanken sein. Wenn sie ihn heimlich traf, behandelte sie ihn immer nur wie einen guten Freund, um den Abstand ihrer glühenden Körper auf alle Fälle zu wahren. Und als sie heimlich mit ihm hier war, hatte sie ihre Kleider keineswegs ausgezogen. Obwohl die Poren ihrer Haut in der Hitze nach Befreiung gelechzt hatten, hatte sie sich zurückgehalten. Sich vor ihm auszuziehen, hätte gegen den Anstand verstoßen, den ihre Mutter und ihre Großmutter ihr von Kindesbeinen an eingetrichtert hatten. Nicht einmal beim wöchentlichen Bad im Waschhaus auf der Plantage war sie nackt. Es schickte sich nicht für eine junge Frau aus gutem Hause. Und seit Elisa nach ihrem Unfall erneut ihr monatliches Unwohlsein hatte, war ihre Mutter in diesen Dingen noch strenger geworden.

»Es ist eine Gnade Gottes, dass der Hai dich nicht unfruchtbar gemacht hat. Aber es ist auch eine Verantwortung! Denk immer daran, deine Fruchtbarkeit gehört deinem zukünftigen Ehemann!«

Elisa musste im Wasser kichern. Wenn ihre Mutter auch nur ahnen würde, dass ihre Tochter sich in den Nächten regelmäßig mit dem jungen Hawaiianer traf, würde ihr das Herz stillstehen. Elisa lächelte, als sie ihre Hände sanft über die Narbe auf ihrem Oberschenkel gleiten ließ. Wie wenig ihre Mutter doch über die neue Elisa wusste. Ihre Gedanken und Gefühle drehten sich die meiste Zeit um Dinge, die so verboten waren, dass Elisa sich sogar hüten musste, sie jemals in ihr Skizzenbuch zu schreiben. Sie steuerte ihr vergnügtes Treiben im Wasser zurück zum Beckenrand. Sie würde sich beeilen müssen. Mehr als ein paar Minuten durfte sie nicht zum Wasserfall, wenn sie keinen Ärger wollte.

Sie begann, aus dem Becken zu steigen.

»Elisa?«

Als sie ihn sah, erstarrte sie mitten in der Bewegung. Kelii saß nicht weit von ihr auf einem Baum. Er lächelte. Nein, es war mehr noch als ein Lächeln, er grinste zu ihr rüber. Dann erhob er seine Stimme, um den rauschenden Wasserfall zu übertönen.

»Guten Morgen! Es freut mich, dich an diesem schönen Ort zu sehen. Was für ein Zufall, dass wir uns hier treffen! Was für einen Satz hätte Goethe wohl dazu gedichtet?«

Er räusperte sich, bevor er begann, seine Goethe-Hausaufgaben zu rezitieren, die sie ihm erst gestern aufgegeben hatte.

Füllest wieder Busch und Tal
Still mit Nebelglanz,
Lösest endlich auch einmal
Meine Seele ganz;

Breitest über mein Gefild
Lindernd deinen Blick,
Wie des Freundes Auge mild
Über mein Geschick.

»Weiter kann ich deinen Goethe noch nicht. Aber wie ist meine Aussprache?«

Sein Deutsch war fast ganz ohne Akzent, worauf Elisa natürlich hätte stolz sein können. Aber alles, was sie in diesem Moment empfand, war Panik und Scham, weil er sie splitternackt sah. Doch ihn schien ihr Anblick eher zu belustigen. Sein Grinsen wurde noch breiter, während sie versuchte, ihre Blöße vor ihm mit ihren nassen langen Haaren zu verstecken.

»Du bist sehr weiß, Elisa. Hast du Angst vor brennender Sonne für deine Haut?«

Er machte sich eindeutig über sie lustig. Elisa biss sich vor

Wut auf die Lippen, weil ihr partout keine passende Antwort einfallen wollte. Ihr Freund hockte so entspannt über ihr auf dem Baum, als wäre es das Normalste der Welt, Elisa beim Balancieren auf den Ufersteinen zuzusehen. Kelii trug fast nie mehr als das Tuch um seine Hüften. Er fühlte sich wohl in seiner Haut und grinste jetzt noch breiter. Der Schalk blitzte ihm aus den Augen.

»Hast du heute keine Worte für mich, Elisa? Nicht mal eine Begrüßung? Oder ein kleines Lob für ein kleines Stück von deinem Goethe?«

Elisa schnaubte wütend. Natürlich antwortete sie nicht, denn sie war viel zu sehr damit beschäftigt, ihre Blöße weiterhin irgendwie vor ihm zu verdecken, während sie über die Steine in Richtung ihrer Kleider stakste. Ihre langen Haare halfen ein wenig, aber trotzdem blieb jede Menge Haut frei. Es war unmöglich, mit dem nassen Haar ihre Brüste, das Dreieck zwischen ihren Beinen und ihren Hintern gleichzeitig zu bedecken. Dabei auch noch einigermaßen würdevoll auszusehen war schlichtweg aussichtslos.

Wieder sagte sie kein Wort, sondern kniff ungehalten ihre Lippen zusammen. Er sollte so früh gar nicht hier sein, sagte sie sich, während sie mit flinken Gesten das Unmögliche versuchte. Brüste und Dreieck? Oder das Hinterteil? Schließlich gab sie auf. Ihr Hintern blieb unbedeckt, während sie zu dem Baum floh, an dem ihre rettenden Kleider hingen. Sie wandte sich ihm so zu, dass er möglichst wenig von ihrer Rückseite zu sehen bekam, sodass sie quasi seitwärts ging. Völlig lächerlich musste sie in seinen Augen aussehen.

»Hast du Angst vor meinen Augen, oder vor der bösen Sonne?«, fragte er, während er frech zusah, wie Elisa versuchte, halbwegs schicklich zu ihren Kleidern zu kommen. Jetzt wurde Elisa richtig wütend.

»Du darfst mich nicht ansehen, wenn ich keine Kleider anhabe«, fuhr sie ihn an.

»Es ist tabu, und außerdem waren wir erst für abends verabredet. Hast du dort etwa schon die ganze Zeit gesessen?« Er nickte, sah aber dann gehorsam zu Boden. Elisa sah freilich genau, dass sich sein Körper vor unterdrücktem Lachen nur so schüttelte. Spontan wollte sie ihm etwas Gemeines zurufen, etwas, das ihn vertreiben würde, aber ihre sonst so flinke Zunge war plötzlich wie gelähmt.

Diese Situation durfte einfach nicht sein. Und vor allem wusste sie nicht, was sie jetzt tun sollte. Sie musste sich anziehen. Aber wenn sie ihm dabei den Rücken zuwenden würde, dann könnte er ihr nacktes Hinterteil sehen. Das war vielleicht noch schlimmer als ihre von den Haaren halbwegs verdeckten kecken Brüste und ihre Scham. Immerhin lag ihr größtes Tabu gut versteckt hinter ihrem golden gelockten Dreieck verborgen. Den Begriff tabu verstand ihr Freund, denn auch in seiner Welt war vieles tabu, vor allem wenn es die geheimen Riten der Frauen anging. Trotzdem hörte sie Kelii immer noch belustigt lachen, als hätte sie einen besonders amüsanten Witz erzählt. Dann begann er zu sprechen.

»Deine Haut für mich ist nicht tabu, Elisa. In vielen Nächten ich habe gesehen – deine Bein, deine Wunde. Ich habe verbunden mit Medizin. Ich habe gewaschen – dein Tabu. Warum jetzt so scheu?«

Natürlich hatte Kelii recht. Er war eine Zeit lang jede Nacht gekommen, hatte ihr geschwollenes Bein sanft mit wohlriechenden Kräutern massiert, ihre Wunde neu versorgt und verbunden, damit das Fleisch an den Wundrändern nicht anfing zu faulen. Er hatte dabei viel von ihr gesehen, zu viel, und ihr einmal sogar auf die Bettpfanne geholfen. Auch gewaschen hatte er sie an dieser Stelle. Eine schreckliche Vorstellung, dachte Elisa im Nachhinein, aber sie war in ihrem Fieber völlig hilflos gewesen. Und der bittere Trank aus der Heilpflanze, den er Elisa Nacht für Nacht mit sanften Gurrlauten eingeflößt hatte, um ihr Bein zu retten, ließ die Nieren rebellieren.

Diese Zeit in ihrem Leben wollte sie inzwischen am liebsten vergessen, denn nichts davon war schicklich gewesen. Am schlimmsten waren die Lügen, die Elisa ihrer Mutter aufgetischt hatte, wenn sie nach der seltsamen Tinktur fragte, mit denen mysteriöserweise der Verband an Elisas Bein jeden Morgen aufs Neue durchtränkt war. Um den bohrenden Fragen zu entgehen, hatte sie schließlich eine namenlose Hawaiianerin erfunden, die angeblich nachts immer kam, wenn Elisa alleine war, um ihr Bein anzusehen. Das Phänomen dieser heimlichen Wohltäterin war danach ausgiebig im Familienkreis besprochen worden.

In diesem Kontext hatte Elisa das Wort Kahuna zum ersten Mal gehört. Ein Kahuna war für die Kanaka der Ersatz für einen richtigen Arzt, erklärte ihr der Onkel. Elisa wusste es jedoch durch Kelii bald besser. Ein Kahuna war sehr viel mehr als nur ein Arzt. Das Wort stehe nicht nur für einen Heiler oder eine Heilerin in der kulturellen Tradition, sondern die Kahuna waren auch für die Seelsorge ihres Dorfes zuständig, für die Rituale und Feste. Manche von ihnen standen in dem Ruf, Magier und Schamanen zu sein. Es gab inzwischen einige Kahuna, die mehr als gefürchtet waren, vor allem von Plantagenbesitzern. Ihre Namen wurden auf schwarze Listen gesetzt.

Zu dritt hatten die Männer Elisa schließlich wegen der geheimnisvollen Kahuna verhört, die sie erfunden hatte, um ihren neuen Freund zu schützen. Sobald es ihrem Bein besser ging, kamen ihr Onkel, Herr van Ween und der Doktor zu Besuch. Sie saßen um ihr Bett herum und stellten jede Menge Fragen. Elisa blieb bei ihrer erfundenen Geschichte und bat sogar darum, dass die Tür zum Garten von da an nachts extra nur angelehnt würde, um ihrer Retterin das Hereinkommen zu erleichtern. Der Onkel nickte. Die Heilung von Elisas Bein, darauf bestand er, hatte absolute Priorität. Dieser geheimnisvollen Kahuna würde nichts geschehen, wer auch immer sie sei. Auch der Doktor, der mit Elisas Verletzung völlig überfordert gewesen war, nickte. Die Amputation von Elisas Bein zu verhindern, indem die Entzündung völlig abheilte, das war das Ziel. Immerhin hatte Elisas Onkel große Pläne mit der zukünftigen Vermählung seiner Nichte und mit nur einem Bein würde sie als Braut nicht vermittelbar sein.

»Wo ist dein Kopf?«, rief Kelii ihr mit einem Mal vom Baum aus zu, »Schlafmütze!«

Elisa löste sich aus ihrer Erstarrung. Seit ihrem Unfall geschah es öfter, dass sie urplötzlich in Gedanken versank. Selber merkte sie es nicht, dass bisweilen sogar eine ganze Minute verstrich, in der sie einfach nur in die Ferne starrte und alles um sich herum vergaß.

»Bist du wieder da, Elisa?«

»Ja ... ich musste an die vielen Nächte denken, in denen du mir mit meinem Bein geholfen hast.«

Er nickte. Sie zögerte kurz, bevor sie weitersprach: »Wie viele Nächte genau waren es eigentlich?«

»Neunundzwanzig Nächte, ein ganzer Mond.«

Elisa spürte eine Woge von Dankbarkeit in sich aufsteigen. Ohne Kelii hätte sie heute kein Bein mehr. Sie würde nicht hier stehen und sich um ihre lächerliche Nacktheit sorgen. Vielleicht wäre sie sogar noch nicht einmal mehr am Leben. In diesem Moment veränderte sich etwas in ihrer Beziehung zu Kelii. Die Art, wie er sie anlächelte, halb spöttisch und halb voller Neugierde, löste erneut das wohlige Kribbeln in ihrem Bauch aus, das so verboten war. Es war, als ob kleine Tiere in ihrem Inneren einen Freudentanz veranstalten würden. Ihre Hände begannen zu zittern und nervöser Schweiß sammelte sich im Inneren ihres Handtellers an. Ihre Stimme zitterte ein wenig, als sie ihm antwortete.

»Das war nicht tabu. Ich war krank, und du hast mir geholfen.«

Kelii nickte langsam. Seine Augen schienen in ihren versinken zu wollen, derartig intensiv sah er sie jetzt an.

»Jetzt geht es dir wieder gut, oder?«

»Doch, es ... es geht mir gut.«

»Dann lass uns zusammen schwimmen – ohne Kleider. Nur so wie du bist. Ich beschütze deine weiße Haut. Komm!«

Mit einladendem Lächeln machte er Anstalten, von seinem Baum herunterzuklettern. Elisa erschrak.

»Nein. Nein, bitte!«

»Warum? Magst du mich nicht mehr? Wir sind Freunde. Dir geht es gut. Du brauchst keine Angst haben, Elisa. Du bist sicher bei mir. Dein Tabu ist sicher bei mir.«

Er machte einen Schritt auf sie zu. Da Elisa auf dem Untergrund der wackeligen Steine nur schwer zurückweichen konnte, ohne die Balance zu verlieren, streckte sie instinktiv ihre Hand aus, um ihn von weiteren Schritten in ihre Richtung abzuhalten.

»Nein! Es geht nicht, Kelii! Ich bin jetzt nicht krank. Im Moment sind wir auch keine Freunde, sondern ... ich weiß auch nicht, was wir sind.«

Hilflos ließ sie ihre Schultern nach vorne sinken. Nicht das Nacktsein war ihr Problem, sondern die starken Gefühle in ihrem Inneren, die sie nicht kontrollieren konnte. Auch Kelii machte eine Geste der Hilflosigkeit in ihre Richtung. Doch in seinen Augen erkannte sie nach wie vor Belustigung, als er erneut zu sprechen begann.

»Deine weiße Haut ist traurig und voll mit Angst. Dein Körper ist nicht schön. Deine Haole-Haut ist nicht schön. Alles tabu und böse. Bitte, Elisa schnell Kleider anziehen.«

Er zeigte auf ihre Brust. Elisa realisierte erschrocken, dass sich die Hälfte ihrer Haarpracht selbstständig gemacht hatte. Ihr linker Busen war zu sehen. Schnell bedeckte sie ihre Blöße. Ihr Inneres kochte jetzt vor Empörung, weil sie spürte, dass Kelii sich nach wie vor über sie lustig machte.

»Was fällt dir ein! Meine weiße Haut ist nicht traurig, und ich habe auch keine Angst. Meine Haut ist froh, aber ich kann nicht mit dir hier nackt sein wie deine Leute. Es ist ... es ist ...«

Elisa suchte nach Worten, denn nach wie vor war sie sich

nicht sicher, ob Kelii verstand, was dieses Schamgefühl in ihrer Kultur bedeutete. Sie versuchte es erneut.

»Du und ich sind Freunde. Du bist sogar mein einziger und bester Freund hier. Aber jetzt im Moment sind wir keine Freunde, sondern ich bin eine Wahine und du ein Kane. Noch dazu bin ich eine Wahine, die zu wenig Kleidung anhat, wofür ich wahrscheinlich ohnehin in die Hölle kommen werde.«

Kelii sah sie fragend an. Diesen Zusammenhang begriff er nicht.

»Meinst du unsere Höhle? Du willst mit mir in unsere Höhle kommen?«

Er zeigte auf die Stelle oben am Wasserfall, zu der Elisa ursprünglich wollte.

»Dann lass uns zusammen gehen«, schlug er vor, »aber keine Kleider. Besser ohne Kleider, denn die Steine sind sehr rutschig und grün.«

Elisa gab auf. Sie würde ihm in diesem Moment nicht den Unterschied zwischen Hölle und Höhle erklären. Ihr versehrtes Bein hatte begonnen, wegen der Anstrengung heftig zu zittern.

»Fühlst du dich schwach?«, fragte er besorgt und wollte ihr die Hand reichen. Aber sie konnte seine Hilfe nicht annehmen, nicht auf diese Weise. Sie funkelte ihn wütend an.

»Wehe, du kommst noch näher! Bleib, wo du bist, oder ich spreche nie wieder mit dir!« Ihre Stimme bekam einen panischen Unterton, da Kelii noch näher gekommen war, sodass sie sich jetzt fast berührten. Die kleinen Tiere in ihrem Bauch tanzten jetzt nicht nur einen Freudentanz, sondern hatten begonnen, Purzelbäume zu schlagen. Was würde Elisa darum geben, in diesem Moment auch nur seine Hand anfassen zu dürfen. Der Sog war so stark, dass ihr Atem schnell und heftig ging. Unzählige Male hatte sie sich auf ihrem Krankenlager gewünscht, Kelii möge ein einziges Mal ihre Lippen berühren. Jetzt wünschte sie sich nichts sehnlicher, als mit ihm zu verschmelzen. Aber genau das war es, wogegen sie ankämpfen musste. Es wäre mehr als nur Sünde. Nicht nur die Hölle im Jenseits, sondern vor allem ihre Mutter, ihr Onkel und ihre Tante würden ihr niemals verzeihen. Verzweifelt flüsterte sie: »Bitte, Kelii, bitte, bitte, wenn du mein Freund bist, dann komm jetzt nicht näher ...«

Auch Kelii atmete schwer, und sie glaubte seine Erregung zu spüren. Seine Stimme war nur noch ein heiseres Flüstern: »Ich ... ich will dich, Elisa.«

Vor Glück und Angst zugleich stiegen ihr die Tränen in die Augen. Er empfand genau so wie sie, vielleicht quälten ihn seine Gefühle sogar noch mehr, wie sie mit einem Mal vermutete, als sie ihm in die Augen sah. Keinerlei Belustigung oder Spott war jetzt noch in dem sanften Dunkelbraun seiner Mandelaugen zu sehen. Im Gegenteil, ein fast heiliger Ernst ging von ihm aus. Er ließ sich wenige Schritte vor ihr auf einem der größeren Felsen nieder, um ihr zu zeigen, dass er ihren Wunsch nach einem sicheren Abstand respektierte. »Ist es so besser?«

Elisa nickte erleichtert: »Ja, danke! Aber du musst bitte auch wegsehen, während ich meine Kleider anziehe. Wenn ich meinen Unterrock anhabe, dann können wir zusammen zum Wasserfall. Dann gehe ich mit dir schwimmen ... dann sind wir wieder Freunde ... dann ist alles wieder gut.«

Kelii sah gehorsam weg. Er rührte sich nicht vom Fleck, während Elisa hastig ihre Kleider durchwühlte und ihren Unterrock hervorzog. Ruhig begann er unter dem dichten Blätterdach, durch das die Sonnenstrahlen ein feines Lichtspiel auf die schwarze Erde warfen, mit einem Stock ein Muster zu zeichnen. Dabei pfiff er wie ein bestimmtes Vogelmännchen. Elisa pfiff beim Anziehen zurück, nach der Art des dazu passenden Weibchens. Das Imitieren der Vogelstimmen eines Paares war ein Spiel, das Elisa ihm vor einiger Zeit beigebracht hatte. Sie hatte es noch von ihrem Vater gelernt.

Wenn Kelii und sie nachts auf ihren geheimen Wanderungen weit genug weg von der Plantage waren, übten sie Vogelstimmen. Kelii brachte ihr dann den Namen bei, den sein

Volk diesem Vogel gab. So hatten sie in letzter Zeit vermieden, über das zu sprechen, was seit einiger Zeit glühend und unkontrollierbar in jedem von ihnen heranwuchs.

Auch als Elisa mit ihrem Unterrock bekleidet zurück zu ihm kam, wollte sie keinesfalls über das reden, was zwischen ihnen stand. Wahine und Kane, Frau und Mann, das durfte zwischen ihnen kein Thema sein. Elisas Familie hatte andere Pläne mit ihr. Wenn überhaupt, dann gab es auf Kauai nur weiße Männer wie den alten Fried, die sich mit hawaiischen Frauen zusammengetan hatten. Es gab auch einfach nicht genug weiße Frauen auf den Inseln für jeden weißen Mann, sodass eine hawaiische Geliebte allgemein toleriert wurde.

Aber keine weiße Frau hatte jemals einen Hawaiianer zum Mann gewählt, soweit Elisa wusste. Es hätte denkbar heftig gegen die guten Sitten verstoßen. Eine Frau von Elisas Stand wäre geächtet worden. Samt Nachkommen müsste sie für immer der guten Gesellschaft auf den Inseln fern bleiben, aber auch nach Deutschland würde sie nicht zurückkehren können. So ein grausames Schicksal nahm freiwillig keine der hiesigen weißen Frauen auf sich. Aber sehr wohl wurde hinter vorgehaltener Hand getratscht, dass sich die eine oder andere ältere Witwe von ihrem hawaiischen Hausboy ein wenig das Leben versüßen ließ.

Zum Beispiel Mrs. Malloroy, eine geborene Schottin, die mit ihrem Mann vor über dreißig Jahren eine der ersten Plantagen gegründet hatte, war seit zehn Jahren verwitwet. Sie hatte jede Menge Verehrer, weigerte sich aber, erneut einen Europäer zu heiraten. Angeblich hatte sie einen hawaiischen Liebhaber in ihrem Alter, so hatte Elisa es von ihrer Mutter hinter vorgehaltener Hand erzählt bekommen. Der Klatsch und Tratsch, der auf den monatlichen Inseltreffen der europäischen Frauen ausgetauscht wurde, blühte in dieser Hinsicht. Jeder noch so kleine mögliche Skandal ließ die Herzen der gelangweilten Ehefrauen höher schlagen. Die Mutter hatte ihr einige der Skandalgeschichten erzählt, denn selber hatte Elisa bisher noch keinen Zutritt zu dem illustren Kreis der Frauen. Erst sobald sie verheiratet war, oder aber wenn sie die Fünfundzwanzig als alte Jungfer überschritten hatte, standen ihr die Türen zum Klatschnetzwerk offen.

»Was sagen jetzt deine Gedanken?«

Elisa hatte keine Lust, mit Kelii zu teilen, was sie gerade dachte. Es war einfach zu armselig. Sie kam sich ohnehin inzwischen ein wenig lächerlich vor. Ihr Freund hatte die intimsten Momente der Schwäche mit ihr geteilt, und sie machte Theater, weil sie keine Kleidung trug. Trotzdem war sie erleichtert, jetzt Stoff auf ihrer Haut zu fühlen. Der Unterrock aus feiner Baumwolle ließ ihre Schultern und ihren Hals frei und ging bis hinunter zur Wade, sodass sie sich ausreichend bedeckt fühlte. Mit geübter Handbewegung schlang sie ihre nassen Haare zweimal um ihr Handgelenk und band sie zu einem lockeren Knoten im Nacken, während sie mit festem Vorsatz auf ihn zuging. Die wilden Schmetterlinge in ihrem Bauch würde sie von jetzt an einfach ignorieren. Sie hielt ihm, wie jeden Tag, wenn sie sich das erste Mal sahen, ihre Hand zum typischen Hamburger Handschlag entgegen.

»Wir fangen unseren Tag einfach noch einmal von vorne an, ja?«

Kelii hatte sich an diesen Brauch gewöhnt, obwohl er ihn ein wenig lächerlich fand. Doch jetzt lächelte er spontan, dankbar dafür, dass alles beim Alten war.

»Guten Morgen, Elisa. Wie geht es dir heute?«

»Gut, danke. Ich leide ein wenig unter der Hitze. Deswegen bin ich im Morgengrauen hier hinaufgekommen, um in der ersten Morgensonne die Heilpflanzen zu sammeln, so wie dein Vater es mir erklärt hatte. Und jetzt …«

Ihre Stimme verstummte, als sie Keliis Blick sah. Immer noch hielten sie sich bei den Händen, aber nichts war wie sonst. Trotz der Hitze war ihre Hand jetzt kalt in seiner, unsicher und klamm. Aber als sie sie zurückziehen wollte, verfestigte sich sein Griff. Dann sah er sie lange und forschend an.

»Es geht dir wirklich gut?«

Elisa nickte energisch, aber ihr Herz klopfte ihr jetzt bis zum Hals, und sie betete innerlich darum, dass er sie nicht fragen würde, was sie für ihn empfand. Nie hatten sie über ihre Gefühle gesprochen. Es war eine Freundschaft, weil es nichts anderes sein durfte. Doch seit Wochen schon brodelte in ihrem Inneren ein Vulkan von unausgesprochenen Worten. Warum musste Kelii nur so starke Schultern haben und einen so sinnlichen Mund? Wieso war er nicht klein, unscheinbar und bucklig? Dann hätte sie vielleicht mit ihm befreundet sein können, ohne jetzt diese Qualen aushalten zu müssen. Sie konnte einfach nichts gegen die Schmetterlinge in ihrem Bauch tun, die dort regelrecht verrückt spielten. Ja, ja, ja, sagte ihr Bauch, trau dich endlich, deinen Gefühlen zu folgen. Küss ihn einfach! Aber alles, was sie fertigbrachte, war ihren Liebsten schüchtern anzulächeln, während ihr Kopf versuchte, das Feuer zu löschen.

Das war also diese verzehrende Leidenschaft, von der in vielen Büchern die Rede war. Dieses Gefühl begann Elisas bisheriges Leben Stück für Stück aufzufressen. Keliis Präsenz neben ihr war gewaltig. Er war alles, was sie sich erträumen könnte, wenn er ein junger Mann wäre, der zu ihrem Volk gehörte, oder aber zumindest ein Europäer wäre. Kelii war klug, einfühlsam und stark. Zu Recht würde er eines Tages der neue Anführer seiner Sippe sein. Vielleicht würde er sogar die Interessen der Insel Kauai repräsentieren, wenn es in Zukunft ein demokratisches Inselparlament gäbe.

Elisa realisierte in diesem Moment, dass sie nicht nur sich selber beschützen musste, sondern auch Kelii in Gefahr war. Eine weiße Wahine zu haben, in diesen Zeiten, das wäre in seinem Volk ebenfalls ein sicherer gesellschaftlicher Abstieg. Don't mix the blood. Das war die wichtigste Lektion, die alle hawaiischen Kinder von ihren Eltern lernten, sobald sie laufen und sprechen konnten. Elisa seufzte. Wenn dieses Gefühl in ihrem Bauch nur vorübergehen würde. Abrupt machte sie einen Schritt weg von Kelii.

»Du findest mich lächerlich, nicht?«

»Warum sollte ich lachen über dich? Was du fühlst, ist nicht komisch, sondern ernst, zumindest für mein Volk. Es ist das wichtigste Gefühl zwischen Kane und Wahine. Du und ich, wir gehören zusammen. Es ist nicht leicht, aber es ist so.« Elisa stockte vor Schreck der Atem. Wie konnte er wagen auszusprechen, was niemals sein durfte?

Sein Lächeln war mit einem Mal traurig. So als könnte er Elisas Gedanken lesen, nickte er erneut.

»Du hast recht … es darf nicht sein. Aber ich fühle, was ich fühle, Elisa!«

Elisa sagte nichts, sondern blickte stumm zu Boden. Meinte er wirklich die Liebe, diese ganz große Liebe, die zwei Menschen für immer miteinander verbinden würde? Oder sprach er doch nur über ihre Freundschaft? Sie wagte nicht nachzufragen. Wie so oft flößte Keliis ernster Blick ihr mit einem Mal ein Gefühl von Ehrfurcht ein. Nur zwei Jahre älter als sie, trug er dennoch bereits viel Verantwortung in seinem Klan. Elisa hatte das Gefühl, seinem bohrenden Blick nicht mehr lange standhalten zu können.

»Lass uns zum Wasserfall gehen, bevor es zu spät wird und ich zum Haus zurück muss«, flüsterte sie, während sie erneut den Blick gen Boden richtete. Sie hatte Angst, schwach zu werden, wenn sie noch länger in die Glut seiner Augen sehen musste. Sein Atem ging schnell und flach.

»Keine Worte … noch?«

»Keine Worte mehr, heißt es. Kein *noch*. Das war schlechtes Deutsch.« Elisa löste ihre Hand energisch aus seiner. Sie war froh, sich aus dem brenzligen Sperrgebiet ihrer Gefühle zurück in die Rolle der Lehrerin retten zu können. Er quittierte auch das mit einem verzeihenden Lächeln voller Humor.

»Entschuldige für schlechtes Deutsch, Frau Lehrerin Elisa.

Dein Wille möge geschehen, wie im Himmel so in Erde. Und auch in der Hölle. In alle Ewigkeit oder nein, nur für eine Sekunde. Gleich bestimme ich, in die nächste Sekunde.« Dann begann er plötzlich zu lachen und lief davon.

Diesmal korrigierte sie sein Deutsch nicht, sondern schluckte hart. Der Moment ihrer Nähe war vorbei. Sie hatte ihn zurückgewiesen auf das Niveau, auf dem sie sich ohne Angst bewegen konnte. Sie durfte die überlegene weiße Herrin der Plantage spielen, und er war wieder ein ungebildeter Kanaka, eine Rolle, die er bisweilen einnahm, um Elisa zu provozieren: »Komm, Lehrerin Elisa, du hast nicht viel Zeit. Vielleicht nur kurze Sekunde, Minute und nicht einmal noch eine Stunde für dich allein …?«

Elisa folgte Keliis breitem Rücken in Richtung Wasserfall. Den sich schlängelnden Pfad, der durch riesige gezackte Blätter führte, die in der Nähe des Wassers üppig gediehen, kannte sie gut. Das zunehmende Tosen des Wasserfalls mischte sich in ihre Gedanken über ihren klugen Freund. Kelii kannte sie inzwischen besser als ihre Mutter, aber gewisse Dinge blieben ihm ein Rätsel. Zeit war solch ein Beispiel. Ohne dass sie sich je absprachen, war er immer zum richtigen Moment am richtigen Ort, als könnte er intuitiv spüren, wann Elisa ihn herbeisehnte. Wenn sie aber versuchte sich mit ihm zu einer bestimmten Uhrzeit irgendwo zu verabreden, dann ging es meistens schief.

Deshalb hatten sie sich mit der Uhr beschäftigt. Kelii war ein Schüler mit schneller Auffassungsgabe, und sie wusste, dass er sie gerade mit Absicht mit der Zeit provoziert hatte. Sekunden, Minuten und Stunden brauchte er nicht in einem runden Instrument, wie er sagte, weil die Hawaiianer ihre eigene Uhr in sich trugen. Mit einem Lächeln hatte er auf seinen muskulösen Bauch gedeutet, um ihr zu zeigen, wo genau sich Elisas Zeit befand. Er forderte sie mit seinem heiligen Ernst auf, diese Stelle an seinem Körper zu berühren, wo er Elisas Lebenszeit in sich trug. Bis zu dem Moment, an dem sie aufhören würde zu atmen, so sagte er, trug er Elisas Leben in sich.

Natürlich hatte sie nicht getan, was er von ihr verlangte. Sie hatte seinen Bauch nicht berührt, sondern vor ein paar Tagen begonnen, vertieft mit Kelii über Religion zu sprechen. Bei ihren Spaziergängen hatte sie ihm das Vaterunser auf Deutsch beigebracht. Er kannte es durch die Missionarsschule bereits auf Englisch, und auch eine Vorstellung von Christus hatte er durch den Missionar. Doch vieles in der Religion der Haole hatte ihn nicht überzeugen können. Vor allem konnte der Missionar seine Fragen nicht beantworten.

Elisa bot ihre Hilfe an, war aber schnell überfordert. Warum es kein Mutterunser in ihrem Land gab, hatte er sie ernsthaft gefragt. Immer war nur Kane wichtig, viel zu wenig Wahine. In der Religion seines Volkes waren die Frauen wichtig. Er hatte ihr von ihrer Göttin Pele erzählt, die sein Volk verehrte, aber auch fürchtete, weil sie mit glühenden Steinen nach ihren Kindern warf, wenn sie in Zorn entflammte. Mit den Vulkanen auf den Inseln hatte die Legende von Pele zu tun. Über die Jahrhunderte wurde Pele Bestandteil der hawaiischen Religion und bei schlechtem Benehmen wurde den Kindern gerne mit ihrer Rache gedroht.

Kelii blieb auf halbem Weg zum Wasserfall stehen und drehte sich nach der langsameren Elisa um. Sein Lächeln von vorhin hatte sich noch vertieft, sodass seine strahlend weißen Zähne sie jetzt fröhlich anblitzten: »Ich bin immer Kelii, dein Freund. Warum Angst vor einem Freund? Du kannst bei mir ohne Kleider sein, Elisa. Hier sieht uns niemand! Warum hast du trotzdem Angst vor Peles Rache?«

Wieder hatte er erraten, was sie gerade dachte. In gewisser Weise hatte er recht. Elisa hatte stets Angst, bestraft zu werden. Selbst wenn sie alleine in ihrem Zimmer war und nur an Kelii dachte, fühlte sie sich schon schuldig. Es war aber nicht die hawaiische Vulkangöttin, die sie fürchtete, und auch nicht die strengen Gesetze ihrer eigenen Religion, sondern die gesellschaftliche Ächtung. Doch darüber würde sie nicht mit Kelii sprechen. Sie wusste, wie es ihn verletzte, dass Kanaka für viele Plantagenbesitzer so etwas wie bessere Primaten waren.

Elisa holte auf. Erst als sie direkt vor Kelii stand, antwortete sie ihm frech mit einem seiner eigenen Lieblingssprüche: »Warum sollen wir gerade jetzt über die Fische im tiefen Wasser sprechen? Die Sonne ist heute dafür viel zu glücklich!«

Mit diesem Spruch hatte sie mitten ins Schwarze getroffen, wie sie an seinen bebenden Mundwinkeln erkennen konnte. Kelii war kurz davor, in sein lautes Lachen auszubrechen. Sie liebte dieses Lachen, das tief aus seinem Bauch heraus zu kommen schien. Er liebte es vor allem, über die verrückten Bräuche der Haole zu lachen. Viele Sitten der Einwanderer erschienen ihm widersinnig und traurig im Vergleich zu den reichen spirituellen Gebräuchen seines eigenen Volkes.

Die Weißen tanzten beim Gebet nicht für ihre Götter, sondern standen mit gebeugtem Haupt und gefalteten Händen wie ungezogene Kinder. Ihre Körper waren eingeschnürt in feste Stoffe, sodass sie nicht frei atmen konnten. Wenn die Frauen der Haole besonders schön sein wollten, dann zwangen sie sich in Folterinstrumente aus den Knochen von Walen, die extra dafür sterben mussten. Fassungslos war Kelii gewesen, als er auch bei Elisa ein Korsett gesehen hatte. Warum musste alles bei den Haole irgendwie mit Schmerz und Strafe zu tun haben?

Elisa hatte keine Antwort auf seine Fragen. Vieles an ihrer eigenen Kultur schien ihr tatsächlich absurd, je mehr sie erkannte, dass es auch andere Lebensentwürfe gab. Deswegen mochte sie seinen Spruch über die Fische im tiefen Wasser auch so gerne. In diesem Moment wollte sie nicht erklären, warum sie sich für ihren nackten Körper vor ihm schämte. Viel lieber wollte sie ihre kurze verbleibende Zeit am Wasserfall mit ihm genießen. Er nickte.

»Die Sonne ist heute sehr glücklich. Auch der Wasserfall ist froh, dass Elisa am Morgen zu Besuch gekommen ist.«

Elisa lächelte. Er war wirklich der beste Freund, den sie in ihrem Leben hatte. Nicht einmal Alexandra, ihre langjährige beste Freundin in Hamburg, war ihr vertrauter gewesen als Kelii. Sie war dankbar für sein versöhnliches Lächeln. Er würde sie nicht dazu zwingen, jetzt weiter mit ihr darüber zu sprechen, wie eigenartig ihr Volk der Weißen war, zumindest hoffte sie das. Doch schon bei seinem nächsten Satz merkte sie, dass er es ihr doch nicht ganz so einfach machen würde.

»Wir reden, wenn die Nacht kommt. Zu heiß hier für Wahine mit traurige Haut voll mit Angst.«

Eine weitere Provokation seinerseits. Aber Elisa wollte keinen Streit. Deshalb nickte sie ergeben, um zu signalisieren, dass sie nachts mit ihm über das Thema sprechen würde.

»Lass uns bitte zum Wasserfall gehen. Ich muss bald zurück ... sonst bekomme ich Ärger.«

Sie setzten ihren Weg fort. Um einige große Bäume mussten sie herumklettern, und kurze Zeit verlor Elisa den starken Rücken vor ihr aus den Augen. Ihr Bein begann wehzutun, und mit einem Mal war sie schlecht gelaunt, weil Kelii wieder einmal recht hatte. Vieles von dem, was die Europäer hier taten, war absurd. Und ihre Arroganz und Unwissenheit, was die Hawaiianer betraf, war einfach nur beschämend und dumm. Selbst das lokale medizinische Wissen sollte ausgerottet werden, sodass die westlichen Ärzte das Monopol auf Heilung haben würden. Dabei waren es ohnehin nur die Weißen, die immer neue gefährliche Krankheiten in diesen abgelegenen Teil der Welt einschleppten.

Kelii hatte eigentlich fast immer recht mit dem, was er tat und sagte. Nur musste Elisa fast immer gegen ihn rebellieren. Sie wusste bisweilen selber nicht, was eigentlich mit ihr los war, aber sie war seit ihrer Genesung alles andere als ausgeglichen. Auch in diesem Moment, als sie Kelii um die Mammutbäume herum folgte, wurden die übermütigen Saltos der Schmetterlinge in ihrem Inneren von einer plötzlichen Kälte abgelöst. Was sie in diesem Moment tat, war Unrecht. Auch die Nächte, in denen sie ihm in sein Reich folgte, waren mehr als tabu in ihrer eigenen Kultur. Warum verbrachte sie überhaupt so viel Zeit mit Kelii? Es war ohnehin sinnlos, denn wenn die Pläne ihres Onkels aufgingen, würde Elisa vielleicht sogar auf eine der anderen Inseln verheiratet werden.

Ihre Sorge hatte sie einmal mit Kelii erörtert, aber er hatte nur entschieden den Kopf geschüttelt. Elisa würde auf Kauai heiraten, hatte er gesagt und dabei geheimnisvoll gelächelt. Dann hatte er noch hinzugefügt, dass Großvater Hai es ihm verraten hatte und es deshalb gar nicht anders geschehen konnte. Elisa hatte nicht weiter nachgefragt, aber die stille Überlegenheit ihres Freundes machte sie bisweilen spontan zornig. Sie war es nicht gewohnt, mit jemandem umzugehen, der geheimnisvoll und gleichzeitig so anziehend war, dass es ihr bisweilen völlig den Atem nahm.

Elisa hielt kurz inne und lehnte sich an einen der großen, roten Bäume, um ihr Bein auszuruhen. So als ob er spüren würde, dass Elisa einen Moment Pause braucht, wartete Kelii einen Baum weiter. Kurz sah er zu ihr hinüber, dann blickte er schnell hoch zum Wasserfall. Doch der Moment, in dem sich ihre Blicke kreuzten, hatte Elisa gezeigt, dass auch Kelii beunruhigt war. War es für ihn wirklich belanglos, sie ganz ohne Kleidung zu sehen? Es stimmte, er sah die jungen Frauen seiner Sippe fast täglich nackt. Elisa wusste, dass eine von ihnen schon bald seine Braut werden würde. Nur wenige Male würde es noch Vollmond werden, bevor an dem großen Felsen Keliis Hochzeit zelebriert werden würde. Aber was bedeutete eine Hochzeit unter Hawaiianern überhaupt? Spielte die Jungfräulichkeit der Braut eine wichtige Rolle?

Elisa hatte es bisher nicht gewagt, ihrem Freund diese Fragen zu stellen. Aber sie wusste, dass die Kinder im Dorf gewöhnlich erst nach der Vermählungszeremonie zur Welt kamen. Dennoch hatte sie mehrmals gesehen, wie beneidenswert zwanglos hawaiische Jugendliche miteinander umgingen. Beim nachmittäglichen Bad am Wasserfall, aber auch am

Strand, wo Kelii begonnen hatte, ihr das Schwimmen beizubringen, waren die Jugendlichen bis auf ein Lendentuch unbekleidet. Gelacht hatten die jungen Frauen über Elisas Badekleid. Sie hatte auf Keliis Geheiß freundlich zurückgelacht, aber innerlich war sie tausend Tode gestorben. Hinter Kelii her war sie in die seichten Wellen gehumpelt. Wie hässlich sie war, im Gegensatz zu den goldbraunen jungen Gazellen, die Kelii Worte zuriefen, die Elisa nicht verstehen konnte. Waren es Worte des Spottes? Eine der Hübschen war näher gekommen. Sie sprach passables Englisch, und Elisa erfuhr, dass das Mädchen Keliis Schwester Leilani war. Aber es gab noch andere Schönheiten, die Kelii mit Blicken musterten, die Elisa leicht deuten konnte. Er war ein begehrter junger Mann.

Elisa löste sich aus ihren Gedanken, indem sie tief ausatmete. Sie ging weiter hinter Kelii her. Von ihrem Vater hatte sie als Kind gelernt, dass sich nicht verhindern ließ, dass auch die schönen Zeiten zu Ende gehen. Das Schicksalsrad drehte sich nie für jeden in der gleichen Geschwindigkeit. Deswegen soll man den Moment auskosten, solange es geht.

Sie waren am Wasserfall angekommen. Das Tosen war jetzt so laut, dass sie schreien mussten, um sich zu verständigen. Elisa spürte, wie schwer ihr Herz mit einem Mal wurde. Allein die Vorstellung, dass sie von ihrer romantischen Schwärmerei für Kelii in Kürze würde Abschied nehmen müssen, war ihr unerträglich. Aber sie würde ihn das ganz gewiss nicht spüren lassen.

Er stand jetzt neben ihr. Sein Brustkorb hob und senkte sich wie ihrer von der Anstrengung. Sie hätte lediglich ihre Hand nach ihm ausstrecken müssen, um die tiefe Verbindung ihrer Seelen zu spüren. Aber Elisa nahm sich in diesem Augenblick fest vor, genau das nicht mehr zu tun.

Um die knisternde Spannung zwischen ihnen zu brechen, nahm Elisa eine Handvoll Wasser. Mit einem plötzlichen Lachen, laut und ganz und gar nicht einer jungen Dame entsprechend, spritzte sie ihren Freund damit übermütig voll. Dann betrat sie mutig den ersten Felsen, der aus dem Wasser ragte, um zur anderen Seite des Wasserfalls zu klettern. Es war das erste Mal, dass Elisa es alleine wagte. In der Vergangenheit war Kelii immer von Felsen zu Felsen vorausgeklettert und hatte ihr seine Hand gereicht. Ihr verletztes Bein hatte es ihr nicht erlaubt, selber die Balance zu halten. Doch heute fühlte sie sich sicherer als sonst. So schnell ihre nackten Füße sie trugen, hüpfte sie fast übermütig vorwärts. Kelii hatte Mühe ihr zu folgen.

»Warte! Du wirst ausrutschen!«

Aber Elisa fühlte sich sicher. Sie verstärkte ihre Anstrengung und konnte sogar ein kleines Stück weit springen. Provozierend sah sie sich nach ihm um.

»Normalerweise ermutigst du mich immer. Ich soll doch die Muskeln in meinem Bein trainieren ...«

Kelii versuchte, sie auf den Felsen zu überholen, aber Elisa machte es ihm nicht leicht.

»Du machst es gut!«, rief er ihr anerkennend durch das Tosen zu.

»Dein Bein ist jetzt viel besser. Ich sehe kaum noch den Hai ...«

Den Rest seiner Worte verschluckte der Wasserfall. Fast gemeinsam kamen sie an ihrer Lieblingsstelle an. Sie sahen in die sprühende Gischt vor ihnen, in der sich ein zarter Regenbogen bildete. Die Sonne kletterte jetzt sehr schnell den Himmel herauf.

»Komm, wir haben nicht viel Zeit!«

Mit lautem Jubel stürzte sich Kelii als Erster in das seitliche Becken, in dem der kleine Wasserfall den gläsernen Vorhang bildete. Das letzte Mal hatten sie hier mit anderen aus dem Dorf gebadet. Heute jedoch waren sie allein. Alles war anders.

Während Elisa in ihrem Unterkleid untertauchte, spürte sie die fordernd klopfende Hitze zwischen ihren Beinen. Sie schickte unter Wasser ein Stoßgebet gen Himmel.

»Vergib mir meine Sünde, Vater.«

Kurze Zeit später, in der Höhle, war es Elisa, die hinter dem gläsernen Vorhang aus Milliarden Tropfen die Initiative ergriff. Sie küsste ihren verdutzten Freund mitten auf seine sinnlichen Lippen.

»Du willst …?«

Sie nickte aufgeregt und flüsterte: »Ich will ein Himmelslied, unser Himmelslied, aber du musst bitte aufpassen …«

Kelii brauchte nur eine winzige Sekunde, um zu begreifen, dass endlich der Zeitpunkt gekommen war. Dann begann er, ihre Lippen zu küssen, zunächst zögerlich, dann voller Hunger. Seine atemlose Leidenschaft ließ Elisa alles um sie herum vergessen. Als er ihren Unterrock abstreifte, um ihren heißen Körper an den verbotenen Stellen zärtlich zu küssen, hatte sie das Gefühl, eins zu werden mit der tosenden Kraft des Wassers. Ihre Körper sangen zusammen, und es war wunderbar.

Weder Kelii noch Elisa ahnten, dass sie nicht die einzigen frühen Besucher am Wasserfall waren.

3. Kapitel

Die Plantage, Sommer 1894

Zurück auf der Plantage verabschiedete sich Elisa unter den schattigen großen Bäumen mit einem letzten schnellen Kuss von Kelii. Keinesfalls durfte sie jemand sehen.

»Schnell, du musst weg!«

Er sah ihr fragend in die Augen.

»Wann sehen wir uns wieder?«

»Heute noch ... später. Ich, wir ... wir müssen nachdenken. Wir müssen einen Weg finden ... für uns! Ich, ich glaube, dass ich dich liebe ... Das ist doch die Liebe, nicht wahr?«

Er lächelte traurig und nickte. Sie wusste auch ohne Worte, dass er ebenso fühlte wie sie. Aber beide hatten sie Angst. Es gab keine Paare wie sie. Er nahm sie kurz in die Arme und drückte sie an sein heftig klopfendes Herz.

»Später, wir reden später. Aber wir reden auch über deinen Goethe, ja? Und ... Elisa. Ich fühle wie du. Du bist meine Wahine. Wir gehören zusammen.«

Damit war er zwischen den Bäumen verschwunden.

Elisa schaffte es gerade noch, ungesehen ins Haus zu kommen. In ihrem Kopf überschlugen sich euphorische Gedanken. Jetzt, da sie wusste, dass auch Kelii sie liebte, war alles anders. Sie würde einen Weg finden, um auch offiziell mit ihm zusammen zu sein. Es musste einfach möglich sein.

Sie hörte, wie bereits ungeduldig ihr Name gerufen wurde. Tante Katharina war wieder einmal am Rande ihrer Nerven mit ihren Mädchen.

»Michaela, lass deine Schwester in Ruhe! Hildegard, nimm Barbara an die Hand und geh mit ihr hinüber in die Küche, bis ich Elisa gefunden habe ...«

Wie meistens ließ ihre Tante ihrem Unmut freien Lauf. Elisa hütete sich davor, Katharina entgegenzugehen. Sie wusste genau, wie ekelhaft ihre Tante war, wenn sie mit ihrem Säugling eine schwierige Nacht gehabt hatte. Sie ließ deshalb durch eines der Hausmädchen ausrichten, dass sie sich noch um ihre kranke Mutter kümmern müsste, bevor sie heute ihre drei Cousinen unterrichten würde.

Eilig begann sie sich in ihrem Zimmer umzuziehen. Sie hing ihr Kleid zum Trocknen auf die Stange des Himmelbetts neben das hochgerollte Moskitonetz. Wenn sie nachts oder frühmorgens aus ihrem Zimmer verschwand, drapierte sie stets einige Kissen unter ihrer Decke, sodass es aussah, als würde sie unter dem Mückenschutz schlafen. Durch ihre nassen Haare war der Rücken ihres Kleides durchnässt. Auch ihr Unterkleid war feucht. Auf Schultern, Hals und ihren Brüsten meinte sie immer noch Keliis heiße Lippen zu spüren. Seinen Geruch hatte sie in der Nase. Fast war ihr, als könnte sie ihren Liebsten neben sich atmen hören. Schnell begann sie, ihre Haut mit Rosenwasser zu besprühen, um die Spuren der Leidenschaft zu überdecken. Über das frische Unterkleid zog sie ein Kleid aus blassem Rosa. Dann begann sie, ihre Haare zu kämmen. Aber anstatt sich zu beeilen, ließ Elisa sich Zeit, um ein wenig nachzudenken. Sie würde sich in den kommenden Tagen eine neue Strategie einfallen lassen müssen, um ihrer Tante besser ausweichen zu können. Erst kürzlich hatte es einen hässlichen Vorfall gegeben, an den sie sich jetzt mit Unbehagen erinnerte.

Seit Elisa mit ihrem Bein wieder halbwegs humpeln konnte, wurde sie von ihrer Tante hemmungslos als Kindermädchen für ihre Cousinen ausgenutzt. Jede einzelne Stunde, die Elisa selber in der Bibliothek lernen wollte, um sich weiterzubilden, musste sie anschließend mit Kinderhüten abdienen. Einmal hatte sie sich deswegen bei ihrem Onkel beklagt, aber das hatte ihre Situation nur noch verschlimmert. Am nächsten Morgen war Elisa bereits in aller Frühe in Katharinas Schlafzimmer zitiert worden. Hohläugig und verbissen zischte Katharina ihr entgegen: »Was fällt dir ein, dich bei meinem Mann zu beschweren! Undankbares Ding! Wochenlang haben wir uns um dich gekümmert, haben alles getan, damit du wieder gesund wirst. Und so dankst du es uns!«

Elisa wollte etwas erwidern, aber ihre Tante hatte nicht vor, sie zu Wort kommen zu lassen, sondern fuhr mit schriller Stimme fort. »Nur weil du zu dumm warst, im Kanu ruhig sitzen zu bleiben, drehte sich wochenlang alles nur um dich! Und jetzt bist du dir zu fein dazu, um mir zu helfen? So etwas wäre in meiner eigenen Familie nie vorgekommen ... Paul hat recht. Dein Vater und deine Mutter haben es versäumt, dich zu einer anständigen jungen Frau zu erziehen. Du bist verwöhnt, undankbar und noch dazu wahrscheinlich unvermittelbar. Welcher Mann aus halbwegs gutem Haus will schon einen Krüppel zur Frau?«

Das saß. Erschrocken wie sie war, hatte Elisa auf diesen Schwall von frustriertem weiblichen Gift nichts mehr zu erwidern gehabt. Sie hatte ja selber schreckliche Angst davor, nie wieder richtig laufen und tanzen zu können. Jedes Mal, wenn sie sich ihre Narbe ansah, wurde ihr vor Ekel übel. Aber warum musste Katharina so grausam sein? Elisa fand in diesem Moment keine Worte, um sich gegen so viel Hass zu wehren. Zudem schien ihr eine Ohrfeige ohnehin angebrachter zu sein. Aber so etwas traute Elisa sich nicht, obwohl Katharina nur wenige Jahre älter war. Daher biss Elisa sich hart auf die Zunge. Keinesfalls wollte sie unbedachterweise ein falsches Wort sagen.

Mit dem Geschmack ihres eigenen Blutes im Mund entschuldigte sie sich für ihr unbedachtes Verhalten. Sie versprach, dass so etwas nie wieder vorkommen würde. Von jetzt an würde sie nur und ausschließlich mit Katharina selbst reden und sich nicht mehr bei ihrem Onkel beschweren.

Danach brachte Elisa folgsam den dicken Säugling mit den stinkenden Windeln zu Amala, aber sie konnte ihre Tränen nicht zurückhalten. Katharinas Worte hatten sie verletzt wie scharfe Messerklingen. Ja, sie war ein Krüppel und ihre hässliche Narbe würde sie für den Rest ihres Lebens daran erinnern, dass sie beschädigte Ware war. Amala nahm die schluchzende Elisa spontan in die Arme. Die dicke Hawaiianerin, die selber acht Kinder hatte, war eine entfernte Verwandte von Kelii. Seit dem ersten Kind der Vogels war sie Katharinas leidgeprüfte Amme und hatte schon viel ertragen müssen.

Amala hatte die giftigen Worte mitangehört und tröstete die Schluchzende mit sanftem Streicheln. Es war das erste Mal, dass Elisa den Namen hörte, den die Frauen aus dem Dorf ihr gegeben hatten: Haifischfrau.

Während Elisa ihre Haare machte und darüber nachsann, wie sie ihrer Tante am besten aus dem Weg gehen könnte, musste sie mit einem Mal lächeln. Der böse Streit mit Katharina hatte auch eine gute Seite gehabt. Sobald Amala an diesem unseligen Tag frei hatte, ging sie zurück ins Dorf, um den anderen Frauen zu berichten, was für schlimme Worte die Haifischfrau ertragen musste. Haifischfrau, manchmal auch weiße Haifischfrau oder lächelnde Haifischfrau, so wurde Elisa mehr und mehr auch von den Kindern und Männern im Dorf genannt. Es war ein Zeichen von Respekt.

Am diesem Abend war Kelii mit einem Geschenk aus dem Dorf zu ihr gekommen. Es war ein kleines Püppchen, aus Stoffresten und Zweigen gewickelt, ein Kummerpüppchen von den Frauen des Dorfes. Elisa hatte nicht nur in Amala eine neue Verbündete im Haus gefunden. Auch die anderen Dienstboten warfen ihr jetzt immer ein Lächeln zu, wenn sie ihnen begegnete. Manchmal flüsterten sie ihren geheimen Namen. Und wann immer sie konnte, half ihr die Dienerschaft von da an beim Kinderhüten der anstrengenden kleinen Cousinen, damit Elisa wenigstens ab und zu in Ruhe ein Buch lesen konnte.

Dennoch ging Elisas geplante Weiterbildung durch Katharinas ständige Gängelei nur langsam vor sich. Zunehmend hatte auch ihr Onkel weniger Interesse daran, dass aus Elisa eine Frau mit umfassender Bildung wurde. In abendlichen

Tischgesprächen hatte sich ohnehin gezeigt, dass die junge Hamburgerin mehr über Geografie, Geschichte und Politik wusste als Katharina und Paul zusammen. Anfangs wollte Elisas Onkel den Wissensschatz seiner Nichte für sich nutzen und bezog sie in Männergespräche mit ein, doch Katharina schäumte vor Wut und Eifersucht. Nacht für Nacht vergiftete sie ihren Mann, indem sie Paul weismachte, dass kein Mann eine Frau heiraten würde, die gebildeter war als er.

Elisa durfte nicht mehr mit den Männern in die Bibliothek, und schleichend wurden ihr noch weitere Privilegien entzogen. Bestimmte Bücher waren tabu. Wenn Elisa jetzt verbotenerweise bei Tisch mit Männern sprach, wies er seine Nichte scharf in die Schranken. Und wenn der alte Fried und Herr van Ween einmal die Woche europäische Gäste aus Lihue oder Hanalei Bay mitbrachten, wurden die Frauen und die Männer jetzt sofort nach dem Essen von Katharina räumlich getrennt.

Zu Elisas Kummer wurden seit Neuestem die wirtschaftlichen Themen sowie brisante politische Entwicklungen hinter geschlossenen Türen bei Zigarre und Cognac unter Männern besprochen. Währenddessen bekamen die Damen im kleinen Salon einen leichten Kräutertee serviert. Sie tauschten sich angeregt über Kindererziehung aus und bisweilen erhitzte man sich an dem neuesten gesellschaftlichen Klatsch. Elisa langweilte sich regelmäßig zu Tode, aber sie blieb immer bis zum Schluss, ihrer Mutter zuliebe.

Elisa war fast fertig mit dem Kämmen ihres langen Haares. Sie wusste, dass sie ihren Pflichten bei ihrer Tante an diesem Tag nicht für immer würde fernbleiben können. Trotzdem konnte sie sich noch nicht dazu durchringen, ihr Zimmer zu verlassen, um zu ihrer Mutter zu gehen.

Einen Moment schloss sie ihre Augen, um in ihren Erinnerungen den heißen Küssen nachzuspüren, die sie jetzt noch auf eine neue Weise mit Kelii verbanden. Ihr Liebster empfand wie sie. Für ihn war Elisa eine kluge junge Frau, die ihm

Dinge beibrachte, die ihm in seinem Leben helfen würden. Sie waren sich auf gewisse Weise ebenbürtig. Auch ihr Vater hatte Elisa nie herablassend behandelt, weil sie ein Mädchen war. Er fehlte ihr in diesem Moment sehr. Und auch wenn Elisa froh war, dass ihre Mutter noch am Leben war, musste sie vor sich selber zugeben, dass sie sich schwer miteinander taten.

Clementia hoffte, dass ihre Tochter noch lernen würde, nur dann zu sprechen, wenn ihre Meinung gewünscht war. Elisa sollte sich unterordnen. Aber genau das fiel Elisa so schwer, wenn sie die Menschen um sich herum nicht respektieren konnte, weil sie ungebildete Besserwisser waren. Sie erinnerte sich an eine schmerzliche Auseinandersetzung mit ihrem Onkel, die ihr immer noch in den Knochen saß.

An einem lauen Abend, als die Damen und die Herren nach dem Essen gemeinsam auf der umlaufenden Terrasse flanierten, um Katharinas rot blühenden Jasmin zu bewundern, wagte es Elisa, ihren Onkel in Gegenwart seines Freundes Gerit Janson zu korrigieren. Onkel Paul hatte etwas über einen der amerikanischen Präsidenten gesagt, das einfach nicht stimmte. Der 1849 verstorbene Präsident James Polk war Demokrat und kein Republikaner gewesen. Elisa wusste es, denn sie hatte es zufällig kurz zuvor nachgeschlagen. Von den beiden Männern schlug Elisa ein eisiger Wind entgegen. Ihr Onkel entschuldigte sich vor seinem Freund und nahm Elisa beiseite. Seine Augen ließen keinerlei Zweifel daran, dass er innerlich vor Wut schäumte.

»Kein Mann wird je eine Ehefrau haben wollen, die sein Wissen in ihren Schatten stellt. Du bist eine Frau, noch dazu meine Nichte, und solltest dich bemühen, deiner Tante und mir Ehre zu machen. So beschämst du uns! Zudem könntest du mit einem solchen Verhalten deinen zukünftigen Mann öffentlich blamieren! Gerit Janson ist eine gute Partie. Ihm gehören auf der anderen Seite der Insel zwei Plantagen, die um einiges größer sind als unsere …«

Elisa unterbrach ihn entsetzt: »Aber Gerit Janson ist mehr als doppelt so alt wie ich. Er soll zudem schon große Kinder haben und zwar mit zwei einheimischen Frauen …«

Ihr Onkel sah sie scharf an.

»Nein, Elisa, mein Freund Gerit hat keine Kinder, zumindest keine, die seinen guten Namen tragen. Etwas anderes zählt bei uns hier nicht. Ich rate dir dringend, dich nicht so viel mit den Einheimischen zu unterhalten. Und vor allem solltest du mich nie wieder unterbrechen, wenn ich etwas Wichtiges mitzuteilen habe. Gerit Janson hat ein Interesse an deiner Person angemeldet, obwohl er auf den Inseln freie Auswahl hat. Er tut es mit zuliebe, Elisa, verstehst du? Er weiß, dass ich mir erhofft hatte, du würdest in eine Plantage einheiraten, die gut zu unserer passen würde. Es wäre ein echter Freundschaftsdienst von ihm, wenn er dich trotz deiner … deiner körperlichen Versehrtheit zur Frau nehmen würde.«

Elisa zitterte innerlich vor Entsetzen bei dem Gedanken an eine solche Ehe, aber sie wartete diesmal gehorsam, bis ihr Onkel seinen Satz beendet hatte.

»Aber ich will deinen Freund nicht heiraten. Er ist zu alt und außerdem ist er mir … er ist mir körperlich zuwider.«

Allein wenn sie an die gedrungene Erscheinung mit den groben Händen dachte, wurde ihr spontan übel.

»Bitte, Onkel Paul, auch wenn Gerit Janson in deinen Augen die beste Partie auf Kauai sein mag … ohne mein Einverständnis würdest du mich doch sicherlich nicht verheiraten wollen, oder?«

Aber ihr Onkel hörte ihr schon gar nicht mehr zu. Katharina trat mit finsterem Blick zu ihnen.

»Gerit hat sich vorzeitig verabschiedet. Ich soll dich von ihm grüßen, Paul, und dir ausrichten, dass ihr euch kommende Woche im Club treffen werdet, um weiter zu verhandeln.«

Danach wandte sich Katharina mit sichtlicher Schadenfreude an Elisa.

»Willst du wissen, was unser guter Freund Gerit über dich gesagt hat, meine Liebe?«

Elisa hatte keinerlei Interesse an neuen Gemeinheiten, doch Katharina redete bereits weiter und ließ sich dabei jedes einzelne Wort genüsslich auf der Zunge zergehen.

»Ein Krüppel sei als Eheweib schon Zumutung genug, meint er. Aber wenn der Krüppel sich noch dazu wie ein besserwisserischer Blaustrumpf gebärden würde, dann möchte Gerit bei aller Freundschaft zu uns doch lieber weiterhin Junggeselle bleiben ...«

Von diesem Tag an musste Elisa ihre Bücher zur Strafe ganz wegpacken. Unter Katharinas Aufsicht sollte sie sich nur noch auf ihre Rolle als künftige Ehefrau und Mutter vorbereiten. Ihre Tante bestand darauf, dass Elisa die ihr fehlenden häuslichen Tugenden möglichst schnell entwickelte, um besser vermittelbar zu sein. Gerit Janson hatte zwar nach der ersten Begegnung mit Elisa die Flucht ergriffen, aber ganz abgeneigt schien er doch nicht zu sein. Das erfuhr Elisa ein paar Tage darauf von ihrem Onkel. Paul hatte Gerit im Männerclub von Lihue getroffen und danach ein paar Tage auf der anderen Seite der Insel beim Jagen mit ihm verbracht. Elisas Onkel glaubte, sich doch noch mit seinem Freund wegen Elisa einig werden zu können. Gerit hatte Paul anvertraut, dass er Erben brauchte, denen er seinen Namen geben konnte.

Elisa verzweifelte allein bei dem Gedanken, aber ihr Onkel und ihre Tante blieben eisern. Janson war die beste Partie der Insel. Zudem war er reif genug, um Elisas verquere Vorstellungen vom Frausein in den Griff zu bekommen, meinte Katharina. Die Nichte ihres Mannes sollte, wie sie selber auch, in erster Linie gehorsame Ehefrau und Mutter werden. Aber noch einen weiteren Vorteil sah Katharina in einer Verbindung zwischen Elisa und Gerit: Ab dem Moment der Heirat wäre Katharina wieder die einzige Plantagenherrin auf dieser Seite der Insel. Gerit lebte auf der anderen Inselseite. Sie wären durch Elisas Eheschließung verschwägert und so eng geschäftlich verbunden, dass sie den Zuckerhandel von ganz Kauai kontrollieren konnten. Natürlich würden mit der Eheschließung Ländereien als Mitgift in Gerits Besitz übergehen, aber die Details wären Verhandlungssache der Männer. Inwiefern beide Plantagen von der Eheschließung profitieren könnten, errechneten derzeit auf beiden Seiten bereits die Berater.

Elisa grauste es in ihrem Zimmer vor den Gesprächen, die sie in den folgenden Wochen würde führen müssen, um ihren Onkel von seinem Kurs abzubringen. Vor ihrem kleinen Ankleidetisch, an dem sie ihre Haare für den Arbeitstag mit den Kindern zu einem ordentlichen Zopf flocht, dachte sie noch einmal an den magischen Morgen mit Kelii. Woher hatte ihr Liebster nur die Ruhe, mit der er Elisas Ängste vor der Zukunft immer aufs Neue besänftigte? Sie würden für immer zusammengehören, das hatte er ihr auch heute wieder zugeflüstert, als sie zwischen zwei langen Küssen atemlos innehielten und sich tief in die Augen sahen. Aber Elisa war sich alles andere als sicher. Wenn es nach Paul und Katharina Vogel ginge, dann würde sie Gerit schon in diesem Sommer heiraten. Vor allem die geschäftliche Erweiterung war in den Augen ihres Onkels das Ziel, das es mit allen Mitteln anzustreben galt. Nur unter diesem Gesichtspunkt waren alle bisherigen Heiratskandidaten für Elisa ausgesucht worden. Sie waren allesamt Freunde oder Geschäftspartner ihres Onkels und zudem allesamt fast doppelt so alt wie Elisa.

Auch ihre bemitleidenswerte Tante Katharina hatte sich seinerzeit den Heiratsplänen ihrer Eltern fügen müssen. Onkel Paul war ebenfalls doppelt so alt wie seine Frau. Was entscheidend dazu beitrug, dass sie schon so früh so verbittert war. Vielleicht hatte auch Katharina einen Liebsten gehabt, dachte Elisa plötzlich, während sie ihr eigenes junges, vor Liebe glühendes Gesicht im Spiegel ansah. Katharina hatte vielleicht auch ihren Liebsten aufgeben müssen, um Onkel Paul zu heiraten. Das würde zumindest erklären, warum sie alles daransetzte, damit Elisa ein unglückliches Leben bevorstand.

Katharina war von Anfang an dagegen gewesen, dass ihre Schwägerin und ihre Nichte nach Kauai kamen. Sie wollte mit ihrem Mann die alleinige Macht über die Plantage, das hatte Elisa bereits nach wenigen Monaten begriffen. Katharina ging es nur noch um Geld, gesellschaftlichen Einfluss und Macht.

»Elisa? Kommst du noch zu mir?«

Die schwache Stimme ihrer Mutter riss Elisa aus ihren Gedanken. Clementia stand im Türrahmen und beobachtete ihre Tochter mit einem zaghaften Lächeln.

»Du bist so jung und schön, mein Kind … wie eine frisch erblühte Rose im ersten Tau.«

Spontan errötete Elisa bei dem Kompliment ihrer Mutter. Und fühlte sich schuldig. Wenn ihre Mutter wüsste, was sie noch vor wenigen Stunden beim Wasserfall getrieben hatte, würde sie Elisa jetzt sicherlich nicht so liebevoll anlächeln.

Die Mutter deutete erstaunt auf Elisas Kleid und Unterkleid.

»Warum sind deine Sachen nass?«

Elisa ging rasch zum Bett ihrer Mutter und gab ihr fröhlich einen Morgenkuss. Dabei erzählte sie ihr von den Heilpflanzen, die sie am Wasserfall gesammelt hatte. Ihre Begegnung mit Kelii erwähnte sie nicht.

Auch den heutigen Tag wollte Clementia lieber im Bett in dem halb verdunkelten Schlafzimmer verbringen, weil sie sich selbst zu schwach fühlte, um sich anzukleiden. Sie sprachen über Katharina. Wie so oft bat die Mutter bei Elisa um Verständnis für die Tante.

»Katharina kommt aus sehr viel kleineren Verhältnissen als du, Elisa. Sie hat keine Gräfin zur Großmutter, und Paul hat sie nur genommen, weil er hier auf den Inseln keine wirklich geeignete Frau finden konnte. Zwischen den beiden lebt keine Liebe, aber sie haben immerhin ein gemeinsames Ziel ...«

Elisa nickte bitter, während sie der Mutter erneut ein Stück Frucht reichte, um sie zum Essen zu bewegen. Aber Clementia hielt ihre Hand fest.

»Bitte, Kind, versuche deine Tante zu verstehen. Denk immer daran, dass sie nur knappe fünf Jahre älter als du ist, aber nie ein unbeschwertes Leben hatte. Als Ältestes von fünf Kindern hat sie auf der Insel Oahu nicht nur ihrer siechen Mutter im Haushalt helfen müssen, sondern auch mit den Männern auf dem Feld gearbeitet. Dein Vater hatte es mir unter dem Siegel der absoluten Verschwiegenheit erzählt. Über Katharinas Herkunft sollten wir eigentlich nichts wissen ...«

Elisa nickte. Jetzt wurde ihr vieles klarer. Daher hatte Katharina fast immer diesen verbitterten Zug um den Mund. Es lag also nicht nur an den vielen Mädchen, die Katharina so kurz hintereinander zur Welt gebracht hatte, sondern auch an ihrer schweren Kindheit.

»Ich werde mir schon nichts anmerken lassen«, sagte Elisa, während sie ihre Mutter weiter mit Obst fütterte, »aber erwarte bitte nicht von mir, dass ich mir von einer Person wie ihr mein Leben verderben lasse!«

Mit einem Seufzer nahm die Mutter ein weiteres Stück Mango. Geduldig wartete Elisa, bis sie es heruntergeschluckt hatte, bevor sie ihr erneut eine Frage stellte.

»Und warum hasst sie ihre eigenen Kinder so sehr? Ich meine, du hast mich immer lieb gehabt und mein Vater auch. Ich verstehe einfach nicht, warum sie meine Cousinen so garstig behandelt. Sie geht mit ihnen um, als seien sie ihr nur ... nur lästig.«

Die Mutter nickte betrübt.

»Mädchen zu gebären, zehrt an der Substanz einer Frau und lässt sie vorzeitig altern. Darunter leidet Katharina. Die Galle ihres Ärgers über die Töchter beginnt den Liebreiz ihrer

Jugend zu vergiften …« Clementia seufzte und nahm Elisas Hand in ihre.

»Nach dir hätte ich deinem Vater noch einen männlichen Erben gebären müssen. Aber das ist mir leider auch nicht geglückt.«

Elisa kannte diesen tiefen Kummer ihrer Mutter und strich ihr sanft über die Wange.

»Ich weiß. Hätte ich einen Bruder, der uns beschützt, stünde es gar nicht zur Debatte, ob wir für immer hier auf der Plantage bleiben könnten.«

Clementia nickte bitter, während sie sich mit der feinen Leinenserviette den Rest Mangosaft vom Kinn wischte.

»Mein Sohn hätte das natürliche Recht auf das Erbe eures Vaters. Bei Volljährigkeit wäre er der gleichberechtigte Partner von Paul. Aber ich habe keinen Sohn, und du hast keinen Bruder, der dich beschützt. Wir sind nur Frauen, und daher müssen wir deinem Onkel gehorchen, Kind …«

Elisa war aufgestanden und zum Fenster gegangen, um durch einen Spalt zwischen den dunklen Vorhängen in die frische Morgensonne zu sehen. Das helle fröhliche Licht wollte so gar nicht mit ihren düsteren Gedanken über ihre Zukunft zusammenpassen. Da hörte sie mühsam unterdrückte Schluchzer vom Bett.

»Es tut mir leid, mein Kind! Ich weiß, dass dein Vater es anders wollte … aber … ich bin einfach zu schwach, um mich gegen Paul und Katharina durchzusetzen …«

Elisa ging zurück zum Bett und nahm ihre Mutter liebevoll in den Arm. Um sie zu beruhigen, sang sie ihr ein Schlaflied vor und wiegte sie, so wie sie es in der Zeit nach dem Tod ihres Vaters gelernt hatte. Kurz darauf hörte sie an den tiefen regelmäßigen Atemzügen, dass ihre Mutter eingeschlafen war. Mit erleichtertem Seufzer stand Elisa wieder auf und öffnete die Tür aus Bambus, die in den kleinen paradiesischen Garten führte. Die Pflege der Büsche und exotischen Blumen teilten sie sich, seit es Clementia immer schlechter ging. Elisa ließ frische Luft in das Zimmer, achtete aber darauf, dass kein Sonnenlicht auf das Bett ihrer Mutter fiel.

Die Augen ihrer Mutter vertrugen die Helligkeit des Tages immer weniger. Es sei ein chronisches Nervenleiden, sagte der Arzt. Aber Elisa hatte wiederholt Rat bei Kelii und auch einmal bei Keliis Vater gesucht. Heute früh, nachdem sich ihre Körper am Wasserfall atemlos und zufrieden voneinander getrennt hatten, war Keliis Warnung mehr als deutlich gewesen.

»Du musst jetzt etwas tun, Elisa. Die Medizin vom Arzt schwächt deine Mutter sehr schnell. Sie wird bald blind werden.«

Elisa hatte bei seinen Worten vor Entsetzen ihren Kopf geschüttelt, weil sie einfach nicht glauben wollte, dass es so ernst war. Sie hoffte, seine Warnung sei übertrieben, aber Kelii hatte ihr sanft seine Hand auf ihre Schulter gelegt.

»Ich sage die Wahrheit, Elisa, auch wenn sie nicht einfach zu hören ist. Der Arzt ist nicht gut. In den kommenden Monden wird sein Gift das Herz deiner Mutter schwächen. Sie hat keine Schmerzen, aber in sechs bis acht Monden holt sie der lange Schlaf für immer zu ihren Vorfahren.«

»Elisa? Musst du nicht schon längst zu deinen Cousinen? Katharina wird wieder ungehalten sein, wenn du dich verspätest.«

Ihre Mutter war wieder aufgewacht. Wie so oft in letzter Zeit nickte sie vor Erschöpfung nach dem Essen für wenige Minuten ein, aber kurz darauf hatte sie wieder für eine Weile frische Kraft. Jetzt richtete sie sich sogar ein wenig in ihren Kissen auf, um selber nach ihrem Wasserglas zu greifen. Elisa schüttelte ihre dunklen Gedanken ab und lächelte in Richtung Bett.

»Doch, Mutter, du hast völlig recht. Aber ich hatte ausrichten lassen, dass ich mich heute Morgen ein wenig um dich kümmern würde. Wir wollten doch schon länger einmal über eine andere Behandlung reden, nicht wahr?«

»Ach so? Wollten wir das?«

Elisa nickte und begann ihrer Mutter von der Medizin aus den Wasserpflanzen zu erzählen, die sie heute extra für sie gepflückt hatte. Nach Keliis Anweisungen zubereitet, würde das Pflanzenpulver ihr Augenlicht stärken. Aber ihre Mutter war zögerlich.

»Meinst du wirklich, dass Kelii besser über die Leiden der Frauen unserer Rasse und Kultur Bescheid weiß als unser lieber Doktor? Immerhin hat der Doktor alle vier Kinder von Katharina gesund auf die Welt gebracht. Er kennt weiße Frauen ... ich meine, wir sind anders als Keliis Volk, Kind. Unsere Körper sind nicht wirklich gleich.«

Elisa war erstaunt.

»Du meinst, dass die Rasse eines Menschen eine Rolle spielt, wenn es um die Heilung eines Leidens geht?«

»Aber natürlich, Liebes. Wir Frauen aus Europa kommen aus einer Kultur, die nichts mehr mit unserer ursprünglichen Existenz unter ... unter Bäumen und freiem Himmel zu tun hat. Wir leben seit Generationen in festen Behausungen. Bei den Hawaiianern ist das anders. Sie sind noch völlig mit der Natur verbunden. Sieh dir nur die gesunden Frauen und Mädchen der Kanaka an! Sie sind robust und bodenständig wie ... wie junge wilde Tiere! Wir haben mit ihnen nicht viel gemeinsam. Wie also soll Kelii mir bei meiner überaus komplexen Erkrankung helfen können? Er kann doch noch nicht einmal im Ansatz ahnen, was mir fehlt. Und du, wie kommst du überhaupt auf solche Ideen?«

Elisa wollte etwas erwidern, aber ihre Mutter war noch nicht fertig. Wie eine tadelnde Lehrerin hatte sie ihren Zeigefinger erhoben und fuchtelte damit vor Elisas Gesicht herum.

»Du solltest über solche Themen nicht mit Kelii sprechen. Es schickt sich nicht für eine junge Frau aus unseren Kreisen. Es ist schlimm genug, dass es ein junger Kanaka war, der des Nachts den Verband an deinem Bein gewechselt hat, noch dazu ohne eine vertraute Aufsichtsperson im Zimmer. Versteh mich nicht falsch, Kind, ich bin froh, dass du es mir anvertraut hast … aber wenn etwas geschehen wäre, ich hätte es mir nie verziehen!«

Die Mutter seufzte bedrückt. »Und du weißt, dass ich Kelii sehr gerne habe, Liebes. Aber er ist und bleibt nun einmal einer von den primitiven Wilden. Es ist daher wichtig, mein Kind, über diese Zeit deiner Krankheit nie mit jemand anderem zu sprechen außer mit mir. Kelii hat dich in dieser Zeit nicht heimlich besucht. Es war eine dieser geheimnisvollen Kahuna-Heilerinnen, aber auf alle Fälle war nur eine Frau bei dir im Zimmer. Haben wir uns verstanden, Kind?«

Bittend sah die Mutter sie an. Elisa meinte, eine neue Furcht in ihren Augen zu erkennen, die ihr vorher nie aufgefallen war. Sie versuchte, die Stimmung aufzulockern, indem sie einen Spruch anbrachte, den ihr Vater immer gebraucht hatte, wenn sie bisweilen zu dritt im Hamburger Hafenviertel in zweifelhafte Restaurants gegangen waren.

»Ob Männlein oder Weiblein in der Küche ist egal, Hauptsache das Essen ist nicht versalzen, sondern schmeckt!«

Aber Clementia war nicht zum Scherzen zumute.

»Bitte, Elisa, hör auf mich! Ich meine, wir haben ohnehin schon genug Probleme mit deinem Onkel und deiner Tante. Ich wüsste nicht, was ich tun würde, wenn … Ich meine, wir sind nun einmal vom Wohlwollen der beiden abhängig. Das musst auch du endlich verstehen … du bist jetzt kein Kind mehr.«

Elisa spürte die zunehmende Irritation und ließ von dem Thema ab. Aber während sie ihrer Mutter jetzt das glanzlose Haar bürstete, nahm sie sich vor, ihr einfach heimlich das Pulver aus den Heilpflanzen in den Tee zu mischen. Sie vertraute Kelii sehr viel mehr als dem Arzt, der ihr seinerzeit das Bein hatte amputieren wollen.

Statt weiter über Clementias Gesundheit zu sprechen, wechselte Elisa geschickt das Thema. Es gab neue geschäftliche Entwicklungen, die Paul ihrer Mutter am gestrigen Tag mitgeteilt hatte. Das lukrative Unternehmen der Gebrüder Gerhard Vogel & Paul Vogel florierte zwar seit einigen Jahren, aber das letzte halbe Jahr übertraf sämtliche Erwartungen. Nicht nur die Zuckerernte, sondern auch die von Gerhard gegründete Obstplantage warf endlich satte Gewinne ab.

Die Apfelbäume waren inzwischen groß und stark genug, um auch in den kommenden Jahren einen Zusatzgewinn zu garantieren, wenn nicht wieder ein Hurrikan kam. Deswegen wollte Paul unbedingt noch in diesem Jahr expandieren. Er wollte weiteres Land erwerben, um noch mehr Apfelbäume zu pflanzen, brauchte dazu aber die Zustimmung von Elisas Mutter, da Elisa noch nicht volljährig war.

Zudem hatte Paul gestern Clementia gegenüber ein zweites Anliegen vorgebracht, das eine kurzfristige Entscheidung erforderte. Doch ohne Elisa wollte die Mutter dazu auf keinen Fall ihr Einverständnis geben. Auch jetzt war es ihr sichtlich unangenehm, darüber zu sprechen. Elisa erschrak prompt, als sie hörte, dass das neue Tor für die Plantage bereits in Auftrag gegeben worden war.

»Aber warum soll der Name unserer Plantage so plötzlich geändert werden?«

Die Mutter nickte. Doch dann nahm sie erneut Elisas Hand in ihre. »Ich war auch zunächst erschrocken, aber dein Onkel hat recht. Dein Vater ist jetzt bereits seit mehreren Jahren tot. Immer noch steht sein Name in dem Torbogen über dem Eingang zur Plantage. Das ist in gewisser Weise irreführend …«

Elisa nickte. Sie sah die verschnörkelten großen Buchstaben über dem schmiedeeisernen Eingangstor ja an jedem einzelnen Tag aufs Neue und freute sich immer darüber, an ihren Vater erinnert zu werden. Aber das ging bestimmt nicht vielen Menschen so. Viele der Arbeiter auf der Plantage hatten den zweiten Plantagenbesitzer ohnehin nie kennengelernt. Elisas Vater war in den ganzen Jahren nur ein einziges Mal länger auf Kauai gewesen. Die Mutter fuhr fort.

»Das Eingangstor soll jetzt geändert werden. Wenn es nach deiner Tante gegangen wäre, würde schon seit Jahren lediglich Pauls Name dort stehen. Paul Vogel Plantage. Aber bei unserem Gespräch erwähnte Paul jetzt die mögliche geschäftliche Fusion mit Gerit Janson. Wusstest du eigentlich, dass der Mann doch eine ernsthafte Zuneigung zu dir entwickelt haben muss?«

Elisa atmete scharf ein und sah ihre Mutter streng an.

»Lass dir so einen Unsinn bitte nicht einreden, weder von Paul noch von Katharina. Da geht es nur ums Geschäft, um nichts anderes. Gerit Janson ist doppelt so alt wie ich, Mutter, und er riecht nach Schnaps. Außerdem hat er gemeine Augen und so grobe Hände wie ein Schlachter! Und er ist ein ... ein Friese! Den will ich auf keinen Fall zum Mann! Lieber bleibe ich für immer alleine ...«

Die Mutter sah Elisa mit Neugierde, aber auch mit ungewohnter Belustigung an.

»So stark ist deine Abneigung? Dabei ist Gerit Janson doch ganz unterhaltsam, wenn er sich Mühe gibt. Mir hat er nicht nur missfallen. Ich könnte mir durchaus vorstellen, dass er einen ganz passablen Ehemann abgibt, wenn eine kluge weibliche Hand es versteht, ihn zu zähmen.«

Elisa antwortete nicht, sondern war erneut aufgesprungen und ging nervös im Zimmer auf und ab. Die Mutter sah sie prüfend an.

»Du wirst dich doch diesmal zu benehmen wissen, wenn Herr Janson uns erneut besucht, oder? Ich meine, ich verlange nicht von dir, dass du den Freund von Paul heiraten sollst oder auch nur als Bräutigam in Erwägung ziehst. Aber du musst dich besser benehmen, Kind ... Also diesmal keine Gespräche über Politik, keine deiner üblichen scharfzüngigen Bemerkungen und vor allem: keinerlei Frechheiten deinem Onkel und deiner Tante gegenüber ...«

Elisa nickte widerwillig, und die Mutter bat sie noch ein letztes Mal zu sich ans Bett.

»Es wird alles gut, mein Kind, du wirst sehen. Wir kommen jetzt dem Onkel und der Tante ein Stück weit entgegen, und dafür bekommst du den Mann, den du dir selber aussuchst. Dafür werde ich mich einsetzen ... versprochen!«

Die Mutter richtete sich mit einem bemühten Lächeln in ihren Kissen auf.

»Jetzt küsse mich und dann weg mit dir, zu deinen Cousinen, sonst bekommst du am Ende heute wirklich wieder Ärger.«

Elisa gehorchte und küsste ihre Mutter auf die Stirn. Mit einem Mal schnupperte Clementia an Elisas halbtrockenem Haar.

»Du riechst nach Kokosnuss.«

Und als würde sie Elisa erst jetzt wirklich genauer ansehen, fügte sie hinzu: »Außerdem siehst du heute irgendwie anders aus als sonst, mein Kind ...«

Sie hob Elisas Kinn, um ihr in die Augen sehen zu können.

»Hast du Kelii heute früh schon gesehen?«

Elisa schickte ein Stoßgebet zum Himmel, denn sie hasste es zu lügen.

»Aber natürlich habe ich das, Mutter. Nur Kelii weiß, wo die guten Heilpflanzen stehen. Auch wenn du sie nicht nehmen willst, ich nehme sie gerne weiter für mein Bein ein, damit ich schon bald nicht mehr hinken muss. Das wollt ihr doch alle, nicht wahr? Ich soll kein Krüppel mehr sein, sondern das schönste Mädchen auf der Tanzfläche. Bis zum Neujahrsball soll ich doch alle Tänze wie eine Feder tanzen können. Seite an Seite mit Onkel Paul und Tante Katharina soll ich durch die Hibiskusgirlanden schreiten wie eine Königin. Wie soll ich unserer Familie denn Ehre machen, wenn ich im Winter immer noch hinke?«

Elisa machte eine kleine Pause, um ihren Worten noch mehr Wirkung zu verleihen.

»Außerhalb der Plantage muss Kelii mich begleiten, denn es schickt sich nicht für eine junge Dame, ohne Schutz in die

Berge zu gehen. Das hast du selber gesagt. Ich hatte Kelii schon seit Tagen gebeten, mich wegen der Pflanzen zu begleiten.«

Die Mutter sagte nichts, sondern sah auf einen imaginären Fleck auf der blütenweißen Bettdecke. Elisa wusste, was das bedeutete, und schickte ein weiteres stilles Stoßgebet gen Himmel.

»Kann ich jetzt gehen, Mutter? Ich bin spät dran und will keinen Ärger verursachen.«

Aber Clementia schüttelte ernst den Kopf.

»Gleich, Liebes. Vorher müssen wir noch über deinen Freund sprechen. Du weißt, ich mag Kelii sehr gerne. Er hat dir das Leben gerettet, später dann auch noch dein Bein. Aber es gehört sich einfach nicht, dass ein Mädchen im heiratsfähigen Alter Zeit allein mit einem der Kanaka verbringt.«

Elisa war es zuwider, wie selbstverständlich ihre Mutter nun auch schon dieses schreckliche Wort für die Hawaiianer benutzte. Aber sie schwieg erneut. Ihre Schuldgefühle waren in diesem Augenblick übermächtig. Daher senkte sie die Augen und nickte gehorsam.

»Ich muss jetzt gehen …«

Die Mutter nickte, aber als sie Elisa eine vorwitzige Haarsträhne aus der Stirn strich und sie im Zopf befestigte, waren ihre müden Augen voller Sorge.

»Irgendetwas ist heute anders an dir …«

Clementia musterte ihre Tochter sorgfältig im Halbdunkel. Elisa war in letzter Zeit zu einer schönen jungen Frau erblüht und hatte das ungelenke Mädchen, das sie einst war, hinter sich gelassen. Selbst wenn sie, so wie jetzt, kaum hergerichtet war, hatten sich ihre Züge im letzten halben Jahr verfeinert. Sie war dabei, eine regelrechte Schönheit zu werden. Und an diesem Morgen schien Elisa noch dazu von innen heraus zu leuchten. Ihre leicht geröteten Wangen sahen aus wie frisch erblühte Rosen. Die vollen Lippen, durchblutet von heimlichen Küssen, waren eine einladende Augenweide. Ihre Tochter strahlte alles in allem die reizvolle Sinnlichkeit einer verliebten Frau aus, hätte Clementia gesagt, wenn sie solch einen Gedanken denn zugelassen hätte. Aber Kelii war der einzige Mann außer Elisas Onkel, der regelmäßig in Elisas Umfeld war. Und diesen frevelhaften Gedanken konnte oder wollte Clementia keinesfalls wahrhaben. Mit einem Seufzer lehnte sie sich zurück.

»Geh schon, mein Kind. Wir sehen uns heute Abend.«

Kurz darauf saß Elisa widerwillig an einem zweiten Bett, diesmal an dem ihrer Tante. Katharina hatte ebenfalls beschlossen, die Arbeit des heutigen Tages anderen zu überlassen, da sie an einem plötzlichen Anfall von Migräne litt. Doch nachdem sie Elisa genaue Instruktionen für die Beaufsichtigung und den Unterricht der kleinen Mädchen gegeben hatte, verlangte es sie mit einem Mal noch ein wenig nach Gesellschaft.

»Was gibt es Neues im Dorf? Hast du von deinem Freund Kelii erfahren, ob die neuen Nachbarn endlich eingezogen sind?«

Das Wort Freund zog Katharina betont skeptisch in die Länge. Auch ihr war es nicht recht, dass Elisa sich derart häufig mit den Dienstboten und den primitiven Kanaka abgab. Aber immer verlangte Katharina den neusten Dorftratsch zu hören, denn wenn sich Elisa mit ihrem hawaiischen Schüler traf, kamen meist spannende Neuigkeiten zutage. Zurzeit drehte sich alles um die neue Schule. Seit über einer Woche wurde ein englisches Lehrerehepaar erwartet. Matthew und Dorothy Malloy hatten vor, in Hanalei Bay eine Schule zu gründen. Sie hatten auf halber Strecke zwischen der Plantage und dem kleinen hübschen Ort am Meer ein Häuschen mit zwei Nebengebäuden bauen lassen.

Die Malloys wollten in einem der beiden Nebengebäude die jüngeren Kinder der Arbeiter und der umliegenden Dörfer gemeinsam unterrichten. In dem zweiten Gebäude sollten ältere Kinder und Jugendliche so weit ausgebildet werden, dass sie zumindest im Rechnen, Lesen und Schreiben einen Abschluss bekamen. Mit diesem Diplom sollten die besten der Jungs, egal ob Haoles oder Kanakas, mit einem Stipendium zu einem Studium fortgeschickt werden, vielleicht sogar bis nach Amerika oder Europa.

Clementia war von Anfang an begeistert von dieser Idee gewesen. Bevor sich ihr gesundheitlicher Zustand so rapide verschlechtert hatte, trug sich Elisas Mutter sogar mit dem Gedanken mitzuhelfen. Nach ihrer vollständigen Genesung wollte sie in der Schule der Malloys eventuell einen regelmäßigen Musikunterricht für die kleineren Kinder anbieten. Elisa hatte ihre Mutter in diesem Vorhaben unterstützt, aber Katharina war von Anfang an gegen die Idee dieser Schule.

»Nun? Gibt es etwas Neues von diesen unsäglichen Malloys? Oder ist ihr Schiff angenehmerweise auf der Überfahrt von England untergegangen?«

Elisa zuckte bei dem gehässigen Ton in der Stimmer ihrer Tante zusammen. Sie hatte von Kelii heute tatsächlich Neuigkeiten erfahren. Aber dieser Klatsch betraf nicht das Lehrerehepaar, sondern die neusten Pläne ihrer Tante Katharina. Mit Schaudern dachte Elisa an das ekelhafte heutige Gerücht, das Kelii ihr anvertraut hatte.

Die Zimmer des herrschaftlichen Holzhauses im Kolonialstil, in dem Paul und Katharina mit ihren Kindern wohnten, hatten durch die Dienerschaft viele Ohren. Deshalb wusste man im Dorf der Einheimischen im Tal der Tausend Nebel einiges, was Elisa und ihrer Mutter im abgelegenen Gästehaus verborgen blieb.

Unter den Einheimischen hatte Katharina keine einzige Fürsprecherin. Ihre hinterhältige Bosheit gegenüber den jungen Hausmädchen hatte sie unbeliebt gemacht. Doch Kelii hatte nicht über die Klagen der Hausmädchen mit Elisa gesprochen. Seine Sorge galt Elisa und ihrer Mutter. Eines der Mädchen, das ein wenig Deutsch konnte, hatte ein vertrauliches Gespräch der Eheleute in ihrem Schlafzimmer belauscht. Katharina hatte ihrem Mann angeblich ein Ultimatum gesetzt. Innerhalb eines Jahres sollten Clementia und Elisa von der Plantage verschwunden sein, sonst würde Katharina mit ihren Kindern ausziehen.

»Und, hast du heute keine Worte?«

Elisa schluckte. Sie würde sich irgendetwas Belangloses ausdenken, um Katharinas Sucht nach Klatsch zufriedenzustellen. Vielleicht eine geheime Liebesgeschichte zwischen einem der neuen Händler und einem der Hausmädchen aus Hanalei Bay. Ein paar skandalöse Details, aber keinerlei Namen, so wurde diese Art von Klatsch unter den Frauen weitergegeben. Elisa war gut darin geworden, sich vor Katharina zu verstellen, und servierte ihre kleine Geschichte. Dann kam Amala mit dem Säugling. Ihre Tante war eine kurze Weile beschäftigt, und Elisa trat ein paar Schritte beiseite, um sie mit ihrem Kind zu beobachten. Nicht das kleinste bisschen Freude strahlte die junge Mutter aus, als sie der Amme Anweisungen gab. Elisa wurde trotz des schönen Sommertages kalt.

Wie eine Giftspinne, die ihr Opfer langsam einwickelt, umgarnte Katharina ihren Mann mit bösen Gedanken, so hieß es im Dorf. Elisa war zunächst erschrocken über Keliis Berichte aus seinem Dorf gewesen. Aber als sie ihrer Mutter einmal davon erzählte, konnte Clementia ihre Schwägerin verstehen. Was trugen Elisa und sie auch schon groß zum Erfolg der florierenden Plantage bei? Nichts! Elisa war die ersten Monate als Krüppel ans Bett gefesselt gewesen, und Clementia war oft leidend. Die arme Katharina hingegen hatte vier Kinder zu versorgen und die Arbeit im Kontor blieb an Paul hängen.

Die Amme verließ mit dem Säugling das Zimmer, und Katharina wandte sich erneut Elisa zu.

»Könntest du mir meinen Zopf neu flechten? Das Hausmädchen hat sich heute derartig dumm angestellt, dass ich sie mit den Kindern in den Garten geschickt habe, bis du mit dem Malunterricht beginnst. Wärst du so nett? Wegen meinen Kopfschmerzen kann ich es heute nicht selber …«

So eine Bitte hatte ihre Tante noch nie vorgebracht. Elisa nickte gehorsam, halb in der Erwartung, dass sich zwischen ihnen vielleicht ein netteres Gespräch ergeben würde, als es sonst meist der Fall war. Sie begann vorsichtig, den Zopf zu lösen und Katharina ein wenig zu kämmen. Dabei bemerkte sie, dass ihre Tante jede Menge Haare verlor. Noch bevor sie die Bürste verschwinden lassen konnte, entriss Katharina sie ihr mit einem anklagenden Aufschrei.

»Siehst du, man kann als Frau gar nichts dagegen tun! Schon nach den Zwillingen habe ich so viele Haare verloren und noch dazu einen Zahn! Warte nur, bis es dir ebenso ergeht … Jahr um Jahr ein Kind.«

Elisa sagte ein paar belanglos verlogene Worte über Katharinas Schönheit, aber ihre Tante schnaubte nur unwillig.

»Schönheit! Als ob es darum im Leben einer Frau gehen würde … Unsere Aufgabe ist eine andere, Elisa. Auch wenn du die Erwartungen, die Paul und ich an deine Eheschließung mit Gerit Janson geknüpft hatten, in diesem Jahr nicht erfüllen willst, deinem Schicksal als Frau kannst auch du nicht entgehen.«

Elisa schwieg, während sie ihrer Tante das Haar zu einem lockeren Zopf band und mit Schrecken feststellte, dass Katharina sogar einige vollständig kahle Stellen hatte.

»Ich habe es mir nicht ausgesucht, so schnell nacheinander vier Kinder zu bekommen, noch dazu so viele Töchter. Und glaube mir, Elisa, auch deinem Onkel wäre es anders lieber gewesen. Aber wir Frauen haben keine Wahl. Wir können von Glück sagen, wenn wir unsere Geburten überhaupt überleben. Deine Mutter, die hat es gut gehabt. Sie hatte nur ein Kind, das sie großziehen musste. Umso mehr enttäuscht es Paul und mich, ehrlich gesagt, dass sie uns so wenig zur Seite steht. Wir empfinden Clementia vor allem als eine Belastung, auch in finanzieller Hinsicht. Nur gut, dass du ihren Ausfall in letzter Zeit ein wenig wettmachen möchtest. Das nehmen wir dankbar an.«

Elisa erschrak. So hatte sie die Situation noch gar nicht gesehen. Aber tatsächlich war Clementia seit ihrer Ankunft auf Kauai fast durchweg krank gewesen. Inzwischen hatte sie Unsummen an Arztkosten verursacht, und eine Besserung war nicht zu erwarten. Die neue Mischung der Opiat-Tropfen, die sie einnahm, war angeblich ein Wundermittel und wurde extra aus China importiert. Tatsächlich sah Elisa aber keine bessernde Wirkung, außer dass die Tropfen einen guten Teil ihrer monatlichen Apanage verschlangen. Darin musste sie ihrer Tante recht geben. Auch die häufigen Konsultationen des Arztes halfen kaum.

Sie dachte kurz darüber nach, ob sie ihrer Tante sagen sollte, was laut Kelii unter den Einheimischen über den Arzt gemunkelt wurde. Er sei ein Scharlatan, hieß es, und seine angeblichen Wundertropfen kämen nicht aus China, sondern seien ein billiges lokales Opiat. Aber Elisa traute ihrer Tante nicht genug. Stattdessen erzählte sie ihr mit gespielter Unbeschwertheit, dass sie ihrer Mutter gerade vorgeschlagen hatte, auf die teuren verordneten Tropfen zu verzichten. Das grüne Pulver aus den Wasserpflanzen war auch Katharina als volkstümliches Heilmittel bekannt. Sie hatte die Wirkung verschiedentlich beobachten können und hatte ein wenig davon in ihrem Medizinschränkchen. Ob es auch gegen ihre Migräne half?

Jetzt war Elisa in ihrem Element. Kelii hatte ihr gesagt, dass die Wirkung der Pflanze in ein wenig Alkohol stärker sein würde. Elisa mischte für Katharina einen Trank aus ein wenig Schlafwein, den ihr Onkel am Bett aufbewahrte, und dem grünen Pulver. Kurz darauf tat die Heilpflanze ihre Wirkung. Elisa bemerkte, wie Katharina wohlig zu seufzen begann, nachdem sie ihr Glas geleert hatte. Mit einem Mal wirkte ihr Gesicht fast weich und wieder jugendlich.

»Ach, Elisa, jetzt geht es mir schon besser. Meinst du, ein

wenig mehr Luft im Raum würde mir guttun? Ich bin so schläfrig und möchte ruhen, bevor einer der vier Quälgeister wieder nach mir verlangt …«

Ihre Tante konnte kaum mehr ihre Augen offen halten. Elisa fing gerade noch das Glas auf, bevor der Schlaf Katharina in sein heilendes Reich trug. Es war wirklich ein erstaunlich wirksames Pulver, fand Elisa, als sie die Gesichtszüge der Schlafenden ansah. Fast so etwas wie ein Lächeln umspielte ihre sonst so verhärmten Gesichtszüge. Elisa vermutete, dass das grüne Pulver ihr soeben einen besonders schönen Traum schenkte. Vielleicht war sie endlich das unbeschwerte junge Mädchen, das sie nie hatte sein dürfen.

Mit einem Anflug plötzlicher Zärtlichkeit deckte Elisa ihre Tante mit dem Laken zu. Dann öffnete sie die Vorhänge und die Tür, um auch in dieses Krankenzimmer mehr Luft und Sonne einzulassen.

»Elisa! Wo bleibst du denn?«

Die wütende Stimme ihres Onkels ließ Elisa zusammenzucken. Sie warf einen letzten Blick auf Katharina, die jetzt friedlich und entspannt schlief. An der Wand über dem Kopfende des Bettes zeichnete die Sonne ein helles Muster. Es sah aus wie ein Stern.

Elisa lief eilig über den Hof, hinüber zum Haupthaus, wo ihr Onkel Paul jetzt mit seinen drei kleinen Töchtern auf sie wartete. Ungeduldig sah er auf die Uhr, während die dicke Amala mit dem Säugling unglücklich neben ihm stand. Es hatte wohl Ärger gegeben, denn das junge Hausmädchen weinte. Er polterte Elisa entgegen.

»Warum kommst du so spät? Du weißt doch, dass die jungen Mädchen völlig überfordert mit unseren Töchtern sind. Hildegard wäre beinahe unter die Kutschräder gekommen …«

Ihr Onkel war mehr als ungehalten, sodass Elisa sich zunächst einmal entschuldigte, aber dann erklärte, dass sie Katharina noch eine Medizin gegen ihre schlimme Migräne verabreicht hatte. Der Onkel nickte und gab Elisa ebenfalls genaue Instruktionen für den Tag mit den kleinen Mädchen.

»Malen, Musizieren und zwischendurch ein wenig frische Luft, so wünscht es meine Frau.«

Elisa nickte, denn diese Anweisungen hatte sie bereits von Katharina bekommen.

Dann verabschiedete sich ihr Onkel bis zum Abendessen mit weiteren Instruktionen für Amala. Als er endlich weg war, tröstete Elisa zunächst das weinende Hausmädchen. Sie kannte die Kleine aus Keliis Dorf und fand schnell die richtigen Worte. Danach schickte sie Amala mit ihren hungrigen Cousinen zunächst in die Küche, um die Kinder vor dem Unterricht zu stärken. Elisa selber wollte inzwischen das Malzeug für den Unterricht holen und eilte los.

Auf dem Hof vor dem Haupthaus war allerlei Betrieb. Eine Ladung Zuckerrohr wurde von den Arbeitern zum Abtransport mit dem Pferdewagen fertig gemacht. Weitere Arbeiter, mit schweren Säcken beladen, kamen aus Richtung der Lagerhäuser. Elisa grüßte alle mit den Augen und winzigen Gesten, die nicht verrieten, dass sie viele von ihnen näher kannte. Aber durch ihre Besuche in Keliis Dorf kannte sie inzwischen fast jedes Gesicht und jeden Namen. Sie konnte die Familien einander zuordnen, denn viele der Frauen und Töchter der Plantagenarbeiter arbeiteten im Haus oder in den Wirtschaftsräumen. Besonders einige der jungen Mädchen, manche nicht älter als zwölf, hatte sie inzwischen ins Herz geschlossen.

»Elisa? Sind Sie es wirklich?«

Sie hielt mitten im Schritt inne. Aus dem Kontor kam Johannes van Ween. Er strahlte über das ganze Gesicht als er ihr die letzten Schritte entgegenkam und vor ihr stehen blieb.

»Nicht zu fassen, wie phantastisch Sie aussehen! Meine Mutter hat mit keinem Wort übertrieben. Man könnte fast meinen, dass der kleine Zusammenstoß mit dem Hai Ihnen nichts anhaben konnte. Erinnern Sie sich an die letzten fiebrigen Worte, die Sie mir zugeflüstert haben, bevor ich zum Studium nach San Francisco musste?«

Elisa schüttelte erstaunt den Kopf: »Ich kann mich nicht daran erinnern, dass Sie überhaupt zu mir gesprochen haben. Aber ehrlich gesagt habe ich nur sehr wenig Erinnerung an die ersten Tage nach meinem ... meinem Unfall. Aber wie kommt es, dass Sie schon wieder hier sind? Ich dachte, Sie hatten vor, noch bis zum Winter Ihren Studien nachzugehen?«

Johannes nickte, zwinkerte Elisa aber dann gut gelaunt an: »Die Sehnsucht hat mich getrieben. Immerhin haben Sie mir im Fieberrausch das Versprechen gegeben, dass wir miteinander tanzen würden, wenn wir uns das nächste Mal wiedersehen.«

»Wirklich?«, Elisa sah ihn misstrauisch an. »Das kann ich mir ehrlich gesagt nicht vorstellen. Ich meine, wie sollte ich ans Tanzen denken, wenn man mir bei unserer letzten Begegnung noch mein Bein amputieren wollte?«

Wieder lachte Johannes fröhlich. Elisa bemerkte die beiden Grübchen auf seinen Wangen, die sie schon auf seinem Kinderfoto bewundert hatte. Johannes war ein ausgesprochen gut aussehender junger Mann und ihr Vater hätte sicherlich viel Freude an ihm gehabt.

»Darf ich bitten?«

Ohne Elisas Antwort abzuwarten, machte er eine kleine Verbeugung, so als würde er Elisa mitten im Hof zum Tanz auffordern. Dann nahm er sie an der Hand und drehte sie vor sich hin und her, um sie von allen Seiten zu bewundern. Er schien mit ihrem Anblick mehr als zufrieden.

»Erstaunlich, wie gut Sie nach einem halben Jahr bereits wieder gehen können. Als Sie über den Hof gelaufen sind, konnte ich fast gar nichts von einem Humpeln erkennen. Meine Mutter hatte völlig recht. Es muss Ihr unerschütterlicher Wille sein. Darin sind Sie wohl Ihrem lieben Vater sehr ähnlich ...«

Damit ließ er Elisas Hand los. Kurz wanderte ein Schatten von Trauer über sein Gesicht.

»Seine Briefe fehlen mir sehr, wissen Sie … Ihr Vater war es, der mich von Kindesbeinen an zum Lesen animiert hat und mir überhaupt die höhere Bildung nahelegte. Es freut mich zu hören, dass Sie sich ebenfalls für Bildung interessieren und sogar bei Tisch den Mut aufbringen, den aufgeblasenen Wichtigtuern ins Wort zu fallen … nur weiter so!«

Seine letzten Worte hatte er ihr nur zugeflüstert, obwohl niemand in der Nähe stand. Elisa erwiderte nichts darauf, aber insgeheim freute sie sich sehr über dieses Kompliment. Dann fuhr Johannes in einem leichteren Tonfall fort: »Was das Tanzen betrifft? Nein, Sie haben mir im Fieberdelirium weder einen Tanz versprochen, noch haben Sie an Ihren ersten Ball auf Kauai gedacht. Sie waren meiner bescheidenen Meinung nach in ziemlich schlechter Verfassung, als wir uns das letzte Mal sahen. Noch nicht einmal vor Schmerzen geschrien haben Sie, obwohl der Hai Sie grausam zugerichtet hatte. Nein, Sie haben nicht gejammert oder geklagt, wie es sich für eine junge Frau unter großen Schmerzen gehören würde, sondern Sie haben stumm an die Decke gestarrt. Es war erstaunlich und gleichzeitig auch mehr als unheimlich. Ich war in Sorge, dass Sie uns vielleicht permanent verlassen würden, um zu Ihrem Vater in den Himmel zu gehen. Deshalb habe ich meine Geige in Ihr Zimmer gebracht und Ihnen darauf einen Walzer vorgespielt, als Ihre Mutter nicht da war. Sie hätte es nämlich sicherlich nicht erlaubt …«

»Sie haben was?«

Elisa glaubte, nicht richtig gehört zu haben, aber Johannes lachte.

»Sie haben ganz richtig gehört. Ich habe Ihnen im Krankenbett auf meiner alten Kindergeige einen Walzer vorgespielt, obwohl mein musikalisches Talent sich in Grenzen hält. Aber mir ist sonst einfach nichts eingefallen, was Sie aus

Ihrer Starre hätte erlösen können. Und so eine quietschende Kindergeige …«

Die beiden Grübchen, die sich in seinen Wangen vertieften, während er sie strahlend anlächelte, bezauberten Elisa. Langsam dämmerte auch die Erinnerung in ihr. Die Mutter hatte ihr etwas von Johannes' rührenden Bemühungen nach ihrem Unfall erzählt. Doch erst am Tag nach seiner Abreise war Elisa endgültig aus ihrer Schockstarre erwacht. Bei seinem letzten Besuch war sie wieder halbwegs bei sich gewesen, meinte Johannes, aber sicher war er sich darüber nicht. Zudem war Elisa viel zu entsetzt über ihre entzündete Wunde, um Interesse an einem neuen Freund zu haben. Die drohende Vorstellung einer Amputation hing über ihr wie ein Damoklesschwert.

»Es war eine schwere Zeit«, sagte Elisa knapp. Doch gleichzeitig versuchte sie, besonders aufrecht vor ihm zu stehen, um Johannes zu zeigen, dass ihr Bein inzwischen wieder so gut wie vollständig hergestellt war. Johannes war aber noch mit seinem Walzer beschäftigt.

»Es klang ungefähr so«, sagte er und begann mitten auf dem Hof eine kleine Walzermelodie zu pfeifen.

Elisa musste lächeln. Johannes pfiff ein wenig falsch, aber der Charme seiner Grübchen war einfach hinreißend.

»Klang der Walzer nicht eher so?«, fragte Elisa verschmitzt und summte ihrerseits ein paar Töne, allerdings nicht ganz so falsch im Rhythmus. Johannes nickte. Er erinnerte sich plötzlich daran, dass er damals wegen des Walzers mit Elisas Onkel Ärger bekommen hatte. Aber das seien seine beiden Besuche bei Elisa durchaus wert gewesen.

Eine Welle von warmen Gefühlen durchflutete Elisa im Nachhinein bei dem Gedanken, wie der stattliche junge Mann auf seiner Kindergeige für sie gespielt hatte.

»Danke, dass Sie damals mit Musik mein Bein retten wollten …«

»Gerne. Jederzeit wieder spiele ich für eine derartig hübsche junge Dame, die noch dazu charmant und reizend zu mir ist.«

Meinte Johannes seine Worte ernst, oder machte er sich über sie lustig? Elisa war sich nicht sicher und schenkte ihm vorsichtig ein kleines Lächeln.

»Ich weiß nicht, ob Ihre Worte in der Tat meine Persönlichkeit widerspiegeln. Aber wenn Sie länger hier bleiben, dann sollten Sie von vorneherein eins über mich wissen: Ich mag zwar ein weibliches Wesen sein, aber ich bin kein Schwächling. Ich benutze auch selten Tränen oder Hysterie, um meinen Willen durchzusetzen. Diese Art der weiblichen Methoden überlasse ich meiner Tante … Mir liegt eher eine trockene Argumentation.«

Elisa flüsterte. Scheinbar todernst sah sie Johannes in seine strahlend blauen Augen, die ihr Gesicht genau erforschten, und fuhr fort.

»Noch lieber würde ich bisweilen herumbrüllen, aber das verkneife ich mir lieber. Aber wie Sie vielleicht schon erfahren haben, errege ich überhaupt allgemeines Missfallen durch meine unweibliche Art. Das hat man Ihnen doch sicherlich schon hinterbracht, nicht wahr?«

Johannes schüttelte seinen Kopf. »Nein, denn ich bin ja gerade erst angekommen und habe mich noch nicht einmal bei meinen Eltern gemeldet …«

Er lächelte sie weich an. »Aber Ihre Vorliebe für das Herumbrüllen werde ich mir merken, Elisa. Sie sind also gar keine wohlerzogene junge Dame? Als was soll ich Sie dann bezeichnen …?«

Johannes tat so, als müsste er nachdenken, während er geschickt ein paar Arbeitern mit Lasten auswich, die an dem Pferdefuhrwerk vorbeimussten. Elisa errötete. Ihr plötzliches Gefühl von Unsicherheit hatte seine Ursache nicht etwa darin, dass sie sich schämte, sondern dass ihr Johannes gefiel. Ihr Vater hatte recht gehabt. Der hoch gewachsene junge Mann, der ihr gegenüberstand, hatte einen natürlichen Charme. Er wirkte aber auch sehr entschlossen und vor allem wach und intelligent. Johannes sah trotz seiner Jugend sehr männlich aus, stellte Elisa fest, ganz im Gegensatz zu Elisas Onkel. Paul Vogel strahlte schon immer etwas Weiches und Unentschlossenes aus. Auch sprach Johannes sein vollendetes Deutsch mit einer weichen, tiefen Stimme, die Humor und Sinnlichkeit verriet und Elisa auf Anhieb angenehm berührte.

Die Arbeiter waren jetzt an ihnen vorüber. Johannes kam erneut näher, um Elisa seinen neuesten Geistesblitz mitzuteilen.

»Jetzt weiß ich, wie ich Sie einzuordnen habe, Fräulein Vogel! Sie sind ein Blaustrumpf, in der Gesinnung ähnlich radikal wie die jetzige Königin von Hawaii. Sie haben vor, den Männern auf den hawaiischen Inseln zu zeigen, wie man die Welt regiert ... Nein, das wäre als Wirkungskreis für eine Frau mit Ihren geistigen Kapazitäten noch viel zu kurz gefasst. Sie sind eine dieser modernen jungen Damen, die Männern gegenüber grundsätzlich Überlegenheit demonstrieren.«

Elisa runzelte gereizt ihre Stirn, aber Johannes sprach unverdrossen weiter.

»Oder, verehrte Elisa, gehören Sie vielleicht eher zu der Abteilung weiblicher Wesen, die wir auf unserer Universität liebevoll Kratzbürsten nannten?«

Jetzt lachte Johannes gutmütig, aber Elisa hätte sich am liebsten vor lauter Ärger auf die Zunge gebissen. Das hatte sie nun von ihrer unbedachten Äußerung. Musste sie auch immer gleich anecken? Konnte sie nicht endlich lernen, ihre Gedanken für sich zu behalten?

»Johannes! Ich warte im Kontor!«

Die laute Stimme ihres Onkels riss Elisa aus ihren Gedanken. Gerne hätte sie sich weiter mit Johannes unterhalten, aber auch er hatte zu tun. Kaum zurück, wurde er bereits im Kontor gebraucht, wie er erklärte. Nur eine letzte Frage musste Elisa noch stellen, obwohl Johannes bereits dem Ruf ihres Onkels folgte. Sie rief ihm hinterher: »Warum sind Sie wirklich früher als geplant nach Kauai zurückgekommen? Und warum wissen Ihre Eltern noch nichts davon?«

Johannes antwortete ihr nicht, aber er drehte sich mit seinem umwerfend charmanten Lächeln noch einmal kurz nach Elisa um.

»Später, ja ... Wir sehen uns doch sicher bald wieder ...?« Damit war er im Kontor verschwunden.

Elisa freute sich auf den Abend, sobald sie von Amala erfuhr, dass Johannes' Rückkehr gefeiert werden würde. Ihr Onkel hatte in der Küche alles Notwendige veranlasst. Zu dem Essen würden neben Johannes auch seine Eltern geladen werden. Da Frau van Ween die oberste Köchin der Plantage war, hatte Elisa bisher noch nie mit ihr an einem Tisch gesessen und war gespannt. Nur in der Küche und in den Wirtschaftsräumen hatten sie sich bisher ein paar Mal unterhalten.

Elisa mochte die quirlige Person mit den blitzblauen Augen, die ursprünglich aus Pommern stammte. Sie war Onkel Paul vor fünfzehn Jahren aus dem Haushalt der Großeltern Vogel auf die hawaiischen Inseln gefolgt, um ihre befleckte Vergangenheit hinter sich zu lassen, wie Elisa von ihrer Mutter wusste. Dieser Vergangenheit entstammte das uneheliche Kind Johannes.

Von sich aus sprach Marie van Ween nie über ihre Zeit in Deutschland. Für sie gab es nur Kauai. Mit ihrem holländischen Mann, den sie drei Jahre nach ihrer Ankunft auf der Insel kennengelernt hatte, bekam sie rasch hintereinander noch weitere drei Kinder. Sie wuchsen barfuß und wild auf wie die Inselkinder. Alle waren rothaarig und sahen aus wie ihr Vater. Böse Zungen behaupteten, Marie van Ween legte größeren Wert auf ihre Arbeit als auf ihre verwahrlosten Kinder, die immerzu in Schwierigkeiten zu geraten schienen. Einzig und allein ihren Sohn Johannes würde sie lieben, hieß es, und die drei Kinder des Holländers hätte sie angeblich nach der Geburt am liebsten in der Regentonne ersäuft.

Elisa schenkte diesen Gerüchten keinerlei Glauben. Sie hatte mit eigenen Augen gesehen, wie Marie barfuß und wild mit ihren drei jüngeren Kindern auf der Plantage bisweilen Fangen oder Verstecken gespielt hatte. Die Köchin aus Pommern hatte dabei überaus vergnügt ausgesehen. Zudem zauberte Marie in ihrer Küche derartig virtuos verschiedene kulinarische Gedichte, dass man ihr die Vorliebe für ihre Arbeit gerne verzieh. Die Vogels wurden von vielen ihrer Nachbarn und Bekannten um die deutsche Köchin beneidet.

Elisa hoffte, dass ihre Mutter sich kräftig genug fühlen würde, um am Abend dabei zu sein. Ein Essen mit Johannes und seinen Eltern würde sicherlich mehr Freude machen als der übliche frostige Abend zu viert. Die schlimmsten Abende waren freilich die, an denen Elisa allein mit ihrem Onkel und ihrer Tante speisen musste. Nicht nur wurde das Essen mit weißen Baumwollhandschuhen von der hawaiischen Dienerschaft aufgetragen, sondern Elisa musste bei dieser Gelegenheit immer auf Englisch parlieren, um in Übung zu bleiben. Ihre Tante bestand darauf.

Anders waren die Abendessen mit dem Verwalter. Johannes' Stiefvater Piet van Ween war Elisa nach wie vor unsympathisch. Seine Mutter hingegen, die in der Küche bisweilen ausgesprochen fröhlich war, wurde von den Hawaiianern gemocht. Sie hatte eine Sturm- und eine Sonnenseite, wie Kelii gerne sagte, aber damit glich sie den hawaiischen Frauen, die auch oft sehr temperamentvoll waren. Wenn Marie, wie in letzter Zeit, von ihrem betrunkenen Mann angeschrien und einmal sogar geschlagen wurde, dann war sie am nächsten Tag in der Küche unausstehlich. Ihre Küchenhilfen hatten jedoch Verständnis dafür. Wegen ihrer Ehe mit dem Verwalter bemitleidete man Marie im Dorf. Aber wenn ihr Sohn Johannes wieder mit auf der Plantage wohnte, würde es sicherlich nicht mehr zu derartigen Auswüchsen ehelicher Gewalt kommen. Das hoffte Elisa zumindest und überlegte sich, ob sie

Johannes von sich aus anbieten sollte, sich ein wenig um seine Halbgeschwister zu kümmern.

Die drei rothaarigen van Ween-Kinder waren in Elisas Augen bisher nicht weiter beachtenswert gewesen. Aber sie wusste, dass sie weder richtig schreiben noch lesen konnten, obwohl sie bereits im schulpflichtigen Alter waren. Erstaunlich, wie wenig die drei Johannes ähnelten. Was Maries Ältesten betraf, hatte ihr Vater recht gehabt. Zum einen war er seiner Mutter nicht im Geringsten ähnlich, weder vom Aussehen her noch von seiner Art, und zum anderen war er etwas Besonderes. Elisa spürte mit einem Mal, dass ihr Herz erneut begonnen hatte, laut und heiß in ihrem Brustkorb zu schlagen. Es schlug anders als bei Keliis Anblick, aber es meldete sich deutlich.

Instinktiv spürte Elisa, dass Johannes Zeit ihres Lebens eine sehr wichtige Rolle für sie spielen würde.

4. Kapitel

Die Steine-Esser, Sommer 1894

Während Elisa mit ihren Cousinen malte, wie es der Onkel ihr aufgetragen hatte, schweiften ihre Gedanken immer wieder zu Johannes ab. Sie war froh, dass sie ihn in nächster Zeit näher kennenlernen würde. Ihr Vater hatte ihr immer voller Begeisterung von seinem Patensohn erzählt. Auch die Tatsache, dass Gerhard Vogel ihm ein kleines Erbe vermacht hatte, bestätigte, wie sehr er Elisas Vater beeindruckt hatte. Damals war es das Talent für Zahlen und die offene Art des Jungen, zumindest hatte ihr Vater das gesagt. Elisa erinnerte sich noch gut an seine Worte.

Jetzt war Johannes zudem noch ein weltgewandter junger Mann, der fließend Englisch und Französisch sprach, wie er ihr gesagt hatte, gut aussah und von einer bestechenden charmanten Schlagfertigkeit war. Johannes war durchaus eine passable Partie, auch wenn er kein besonders großes Familienvermögen besaß. Doch was hatte Johannes bloß damit gemeint, dass die Sehnsucht ihn getrieben habe? Und warum musste er so plötzlich nach Kauai zurückkommen? Hatte er auf der Universität, in San Francisco, etwas angestellt?

Johannes beschäftigte Elisa so sehr, dass sie nicht merkte, wie sich die Zwillinge erbittert so lange um ein Stück Papier stritten, bis es in der Mitte durchriss. Sie war vollauf mit ihrer Begegnung auf dem Hof beschäftigt. Gefährlich gut aussehend war er, wie sie fand. Wäre sie nicht bis über beide Ohren in Kelii verliebt, könnte er sich in ihrem Herzen durchaus einen Platz erobern. Auf alle Fälle würde Elisa von jetzt an in ihm einen zweiten Freund auf Kauai haben. Das spürte sie ganz deutlich. Elisa war sich nicht sicher, ob sie damit auch eine gewisse Verantwortung Johannes gegenüber übernommen hatte. Wenn es so sein sollte, dass sie Freunde waren, dann würde Elisa bald mit ihm ein heikles Thema besprechen müssen. Es ging um seinen Stiefvater.

Derzeit machte in Keliis Dorf eine schlimme Geschichte über Piet van Ween die Runde. Natürlich musste ihr Wahrheitsgehalt sorgfältig geprüft werden, wie Elisa fand. Und Johannes konnte ohnehin noch nichts davon wissen, da er das letzte halbe Jahr fort gewesen war. Aber Gerüchte verbreiteten sich auf Kauai bisweilen sehr schnell, besonders wenn sie negativ waren. In Keliis Klan waren die Frauen zwar berühmt für ihre lebhafte Phantasie und ihr Mitteilungsbedürfnis, wie Kelii ehrlich zugab, aber diesmal gab es Beweise und Zeugen. Noch wurde diese üble Geschichte im Dorf unter Verschluss gehalten, denn sie war auf Grund der strengen Regeln zwischen Männern und Frauen tabu. Man sprach nicht mit Haole über diese Dinge. Für die Hawaiianer gab es Geheimnisse auf vielerlei Ebenen. Manche Dinge waren grundsätzlich tabu. Aber in einige Geheimnisse war Elisa durch Kelii bereits eingeweiht worden.

Es gab die Welt der Gerüche, die unter Hawaiianern eine große Rolle spielte. Gerüche verrieten bisweilen, was für Augen, Ohren und Mund im Dunkeln bleiben musste. So verbarg die ständige Alkoholfahne von Piet van Ween ein besonders düsteres Geheimnis. Selbst Kelii hatte das Gerücht zunächst für übertrieben gehalten. Doch dann hatte er mit den Eltern eines betroffenen Mädchens aus seinem Dorf gesprochen. Sämtliche Geschichten über van Weens Vorliebe für junge Hawaiianerinnen waren wahr. Der rotgesichtige Holländer trank regelmäßig zu viel, bisweilen bereits am frühen Morgen. Dann stellte er den jungen Hausmädchen nach, vor allem in der Waschküche, die abgelegen von den anderen Wirtschaftsräumen lag.

Elisa schüttelte sich vor Ekel bei der Vorstellung, wie Piet van Ween sich an den zarten jungen Mädchen vergriff, die teilweise noch nicht einmal zwölf Jahre alt waren. Sie selbst war noch nie alleine mit ihm in einem Raum gewesen. Die

Ausdünstungen seines fleischigen, ungewaschenen Körpers konnte Elisa wahrnehmen, noch bevor sie das Kontor betrat. Dann vergewisserte sie sich immer, ob ihr Onkel auch da war. Ihre Nase warnte Elisa von Anfang an. Man sollte als Mädchen nicht alleine mit Piet van Ween sein, wenn er Alkohol getrunken hatte, das hatte auch ihre Mutter ihr zu verstehen gegeben.

Doch inzwischen ging es nicht mehr um kleinere Übergriffe, sondern um Vergewaltigung. Unter den Arbeitern der Plantage wurde gemunkelt, dass es nur die ganz jungen Mädchen waren, die van Ween besonders reizten. Vor fünf Monden, als Elisa noch krank im Bett lag, hatte es unter den hawaiischen Hausmädchen eine Tote gegeben. Noelani hieß sie, was in Keliis Sprache so viel bedeutete wie Die Schöne vom Himmel. Die Schande hätte die Dreizehnjährige in den Selbstmord getrieben, so hieß es, nachdem Piet van Ween ihr in der Waschküche eines Abends Gewalt angetan hatte. Sie hatte sich vom Wasserfall in die Tiefe gestürzt. Ihr Geheimnis hatte sie angeblich vor ihrem Tod Keliis Schwester anvertraut. Leilani hatte allerdings zunächst geschwiegen, denn das Thema war tabu. Aber tatsächlich war das Mädchen schwanger, als sie sich in den Tod gestürzt hatte.

Amala hatte dies bestätigt und bitterlich zu weinen begonnen. Warum hatte Noelani sich ihr nicht anvertraut? Sie hätte ihr helfen können. Amala war in ihrem Dorf seit Jahren Geburtshelferin und hatte den meisten Kindern ins Leben geholfen. In ihrer Funktion brachte sie den jungen Mädchen bei Eintritt ihrer Mondzeit zusammen mit den Müttern und Großmüttern der Dorfes auch bei, was es hieß, eine Frau zu sein. Es gab ein spezielles Ritual für jedes junge Mädchen, wenn die Zeit gekommen war. Gemeinsam wurde von den Müttern und Großmüttern des Dorfes eine Decke gewebt und dem Mädchen bei einem Dorffest feierlich übergeben. In ihre Decke eingewickelt hatte Noelani sich dem Tod geschenkt.

Zunächst hatte man angenommen, dass das junge Mädchen vielleicht unter den Jungen des Dorfes einen Geliebten hatte, der schon an eine andere vergeben war. Der Liebeskummer hatte ihre Sinne verwirrt, so hoffte man, denn eine Vergewaltigung durch den verhassten Verwalter war ein unfassbares Grauen und auch eine Provokation für das ganze Dorf. Aber für eine geheime Liebesgeschichte des Mädchens gab es keinerlei Anzeichen. Keiner der jungen Männer trat als der Vater vor. Keine der Freundinnen wusste von einer heimlichen Liebe. Doch erst nachdem Leilani es nicht mehr länger aushielt und sich ihrem Bruder anvertraute, wurde Noelanis Selbstmord auf Wunsch ihrer Eltern weiter untersucht.

Keliis Vater wurde als Oberhaupt des Dorfes mit der Aufgabe betraut, wegen Noelanis Tod mit Paul Vogel zu sprechen. Zunächst wurde er an der Tür zum Kontor brüsk abgewiesen, doch er gab nicht auf. Stur wartete der Weißhaarige mit seinem Sohn und seiner ältesten Tochter bis nach Sonnenuntergang auf den Plantagenbesitzer. Zu dritt stellten sie ihn wegen des Vergehens seines Verwalters zur Rede. Eine solche Anschuldigung sei völlig absurd, wetterte Paul Vogel. Nie im Leben würde Piet van Ween eins der Kanaka-Hausmädchen auch nur ansehen, geschweige denn anfassen oder vergewaltigen. Sein Verwalter sei glücklich verheiratet und zudem ein Europäer von Bildung und Ehre.

Doch jeder auf der Plantage wusste, dass das nicht stimmte. Die Ehe der van Weens war alles andere als glücklich. Piet van Ween trank regelmäßig zu viel von seinem selbstgebrauten Schnaps, wurde dann ausfällig und verhielt sich oft unnötig brutal gegenüber den Arbeitern, aber auch gegenüber seiner Familie. Marie van Ween hatte seit der schwierigen Geburt ihres letzten Kindes zudem wegen eines angeblichen Frauenleidens nicht mehr das Schlafzimmer mit ihrem Mann geteilt. Auch war Piet van Ween kaum gebildet und vor allem war er kein europäischer Ehrenmann.

Aus unbekannten Verhältnissen stammend war Piet van

Ween als einfacher Matrose vor über zwanzig Jahren in Lihue von seinem Schiff zurückgelassen worden, als es zurück nach Holland fuhr. Angeblich hatte er es selber so entschieden, weil er Land erwerben wollte. Doch es gab zu dieser Zeit einen Eintrag im lokalen Gefängnis. Piet van Ween hatte seinen Steuermann beim Kartenspiel betrogen und wurde von seinem Kapitän im Gefängnis von Lihue zurückgelassen, weil keiner aus der Mannschaft für ihn sprechen wollte.

Als Piet nach einem halben Jahr entlassen worden war, hatte er keinen Cent. Zunächst verdingte er sich als einfacher Arbeiter auf verschiedenen Plantagen. Nur weil er ein Weißer war, wurde er relativ schnell zum Vorarbeiter. Schließlich machte man ihn auf einer Plantage sogar zum Verwalter, weil die Arbeiter unter seiner strengen Hand ein besonders hohes Pensum lieferten. Aber er machte sich keine Freunde, denn sein aufbrausendes Temperament und seine großspurige Art eckten unter den Europäern an. Geld war van Weens höchstes Ziel. Neben seiner Arbeit als Verwalter häufte er sich mit der Zeit durch Glücksspiel und das Brennen von Schnaps so viel Vermögen an, dass es zumindest für anständige Kleider und ein Pferd reichte.

Als er Jahre später um Marie van Ween warb, war es nicht etwa die Zuneigung zu ihr, die ihn zu Höchstformen auflaufen ließ, sondern reine Berechnung. Denn es hatte sich unter den wenigen Europäern längst herumgesprochen, dass die Angestellte von Paul Vogel ein uneheliches Kind hatte. Trotz des Mangels an weißen Frauen war das ein Makel, der sich nicht leicht wegwischen ließ, da er mangelnde Tugend signalisierte. Und eine Frau, die ihrem Zukünftigen möglicherweise Hörner aufsetzen würde, die wollte selbst ein Piet van Ween nicht an seiner Seite.

Aber Paul Vogel ließ seine Beziehungen spielen. Für ihn war es nicht von Vorteil, dass seine Hauswirtschafterin keinen Mann hatte, denn das sorgte für Gerüchte. Also bürgte er bei Piet van Ween für Maries Aufrichtigkeit, als er bei ihm für den Posten des Verwalters der neu eröffneten Plantage versprach. Marie zu ehelichen, war sozusagen ein Teil ihrer Vereinbarung. Dafür würde er auch ein höheres Gehalt bekommen sowie ein hübsches Wohnhaus auf der Plantage. Auch ein kleines Stück eigenes Land war im Gespräch. Alles in allem ein verlockendes Paket für den Junggesellen, vor allem, weil die junge Mutter Marie tüchtig und noch dazu ansehnlich war.

Piet ließ seine Zukünftige über sein Vorleben im Unklaren. Wie mit Paul Vogel vereinbart, trat er seine neue Stellung auf der Plantage frisch rasiert und mit einem Geschenk für den Jungen an. Und schon bald hatte er sein Ziel erreicht.

Aber in Lihue und selbst in Keliis Dorf war bekannt, dass Piet van Ween sich vor seiner Hochzeit oft mit sehr jungen Mädchen vergnügt hatte, allerdings waren es käufliche Mädchen gewesen.

Da Keliis Vater bei Paul Vogel zunächst nicht viel hatte bewirken können, beschloss das Dorf, seine jungen Mädchen auf seine eigene Weise zu beschützen. Arbeiten mussten bis auf wenige Ausnahmen im Dorf alle Kinder ab ihrem zwölften Lebensjahr. Das hatte Keliis Vater zusammen mit den anderen Ältesten beschlossen, um das Dorfeinkommen zu verbessern. Vor allem die jungen Mädchen hatten ein Interesse daran, in ihren Familien mitzuverdienen. Sie wollten sich eigenen Besitz leisten können. Es war nicht besonders viel, was eine junge Braut in Keliis Dorf mit in die Ehe zu bringen gedachte, aber das Wenige war wichtig. Eine Grundausstattung an Schmuck, mehrere gewebte Decken und ihre Küchenutensilien wollte jedes junge Mädchen haben und strengte sich an. Noelani hatte extra viel gearbeitet, um sich besonderen Schmuck für ihre Fesseln leisten zu können. Sie war die Begabteste unter den jungen Tänzerinnen im Dorf. Bei ihrer Trauerfeier am Wasserfall hörte man die Klageschreie ihrer Freundinnen bis weit ins Tal hinein, so hatte Kelii es Elisa traurig erzählt. Selbstmord war etwas, das bei den Hawaiianern nicht oft vorkam. Umso schlimmer, dass ein begabtes junges Mädchen wie Noelani keinen anderen Ausweg sah.

Nie wieder sollte so etwas geschehen, beschloss man im Dorf. Zwar hatte man nicht genug Beweise gegen Piet van Ween, um gegen ihn vorgehen zu können, aber der Verdacht blieb. Um die jungen Mädchen besonders effektiv zu schützen, wechselten die alten Frauen aus dem Dorf sich seitdem täglich mit dem Abholen ab. Sie kamen den Berg hinunter, meist zu zweit, und warteten am Tor der Plantage auf die jungen Frauen. Elisa war aufgefallen, dass die alten Frauen aus dem Dorf jetzt Messer trugen und bisweilen sogar eine Machete bei sich hatten. Es durfte nach Einbruch der Dämmerung kein junges Mädchen mehr auf der Plantage arbeiten, so hatte es Keliis Vater nach dem Gespräch mit Paul Vogel beschlossen. Stillschweigend übernahmen seitdem die älteren Bediensteten die nächtlichen Schichten im Haus. Auch durfte nie wieder ein Mädchen alleine in die Waschküche. Der Platz war tabu. Angeblich trieb dort Noelanis Geist ihr Unwesen.

»Elisa, schau mal!«

Aus ihren düsteren Gedanken gerissen betrachtete Elisa die beiden Bilder der Zwillingsmädchen. Sie musste unwillkürlich stolz lächeln. Die Kleinen hatten etwas von ihr gelernt. Mit ein wenig gutem Willen waren eine freundliche Sonne, der blaue Himmel und das Meer auf den beiden Kinderaquarellen zu erkennen. Aber das Schönste waren die strahlenden Gesichter der beiden Mädchen.

»Gefallen dir unsere Bilder, Elisa?«

Fast immer sprachen sie gemeinsam, oder aber die eine ergänzte den Satz der anderen. Eng beieinander stehend sahen sie ihre große schöne Cousine mit grenzenloser Bewunderung an.

»Doch, sie gefallen mir ausgesprochen gut, ihr beiden. Und vor allem bin ich froh, dass ihr aufgehört habt, euch um das Papier zu zanken! Sehr schöne Bilder habt ihr gemalt. Wir legen sie hierher zum Trocknen, ja?«

Das dritte Werk fehlte noch. Hildegard hatte Schwierigkeiten. Ihr erstes Werk erschien ihr nicht ausreichend gelungen, und jetzt bestand sie trotzig darauf, noch ein neues Bild zu beginnen.

»Die dumme Farbe ist mir verlaufen ... ich muss noch einmal von vorne beginnen, sonst ist Mutter enttäuscht ...«

Elisa kannte das schon. Widerspruch war bei Hildegard in solchen Fällen zwecklos. Nur selten war die älteste Tochter von Paul und Katharina mit sich selbst zufrieden. Elisa hing die Aquarelle der Zwillinge zum endgültigen Trocknen auf, während sie über die düsteren Anschuldigungen gegen Piet van Ween sinnierte. Wie viel von ihrem Wissen sollte sie Johannes gegenüber preisgeben? Oder sollte sie besser schweigen? Die seit Längerem kursierenden Gerüchte über Johannes gewalttätigen Stiefvater kannte Elisa einzig und allein durch Kelii. Aber es war mehr als wahrscheinlich, dass weder Johannes noch seine Mutter Marie etwas davon wussten. Trotzdem nahm Elisa sich vor, Johannes zumindest so behutsam wie möglich zur Ehe seiner Eltern zu befragen. Vielleicht würde er von sich aus etwas preisgeben.

Eine gute Stunde später, als sie mit der fünfjährigen Hildegard ein kleines Geburtstagslied für Katharina auf der Blockflöte einüben sollte, war Elisa mit ihrer Geduld am Ende. Sie hasste es ohnehin, ihre kleinen Cousinen wie Schimpansen abzurichten. Der Musikunterricht war eine Farce. Keines der drei Mädchen hatte auch nur die geringste Freude daran, die Technik des Flötenspiels zu lernen. Es war Elisas Meinung nach viel zu früh und artete deshalb regelmäßig in Chaos aus. Auf das Xylophon wurde wütend von den Zwillingen eingeschlagen, und Hildegards Flöte quietschte herzzerreißend falsch dazwischen. Elisas Meinung nach waren die Mädchen musikalisch gesehen völlig untalentiert. Auch waren zwei volle Stunden Unterricht im Salon viel zu viel bei dem schönen Wetter draußen.

Wenn es nach Elisa ginge, würde sie ihre blassen und oft kränklichen Cousinen am liebsten barfuß und frei in den Gärten der Plantage herumstreunen lassen. In dieser Hinsicht hatte Maria van Ween recht. Kinder brauchten frische Luft, Fürsorge und so viel Freiraum zum Spielen wie möglich. Johannes' Halbgeschwister waren zwar laut und wild, aber dafür rotwangig, gesund und ständig mit neu erfundenen Spielen beschäftigt. So wollte Elisa später ihre Kinder auch aufwachsen lassen, beschloss sie insgeheim.

Katharina war eine schwierige und sehr strenge Mutter. Sie bestand für ihre Kinder auf Kultur um jeden Preis, weil sie selber aus einem ungebildeten Haushalt kam. Mühsam hatte sie sich als junge Erwachsene einen Grundstock an Bildung angeeignet. Sie sprach inzwischen die deutsche Sprache in Gesellschaft zumindest auf mittlerem Niveau und hatte gelernt, sich sauber zu artikulieren, aber oft ließ sie sich immer noch gehen. Dann sprach sie das Deutsch einer ungebildeten Arbeiterfamilie. Und ihr Englisch, das sie regelmäßig bei ihren Abendessen an Elisa üben wollte, war grammatikalisch völlig falsch. Alles, was sie wirklich gut konnte, war das übliche Kauderwelsch, das sich viele Einwanderer den Einheimischen gegenüber angewöhnt hatten. Es war eine schrecklich primitive Sprache. Elisa weigerte sich von Anfang an, mit Kelii auf diesem niedrigen Niveau zu verharren. Ihrer Meinung nach war es nur eine Frage der Disziplin – und der eigenen Bildung.

Katharina fühlte sich deshalb anderen gegenüber oft minderwertig und sprach ständig davon, wie ihre Mädchen später in Deutschland in den besten Schulen erzogen werden würden. Elisa war dafür zuständig, ihre Cousinen frühzeitig darauf vorzubereiten und sie vor allem auch an die notwendige Disziplin zu gewöhnen. Allein für den Malunterricht und den musikalischen Drill war Elisa seit ihrer Genesung an sechs Tagen der Woche zuständig. Ihre Cousinen hassten sie bisweilen deswegen. Es gab zwar auch schöne Momente, aber allein die Anzahl an konzentrierten Unterrichtsstunden, die Katharina ihren kleinen Mädchen abforderte, war einfach zu viel.

Heute war es noch schlimmer als sonst. Es gab einen aktuellen Anlass für Elisas hohe musikalische Anforderungen beim Unterricht, denn Katharinas fünfundzwanzigster Geburtstag stand unmittelbar bevor. Sie sollte kommenden Sonntag im Kreis der Familie gefeiert werden, und auf Wunsch ihres Onkels war Elisa für eine kleine musikalische Überraschung zuständig. Zu dumm nur, dass Hildegard nicht das geringste musikalische Talent hatte. Die Blockflöte klang in den kleinen verschwitzten Händen wirklich schauderhaft. Elisa würde sich etwas anderes ausdenken müssen.

Noch zwei Mal an diesem Tag begegneten sich Johannes und Elisa. Das erste Mal war Elisa auf dem Weg in den Garten. Nach dem frustrierenden Versuch mit der Blockflöte wollte sie mit Hildegard und den Zwillingen ein wenig an der frischen Luft mit dem Ball spielen. Johannes kam von seiner Besprechung mit ihrem Onkel und sah lächelnd über den Zaun.

»Darf ich mitspielen?«

Spontan errötete Elisa.

»Das kann ich nicht selber entscheiden … das müssen Sie schon die drei jungen Damen hier fragen …«

»Johannes, Johannes!«

Schon stürzten die kleinen Mädchen auf ihn zu. Selbst Hildegard, die Elisa gegenüber fast nie spontan und überschwänglich war, lief auf Johannes zu. Elisa sah mit einem Schmunzeln, dass auch die Mädchen dem Charme des jungen Mannes kaum widerstehen konnten. Nachdem Hildegard ihn kritisch gemustert hatte, fasste sie ihren Eindruck zusammen.

»Du siehst viel besser aus als unser Vater.«

»Vielen Dank, Hildegard. Du siehst auch hübsch aus. Du bist ein ganzes Stückchen gewachsen, und Michaela und Barbara auch. Eure Haare sind jetzt länger, oder?«

Hildegard nickte stolz, während ihre Schwestern sich vor Verlegenheit kichernd hinter ihrem Rücken versteckten.

Elisa stellte sich zu den drei Mädchen.

»Na was ist, darf Johannes mitspielen?«

Wieder ein Kichern der drei. Elisa zuckte mit den Schultern und schüttelte scheinbar bedauernd ihren Kopf.

»Es tut mir aufrichtig leid, Sie enttäuschen zu müssen, Johannes, aber ohne die Erlaubnis der Mädchen kann ich leider gar nichts für Sie tun.«

»Darf ich dann wenigstens zusehen?«

Mit seinem unwiderstehlichen Lächeln blieb Johannes an dem Gartentürchen stehen, um sich an dem entzückenden Anblick zu freuen.

»Von mir aus …«

»Nein, nein … Johannes soll mitspielen!«

Hildegard hatte ihre Sprache wiedergefunden und öffnete bereits das Gartentürchen.

»Na, gut! Wenn du meinst. Dann lasst uns Ball spielen!«

Elisa steckte schnell ihre Haare fester hoch, um beim Spielen nicht zu schwitzen. Vom Meer wehte eine leichte Brise zu ihnen hinüber. Die Zweige des großen Jasminbusches, übersät mit kleinen roten Blüten, rauschten leise im Wind. Elisa warf Johannes den Ball zu.

»Ich hoffe, es macht Ihnen nichts aus, dass Sie es hier nur mit Anfängerinnen zu tun haben …«

Die kleinen Zwillingsmädchen kicherten, aber Hildegard blieb ernst.

»Ich kann sehr gut mit dem Ball werfen, sagt meine Mutter.«

Johannes verzog keine Miene, als er sich in den Kreis stellte.

»Na gut, Hildegard, wenn du den Ball so gut werfen kannst, dann könnte es ja vielleicht heute auch mit dem Fangen klappen? Ich glaube, dass du im Fangen ganz besonders gut bist!«

Damit warf er den Ball behutsam in Hildegards Richtung. Mit einem strahlenden Lächeln fing die Kleine den Ball auf. Elisa hätte Johannes spontan dafür umarmen können, als er Hildegard ausgiebig lobte und danach geschickt auch noch die Zwillinge in das Ballspiel miteinbezog. Johannes würde einmal ein sehr guter Vater werden, das glaubte Elisa jetzt schon zu erkennen.

Etwas später setzte Elisa sich unter den Jasminbusch in den Schatten und sah zu, wie Johannes den Mädchen beibrachte, alleine miteinander Ball zu spielen. Das war selbst für Johannes nicht einfach, weil Hildegard Schwierigkeiten damit hatte, den Ball wieder herauszurücken, wenn sie ihn einmal gefangen hatte. Elisa seufzte. Hildegard, zu schnell von ihren Schwestern entthront, war ein überaus schwieriges Kind. Mit tödlichem Ernst und sehr verbissen ging die Kleine jede neue Herausforderung an, die das Leben ihr bot. Dabei sprach sie gewöhnlich kaum. Nur ihr Gesicht zeigte Frustration, wenn etwas nicht so geschah, wie sie es sich vorgestellt hatte. Bei Johannes aber lächelte sie und strahlte sogar bisweilen, wenn er sie lobte. Jetzt gerade wollte sie aber den Ball nicht mehr hergeben, sodass ihre Schwestern sich lautstark beschwerten.

Johannes versuchte vergeblich zu schlichten, während Elisa unter dem Jasminbusch ihr Lachen kaum zurückhalten konnte. Nach einer Weile gab er auf. Er überließ es den Mädchen, sich untereinander zu einigen, und kam auf Elisa zu.

»Darf ich mich zu Ihnen setzen?«

Mit einer artigen Verbeugung wartete er auf ihr zustimmendes Nicken. Stumm setzte er sich neben sie, und gemeinsam sahen sie den Mädchen eine Weile beim Ballspielen zu. Dann begann Johannes unvermittelt zu sprechen.

»Ich habe euch beide heute oben beim Wasserfall gesehen …«

Elisa sah ihn erschrocken an. Johannes vermied es, Elisa in die Augen zusehen, sodass sie nicht wusste, was er dachte. Seine Stimme klang merkwürdig gepresst.

»Sie brauchen sich keine Sorgen machen. Ich verrate Kelii und Sie bestimmt nicht. Ich war doch ebenfalls dort ... mit Leilani.«

Jetzt war es an Elisa, überrascht zu sein.

»Mit Keliis Schwester?«

Johannes nickte. Sein Gesicht war mit einem Mal umschattet. Er beugte sich näher zu ihr, um ihr etwas zuzuflüstern.

»Können Sie ein Geheimnis bewahren? Ich meine, ein Geheimnis, das auch Kelii nicht unbedingt wissen darf? Ich weiß, dass Kelii Sie sehr gerne hat ... Leilani hat es mir nach meiner Rückkehr gleich erzählt. Im Dorf spricht man bereits darüber, dass Kelii und Sie eine ganz besondere ... äh ... Verbindung haben. Man nennt Sie dort die Haifischfrau.«

Elisa nickte und er fuhr leise fort.

»In gewisser Weise haben wir beide jetzt etwas gemeinsam. Dennoch ist meine Verbindung zu Leilani geheim ... Meine Freundin ist über ihre Mutter ein wichtiger Teil der hawaiischen Königsfamilie, was Sie sicherlich bereits wissen ... Doch daher hat sie unter ihren Leuten einen besonderen Stand und darf sich nichts zuschulden kommen lassen. Und ich ... ich bin in den Augen ihrer Mutter bestimmt nur ein unwürdiger Haole, und bestimmt werden wir nicht die Erlaubnis bekommen zu heiraten ...«

Johannes stockte. Seine Stimme war noch leiser, als er zögernd fortfuhr.

»Danke, dass Sie mir zuhören. Außer Ihnen kann ich mich niemandem anvertrauen. Besonders meine Familie darf nichts davon wissen ...«

Elisa sah ihn neugierig an.

»Sind Sie deshalb zurückgekommen? Weil Sie Leilani ... lieben?«

Das letzte Wort kam Elisa nur schwer über die Lippen. Johannes nickte vorsichtig.

»Darf ich Ihnen unser Geheimnis anvertrauen? Aber Kelii darf wirklich nichts davon erfahren, zumindest jetzt noch nicht. Bitte, Elisa, ich brauche jemanden, dem ich mich anvertrauen kann. Kann ich auf Sie zählen …?«

Elisa hörte die Dringlichkeit in seiner Stimme, wusste aber nicht, ob sie es wirklich schaffen würde, etwas auf Dauer vor Kelii geheim zu halten. Er war schließlich ihr bester Freund und zudem ihr Liebster. Und wenn Johannes' Geheimnis Keliis Lieblingsschwester betraf, würde es ihr doppelt schwerfallen, ihn nicht einzuweihen. Sie wollte gerade abwehren, als Johannes schnell weiterredete.

»Wir brauchen vielleicht Hilfe. Leilani und ich sind schon lange zusammen, eigentlich seid wir Kinder sind. Wir sind … wir sind ein Paar. Und jetzt ist Leilani in Schwierigkeiten, die auch mich betreffen. Verstehen Sie, was ich Ihnen sagen will?«

Johannes machte eine kurze Pause. Elisa spürte seine verzweifelte Aufregung, aber auch seinen nahezu heiligen Ernst.

Sie schluckte.

»Sie meinen … Leilani erwartet ein Kind von Ihnen?«

Johannes nickte. Sein Geheimnis war gelüftet. Elisa sah stumm geradeaus, um ihm nicht in die Augen sehen zu müssen. Etwas in ihr war mit einem Mal traurig und stumpf. Obwohl sie es sich nicht erklären konnte, empfand sie eine ungewisse Enttäuschung. Johannes' Verhalten war bei ihrer ersten Begegnung im Hof spielerisch und leicht gewesen. Sie hatte sich spontan gefreut, in dem Patensohn ihres Vaters einen Freund gefunden zu haben, der unbelastet und frei war und dennoch ein Weißer wie sie. Doch als sie ihn jetzt vorsichtig von der Seite ansah, war alle Leichtigkeit von ihm gewichen. Vor ihr stand ein junger Mann, der jede Menge Schwierigkeiten auf sich zukommen sah. In Elisa überwog das Mitgefühl. Kurz legte sie ihre Hand auf seine.

»Erzählen Sie mir alles … Sie können mir voll und ganz vertrauen.«

Johannes Augen leuchteten, als er begann, von Leilanis Schönheit und Klugheit zu sprechen. Mit Unbehagen erinnerte sich Elisa daran, wie sie sich in Gegenwart der stolzen hawaiischen Schönheit wie eine unförmige Schildkröte gefühlt hatte. Johannes' Stimme überschlug sich jetzt fast vor Begeisterung.

»Ich liebe Leilani wie meine Frau. Ich meine, wir sind zwar nicht verheiratet, zumindest nicht nach dem Gesetz, aber ich liebe sie ... weil sie für mich die schönste und klügste und wunderbarste Frau der Welt ist. Verstehen Sie mich?«

Und wie Elisa ihn in diesem Moment verstand. Sie liebte ebenfalls aus ganzem Herzen und dennoch verspürte sie in diesem Augenblick so etwas wie Eifersucht. Sie konnte sich nicht vorstellen, dass Kelii jemals in solch glühenden Worten von ihr sprechen würde. Im Vergleich zu Leilani und ihren Freundinnen würde Elisa sich nie wirklich schön fühlen können. Keine weiße Frau konnte es ihrer Meinung nach mit der Eleganz und dem sanftmütigen Charme der naturverbundenen, südländischen Schönheiten aufnehmen. Johannes schien jetzt wie von einem Fieber ergriffen.

»Sie liebt mich auch, verstehen Sie. Sie liebt mich und hat es mir vor meiner Abreise vor sechs Monaten bewiesen. Doch jetzt ... jetzt bekommt sie ein Kind von mir. Das war nicht geplant. Es geschah kurz vor meiner Abreise, Sie verstehen ... Wir hatten sonst immer aufgepasst. Doch mit der Zeit konnte sie ihren Zustand im Dorf nicht länger verstecken. Ihr Vater und ihr Bruder wissen bereits, dass sie ein Kind bekommt, aber Leilani hat nicht verraten, von wem ... Aber wenn es in drei Monaten auf die Welt kommt, wird man sehen, dass es das Kind von einem Haole ist ... und was wird dann mit ihr? Was wird mit meinem Kind?«

Johannes' Stimme verebbte, und er sah zu Boden. Elisa spürte seine Angst, als wäre es ihre eigene. Und mit einem Mal vergaß sie ihre Eifersucht gegenüber den exotischen Schönheiten. Ihr Herz öffnete sich bis zum Horizont für ihren neuen Freund.

»Ich werde euch helfen!«

Johannes sah sie prüfend an.

»Wir müssen vielleicht schon bald zusammen fort, weil ihr Vater sehr zornig werden könnte. Wenn er erfährt, dass sie von mir schwanger ist …«

Johannes machte erneut eine Pause und sein Blick verfinsterte sich.

»Es ist ungerecht! Was Kelii und Sie miteinander am Wasserfall getan haben, das ist für die Hawaiianer in Ordnung! Niemand würde ihn deswegen fortjagen oder ausstoßen!«

Elisa erstarrte.

»Aber wir haben nichts Unrechtes getan …«

Doch Johannes ließ sie nicht ausreden. Seine Worte waren jetzt voller Bitterkeit.

»Die hawaiischen Männer können sich alles erlauben. Aber was Leilani getan hat, ist in ihrer Kultur tabu. Auch einem Mann ihrer Rasse so nahezukommen wäre tabu, wenn sie ihre Mutter nicht vorher um Erlaubnis gefragt hätte. Und mit einem Weißen? Unmöglich für ein Mitglied der königlichen Familie!«

Elisa war erstaunt.

»Aber warum? Die hawaiische Königin selber hatte einen Europäer zum Vater. War er nicht Schotte?«

»Genau das ist das Problem. Die Königstreuen geben dem Schotten die Schuld dafür, dass ihre jetzige Königin in solchen Schwierigkeiten ist.«

Das hatte Elisa auch schon gehört und nickte zögernd. Johannes hatte sich unter dem Jasminbusch in Fahrt geredet. Er merkte gar nicht, dass sich durch sein wildes Gestikulieren viele kleine rote Blüten von einem der herabhängenden Äste gelöst hatten. Einige davon waren auf seinen Haaren gelandet.

»Es ist so ungerecht! Wäre Leilani eines der Hafenmädchen aus Lihue oder aber von geringem Stand, dann könnten wir vielleicht sogar offen und vor allen Augen zusammenleben.«

Elisa runzelte unwillig ihre Stirn.

»Hätten Sie sich denn in eines der Hafenmädchen überhaupt derartig verlieben können? Ich dachte, dass es nicht nur Leilanis Aussehen, sondern auch ihre feine Klugheit war, die Sie an ihr bezaubernd fanden?«

Johannes gab ihr recht, beklagte aber weiterhin wortreich die Unmöglichkeit ihrer Liebe. Als Teil der Königsfamilie hatte Leilani als junge Frau sogar sehr viel mehr Verpflichtungen als ihr Bruder. Als älteste Tochter musste sie die königliche Blutlinie weitertragen. Diese wurde ausschließlich von der Mutter an ihre Töchter vererbt. Zudem war es ein denkbar schlechter Zeitpunkt für eine gemischte Ehe. Don't mix the blood, hieß die Devise der Königstreuen auf allen hawaiischen Inseln, seit die Königin von Weißen unter Hausarrest gesetzt wurde. Aus Loyalität grenzten sie sich immer mehr ab.

Johannes' Seufzer kam aus tiefstem Herzen.

»Uns wird keine andere Möglichkeit bleiben, außer zusammen zu fliehen. Obwohl Leilani sich unser Kind von ganzem Herzen wünscht, wird sie es sonst gleich nach der Geburt weggeben müssen. Wenn sie es nicht tut, wird sie vielleicht ausgestoßen. Oder aber es könnte von ihr verlangt werden, sich vom Wasserfall in den Tod zu stürzen. Wie Noelani …«

Elisa erschrak. Johannes wusste also davon. Aber war ihm auch bewusst, dass sein Stiefvater von den Hawaiianern für den Tod des jungen Mädchens verantwortlich gemacht wurde? Wie viel hatte Leilani ihm erzählt?

Elisa schwieg bedrückt. Ihr war mit einem Mal merkwürdig schwer ums Herz, so als hätte sich ein dunkler Schatten auf ihre Seele gelegt.

»Johannes! Elisa!«

Elisa hörte als Erste, wie ihre Namen geflüstert wurden. Es war Kelii. Lautlos war er von der anderen Seite des Gebüsches gekommen. Jetzt positionierte er sich so, dass er vom

Haupthaus aus nicht zu sehen war. Johannes sprang erfreut auf. Mit größter Selbstverständlichkeit begrüßte Kelii ihn auf Englisch.

»I heard that you are back, Johannes! I am so glad to see you well … How long will you stay?«

Kelii sprach Johannes zuliebe das verhasste britische Englisch, das er sonst verweigerte. Es war die Sprache, die sie als Kinder miteinander gelernt hatten, wie Elisa von Kelii wusste. In ihren Unterrichtsstunden bei dem englischen Missionar hatten Johannes, Leilani und Kelii sich als Kinder kennengelernt und waren ein unzertrennliches Gespann geworden. Johannes antwortete ebenfalls auf Englisch, drückte sich aber vage aus, was die Dauer seines geplanten Aufenthalts anging. Kelii lächelte warm. Um seinen Freund zu beeindrucken, sprach er jetzt auf Deutsch weiter.

»Ich würde mich freuen, wenn wir zusammen ein wenig spazieren könnten. Vielleicht später?«

Johannes zeigte sich beeindruckt.

»Du sprichst ja großartig Deutsch! Fast ohne einen Akzent. Das haben Sie gut gemacht, Elisa!«

Elisa lächelte, als sie den alten Freunden noch eine Weile bei dem Austausch männlicher Höflichkeiten zusah. Sie war erleichtert, dass ihr Gespräch mit Johannes über das heikle Thema von Leilanis Schwangerschaft beendet war, zumindest vorläufig. Sie nahm sich aber vor, das Thema so bald wie möglich erneut aufzugreifen. Sie hatte Johannes gegenüber bereits angedeutet, dass er unrecht hatte, was seine Vermutung betraf. Kelii und sie hatten hinter dem gläsernen Vorhang am Wasserfall vielleicht in den Augen Gottes gesündigt, weil sie nicht verheiratet sind. Aber Elisa ist vorsichtig gewesen. Sie würde von den Zärtlichkeiten, die sie ausgetauscht hatten, bestimmt nicht schwanger werden. In der Bibliothek hatte sie sich in einem medizinischen Lexikon sorgfältig angesehen, was zwischen Mann und Frau in dieser Hinsicht gefährlich war. Nichts davon hatte sie zugelassen. Ihre Jungfräulichkeit, das hatte Elisa fest vor, würde sie im Einverständnis mit Gott ihrem Liebsten erst in ihrer Hochzeitsnacht schenken. Heiß stieg die Erinnerung an den leidenschaftlichen Morgen in ihr hoch, als sie Kelii und Johannes jetzt so vertraut vor ihren Augen miteinander reden sah. Beide Männer waren überdurchschnittlich groß, mehr als gut aussehend und hatten ein Lächeln, das Steine zum Schmelzen bringen konnte. Elisa konnte gut verstehen, dass Leilani nicht dazu imstande gewesen war, Johannes zu widerstehen. Ungefähr zwei Jahre älter als Elisa und schon so lange mit Johannes ein Paar, da wünschte sich Keliis Schwester vielleicht auch heimlich ein Kind von ihm. Bestimmt würde es ein sehr hübsches Kind werden, dachte sie noch, als Johannes sanfter Griff an ihrer Schulter sie aus ihren Gedanken riss.

»Was ist, Elisa, kommen Sie mit zum Felsen? Ich verspreche auch, dass ich auf Sie aufpassen werde.«

Kelii war gekommen, um sowohl Elisa als auch Johannes zu einem ganz besonderen Fest einzuladen. Das Vollmondfest, das in seinem Dorf bevorstand, war normalerweise nicht für Haole. Aber diesmal sollte es anders sein. Kelii und Leilani hatten sich für ihre Freunde eingesetzt. Daher waren sie jetzt über Kelii offiziell zum ersten Mal zu dem rituellen Fest bei Vollmond geladen. Johannes wirkte merkwürdig befangen, während er auf Elisas Antwort wartete.

Elisa nickte langsam, meldete aber gewisse Bedenken an, vor allem in Anbetracht der angespannten Lage wegen Noelanis Tod. Kelii nickte.

»Gerade deshalb wäre es wichtig, wenn ihr beide zu unserem Fest kommt. Wir vertrauen euch. Mein Vater möchte deinen Rat, Johannes.«

Johannes wagte es kaum, Kelii in die Augen zu sehen, doch Elisas Freund lächelte warm und offen und legte ihm die Hand auf die Schulter.

»Jetzt wirst du doch bald mein Bruder, oder?«

Johannes zögerte noch, aber da nahm Kelii ihn bereits in

den Arm, so wie es unter den Männern seines Dorfes üblich war.

»Sprich einfach mit meinem Vater ... zeig ihm dein Herz, so wie du es mir und Leilani gezeigt hast.«

Johannes nickte erleichtert, aber Elisa hatte kein gutes Gefühl, als Kelii sich kurz darauf verabschieden musste. Trotzdem versprach sie, auf alle Fälle mit Johannes zu dem Vollmondfest zu kommen.

»Wir sehen uns doch ohnehin heute Abend?«

Aber Kelii schüttelte den Kopf, und sie glaubte ein kurzes Flackern in seinen Augen zu bemerken, das ihr vorher noch nie aufgefallen war.

»Ich muss für ein paar Tage mit meinem Vater fort«, vertröstete er sie. Dinge seien geschehen, die es erforderten, dass sie sich mit anderen Kahuna treffen. Sie würden sich also erst beim Vollmondfest wiedersehen können. Elisa wollte etwas erwidern, nachfragen und vielleicht sogar protestieren, weil es für sie völlig ungewohnt war, dass Kelii so plötzlich seine Pläne änderte. Aber etwas in seinem Blick hielt sie davon ab. Jetzt wandte Kelii sich an Johannes.

»Leilani schickt dir ihren Gruß. Auch sie wird erst zum Vollmondfest zurück sein. Bis dahin musst du dich gedulden.«

Genauso leise wie er gekommen war, verschwand Kelii hinter dem roten Jasmin durch den Garten. Wie immer schien sein brauner Körper mit der Natur zu verschmelzen, als er vor dem Dunkel der dicht wachsenden Gummibäume eins mit der flimmernden Mittagshitze wurde.

Johannes sah ihm mit gerunzelter Stirn nach. Anstatt erleichtert zu sein, da Leilani sich ganz offensichtlich ihrem Bruder anvertraut hatte, war er beunruhigt.

»Was ist, wenn es nicht stimmt?«

»Wenn was nicht stimmt?«

Elisa wollte Zeit gewinnen. Sie musste nachdenken. Ganz offensichtlich stimmte hier etwas nicht. Kelii hatte sich Johannes gegenüber verstellt.

»Was ist, wenn Kelii und sein Vater Leilani von hier fortbringen, damit ich nicht mit ihr zusammen fliehe? Ich meine, sie hatte vorhin am Wasserfall noch solche Angst ... Wie ist es möglich, dass es mit einem Mal gar denkbar sein könnte, dass sie von einem Haole schwanger ist?«

Elisa war, als hätte Johannes seine Frage nicht wirklich an sie gerichtet, sondern spräche lediglich laut seine beunruhigenden Gedanken aus.

»Vertrauen Sie Leilani denn nicht?«

Merkwürdig berührt sah Elisa ihren neuen Freund an. Johannes räusperte sich länger, bevor er ihr antwortete. Er schien seine Worte ihr gegenüber sorgfältig abzuwägen, so als dürfte er jetzt nichts Falsches sagen.

»Es ist komplizierter, als Sie denken, Elisa. Der verzweifelte Kampf, den die Hawaiianer begonnen haben, um ihr Land und ihre Traditionen zu verteidigen, ist so gut wie aussichtslos. Kennen Sie das Lied der Steine-Esser? Es ist das Kampflied der Königstreuen. Hat Kelii es Ihnen bereits übersetzt?«

Langsam schüttelte Elisa ihren Kopf. Sie kannte das Lied der Königstreuen nicht, aber alleine der Name dieses Kampfliedes ließ sie innerlich erschauern.

Während die drei kleinen Mädchen jetzt brav ihren Ball im Dreieck hin und her warfen, hörte Elisa aus Johannes' Mund zum ersten Mal das Lied der Hawaiianer. Es sollte zum Widerstand gegen die weißen Unterdrücker aufrufen.

Wir, die getreuen Söhne und Töchter Hawaiis.
Wir werden leben, indem wir Steine essen.
Mystische Nahrung unserer geliebten Heimat.

Lieber das, als Treue zu schwören den Verrätern.
Sie haben unser Land geschändet.
Wir sind Steine-Esser, unserem Land ewig treu.

Wir halten zusammen. Volk von Oahu und Maui.
Von Kauai, Hawaii und Molokai.
Unser Geburtsrecht verkaufen wir nicht.

Für immer sind wir unserer Königin ergeben.
Ehre all denen, die mit uns unserem geliebten
Hawaii auf ewig die Treue halten.

Hintergrund dieses Liedes war die neueste Foltermethode der amerikanischen Söldner, wie Elisa von Johannes erfuhr. Die vor dem Palast der Königin protestierenden Königstreuen sollten ein für alle Mal zum Schweigen gebracht werden. Zu diesem Zweck zwangen die Söldner hawaiische Männer, Frauen und Kinder vor dem Palast ihrer Königin niederzuknien. Sie mussten so lange Steine und Erde essen, bis sie bewusstlos oder sogar bisweilen tot zusammenbrachen. Johannes Stimme war leise und traurig, als er sagte, dass auch Leilanis und Keliis Mutter unter den Königstreuen war. Von Söldnern war sie kürzlich verhaftet und verschleppt worden. Das hatte Johannes gleich nach seiner Rückkehr von Leilani erfahren.

»Deshalb ist es so kompliziert, Elisa, verstehen Sie mein Misstrauen jetzt? Einerseits müssen wir Weißen zurzeit mehr denn je zusammenhalten, da wir sonst unsere Plantagen verlieren könnten. In Amerika meinte man sogar, wir Weißen würden auf den Inseln bald zu Vogelfreien werden. Dann könnte jeder Hawaiianer uns ungesühnt umbringen.«

Elisa schüttelte energisch den Kopf.

»Das ist doch völlig absurd! Man wollte Ihnen in Amerika nur Angst machen. Die größten Händler von Zuckerrohr leben alle an der Westküste. Sie haben sich zusammengetan und wollen ein Monopol auf Zucker. Es geht also um ein rein wirtschaftliches Interesse!«

Johannes nickte traurig.

»Deswegen kann ich die Königstreuen auch so gut verstehen. Die Weißen haben sie über Jahrzehnte belogen, wir Europäer genauso wie die Amerikaner. Der Profit durch billiges Zuckerrohr ist alles, was die Händler und Plantagenbesitzer interessiert. Sobald die Söldner die Hawaiianer unterjocht haben, indem ihre Königin mundtot ist, haben sie freie Bahn. Es geht nur um Gier und Profit. Selbst die angeblich wohlmeinende Missionierung der Inseln ist lediglich eine Maske an Falschheit und Berechnung.

Leilani und Kelii waren noch keine zehn Jahre alt, als sie begannen, dem angeblich so gottesfürchtigen englischen Missionar, der uns unterrichtete, unangenehme Fragen zu stellen. Der Geistliche hatte mit einer Frau aus dem Dorf ein Kind gezeugt und es dann verleugnet ... Die arme Frau wurde als Lügnerin von ihren eigenen Leuten davongejagt, damit der Priester das Gesicht wahren konnte. Ein Diener Gottes lügt nicht und sündigt auch nicht. Aber wir als seine Schüler kannten natürlich die Wahrheit. Dieser Mann Gottes hatte nicht nur feige gelogen, sondern uns Kindern auch wiederholt gedroht. Gott würde uns für immer in der Hölle brennen lassen, wenn wir die Wahrheit sagten. Also haben Kelii, Leilani und ich unseren Mund gehalten. Aber so richtig hat keiner von uns danach wieder an einen gerechten und gütigen Gott glauben können.«

Elisa schossen Tränen der Empörung in die Augen. Sie dachte daran, wie sie mit Kelii über das Vaterunser gesprochen hatte und er sich mit einem milden Lächeln ihre Belehrungen hatte gefallen lassen. Johannes fuhr fort.

»Für die Inseln sind wir Weißen alles andere als Heilsbringer. Seit Kapitän Cook hatten die meisten, die hierher kamen, lediglich vor, sich zu bereichern. Die Missionare haben Segen im Jenseits versprochen, während skrupellose Plantagenbesitzer einfache Arbeiter für ihre Zwecke ausbeuteten. Ich habe mich vor Leilani und Kelii immer schon dafür geschämt,

Elisa, weil ich zur Rasse der Ausbeuter gehöre. Verstehen Sie das?«

Elisa nickte vorsichtig. Sie sah, wie verstört Johannes mit einem Mal war, und vermutete auch noch einen weiteren Grund, der schmerzhaft konkret war.

»Fühlen Sie sich vielleicht auch wegen Ihres Vaters ... und des Todes der kleinen Noelani ... in irgendeiner Weise verantwortlich?«

Johannes warf ihr einen unsicheren Blick zu.

»Piet van Ween ist nicht mein Vater, sondern nur mein Stiefvater. Und wenn Sie mich fragen, Elisa, dann ist es zwar sehr schlimm, falls dieses Gerücht sich bewahrheiten sollte, aber es gibt noch viel Schlimmeres!«

Unheilvolles Schweigen stand wie eine Wand zwischen ihnen. Derartig durchdringend sah er sie jetzt an, dass sie begann, einen Anflug von Furcht zu empfinden. Sie glaubte, etwas wie einen Funken von Fanatismus in seinem Blick zu erkennen, als er hastig weitersprach. Seine Stimme war jetzt nur noch ein Flüstern, als er sich zu ihr beugte. Die drei Mädchen sollten keinesfalls auch nur ein einziges Wort mitbekommen.

»Ihr Vater war ein Ehrenmann, Elisa. Aber leider muss ich Ihnen sagen, dass Ihr Onkel das nicht ist. Und seine Frau Katharina ist berüchtigt für ihre Gier und ihre Grausamkeit den Hawaiianern gegenüber. Es ist nicht nur die kleine Noelani, die ihr Leben lassen musste.«

Elisa sah ihn erschrocken an.

»Wie meinen Sie das?«

Johannes lächelte bitter.

»Sie waren wohl bisher noch nie in Lihue bei einem Treffen der Hibiskus-Damen, oder sollte ich besser sagen: den Mörderinnen von unzähligen hawaiischen Mädchen?«

Ungläubig sah sie ihn an. Johannes musste verrückt geworden sein. Vorsichtig fragte sie nach.

»Sie meinen den Wohltätigkeitskreis um Frau Borchert, der Frau unseres neuen deutschen Pfarrers, sowie auch Mrs.

Gladbury, der Gattin unseres englischen Apothekers? Das sind die einzigen beiden Hibiskus-Damen, die ich bis jetzt persönlich kenne. Sie sehen allerdings eher harmlos aus …«

Sie unterstrich ihre Aussage durch eine Geste, die auf die gemütliche Korpulenz der Damen abzielte.

Johannes lachte kurz auf, denn Elisa konnte wirklich sehr amüsant sein.

»Ja, da haben Sie recht. Vom Aussehen her stellt man sich unter einer Mörderin wirklich etwas anderes vor.«

Er beugte sich nah zu ihr, um Elisa verschwörerisch etwas ins Ohr zu flüstern.

»Waren Sie bereits einmal zu einem der Treffen eingeladen?«

Elisa schüttelte den Kopf und flüsterte zurück.

»Erst nach meiner Hochzeit, sagt meine Tante. Davor sei ich angeblich zu unreif … Aber wieso nennen Sie diese Damen Mörderinnen? Wen sollen sie denn auf dem Gewissen haben?«

Johannes blickte jetzt ernst und traurig zu Boden. Er zögerte, so als müsste er einen Augenblick überlegen, ob es richtig sei, Elisa mit solch einem Wissen zu belasten. Doch dann entschied er sich zu sprechen.

»Leider muss ich Ihnen sagen, dass diese Damen alles andere als Wohltäterinnen sind. Sie kennen doch das Haus der Hafenmädchen von Lihue?«

Elisa errötete. Sie hatte zwar von dieser Einrichtung gehört, aber es ziemte sich nicht, über diese Dinge zu sprechen. Zögernd nickte sie, sodass Johannes fortfuhr.

»Jeder kennt das Haus oder hat es zumindest schon einmal gesehen. Man kommt ja gar nicht daran vorbei. Also … die jungen Mädchen, die dort zwangsweise leben, sind unverheirateten Männern und Matrosen auf Landurlaub zu Willen. So weit so gut. Ein solches Haus gibt es in fast allen Hafenstädten der Südsee … nur hat dieses Haus etwas Besonderes. Und damit meine ich nicht nur die rote Farbe.«

Elisa sah ihn neugierig an. Gerade weil es sich nicht gehörte, über diese Dinge zu sprechen, hing sie an Johannes' Lippen.

»Genauer gesagt haben die Mädchen des roten Hauses etwas Besonderes an sich. Sie sind alle tiefgläubige Christinnen, von unserem letzten Pfarrer zu Keuschheit und Gehorsam erzogen. Ursprünglich wurden sie zu einem bestimmten Zweck den armen Bauern oben im schwer zugänglichen Bergland abgekauft, wo die Tarowurzeln angepflanzt werden. Ihre Familien waren meist zu arm, um all ihre Kinder selber zu ernähren. Also wurde den Müttern von unserem letzten Pfarrer versprochen, dass ihre Töchter in Lihue etwas lernen würden und eine christliche Erziehung bekämen. So könnten sich die Mädchen ein wenig Geld für einen eigenen Hausstand verdienen und würden gleichzeitig noch etwas lernen. Aber das war eine Lüge ...«

Elisa räusperte sich, um ihn zu unterbrechen.

»Ich bin mir nicht sicher, ob ich das wirklich hören möchte ...«

Johannes blickte sie abschätzend an. Elisa glaubte so etwas wie Verachtung zu spüren und rechtfertigte sich eilig.

»Verstehen Sie mich bitte nicht falsch, Johannes, aber ich kann mir einfach nicht vorstellen, dass ausgerechnet diese beiden Damen etwas mit dem Haus der Hafenmädchen zu tun haben sollen. Es ist ... es ist ein ganz und gar unchristliches Haus ...«

Er nickte.

»Das war anders, als ich selber noch ein Junge war. Selbst vor wenigen Jahren noch war das rote Haus ein äußerst christliches Haus. Die Kirche hatte es als Kinderheim erworben. Zunächst kamen die Mädchen, manche von ihnen noch keine zehn Jahre alt, in das ehemalige christliche Kinderheim in Lihue. Es stand einst unter der Leitung von Frau Hesenkamp, der resoluten und sehr moralischen Frau unseres vorigen Pfarrers. Aber als unser neuer Pfarrer, Herr Borchert, unseren alten ablöste, blieben zunehmend die großzügigen kirchlichen Spendengelder für das Kinderheim aus. Auch hatte unsere neue Pfarrersfrau nur wenig Interesse an Kindern … Sie denken jetzt sicher, dass sie das noch lange nicht zu einer Mörderin macht, das denken Sie doch, nicht wahr?«

Elisa nickte. Sie hing jetzt atemlos an Johannes' Lippen. Er hatte wirklich ihre Neugierde geweckt. Zum einen hatte sie Frau Borchert, die Frau des neuen Pfarrers, bereits kennengelernt und gab Johannes recht. Sie hatte ebenfalls sofort gemerkt, dass Frau Borchert Kinder nicht besonders mochte. Selbst ihre drei wohlerzogenen Cousinen hatten bei ihrem Besuch nach der Begrüßung schnell das Zimmer verlassen müssen. Tatsächlich konnte sich Elisa auch beim besten Willen nicht vorstellen, dass diese hochmütige, kinderlose Person einem Kinderheim vorstand. Aber eine Mörderin? Äußerst unglaubwürdig.

»Ich glaube, dass Sie mich beeindrucken wollen und deshalb ganz schamlos übertreiben, Johannes van Ween. Könnte das vielleicht sein?«

Elisa lächelte ihn vorsichtig an. Sie wollte die Geschichte der Hafenmädchen von Lihue weiter hören, denn er konnte einfach wunderbar spannend erzählen. Aber sie wollte ihn gleichzeitig dazu ermutigen, bei der Wahrheit zu bleiben.

Er lehnte sich mit einem Seufzer weiter zurück an den Stamm des roten Jasmin, um einem Sonnenstrahl zu entgehen.

»Es ist für Sie schwer, sich vorzustellen, was alles unter dem Deckmantel der Nächstenliebe und des Christentums möglich ist, nicht wahr? Aber denken Sie immer daran, dass es hier nur um Kanaka geht. Inzwischen ist es so, dass das ehemalige christliche Kinderheim von Lihue zum Roten Haus der Hafenhuren von Lihue geworden ist. Und das haben wir vor allem der netten Frau Borchert und auch einigen anderen Damen zu verdanken, die regelmäßig zu Ihrer Tante zum Kaffeekränzchen kommen.«

»Nein!«

»Doch! Die Frauen des Hibiskus-Komitees, jenem illustren Kreis, zu dem auch Ihre Tante gehört, haben das rote Haus vor einigen Jahren samt allen Mädchen an den Meistbietenden verkauft. Der neue Besitzer, ein geschäftstüchtiger Chinese, hat es in ein Hurenhaus umgewandelt. Das rote Haus ist inzwischen weit über Kauai hinaus berühmt, weil die Mädchen sehr jung sind und immerzu beten. Zudem sollen sie für eine Hand voller Essen alles tun, was die Männer von ihnen verlangen. Der Besitzer der Mädchen füttert sie nicht oft.

Wenn eine von ihnen stirbt oder sich umbringt, werden die Mädchen durch Nachschub ersetzt. Jetzt geht natürlich nicht mehr der Pfarrer in die Berge zu den Bauern, denn inzwischen hat sich dort herumgesprochen, was mit den jungen Mädchen geschehen ist. Jetzt sind es europäische und amerikanische Söldner, die seit einiger Zeit bevorzugt die jungen Mädchen aus den Familien inhaftierter Königstreuer von den anderen Inseln hierher verschleppen.«

Elisa war entsetzt.

»So etwas darf doch bei uns nicht geschehen! Ich meine, es muss doch Gesetze dagegen geben.«

Wieder lachte Johannes bitter.

»Natürlich. Es wurden jede Menge Gesetze erlassen. Einige Mädchen aus den Bergen waren noch nicht einmal zehn, als sie in das ehemalige christliche Kinderheim kamen. Zehn war laut Gesetz zu jung für eine Hure. Die hawaiischen Mädchen, die im roten Haus am Hafen zur Arbeit gezwungen werden, weil sie sonst verhungern, mussten nach dem offiziellen Gesetz mindestens zwölf Jahre alt sein. Zudem war für jede der Mädchen eine gesetzliche monatliche Abgabe fällig, zu zahlen an die edlen Damen des Hibiskus-Komitees. Und – auch die Einhaltung sämtlicher Gesetze zum Schutz der jungen Mädchen wird übrigens von dem Hibiskus-Damenkomitee selbst überprüft.«

Elisa schwieg. Was sie da hörte, war einfach ungeheuerlich, zu ungeheuerlich, um wahr sein zu dürfen. Johannes schwieg ebenfalls einen Moment. Sein Gesicht sah mit einem Mal älter aus als vorher. Eine tiefe Traurigkeit ging von ihm aus.

»All das ist nichts Neues. Kelii wollte Sie bis jetzt sicherlich nur schonen, weil Sie so lange krank waren. Oder vielleicht wollte er Ihnen auch nur nicht die gute Laune verderben. Aber glauben Sie mir, Elisa, hier auf Kauai sind die Verhältnisse zwischen den Kanaka und den Haole um vieles komplexer und undurchsichtiger, als es auf den ersten Blick erscheint. Deshalb mache ich mir auch große Sorgen um Leilani und unser Kind, sehr große Sorgen sogar ...«

Johannes stand mit einem weiteren Seufzer auf und klopfte sich die Hosen sauber. Methodisch begann er, auch einige der roten Jasminblüten, die sich in seinen Haaren und auf seinem Anzug verfangen hatten, abzustreifen. Er sammelte sie sorgfältig in seiner Hand. Für Elisa sah es aus, als wäre seine Hand voller Blut. Sein trauriger Blick zerriss ihr fast das Herz, als er ihr die Blüten reichte.

»Auch Sie werden im kommenden Winter beim Hibiskus-Ball debütieren. Sie werden in einem neuen Kleid wunderschön aussehen. Sie werden kein bisschen mehr hinken und alle Tänze mittanzen können. Ihr Lächeln wird Tugendhaftigkeit und Anmut ausstrahlen, wie man es von einer jungen Deutschen erwartet. Sie werden die beste Partie von ganz Kauai machen. Aber Sie werden auf dem Ball auch sehen, wie überaus prachtvoll alles dekoriert sein wird. Für das Debüt der zukünftigen Bräute Kauais wird von den Damen des Komitees viel getan. Aber die Gelder für den Ball kommen von den Hafenhuren von Lihue. Denken Sie daran, dass es Blutgeld ist. Vielleicht können Sie eines Tages, wenn Sie selber eine einflussreiche Vorsitzende sind, etwas für die Hafenmädchen tun.«

Stumm nahm Elisa die Hand voller roter Blüten von Johannes entgegen. Eine Mischung aus Abscheu und Wut stieg in ihr auf. Allein der Gedanke, dass ihre Tante zu derartiger Grausamkeit fähig war, obwohl sie doch selber drei Töchter großzog, ließ sie verstummen. Unfähig, die netten Abschiedsworte von Johannes zu erwidern, wandte Elisa sich ihren Cousinen zu. Erhitzt vom Ballspiel bat Hildegard artig um eine Erfrischung für sich und ihre Schwestern. Elisa, die mit einem Mal Tränen der Hilflosigkeit in ihren Augen spürte, war froh durch die Kinder abgelenkt zu sein. So viel Grausamkeit und Elend auf einmal war zu schmerzhaft an diesem Tag.

Elisa war ihrem Liebsten heute zum ersten Mal wirklich nahegekommen. In Keliis Armen hatte sie die Macht und den Sog der körperlichen Liebe gefühlt. Nichts und niemand durfte ihr einmaliges Erlebnis am Wasserfall überschatten, auch Johannes nicht. Denn Elisa hatte nicht vor, eine der einflussreichen Damen im Hibiskus-Komitee zu werden. Schon längst hatte das Schicksal ihr einen anderen Weg zugedacht. Kelii würde ihr Mann werden, das spürte sie bis in die Tiefe ihres Seins.

Elisa sah Johannes an diesem Tag noch ein drittes Mal. Erneut hatte sie das Gefühl, einen völlig anderen Menschen vor sich zu haben. Er musste gewohnt sein, in mehreren Welten gleichzeitig zu leben. Zumindest beherrschte er die hohe Kunst der Verstellung wie ein Meister. Beim gemeinsamen Essen der Familien war er so charmant und witzig, dass er ihre Mutter gleich mehrfach so zum Lachen brachte, dass Clementia ihr Gesicht hinter der Serviette versteckte. Seit einer halben Ewigkeit hatte Elisa ihre Mutter nicht mehr so ausgelassen erlebt. Überhaupt war das gemeinsame Essen ein voller Erfolg.

Auch Katharina war durch das grüne Pulver in einen heilenden Schlaf gefallen. Ihre Migräne war verschwunden. Zum ersten Mal seit der Geburt ihres vierten Kindes fühlte sie heute ihre Lebensgeister zurückkehren, wie sie selber sagte. Elisa musste insgeheim zugeben, dass Katharina an diesem

Abend sogar fast hübsch aussah mit ihren vom Wein geröteten Wangen. Eine lebhafte Unterhaltung begann, als Johannes von seinem Leben in San Francisco erzählte und dabei nicht vergaß, den anwesenden Damen die neueste Mode der Damenwelt von Amerika ausführlich zu beschreiben.

Marie van Ween strahlte. Sichtlich stolz auf ihren Sohn beteiligte sie sich lebhaft am Gespräch und stellte dabei jede Menge Fragen über die rapide wachsende Goldgräberstadt, um die sich seit gut einem halben Jahrzehnt die abenteuerlichsten Gerüchte rankten. Immer mehr Chinesen waren in letzter Zeit in dem überfüllten Hafen von San Francisco angekommen. Johannes berichtete von einer wilden Mischung aus kulturellen und wirtschaftlichen Welten, die im wachsenden Goldrausch bisweilen brutal aufeinanderprallten.

In dem halben Jahr, in dem er dort war, hatte er nicht nur studiert, sondern auch für einen der großen asiatischen Händler gearbeitet. Auf diese Weise hatte er Einblicke in Märkte und kaufmännische Gepflogenheiten gewonnen, die auch für Paul Vogel ausgesprochen interessant waren.

Elisa war im Übrigen mehr als erstaunt über Marie van Weens intelligente Fragen. Sonst meist von früh bis spät in der Küche und den Wirtschafträumen beschäftigt, hatte Elisa die Frau von Piet van Ween völlig falsch eingeschätzt. Ihr einfaches Pidgin-Englisch, das Marie den Angestellten gegenüber benutzte, wich jetzt bei Tisch einem gepflegten Hochdeutsch. Nicht nur war sie eine intelligente und unterhaltsame Gesprächspartnerin, sondern sie hatte noch dazu eine Leidenschaft für Literatur. Elisa lächelte vor sich hin. Von ihr hatte Johannes also sein charmantes Wesen und seine kluge Art, Fragen zu stellen.

Das Tischgespräch riss den Abend über nicht ab. Überhaupt kam es Elisa so vor, als wäre mit Johannes' Rückkehr der fehlende Stein eines Puzzles wieder an seinen Platz gerückt. Es war alles in allem ein derartig unterhaltsamer Abend, dass selbst die gravierenden Probleme zwischen den

Haole und den Kanaka, die Elisas Seele unter dem roten Jasmin noch zu erdrücken gedroht hatten, bei Tisch wie weggeblasen waren. Eine fast euphorische Stimmung hielt bei Elisa an, als sie ihre beschwipste Mutter zu Bett brachte. Clementia kannte an diesem Abend nur ein einziges Thema.

»Einfach hinreißend hat Johannes uns heute Abend unterhalten, findest du nicht, mein Engel?«

Elisa war damit beschäftigt ihrer Mutter Schuhe und Strümpfe auszuziehen, und hatte wenig Lust, sich auf ein längeres Gespräch über Johannes' Vorzüge einzulassen. Aber ihre Mutter ließ nicht locker.

»Er ist wie dein Vater, als er noch ganz jung war ... so voller Kraft und Ideen. Dabei aber durchaus sensibel und von einem Charme, der selbst mich alte Schachtel noch bezaubert.«

»Du bist nicht alt, Mutter.«

Elisa stellte Schuhe und Strümpfe an ihren Platz und machte sich an die vielen kleinen Knöpfe an der Rückseite von Clementias Kleid. Ihre Mutter kicherte albern.

»Also wenn ich du wäre, mein Kind, dann würde ich mir zumindest eine kleine Freiheit mit Johannes erlauben ... bevor, also bevor du vielleicht einem alten Bräutigam ewige Treue geloben musst, der dir nicht halb so gut gefällt.«

»Mutter!«

Wieder kicherte Clementia, diesmal über das entsetzte Gesicht, das ihre Tochter machte. Leicht beschwipst, wie sie war, hob sie warnend ihren Zeigefinger und wedelte vor Elisas Augen hin und her.

»Denk daran, mein Liebes, dass so ein Eheleben verdammt lang sein kann, wenn man mit einem Mann verheiratet ist, der nicht so viel Charme und gutes Aussehen hat wie Johannes. In solch einem Fall helfen uns Frauen zwei essentielle Dinge: die Erinnerung und die Vorstellungskraft!«

Elisa hatte auch den letzten kleinen Knopf des feinen schwarzen Kleides geöffnet. Während ihre Mutter unbeweglich wie ein Sack Mehl auf dem Bett saß und kicherte, bemühte sie sich, ihr die engen Ärmel abzustreifen.

»Bitte, Mutter, könntest du ein wenig mehr mithelfen? Oder möchtest du die heutige Nacht in deinem Korsett verbringen?«

Elisas Stimme war jetzt scharf und ungeduldig. Clementia aber schwebte in anderen Gefilden.

»Hör mir zu, Elisa! Ich gebe dir jetzt einen guten mütterlichen Rat. Fülle deine Schatztruhe mit schönen Erinnerungen, solange du kannst. Mit uns Frauen geht das Leben nicht immer sanft um. Vielleicht werde auch ich nicht mehr lange bei dir sein können, um dich zu beschützen. Deshalb … nütze deine Zeit weise.«

Elisa war froh, als ihre Mutter eingeschlafen war. Eigentlich hätte sie selber auch müde sein müssen, denn es war ein ereignisreicher Tag gewesen. Aber die Neugierde auf Johannes überwog. Er hatte ihr zugeflüstert, dass er sie gerne später noch treffen würde. Als sie kurz vor Mitternacht in die laue Nacht trat, klopfte ihr Herz vor Aufregung. Sie war gewohnt, sich um diese Zeit heimlich mit Kelii zu treffen, und spürte ein vertrautes Ziehen in ihrer Brust. Es war die Sehnsucht, die sie immer dann überfiel, wenn sie ihn länger nicht gesehen hatte. Aber an diesem Tag hatte sie eigentlich keinerlei Veranlassung zur Sehnsucht, dachte sie in der lauen Nacht, die voller Gerüche und Geräusche war. Grillen zirpten ihr Lied und die Luft war schwanger vom betörenden Duft des roten Jasmin. Sie hatte ihren Liebsten heute gesehen. Es war zwischen ihnen mehr geschehen, als Elisa sich in ihren heißen und unruhigen Nächten je erträumt hatte. Mit Händen, Augen, Stimmen und Zungen hatten sie sich am Wasserfall geliebt, bis ihr sämtliche Sinne geschwunden waren. Es war unglaublich gewesen. Allein die Erinnerung brachte die Hitze zwischen ihren Beinen erneut zum Glühen. Sie hoffte sehr, dass Kelii dieses göttliche Liebeserlebnis genauso ernst nahm wie sie. Und allem Anschein nach war es so. Ihre Beziehung musste für ihn eine ernste Sache sein, denn warum sonst hätte er mit seinem Vater sprechen sollen? Er hatte durchgesetzt, dass Elisa zum ersten Mal mit ihm zum Vollmondfest kommen durfte. Er musste also genauso fühlen wie sie. Sie war seine Liebste, so wie er ihr Liebster war, dachte Elisa und sog den süßen Duft der Nacht tief in ihre Lungen.

Das also war sie, die viel besungene Liebe. Und wo diese tiefe und leidenschaftliche Liebe zwischen einem Mann und einer Frau wohnte, da gab es immer auch einen Weg. Diese Weisheit hatte Elisa schon früh von ihrem Vater gelernt. Er hatte ihr »Romeo und Julia« vorgelesen, obwohl ihre Mutter sie für William Shakespeares Stücke damals noch viel zu jung fand. Elisa lächelte, als sie sich in der schwülen Nacht an die glühenden Worte ihres Vaters erinnerte. Vertrauen sollte man in die Kraft der Liebe und sich von nichts und niemandem irritieren lassen, das hatte er gesagt. Über den Tod des jungen Liebespaars allerdings hatte er mit Elisa nicht sprechen wollen. Seiner Meinung nach hatte das Theaterstück ganz einfach das falsche Ende. In der Welt ihres Vaters trug die Liebe immer den Sieg davon.

Elisa war hellwach, als sie sich leise durch die Küche ins Haupthaus schlich, um aus der Bibliothek heimlich ein Buch zu holen, das sie Johannes vorhin versprochen hatte. Es war ein Band über die Lehren des Konfuzius. Johannes hatte in dem halben Jahr in San Francisco begonnen, sich mit der chinesischen Kultur auseinanderzusetzen. Er war beeindruckt von Elisas Wissen über chinesische Kunst, Literatur und Malerei. Er bat sie um Leseempfehlungen, und sie hatte sofort an Konfuzius gedacht. In der Bibliothek ihres Onkels stand ein kleines Bändchen, in schwarzes Leder gebunden, in dem Konfuzius' wichtigste Erkenntnisse standen.

Von dem Bücherverbot, das ihr Onkel ausgesprochen hatte, sagte Elisa ihrem neuen Freund nichts. Dazu war sie zu stolz. Zudem hatte sie dieses alberne Verbot nicht einen einzigen Tag lang beachtet. Elisa las immer irgendetwas. Seit sie lesen konnte, hatte sie immer ein Buch auf ihrem Nachttisch. Nur versteckte sie jetzt eben ihre Bücher geschickt in ihrem Zimmer zwischen Bettkasten und Matratze oder aber in ihrer Kleidertruhe. Um keinen Ärger zu bekommen, bediente sie sich inzwischen auch nur noch heimlich und oft mitten in der Nacht an der beeindruckenden Büchersammlung ihres Onkels.

Als sie jetzt auf dem langen Korridor von den Wirtschaftsräumen zur Bibliothek am Schlaftrakt der Familie vorbeischlich, hörte sie deutlich aus dem Elternschlafzimmer aufgeregte Stimmen. Ihr Onkel und ihre Tante waren noch wach. Sie stritten. Als Elisa ihren Namen hörte, blieb sie vor der Tür stehen. Lauschen gehörte sonst nicht zu ihrem Repertoire, aber in diesem Moment siegte die Neugierde über ihr Ehrgefühl. Ihr Onkel klang wütend, wie so oft, wenn seine Frau ihn mit ihrer spitzen Zunge quälte. Er war offensichtlich dabei, sich gegen einen Vorwurf zu verteidigen.

»Ich kann nichts für den Wortlaut, der genau so in der Urkunde steht. Ich weiß, es ist lästig, dass mein Bruder seiner Tochter schon lange vor seinem Tod die Hälfte der Plantage überschrieben hat, aber es war sein Wunsch. Er wollte es so, und das war sein gutes Recht.«

»Wir können also rein gar nichts dagegen tun?«

Katharinas Stimme klang angespannt und schrill. Der Anflug von weiblicher Sanftmut, den sie beim Abendessen mit Johannes an den Tag gelegt hatte, war vollständig verflogen.

Elisa presste ihr Ohr an die hölzerne Tür, um noch besser verstehen zu können. Wieder sprach ihre aufgebrachte Tante.

»Elisa strotzt vor Gesundheit. Nicht nur wird sie bestimmt heiraten, sondern sie wird sicherlich auch Kinder gebären. Jedes dieser Kinder wird laut der Urkunde ebenfalls erbberechtigt sein … Du musst zugeben, Paul, der Hai wäre eine saubere Lösung gewesen.«

Elisa wich vor Schreck von der Tür zurück. Auch wenn sie über die Hausangestellten und Kelii davon Kenntnis hatte, dass sie von ihrer Tante nicht viel Gutes zu erwarten hatte, spürte sie diesmal den Hass, der aus ihren Worten sprach. Die Stimme ihrer Tante wurde noch lauter, wahrscheinlich, weil Paul seine Frau um ein wenig Mäßigung bat.

»Wie kannst du nur so naiv sein, Paul? Glaubst du im Ernst, dass deine reizende Schwägerin und ihre Tochter uns gegenüber ehrlich und großzügig wären? Clementia ist ohnehin kein Problem. Sie ist viel zu unbedarft, um auf ihre Vorteile zu achten. Auch ist sie nicht von robuster Gesundheit. Der Doktor hat mir versichert, dass dieses Problem zumindest nicht mehr von allzu langer Dauer sein wird. Noch innerhalb dieses Jahres werden wir sie beerdigen können.«

Elisa hielt vor der Tür ihren Atem an. Sie hoffte so sehr auf ein strenges Wort von ihrem Onkel. Er musste seiner Frau doch Einhalt gebieten. Doch im Schlafzimmer redete einzig und allein Katharina.

»Was aber deine Nichte angeht … sie ist eine echte Gefahr. Bereits jetzt ist sie unter den Bediensteten sehr beliebt. Ich bin mir sicher, Elisa weiß diesen Vorteil für sich zu nutzen. Mir wäre deshalb wirklich lieb, wenn du die Hochzeit mit Gerit Janson so schnell wie möglich vorantreiben könntest. Spätestens im kommenden Frühling muss Elisa aus dem Haus sein …«

Elisa hörte, wie ihr Onkel ergeben zustimmte, dann wurde es im Schlafzimmer ruhig. Elisas Atem ging jetzt flach und aufgeregt, als sie leise weiter den Korridor entlangschlich. In der Bibliothek angekommen, schloss sie leise die ledergepolsterte Tür hinter sich, und ließ ihren Gefühlen freien Lauf. Was für ein Schwächling ihr Onkel doch war!

In ihrem Zimmer wartete Elisa einige Minuten später unruhig auf das verabredete Signal von Johannes. Ihre Gedanken kreisten immerzu um das soeben Gehörte. Es war noch um einiges schlimmer, als Kelii es ihr prophezeit hatte. Ihre Verwandten wollten ihre Mutter und sie so schnell wie möglich loswerden. Am liebsten wäre ihnen gewesen, wenn der Hai Elisa gleich nach der Ankunft auf Kauai verschlungen hätte. Dann hätten sie die Plantage ganz für sich behalten können. Das war das Ziel der beiden. Für Elisa und ihre Mutter war es eine fast ausweglos erscheinende Situation, aber vor allem war es eine schmerzliche Erkenntnis. Elisas Gefühl war von Anfang an richtig gewesen. Ihr Onkel liebte sie nicht und das tat weh. Immer hatte sie sich leicht vorstellen können, dass sie Katharina ein Dorn im Auge war. Doch ihrem Onkel hatte sie bisher vertraut.

Andererseits musste Elisa zugeben, dass ihre Tante tatsächlich Anlass zur Besorgnis hatte. Elisa war sehr beliebt. Sie hatte in dem überstreng geführten Haus hinter dem eisernen Tor unter der Dienerschaft viele Verbündete, die ihre Tante abgrundtief hassten. Fast alle Plantagenarbeiter respektierten Elisa seit Großvater Hai sie ausgewählt hatte. Durch Kelii war sie etwas Besonderes. Einmal kam sogar eine Delegation von Hawaiianern von einer anderen Insel extra auf die Plantage, um Elisa zu bestaunen. Sie waren Kahuna und wollten sie anfassen und mit ihr beten, weil Großvater Hai sie zu Keliis Frau auserwählt hatte.

Ihr Onkel hatte die fünf heiligen Männer und Frauen als minderwertige Scharlatane hingestellt und ihnen bei ihrem Besuch nicht einmal ein Glas Wasser angeboten. Aber als nach dem Besuch der Kahuna ein schwerer Sturm aufzog, der einen Teil seiner Ernte zerstört hatte, schlief ihr Onkel viele Wochen lang schlecht und hatte Albträume. Am Ende ließ Onkel Paul dann Keliis Vater kommen, um für ihn Gebete zu sprechen und so Abbitte für die verletzte Ehre der wichtigen Kahuna zu leisten.

Aus Elisa würde einst eine Legende werden, wie Kelii ihr vorsichtig beibrachte, nachdem er länger mit den Kahuna gesprochen hatte. Elisa würde für die Einheimischen in Zukunft die weiße Haifischfrau werden, eine Ikone des Widerstands gegen die Habgier der Weißen. Elisas Onkel sah das nüchterner. Mit diesem angeblichen Wunderstatus seiner Nichte hatten vor allem einige mächtige Kahuna der Inseln etwas zu tun. Sie wollten Elisa und Kelii für ihre eigenen politischen Ziele missbrauchen.

Offiziell lautete die Legende der Haifischfrau inzwischen folgendermaßen: Kelii hatte Elisa in den Augen der Kahuna keinesfalls vor dem Tod gerettet, als er ihr ins Wasser hinterhergesprungen war. Das wäre für die Kahuna als Erklärung zu einfach. So wie auch die weiße Gischt schon seit dem Anbeginn der Zeit auf einer rollenden Welle tanzte, waren das weiße Mädchen und Kelii schon seit Urzeiten füreinander bestimmt. Kelii war der Prinz ihrer Königsfamilie und Elisa eine Prinzessin ihrer Welt, sonst hätte der weiße Hai sie nicht mit sich in die Tiefe gezogen. Laut des Traums einer sehr einflussreichen Kahuna-Frau auf Maui waren Kelii und Elisa von Großvater Hai mit einer bestimmten Absicht als Paar auserwählt worden. Hoffnungsträger sollten sie werden für ein zukünftiges friedliches Miteinander auf den heiligen Inseln Hawaiis. Zwischen den Haole und den Kanaka sollte endlich ein dauerhafter Frieden entstehen, der für beide Seiten Glück und Wohlstand brachte.

Elisa seufzte. Sie wusste inzwischen sehr viel über Keliis Kultur und hatte die Legenden seines Volkes studiert. Die Hawaiianer waren in der Vergangenheit alles andere als ein friedliches vereintes Inselvolk gewesen, sondern hatten sich über Jahrhunderte gegenseitig bekriegt. Es war kein Zufall, dass ihre derzeitige geliebte Königin Lili'uokalani das Kind einer hawaiischen Prinzessin und eines Schotten war. Auch diese Verbindung war von der Prophezeiung derselben einflussreichen Kahuna auf Maui als segensreich angekündigt worden. Weißes Blut sollte die zerstrittenen Inseln versöhnen. Doch das war nicht geschehen. Im Gegenteil, in letzter Zeit hatte sich vieles verschlimmert. Zum einen hatten die Weißen einige unheilvolle Krankheiten über das Meer zu den Inseln gebracht, die sich zu Seuchen entwickelt hatten. Die Hawaianer waren trotz der Weisheit ihrer Kahuna qualvoll und in Scharen an den Pocken gestorben. Daher hatten die alten Kahuna auf Maui unter ihrem Volk viel an Einfluss verloren.

Aber auch die Verbindung des hawaiischen Königshauses mit Europa war Elisas Meinung nach schlecht für die Hawaiianer. Ihre naive Offenheit gegenüber den Weißen hatte viel Leid gebracht. Sie waren um ihr Land betrogen worden. Gesetze, die sie noch nicht einmal lesen konnten, nahmen ihnen zunehmend ihre Rechte. Seit Jahren flammten deswegen immer wieder Unruhen auf. Und seit die Königin unter Hausarrest von amerikanischen Söldnern stand, war die Balance zwischen den Einwanderern und den Einheimischen so empfindlich gestört, dass manche Kahuna gar einen Krieg prophezeiten.

In den letzten Tagen hatte es vor allem auf der Insel Hawaii gewalttätige Unruhen gegeben, wie Elisa von Johannes erfahren hatte. Insgesamt gab es unter den Königstreuen über zwanzig Tote. Die Steine-Esser würden sich auch weiterhin den Anordnungen der lokalen Polizei widersetzen. Mittlerweile ließen sie sich auch nicht mehr wie gehorsame Schafe hinter Gitter sperren. Fünf hawaiische junge Männer hatten sich mit Steinen bewaffnet und einen amerikanischen Söldner zu Tode gesteinigt. Irische Polizisten hatten eingegriffen. In der eskalierenden Straßenschlacht hatte es insgesamt neunzehn Tote gegeben, zwölf davon auf Seiten der Polizei. Die irische Polizei, traditionell nur mit Knüppeln bewaffnet, war bei den Hawaiianern auf Steine, Messer und Macheten gestoßen. Es war ein Blutbad.

Das Steine-Esser-Lied der Königstreuen sollte inzwischen von der Polizei auf allen Inseln Hawaiis an die Plantagenbesitzer verteilt werden, um einen Aufstand der Hawaiianer zu verhindern. Den Arbeitern sollte offiziell und bei Todesstrafe verboten werden, das Lied bei der Arbeit auf den Zuckerrohrfeldern zu singen. Allerdings waren die Polizisten auf Kauai bisher noch nicht auf der Vogel-Plantage erschienen. Wie immer war Kauai dann doch zu abgelegen von den anderen Inseln, um von solchen politischen Aktionen direkt betroffen zu sein.

Elisa ertappte sich dabei, wie sie in ihrem Zimmer leise die Melodie des verbotenen Liedes summte, während sie auf Johannes wartete. Der Titel des Liedes lautete auf Hawaiisch »Mele Aloha' Aina« und bedeutete wörtlich: Das Lied des Landes, das wir lieben. Auch Elisa hatte begonnen, dieses Land zu lieben, allein schon deshalb, weil sie Kelii liebte.

Trotzdem jagten ihr bei dem Gedanken an den Liedtext jetzt kalte Schauer den Rücken hinunter. Sie verstand die zunehmende Wut der Hawaiianer gut, aber sie glaubte langfristig nicht an einen Sieg über die weißen Eindringlinge. Dazu hatte Elisa in ihrem kurzen Leben schon zu viele kluge Bücher gelesen. Cicero zum Beispiel hatte schon im alten Rom erkannt, wann ein Volk sich mit Gewalt auflehnen sollte und wann nicht. Die Weißen hatten auf den hawaiischen Inseln schon zu viel Zeit und Kapital investiert, um kampflos aufzugeben. Wenn es sein müsste, da war Elisa sicher, würden die Weißen die Hawaiianer auch mit brutaler Gewalt ausrotten. Viele von ihnen waren so kaltherzige und gierige Menschen wie Katharina. Elisa schämte sich plötzlich für ihre Tante. Von sich aus würde Elisa keinen einzigen Tag länger bleiben, wenn sie nur schon wüsste, wohin sie mit Kelii gehen sollte.

»Elisa ... Sind Sie noch wach?«

Johannes stand direkt vor ihrem Fenster.

Gemeinsam saßen sie noch Stunden später am Meer, schmiedeten wilde Pläne und blickten auf die weißen Schaumkronen, die schwach das aufgehende Morgenlicht reflektierten. Johannes war voller Verzweiflung, denn er hatte mit seiner Vermutung recht gehabt. Leilani war von ihrem Vater und ihrem Bruder an diesem Tag fortgebracht worden. Keiner im

Dorf wollte Johannes sagen wohin. Das Einzige, was man ihm gegeben hatte, war ein Lendentuch, das Leilani extra für ihn gewebt hatte. Jetzt trug er ihr Tuch um seinen Hals und versuchte, seine Gefühle der Ohnmacht in den Griff zu bekommen.

»Kelii hätte offen mit mir reden müssen ...«

Das gewebte Tuch ging ihm im Sitzen bis zu den Füßen, die barfuß im weißen Sand standen. Johannes Hände krampften sich um das leuchtende Orange, das sich mit Weiß und Meeresblau in einem heiteren Muster abwechselte. Sie saßen auf einer Gruppe von Felsen, die Elisa gut kannte. Als Kelii ihr das Schwimmen beigebracht hatte, saß Leilani mit ihren Freundinnen hier.

Fast in jeder lauen Sommernacht kamen die Jugendlichen aus dem Dorf nachts an diese Stelle, um zu schwimmen. Während sie sich in den heißesten Nächten des Jahres abkühlten, scherzten sie und lachten und sangen ihre Lieder. Besonders die hellen Mondnächte, die den weißen Sand in ein Meer von glitzernden Sternen verwandelten, waren beliebt. Doch obwohl in zwei Nächten Vollmond sein würde, war der Strand heute gespenstisch leer. Dennoch wollte Elisa versuchen, Johannes gedrückte Stimmung ein wenig zu heben.

»Leilanis Verschwinden könnte vielleicht harmlos sein ... Ich meine, vielleicht sind sie bei Vollmond alle drei zurück.«

Johannes schüttelte verzweifelt seinen Kopf.

»Der Weg nach Maui ist viel zu weit. Nein, sie haben Leilani fortgebracht, damit sie nicht mit mir an Bord des Schiffes nach San Francisco geht. Ich spüre das ... der Vater hat sich gegen mich entschieden.«

Johannes Miene hatte sich verdüstert.

»Es gibt eben an den Hawaiianern bestimmte Seiten, die wir Weißen einfach nie verstehen werden«, sagte er, während er auf das Meer hinausstarrte. Jetzt, bei Ebbe, war auf der linken Seite der Bucht das Riff zu sehen, zu dem Elisa eines Tages schwimmen wollte, wenn sie ihre Ängste überwunden hatte. Dort lebte Großvater Hai. Elisa fröstelte trotz der lauen Morgenluft.

»Meinen Sie, dass es vielleicht doch irgendwie unrecht ist, wenn so eine Verbindung gegen den Willen der Eltern ... ich meine ...«

Elisa musste ihren Satz nicht beenden. Sie sah in Johannes' Augen, dass er auch so wusste, was sie meinte. Seine Finger strichen fast zärtlich über das Meeresblau auf dem gewebten Stoff.

»Ich weiß sogar, dass es unrecht ist. Leilani und ich haben oft darüber gesprochen. Mein Stiefvater hasst die Hawaiianer. Er ist gewalttätig und böse. Nie hätte er Leilani in unserer Familie akzeptiert.«

Johannes sah wieder auf das Meer hinaus, so als könnte er dort draußen seine Liebste wiederfinden.

»Ich will niemanden sonst auf Dauer in meinem Leben haben. Seit wir Kinder sind, liebe ich Leilani. Auch in San Francisco wachte ich jeden Tag mit ihr auf und ging mit ihr zu Bett. Verstehen Sie das?«

Elisa nickte. Sie wusste genau, was Johannes empfand, denn sie fühlte das Gleiche für Kelii. Traurig lächelte er sie jetzt an.

»Wissen Sie, woher ich in der Ferne wusste, dass Leilani ein Kind von mir bekommen würde?«

Elisa schüttelte ihren Kopf, aber er redete bereits weiter. Seine Augen waren in die Ferne gerichtet.

»Hawaiianer können anderen Menschen ihre Träume schicken. Es wird ihnen von den Kahuna beigebracht, wenn sie dazu bestimmt sind. Leilani war dazu bestimmt. Sie hat mir jede Nacht einen Traum geschickt ... und eines Tages kam in dem Traum ein kleiner Junge auf mich zugelaufen. Da habe ich es gewusst ...«

Johannes schluckte.

»Wenn ich nicht mit ihr zusammen sein kann, dann will ich nicht mehr leben. Solange ich zurückdenken kann, sind Leilani und ich eins gewesen. Selbst meine Mutter, die ich sehr schätze und der ich viel zu verdanken habe, war mir niemals so nah. Leilani und ich teilen eine Seele. Sollte sie nicht zu mir zurückkehren, werde ich mich vom Wasserfall stürzen.«

Elisa erschrak. Sie sah das verzweifelte Unglück in seinen Augen und wusste, dass Johannes imstande war, genau das zu tun. Er würde für seine große Liebe sein Leben opfern. Gleichzeitig erkannte Elisa noch etwas. Auch sie fühlte sich tief mit Kelii verbunden. Sie liebte ihn und begehrte ihn. Dennoch schien ihre Liebe im Vergleich zu der von Johannes und Leilani in diesem Augenblick ein Kinderspiel zu sein. Vorsichtig nahm sie seine Hand in ihre.

»Sie sind nicht alleine. Ich helfe Ihnen mit Leilani. Ich habe begonnen, zwischen uns und ihnen eine Brücke aus Verständnis zu bauen. Sie vertrauen mir ... weil ich bei meiner Ankunft hier von Großvater Hai auserwählt wurde. Ich bin gewissermaßen eine der ihren. Sie nennen mich ihre weiße Haifischfrau. Sobald ich mich mit Kelii tiefer verbunden habe, werde ich mein Leben der Verständigung unserer Völker widmen. Kelii und ich haben viel darüber gesprochen ... Die neue Schule, die entstehen wird, soll ein erster Teil meiner Arbeit sein ... Aber sicherlich kann ich auch Ihnen und Leilani helfen. Ich werde so schnell wie möglich mit Kelii und seinem Vater reden.«

»Sie wollen mir also tatsächlich helfen?«

Johannes sah sie erstaunt an. Augenscheinlich hatte er keinerlei konkrete Hilfe von ihr erwartet, sondern hatte sich lediglich aussprechen wollen.

»Wie können Sie mir helfen, wenn Sie doch selber Probleme haben. Sie müssen nach dem diesjährigen Neujahrsball Gerit Janson heiraten.«

Jetzt war es an Elisa, erstaunt zu sein.

»Wie kommen Sie denn darauf? Ich plane mein Leben mit Kelii. Wir beide lieben uns ...«

Da lachte Johannes laut auf.

»Sie sind ja ein romantisches Herzchen und noch dazu eine ziemliche Traumtänzerin! Lieben können Sie Kelii für immer. Aber heiraten werden Sie bald diesen Langweiler Janson. So hat es mir meine Mutter erzählt ... und bis jetzt hat sie immer recht behalten. Alles andere sind lediglich mädchenhafte Spinnereien! Für Sie gibt es keinerlei Zukunft mit Kelii.«

Elisa wurde puterrot. Sie verstand in diesem Moment etwas, was ihr in dieser Härte vorher nicht klar gewesen war. Selbst Johannes war kein wirklicher Freund. Wie alle anderen Weißen würde auch er sie wahrscheinlich hart dafür bestrafen, wenn sie wirklich ernste Absichten mit Kelii verfolgen würde. Elisa wandte sich enttäuscht von ihm ab, stand auf und ging ein paar Schritte in Richtung Meer. Johannes rief ihr hinterher.

»Jetzt seien Sie doch nicht gleich verstimmt! Die Tatsache, dass Sie Gerit Janson heiraten müssen, sollte nicht zwischen uns stehen. Wir sind doch Freunde ...?«

Elisa hörte das Fragezeichen in seinen Worten. Seine unsicheren Sätze vermischten sich mit dem sanften Rauschen der heranrollenden Wellen. Elisa drehte sich nicht zu ihm um. Da redete er einfach weiter, diesmal erhob er sogar seine Stimme, sodass sie ihn auch unten am Wasser gut verstehen würde.

»Unsere Frauen heiraten keinen Hawaiianer, Elisa. Es kommt einfach nicht vor ... nicht in unseren Kreisen. Ich bitte Sie, nehmen Sie mir meine offenen Worte nicht übel, aber ich rate Ihnen ernsthaft von einer solchen gedanklichen Dummheit ab.«

Eine Wut, die sie in dieser Intensität nicht gekannt hatte, stieg in Elisa hoch. Ihre Worte waren laut, scharf und präzise, als sie sich jetzt zu ihm umdrehte und ihn genau in ihr Visier nahm.

»Wenn Sie wirklich mein Freund sein wollen, Johannes van Ween, muss ich Sie bitten, meine Gefühle ernster zu nehmen. Kelii und ich werden eines Tages heiraten!«

Es ging zwischen den Menschen oft um Vertrauen, dachte Elisa, während sie sich müde auf ihrem Bett ausstreckte. Die Sonne stand inzwischen am Himmel, die Vögel schrien wie jeden Morgen in schrillen Tönen in den Büschen vor ihrem Fenster, während sie sich um Futter zankten. Nachdem sie sich hinter dem Plantagentor von Johannes verabschiedet hatte, um ins Gästehaus zu gehen, fühlte Elisa sich nur noch schwach und elend. Ihr war, als würde ihre Lebenskraft schwinden, als sie sich zum Abschied die Hände reichten. Von Freundschaft hatte sie geredet und von gegenseitigem Respekt, aber in Elisa war etwas zerbrochen. Es waren mehr als gute Worte von Johannes nötig, um den Riss zu kitten, der sich am Meeresufer zwischen ihnen aufgetan hatte.

Durch das Hausmädchen hatte Elisa vor ihrem Zubettgehen im Haupthaus ausrichten lassen, dass sie heute unpässlich war. Sie wünschte keinerlei Störung. Das konnte sie sich erlauben, da sie am Morgen ihre Mondzeit bekommen hatte. Regelmäßig wie ein Uhrwerk erwischte sie der lästige Frauenfluch immer kurz vor Vollmond. Die Bauchschmerzen waren unangenehm, ebenso wie das umständliche Hantieren mit den Stoffstreifen, die sie jetzt mittlerweile mit einer besonderen Technik besser unter ihrer Kleidung befestigen konnte. Kelii hatte das heikle Thema mit ihr erörtert, als sie noch mit der Wunde an ihrem Bein ans Bett gefesselt war. Andererseits war ihre Mondzeit ein Geschenk. Es waren die einzigen beiden Tage im Monat, an denen sie ihre Cousinen nie beaufsichtigen musste.

Elisa wälzte sich unruhig hin und her. An diesem Morgen waren die Krämpfe besonders lästig, und sie konnte unmöglich einschlafen. Um die Schmerzen in ihrem Unterleib zu betäuben, stand Elisa noch einmal auf. Sie ging an ihr geheimes Medizinschränkchen, ein verborgenes Fach an der Seite ihrer Kleidertruhe, das Kelii ihr mittels einiger zusätzlicher Bretter heimlich während ihrer Genesungszeit eingerichtet hatte. Die braunen Glasfläschchen hatte sie am gestrigen Nachmittag bereits mit dem heilenden Pulver auffüllen können. Getrocknet waren die Wasserpflanzen schnell in der sengenden Mittagssonne. Mit dem Mörser hatte Elisa die Stiele abends fein zerrieben. Vor dem Abendessen hatte sie das Pulver noch in die drei Fläschchen gefüllt. Der Vorrat würde wieder für mehrere Monate reichen.

Ein wenig schüttete sie auf einen kleinen Löffel, der einzig und allein dazu diente, die potente Medizin nach Keliis Vorgabe abzumessen. Das Pulver roch streng. Es würde heute besonders gut wirken, weil es noch so frisch war, dachte Elisa. Schell rührte sie einen halben Teelöffel in ihr Wasserglas und trank es in einem einzigen langen Zug aus. Kelii wäre nicht einverstanden damit, dass sie sein heiliges Pulver für derartig profane Beschwerden einnahm, das wusste sie genau. Aber jetzt wollte sie einfach nur schnell einschlafen und alle Probleme vergessen, die wie eine Sturmflut auf ihr Leben zurollten.

Während Elisa sanft in das Reich des heilenden Schlafes hinüberdriftete, war sie in Gedanken bei Kelii. Besonders zwischen ihm und ihr war es von Anfang an immer um Vertrauen gegangen. Am gestrigen Tag, als sie sich in der Höhle seinem Verlangen hingab, hatte er ohne Widerrede ihre körperlichen Grenzen akzeptiert. Er hatte sie gewähren lassen, ihr erlaubt zu erforschen, was sie an ihm schon lange reizte, aber sich selber zurückgehalten. Sie durfte seine männliche Kraft berühren und ihn mit Verlangen erbeben lassen, bis er es nicht mehr aushalten konnte. Gleichzeitig aber war er die ganze Zeit rücksichtsvoll.

Sie lächelte verträumt bei der Erinnerung an seine zärtlichen Berührungen. Beinahe vorsichtig war er mit ihrem Körper umgegangen. Obwohl sie spürte, wie glühend er sie begehrte, hatte er sein Bedürfnis nach Lust hinter ihr Bedürfnis nach Sicherheit gestellt. Dabei wusste sie, dass er in den letzten Jahren bereits einige Erfahrungen mit einem bestimmten Mädchen in seinem Dorf gesammelt hatte. Schon seit Kindertagen war Kelii dieses Mädchen von der Kahuna aus Maui zur Frau bestimmt. Aber er machte sich genauso wenig aus ihr wie sie sich aus ihm. Das hatten sie bei ihrem Austausch von Zärtlichkeiten schnell festgestellt. Zudem gab es einen anderen jungen Mann, der um sie freite. Auch Keliis Eltern fühlten sich dem Mädchen in keiner Weise verpflichtet, hatte er Elisa gesagt. Seine Eltern waren in dieser Hinsicht eher offen, denn auch ihre Verbindung war durch eine ganz und gar ungeplante Liebe entstanden. Die Kahuna hatten eben auch nicht immer recht.

Deswegen glaubte Elisa auch fest daran, dass Leilani nicht wegen ihrer Schwangerschaft für immer fortgebracht worden war. Johannes hatte sicherlich unrecht, wenn er glaubte, dass ihre Eltern sich niemals mit ihm einverstanden erklären würden.

Elisa fielen langsam die Augen zu. Schon im Halbschlaf freute sie sich darauf, endlich Keliis Mutter kennenzulernen. Sie hoffte sehr, dass ihre Inhaftierung nur ein Gerücht war und sie ebenfalls zum Vollmondfest kommen würde. Kelii hatte so etwas erzählt. Und wenn Elisa von Keliis Familie akzeptiert werden würde, könnte sie vielleicht in Zukunft damit leben, für ihre eigenen Verwandten ein Schandfleck zu sein.

Elisa schluckte, während sie die lähmende Wirkung des Pulvers auf dem hinteren Abschnitt ihrer Zunge spürte. Was würde bloß ihre Mutter sagen? Sicherlich hätte sie in Clementia eine Verbündete, wenn sie eine geheime Liebelei mit Johannes im Sinn hatte. Aber eine Hochzeit mit Kelii? Schnell schob sie den Gedanken an ihre Mutter beiseite und dachte wieder an ihren Liebsten. Wie zärtlich er sein konnte! Wie geheimnisvoll und schön seine Welt im Gegensatz zu ihrer war. Eines Tages würden sie zusammen bei seiner Wasserfamilie sein. Sie würden zum Riff schwimmen, das wünschte sie sich, denn die Haie waren ein fester Teil von ihm. Jedes neugeborene Kind wurde beim ersten Vollmond zum Riff gebracht. Auch Elisas Kinder würden eines Tages den Haien vorgestellt werden. Nach alter Tradition würde Kelii als Vater das Neugeborene ins Wasser werfen, während Elisa den Haien ein Lied vorsingen würde. Unter Wasser würde ihr Baby anfangen zu paddeln. Es würde von alleine wieder an die Oberfläche kommen, während die Haie, von Elisas Gesang bezaubert, friedlich umherschwimmen würden.

Bei Keliis Meerestaufe war Großvater Hai selber gekommen. Er hatte den Jungen mit sich in die Tiefe genommen, um ihm sein Riff zu zeigen. Das war eine besondere Ehre. Deshalb würde Kelii eines Tages auch zum Oberhaupt des Dorfes werden. Und Elisa wäre dann seine Frau ...

Die Plantage erwachte langsam mit ersten Morgengeräuschen, während Elisa in einen unruhigen Dämmerschlaf fiel. In dem feinen Raum zwischen Wachen und Schlafen kamen Gefühle, die Elisa tagsüber lieber verdrängte. Eine ungewisse Angst nahm von ihr Besitz, während die Wirkung des Pulvers jetzt ihren ganzen Körper lähmte. Was ist, wenn Johannes recht hatte? War ihre Liebe zu Kelii zum Scheitern verurteilt? Würde sie überhaupt auf Kauai bleiben können, wenn es auf den Inseln zum Krieg zwischen den Weißen und den Hawaiianern käme?

Die berauschende Wirkung des Pulvers ließ Bilder vor Elisas innerem Auge erscheinen. In dunkler Vorahnung sah sie eine grausige Szene voller sinnloser Gewalt zwischen brutalen Polizisten und hilflosen Königstreuen. Sie sah, wie sie gezwungen wurden, Steine zu essen, bis sie Blut spuckten. Sie hörte vom Meer her erstickte Schreie und realisierte, dass es ihre eigenen Schreie waren. Sah sie durch das Pulver in ihre eigene Zukunft?

Dichter Nebel legte sich über ihre Fragen, als sie immer tiefer in einen Raum zwischen den Welten glitt. Elisa wusste nicht mehr, wo sie sich befand. Ohne festen Untergrund ging sie barfuß und frierend durch ein Tal aus wirbelnden weißen

Wolken, die ihr zäh und undurchsichtig den Weg versperrten. Im Nu hatte sie jegliche Orientierung verloren. Alles sah gleich aus. Sie fühlte sich verloren und entsetzlich allein. Zitternd vor Kälte wollte sie sich einen Moment setzen und sich gegen das eisige Nichts in sich zusammenkauern, als sie vor sich im Nebel eine reglose menschliche Kontur sah. War es eine Statue? Als Elisa langsam näher kam, sah sie einen Atemhauch, dann eine Bewegung der Hände, so als sollte sie näher herantreten.

Es war keine Marmorstatue, sondern inmitten des Nebelfeldes zwischen den Welten stand eine Frau, die Elisa kannte. Bereits zwei Mal war sie ihr in der Vergangenheit begegnet. Maja war ihr Name, wie Elisa sich erinnerte. Das erste Mal hatte sie das Gesicht der jungen Frau nur ganz kurz gesehen, bevor der weiße Hai zubiss. Das zweite Mal hatte Elisa von dem Pulver genommen und Maja länger gesehen, aber miteinander gesprochen hatten sie nicht. Konnte man in diesem Nebelfeld überhaupt reden? Elisas Zunge fühlte sich an wie aus Blei.

Maja erkannte Elisa ebenfalls, wie ihr Blick zeigte. Auch sie sagte kein Wort, aber ihre hochgezogene Augenbraue schien zu fragen, wo Elisa so lange gewesen war. Dann lächelten die Frauen sich zu, zunächst vorsichtig, aber dann erleichtert. In dem Nebelfeld im Nirgendwo waren sie jetzt beide nicht mehr allein. Elisa wollte ihre Hand nach Maja ausstrecken, traute sich dann aber doch nicht und zog sie schnell zurück. Vielleicht war Maja ja gar nicht wirklich da, sondern nur eine Illusion, hervorgerufen durch das grüne Pulver aus dem Tal der Tausend Nebel.

Als könnte Maja ihre Gedanken lesen, streckte jetzt sie ihre Arme aus. Als Elisa von ihr umarmt wurde, spürte sie zuerst die goldene Wärme von Majas Haut. Diese Erscheinung fühlte sich sehr wirklich an, so als würde die Fremde mit den Mandelaugen mitten in ihrem Schlafzimmer auf Kauai stehen. Eine Welle tiefer Dankbarkeit stieg in ihr auf.

Ein Engel, dachte sie, Maja musste so etwas wie ihr persönlicher Schutzengel sein.

… das Ich ist ein Meer, grenzenlos und unermesslich.

Khalil Gibran

Prophet (1883–1930)

5. Kapitel

Côte d'Azur, September 2010

Majas Lungen schmerzten. Sie wollte länger in Elisas Welt bleiben, konnte aber die Luft nicht mehr anhalten. Mit letzter Kraft kam sie zurück an die Wasseroberfläche. Keanu wartete bereits auf sie. Ein Blick auf ihr fassungsloses Gesicht und er wusste Bescheid.

»Elisa war da, nicht wahr?«

Maja nickte erstaunt. Er wusste, was sie erlebt hatte? So verrückt es auch schien, so logisch war es für Keanu. Er sagte ihr noch einmal, dass sie eine ganz besondere Verbindung hatten. Maja sollte einfach geschehen lassen, was ohnehin unvermeidbar war. Ihre Welten mussten sich früher oder später treffen. So war es durch Elisas Schicksal vorherbestimmt.

Für Maja war es ungeheuerlich und in keiner Weise nachvollziehbar, was er ihr sagte, während sie gemeinsam auf den dunklen Wellen trieben. Sie kannten sich ja kaum! Dennoch hatte sie durch seinen Haifischzahn in diesen wenigen Sekunden unter Wasser ihr Leben mit einer jungen Deutschen geteilt, die vor über hundert Jahren nach Hawaii ausgewandert war. Keanu beantwortete ihre Fragen nach dem Haifischzahn so gut er konnte. Der Zahn gehörte einst Großvater Hai. Er hatte eine sehr wichtige Bedeutung, weil mit ihm für Keanus Familie auf Kauai etwas begonnen hatte, das bis heute nicht vollendet worden war.

Weiter über das Erlebte sprechen konnten sie beide nicht, denn jeder hing jetzt seinen Gedanken nach. Das, was Maja gerade unter Wasser erlebt hatte, war für sie unfassbar, weil es in der Welt ihres bisherigen Lebens keinerlei Sinn machte. Sie hatte nie Visionen. Sie dachte sich auch keine Geschichten aus und hielt sich psychisch für durchschnittlich stabil.

Natürlich hatte sie in ihrem Leben schon unendlich viele

Filme gesehen, auch einige über Hawaii. Sie wusste, dass »Jurassic Park« aber auch einer der »King Kong«-Filme auf Kauai gedreht worden war. Sie hatte wegen ihres Vaters Bücher über Kauai gelesen. In ihren Träumen ging es besonders um Vollmond herum bisweilen wild und lebhaft zu. Aber was sie jetzt gerade erlebt hatte, war etwas völlig anderes. Sie war mit einer Frau verschmolzen, die schon seit Langem tot war. Dabei hatte Maja nichts anderes getan, als mit Keanus Haifischzahn unter die nächtliche Wasseroberfläche zu tauchen. Es war Magie. Es musste so etwas wie Magie sein, die in diesem Zahn steckte. Er hatte die Bilder produziert, die realer als jeder Film waren.

Doch dann verwarf sie diese Idee wieder. Es konnte nicht der Zahn alleine gewesen sein, denn Maja hatte Elisas Erlebnisse irgendwie geteilt. Sie hatte mit ihr um das Überleben gekämpft, als der Hai ihr Bein anfiel. In der Höhle hinter dem Wasserfall hatte sie die fieberhafte Erregung von Kelii gespürt. Sie hatte mit Elisa unter dem roten Jasminbusch gesessen und zugesehen, wie Johannes mit ihren kleinen Cousinen Ball spielte. Nein, halt, es waren nicht Majas Cousinen, sondern Elisas Cousinen gewesen. Aber für Maja hatte es sich angefühlt, als wäre sie Elisa.

Keanu sah sie durchdringend an.

»Willst du ihn mir zurückgeben, oder willst du noch einmal zu Elisa?«

»Nein, das will ich nicht ... nicht jetzt.«

Schweigend gab Maja ihm den Haifischzahn zurück. Weiter über das Erlebte sprechen konnte sie noch nicht, denn dazu war sie viel zu aufgewühlt. In ihrem Inneren tobte ein Sturm, weil ihr Verstand nicht begreifen konnte, was geschehen war. Ihr Treffen mit Keanu war also doch kein Zufall gewesen. Über seine Ahnen hatte er etwas gesagt, noch bevor Majas Reise zu Elisa losging. Er hatte von der Haifischfrau Elisa geredet. Aber Maja wäre nie im Traum auf die Idee gekommen, dass sie unter Wasser etwas erleben würde, real wie das echte Leben, intensiver als ein Hollywoodmärchen und noch dazu mit einer Frau, die sie instinktiv mochte.

Zudem hatte ihre Unterwasserreise etwas mit ihrer eigenen genetischen Verbindung zu Polynesien zu tun, über ihren Vater, das vermutete Maja inzwischen. Alles in dieser Welt war ihr auf merkwürdige Weise vertraut gewesen, ihr Treffen mit Kelii am Wasserfall, das Leben auf der Plantage, das Gespräch am Strand mit Johannes und zuletzt auch die Nebelwelt, in der sie Elisa spontan umarmt hatte. Konnte es sein, dass Maja an zwei Orten gleichzeitig existierte? Sie hatte bei der Umarmung das Gefühl gehabt, sich selbst in den Arm zu nehmen, nur in einer anderen Zeit. Maja umarmt Maja in der Gestalt von Elisa Vogel. Das war Wahnsinn. Kein Mensch konnte Raum und Zeit überbrücken! Es gab keine Traumwanderer zwischen den Welten.

Was sie gerade erlebt hatte, musste ein Ballet ihrer verrückt gewordenen Synapsen sein, vielleicht ähnlich wie ein Déjà-vu. Weil sie sich ein wenig in Keanu verliebt hatte und deswegen durcheinander war, spielte ihr Verstand verrückt. Das wäre zumindest halbwegs normal und etwas anderes kam für sie nicht infrage.

»Wie geht es dir?«

Besorgt sahen seine Augen sie an, während sie im Wasser langsam nebeneinander herschwammen.

»Prima, wirklich ... alles okay«, log sie.

Er näherte sich ihr im Wasser und lächelte aufmunternd, so als wollte er sie ermuntern, weiter über das Erlebte zu sprechen. Aber sie konnte nicht. Zaghaft fasste sie den Haifischzahn an, der wieder an dem Lederband um seinen Hals hing, doch sofort ließ sie ihn erschrocken wieder los. Immer noch pulsierte der Zahn heiß. Vielleicht war es doch kein Ballet ihrer Synapsen gewesen.

»Kann ein Zahn eine Art Speicher für lebendige Erinnerungen sein?«

»Wie meinst du das?«

Belustigt sahen seine geheimnisvollen Augen sie an.

»Könnten Erinnerungen deiner Ahnin Elisa in diesem Zahn stecken?«

»Du meinst, als Bilder ...? Oder als Worte ...?«

»Nein, eher wie ein Film, der dreidimensional ist und in dem man selber mitspielt, weil man die weibliche Hauptfigur ist ... oder zumindest fast ist. Ich meine, ich bin nicht Elisa, sondern Maja ...«

Keanu sah sie erstaunt an.

»Wäre in dem Zahn dann nicht eher meine Vergangenheit? Ich bin es, der ihn trägt. Elisa ist meine Ahnin.«

Maja nickte. Er hatte recht. Es konnte nicht ihre Vergangenheit sein, die sie gerade erlebt hatte. Zwar floss über die Familie ihres Vaters polynesisches Blut in ihren Adern, aber sie wusste nur sehr wenig über ihre Vorfahren in der Südsee. Und rein rechnerisch machte ihr genetischer Anteil Hawaii lediglich ein Achtel aus, obwohl sie durchaus polynesisch aussah. Vielleicht hatte sie sich deswegen vom ersten Augenblick an wie magnetisch von Keanu angezogen gefühlt. Schon öfter war es ihr in der Vergangenheit so gegangen, wenn sie Menschen kennengelernt hatte, die ebenfalls polynesisches Blut hatten. Sie machten sie auf ganz besondere Weise neugierig.

Während Maja mit klopfendem Herzen neben Keanu im Mondlicht auf dem Rücken in den Wellen des zahmen Mittelmeers trieb, ließ sie die Highlights ihrer Begegnungen vor ihrem inneren Auge Revue passieren. Im Nachhinein erschien ihr alles an ihrer Begegnung überhöht und fast wie eine Aufforderung des Schicksals. Sie erinnerte sich wörtlich an jeden Satz, jeden Augenblick:

»Ich bin Maja, Maja Kemper aus München.«

Seine Antwort servierte er mit einem gnadenlos charmanten Lächeln, als er Maja ihren Sonnenhut hinhielt. »Keanu Kairipai aus Hanalei Bay, Kauai. Sorry für meine nicht ganz perfekte deutsche Sprache ... aber ich will mir Mühe geben.«

Maja lächelte dankbar und setzte ihren Sonnenhut wieder

auf. Das überlaute Klopfen ihres Herzen verbarg sie hinter einem verlegenen Wortschwall über ihren Hut. Das unpraktische Ding mit der übergroßen Krempe war ihr öfter in den letzten Tagen an Nizzas Strandpromenade vom penetrant warmen Mistralwind fortgeweht worden.

»Ich danke dem Hut. Vielleicht reden wir jetzt mehr miteinander. Das würde mich freuen.«

Maja starrte ihn an. Machte er sich lustig über sie? Aber sein aufrichtiges Lächeln zeigte, dass seine Worte ernst gemeint waren.

»Ihre Augen ... sie erinnern mich an zu Hause.«

Wieder sagte Maja kein Wort, sondern musste ihn nur immerzu ansehen. Sonst war sie nicht auf den Mund gefallen, aber bei diesem Mann konnte sie nur starren. Er sah einfach unglaublich gut aus.

Keanus ungewöhnlich gutes Aussehen war das Erste, was ihr in dem internationalen Lehrerseminar aufgefallen war. Sonst fand Maja die meisten Lehrer äußerlich eher durchschnittlich bis uninteressant. Aber er bildete eine Ausnahme. Beide waren sie wegen des Seminars nach Nizza geflogen, er aus den USA und sie aus München. Alle Teilnehmer hatten sich anfangs kurz auf Englisch vorgestellt. Als Keanu dran war, hatte er es charmant in drei Sprachen getan, woraufhin sämtliche weibliche Wesen ihn umschwärmten. Aber wie gut er aussah, wusste er selber. Mit weiblich schmachtender Bewunderung wollte Maja ihn auf keinen Fall langweilen. Freilich war ihr tumbes Schweigen auch keine Lösung, denn er sah sie bereits abwartend an. Maja musste etwas sagen. Sie entschied sich für simple Höflichkeit.

»Danke. Thank you. Merci beaucoup ... this hat always likes to escape. Mein Hut ist ein Hut mit eigenem Willen und einem überaus starken Drang zum Meer hin. Wir lieben das Meer, mein Hut und ich. Es macht uns immer glücklich ...«

Er starrte sie an und Maja konnte sich ein zufriedenes Grinsen nicht verkneifen. Und als er ihr kurz darauf ein nettes Kompliment über ihren wilden Hut machte, war das Eis gebrochen.

»Er hat einen guten Geschmack, Ihr Hut, denn auch ich liebe das Meer. Auch mich macht es immer glücklich ...«

Er gab sich Mühe, seine Worte in korrektem Deutsch zu sagen, und hatte eine gute Aussprache.

»Mein Hut dankt! Vielleicht ergibt sich in den nächsten Tagen die Möglichkeit, dem Meer gemeinsam ein wenig näher zu kommen. Das würde meinen Hut sehr freuen ...«

Er nickte und lächelte erneut, diesmal begleitet von einem Blick seiner Augen, den Maja zunächst nicht deuten konnte. Er sah sie so innig und warm an, als würde er sie nie wieder gehen lassen wollen. Auch dehnte er ihre alberne Konversation über den Hut so lange aus wie möglich, bevor er zurück zum Seminar musste. Er musste früher als Maja gehen, um noch etwas vorzubreiten, da er nicht nur ein Teilnehmer war, sondern auch eine kleine Gruppe unterrichtete.

Maja verabschiedete sich freundlich, aber förmlich, indem sie ihm ihre Hand reichte. Er nahm sie und hielt sie einen Augenblick zu lang in seiner, so als würde er etwas überprüfen wollen. Sein Händedruck war warm, aber nicht zu fest, sondern eher fürsorglich. Sie sah ihm hinterher, wie er mit beschwingtem Schritt die Stufen zur Straße nahm und zwischen den Autos verschwand.

Um ihr heftig klopfendes Herz zu beruhigen, hatte sie nach ihrem ersten Gespräch einige Minuten aufs Meer hinausgesehen. Sie war von ihren heftigen Gefühlen überrascht. Ihre Knie fühlten sich weich an. Das Innere ihres Mundes war trocken vor Aufregung. Sie wusste aber nicht genau warum. Zwar hatte sie den Verdacht gehabt, dass der Hawaiianer sich von Anfang an für sie interessierte, aber so etwas machte sie normalerweise nicht nervös. An männliches Interesse war Maja gewöhnt, seit sie begonnen hatte, sich zu entwickeln. Sie war eine schöne Frau trotz ihrer Größe und ihrer üppigen Kurven oder vielleicht gerade deswegen. Sie war nur schwer zu übersehen und sah zudem leicht exotisch aus, was die männliche Phantasie beflügelte. Jedenfalls hatte sie immer schon mehr als genug Verehrer gehabt.

Seitdem sie sich halbwegs erwachsen fühlte, konnte sie auch gut mit Männern umgehen und gegebenenfalls harte Grenzen setzen. Bei Keanu war das nicht nötig. Seine klugen Mandelaugen hatten sie zwar seit dem ersten Tag in sämtlichen Seminarpausen beäugt, aber er hatte Abstand gehalten. Trotzdem dachte sie anfangs, sie würden sich vielleicht von irgendwoher kennen, weil er ihr vertraut schien. Bisweilen schenkte er ihr auch sein zurückhaltendes Lächeln, hatte sie aber bis zu diesem Tag kein einziges Mal angesprochen.

Er besuchte die fortgeschrittenen Kurse und kannte bereits einige der Teilnehmer, sodass er immer in eine Gruppe eingebunden war, die vor allem aus Frauen bestand. Maja hingegen war zum ersten Mal hier. Auch schätzte sie ihn schon auf um die dreißig, also einige Jahre älter, als sie es war. Zudem hatte er bereits den Lehrerstatus, denn er hielt Anfängern wie ihr einen Vortrag über die Fortschritte der Reformierung des US-Schulsystems.

Als Hawaiianer war er ein glühender Nationalist und stand der US-Regierung trotz Barack Obama eher kritisch gegenüber. Soviel hatte Maja bereits über ihn herausbekommen. Auch konnte er gut referieren und hatte die Art von trockenem Humor, den sie an Männern schätzte. Er nahm sich selbst nicht allzu ernst. Verheiratet war er nicht, zumindest trug er keinen Ring. Dennoch vermutete Maja eine feste Beziehung. Schwul schien er ihr nicht zu sein, und ein derart gut aussehender Mann wie er war bestimmt schon in festen Händen. Warum aber sah er so häufig zu ihr hin? Sie traute sich nicht, ihn zu fragen. Dabei war Neugierde Maja angeboren. Immer und überall musste sie ihre Nase hineinstecken, wie ihr Vater ihr vorwarf, wenn sie ihn als Kind mit Fragen über seine Herkunft genervt und sogar einmal in seinen Briefen und Alben heimlich nach Indizien gesucht hatte.

Ihr Vater hatte hawaiisches Blut. Bei ihm war es sogar ein Viertel und deutlich zu sehen. Seine Haut war jetzt im Alter eher rotbraun statt golden, aber immer noch besonders weich und zugleich dicker als ihre eigene. Seine Augen waren mandelförmig und schienen immer leicht zu lächeln, selbst wenn er nachdenklich war. Maja liebte sein polynesisches Aussehen, doch ihr Vater sprach auch mit Mitte sechzig noch nicht gerne darüber.

Er war als junger Mann nur ein einziges Mal auf den hawaiischen Inseln gewesen und enttäuscht zurückgekehrt. Kurz nach dem Ende des Zweiten Weltkriegs geboren, war Majas Vater das Resultat einer kurzen Affäre zwischen einer blutjungen bayerischen Kellnerin und einem GI aus Hawaii, der mit seiner Kompanie in einer bayerischen Kleinstadt stationiert war. Er war das Resultat einer leidenschaftlichen Nacht der Euphorie darüber, dass nun endlich Friede war. Aber es war keine Liebe im Spiel gewesen. »Sternenkind« hatte Majas Großmutter ihn genannt, denn später hatte sie geheiratet und noch zwei Kinder mit einem Mann aus München bekommen. Unter seiner Herkunft hatte ihr Vater sein Leben lang gelitten.

Die Tatsache, dass Majas Großvater ein GI aus Hawaii war und seinerseits angeblich wieder zur Hälfte deutsches Blut hatte, hatte Majas Vater als jungen Mann so sehr beschäftigt, dass er ans Ende der Welt reisen musste. Es hatte ihn als jungen Studenten in den Sechzigerjahren sein ganzes Geld gekostet, aber seinen Vater hatte er nicht gefunden, weder auf Oahu, Maui oder Hawaii selber. Er hatte ihn also nie kennengelernt und lebte dennoch in seiner Haut, wie er Maja einmal erklärt hatte.

Sein Münchner Stiefvater, den Maja noch als kleines Mädchen als ihren Opa kennengelernt hatte, hatte ihn mit großgezogen, ihm seinen Namen gegeben und ihn seinen leiblichen Kindern gleichgestellt. Max Kemper hieß er schon ab seinem sechsten Lebensjahr, wurde von allen geachtet und geliebt, obwohl er ganz anders aussah als der Rest der Familie. Alle waren sie blond und hatten helle Augen, nur Max nicht. Er sah immer aus wie ein Besucher, sagte er mit dem Humor, den er sich von seinem Stiefvater abgeschaut hatte. Der Großvater war ein großartiger Mann und an seinem Vorbild hatte Majas Vater sich stets orientiert. Deshalb war es ihm auch immer wichtig, für Maja und ihre beiden älteren Geschwister der beste Vater der Welt zu sein.

Maja lächelte, als sie an ihren immer präsenten, klugen und großzügigen Vater dachte. Er war es, der Maja dieses kostspielige Seminar an der Côte d'Azur spendiert hatte. Max Kemper wusste, wie schwer es für Maja sein würde, sich auf die Dauer damit zu begnügen, eine Münchner Gymnasiallehrerin zu sein. Seine Jüngste hatte, wie er es nannte, seit ihrer Geburt Hummeln im Hintern und war ausgesprochen ehrgeizig. Zudem hatte sie Fernweh. Schon als Teenager wollte Maja unbedingt einmal nach Hawaii. Es hatte sich allerdings nie ergeben. Auf alle Fälle wollte sie ein paar Jahre in einem anderen Land arbeiten. Daher machte sie ständig Zusatzausbildungen und besuchte Seminare wie dieses hier in Nizza.

Ihr starker Wunsch, ihre beruflichen Grenzen zu erweitern, war der wichtigste Grund, warum sie vor der Abreise Stefans Heiratsantrag abgelehnt hatte.

»Woran denkst du?«

Keanus Stimme war weich und samtig.

»An uns ... daran, wie wir uns das erste Mal unterhalten haben.«

Er lachte, glaubte ihr aber kein Wort.

»Nein, ich glaube, du denkst an deinen Freund.«

»Na und? Darf ich das nicht ...?«

Er blieb ihr die Antwort schuldig, schwamm aber mit ein paar kräftigen Zügen so weit voraus, dass sie hinter ihm zurückblieb.

Maja hatte es nicht eilig. Sie war froh, ihre Gefühle ordnen zu können. Ein ungewisses Gefühl von Schuld ergriff Besitz von ihr. Sie musste an Stefans enttäuschte Augen denken. Er hatte an ihrem letzten Abend vor der Abreise aus München mit ihrem klaren »Ja« gerechnet. Sie aber hatte sich erneut Bedenkzeit erbeten, so als könnten zwei Wochen etwas an ihrem Grundgefühl ändern. Und das Paradoxe daran war, dass ihr Grundgefühl Stefan gegenüber Liebe war. Es war eine ruhige stetige Liebe, denn Stefan war ein Mann, mit dem sie gut eine Familie gründen könnte, wenn sie eines Tages so weit sein würde. Im Moment war das aber noch nicht Majas Ziel.

In den letzten drei Jahren war es eine bequeme und stetig wachsende Liebe gewesen, die Maja sicher war und daher gar keinen Traualtar brauchte. Das war Majas Hauptargument. Sie liebten sich auch so und waren ein eingespieltes Team. Warum also diese Veränderung? Aber Stefan wollte unbedingt heiraten. Weitere zwei Wochen durfte sie noch überlegen, das hatte Stefan ihr zugebilligt, obwohl er es eigentlich albern fand.

Im Wasser unter den Sternen treibend realisierte Maja, dass sie nur nach einem Aufschub gesucht hatte, um seinen Antrag nicht ganz zurückzuweisen. Dabei vertraute sie ihm und fühlte sich geborgen und sicher. Dennoch gab es einen Teil in Majas Herz, den er nie berührt hatte. Keanu hingegen hatte schon mit seinem ersten forschen Blick in einen inneren Teil ihres Wesens getroffen, den Stefan nicht einmal kannte. Konnte es sein, dass sie auf diese Begegnung gewartet hatte, obwohl sie mit Stefan auf eine verlässliche Weise glücklich war? Aber vielleicht war ihre Liebe zu Stefan auch gar nicht die wirkliche Liebe? Vielleicht erschien ihr auch deshalb die Vorstellung einer Ehe mit ihm eher wie ein düsteres Gefängnis?

Maja hasste es, wenn sich ihre Gedanken immerzu im Kreis drehten. Doch eine ungewisse Angst schnürte ihr jetzt im Wasser unter den Sternen die Kehle zu. Wer war sie wirklich? Und was hatte Elisa mit ihrem Leben zu tun?

Bisher hatte sie ihre Unentschiedenheit Stefan gegenüber vor allem ihrem Alter und der Tatsache zugeschrieben, dass heutzutage so viele junge Ehen mit Kindern scheiterten. Und Maja wünschte sich unbedingt Kinder. Aber vielleicht gab es einen tieferen Grund. Vielleicht hatte ihre Angst vor vielen Jahren mit Elisas Schicksal begonnen? War sie vielleicht über ihren Vater und den Besatzungssoldat aus Hawaii irgendwie mit Elisa verwandt? War sie ein Abkömmling der Familie Vogel, die einst aus Hamburg ausgewandert war? Dann würde ihre Vision unter Wasser zumindest einen Sinn ergeben. Vielleicht lagen die Antworten auf ihre innersten Fragen nach Liebe und Zugehörigkeit zu einem Mann tief in ihrer Ahnenreihe verborgen.

Maja sah in das unendliche Firmament der Sterne. Unendlich weit war der Himmel über ihr und bestimmt randvoll mit Wünschen und Hoffnungen auf Glück und Liebe. Alles, was sie tun konnte, war, ihren eigenen Wunsch nach Klarheit noch mit einer innigen Bitte hinzuzufügen. Eine Antwort wollte sie von den funkelnden Sternen über ihre Verbindung zu Elisa Vogel. Instinktiv spürte sie jetzt schon, dass es Elisas Schicksal war, das vor langer Zeit die Weichen für Majas Leben gestellt hatte.

Maja schwamm ein wenig schneller, um Keanu einzuholen, und nahm sich vor, von ihm so viel über die Haifischfrau zu erfahren wie nur irgend möglich. Er hatte gute Verbindungen zu allen Inseln, auch nach Maui, wo ihr leiblicher Großvater angeblich geboren war. Vielleicht könnte sie über ihn mehr über die Herkunft ihres leiblichen Großvaters erfahren. Beide hatten sie gespürt, dass zwischen ihnen eine geheimnisvolle Verbindung bestand, die weit über eine sexuelle Anziehungskraft hinausging.

Nachdem das erste Eis gebrochen war, waren Keanu und sie sich in den letzten Tagen schnell nähergekommen. Auch er saß in der Mittagspause gerne in dem kleinen Café an der

Strandpromenade und aß einen Crêpe. Bisher hatte er sich in einiger Entfernung niedergelassen, doch an dem Tag, nachdem er ihren Hut gerettet hatte, setzte er sich an den Nebentisch. Aber er schwieg beim Essen lieber und sah hinaus aufs Meer. Also schwieg auch sie zunächst, obwohl ihr einige Fragen auf der Zunge brannten. Doch Maja konnte nicht anders, als immer wieder zu ihm hinzusehen. Einmal spürte er ihren Blick und drehte seinen Kopf. Schnell blickte sie wieder aufs Meer, um sich nicht zu verraten. Ihr Herz hatte erneut begonnen, verräterisch zu klopfen. Jedes Mal, wenn sie ihn sah, spielte es völlig verrückt. Fast hatte sie sich dazu überwunden, ihn dennoch anzusprechen, als er sich mit knappem Lächeln erhob, freundlich grüßte und ging.

In den Stunden danach, in denen sie gemeinsam in Vorlesungen über den internationalen Bildungswandel saßen, war Maja unkonzentriert. Ihr war, als würde sie seinen Blick in ihrem Rücken spüren. Doch vielleicht war es auch lediglich ihre Einbildung? Ein Mann mit diesem Charme und vor allem einem Aussehen, das gelinde gesagt göttlich war, hatte inzwischen zahllose Verehrerinnen unter den Referendarinnen.

An diesem Abend hatten sie zufällig beim gleichen Eiswagen ein Eis gekauft und saßen nicht weit voneinander auf zwei Parkbänken. Er war zuerst fertig mit seinem Eis und stand auf. Mit einem Lächeln kam er zu ihr und blieb direkt vor ihrer Parkbank stehen, sodass sie zu ihm aufsehen musste.

»Dieser Abend ist zu schön, um zu studieren, finden Sie nicht?« Diesmal war sein Deutsch perfekt. »Wir sollten vielleicht lieber schwimmen gehen oder am Strand entlangspazieren?«

Majas Herz klopfte zum Zerspringen, als sie wortlos nickte. Dann wartete sie auf ein weiteres Wort von ihm, aber er sagte nichts, sondern drehte ihr den Rücken zu. Seine Augen waren jetzt auf die Oberfläche des Meeres gerichtet. Der warme Mistral ließ im Spätsommer Schaumkrönchen auf dem Türkis der Wellen tanzen. Maja meldete Bedenken an.

»Es ist zu wild da draußen, um heute noch zu schwimmen. Es könnte gefährlich sein.«

»Glauben Sie? Das Meer bei uns ist bisweilen wild und unberechenbar, aber hier …?«

In seinen zusammengezogenen Brauen glaubte Maja Sehnsucht zu erkennen. Fieberhaft suchte sie in ihren Hirnwindungen nach einem Gesprächsstoff, der ihn fesseln könnte. Sie musste auf alle Fälle verhindern, dass er gehen würde. Den Strandspaziergang mit ihm wollte sie auf alle Fälle. Maja stand schnell von der Bank auf.

»Ich habe auch meinen Badeanzug nicht dabei. Deshalb vielleicht doch lieber ein paar gemeinsame Schritte unten am Meer?«

Um zu verhindern, dass ihr Hut erneut wegflog, hielt sie ihn fest. Aber der Wind war aufbrausend und ungeduldig. Er zerrte an ihrem Rock und ihren langen dunkelbraunen Haaren, die zu einem losen Pferdeschwanz gebunden waren. Die Krempe des Ungetüms, das ihre empfindliche Haut vor der Sonne schützen sollte, flatterte um ihre Ohren. Ohne seine Antwort abzuwarten, begann Maja, über den berüchtigten Mistralwind an der Côte d'Azur zu sprechen. Sie referierte darüber, wie er die Sinne der Touristen und der Küstenbewohner trübte und allerlei Begierden weckte. Sie versuchte, unterhaltsam und vielleicht sogar witzig zu sein, um auf Keanus verlockend sinnliche Lippen ein Lächeln zu zaubern. Sie hatte viele Geschichten über den Mistral zu erzählen, denn Maja kannte die Gegend hier seit ihrer Kindheit.

»Wirklich? Sie waren schon oft hier? Sie kennen diesen Wind …? Er ist sehr … sehr stark.«

Maja nickte. Sie spürte die Wirkung des Mistrals heute auch besonders intensiv. Als Keanu seinen forschenden Blick erneut auf sie richtete, erzählte sie wortreich, dass der Mistral als Wind des Liebeswahns bekannt sei. Besonders bei Vollmond sei er regelrecht gefürchtet unter den Bewohnern von Nizza. Manch dreister Seitensprung wurde hier ganz einfach dem Mistral zugeschoben.

»Seitensprung?«, fragte er belustigt. Kannte er das Wort nicht, oder sollte das etwa eine Anspielung sein? Maja schoss spontan die Röte in ihre Wangen. Als er jedoch weiterfragte, wurde ihr klar, dass er das Wort wirklich nicht kannte. Seine Deutschkenntnisse waren zwar nicht rudimentär wie sein Französisch, aber mit deutlichem amerikanischen Akzent erklärte er, dass sein Vokabular in Deutsch ziemlich rostig sei.

Keanu hatte eine deutschstämmige Urgroßmutter gehabt, die bis zu ihrem Tod mit neunzig Jahren auf Kauai gelebt hatte. Sie war die berühmte Haifischfrau von Kauai. Er erzählte Maja einiges von seiner Familie und auch von sich, als sie gemeinsam durch die Altstadt von Nizza schlenderten. Der Mistral peitschte inzwischen die Wellen hoch an die Ufer des Kais. Ein Spaziergang am Meeresufer war ausgeschlossen.

Maja erfuhr, dass er zusätzlich zu Französisch und Deutsch auch Kenntnisse in Spanisch, Russisch aber vor allem auch in Chinesisch hatte. Japanisch konnte er überdies fast perfekt durch einen zwei Jahre langen Aufenthalt in Tokio als Aushilfslehrer. Auch auf den Philippinen hatte er unterrichtet und dann einige Monate in China ein Praktikum gemacht. Diese drei Länder waren genetisch stark in der hawaiischen Bevölkerung von heute vertreten, und er wollte sich ein Bild über die Schulsysteme dort machen. Die Hawaiianer wollten auch außerhalb der amerikanischen Bildungspolitik neue und eigene Wege gehen. Deshalb war Keanu als eine Art Botschafter ausgewählt worden. Weltweit sollte er neue Bildungswege für sein Volk erforschen und Stipendien für Hawaiianer aushandeln.

»Bildung ist meine Leidenschaft …«

Maja konnte es nicht glauben. Die meisten Lehrer, die sie auf ihrem Lehrerseminar kannte, waren keine Männer, die sie auch privat gereizt hätten. Bei Keanu war das anders. Wenn er über die Bildung und die Zukunft seines Volkes sprach, spürte sie eine fast ansteckende Begeisterung. Aber das war nicht das Einzige gewesen, was sie an ihm fasziniert hatte. Der Hawaiianer hatte einige Facetten, die ihn in Majas Augen zum Traummann machten. Wenn sie ihn lächeln sah, ging in ihrem Inneren die Sonne auf. Wieder strahlte er sie an.

»Ich könnte bis in alle Ewigkeit mit Ihnen reden, aber leider habe ich noch ein telefonisches Date mit meinem Chef. Auch wird mein Hunger in Kürze beginnen, meine Laune zu beeinträchtigen ...«

Er hatte recht. Es war Abend. Ein kleiner Crêpe zu Mittag war auch für Maja zu wenig. Er fuhr fort. »Bitte verzeihen Sie mir, aber ich muss noch eine Stunde zu einem Treffen. Doch danach könnte ich mir nichts Schöneres vorstellen, als mit Ihnen bei einem gepflegten Essen und einem Glas Wein weiter über mein Lieblingsthema zu reden. Hätten Sie darauf auch Lust? Darf ich Sie einladen? Sie würden mir eine große Freude machen!«

Maja war bezaubert. Dass er vorher leider noch mit seinem Chef telefonieren musste, war zwar lästig, aber sie würde es in Kauf nehmen, denn sie wollte unbedingt noch länger mit ihm zusammen sein.

»Würde es Ihnen etwas ausmachen, inzwischen in diesem Café zu warten?«

Maja hatte keinerlei Problem mit dem Warten, bis er aus seinem Hotel zurückkam, denn es war ein sehr hübsches Café mit Blick auf den Markt für Touristen, der angenehm leer war. Maja mochte das Ende der Saison im September an der Côte. Eine wehmütige Traurigkeit mischte sich in die letzten warmen Tage. Die Farben waren irgendwie intensiver, die Gerüche stärker und das Knattern der Vespas klang wie eine Abschiedsmelodie in ihren Ohren.

Der Sommer war vorüber und mit ihm die Hoffnung auf etwas Außergewöhnliches, etwas, auf das Maja wartete, seitdem sie eine junge Frau war. Ging es allen Frauen so? Warteten sie alle auf den einen Moment, der ihrem Leben eine Richtung geben würde, die einzigartig war? Ihre Gespräche mit Keanu waren besonders, aber nicht nur, weil er attraktiv war, sondern weil er seinen Beruf leidenschaftlich liebte. Das war bei Maja nicht der Fall. Aus ähnlichen Gründen wie Stefan hatte sie sich für eine Laufbahn entschieden, die ihr lag, ihr aber vor allem auch ein bestimmtes Maß an Sicherheit und Flexibilität ermöglichen würde. Bestimmt würde sie trotzdem eine gute Lehrerin werden, so wie auch Stefan fachlich ein guter Arzt war. Doch wenn sie ganz ehrlich war, so tat es ihr weh, wie herablassend Stefan oft über seine Patienten sprach. Er liebte die Menschen nicht. Das war es wohl, was sie an Keanu bewunderte. Er schien die Menschen zu lieben und hatte für jeden ein Lächeln übrig.

Maja hatte mit einem Mal ein seltsames Gefühl in der Magengrube. Hatte sie Angst vor ihren eigenen Gedanken? War es ihr unangenehm, vor sich selbst zuzugeben, dass es Menschen gab, die in ihrem Inneren mehr Größe hatten als Stefan oder auch sie selbst? Oder fühlte sie Schuld Stefan gegenüber, weil sie ihn infrage stellte? Sein Gesicht tauchte vor ihrem inneren Auge auf. Stefan freute sich am meisten, wenn es ihm gelungen war, einen Kollegen auszustechen, oder er bei seinem Chefarzt gepunktet hatte. Auch Schadenfreude brachte ein Leuchten in sein Gesicht.

Maja schluckte. Sie hatte vor einiger Zeit begonnen, an Stefans Charakter zu zweifeln, aber sie wollte es nicht wahrhaben. Sie hatte sich einfach gesagt, dass jeder Mensch Fehler und Schwächen hatte. Sie selbst hatte unendlich viele davon. Einer ihrer Fehler war, dass sie neue Freunde anfangs gerne glorifizierte. Trotzdem wusste sie instinktiv, dass sie das Café lieber verlassen sollte. Ein Abendessen mit Keanu während des Mistrals war einfach keine besonders gute Idee. Maja hatte Stefan nie betrogen. Jetzt hörte sie in ihrem Inneren eine unmissverständliche Warnung. Ihr Herzklopfen zeigte deutlich, was ihr Körper wollte. Keanu wirkte auf sie wie ein Magnet.

»Bekomme ich ein Ja von Ihnen? Es würde mich wirklich sehr freuen.«

Sein Strahlen hatte sie wie eine aufgehende Sonne getroffen. Maja konnte nicht anders als zu nicken. Und es wäre mehr als unhöflich, jetzt einfach aus dem Café zu verschwinden. Sie hatte noch nicht einmal seine Telefonnummer. Sie musste also bleiben, zumindest redete sie sich das ein. Dann schrieb sie Stefan die übliche SMS, um ihr Gewissen zu beruhigen.

Bei ihrem ersten gemeinsamen Abendessen in der Altstadt, weitab vom Strom der Touristen, hatte Maja das Restaurant ausgewählt, in das sie sonst immer mit ihren Eltern ging. Es hatte eine kleine lauschige Terrasse mit Blick auf die Hafenbucht. Die Küche war hervorragend und nicht zu teuer, denn fast nur Einheimische aßen hier. Keanu hatte ihre Wahl gelobt.

Maja hatte ihr Handy vorsorglich auf Vibration gestellt und in die Tiefe ihrer Handtasche verbannt. Sie wusste, dass Stefans Anruf aus München wie immer um punkt neun Uhr kommen würde. Danach hatte sie sich weitere Gedanken an Stefan verboten. Sie wollte den Abend mit Keanu genießen und hatte ihre Gefühle fest im Griff, zumindest redete Maja sich das ein, während sie genüsslich ihr erstes Glas Wein trank.

Eine Weile lang hatten sie sich angeregt unterhalten. Er aß mit gutem Appetit, und Maja beobachtete ihn unauffällig. Tadellose Tischmanieren gepaart mit einer sinnlichen Freude über die hervorragend zubereiteten Muscheln. Immer noch klopfte ihr Herz stärker als sonst. Wiederholt versuchte sie, es innerlich zur Ordnung zu rufen. Keinesfalls wollte sie ihm zeigen, was in ihr vorging, selbst dann nicht, als ein ostentativer Schluckauf ihre Aufregung verriet.

»Darf ich?«

Er stand schnell auf und schlug ihr dreimal leicht zwischen die Schulterblätter, so als sei es das Normalste der Welt.

Aber auch nachdem der Schluckauf überstanden war, brachte Maja kaum einen Bissen herunter. Ihr entging nicht, dass zwei Frauen am Nebentisch mit neugierigen Blicken zu ihnen herüber sahen. Keanu trug ein weißes Oberhemd und Jeans und sah schlicht unglaublich aus. Für sein Aussehen empfand Maja ihn als erstaunlich uneitel. Er hatte ihr gerade erzählt, woher es kam, dass er eine ganz und gar untypische Nase für sein Volk hatte. Neben den von ihrer deutschen Urgroßmutter geerbten hatten er und seine beiden Geschwister auch andere körperliche Merkmale der Mitteleuropäer. Ein Spanier sei in der Ahnenreihe mit dabei gewesen. Doch es sei seine legendäre deutsche Urgroßmutter gewesen, die es auf Kauai zu Ruhm und Ehre gebracht hätte. Diese Ahnin war eine mächtige Kahuna. Um ihr Respekt zu zollen, wurde sie von seinem Volk die Haifischfrau genannt. Als Maja Interesse zeigte und Näheres über die Kahuna erfahren wollte, weil sie den Begriff schon einmal in einem anderen Zusammenhang gehört hatte, verstummte er plötzlich. Vorsichtig lächelte er und sah Maja dann prüfend in die Augen. Lange verweilte sein Blick dort, so als würde er nach etwas suchen. Maja lächelte ihn an.

»Die Kahuna von Hawaii sind so etwas wie Schamanen, nicht wahr?«

Über seinen Blick senkte sich mit einem Mal ein Schleier.

»Wir wechseln besser das Thema.«

Ihre gerade noch intensive Verbindung war unterbrochen. Maja war verwirrt.

»Habe ich etwas Falsches gesagt?«

»Nein, aber ich kann mit Ihnen so nicht darüber sprechen … es ist … es ist tabu.«

Maja glaubte, so etwas wie Trauer zu erkennen, als er bedauernd den Kopf schüttelte und ihr versicherte, sich nicht durch Geheimniskrämerei interessant machen zu wollen. Er bat ausgiebig um Verzeihung, aber die Kahuna seien schon immer ein sehr heikles Thema gewesen.

»Sehen Sie, Kahuna kann in unserem Volk vielerlei bedeuten. In dem Maße, in dem meine deutsche Urgroßmutter auf Grund ihrer ungewöhnlichen, wie sagt man, Fähigkeiten, verehrt wurde, wurde sie auch gehasst. Noch heute hat meine Familie deswegen mächtige Feinde. In unserer Familie ist Ohana bisher sehr stark. Das ist unser Familienzusammenhalt als Klan. Aber niemand weiß, was die Zukunft bringen wird. Auf unseren Inseln ist das Land durch Spekulanten inzwischen zu teuer für unser eigenes Volk geworden. Die Gier ist überall.«

Maja verstand nicht, was die Gier mit den Kahuna zu tun haben sollte, aber sein Gesichtsausdruck hatte plötzlich etwas Kriegerisches bekommen. Maja schwieg. Dann trank sie ihr Glas Rosé mit einem Zug leer. Feindschaften, die sich seit Generationen um Geld und Besitz rankten, Familienstreitigkeiten und dunkle Geheimnisse, davon konnte sie auch in ihrer deutschen Familie ein beschämendes Lied singen. Auf der Seite ihrer adeligen Mutter bekämpften sich inzwischen zwei mächtige Familienzweige seit über einem Jahrhundert. Aber war dieser magische Abend mit Keanu in den südländischen Gerüchen Nizzas nicht zu wertvoll, um in der trüben Suppe menschlichen Versagens zu rühren?

Während er ihr aufmerksam Wein und Wasser nachschenkte, wechselte sie geschickt das Thema und sprach Zukunftspläne an. Auch Keanu war verlobt, wie sie jetzt erfuhr. Er wollte zu Sylvester heiraten, wenn alles gut gehen würde. Es gab auf Kauai seit langer Zeit zu Neujahr einen traditionellen Ball zum Auftakt des neuen Jahres. Beim letzten Hibiskus-Ball hatte sich Keanu verlobt. In diesem Jahr sollte der eheliche Bund beim wichtigsten jährlichen Fest mit einer großen Gästeschar besiegelt werden. Mehr als vierhundert Familienmitglieder von den anderen Inseln wurden erwartet.

Danach wollte seine zukünftige Frau ein Jahr aufs Mainland an die UCLA, um ihr Studium zu beenden. Keanu würde sich so lange in ihrer Nähe eine Stelle als Referendar suchen.

»Leilani möchte Kinderärztin werden. Sie ist sehr talentiert …«

Er erzählte Maja wahre Wunderdinge über die Talente und Tugenden seiner zukünftigen Frau, zumindest klang es in Majas Ohren so. Dann zeigte er ihr ein Foto. Seine Zukünftige war im Gegensatz zu Keanu eine Hawaiianerin reinen Blutes, ohne geheimnisvolle deutsche Urahnin. Kein Europäer, Amerikaner oder Asiate hatte je in ihre traditionelle Familie einheiraten dürfen. Selbst bei Keanu hätte Leilanis strenge Mutter deswegen zunächst den Kopf geschüttelt, wie er mit einem Lächeln sagte. »We don't mix the blood!«, hatte seine zukünftige Schwiegermutter gesagt und sich damit auf den Rat der traditionellen Kahuna bezogen.

Aber Leilani hatte ihre Familie schließlich überzeugen können, denn Keanu und sie kannten sich bereits seit vielen Jahren. Keanus bester Freund seit Kindertagen war Leilanis großer Bruder und so eine Empfehlung zählte selbst bei den Traditionalisten seines Volkes.

Maja kramte jetzt ebenfalls in ihrer Handtasche. Neben das Bild der umwerfend hübschen Hawaiianerin mit der Hibiskusblüte hinter dem Ohr legte Maja ihr deutsches Pendant in Liebesdingen. Stefan war blond, blauäugig, sehr groß und zeigte auf dem Foto sein Gewinnerlächeln. Sie kannte ihn seit fünf Jahren. Er arbeitete in der Herzklinik ihrer Mutter als vielversprechender Assistenzarzt und hatte zusätzlich zu seinem blendend nordischen Aussehen Eigenschaften, die Maja sich an ihrem zukünftigen Mann wünschte.

Als er ihr vor drei Wochen einen Verlobungsring geschenkt und offiziell um ihre Hand angehalten hatte, waren ihre Freundinnen hellauf begeistert. Über Facebook ging der Chat einen ganzen Bürotag hin und her. Der weibliche Konsens war ein überwältigendes Ja für Stefan. Schluss mit den Ökomännern, den laschen Wartetypen und kleinlichen Getrennte-Rechnung-Wichten. Stefan stand mit seinem Antrag bei Majas Freundinnen hoch im Kurs.

Auch hier in Nizza funkelte Stefans Saphir, von Diamantsplittern umringt, teuer an Majas Hand. Keanu sah sich den Ring scheinbar interessiert an und lobte das Design. Dann schwiegen sie beide nachdenklich. Sein Blick war abwesend. Dachte er an seine Leilani? Erneut beschlich Maja ein ungutes Schuldgefühl. Sicher, der Ring von Stefan war wertvoll und wunderschön. Ihr Leben an seiner Seite würde behütet und bestimmt auch glücklich verlaufen. Sie sollte dankbar sein, denn ein derartiger Antrag war heutzutage selten. Einige ihrer Freundinnen wünschten sich einen Mann wie Stefan. In ihrer Altersgruppe hielten nicht alle Frauen viel davon, sich beruflich abzustrampeln, um mit vierzig auf den letzten Drücker noch schnell ein Einzelkind zu produzieren. Die Zeiten hatten sich geändert. Einige Freundinnen wollten möglichst früh eine Familie gründen. Stefan war also ein Hauptgewinn.

Warum hatte Maja ihm vor ihrer Abreise nicht ihr endgültiges Jawort geben können? Maja war kein versponnener Teenager mehr. Stefan war ihre dritte ernsthafte Beziehung. Zwischen längeren Phasen des Singledaseins hatte sie vor ihm zwei Freunde gehabt. Beide Male war es schmerzlich auseinandergegangen. Ihr erster Freund hatte sich in Majas beste Freundin verliebt. Der zweite ging zum Studium nach Australien und machte am Tag seiner Stipendiumszusage mit Maja Schluss. Er wollte sich nicht mit einer Fernbeziehung belasten. So etwas würde Stefan ihr nie antun. Er war ein Glücksfall.

Maja hatte ihre älteren Geschwister in ihren Ehen brutal scheitern sehen und glaubte daher zu wissen, worauf es ankam. Ihre Schwester hatte sich auf einen Künstler verlassen und war seit der Geburt von Majas Nichte eine zutiefst unglückliche, geschiedene Frau mit einem traumatisierten Kleinkind, das ständig hin- und hergezerrt wurde.

Auch ihr Bruder hatte Pech gehabt. Seine Frau hatte ihn nach zwei Kindern verlassen, weil sie eines Morgens aufwachte und feststellte, dass sie ihr Leben hasste. Seitdem stritt sich das Paar nur noch vor Gericht. Die beiden Söhne, die immerhin schon aufs Gymnasium gingen, reagierten mit Verhaltensstörungen und waren ständig in Therapie. Leidgeprüfte Großeltern waren die Ergebnisse der beiden Ehemiseren, wie Maja hautnah miterlebt hatte. Ihr Vater und ihre Mutter waren jetzt schon gut über sechzig und hatten jede Menge Sorgen wegen der Enkelkinder.

Als Jüngste würde Maja ihren Eltern nicht so viel Kummer bereiten. Eine gescheiterte Ehe und ein Schicksal als zukünftige Alleinerziehende wären ihr als Lebenskonzept auch viel zu anstrengend. Ohnehin war Maja als Nesthäkchen der Familie eher zögerlich und vielleicht auch ein wenig verwöhnt. Beruflich würde sie garantiert den sicheren Weg beschreiten.

Neben ihrer Ausbildung zur Gymnasiallehrerin bot eine Beraterstelle für internationale Bildung vielerlei Möglichkeiten. Maja hatte vor allem an Auslandsjahre gedacht, aber Stefan sah es pragmatischer. Er hatte dieses Seminar gut gefunden, da Maja in einer Beraterstelle auch von zu Hause aus arbeiten konnte. Stefan hatte ohnehin schon alles für den Nachwuchs geplant. Sogar ein kleines Grundstück hatte er bereits anbezahlt. In einem Münchner Vorort wollte er Maja ein Häuschen bauen. Es war alles gut. Es war alles schön. Ihr Leben würde in geordneten Bahnen verlaufen.

»Was mag dein Freund an dir besonders gerne?«, fragte Keanu in ihr Schweigen, während sie dem Treiben an den benachbarten Tischen zusahen, die mittlerweile alle besetzt waren. In Nizza liebten es die Leute auszugehen.

»Er findet mich schön, klug und liebenswert.«

Keanu lächelte.

»Das bist du, aber in meinen Augen bist du noch mehr … Ich finde dich spannend. Etwas an dir ist wie ein Geheimnis.«

Maja erwiderte nichts, aber ihr fiel auf, dass er kommentarlos vom Sie auf das Du übergegangen war. Sie lächelte ihn an.

»Was mag deine Freundin an dir? Deine Haare? Deine schönen Augen? Oder deinen Verstand und deinen Idealismus?«

Keanus Augen blitzten humorvoll.

»Sie findet mich nur sexy … für mein Innenleben interessiert sie sich nicht… die Liebe ist für Leilani das Allerwichtigste … aber sie meint damit vor allem die körperliche Liebe. Solche Gespräche, wie du und ich sie gerade führen, die sind in unserer Beziehung eher selten. Aber sie gefallen mir … sogar sehr.«

Maja wurde rot. Flirtete er etwa mit ihr? Sie beschloss, nicht darauf einzugehen. Trotzdem konnte sie sich nicht dagegen wehren, dass ihr innerlich heiß wurde. Es war der Blick seiner Augen. Erneut schien er bis in ihr Innerstes vordringen zu wollen. Maja räusperte sich, um ihre Gefühle zu überspielen.

»Du würdest dich gut mit Stefan verstehen. Er liebt das Meer über alles. Tiefseetauchen ist sein Lieblingshobby. Das ist niemals langweilig, sagt er immer …«

»Wirklich? Ich kenne nur wenige Weiße, die sich ohne Angst bei uns im Meer bewegen können. Die meisten haben Angst vor der Tiefe, vor dem Ertrinken aber vor allem vor sich selbst …«

Prompt hielt Maja dagegen. »Dann sind Stefan und ich eben keine typischen Weißen. Wir lieben es, gemeinsam die Geheimnisse der Meere zu erforschen. Es ist … es ist unserer beider Lebenselixier.«

Aber ihre Worte klangen in ihren eigenen Ohren wie ein schlechter Werbespot von Deutschen für Deutsche. Immerhin sprach sie mit einem Hawaiianer. Sie sollte schleunigst das Thema wechseln. Verlegen machte sie eine Pause. Womit könnte sie diesen Mann nur beeindrucken? Doch seine Augen fixierten erneut die ihren, schienen sie förmlich durchbohren zu wollen. Was versuchte er dort zu finden? Ihre Wahrhaftigkeit? Ihre wahren Gefühle? Stand die Angst vor einem langweiligen Leben mit Stefan ihr auf der Stirn geschrieben? Vielleicht wusste Keanu, dass sie versuchte, von dem abzulenken, was ihr Herz in diesem Moment sagte. Nicht Stefan wollte es, sondern es verlangte laut klopfend nach einer Berührung ihres Gegenübers.

Aber sie würde nicht auf ihr Herz hören. Schnell schlug sie ihre Augen nieder, um zu verbergen, was sie wirklich fühlte. Auch Keanu versuchte zu verhindern, was vielleicht zu diesem Zeitpunkt schon unvermeidlich war. Ohne ein Wort steckte er das Foto von Leilani ein. Schweigend schob auch Maja Stefans selbstsicheres Lächeln zurück in ihre Handtasche.

Nachdem er bezahlt hatte und sie das Restaurant verließen, um noch ein wenig durch die Gassen der Altstadt zu schlendern, hatten sie nur noch belanglose Worte gewechselt und sich bei Majas Mietwagen höflich voneinander verabschiedet.

»Du schwimmst sehr langsam ... Warum?«

Er sagte seine Worte mit heiserer Stimme neben ihr im Wasser, als Maja ihn endlich eingeholt hatte.

»Ich will nicht zurück an Land.«

Ihre Antwort erschreckte sie selber, aber es war die Wahrheit. Mit ihr war in den Sekunden unter Wasser etwas geschehen, das intensiver war als ihr gesamtes bisheriges Leben.

Er sah sie prüfend an.

»Du darfst dich nicht selbst verlieren ... der Haifischzauber, er ist eine sehr starke Magie.«

Aber sie wollte nicht hören.

»Bitte, Keanu, ich will nur noch einmal kurz zu den Ahnen. Geht es heute Nacht noch ein zweites Mal?«

Wieder sah er sie prüfend an.

»Was genau willst du dort?«

»Ich will wissen, was uns beide verbindet.«

»Fühlst du es nicht?«

Maja schüttelte den Kopf.

»Ich bin mir nicht sicher ... es ist alles sehr neu. Ich weiß nicht genau, wie ich es einordnen soll. Lass mich noch einmal zu Elisa.«

Energisch schüttelte Keanu den Kopf.

»Für heute ist es genug. Wir müssen uns beide gegen diesen Sog wehren, Maja. Die letzten Tage waren wir wie in einem Fieber ... und das ist nicht gut.«

Maja wusste, dass er recht hatte. Immer tiefer geriet sie in etwas hinein, über das sie keinerlei Kontrolle mehr hatte. Seit sie Keanu begegnet war, hatte sie begonnen, sich Stück für Stück zu verändern. Obwohl bei ihren ersten beiden Treffen nichts geschehen war, was sie Stefan nicht hätte erzählen können, erwähnte sie ihre Begegnungen mit Keanu nicht am Telefon. Aber eine heiße Unruhe, die sie zunächst auf den Mistralwind schob, hatte von ihr Besitz ergriffen.

Als sie sich das dritte Mal trafen, am heutigen Abend, verspürten sie beide keinerlei Hunger mehr auf Essen. Zunächst hatten sie eine Weile gemeinsam geschwiegen, während sie wieder zusammen durch die Gassen der Altstadt gingen. Es war trotz der späten Stunde viel zu heiß für einen Septemberabend. Der warme Wüstenwind hatte die Steine der alten Gebäude tagsüber aufgeheizt. Jetzt, in der Nacht, gaben die Gassen die Glut an die Menschen zurück.

Maja strich sich eine vorwitzige Strähne zurück hinters Ohr. Der schwere Knoten in ihrem Nacken, mit dem sie versucht hatte, ihrer Mähne eine gewisse Eleganz zu verleihen, war im Begriff, sich völlig aufzulösen. Ihr Nacken war verschwitzt, und sie fühlte sich unwohl in ihrer Haut.

Keanu beendete das Schweigen als Erster.

»Was wollten wir heute machen?«

»Wir sollten zum Meer gehen. Du liebst doch das Meer, oder? Heute sind die Wellen ruhiger. Auch wird es unten am Strand kühler sein als hier.«

»Dieser Mistralwind, er ist wirklich nicht angenehm. Auch

ich hab einen schweren Kopf, so als hätte ich zu viel Wein getrunken.«

Maja nickte, aber sie sah ihn immer noch nicht an, auch dann nicht, als sie nebeneinander durch das große Tor auf die Straße gingen. Sie hatte Angst, dass sie es nicht mehr aushalten würde, ihn nicht zu berühren. Das war es, was sie seit Tagen wollte, seine Haut berühren und ein einziges Mal seine Lippen küssen. Doch noch hatte sie ihre Gefühle im Griff, nur durfte sie nicht allzu lange in seine Augen sehen.

Der heiße Wind wehte sanfter und ein wenig kühler, als sie sich dem Meer näherten. An der Promenade angekommen, blickte Keanu aufs Meer, auf dem die Lichter vereinzelter Jachten als bunte Punkte ruhig auf dem schwarzen Wasser schwebten. Die wilden Wellen hatten sich beruhigt.

»Das Meer in meiner Heimat ist anders«, sagte er, »es verändert sich auch, aber nie ist es so beherrscht von einem Mistralwind. Dieser Mistral weht den Sand aus der Wüste eines anderen Landes nach Frankreich. Das ist eigenartig, denn man kann die Küste Afrikas nicht einmal sehen. Das Meer bei uns ist ein sehr freies und überwältigend großes Meer. Unsere Inseln sind dankbar, in diesem Meer überhaupt existieren zu können ... Immer wenn die Warnung vor einem großen Tsunami kommt, schicken wir deshalb unsere Gebete auch an unsere Brüder und Schwestern im Wasser. Manche von uns denken, dass wir Hawaiianer einst selber Haie waren.«

Er erzählte es ohne jegliche Sentimentalität. Rauer und weicher wurde sein Timbre erst, als er Maja an der nächtlichen Strandpromenade bat, ihre Haare einmal ganz für ihn öffnen.

»Ich will dich einmal sehen, wie du bist, wenn du wild bist und frei ...«

Maja begann zu zittern. Zu diesem Zeitpunkt war sie bereits unrettbar verloren, wusste es aber noch nicht. Keanus hungrige Augen waren jetzt alles andere als harmlos.

»Es ist etwas zwischen uns, dass sehr alt sein muss. Vielleicht kannten wir uns einmal in einer anderen Welt. Vielleicht waren wir ein Paar …?«

Es war der plötzliche Schmerz in seinem Lächeln, der sie gehorchen ließ. Sie öffnete ihre Haare, die ihr fast bis zur Taille gingen. Stefan hatte ihr wegen ihrer Tauchausflüge zu einem Kurzhaarschnitt geraten, aber Maja hatte ihn ausgelacht. Eher würde sie das Tauchen aufgeben als ihre Haare. Keanu lächelte zufrieden.

»Wir gehen jetzt zusammen schwimmen.«

Maja nickte stumm. Nächtliches Schwimmen unter Sternen war bei der Hitze sicherlich eine Befreiung von dem dumpfen Kopfschmerz, den der Mistralwind bei ihr regelmäßig auslöste. Die Abkühlung würde ihrem schweren Kopf guttun, denn es war ein harter Tag im Seminar gewesen. Sie hatten die Bildungssysteme in Finnland und Russland durchgenommen und den ersten umfangreichen Test geschrieben.

Obwohl Maja am liebsten splitternackt ins Wasser gegangen wäre, behielt sie ihren BH und ihr Höschen an. Dies war der Stadtstrand von Nizza. Von der Promenade aus konnte man die Schwimmer im Uferbereich im Licht der Straßenlaternen sehen, und sie waren nicht die Einzigen, die am Meer ein wenig Abkühlung vom Mistral suchten.

Maja war scheu, als sie in Unterwäsche vor ihm stand. Noch nie war sie stolz auf ihren Körper gewesen. Ihre weiblichen Formen waren zu weich und ihre Bauchmuskeln widersetzten sich jeder straffenden Übung. Stefan mochte ihren Körper, fand ihn reizvoll und auch sexy, wie er gerne betonte. Aber er hatte nie damit hinter dem Berg gehalten, dass ihm Frauen mit schmaleren Hüften und kleineren Brüsten eigentlich besser gefielen. Maja war eher groß als klein, eher rundlich als dürr und hatte in der Pubertät mit Bedauern festgestellt, dass bei ihr die Gene ihrer bayrischen Großmutter väterlicherseits durchschlugen. Im Alter würde sie bestimmt einmal auf ihr Gewicht achten müssen. Jetzt reichte noch eine gelegentliche Kurzdiät.

Stefan liebte Diäten, und sie aßen grundsätzlich nur, was ihrer Gesundheit guttat. Solange er das Einkaufen übernahm, machte Maja sich nicht allzu viele Gedanken. Dazu war sie einfach zu interessiert an anderen Themen. Sie liebte Bücher, allen voran Liebesgeschichten, Filme und überhaupt die Künste in allen Variationen. Dabei konnte sie mit Malerei am allermeisten anfangen. Die italienischen Meister hatten es ihr schon als Kind angetan. Mit Pauspapier hatte sie die runden Schönen kopiert.

»Botticelli … dein Körper, er erinnert mich an die Malerei von Botticelli.«

Maja erstarrte. Konnte Keanu ihre Gedanken lesen? Doch dann erinnerte sie sich daran, dass sie im Seminar in kleiner Gruppe über Kunstunterricht gesprochen hatten. Maja hatte ihre Liebe zur italienischen Malerei erwähnt, denn sie war ihr Steckenpferd, solange sie denken konnte. Keanu lächelte.

»Was hast du im Seminar gesagt? Botticelli magst du nicht nur wegen der sinnlichen weiblichen Körper, sondern vor allem wegen der vibrierenden Lebensfreude der Farben …«

Er hatte sich ihre Worte gemerkt. So etwas würde Maja bei Stefan nie erleben. Zum einen machte er sich nichts aus den italienischen Meistern und hatte sie in den drei Jahren ihres Zusammenseins in München kein einziges Mal in die Alte Pinakothek begleitet. Stefan trieb in seiner Freizeit Sport. Auch sonst war er weder besonders sinnlich, noch vibrierte er vor Lebensfreude, mal abgesehen von seiner Vorliebe für Sex. Stefan war ansonsten eher der pragmatische Wissenschaftler. Daher auch seine Obsession mit ihren Pfunden. Zum verhassten Fitness ging sie nur, um sich für ihn in Form zu halten.

Während Maja vor Keanu stand und sein Begehren ihrer üppigen Formen fast physisch auf der Oberfläche ihrer Haut spürte, erinnerte sie sich plötzlich an Stefans kritische Blicke. Er mochte ihre weichen Formen nicht, sondern sprach immerzu von ausgeprägterer Muskeldefinition. Letztes Silvester hatte er sogar einen roten Strich auf ihre Waage gemalt. Das war die absolute Obergrenze. Morgens musste Maja sich dem roten Strich stellen. War ihr Gewicht einmal darüber, wurde sie von ihm umgehend mit ihren Esssünden konfrontiert. Er wusste meist besser als sie, mit welchen Kalorien genau sie wann gesündigt hatte. Danach gab es unter Stefans Aufsicht Kurz-Diät und vor allem keinerlei Sex, bis der rote Strich auf der Waage wieder mit ihrer Essdisziplin zufrieden war.

»Bitte, Keanu, wir werden uns wahrscheinlich nach dieser Woche nie wiedersehen. Ich werde also nie wieder die Gelegenheit haben so etwas ... etwas Magisches ... zu erleben. Bitte gib mir deinen Haifischzahn!«

Das Meer rauschte wunderbar laut in Majas Ohren, als sie erneut zusammen raus in die höheren Wellen schwammen, um es noch einmal zu versuchen.

Das Rauschen löschte die unangenehmen Gedanken an Stefan in Maja aus. Der Vollmond kam hinter seiner Wolkenwand hervor. Während sie bis ans Ende der Mole hinausschwammen, musterte sie ihn von der Seite. Er war im Meer völlig in seinem Element. Mit seinen ebenmäßig schnellen Zügen konnte sie kaum mithalten, denn Keanus Kraulen war fast lautlos. Seine Augen waren geschlossen, als ob er sich konzentrieren müsste, um eine bestimmte Stelle zu finden. Dennoch schien er es immer zu spüren, wenn Maja für sein Gefühl zu weit weg von ihm war. Er verlangsamte sein Tempo und wartete die nächste höhere Welle ab.

»Hier, hier können wir es vielleicht noch einmal versuchen ... warte ... ich möchte etwas prüfen.«

Er tauchte unter und war verschwunden. Maja schwamm auf der Stelle und ließ sich von den dunklen Wellen auf und ab tragen. Während sie auf sein Auftauchen wartete, sah sie sich um. Am Ende der steinernen Mole, die weit ins Meer hinausragte, sah sie zwei nächtliche Angler. Einen kurzen Moment sah es so aus, als hätte einer von beiden ein Fernrohr, das auf Maja gerichtet war. Doch dann schob sich eine Wolke vor den Mond. Sie konnte auf die Entfernung nichts mehr erkennen.

Das salzige Wasser fühlte sich warm auf ihrer Haut an, fast noch wärmer als die Luft. Maja war eine gute Schwimmerin. Seit ihrer Kindheit liebte sie das Meer an der Côte d'Azur, besonders im September. Dann waren die meisten Touristen bereits fort, das Wasser aber noch schön warm.

Bisher hatte sie nie geahnt, was für gewaltige Energien unter der Wasseroberfläche schlummerten. Eine starke Magie verband alle Meere dieser Welt, einmal durch das Salz und dann durch ihr immenses Alter. Die gewaltigen Wasserkörper auf unserem Planeten hielten in sich alle Informationen gespeichert, die es je gegeben hatte. So hatte es ihr Keanu erklärt. Alles auf dieser Welt ist Meer, und alles ist irgendwie miteinander verbunden, wie in einer Art Radiowellen ist diese Information kanalisiert, so sollte sich Maja das vorstellen. Man musste nur wissen, wie man die richtige Frequenz findet. Majas Frequenz, das war von Anfang an klar für ihn, waren die Haifische und damit vor allem auch Elisa, die legendäre weiße Haifischfrau aus Keanus Klan.

»Keanu?«

Maja hörte ganz in der Nähe ein Geräusch. Es klang wie das Aufklatschen einer Hand oder aber einer Flosse. Ob es überhaupt größere Haie im Mittelmeer gab? Ehrlich gesagt war Maja selbst beim Tauchen nie darauf aus gewesen, einem Hai zu begegnen, der größer als einen Meter war. Sie hatte als Kind einmal einen Film gesehen, der immer noch in ihren Ängsten herumspukte. »Der weiße Hai« hatte ein durch und durch erschreckendes Bild von Haien in ihr hinterlassen.

»Keanu?«

Sie rief ihn jetzt lauter. Unruhig suchte sie seinen Kopf in den weiter entfernten Wellen, auf denen vereinzelte Schaumkronen tanzten. Die Stärke der Mistralwinde hatte merklich nachgelassen. Es war lange nicht mehr so windig wie an den Tagen zuvor.

Wieder hörte sie ein Geräusch. Maja drehte sich um sich selber. Sie konnte Keanu aber nirgendwo sehen. Hawaiianer können sicher eine halbe Ewigkeit lang tauchen, dachte Maja noch, als sie aufschrie.

Dann fühlte sie unter Wasser seine Hand an ihrem Bein. Zielsicher umfasste er ihren Knöchel. Einen Moment später zog er sie bereits nach unten.

Maja umfasste diesmal den Haifischzahn mit ihm gemeinsam. Danach dachte sie nur noch an Elisas ängstliche Augen in dem kalten Nebelfeld, in dem sie sich das letzte Mal gesehen hatten.

Aber es geschah nichts. Elisa kam nicht. Stattdessen geschah etwas anderes. In der Stille, verborgen unter der schwarzen Wasseroberfläche, berührte Maja Keanus samtweiche Haut. Wie anders sie sich anfühlte als ihre eigene. Seine Hand ermutigte die ihre. Sie befühlte forschend seine muskulösen Schultern, dann legte sie ihre Hand auf seine Brust. Sie fühlte sein Herz. Es schlug stetig und ruhig. Er nahm ihre Hand und führte sie zu seinem Mund. Blind fühlte sie den heißen Druck seiner Lippen. Sie konnte nicht anders, als seinem Wunsch zu folgen.

Ihr erster Kuss dauerte so lange wie der Sauerstoff reichte, den Maja in ihren Lungen hatte. Atemnot zwang sie zurück an die Meeresoberfläche, und sie tauchte auf wie aus einem Rausch. Waren unter der Wasseroberfläche lediglich Sekunden vergangen? Waren es Minuten gewesen? Sie hatte Elisa nicht in dem Nebelfeld wiedergesehen, aber sie fühlte sich seit ihrem ersten Kuss merkwürdig verändert. War Maja noch sie selbst?

Ihr Herzschlag klopfte fiebrig-aufgeregt in ihrem ganzen Körper. Mit einem Mal empfand sie ihre Unterwäsche als störend, und unwillig streifte sie beide Teile ab. Sie musste nackt sein.

Keanu war neben ihr und lachte sie an. Auf der Wasseroberfläche treibend versuchte sie sich die Unterwäsche ums Handgelenk zu wickeln, während er ihr amüsiert zusah.

»Brauchst du Hilfe?«

»Nein … geht schon.«

Aber in ihrer Aufregung war sie viel zu ungeschickt und bittend hielt sie ihm schließlich ihren Arm hin.

»Hilfst du mir doch …«

Keanu verstand sie, und auch er zog unter Wasser seine Shorts aus und wickelte sie sich um das Handgelenk. Er lächelte sie an.

»Komm zurück mit mir in die Tiefe … Du brauchst keine Angst zu haben.«

»Ich habe keine«, log Maja und sah unsicher in Richtung Ufer. Sie waren sehr weit von der Promenade weg. Außer den beiden nächtlichen Anglern würde sie niemand sehen können.

»Komm … wir spielen mit den Haien. Es sind zwei kleine dort unten, ganz harmlos. Sie fressen nur kleine Fische …«

Damit gingen sie erneut auf Tauchstation.

Für Maja war es ein herrliches Gefühl, nackt im nächtlichen Meer zu sein. Das Wasser streichelte sie jetzt überall. Zusammen mit Keanus Händen, die ihren Köper neugierig erforschten, baute sich eine Spannung auf, die fast unerträglich war. Wie Kinder, die etwas Verbotenes tun, dachte sie. Einmal kurz öffnete sie ihre Augen. Sie sah einen grauen Körper an sich vorübergleiten, nicht länger als einen Meter.

Bei ihrem erneuten Auftauchen verzogen sie fast gleichzeitig die Gesichter zu einem verschwörerischen Lächeln. Keanu lachte als Erster laut auf.

»Du bist auch eine Haifischfrau … lange war ich nicht mehr so verrückt wie mit dir. Seit ich ein Junge war!«

Er erklärte ihr, dass dieses Unterwasserspiel die Art ist, wie Mädchen und Jungen auf Hawaii gewöhnlich ihre Körper erkunden, sobald sie beginnen, sich für Sex zu interessieren.

Sein Lächeln wurde breit und breiter, als er erzählte, dass er einmal mit einem deutschen Mädchen, Tochter von Touristen, dieses Spiel gespielt hatte. Seine Eltern hätten nichts dagegen gehabt.

»Unter Wasser, so sagt man bei uns, kann man nicht wirklich ... Satan begehen.«

Über seine Formulierung musste Maja lachen.

»Du meinst Sünden begehen. Aber das ist Unsinn. Wenn deine Familie religiös ist und bei euch Wert auf Keuschheit gelegt wird, dann bleibt eine Sünde eine Sünde, ob über oder unter Wasser.«

Ihre Augen blitzten ihn herausfordernd an.

Keanu hatte aufgehört zu lächeln. Erneut sah er ihr intensiv in die Augen, wie er es bereits beim Essen getan hatte, als er mit ihr über die Kahuna seines Volkes sprach. Seine Stimme klang ernst.

»Das würdest du nicht verstehen. Du kannst das nicht verstehen. Du wirst denken, ich sei verrückt, aber bei uns ist vieles anders.«

Erneut ließen sie sich in den Wellen treiben. Maja genoss das herrliche Gefühl, vom Mondlicht gebadet zu werden, während sie seiner Stimme lauschte.

»In dem Dorf der Haifische, aus dem ich komme, ist alles sehr wichtig, was sich unter Wasser abspielt. Dort lebt unsere eigentliche Seelenfamilie. Wir gehören zum großen Klan der Haifische. Verstehst du? Wir sind der Teil der Familie, die mit zwei Beinen hier auf dem Land leben muss. Aber ein Teil unserer Seele lebt immer im Meer. Nur zusammen sind wir ein großes Ganzes, weswegen wir auch die Asche unserer Toten zurück ins Meer bringen.«

Maja dachte über diesen Gedanken nach. Wie es wohl sein mochte, sich so als Mensch zu definieren. Ein Teil von dir macht alles, was andere Menschen auch tun. Du gehst zur Schule, machst deinen Führerschein, heiratest, bekommst Kinder und zahlst Steuern. Aber dann gibt es noch einen anderen Teil von dir, der frei und wild in einer anderen Welt lebt.

»Ich beneide dich«, sagte Maja schließlich in sein Schweigen hinein, während sie zum Mond hinaufsah.

»Oft wünsche ich mir ganz frei zu sein ... auch ohne Vergangenheit und Zukunft. Einfach nur ein freies Wesen zwischen Himmel und Erde.«

Keanu fuhr fort.

»Vielleicht bist du so frei. Vielleicht ist auch ein Teil deiner Seele im Meer verteilt, vielleicht sogar über die ganze Welt. Keine Grenzen mit Pass und Gesetzen. Aber vielleicht ist unser Klan der Haifische auch nur, wie sagt man bei euch, die Idee von einer Art Familienseele. Verstehst du?«

Maja schwieg eine Weile, denn sie verstand nicht genau, was er sagte. Sie wusste nur, dass in dieser Nacht in ihrem Leben etwas geschehen war, das sie für immer verändern würde. Es hatte sich eine Tür geöffnet, die ihre Seele betraf. Keanu schwamm jetzt dicht an ihrer Seite.

»Ich fühle bei dir meine Familienseele. Du bist eine Tochter der Haifischfrau.«

Sein intensiver Blick wurde ihr im nächtlichen Meer fast unheimlich, denn der sichere Strand war sehr weit weg. Zudem spürte sie eine Schwäche in sich, die ihre Arme und Beine bleiern werden ließ. Es war ihre Angst. Was hatte diese Haifischseele auch letztendlich mit den starken sexuellen Gefühlen zu tun, die zwischen ihnen das Wasser aufzuladen schienen. Sie hatte sehr starke sexuelle Gefühle für ihn und das alleine bedeutete schon Verwirrung genug für Maja.

So als könnte er erneut ihre Gedanken lesen, strich Keanu ihr zärtlich eine nasse Strähne aus der Stirn. Dann lächelte er sie entschuldigend an.

»Mein Volk hat auch sehr viele Kapus, strenge Gesetze zwischen Mann und Frau. Aber kein Gesetz ohne Ausnahmen. Heute ist der Mond voll. Bei uns auf den Islands gehören diese Nächte den Göttern des Lebens. Auch wenn du nicht eine von uns bist, heute Nacht bist du meine Haifischfrau. Kommst du?«

Maja konnte kaum noch nicken, als er sie bereits erneut mit sich unter die Oberfläche zog. Weiter ging Keanus Spiel. Diesmal spürte sie seine forschenden Hände auf ihren Brüsten. Ihre Erregung nahm zu, als seine Finger sich in langsamen Kreisen zu ihrem Bauchnabel vortasteten. Einen Moment versenkte er einen Finger dort im Nabel, so als wollte er etwas überprüfen. Es kitzelte. In Majas Aufregung mischte sich ein Gefühl von aufkeimender Zärtlichkeit. Keanu war ein wenig wie ein verspieltes Kind. Er kam auf Ideen, die ihren bisherigen drei Liebhabern nicht einmal im Traum eingefallen wären. Als Nächstes umfassten seine Hände ihre Hüften. Er zog sie mehrmals hintereinander fest an sich, so als wollte er mit ihr verschmelzen. Sie spürte seine Begierde hart an ihrem Schenkel und erschrak. Wollte er in sie eindringen? Dann war der Moment vorüber.

Keanu ergriff ihre Hand und zog sie mit sich zurück an die Oberfläche. Maja verfluchte den Sauerstoff, der sie erneut zum Auftauchen zwang.

»Was willst du wirklich?«

Maja wusste es nicht. Aber das Auf- und wieder Abtauchen mit ihm wurde Teil eines spannenden erotischen Abenteuers, wie Maja es noch nie erlebt hatte. Sie blieb im Bann seiner Hände, bis ihre Lungen zu platzen drohten. Seine geschickten Finger brachten sie mehrfach an den Rand einer Unterwasserexplosion. Seine Neugier, was die Reaktionen ihres Körpers betraf, schien unstillbar. Noch nie hatte er eine Haole so intensiv berührt, wie sie zwischendurch beim Auftauchen erfuhr. Es machte ihm unglaublichen Spaß.

Im nächtlichen Meer erforschte er ihren Körper bis in den letzten Winkel mit Händen, Lippen und schließlich seiner Zunge. Maja trieb in einer Woge von Lust, die nicht enden wollte. Er hielt ihre Hüften in seinen Händen wie einen heiligen Gral. Nie zuvor hatte sie bei einer sexuellen Begegnung diese Art von Intensität erfahren. Ihr Körper begann zu schmelzen. Sie wurde Teil eines größeren Wesens. Tief unten auf dem Meeresboden streckte dieses Etwas seine vielen Tentakeln nach ihr aus.

Maja begann hinter ihren geschlossenen Augenlidern eine Art Licht zu sehen, das sich kreisförmig auf sie zu bewegte. Sie hörte tief unten im Wasser einen Ton, der hell und melodisch war. Der Druck auf ihrer Brust wurde größer. Sie drohte zu bersten. Diesmal wartete sie nicht auf Keanu. Sie riss sich von ihm los und schwamm panisch zurück zur Wasseroberfläche.

Tief holte sie Luft, einmal, zweimal und schließlich ein drittes Mal. Sie wollte vertreiben, was sie gerade unter Wasser wahrgenommen hatte.

Auch Keanu tauchte auf. Er lächelte, als Maja im Wasser seine Nähe suchte. Fast schon ängstlich klammerte sie sich an ihn.

»Da unten ist etwas«, flüsterte sie ihm zwischen zwei Wellen zu.

»Keine Angst. Großvater Hai kommt nicht her. In eurem Meer leben nur kleinere Brüder und Schwestern, die Angst vor den Menschen haben.«

Aber alles am nächtlichen Meer schien Maja mit einem Mal unheimlich. Sogar die Wellen schienen jetzt mit jedem ihrer Atemzüge immer höher zu werden.

»Es ist die Flut, nicht wahr?«

Er schüttelte den Kopf. Dann lächelte er sie mit seinen mandelförmigen Augen zufrieden an.

»Du hast mit deiner Lust die Geister der Haifischfrauen geweckt, die vor dir gelebt haben. Vielleicht ist es Elisa, die nach dir ruft.«

Aber Maja weigerte sich noch ein weiteres Mal unter Wasser zu tauchen. Für heute hatte sie genug.

Der Mond hatte einen nebligen Hof, als Maja an Keanus Seite zügig zurück in Richtung Strand schwamm. Dringend brauchte sie wieder festen Boden unter den Füßen und schwamm schnell, während er lässig und fast lautlos neben ihr herkraulte.

Mit wenigen Worten versicherte er ihr, dass sie nichts zu befürchten hätte. Richtiger Sex mit ihr wäre ein Risiko gewesen, aber das hätten sie nicht getan. Die Geister der Haifischfrau konnten Maja deshalb nicht zürnen, auch nicht Elisa. Richtiger Sex mit Maja wäre allerdings tabu. »Don't mix the blood!« In der Vergangenheit hätte es beide Male Unglück und Tod gegeben, als fremdes Blut in ihren Klan getragen wurde. Maja wollte darauf etwas erwidern. Sie wollte über Rassismus mit ihm sprechen. Sie wollte ihn nach Leilani und Johannes' gemeinsamem Kind fragen, auch nach Elisa und Keliis Schicksal, aber ihre innere Stimme hielt sie davon ab.

In ihrem Kopf hörte sie plötzlich Elisas Stimme, die ihr sagte, dass sie ihr Wissen für sich behalten sollte. Es mit Keanu zu teilen, wäre tabu.

Stumm schwamm Maja weiter in Richtung Ufer.

Neugierig sah er zu ihr hinüber. Auch er hatte aufgehört zu sprechen. Sie näherten sich dem Ufer, wo sie von Nachtschwärmern gesehen werden konnten. Ein letztes Mal berührte er sie zärtlich unter Wasser.

»Du bist eine sehr schöne Wahine. Danke für diese schöne Zeit.«

Das war alles, was er sagte. Wahine hieß Frau. So viel wusste Maja zu diesem Zeitpunkt durch ihre Zeit mit Elisa am Wasserfall. Aber Zeit? Wie konnte er es überhaupt Zeit nennen, wenn es vor allem eine Reise zwischen den Welten gewesen war?

»Du willst Elisa wiedersehen, nicht wahr?«

Maja nickte und fasste ein letztes Mal an seinen Haifischzahn. Kurz schloss sie die Augen und stellte sich Elisas Gesicht vor, ihre stahlgrauen Augen, den lieblichen Mund und die hohe Stirn. Aber nichts passierte, rein gar nichts. Der Zahn pulsierte noch nicht einmal mehr.

Keanu schüttelte den Kopf.

»Sie wird wieder zu dir kommen. Ich spüre es, aber vielleicht wird es nicht zusammen mit mir sein. Ich habe dir nur die Tür zum Nebel geöffnet. Aber du bist es, die Elisa gerufen hat. Nicht ich habe sie aus ihrem Schlaf bei den Haien aufgeweckt. Und vielleicht darfst du mit mir nicht wirklich darüber sprechen, weil sie dir Dinge anvertraut, die die Männer aus unserem Klan nicht wissen dürfen. Vieles ist tabu. Elisa, die Haifischfrau ist für uns eine Heldin, aber wir Männer wissen nicht alles ...«

Maja sagte dazu nichts, aber die innere Stimme hatte sich deutlich geäußert. Sie schwieg. Ein letztes Mal lächelte er sie verschwörerisch an.

»Du gehörst zu uns ... irgendwie.«

Gleichzeitig zogen sie kurz darauf in den seichten Uferwellen ihre Unterwäsche wieder an. Der Zauber war zu Ende.

Als sie über die runden Kiesel zurück zu ihren Kleidern gingen, fühlte sich Majas Körper auf den Steinen merkwürdig schwerfällig und plump an. Was für ein Unterschied zu ihrer Leichtigkeit im Wasser. Wie schön hatte sie sich gefühlt, als dieser Mann sie berührte. Immer noch fühlte sie das heiße Pulsieren zwischen ihren Beinen, und einen Moment lang war sie versucht, ihn zu verführen. Ein Teil von ihr wollte ihn berühren und so lange erregen, bis er sämtliche Tabus seines Volkes über Bord werfen würde. Sie wollte ihn ganz in sich spüren.

Wieder an Land war Keanu jedoch wie verändert. Etwas schien ihn auf einmal zu beunruhigen. Er sah prüfend hinaus aufs Wasser. Etwas geradezu Abweisendes ging von ihm aus. Natürlich, er fühlte sich seiner Freundin gegenüber schuldig. Es war ja im Grunde genommen nicht Maja, die er wollte, sie war nur eine Lückenbüßerin. Wäre die schöne Leilani mit der

Hibiskusblüte hinter dem Ohr jetzt hier, hätte Keanu Maja gewiss nicht einmal angesehen. Er hatte ihr ja ausgiebig erklärt, dass Haole, wie sie hauptsächlich eine war, bei seinem Volk nicht gerade als Schönheiten begehrt sind. Je mehr weißes Blut, desto hässlicher. Nase zu lang, Haut zu hell, Bewegungen zu schnell für den hawaiischen Geschmack.

Plötzlich hatte das Erlebnis im Wasser einen schalen Beigeschmack bekommen. Maja fühlte sich beschmutzt. Alles, was sie jetzt wollte, war ein schneller Abschied und dann zu ihrem Auto. Eine sichere Tür, die sie hinter sich schließen konnte. Sie musste allein sein, um ihre Gefühle zu verarbeiten. Nur weg von diesem Mann, der auch im hässlichen Licht der Straßenlaterne noch aussah wie ein Gott.

Maja kannte sich zu gut. Keine einzige weitere Stunde konnte sie bei ihm bleiben, ohne sich lächerlich zu machen. Die Wahrheit war schrecklich blamabel. Sie hatte sich in diesen Mann verliebt. Natürlich war diese Liebe unmöglich, denn er würde sie nie erwidern können. Aber für Maja war es bereits zu spät. Das Unmögliche hatte schon immer großen Reiz auf sie ausgeübt, und diesmal würde sie bezahlen müssen. Heftiger Herzschmerz war vorprogrammiert, und sie konnte rein gar nichts mehr dagegen tun. Das restliche Seminar über würde sie leiden wie ein geprügelter Hund.

Während sie ihre schweren Haare so gut es ging über den Kieselsteinen am Strand auswrang, versuchte sie sich zu trösten. Sicher war dieser Hawaiianer ohnehin nur ein abergläubischer Spinner. Und es wäre nur gut, wenn auch Majas Körper das möglichst schnell einsehen würde. Nicht nur ihr Herz klopfte immer noch vor Aufregung, auch ihre Haut schien lebendiger als sonst. Das fordernde Pochen zwischen ihren Beinen wollte einfach nicht aufhören. Ihre Brustwarzen standen hart und steil. Sie würde sich irgendwie ablenken müssen. Am besten, sie dachte an etwas Unerfreuliches … etwa den nächsten Zahnarztbesuch. In diesem Moment erklang eine vertraute Melodie aus ihrer Handtasche. Stefan! Ihr Handy, oder besser gesagt Stefans Klingelton auf ihrem Handy, meldete sich. Hastig griff sie zu dem Rettungsanker.

»Stefan! Schön, dass du noch anrufst … Nein, Schatz, ich bin noch nicht zurück in der Villa. Ich war mit Kollegen beim Essen …«

Es würde ein längeres Telefonat werden, das hörte sie am Klang seiner Stimme. Stefan liebte es, am Abend, bevor er schlafen ging, seinen Tagesablauf in der Klinik im Detail mit ihr durchzusprechen. Während Keanu sie belustigt ansah, lieferte Maja routiniert ein »Ja, wirklich?«, »Toll!« oder »Wie wunderbar, mein Schatz«. Ansonsten musste sie Stefan nur zuhören.

Ihr wurde kalt. Keanu war bereits fertig angezogen. Stumm reichte er ihr das Kleid, sodass sie in Ruhe telefonieren konnte. Er hatte verstanden, dass Majas Freund nicht unbedingt mitbekommen sollte, dass sie nachts mit einem fremden Mann im Meer schwimmen war. Nass wie sie war, gelang es Maja kaum, den dünnen Stoff mit dem Blümchenmuster über ihren Körper zu ziehen. Keanu half ihr. Lautlos und geschickt entfernte er den nassen BH unter ihrem Kleid. Dann ihr Höschen. Danach bückte er sich, um mit seinem Pulli, den er vorher über die Schultern geworfen hatte, ihre Füße abzutrocknen. Seine Stimme war kaum hörbar.

»Du sollst nicht kalt werden.«

Maja hauchte einen stummen Dank, verdrehte die Augen und deutete auf ihr Handy. Stefan fand kein Ende. Keanu lächelte und bückte sich erneut, um die Bänder von Majas Sandalen um ihre Knöchel zu flechten. Erst den rechten Fuß. Maja hielt sich an seiner Schulter fest, um nicht den Halt zu verlieren. Seine Hände waren zärtlich, als er den Halt der Bänder prüfte. Gründlich band er ihr die Schleife und prüfte, ob der Riemen auch nicht in die Haut einschnitt. Danach versorgte er ihren zweiten Fuß, so als hätte er in seinem Leben nichts anderes getan. Maja war gerührt. Gleichzeitig war sie aber auch von der Situation überfordert, denn Stefan hörte nicht auf zu reden.

»Ja, mein Schatz, das ist wirklich wunderbar. Das müssen wir feiern, wenn ich zurück bin.«

Stefan musste getrunken haben. Zumindest klang er nach mehr als einem Glas Wein, als er Majas Versuch, ihr Gespräch zu beenden, immer wieder abblockte. Stefan liebte es, ihr im unpassenden Moment romantische Worte durchs Telefon zuzuflüstern. Es waren Worte, die er nie im Bett zu ihr gesagt hätte. Nur über das Handy fanden seine heimlichen Sehnsüchte den Weg in ihr Ohr. Am Telefon konnte er richtig erfinderisch werden. Bisweilen hatte sie ihn gar im Verdacht, nebenbei eine Telefonsex-Beziehung zu führen. Seine Ausdrücke waren explizit, und Maja konnte seine wachsende Erregung auch am nächtlichen Strand von Nizza sehr deutlich am anderen Ende hören.

»Wir müssen jetzt aufhören, Stefan … leider … nein, ich kann im Moment nicht länger mit dir reden. Ich bin nicht alleine.«

Immer mal wieder hatte Maja die Telefonmanieren ihres Freundes nicht goutieren können, aber heute war es zudem ausgesprochen schlechtes Timing. Mit verdrehten Augen ließ sie seine erotischen Vorstellungen mehr über sich ergehen als zu partizipieren. Stattdessen hielt sie das Handy weit von ihrem Ohr, sodass Stefan die Autos an der Strandpromenade hörte.

»Ich muss jetzt aufhören … Wir sind auf dem Weg zu meinem Auto.«

Keanu lächelte. Ahnte er, worüber Stefan gerade sprach? Wenn ja, ließ er sich nicht das Geringste anmerken. Dabei musste das Lächeln in ihrem Gesicht völlig verzerrt wirken. Gefühle von Scham und Schuld überwältigten sie. Für Stefan empfand sie in diesem Moment nichts weiter als Aversion und Verachtung, denn er wollte einfach kein Ende finden.

»Ja, mein Schatz, ich dich auch. Aber ich muss jetzt Schluss machen! Nein, die Kollegen hier gehen gerade mit mir zur Parkgarage. Du weiß doch, dass ich da so ungern alleine reingehe. Ja, doch … ich dich auch. Schlaf schön!«

Schwer atmend legte sie das Handy in die Handtasche. Sie war verwirrt, denn gleichzeitig war sie immer noch erregt und aufgewühlt von ihrem Erlebnis im Wasser. Eine völlig neue Welt hatte sich vor ihr aufgetan.

Einen Moment lang sah sie zu, wie Keanu ihr nasses Höschen und ihren BH über den Steinen auswrang. Sie fühlte sich mehr als hingezogen zu ihm. Am liebsten hätte sie ihre Hände in seinem schweren Haar versenkt und ihn stundenlang einfach nur geküsst. Aber Stefans Anruf hatte sie durcheinandergebracht. Sie hasste es zu lügen. Wieso hatte er ausgerechnet jetzt ein Liebestelefonat führen wollen? Maja versuchte verzweifelt, zur Normalität zurückzufinden. Es lag am Vollmond und am Mistral. Nur deshalb hatte sie sich auf ein derartiges Erlebnis mit einem Fremden eingelassen. Nie hatte sie bisher einen ihrer Freunde betrogen. Aber war es tatsächlich ein Betrug? Hatte sie Stefan überhaupt mit Keanu betrogen?

Keanu kam zu ihr zurück. Er reichte ihr ihre feuchte Unterwäsche. Maja sollte sie in ihre Handtasche stecken. Als sei es das Normalste der Welt, redete er über die Vorteile von langen Kleidern. Bei ihnen auf den Islands trugen auch die Männer oft lediglich Tücher, die sie um ihre Hüften wickelten.

»Für Frauen ist es wichtig, keine nassen Sachen zu tragen. Du wirst sonst auf dem Heimweg deinen Bauch erkälten. Und das da … es ist ein Geschenk zur Erinnerung an deine erste Begegnung mit der Haifischfrau.«

Unfähig ihm zu antworten, nickte sie stumm. Auf ihren BH und ihr Höschen hatte er einen flachen Kieselstein gelegt, wie sie am Strand der Côte d'Azur häufig vorkamen. Aber dieser Stein war besonders. Er war zur einen Hälfte dunkel und zur anderen Hälfte war er aus weißem Quarz. Durch das Dunkel zog sich eine feine helle Linie. Auf die feine Zeichnung auf dem Stein deutete er jetzt. Maja erkannte, dass die Linie aussah wie eine Haifischflosse.

»Es war wunderschön ... aber jetzt muss es für immer vorbei sein. We do not want to break kapu! It would be dangerous!«

Er war ins Englische verfallen, aber Maja spürte auch so instinktiv, was er ihr mitteilen wollte. Sie durften sich nicht wiedersehen. Es war zu gefährlich. Die Anziehung zwischen ihnen war zu stark. Sie waren beide nicht frei. Er erklärte es ihr noch in blumigen Worten, in denen die Geister der Haifischfrauen und die Kahuna auf seiner Insel eine Rolle spielten. Aber Maja hörte nicht wirklich hin. In ihr war vor allem Verwirrung. Ihr Bauch und ihr Kopf führten einen erbitterten Kampf. Sie hörte seine Stimme erst wieder, als er mehrmals langsam und überdeutlich den deutschen Namen Elisa Vogel aussprach. Aber war es wirklich seine deutsche Ahnin, von der er sprach? Und warum? Was hatte diese Frau mit Maja zu tun?

Keanu wollte keine Fragen mehr beantworten. Er sagte ihr nur, dass sie sich diesen Namen bitte merken sollte. Er würde eine große Bedeutung in ihrem Leben bekommen.

Als Keanu sie kurz darauf in die Parkgarage begleitete, in der sie heute ihr Auto abgestellt hatte, spürte sie vor allem seine Anspannung. Mit jedem Schritt, mit dem Keanu sich mit ihr vom Meer entfernte, verließ er auch Maja. Es war, als bildete sich eine Schicht undurchdringlicher Distanz zwischen ihnen. Sie wusste plötzlich, dass er sie schon vor ihrem Abschied ausblenden wollte. Wahrscheinlich hasste er Abschiedsszenen genauso sehr wie sie. Trotzdem fühlte sie mit einem Mal eine große Wut und auch so etwas wie Trauer. Warum jetzt schon ein Abschied? Ihr Seminar war noch nicht zu Ende, und sie würden sich ohnehin täglich wiedersehen. Diese Theatralik war völlig ungerechtfertigt. Dieser Abend war nur ein kleiner harmloser Urlaubsflirt gewesen, der nicht unbedingt in einer Parkgarage enden musste.

»Doch, Maja, es muss enden. Es ist gefährlich, und es ist tabu.«

Wieder hatte er ihr die Gedanken von der Stirn abgelesen. Eine andere Eigenschaft, die Maja noch nicht bei einem Menschen erlebt hatte. Sie atmete tief durch, um sich zu wappnen, denn sie musste noch ein ganzes Stück fahren, und ihre Knie zitterten. Aber während Keanu in einem Hotel in Nizza in der Nähe des Seminars wohnte, musste Maja mit ihrem Auto noch zurück nach Antibes. Sie wohnte wie immer privat an der Côte d'Azur. Dem Geschäftspartner ihres Vaters gehörte eine millionenschwere Luxusvilla am Cap. Immer wenn Majas Familie hierher kam, wohnten sie dort. Das große Haus war ausgelegt für mindestens acht Leute und hatte einen spektakulären Swimmingpool. Zu gerne hätte sie Keanu eingeladen, mit ihr zu kommen, denn in dieser Woche war sie ganz alleine dort. Aber sein warnender Blick signalisierte ihr, diesen Gedanken nicht auszusprechen, und sie schwieg.

Sein Abschied an ihrem Wagen war förmlich und distanziert. In dem stickigen Parkhaus war Keanus Haut von einem fast fahlen Gelb. Alles Leben schien aus ihm gewichen. Plötzlich tat er ihr leid. Auch er schien sich mit dem Abschied keineswegs so leicht zu tun, wie es zunächst den Anschein hatte. Maja suchte verzweifelt nach unverfänglichen Worten, um locker an das Geschehen im Meer anzuknüpfen. Sie wollte sich vergewissern, dass es nicht nur ein einseitiger Traum war. Ihr Mund öffnete sich, aber es kamen keine Worte raus. Welche auch? Hast du ebenso viel gefühlt wie ich? Was für eine dumme Frage!

»Wir sehen uns morgen«, sagte sie zaghaft. Mehr brachte sie nicht heraus. Er legte seine Finger auf ihre Lippen. Sie konnte nicht anders, als ihren Mund zu öffnen.

Maja schmeckte das Salz auf seiner Haut. Seine Finger waren kühl und zitterten. Wie vorhin im Wasser schloss sie ihre Augen und wartete. Aber diesmal folgte kein Kuss. Sanft sagte

Keanu ihr ein deutsches Auf Wiedersehen. Er wartete, bis sie in ihr Auto gestiegen war und wegfuhr. Im Rückspiegel sah sie sein Gesicht, das im Neonlicht des Parkdecks merkwürdig alt und verloren aussah.

Als sie am Tor der Villa ankam, war sie seltsam aufgekratzt und hungrig. Nachdem sie sich eine Weile mit der komplizierten Alarmanlage herumgeärgert hatte, durfte sie die Luxusvilla endlich betreten. Der Kühlschrank war so gut wie leer. Ein paar Oliven, ein Rest Käse und jede Menge Erdnüsse waren ihr Nachtimbiss, halfen aber auch nicht wirklich gegen eine steigende Unruhe. Kurz tauchte sie im Pool unter, um das Salz abzuwaschen, das begonnen hatte, auf ihrer Haut zu kribbeln.

Sie dachte daran, Stefan noch anzurufen, aber es blieb bei dem Gedanken. Sie brauchte dringend Zeit, ihre Gefühle und Gedanken zu ordnen. Ihr war, als hätte sie in den wenigen Stunden mit Keanu mehr erlebt als mit Stefan während des ganzen letzten Jahres.

Mit nassen Haaren fiel sie wie ein Stein aufs Bett und zog das Laken über sich. Gedanken an Haie und Liebe mischten sich in ihrem Kopf zu einem Reigen aus Bildern aus einer anderen Welt. Dann schlief sie ein.

Etwa eine Stunde später kam der Traum. Zunächst erschien es Maja nicht wie ein Traum, denn die Träume, die sie sonst hatte, waren eher chaotisch. Sie waren oft eine wüste Mischung aus dem, was sie im Lauf des Tages erlebt hatte, und geradezu klassischen Traumsymbolen. Dieser Traum aber war anders. Es war Elisa, die ihn Maja durch den Nebel hindurch schickte.

6. Kapitel

Blaue Grotte, Kauai 1894

Elisa hatte für einen Moment das Gefühl, bei Tisch ohnmächtig zu werden. Ihre Augen waren fest geschlossen, denn sie wünschte sich verzweifelt Maja herbei. Obwohl sie wusste, dass es unmöglich war, denn diese fremde Frau konnte sie nur im Traum sehen – wenn man es überhaupt sehen nennen konnte.

Elisa durchlief seit ihrer letzten Begegnung mit Maja eine innere Krise. Sie hatte bereits mehrfach versucht, ihr Gesicht zu zeichnen, und das letzte Porträt war ihr sogar recht gut gelungen. Ein sanftes Lächeln spiegelte zumindest das Wesen von Maja wider. Die Züge der jungen Frau zeigten eine überaus gelungene Mischung aus Hawaii und Deutschland. Stolz auf ihr Werk hatte Elisa die Zeichnung in einen einfachen Rahmen aus Bambus gespannt und sie neben ihre Zeichnung der Bremen III über ihr Bett gehängt.

Aber an diesem Abend auf der Plantage wünschte sie sich Maja verzweifelt an ihre Seite, weil sie Angst hatte. So wie sie sich als Kind immer ihren Schutzengel gewünscht hatte, wenn ihr nachts etwas unheimlich war, brauchte Elisa bei diesem Abendessen dringend eine gute Freundin. Die stechenden Blicke ihres Gegenübers waren Elisa an diesem Abend mehr als unheimlich. Von Gerit Janson ging etwas Dunkles und Zwanghaftes aus. Elisa konnte seine Absicht ihr gegenüber nicht wirklich deuten, aber Kelii hätte ihr geraten, die Kraft der Göttin Pele zu beschwören.

Etwas stimmte nicht an diesem Abend. Das spürte Elisa, seitdem sie Gerit Janson zur Begrüßung ihre Hand gegeben hatte. Seine Blicke schienen sie förmlich auszuziehen und auch ihr kurzer Wortwechsel am Eingang war mehr als unpassend gewesen. Elisa erschauderte noch im Nachhinein, wenn sie an das diabolische Lächeln und die Gier in seinem Blick dachte.

»Guten Abend, Elisa, Sie sehen wirklich bezaubernd aus in der weißen Spitze ... so ... so rein und unschuldig.«

Bevor sie es verhindern konnte, hatte er sich über ihre Hand gebeugt und küsste sie in glühender Verehrung. Elisa war zu verdattert, um ihm antworten zu können, vor allem, weil es ihrem Onkel offensichtlich gefiel, wie leidenschaftlich Janson um ihre Gunst buhlte. Die Blicke der beiden ließen darauf schließen, dass sie sich abgesprochen hatten. Elisa ergriff ein Gefühl von hilfloser Wut. Doch bevor sie Janson mit gezielten Worten in die Schranken weisen konnte, ergriff er erneut das Wort.

»Verzeihen Sie, Elisa, dass ich mich Ihnen heute derartig ungehörig nähere, aber in mir ist seit unserem letzten Treffen ein Feuer entbrannt, das einzig und allein Ihre charmante Gegenwart lindern kann.«

Elisa wurde spontan schlecht. Sie wich zurück und wäre wohl auf dem Absatz umgedreht und in ihr Zimmer gegangen, wenn Onkel Paul ihr nicht den Weg versperrt hätte.

»Bitte lass meinen Freund Gerit zumindest ausreden. Er will nichts weiter, als dich ein wenig näher kennenlernen. Du bist immerhin meine einzige Nichte. Dein Vater hat mir dein Wohl anvertraut, und da wirst doch auch du mir ein wenig vertrauen ...«

Elisa kannte diesen Blick. Ihr Onkel duldete keine Widerrede. Auch hatten die beiden sich in der Tat abgesprochen, denn jetzt stellte sich auch Gerit vor sie. Sein Lächeln war unergründlich, als er fortfuhr.

»Ihr Onkel hat mir in Aussicht gestellt, ich dürfte an diesem Abend zumindest auf ein kleines bisschen Ihrer Zeit hoffen?«

Elisa war unwillkürlich errötet. Erneut griff er nach ihrer Hand, aber sie hatte sie ihm schnell entzogen, um ihn an weiteren Galanterien zu hindern, die ihr noch mehr Übelkeit verursacht hätten. Mit voller Absicht hatte sie ihre Stimme einige Grad kühler als sonst klingen lassen.

»Guten Abend, Herr Janson. Ich weiß nicht genau, worüber Sie mit meinem Onkel sprachen, aber wenn Sie auf ein interessantes Tischgespräch hoffen ... nun, Sie kennen ja bereits meine Vorlieben. Sollte es um Politik gehen – dazu bin ich jederzeit bereit.«

Ihr Onkel war bei Elisas Worten in spontanes Gelächter ausgebrochen. Aber auch der ankommende alte Fried konnte sich einen belustigten Kommentar nicht verkneifen.

»Aber Fräulein Elisa, wieso wollen Sie so viel Grazie und jugendliche Anmut mit hässlichen Männerthemen verunstalten? Mir wurde versprochen, Sie seien für den musikalischen Teil der Unterhaltung zuständig. Das wäre doch vielleicht um einiges passender?«

Gut gelaunt zwinkerte er ihr zu. Elisa konnte Fried einfach nicht böse sein. Aber auf ihren Onkel hatte sie einen gewaltigen Zorn, denn er lachte immer noch über sie.

Janson lächelte breit, wobei er jetzt seine makellosen Zähne zeigte, die Elisa an einen undurchdringlichen Zaun erinnerten.

»Ihr Onkel hatte sicherlich kein politisches Tischgespräch im Sinn, als er mir erlaubte, ein wenig Ihrer Zeit zu beanspruchen. Er schlug nach dem Abendessen einen Ausflug zur Blauen Grotte vor. Bei Vollmond soll die Grotte besonders eindrucksvoll sein. Er hat uns die Begleitung von Johannes van Ween vorgeschlagen, damit der Anstand gewahrt bleibt. Sie haben also nichts zu befürchten ...«

Elisa wich seinem bohrenden Blick aus, wagte es aber nicht, sofort abzulehnen. Es war immerhin der Vorschlag ihres Onkels. Auch hatte Johannes wohl bereits zugesagt, wie Elisa erfuhr, während sie gemeinsam zu Tisch gingen. Gerit überschlug sich vor Höflichkeit, als er ihr den Stuhl zurechtrückte.

»Ich möchte Sie keineswegs drängen. So ein Ausflug ist nur sinnvoll, wenn Sie nicht zu müde sind, denn wir werden voraussichtlich erst im Morgengrauen zurück sein. Aber Johannes hatte uns beiden versichert, mit diesem Ausflug bei Ihnen den richtigen Nerv zu treffen.«

Jetzt war Elisas Neugierde geweckt.

»Dieser Ausflug mitten in der Nacht zur Blauen Grotte … das war Johannes Idee?«

Er nickte und wies in Richtung der offenen Flügeltüren, die auf die Terrasse führten. Der Mond war immer noch fast voll. Sein bleiches Licht erhellte den Garten.

»Diese Nacht werden Sie nie vergessen … glauben Sie mir! Das Mondlicht in der Blauen Grotte ist unvergesslich … Sie werden entzückt sein.«

Die letzten Worte hatte er dicht an ihrem Ohr geflüstert. Elisa roch in seinem Atem Alkohol und Tabakrauch. Die feinen Härchen an ihrem Nacken stellten sich mit einem Anflug von Ekel auf. Sie starrte weiter in den Garten. Die Konturen der Büsche und Bäume im fahlen Mondlicht wirkten auf Elisa wie vor Schreck erstarrte menschliche Gestalten. Sie erschauerte. Ein plötzliches Gefühl von kaltem Grauen machte sich in ihr breit. Sie würde mit Johannes reden müssen. Was genau hatten die Männer hinter ihrem Rücken ausgemacht?

Gerit gab nicht nach. Wartend verharrte er bei ihrem Stuhl.

»Nun, was sagen Sie? Sind Sie einverstanden mit einem kleinen Nachtausflug zu dritt? Ihr Onkel meinte, dass Sie dieses Naturschauspiel immer schon sehen wollten …«

Es stimmte. Allerdings wollte Elisa das berühmte Mondlicht in der Blauen Grotte mit Kelii sehen. Das Problem war nur, dass sie zu Fuß zu lange brauchten, um in einer Nacht dorthin und wieder zurück zu gelangen. Mit Jansons Kutsche hingegen würden sie den Weg viel schneller schaffen. Das Angebot war verlockend. Trotzdem hatte Elisa ein mulmiges Gefühl. Wenn sie es beschreiben würde, dann fühlte es sich ein wenig so an, als würde sie auf Treibsand rückwärts auf einen Abgrund zugehen.

»Guten Abend, Elisa! Wie geht es Ihnen? Haben Sie sich von Ihrer Unpässlichkeit erholt? Sie sehen immer noch ein wenig blass aus ... Was halten Sie von der Idee mit dem Ausflug?«

Johannes sprach schnell, als er zu ihnen trat. Als sie sich förmlich die Hand gaben, fand Elisa, dass er derjenige war, der blass aussah. Aber bevor sie auf seine Worte etwas erwidern konnte, fuhr er bereits fort.

»Ich habe Herrn Janson schon gesagt, dass Sie vielleicht noch nicht kräftig genug für einen nächtlichen Ausflug sind? Ihre Unpässlichkeit ...«

War da eine Warnung in Johannes Blick? Elisa war sich nicht ganz sicher. Zitterten seine Hände? Etwas war merkwürdig, aber Elisa kannte ihn noch nicht gut genug, um zu erkennen, was genau ihren neuen Freund bedrückte. Vielleicht war es immer noch Leilanis Verschwinden, das ihm zu schaffen machte.

»Ach, Johannes, nun verunsichern Sie unser junges Fräulein doch nicht unnötig. So ein Ausflug zur Blauen Grotte, noch dazu mit edler Kutsche und in guter Begleitung ... das wird einem nicht jeden Tag angeboten. Also, ich würde zusagen!«

Elisas Mutter stimmte auch sofort dem alten Fried zu. Plötzlich beteiligte sich auch der restliche Tisch lebhaft. Bis auf Katharina, die nächtliche Ausflüge für junge Damen grundsätzlich unpassend fand, rieten alle Elisa dazu, das Angebot anzunehmen. Elisa aber wusste, was das bedeutete. Gerit Janson hatte an diesem Abend offiziell seinen Balztanz um Elisas Hand begonnen. Selbst Katharinas Einwand, der Schicklichkeit halber, war ein Scheingefecht. Alle Anwesenden, und wie es schien sogar Johannes, hatten nicht das geringste Problem damit, dass ein doppelt so alter Mann, noch dazu mit zweifelhaftem Ruf, offen um Elisa warb.

Elisa seufzte tief, als sie in die Gesichter der zwanzig bei Tisch Versammelten sah, die sich erneut ihren jeweiligen Gesprächen zuwandten, da Elisa sich offensichtlich noch nicht entscheiden konnte. Gerit tätschelte fast väterlich ihre Hand.

»Ich habe Sie überfallen, nicht wahr? Jetzt sind Sie sprachlos? Das wollte ich nicht ... ich wollte Sie auch nicht in Verlegenheit bringen.«

Elisa nickte stumm. Sie hätte es dabei belassen, wenn nicht ihr Onkel in diesem Moment quer über den Tisch gerufen hätte.

»Nun sag schon, Elisa! Bist doch sonst nicht stumm wie ein Fisch. So ein Angebot kommt nicht jeden Tag um die Ecke. Morgen fährt Janson wieder ...«

Wieder waren alle Augen auf Elisa gerichtet. Sie versuchte ein Lächeln, aber ihr Gesicht fühlte sich an wie eine kalte Maske.

»Sie haben natürlich recht, lieber Onkel, aber jetzt kann ich mich noch nicht entscheiden ... mein Kopfweh die letzten Tage ... auch wenn das Angebot sehr verlockend ist. Ich muss leider auch an meine Gesundheit denken.«

Sie schickte ein knappes Lächeln in Richtung Janson, um ihm zu signalisieren, wie sehr sie sein Angebot schätzte.

»Seien Sie mir deshalb bitte nicht gram, lieber Herr Janson, aber ich muss diese Entscheidung bis nach dem Dessert verschieben. Ich war dieser Tage gesundheitlich nicht ganz auf der Höhe. Zudem müsste ich noch einmal mit meiner Mutter unter vier Augen reden ... es ist nicht schicklich für eine junge Dame.«

Bildete Elisa es sich ein, oder blitzten Jansons Augen erneut belustigt auf?

»Was denken Sie denn, wer ich bin? Ich weiß doch, was sich bei einem so unschuldigen Mädchen wie Ihnen gehört!«

Da war Spott in seinen Augen. Wollte Janson sie provozieren? Hatte er deshalb das Wort »unschuldig« derartig in die Länge gezogen?

Janson fuhr fort, wobei er Elisa jetzt mit seinen Blicken förmlich bis auf den Grund ihrer Seele zu durchbohren schien.

»Ihre verehrte Frau Mutter hat sich bereits vorhin mit dem

Ausflug einverstanden erklärt, Fräulein Elisa. Sie hat mir aber auch gestanden, dass Sie schon längst nicht mehr jeden Ihrer Schritte überwachen kann, da Sie sehr … unabhängig seien.«

Johannes vermied Elisas forschenden Blick, indem er sich mit knapper Verbeugung von ihrem Stuhl entfernte, um sich auf seinen Platz zu setzen.

Elisa erschrak bei dem Gedanken, dass er vielleicht ihr Geheimnis verraten haben könnte. Doch dann beruhigte sie sich sofort. Warum sollte Johannes das tun? Er war ihr Freund, so wie sie seine Freundin war. Zudem hatte er selber mehr als genug Sorgen und brauchte Elisa als seine Verbündete. Nur kurz dauerte ihr mulmiges Gefühl, als sie sich an ihr Gespräch am Strand erinnerte. Johannes hatte sein Unverständnis über den Ernst ihrer Gefühle Kelii gegenüber ausgedrückt. Aber das hieß noch lange nicht, dass er sie auch verraten hatte.

Dennoch begann Elisa, sich inmitten der fröhlichen Geburtstagsgesellschaft isoliert zu fühlen. Die Einsamkeit umfing sie wie ein schützender Kokon, in dessen innerem Kern nur Kelii war und seit zwei Tagen zudem ein Wesen, das Elisa noch nicht verstand. Maja.

Das Einzige, was Elisa sofort spüren konnte, wenn sie an Maja dachte, war ein deutlicher Zugewinn an Kraft und Selbstsicherheit. So als wäre sie mit einem Mal nicht gar so schonungslos Jansons Blicken ausgeliefert. Deshalb stellte Elisa sich jetzt vor, dass Maja neben ihr sitzen würde. In ihr hätte sie eine Freundin, die jedes ihrer Gefühle würde teilen können. Das wusste Elisa, und diese Vorstellung half ihr, sich ein wenig zu entspannen.

Auch im weiteren Verlauf des Abends konnte sie ihr Gegenüber Janson nur schwer deuten. Aber auch aus Johannes, der ein paar Stühle entfernt saß, wurde sie nicht klug. Es schien ihr, als würde er um jeden Preis vermeiden, dass ihre Blicke sich trafen. Was war inzwischen geschehen? Was hatte er erfahren? Erst wenige Tage waren vergangen, seitdem sie von Johannes am Strand Dinge gehört hatte, die ihre eigene Weltsicht grundlegend verändert hatten. Elisa hatte seitdem auch ihr letztes bisschen Vertrauen in ihren Onkel und ihre Tante verloren. In gewisser Weise hatte Elisa seit dem Gespräch mit Johannes aufgehört, unschuldig zu sein.

Wenn sie ihre mit Schmuck behängte Tante Katharina ansah, die an diesem Abend ihren fünfundzwanzigsten Geburtstag feierte, wusste sie, wie verlogen ihr Gerede von Schicklichkeit und Anstand war. Elisa musste nur an das Haus am Hafen denken, in dem sich zwölfjährige Mädchen zu Tode hungern mussten, um der Gewalt geiler alter Männer zu entgehen. Der Pfarrer und seine Frau aus Hamburg waren heute ebenfalls zu Gast. Die kinderfeindliche Heuchlerin, die Elisa gesagt hatte, dass sie zu jung sei, um dem Komitee anzugehören, saß Elisa schräg gegenüber. Fröhlich prosteten sie sich mit ihren Weingläsern zu und sprachen vom diesjährigen Hibiskus-Ball in Lihue. Aber die Frau des Pfarrers wusste, was mit den jungen Hafenhuren geschah, wenn sie sich weigerten, Männern wie Janson zu Willen zu sein. Wer weiß, vielleicht sprach der Pfarrer sogar ein paar salbungsvolle Worte, wenn wieder ein kleines Mädchen tot im Hafenbecken lag.

Elisa saß stumm bei Tisch, so zumindest sahen es die anderen Gäste. In Wirklichkeit aber redete sie ununterbrochen in ihrem Inneren mit ihrer neuen Freundin Maja.

Was war mit Gerit Janson? Ob ihr Verehrer, der penetrant nach Alkohol und Tabak stank, tatsächlich in das Etablissement am Hafen ging, so wie Johannes es ihr gegenüber angedeutet hatte?

Ungute Gedanken jagten sich, während Elisa stumm Marie van Weens köstliche Suppe löffelte. Die kalte und leicht scharfe Kreation aus Mangos und dem Poi aus der Taropflanze der Hawaiianer war eine besondere Delikatesse des Hauses. Während die Gäste andächtig auch den letzten Tropfen der Köstlichkeit zu sich nahmen, musterte Elisa im Detail den großen, schweren Körper ihres Gegenübers.

Mit dem typischen Körperbau der Friesen, seinem fast

quadratischen Schädel und den klobigen Händen sah Janson aus wie die Hafenarbeiter, die Elisa am Hamburger Hafen oft bei der Arbeit beobachtet hatte. Krasser konnte der Gegensatz zu Keliis eleganter, schlanker Größe gar nicht sein. Mit Schaudern versuchte Elisa sich vorzustellen, wie Janson wohl ohne seinen maßgeschneiderten Anzug aussah.

»Elisa, willst du nicht auch dein Glas auf deine Tante heben?«

Die Augen aller zwanzig Gäste waren erneut auf sie gerichtet, während ihre Mutter nachsichtig lächelte.

»Tut mir leid, aber in diesem Alter ... meine Tochter träumt nun einmal gerne.«

Janson grinste breit.

»Junge Frauen sollten träumen ... von ihrem zukünftigen Mann, vielen gesunden Söhnen ... einem großen Haus und jeder Menge Dienerschaft.«

Elisa hob schnell ihr Glas und prostete Katharina zu.

»Viel Glück und viel Segen auf all Ihren Wegen, verehrte Tante! Mögen die Kinder weiterhin so gut gedeihen, Sie gesund und fröhlich bleiben und Ihr Hibiskus-Komitee weiterhin so viel Gutes in der Gemeinde tun ...«

Den letzten Satz konnte Elisa sich nicht verkneifen. Prompt begann Janson, schallend zu lachen.

»Das klang ja schon fast glaubwürdig! Man könnte fast meinen, Sie hätten sich inzwischen unter den Frauen eingelebt. Und wenn Sie die Aufgaben unserer verehrten Frauen respektieren und vielleicht sogar selber eines Tages daran teilnehmen, dann könnten Sie die Politik ja vielleicht von nun an beruhigt den Männern überlassen?«

Elisa vergaß für einen Moment ihre guten Vorsätze. Sie nahm ihn scharf ins Visier, so als würde sie einen Gegner abschätzen.

»Verehrter Herr Janson, ich hatte nie etwas anderes vor! Doch auch um zu den verehrten Damen zu gehören, muss ich mich zunächst als würdig erweisen. Noch bin ich unverheiratet und kinderlos, wie Sie wissen. Meine laienhaften Bemühungen, an politischen Gesprächen teilzunehmen, dienten lediglich dem Lernen. Mein Vater ... mein Vater ...«

Elisa geriet ins Stocken. Sie realisierte, dass ihr Gesicht über und über rot wurde.

Aber Onkel Paul nickte ihr jetzt ermutigend zu.

»Mein Vater ... er hat mit vieles beigebracht. Er hat mir vor allem auch immer gesagt, dass es für uns Frauen nur nützlich sein kann, wenn wir von den Herren der Schöpfung so viel wie möglich lernen. Bildung sei der einzige Weg für uns, um auf Dauer unsere wirtschaftliche Vormachtstellung zu behalten. Und nur eine gebildete Frau wird darauf achten können, dass ihre Söhne und auch ihre Töchter die bestmögliche Schulausbildung erhalten. Daher interessiere ich mich grundsätzlich für alles, eben auch für Politik!«

»Gut gekontert, Elisa!«

Der alte Fried, ohnehin liberaler denkend als die meisten der Anwesenden, prostete Elisa von der Seite zu. Er war ihr Tischherr zur Linken, und sie hatte ihm sichtliches Vergnügen bereitet. Gerit, als Elisas Gegenüber, war allerdings anderer Meinung.

»Hätte unser lieber Gott geplant, dass unsere Frauen sich mit der Politik beschäftigen, so hätte er sie mit einem größeren Gehirn ausgestattet, meinen Sie nicht meine Herren?«

Zustimmendes Murmeln, allerdings nur leise, denn die anwesenden Damen hielten ihre Blicke zwar gesenkt, aber Zustimmung nickte keine von ihnen.

»Kleiner Scherz ... ich würde an so einem schönen Abend nicht wirklich daran denken, mein entzückendes Gegenüber in irgendeiner Weise zu verärgern ... Allerdings muss ich sagen, dass mich Ihr Anblick überaus entzückt, wenn Sie erröten, und sei es auch nur aus Zorn. Ihr Onkel hatte recht ... man spürt Ihre Leidenschaft und Ihr Temperament. Haben Sie schon einmal gesehen, wie ein störrisches Pferd zugeritten wird, Elisa?«

Im Salon hätte man eine Stecknadel fallen hören können, so leise war es plötzlich.

Elisas Blick verdunkelte sich. Ihr Onkel hatte die Sitzordnung in letzter Minute verändert, auf Gerits Wunsch, wie Elisa wusste. Sein auffordernder Blick in ihre Augen war jetzt die reinste Provokation. Elisa wollte ihm mitten in das Schweigen eine gesalzene Antwort auf seine Frechheit geben, als ihre Mutter laut zu husten begann.

»Ich … habe mich verschluckt … Elisa … bitte … könntest du?«

Elisa stand auf und klopfte ihrer Mutter auf den Rücken, bis der kurze Anfall vorüber war. Die anderen wendeten sich ihren jeweiligen Tischgesprächen zu. Der Moment der Spannung war vorüber. Als Elisa an ihren Platz zurück wollte, flüsterte ihre Mutter ihr warnend zu, dass sie Janson bloß nicht weiter reizen sollte. Elisa flüsterte ebenso leise zurück.

»Warum nicht? Er provoziert mich doch auch!«

»Hör einfach auf mich, mein Kind … bitte! Versuche einfach, ein wenig gehorsamer und … und vor allem diplomatischer zu sein.«

Elisa sah Angst in den Augen ihrer Mutter. Als sie zu Janson hinübersah, um zu sehen, ob er sie beobachtete, schien er jedoch nichts mitbekommen zu haben. Er unterhielt sich angeregt mit der Frau des Pfarrers.

Sie waren an diesem Abend genau zwanzig Leute an dem großen Tisch im Salon der Plantage Vogel, so wie Katharina es sich zu ihrem Geburtstag von ihrem Mann gewünscht hatte. Davon würden neunzehn Zeugen einer Maßnahme werden, die dazu gedacht war, Elisa ein für alle Mal an ihren Platz als Frau zu verweisen. Der nächtliche Ausflug in die Blaue Grotte war nicht zufällig Katharinas Idee gewesen. Auch sie war als junges Mädchen und noch vor ihrer Ehe eines Nachts in die Grotte gefahren. Der Ausflug bestimmte ihr Schicksal, aber nie wieder hatte sie den Wunsch verspürt, die Grotte erneut zu betreten.

Obwohl an diesem Abend alle Zeugen wurden, wie intensiv Janson um seine Zukünftige buhlte, ahnte zu diesem Zeitpunkt niemand, dass aus einem geplanten Denkzettel für Elisa ein Akt grausamer Gewalt werden würde. Vor allem Elisas Mutter, nur teilweise eingeweiht in den Plan ihrer Schwägerin, wusste nichts von dem Ausmaß der geplanten männlichen Machtdemonstration. Aber Clementia verspürte eine vage Ahnung von dem Grauen, als sie sah, wie Janson sich eifrig nachschenkte. Doch obwohl sie so tief verbunden mit ihrem einzigen Kind war, spürte sie zwar eine Furcht, die ihr den Magen zuschnürte, aber sie sagte nichts weiter als die wenigen Worte über Gehorsam und Diplomatie. Was hätte sie aber auch sonst tun sollen? Das Schicksal einer Frau war ihr zukünftiger Mann. Dem hatte sie sich zu fügen.

Auch Elisa spürte eine gewaltige und ganz und gar unausweichliche Veränderung auf sich zukommen. Ähnlich einem gewaltigen Baumstamm, der bereits von der Säge durchtrennt auf den Stoß wartet, der ihn zu Fall bringt, schien ihr Schicksal auf merkwürdige Weise besiegelt. Nur glaubte sie, noch Zeit zu haben, und zwar die Menge an Zeit, die jeder Verlobten zugestanden wird, bevor ihr Körper aufhört, nur ihr allein zu gehören.

Elisa spielte auf Zeit, denn sie sah keine unmittelbare Gefahr, weder bei Tisch noch bei einem nächtlichen Ausflug mit Janson. Johannes würde sie begleiten und beschützen, dessen war sie sich mehr als sicher. Er war ihr Freund. Sie liebte Kelii und hatte sich ihm versprochen. Ihre Entscheidung war gefallen, und zur rechten Zeit würde sie auch wissen, was zu tun war. Auch Kelii würde es wissen. Notfalls würden sie zusammen von hier fortgehen, auf eine der größeren Inseln, die bereits fortschrittlicher waren. Vielleicht könnte Elisa sogar als Lehrerin arbeiten, wenn sie ihren Namen ändern würde. Maja arbeitete als Lehrerin, das hatte sie bereits in Erfahrung gebracht. Und auch, wenn es verrückt war, dass Elisa anfing, ihr eigenes Leben mit dem einer Unbekannten zu messen, gab Maja ihr die Portion Zuversicht, die ihr bis jetzt gefehlt hatte.

Elisa atmete tief durch, stellte sich noch einmal Majas Gesicht in allen Einzelheiten vor, und beschloss, das Spiel von Janson mitzuspielen. Diplomatie und Gehorsam konnte ihre Mutter haben, auch wenn es vielleicht ein Abschiedsgeschenk werden würde.

»Ich habe mich gerade entschlossen, Ihr Angebot anzunehmen, Herr Janson. Gerne mache ich mit Ihnen und Johannes den Ausflug in die Blaue Grotte.«

Fast übermütig prostete Elisa in die Runde.

»Will vielleicht noch jemand mitkommen?«

Aber Elisa blieb die Einzige. Ihre Mutter nickte ihr dankbar, wenn auch ein wenig verhalten zu, so als würde sie sich bereits Sorgen machen. Katharina hingegen lächelte mehr als zufrieden. Teil davon war ein perfides Rachegefühl gegen die jüngere und hübschere Konkurrentin um die Gunst der männlichen Aufmerksamkeit. Die Siegerin im Schönheitswettbewerb war Elisa zweifellos und für jeden Mann mehr als sichtbar an diesem Abend. Später einmal würde ihre Mutter sagen, dass Elisa nie wieder derartig blühend und einladend aussah wie an diesem erinnerungswürdigen Abend, der ihr Leben für immer verändern sollte.

Die anderen Gäste trugen die unterschiedlichsten Kommentare über die Schönheit und die Besonderheit des magischen Ortes der Blauen Grotte bei, denn außer Elisa war jeder von ihnen bereits einmal dort gewesen und hatte etwas zu erzählen. Nur Johannes schien erneut merkwürdig abwesend. Wieder mied er Elisas Blick. Janson hingegen freute sich lautstark über die Ehre, derjenige zu sein, der Elisa die Blaue Grotte als Erster zeigen durfte.

»Der Erste zu sein, der mit Ihnen dieses Erlebnis teilen wird, das ist wirklich eine ganz besondere Freude. Großartig, meine Liebe, wirklich großartig … Glauben Sie mir, diese Nacht werden Sie nie vergessen!«

Er hatte erneut sein Glas gehoben und trank es mit einem einzigen Zug leer, so als hätte er einen kleinen Sieg zu feiern. Die anderen jedoch waren merkwürdig still, allen voran Johannes.

Elisa zwang sich im Laufe des Abends dazu, ihre dunklen Gefühle ganz und gar zu verdrängen. Katharinas feierlicher Geburtstagsabend bot auch ihr eine willkommene und verdiente Abwechslung. Allein die sinnliche Schönheit der Tischdekoration und die vielfältigen und köstlichen Speisen von Marie van Ween waren es wert, sämtliche düsteren Gedanken für die restlichen vergnüglichen Stunden von sich zu schieben.

Passend zu dem feierlichen Anlass war der Tisch mit Silber, kostbarsten Kristallgläsern und dem feinen Porzellan aus China gedeckt worden. Farbenprächtige, traditionelle Leis aus wildem Ingwer, Orchideen und dem roten Jasmin aus dem Garten waren von Elisa und ihren Cousinen bei jedem Gedeck platziert worden. Die größte der Blumenketten, ganz aus zarten Orchideenblüten, lag am Kopfende um Katharinas Teller herum. Zwischen den Tellern lagen zartrosa Muscheln, die Hildegard und die Zwillinge für ihre Mutter extra am Strand gesammelt hatten.

Dennoch durften die kleinen Mädchen nicht an dem feierlichen Abendessen teilnehmen. Nachdem Elisa auf ausdrückliches Bitten ihres Onkels bereits am frühen Abend mit Hildegard das missratene Ständchen vor den Gästen aufgeführt hatte, mussten die Mädchen den Salon wieder verlassen. Sie aßen in der Küche. Die Erwachsenen sollten unter sich sein, um erwachsene Gespräche führen zu können, so hatte Katharina es für den Abend bestimmt. Doch augenscheinlich hatte Hildegard es vor Neugierde nicht mehr ausgehalten. Jedenfalls sah Elisa sie mehrmals kurz hinter der Terrassentüre. Natürlich verriet sie ihre Cousine nicht, hoffte aber, dass Hildegard die derben Sprüche von Janson über das Decken seiner jungen Stuten durch einen neuen Hengst nicht begreifen würde. Noch vor dem Dessert verschwand das Kind. Sicher war es zu Bett gegangen.

Nach dem Dessert verebbte das Tischgespräch, das teilweise äußerst amüsant gewesen war, vor allem durch den Humor des alten Fried. Jetzt sprach hauptsächlich der Pfarrer, dessen monotone Stimme Elisa auch in der Kirche regelmäßig einschläferte. Der Mann war ein entsetzlicher Langweiler. Aber Elisa versuchte, ihrer Mutter zuliebe so zu tun, als ob sie der endlose Monolog über weitere Neuankömmlinge aus China interessieren würde. Aber in Wirklichkeit war sie mit ihren Gedanken woanders.

Sie musste an Kelii denken. Sie spürte, dass auch er in diesem Moment an sie dachte. Unbedingt musste sie bald mit ihm sprechen. Etwas wirklich Gravierendes musste geschehen sein, da weder sein Vater noch er rechtzeitig zum Vollmondfest zurück sein konnten. Es war das erste Mal, dass das traditionelle monatliche Dorffest ausgefallen war. Das hatte Elisa heute im Dorf erfahren, aber niemand konnte oder wollte ihr genau sagen, warum. Elisa war am frühen Morgen, im Licht der ersten Dämmerung, zum Wasserfall hinaufgestiegen, weil sie sich Sorgen um Kelii machte. Seit sie sich kannten, war nie mehr als ein Tag vergangen, ohne dass er irgendwo in ihrer Nähe aufgekreuzt war. Meistens sahen sie sich sogar ein bis zweimal pro Tag und zusätzlich noch in der Nacht.

Auf der Plantage wollte nicht einmal Amala sagen, warum alle Hawaiianer mit einem Mal so bedrückt waren. Lag es wirklich nur an Leilanis Schwangerschaft? Aber selbst, wenn niemand glücklich darüber war, dass ein gemischtes Paar wie Johannes und Leilani ein Kind bekam, so waren Mischlingskinder schon seit Jahren kein Weltuntergang mehr! Was das betraf, musste sie Johannes insgeheim recht geben. Einige halbweiße Babys gab es inzwischen, die in hawaiischen Familien einfach mit aufwuchsen, ohne dass sich jemand daran störte. Die Hawaiianer hatten eine angenehm unkomplizierte

Einstellung zu Kindern aller Hautfarben. Ein Keiki, ein Kind, war grundsätzlich willkommen und wurde geliebt und als zur Familie gehörig betrachtet.

Anders war es jedoch mit gemischten Paaren, denn die hatten es in beiden Kulturen schwer, wenn sie heiraten wollten. Auch wenn es einige Liebespaare gab, war eine solche Eheschließung nach wie vor ungewöhnlich. Hatten Kelii und sein Vater die kluge Leilani deshalb fortgebracht? Verlangte sie mehr als ein weiteres Bastardkind auf der Insel? Wollte sie für immer mit Johannes leben, und ihr Vater hatte es nicht erlaubt?

Elisa nahm sich vor, ihren Freund bei der erstbesten Gelegenheit zu fragen, ob er etwas herausgefunden hatte. Sie sah zu ihm herüber. Auch wenn er sich angeregt mit der Frau des Pfarrers zu unterhalten schien, wirkte er jetzt ganz anders als noch vor drei Tagen unten am Strand. Charmant und eloquent gab er den jungen Weltenbummler, erzählte Amüsantes und Unterhaltendes aus San Francisco und gab seine wilden Erfahrungen mit den Goldgräbern zum Besten. Und dann hörte Elisa etwas, das sie zutiefst erschreckte. Die Frau des Pfarrers gratulierte Johannes zu seiner brandneuen Stellung als Verwalter – bei Gerit Janson …

Als sie über eine Stunde später zu dritt den kleinen Weg von der sandigen Straße zum Berg der Grotten entlanggingen, schien der Mond immer noch hell und klar. Unter ihnen, in der Nähe der kleinen Bucht, wo die Küstenstraße in ein Stück geschützten Strand überging, stand die Kutsche. Eine der eingespannten jungen Stuten, die von Janson an ihr Geschirr gewöhnt wurden, wieherte einige Male panisch. Janson lachte neben Elisa.

»Sie hat Angst … alles macht diesem Vieh Angst, die Nacht, das Kutschgeschirr, jedes noch so kleine Geräusch. Wenn nur ein Hund sie anbellt, droht sie schon durchzugehen. Ich befürchte, meine Elli wird im Gegensatz zu Bessi nie ein gutes Kutschpferd. Ich werde sie wohl verkaufen müssen. Ängstliche Stuten taugen nichts, und ihre Fohlen sind meist schwach …«

Johannes pflichtete ihm sofort bei, aber Elisa reagierte instinktiv irritiert.

»Elli ist doch noch so jung. Das haben Sie auf der Fahrt hierher selber gesagt.«

Janson nickte, erklärte Elisa dann aber ausführlich, dass er über die Jahre sehr viel Erfahrung mit der Pferdezucht gewonnen habe. Man könnte leicht testen, ob ein Pferd für das komplexe Kutschgeschirr taugt oder höchstens einen Pflug über den Acker ziehen kann. Bestimmte Kriterien würden vor allem bei Stuten gelten.

»Wenn man eine Stute das erste Mal zum Decken zum Hengst bringt, dann ist es schon klar … man kann sehen, ob sie sich seinem Willen leicht fügt oder ob sie einen Kampfinstinkt hat. Und dann gibt es welche, die zittern einfach nur vor Angst und lassen alles mit sich geschehen. Zu denen gehört Elli … Zu wenig Lebenswillen! Wahrscheinlich wird sie auch vor dem Pflug versagen und vorzeitig beim Pferdemetzger enden. Ein ängstliches Kutschpferd kann ich nicht brauchen.«

Johannes und er begannen, über Pferde fachzusimpeln, während Elisa auf dem Weg zur Grotte ihren eigenen Gedanken nachging. Beim Abschied vom Haus hatte ihre Mutter ihr erneut warnende Worte zugeflüstert, die Elisa nicht richtig deuten konnte. War sie wirklich so widerspenstig, dass ihre Mutter sie zweimal an einem Abend daran erinnern musste, charmant und diplomatisch zu Janson zu sein und ihn nicht zu verärgern? In gewisser Weise fand Elisa ihn auch ganz in Ordnung, denn zumindest schien er im Gegensatz zu ihrem Onkel kein Mann zu sein, der plante, seiner Frau das Zepter zu überlassen. Und in der Kutsche, ohne Publikum, war er Elisa gegenüber um einiges offener gewesen. Obwohl Johannes dabei war, hatte er ihr sogar einen gewissen Respekt für ihr Wissen gezollt, vor allem in Politik und Wirtschaft.

Sie hatten sich ein wenig über den eskalierenden Konflikt auf Big Island, wie er die Insel Hawaii selber nannte, unterhalten. Dabei stellte sich heraus, dass Janson seinerseits Teile der königlichen hawaiischen Familie Kamehameha näher kannte. Sogar ein gewisses Bedauern drückte er aus, denn er erkannte, ebenso wie Elisa, sehr viel Wertvolles in der hawaiischen Kultur und Lebensweise.

»Allein ihre ursprüngliche Ernährung, der Poi aus den Tarowurzeln, der frische Fisch und die Früchte, ist um so viel gesünder als unser gepökeltes Fleisch, die mehligen Kartoffeln und der viele Zucker, den wir alle hier anbauen. Und erst die Schnapsbrennerei! In nur wenigen Jahren fielen meinen Arbeitern die Zähne aus, sie wurden fett und schwach und konnten immer weniger arbeiten. Unsere heilige Zivilisation, wie wir sie leben, tut diesem Volk nicht gut. Und vielleicht tut unser Leben noch nicht einmal uns selbst wirklich gut? Ich für meinen Teil habe so meine Zweifel, selbst an der vom Pfarrer so hochgelobten Monogamie …«

Elisa hätte fast laut aufgelacht, als er das gesagt hatte, hielt sich aber vornehm zurück. Jeder auf der Insel wusste, dass Janson gleich mit mehreren hawaiischen Frauen das Bett teilte und auch einige Kinder gezeugt hatte. Sie hatte schnell das Thema gewechselt und lieber über den Herrn Doktor geredet, der das ganze Essen über ungewohnt schweigsam gewesen war, aber am Ende eine regelrechte Bombe platzen ließ. Auf der Insel Oahu würden seit einiger Zeit gehäuft Fälle von Lepra auftreten. Die Hawaiianer nannten die schreckliche Krankheit Mai Pake, da sie davon ausgingen, dass einwandernde Chinesen sie zu Beginn des neunzehnten Jahrhunderts mit sich nach Hawaii gebracht hatten. Leider steckten sich speziell hawaiische Kinder häufig schnell und oft tödlich an.

Ein Kollege aus Oahu hätte bei seinem Besuch eine Warnung ausgesprochen, die speziell das Haus am Hafen von Lihue betraf. Auch dort sei ein erster Fall der unheilbaren

Krankheit unter den Mädchen aufgetreten. Das Etablissement sollte möglichst schnell geschlossen werden. Von der Insel Molokai war die Rede. Dorthin verbannten alle hawaiischen Inseln inzwischen ihre Leprakranken, um die Gefahr einer Seuche zu verhindern.

Natürlich hatte Katharina das für Elisa sehr spannende Thema bereits im Keim erstickt. Die Ausbreitung von Lepra sei nun wirklich kein Thema für ihre Geburtstagsfeier. Der Doktor hatte daraufhin geschwiegen, und Elisas neugierige Fragen wurden nicht weiter beantwortet.

Janson hingegen gab ihr in der Kutsche großzügig Auskunft. Er wusste einiges über diese Krankheit zu berichten, die bereits in den Achtzigerjahren des neunzehnten Jahrhunderts ihr schreckliches Gesicht auf den hawaiischen Inseln gezeigt hatte. Auch damals seien es die ganz jungen Mädchen gewesen, die sich bei chinesischen Matrosen angesteckt hatten.

»Das hätten Sie sehen sollen, Fräulein Elisa, wie die Mädchen verzweifelt geschrien und sich die Haare ausgerissen haben, sobald sie die verräterischen Flecken an ihrem Körper entdeckt hatten. Bei manchen von ihnen hat sich die Seuche rasend schnell ausgebreitet. Das hübsche Gesicht, die zarte goldene Haut, alles bedeckt von diesen grauenerregenden Geschwülsten. Und dann die Verbannung auf die Leprainsel … Ich war damals noch ein junger Mann … aber ich sage Ihnen, ich habe durch diese Krankheit etwas gelernt …«

»Und was genau?«

Elisa sah ihn neugierig an. Janson lächelte diabolisch.

»Man sollte sich sehr genau überlegen, vor allem als Frau, mit wem man sein Bett teilt. Nur weil die Matrosen den Mädchen Spiegel, Stoffe und bunte Perlen brachten, hätten sie diese Chinesen noch lange nicht in ihre Hütte einladen dürfen. Diese beiden Rassen sollen sich nicht mischen, grundsätzlich nicht … Ich meine, ich habe nichts gegen die Pake. Sie sind fleißige Arbeiter und ein gehorsames Volk, das nicht allzu viel Scherereien macht. Aber ein hübsches hawaiisches Mädchen sollte ihre Gunst grundsätzlich lieber einem Europäer als einem Chinesen schenken ... sie hat auf lange Sicht mehr davon.«

Elisa verstummte. Laut einiger Gerüchte belohnte Janson seine hawaiischen Geliebten großzügig. Sie lebten auf seinem Land in eigenen Hütten, zogen ihre Bastardkinder groß, hatten ihre weiblichen Familienmitglieder um sich und schienen Janson alle seit Jahren zugeneigt. Nur eigene Männer durften seine Geliebten nie haben. Janson war der einzige Hahn im Korb.

»Hier gehen wir hinein. Sehen Sie die große Öffnung im Felsen? Folgen Sie mir möglichst nah. Manchmal ist der Weg nach unten ein wenig feucht. Wenn Sie wollen, können Sie sich an meinem Arm festhalten. Ich kenne den Weg gut.«

Janson ging langsam vor. Elisa folgte und nahm anfangs seinen angebotenen Arm, um ihren Augen die Möglichkeit zu geben, sich langsam an die Dunkelheit des Weges zu gewöhnen. Es dauerte ein paar Minuten. Dann wurden Elisas Schritte auf dem absteigenden Pfad immer sicherer. Sie ließ seinen Arm los.

»Mein Gott ... ist das schön!«

Das Lichtschauspiel, das sich ihr in der Dunkelheit der Höhle bot, war wirklich von einzigartiger Schönheit. Die Kuppel der Grotte wölbte sich wie eine Kathedrale über ihr. Felsöffnungen am oberen Rand ließen das Mondlicht wie durch kleine Fenster auf dem Wasser vor ihr spielen. Kleine Kreise aus Licht bildeten sich auf dem ansonsten spiegelglatten dunkelblauen Wasser, das aus sich selbst heraus zu leuchten schien. Die einfallenden Strahlen des Mondes durchschnitten die Dunkelheit der Höhle wie fein gewebte Straßen. Aber auch in der Tiefe des Wassers schien es auf merkwürdige Weise zu leuchten.

Kelii hatte ihr von diesem Ort erzählt. Sein Volk glaubte,

dass die Seelen der Kahuna sich nach dem Tod hier sammelten, um zu beraten, bevor sie in ihr nächstes Leben gingen. Es war ohne Zweifel ein magischer Ort, voller Leben und Kraft. Sogar die Temperatur war um einige Grade wärmer als draußen, sodass Janson seine Jacke auszog. Sie waren jetzt bei einem kleinen Felsvorsprung unten am Wasser angekommen. Erst jetzt merkte Elisa, dass Johannes nicht mehr bei ihnen war.

»Setzen Sie sich doch einen Moment zu mir.«

Er hatte seine Jacke für Elisa auf dem Felsen ausgebreitet und deutete drauf.

»Damit Ihr schönes Kleid nicht feucht wird. Es ist immer ein wenig dampfig hier drin. Das Wasser ist warm durch eine heiße Quelle, von der es unterirdisch gespeist wird. Man kann darin baden …«

Elisa sagte nichts. Aber ihr Herz begann wie wild zu klopfen, als sie sah, dass Janson begann, sein Hemd aufzuknöpfen.

»Es ist wirklich ein sehr angenehmes Wasser … die Hawaiianer sagen, es hätte heilende Kräfte. Die Frauen kommen hierher, wenn sie von einem Mann empfangen haben, um starke und gesunde Söhne zu gebären. Aber manchmal kommen in der Nacht auch die Liebespaare her …«

Elisa sagte immer noch nichts. Ihr Hals war wie zugeschnürt, als sie sah wie Janson jetzt auch noch seinen Gürtel lockerte. Panisch sah sie sich um. Janson lachte amüsiert.

»Johannes wollte nicht weiter stören. Ich habe ihn gebeten, uns ein wenig alleine zu lassen, damit wir uns ungestört beschnuppern können. Ich kaufe nämlich keine Katze im Sack, Mädchen …«

Sein Griff um ihr Handgelenk war eisern, als er sie zu sich her zog. Sein Körper war weiß und über und über mit schwarzen Haaren bewachsen. Sein stinkender Atem ekelte sie so sehr, dass sie instinktiv ihren Kopf wegdrehte, während ihre Stimme ihn mit Eiseskälte zurückwies.

»Wagen Sie es nicht, Herr Janson.«

»Was genau soll ich nicht wagen dürfen, mein Unschuldstäubchen? Du glaubst doch nicht wirklich, dass verborgen geblieben ist, was du oben am Wasserfall mit deinem Kanaka getrieben hast? Wie heißt er noch? Kelii heißt er, nicht wahr? Fähiger Kopf, sagt dein Onkel, aber er hat leider im falschen Revier gewildert ...«

Eiseskälte lähmte Elisa, als sie mit einem Mal begriff, was hier gespielt wurde. Johannes hatte sie also doch verraten.

»Sie sollen mir eine Lektion erteilen, ist es das? Mein Onkel hat Ihnen aufgetragen, mir Gehorsam beizubringen, nicht wahr?«

Janson lachte bitter, während er sie nach wie vor mit seinem Klammergriff am Fortlaufen hinderte.

»So einfach ist es nicht, Täubchen. Du hast ein heiliges Gebot gebrochen. Keine unserer Frauen bringt hier ein Bastardkind zur Welt, hörst du. Du warst sehr, sehr unvorsichtig ... und ich muss das jetzt wieder richten.«

Er begann mit seiner zweiten Hand, die Knöpfe an ihrem Hals zu lockern, aber da hielt Elisa seine Hand fest und sah ihm direkt in die Augen.

»Es stimmt nicht! Johannes hat gelogen! Ich bekomme kein Kind von Kelii.«

Janson hielt inne. Jetzt war auch er verwirrt.

»Wieso Johannes? Was hat er damit zu tun? Weiß er davon? Er hat mir gesagt, dass er keine Ahnung hatte. Er war doch gar nicht auf Kauai ...«

Elisa hätte sich vor Wut über sich selber auf die Zunge beißen können.

»Gewiss ... Nein, aber Johannes kennt Kelii und seine Schwester gut. Und ich dachte ...«

Abrupt unterbrach er sie.

»Das Denken überlasse in diesen Dingen besser mir. Du bist in großen Schwierigkeiten, Mädchen. Und wenn du nicht willst, dass dein Liebster für deine Dreistigkeit aufgehängt oder erschossen wird, dann fängst du jetzt an, das Richtige zu tun. Ich habe es deinem Onkel versprochen … du wirst meine Frau.«

Elisa zitterte jetzt am ganzen Körper. Sie realisierte, dass es so gut wie keinen Ausweg gab. Würde sie schreien und Johannes alarmieren, so könnte sie zwar vielleicht noch aus der Höhle fliehen, aber damit brachte sie Kelii in Gefahr. Ihre Stimme war kaum hörbar, denn sie fürchtete mit einem Mal, dass Leilanis Schwangerschaft vielleicht doch nicht der Grund für Keliis Verschwinden war.

»Wo ist er? Was habt ihr mit ihm gemacht? Wo ist sein Vater … und seine Schwester?«

Aber an Jansons Reaktion merkte sie, dass er es nicht wusste. Erleichtert atmete sie auf und versuchte erneut, mit ihm zu verhandeln.

»Selbst wenn ich Ihre Frau werden sollte, Herr Janson, was hätten Sie denn davon, wenn ich Sie doch in Zukunft nur verabscheuen und hassen würde, wenn Sie mir jetzt ein Leid antun?«

Kurzzeitig ließ er von den vielen Knöpfen an ihrem Kleid ab.

»Du hast immer noch nicht verstanden, Elisa. Ich habe kein Interesse an Zuneigung oder gar Liebe. Ich habe meine Frauen. Mit deinem Onkel habe ich mich per Handschlag auf ein Geschäft zwischen unseren beiden Plantagen eingelassen, vorausgesetzt, ich bekomme bald meinen weißen Erben für meine Familie. Und meinen Plan lasse ich mir sicherlich von keinem miesen kleinen Kanaka zerstören.«

»Aber ich bin noch unschuldig, Herr Janson, das schwöre ich Ihnen bei meinem Leben. Was auch immer meinem Onkel oder Ihnen zugetragen wurde, es ist eine Lüge. Wenn Sie mir nicht glauben, wir könnten den Doktor bitten … ich würde mich untersuchen lassen, um meine Unschuld zu beweisen.«

Für einen kurzen Moment ließ Janson ihre Hand los.

»Du sagst die Wahrheit, oder zumindest das, was du für die Wahrheit hältst. Aber war es nicht dieser Kanaka, der dich vor dem Hai gerettet hat, der dich auch gesundpflegte?«

Elisa rieb sich das schmerzende Handgelenk und nickte vorsichtig.

»Kelii und ich sind Freunde. Ich verdanke ihm mein Leben. Aber wir haben nichts Unrechtes getan. Ich werde mich nur dem Mann ganz hingeben, dem ich mich vor Gottes Angesicht anvertraue. Ich will heiraten ...«

Kühl musterte er sie im Dunkel. Ihre Augen hatten sich inzwischen an das gespenstisch blaue Licht in der Grotte gewöhnt. Er hatte jetzt nur noch seine Unterhose an, ein weites Beinkleid, das an der Seite gebunden war und bis über seinen Bauchnabel ging. Mit Abscheu wandte Elisa ihren Blick von seinem bleichen Körper und wollte gehen. Doch Janson war schneller. Wieder ergriff er ihr Handgelenk.

»Zieh dein Kleid aus, los! Ich will die Narbe sehen. Wer weiß, ob ich überhaupt mit so einem Krüppel wie dir ein Kind zeugen könnte ... vielleicht will ich dich ja gar nicht.«

Seine Augen brannten in ihren, so als hätte ein Fieber von ihm Besitz ergriffen.

»Vielleicht wäre unsere Verbindung ja wirklich ein Fehler ... wer weiß, ob ich deine Narbe nicht zu abstoßend finde, um den Reigen der Liebe mit dir zu tanzen!«

Elisa schüttelte sich innerlich bei dem Gedanken, auch nur einen harmlosen Walzer mit Janson ertragen zu müssen. Aber sie verstand auch, dass ein Mann wie er sie nicht gehen lassen würde, ohne ein gewisses Maß an Befriedigung erreicht zu haben. Unversehrt in ihrer Unschuld aus der Höhle herauszukommen, das war ihr Ziel. Vorsichtig nickte sie deshalb und begann mit zitternden Fingern die Knöpfe an ihrem Kleid zu lösen. Janson lockerte seinen Griff. Er hatte heftig zu atmen begonnen. Elisa sah, wie sich sein Brustkorb in zunehmender Erregtheit vor ihr hob und wieder senkte.

»Ich ziehe nur mein Kleid aus. Weiter nichts.«

Er nickte und ließ zu, dass Elisa sich von ihm abwandte, als sie das Oberteil von ihren Schultern gleiten ließ und aus ihrem langen Rock stieg. Jetzt stand sie im Unterrock vor ihm.

»Umdrehen!«

Seine Stimme klang barsch und befehlend, aber Elisa gehorchte. Schamhaft hielt sie das Kleid vor ihre Brust, da ihr Unterkleid weit ausgeschnitten war. Aber das ließ Janson nicht gelten. Fast behutsam nahm er ihr das Kleid aus der Hand und legte es auf seine gefaltete Kleidung.

»Zeig mir mehr!«

Seine Stimme war rau vor Erregung, als er auf ihre Brüste deutete.

»Du hast sie dem Kanaka gezeigt, also zeig sie jetzt auch mir.«

Elisa zögerte einen Moment. Sie sah an der veränderten Form seiner weiten Unterhose, dass seine Männlichkeit sich bereits drohend erhoben hatte.

»Sie wollten doch vor allem meine Narbe sehen, nicht wahr? Ich zeige sie Ihnen zuerst.«

Elisa zählte darauf, dass ihn der Anblick mindestens ebenso sehr abstoßen würde wie ihre Mutter, die fast in Ohnmacht gefallen war, als Elisa sie einmal gebeten hatte, einen Blick darauf zu werfen. Noch war ihre Narbe wulstig und rot. Knapp unterhalb ihrer Scham hatte der Hai am festesten zugebissen. Dort hatte Kelii eines Nachts den tief im Fleisch versunkenen Zahn herausoperiert, der im Knochen steckte. Er hatte die Entzündung verursacht. Dieser Narbenwulst, schlimmer als der Rest der Zahnmarkierungen, grenzte direkt an ihre Behaarung. Es war ein ekelhafter Anblick, selbst in der dunklen Grotte.

Janson zog scharf die Luft ein. Dann trat er einen Schritt zurück und schüttelte sich vor Abscheu.

»Wirklich schauderhaft, was der Haifisch Ihnen da angetan hat. Sie werden für immer entstellt bleiben.«

Elisa nickte mit einem Anflug von Erleichterung, während

sie den Unterrock sorgfältig über der Stelle glattstrich. Janson war zum Sie zurückgekehrt, duzte sie nicht mehr. Sie sah das als ein Zeichen von Respekt. Diesen Umstand konnte sie für sich nutzen.

»Sicher gibt es viele Frauen, die Ihrer sehr viel würdiger sind, als ich es bin ... ich würde verstehen, wenn Sie meinem Onkel jetzt mitteilen, dass ich nicht die richtige zukünftige Braut für Sie bin. Es könnte gut sein ... nun, es könnte laut Aussage des Doktors auch gut möglich sein, dass ich durch den Schock gar keine Söhne gebären kann. Dann wäre ich in doppelter Hinsicht eine Enttäuschung für Sie ...«

Mit diesen Worten hatte sich Elisa bereits über ihr Kleid gebeugt, das über seiner Kleidung auf dem Felsvorsprung lag. Sie wollte es gerade hochheben, als sie etwas Hartes und Forderndes an ihrem Gesäß spürte. Als Nächstes umfassten sie seine groben Hände und hoben ihren Unterrock. Sie spürte, wie seine Hand sich von hinten zwischen ihre Beine schob und erstarrte vor Schreck.

»Lassen Sie das ... ich ... ich bitte Sie! Sie tun mir weh!«

Aber Janson dachte nicht daran. Er war bereits dabei, sich selber davon zu überzeugen, ob Elisas Jungfräulichkeit noch intakt war.

»Woher weiß ich, dass du mich nicht anlügst? Vielleicht hast du längst einen Bastard von deinem königlichen Kanaka im Bauch? Und falls du meinst, dass ich dazu unseren guten Herrn Doktor brauche ...?«

Vor Schmerz schrie sie auf, als sein grober Finger sich Gewissheit über ihre Jungfräulichkeit verschaffte. Sie versuchte, von ihm fortzukommen, aber seine Arme waren wie zwei Schraubstöcke, als er sie mit dem Gesicht auf den Kleiderhaufen drückte. Sie versuchte noch, ihre Beine zu schließen, aber er hatte seine Oberschenkel bereits brutal zwischen ihre gedrückt.

»Wenn du dich nicht wehrst, Mädchen, dann tut es halb so weh. Und denk dran, für die meisten Männer bist du nichts anderes als ein bemitleidenswerter Krüppel. Ich tue dir also einen Gefallen, wenn ich dich ein wenig zureite …«

Elisa begann zu schluchzen.

»Bitte, ich bitte Sie … nicht. Lassen Sie mich gehen.«

Aber es war bereits zu spät. Wie ein Tier nahm er sie, ohne Rücksicht auf ihr Wimmern und Schreien im Dunkel der Höhle, bis Elisa nur noch einen einzigen Wunsch hatte: Sie wollte sterben. Dann vergingen ihr die Sinne. Alles um sie herum versank in einem dichten Nebel.

7. Kapitel

Cap d'Antibes, September 2010

Schweißgebadet schreckte Maja aus ihrem Albtraum hoch. Instinktiv befühlte sie die Stelle an ihrem eigenen Oberschenkel, wo der Hai Elisa einst gebissen hatte. Dort brannte es jetzt wie Feuer bis tief ins Innere ihres Knochens. Sie knipste das Licht an und schob ihr Kleid hoch, um die Stelle genauer zu untersuchen. Doch es war nichts zu sehen. Gleichzeitig erinnerte sie sich an die entsetzliche Szene in der Grotte. Die Demütigung, die Angst und schließlich die rücksichtslose Vergewaltigung. Aber hatte das alles wirklich je stattgefunden? Und wenn ja, was genau hatte Maja damit zu tun?

Sie lag auf ihrem Bett in der luxuriösen Villa in Antibes und fühlte den rasenden Herzschlag in ihrer Brust. Sie war völlig nassgeschwitzt. In der Villa war es gespenstisch still. Wie lange hatte sie geschlafen? Der Wecker zeigte drei Uhr früh, also waren es nur wenige Stunden. Aber jetzt war sie hellwach. Sie hatte zudem Angst davor, erneut einzuschlafen, denn vielleicht würde der Traum zurückkommen. Alles war so entsetzlich real gewesen, selbst das ängstliche Wiehern der Stute und Jansons eiserner Griff, als er ihr Gesicht in ihr Kleid gedrückt hatte. Rosen hatte Maja gerochen und einen Hauch von Jasmin. Es war Elisas Parfum.

Doch als Maja erneut ihren Schenkel befühlte, an der Stelle, wo die Narbe so abstoßend wulstig war, konnte sie rein gar nichts mehr spüren. Auch zu sehen war lediglich die appetitliche Glätte ihrer vom Sommer gebräunten Haut. Aber sie musste irgendwie mit Elisa verbunden sein, denn als Maja sich jetzt in dem breiten Bett aufrichtete, zitterte ihre Hand so heftig, als hätte sie selber eine Vergewaltigung durchlebt. Nie zuvor waren die Bilder eines Traumes derartig intensiv gewesen. Wahrscheinlich waren Maja die Muscheln nicht bekommen. Oder vielleicht hatte sie beim Essen mit Keanu zu viel

Wein getrunken? Mit einem plötzlichen Anflug von Schuldgefühl dachte sie an ihre Begegnung mit dem Mann aus Kauai. Es war völlig verrückt gewesen, mitten in der Nacht mit ihm im Meer zu schwimmen.

Maja stand auf, um sich den Schweiß abzuduschen. Kurz überwältigte sie beim Duschen die Erinnerung. Es hatte sie fasziniert, wie offenbar der Hawaiianer im Wasser in seinem Element war. War er es, der diesen Traum von Elisa geschickt hatte? Gab es so etwas überhaupt? Konnte ein Mensch einem anderen Träume schicken? Maja war noch nie auf Hawaii gewesen. Ihre Eltern hatten jedoch öfter von der Reise auf die hawaiischen Inseln gesprochen, die ihr Vater noch vor ihrer Hochzeit unternommen hatte, um nach seinen Vorfahren zu forschen. Dabei war er auch auf Kauai gewesen. Daran glaubte Maja sich zumindest jetzt zu entsinnen, als sie ihre Erinnerungen durchforschte. Kauai war die Heimatinsel von Keanu, aber vor allem auch die Insel in Majas Traum. Aber wer genau war Elisa Vogel? War sie eine fiktive Gestalt? Oder hatte es sie wirklich einmal gegeben?

Maja hatte sich bis jetzt immer nur rudimentär und bei Bedarf mit Traumforschung beschäftigt. Sigmund Freud war ihr immer viel zu trocken gewesen und der Rest zu esoterisch für ihren Geschmack. Aber Träume waren das Steckenpferd ihrer besten Freundin Ina. Wenn Maja überhaupt mal etwas Erwähnenswertes träumte, was selten genug vorkam, so fragte sie Ina Lebkowiz. Gleich morgen würde sie Ina anrufen, am besten über Skype. Dann würde sie ihr vorsichtig von ihrer Begegnung mit Keanu erzählen, natürlich ohne ihre erotische Begegnung im Meer zu erwähnen. Ina konnte sehr moralisch sein, und das konnte Maja im Moment am allerwenigsten gebrauchen. Ihre eigenen Schuldgefühle reichten ihr.

Während das wohltuende, warme Wasser auf ihren Kopf und Körper prasselte, verdichtete sich der Nebel in der Duschkabine. Das ungute Gefühl, nicht alleine zu sein, überfiel Maja wie aus dem Nichts. Aber es war von solch bedrohlicher

Vehemenz, dass sie die Temperatur abrupt von Warm auf Kalt stellte, um im Nebel besser sehen zu können. War jemand mit ihr im Bad? Ihr Herz klopfte erneut panisch. Ihre Phantasie ging mit ihr durch. Sie glaubte, Janson atmen zu hören, und roch sogar fast den Alkohol und den Tabak in seinem widerlichen Atem. War das sein dicker bleicher Bauch da drüben bei der Badezimmertür? Aber es war nur die Kontur ihres Bademantels. Und als der Nebel vor der Duschkabine sich durch das kalte Wasser schnell lichtete, verschwand auch ihr ungutes Gefühl. Nein, natürlich war da niemand. Es konnte niemand mit Maja in der Villa sein, denn die Alarmanlage war sicherer als die eines Tresors.

Das fremde, erschreckende Gefühl, welches Maja bereits einmal mit Keanu im Meer überfallen hatte, wollte nicht mehr ganz von ihr weichen. Etwas in ihrer Wahrnehmung hatte sich entscheidend verändert, so als sei ein Vorhang vor einem bis dato verborgenen Fenster mit einem Mal zurückgezogen worden. Maja war nicht mehr wirklich allein. Wenn sie sich nicht gerade fürchtete, so wie eben in dem Albtraum mit Elisa in der Grotte, so war es eigentlich ein gutes neues Gefühl. Ungewohnt, aber spannend war es, und ausgelöst hatte es definitiv Keanu, oder besser gesagt der Haifischzahn um seinen Hals. Wie durch einen feinen Leuchtfaden aus Licht fühlte Maja sich mit einer Zeit verbunden, die längst nicht mehr existierte. Aber der Ort existierte noch. Und mit einem Mal war Maja sich so gut wie sicher, dass sie etwas sehr Wichtiges mit der Insel Kauai verband. Es war etwas, das sie brauchte, um sich für ihr eigenes Leben sicher zu sein. Vielleicht hatte auch Elisa so ein Gefühl, als sie, vom Hai in die Tiefe gezogen, immer tiefer ihrem Schicksal entgegensank.

Aber es war nicht der Tod, der auf Elisa gewartet hatte, sondern vielmehr eine große und allumfassende Macht, die ihr Kraft und Zuversicht gegeben hatte. Sonst hätte sie ihr Leben vielleicht nie so gut meistern können. Denn immerhin war sie in ihrem Klan heute noch eine fast heilige Legende.

Als Maja ihren nackten Körper frisch geduscht und eingecremt zwischen die kalten Laken gleiten ließ, sah sie erneut auf die Uhr. Es war halb vier Uhr morgens. Die Teufelsstunde, wie ihr Freund Stefan diese Zeit nannte. Grübelstunde. Tatsächlich bekam sie den Mann aus Kauai nicht aus ihrem Kopf. Immerzu sah sie seine Augen vor sich. Und auch wenn Maja es großartig fand, dass sich Keanu bei ihrem Abschied in der Parkgarage von Nizza in Zurückhaltung geübt hatte, war sie jetzt irgendwie wütend auf ihn. Fast bereute sie, dass sie nicht miteinander geschlafen hatten. Dann würde sie sich jetzt zwar Stefan gegenüber schuldig fühlen, aber die Sache wäre nichts weiter gewesen als ein kurzer Ausrutscher vor dem sicheren Hafen der Ehe.

Maja wälzte sich hin und her. Wenn sie nicht an Keanu denken musste, dann war es Elisa, die ihr im Kopf herumspukte. Maja machte erneut das Licht an. Dann holte sie ihren Skizzenblock. Um nichts von dem Traum zu vergessen, brachte sie jedes noch so kleine Detail zu Papier und fügte eine kleine Zeichnung hinzu. Elisa in ihrem Kleid beim Abendessen im Salon. Elisa, die mit der kleinen Hildegard das Ständchen vorspielte. Elisa mit Johannes und Gerit Janson in der Kutsche. Elisa am Eingang der Grotte mit dem Mond im Hintergrund.

Danach fühlte Maja sich ruhiger. Sie liebte das Zeichnen. Sie würde im neuen Jahr als Nebenfach Kunst an ihrer Schule unterrichten. Es war das Fach, auf das sie sich am meisten freute. Zeichnen beruhigte. Nachdem nicht nur Elisa, sondern auch Kelii zu Papier gebracht war, endete sie mit dem Hai. Der Hai, der in Elisas Oberschenkel beißt. Nun war alles zu Papier gebracht. Morgen würde Maja weitersehen. Vielleicht würde sie Keanu sogar von ihrem Traum von Elisa erzählen. Vielleicht ...

Erschöpft legte Maja sich wieder hin. In der Ferne hörte sie den ersten Hahn krähen. Ein Fischerboot tuckerte die kleine Bucht vor der Villa entlang. Es war noch nicht einmal sechs

Uhr. Eine Stunde später würde schon ihr Wecker klingeln. Sie hasste es, wenn sie nicht ausgeruht war. Das war ihr letzter Gedanke, bevor sie endlich wieder einschlief.

»Hallo. Wie geht es dir?«

Forschend sah Keanu Maja an, als sie sich am nächsten Morgen vor dem Seminarraum trafen. In zehn Minuten würden die Vorlesungen beginnen. Maja würde unten bei den Neulingen sitzen und Keanu oben bei den Fortgeschrittenen seine erste Vorlesung des Tages halten. Maja lächelte ihn an, während sie erzählte, dass sie verdammt mies geschlafen hätte. Warum sollte sie ihn auch belügen? Aber sie erzählte nichts von ihrem Traum und von Elisas Vergewaltigung. Außer einem belanglosen Satz über den Vollmond und eine blaue Grotte brachte sie nur wenig über die Lippen. Ihr Herz klopfte einfach zu stark.

Dabei hatte sie in der Früh alles Mögliche unternommen, um Keanu zu vergessen oder ihn zumindest ein wenig in sichere Distanz zu rücken. Sie hatte, während sie ihren selbst gemachten Cafe Crème am Morgen trank, zunächst mit Stefan und danach gleich mit Ina per Skype die wichtigsten Neuigkeiten ausgetauscht. Stefan hatte ihr am Bildschirm sofort angemerkt, dass etwas bei ihr nicht stimmte. Sie hatte es ihm als Sehnsucht nach ihm verkauft und sich sofort dafür verachtet. Maja fühlte sich so schuldig ihm gegenüber, dass ihr jedes ihrer Worte wie Heuchelei vorkam.

Stefan war meistens ein echter Schatz, wenn sie sich krank oder elend fühlte. Auch wenn sie ihre Tage hatte, war er immer rührend um sie besorgt. Er kochte ihr Tee, massierte ihr die Füße und brachte sie zum Lachen. Aber an diesem Morgen konnte sie mit Stefans rationaler und fürsorglicher Art nur wenig anfangen. Nachdem er sich unnötigerweise für seine erotische telefonische Anmache mit den trockenen Worten entschuldigte, dass er lediglich angeheitert gewesen sei, wechselte Maja das Thema. Sie wollte über Träume reden.

»Du meinst diese nächtlichen lästigen biochemischen Reize, ausgelöst durch einen Schluckauf von überspannten Synapsen? Erzähl mir davon ...«

»Nein, danke! Es interessiert dich ja doch nicht.«

»War wenigstens Sex im Spiel?«

Maja verdrehte ihre Augen und beschränkte sich auf die üblichen scherzhaften Allgemeinplätze. Und weil sie ihn am Handy am Vorabend so unromantisch abgewürgt hatte, öffnete sie jetzt ihm zuliebe vor ihrer Skype-Kamera kurz ihren Kimono.

»Gefällt dir meine Unterwäsche heute früh?«

Sie ließ sich ausgiebig bewundern. Als er allerdings begann, seine Gürtelschnalle zu öffnen, um sich ebenfalls auszuziehen, machte sie einen Rückzieher.

»Ich glaube nicht, dass für so viel Liebe heute früh noch Zeit ist, mein Schatz. Ich bin spät dran, muss noch duschen ...«

Geschickt beendete sie ihr Morgengeplänkel mit ein paar belanglosen Sätzen. Dann rief sie Ina an. Das Skypen mit ihrer besten Freundin war sehr viel ergiebiger. Ihr konnte sie ausgiebig von Keanu erzählen. Vor allem aber wollte sie mit Ina über ihr wirklich erstaunliches nächtliches Erlebnis mit Keanu im Meer reden.

»Ich meine, hast du schon einmal so etwas gehört? Es war, als würde ich teleportiert werden, in einen anderen Körper, an einen Ort und auf die andere Seite des Globus. Noch dazu lebte diese Elisa wirklich auf Kauai, vor über hundert Jahren. Es war total abgefahren!«

Ina, die mit ihrem neuen blonden Bubischnitt auf dem Bildschirm heute Morgen ungewohnt frech aussah, sah sie erstaunt an.

»Klingt nach einer abgefahrenen Droge. Bist du sicher, dass der Typ in Ordnung ist? Vielleicht hat er dir etwas in den Wein gemischt ... hattet ihr Sex?«

Ina konnte wirklich grauenhaft direkt sein. Maja schüttelte den Kopf. Den sexuellen Aspekt wollte sie lieber ganz weglassen. Aber ihre Freundin Ina kannte sie zu gut. Ihr Gesicht verzog sich bereits zu einem hintergründigen Lächeln.

»Erzähl mir keinen Mist. Ich höre es am Klang deiner Stimme. Du hast dich in den Kerl verliebt!«

»Hab ich nicht!«

»Du lügst! Ich sehe es dir an, und ich höre es. Also erzähl mir keinen Schnee von Teleportation im Meer, sondern sag was wirklich los ist. Bist du in Schwierigkeiten?«

Bei Ina war Leugnen zwecklos. Sie kannten sich einfach zu gut, sodass Maja zögernd nickte.

»Irgendwie schon, aber ich weiß noch nicht wie. Ich träume von seiner Welt, weißt du... ich bin da in etwas hineingeraten, das ich selber nicht verstehe.« Ina nickte. Sie trank einen großen Schluck von ihrem Morgenkaffee, bevor sie Maja vorsichtig antwortete.

»Ich kenne dich gut, meine Süße. Und ich finde, du solltest dir die Zeit nehmen, um genau nachzudenken, weil das alles ziemlich beunruhigend klingt. Was willst du von dem Typen? Weißt du das schon? Ich meine, kann er dir emotional wirklich gefährlich werden?«

Maja zögerte einen Augenblick, bevor sie weitersprach.

»Es fühlt sich an wie Gefahr ... nicht er, sondern das, was ich durch ihn in meinem Inneren erlebe. Er und ich ... wir haben etwas miteinander zu tun, das meine Vergangenheit betrifft. Allein wie er über Haie redet, ist mir unheimlich ...«

Ina hatte begonnen, nebenbei ihr Obst zu essen, ein Anblick, der Maja irgendwie beruhigte, weil er so vertraut war. Ina war in gewisser Weise wie eine Schwester für sie. Sie kannte Maja und wusste oft ganz genau, was ihr guttun würde.

»Du hast zu wenig geschlafen, nicht?«

»Zu wenig und schlecht. Ich hatte einen Albtraum.«

»Ich sehe es an den Ringen unter deinen Augen. Und deswegen glaube ich, dass du diese ganze Unterwassergeschichte, den Traum und das tief verbundene Seelenblabla schnell vergessen solltest. Meiner Meinung nach bist du ganz einfach heiß auf den Typen, weil du Angst vor einer Hochzeit mit Stefan hast. Du willst dich ablenken! Keanu ist lediglich deine Wunschprojektion, um die Entscheidung noch weiter hinauszuschieben. Keanu Reeves heißt doch der Schauspieler, für den du geschwärmt hast, als du zwölf Jahre alt warst! Aber lieben, wirklich lieben tust du Stefan. Nach den ersten beiden Idioten, mit denen du deine Zeit verschwendet hast, ist Stefan der beste Mann, den du je haben wirst!«

Maja protestierte lautstark.

»Hallo! Wer von uns beiden hatte immer die Beziehungen zu den Vollidioten? Und seit wann ist Stefan in deinen Augen so etwas wie ein Halbgott?«

»Na, seit er dir einen vernünftigen Antrag gemacht hat! Er traut sich wenigstens etwas zu!«

Bevor Ina vollends ins Schwärmen über Stefan geraten konnte, würgte Maja sie ab. Erneut erzählte sie von ihrem Traum. Woher kamen all diese Details? Wenn sie kein realer Mensch war, wofür stand Elisa dann laut Traumanalyse? War sie ein Teil von Maja? Aber keine von Inas Antworten klangen treffend in Majas Ohren. Vielleicht sollte sie doch lieber mit Keanu über ihren Traum sprechen.

Doch jetzt, da Maja ihm an der Kaffeebar gegenüberstand, fehlte ihr der Mut. Er würde sie sicherlich für überspannt halten, wenn sie von der Vergewaltigung in der Grotte erzählen würde. Oder noch schlimmer, er würde vielleicht denken, sie hätte sich in ihn verliebt. Dabei klopfte Majas Herz jetzt gar nicht aus Liebe seinetwegen so laut, sondern es war lediglich ihre Nervosität. Stumm wie ein Fisch stand sie vor ihm. Er lächelte sie an.

»Kaffee?«

»Ja, bitte, mit Milch und Zucker.«

Sie sah ihm zu, wie er die zwei Becher für sie vorbereitete.

Seine Bewegungen waren ruhig und harmonisch. Keine Spur von Anspannung. Maja mochte den kühnen Schwung seiner breiten Schultern. Sie wirkten wie mit dem Lineal gezogen. Im klassischen Trapez lief sein Oberkörper zu einer schmalen Taille zusammen. Sein Hintern war klein und perfekt gerundet. Maja erwischte sich dabei, wie sie ihn musterte, und als er ihr den Kaffee reichte, fühlte sie sich von seinem klaren Blick ertappt.

»Danke für den Kaffee ... und danke auch für den schönen Abend gestern«, fügte sie leiser hinzu, damit niemand sie hören konnte, denn immer mehr Leute kamen jetzt in die Cafeteria.

»Bitte, gerne. Dir zu begegnen, hat mir große Freude gemacht«, erwiderte er. Dann schwiegen sie beide, während um sie herum die fröhlichen Stimmen der anderen Teilnehmer immer lauter wurden.

Kurz darauf klingelte es das erste Mal zum Stundenbeginn. Keanu wurde von einer Frau aus dem höheren Semester angesprochen. Maja beobachtete die beiden möglichst unauffällig. Die hübsche Schwangere aus Dänemark hatte den Hawaiianer in ein lebhaftes Gespräch verwickelt. Die beiden unterhielten sich angeregt. Der Name der Frau war Inger, wie Maja mit einem Mal einfiel. Sie hatte ebenfalls einen der Vorträge gehalten. Aber als Maja jetzt ihr gutturales Lachen hörte, in das Keanu einstimmte, spürte sie plötzlich einen schmerzhaften Stich. Es war Eifersucht, denn Keanu hatte seine Hand auf Ingers wogenden Bauch gelegt. Das Baby schien zu strampeln, was ihn sichtlich amüsierte.

Wie schön dieser Mann war, wenn er lachte, dachte Maja mit einer plötzlichen Sehnsucht. Wie sehr sie sich in diesem Moment wünschte, dass er einmal mit ihr so lachen würde. Aber ihr Gefühl sagte ihr, dass das unmöglich war. Von sich aus würde er bestimmt keinen Schritt mehr auf sie zumachen, denn die gestrige Nacht hatte auch ihm einen Schrecken eingejagt. Sie waren sich viel zu schnell viel zu nahe gekommen, und wahrscheinlich würde er sie von nun an meiden. Wenn, dann würde sie aktiv werden müssen. Aber Maja hielt eine ungewisse Scheu davon ab, sich zu Inger und Keanu dazuzugesellen. Fast wäre es ihr lieber gewesen, wenn Keanu an diesem Morgen nicht erschienen wäre. Das zumindest redete sich Maja ein, während sie ihren Kaffee allein in kleinen Schlucken trank.

Es klingelte zum zweiten Mal. Doch selbst als Keanu noch einmal kurz an die Frühstückstheke trat, um seinen Becher abzustellen, traute sie sich nicht mehr, etwas zu sagen. Und dann war es zu spät. Der Dozent trat aus der Tür. Die erste Vorlesung begann.

Auch den restlichen Tag lang war Maja, als würde eine unsichtbare Glaswand zwischen ihnen stehen. In der einzigen Vorlesung, die sie gemeinsam hatten, fühlten sie sich beide unwohl. Sie entschied sich deshalb dafür, den leeren Stuhl neben ihm einfach zu übersehen. Auch er achtete auf Abstand. Einmal hatte sie das Gefühl, dass er heimlich zu ihr hinübersah. Doch kaum erwiderte sie seinen Blick, schlug er die Augen nieder. Und so war es nicht nur an diesem Tag.

Bis zum letzten Abend, als der Dozent einen gemeinsamen Ausflug in die Altstadt vorschlug, mieden sie sich. Und auch die Nächte, die Maja danach immer allein in der Villa verbrachte, um sich für die Abschlussprüfung am letzten Tag vorzubereiten, waren ohne Überraschungen. Elisa kam im Traum nicht ein einziges Mal zu ihr.

Die Prüfung zum Abschluss der Seminarwoche war nicht allzu schwer gewesen. Maja war sicher, dass sie eine gute Bewertung bekommen würde. Zusammen mit einigen anderen Teilnehmern, die zum ersten Mal dabei waren, fühlte sie sich fast ein wenig ausgelassen. Alle freuten sie sich auf den gemeinsamen Ausflug in die Gassen der Altstadt.

Beim Abendessen an den langen Holztischen saßen Keanu und Maja zufällig nebeneinander, da ein Pärchen zusammensitzen wollte. Aber zu diesem Zeitpunkt hatte Maja ihn bereits ganz und gar abgeschrieben. Ihr war in den letzten Tagen nicht entgangen, dass der gut aussehende Hawaiianer von sämtlichen Singlefrauen im Seminar angeschmachtet wurde. Sicher ging er mit jeder von ihnen ins nächtliche Meer. Davon war Maja inzwischen überzeugt. Sie war wütend auf sich selber, weil sie auf seine Masche reingefallen war. Es war auch ganz allein ihre Schuld, dass es ihr seit ihrer nächtlichen Begegnung mit ihm schlecht ging.

Aber Ina hatte recht gehabt. Sie hatte sich ernsthaft in ihn verliebt. Ihre Phantasie ging seitdem mit ihr durch, und nicht eine Nacht war ohne diese heiße Unruhe geblieben, die sie seit ihrer Begegnung quälte. Zwar war es nicht mehr Elisa Vogel gewesen, die erschien, aber Maja hatte wiederholt von Haien geträumt. Im Wasser wurde sie gejagt und gefressen. Sie wachte jedes Mal schweißgebadet auf.

Täglich konferierte sie jetzt mit Ina, die ihr von Ferne mit Rat zur Seite stand. Homöopathische Kügelchen hatte Maja bereits in einigen verschiedenen Varianten ausprobiert, doch sie halfen ihr auch nicht durchzuschlafen. Jetzt waren Baldriantropfen dran, denn es war jede Nacht die gleiche Misere: Zwischen Drei und Vier wachte sie nach einem Albtraum in der Teufelsstunde auf und grübelte. Immer dachte sie dann an Keanu.

Einmal hatte sie versucht, sich selber zu streicheln. Sie wollte das Gefühl heraufbeschwören, das sie im Meer mit ihm gehabt hatte. Aber es gelang ihr nicht. Mittendrin hatte sie sich zu schuldig wegen Stefan gefühlt. Ihr Freund wurde in München mit jedem Tag besorgter und hatte ihr schließlich angeboten, am Freitag nach Nizza zu kommen. Nach Seminarschluss könnten sie so noch ein gemeinsames romantisches Wochenende verbringen. Dankbar hatte sie sein Angebot angenommen. Nach einer Woche miserablem Schlaf wollte sie die achthundert Autokilometer bis nach München nur ungern allein zurücklegen.

»Kommst du heute zum Abschied noch einmal mit mir ans Meer?«

Keanus geflüsterte Frage traf sie völlig unerwartet. Aber sein trauriger Blick war der eines Bittstellers und passte gar nicht zu seinem Image als Don Juan. Unsicher fragte sie zurück: »Ist das eine gute Idee?«

»Nein, sicher nicht. Du hast einen Freund ...«

»Und du eine Freundin! Und ziemlich viele Verehrerinnen hier ...«

Sie schwiegen beide. Maja biss sich auf die Lippen. Warum hatte sie das gesagt? Sie wollte doch noch einmal mit ihm ans Meer. Seit ihrer ersten Begegnung wollte sie nichts anderes. Noch einmal seine Hände auf ihrem Körper spüren, ein letztes Mal, dann würde sie ihn auch vergessen können. Sie könnte danach innerlich wieder ganz für Stefan da sein, zumindest hoffte sie das. Sie wollte Keanu zusagen, aber ihr fehlte die Gelegenheit. Er unterhielt sich bereits mit seiner Nachbarin zur Linken. Der Moment war verpasst.

Dann war es Zeit zu gehen. Minutenlang gab es wortreiche Abschiede zwischen Studenten, Lehrern und Referendaren aus aller Welt. Die meisten von ihnen würden sich nie wiedersehen. Ihr Seminarleiter sprach bewegende Sätze über visionäre internationale Bildungskonzepte, die alle Teilnehmer in ihre Länder zurückbringen würden. Ein vielfaches Händeschütteln, Küsschen rechts und links und das eine oder andere Versprechen. Man würde sich schreiben. E-Mail, Skype, Facebook. Man würde sich wiedersehen. Würde man das? Unsicher blickte Maja gelegentlich zu Keanu hinüber. Gerade wurde er von der schwangeren Dänin zum Abschied herzlich auf beide Wangen geküsst. Er schien Maja vergessen zu haben. War ihm überhaupt wichtig, was er sie gerade gefragt hatte? War es wirklich sein Wunsch, noch einmal mit ihr ans Meer zu gehen? Wahrscheinlich gab es zehn Frauen, mit denen er noch einmal in die Wellen wollte.

Unruhig stand Maja auf. Sie musste hier weg und würde

einfach allein noch einmal zu der Stelle gehen, an der sie zusammen ihre Kleider ausgezogen hatten. Sie würde dort Abschied nehmen von einer Illusion. Ihre verdammte Romantik, für die sie sich inzwischen nur noch schämte, würde sie in eine der Abfalltonnen am Strand entsorgen. Einzigartig hatte sie sich mit Keanu gefühlt. Schön war sie unter der Berührung seiner Hände im Wasser geworden. Jede Faser ihres Körpers war mit ihm eine Frau, vielleicht eine Haifischfrau, vielleicht auch einfach nur endlich wirklich lebendig, denn nie hatte sie sich so mit Stefan gefühlt. Wahrscheinlich würde sie sich mit ihm auch nie so fühlen. Und vielleicht war das gut so. Albträume waren kein nettes Geschenk. Auch das schmerzhafte Herzklopfen, das sie bei Keanus Anblick überfiel, konnte auf Dauer nicht gesund sein. Unbemerkt von ihm nahm sie ihre Jacke und ging.

Am nächtlichen Meer warf Maja missmutig Steine ins Wasser. Heute waren keine Angler da. Der Mond hatte sich hinter dicken Wolken verzogen. Kaum ein Stern zeigte sich. Der verführerische Mistral war zu einem jämmerlichen Lüftchen geworden. Alles roch nach fader Nachsaison. Der Sommer war zu Ende. Das Wasser lag träge und schwer wie Öl in der Dunkelheit. Ein unguter Geruch hing über der Bucht.

»Kloaken-Parfüm«, murmelte Maja vor sich hin und schleuderte wütend einen weiteren Kiesel. Sie musste an ihren Vater denken, der ihr vor vielen Jahren an der Côte d'Azur das Schwimmen beigebracht hatte. Sie hatte Sehnsucht nach seinen hawaiischen Augen, die denen von Keanu ähnelten. Aber ihr Vater war lang nicht so höflich wie der Mann aus Kauai. Nie nahm er diplomatisch ein Blatt vor den Mund, wie es in der heutigen Zeit der aalglatten Lügner von einem Rechtsbeistand erwartet wurde. Die Diplomatie der glatten Worte hatte Majas Vater nie besonders interessiert. Sein zukünftiger Schwiegersohn Stefan mochte sich zwar in Zukunft langsam und stetig zu einem erfolgreichen Kardiologen mausern, aber für ihren Vater würde er immer ein facettenloser Schmalspurschwätzer bleiben.

Maja musste unwillkürlich lächeln, als sie einen weiteren Stein aufklatschen ließ. Sie liebte ihren Vater sehr. Ehrlichkeit, auch wenn sie unbequem war, war das Schönste und Wertvollste zwischen Himmel und Erde, so hatte er seine drei Kinder erzogen.

Über Majas Nase bildete sich jetzt eine steile Unmutsfalte. Ehrlich gesagt war sie stinksauer auf diesen Hawaiianer Keanu, der sich in ihre Träume geschlichen hatte. Ein mieser Trick war es gewesen, sie bei Vollmond ins Meer zu locken und derart mit ihren Gefühlen zu spielen. Er hatte sich mit seinen Berührungen in ihr Herz geschlichen. Aber war es wirklich ihr Herz? War es nicht vielmehr eine völlig unkontrollierbare Begierde, die von ihr Besitz ergriffen hatte? Sie wollte diesen Mann im Bett haben, wenn sie ehrlich war. Das war zwar schamlos, aber auch harmlos, wie Ina zu Recht sagte. Es war gut, dass sie ihn nicht wiedersehen würde, denn sie waren beide bereits verlobt.

War es wirklich ein letztes Aufbäumen? Hatte Maja tief in ihrem Innersten wirklich solche Angst vor einer Ehe mit Stefan? Aber sie war doch alt genug! Sie wollte im Grunde ihres Herzens gerne eine Familie gründen. Es war reiner Zufall, dass sie noch nicht von Stefan schwanger geworden war. Sie hatten es zwar nie darauf angelegt, aber vor einem halben Jahr hatte sie die Pille abgesetzt. Sie lächelte bei der Erinnerung an Stefans Siegergrinsen, als er die Schachtel mit den Tabletten fröhlich im Bad in den Papierkorb warf. Er wünschte sich eine schwangere Braut. Das hatte er ihr zugeflüstert, bevor er sie hochhob und in seinen Armen ins Schlafzimmer trug. Es war eins der schönsten Liebeserlebnisse mit ihm gewesen. An ein Vergissmeinnicht hatten Stefans Augen sie in diesem Moment erinnert. Er würde ihr in der Schwangerschaft treu sein, das wusste sie. Er würde sie liebevoll umsorgen und ihr jeden Wunsch von den Augen ablesen.

Majas Lächeln wurde weicher, als sie jetzt an ihren Freund dachte. Stefan, der ihr sonst jedes einzelne Gramm auf der Waage vorrechnete, konnte sich nichts Schöneres vorstellen als eine schwangere Maja, die ihn mitten in der Nacht an die Tankstelle schicken würde, um ihr ein Glas saure Gurken zu holen. Sie hatten in ihrem Babywahn Luftschlösser gebaut. Was ihre Freundinnen wohl sagen würden, allen voran Ina, zu einem prallen Schwangerschaftsbauch im Hochzeitskleid? Die schönsten Namen für einen kleinen Jungen oder aber ein Mädchen hatten sie sich ausgedacht. Stefan wollte als erstes Kind lieber ein Mädchen. Valerie sollte es heißen. Aber es war nichts passiert. In dem halben Jahr ohne Pille war kein Kind entstanden.

Maja sah auf ihr Handy. Auf ihrem Display blinkte bereits seit geraumer Zeit eine Nachricht von Stefan. »Ankunft morgen Abend um Viertel vor acht am Flughafen Nizza. Bringe Fizzy mit. Liebe Dich einmal zum Himmel und zurück!«

Maja schickte ihm eine nette Nachricht zurück. Fizzy war so etwas wie ein Geheimcode zwischen ihnen. Der kleine Plüschaffe, der Maja seit frühster Kindheit begleitet hatte, war ihr Tröster in größter Not. Stefan wusste vielleicht doch, wie schlecht es ihr ging, wenn er auch nicht ahnen konnte, warum. Sie konnte ihm nichts von Elisa erzählen und von ihren verwirrenden Gefühlen für Keanu erst recht nicht. Dazu war Stefan viel zu rational und praktisch veranlagt. Wenn sie Pech hatte, würde er sie am Ende noch zu einem Psychiater schicken.

Manchmal hatte sie Zweifel an seinem echten Interesse an ihr. Oft schien er mehr mit ihrem Äußeren als mit ihrer Seele zu tun haben zu wollen. Er verstand nicht, dass für Maja so viele Dinge wichtig waren, die keinerlei praktischen oder materiellen Wert hatten. Oft war er sehr viel mehr an seinen medizinischen Fällen interessiert als an ihr. Mit fünfunddreißig hatte seine Karriere oberste Priorität. Er wollte mit fünfzig Chefarzt sein. Die Konkurrenz war hart. Sein Weg dorthin erlaubte kein längeres Verweilen an den Abenteuerspielplätzen der Romantik.

Maja seufzte, als sie an Stefans bevorstehende Ankunft in Nizza dachte. Sie fühlte sich immer noch schuldig wegen ihrer Nacht mit Keanu. Wie konnte sie nur so leichtfertig sein, während Stefan an ihrer gemeinsamen Zukunft arbeitete? Er wollte dafür sorgen, dass Maja in Zukunft die Freiheit hatte, bei ihren Kindern zu Hause zu bleiben. Sie sollte nur so viel arbeiten, wie es ihrem Nachwuchs guttat. Das hatte er ihr angeboten. Und sie träumte von Kauai und einer Suche nach ihren hawaiischen Wurzeln.

Das schlechte Gewissen hing ihr wie ein Mühlstein um den Hals. Sie würde am Flughafen sein. Aber mit der Ehrlichkeit, wie ihr Vater sie zeitlebens von ihr verlangt hatte, war ihre Lust auf ein Wochenende mit Stefan auf den Nullpunkt gesunken.

Unruhig stand sie auf. Es war spät geworden. Fast Mitternacht zeigte ihre Uhr. Ein kleines Fischerboot mit einem Licht am Bug bog um die nächtliche Mole. Es tuckerte leise in Richtung Strand. Kurz gab Maja sich der Phantasie hin, dass er auf dem Boot sein würde. Seine Mandelaugen, brennend vor Sehnsucht, würden fieberhaft den Strand nach ihr absuchen. Bis zum Morgengrauen würde er hier auf sie warten. Alles würde Keanu tun, um sie ein letztes Mal in seine Arme zu schließen, weil er sich trotz aller Hindernisse ebenso stark in sie verliebt hatte wie sie sich in ihn. Sie würden sich ihre Liebe gestehen, übereinander herfallen und sich lieben. Hier, am Strand unter den Sternen, würde er ihrem quälenden Verlangen endlich ein Ende bereiten. So, oder zumindest so ähnlich, wäre es in jedem halbwegs brauchbaren Liebesfilm. Aber das hier war leider nur die schnöde Realität.

Am Strand stank es nach Kloake. Keanu kam nicht. Der Sommer war vorüber.

8. Kapitel

Haifischmann, September 2010

Die nächtlichen Gassen der Altstadt wirkten schäbig und verlassen, wie ein Rummelplatz, nachdem die Vergnügungssüchtigen gegangen waren. Der penetrante Gestank von Müll und den Ausdünstungen schäbiger Touristenrestaurants begleiteten Maja auf ihrem Weg zur Parkgarage. Die letzten Besucher der Saison grölten auf Dänisch oder sonst einer nordischen Sprache hemmungslos auf dem Weg zu ihrem Hotel. Die Nordlichter erlaubten sich hier gerne ihre Alkoholexzesse, das hatte sie schon öfter beobachtet. Aber auch ein einsamer einheimischer Betrunkener tastete sich murmelnd an einer Häuserwand entlang und bemühte sich um Gleichgewicht. Nizza konnte zum Saisonende erstaunlich trostlos sein.

Maja ging schnell und ohne sich aufzuhalten. Im Parkhaus stand ihr Auto in der untersten Etage, weil vorhin kein anderer Parkplatz mehr frei gewesen war. Sie hasste das Parken in Nizza, besonders die Garage unter dem alten Justizpalast, aber heute hatte sie sonst nirgendwo ihr Auto loswerden können. Tagsüber war Markt gewesen, eine beliebte Attraktion auch für die kleinen Dörfer im Hinterland.

In dem spärlich beleuchteten Betontreppenhaus eilte sie so schnell wie möglich die vier Stockwerke hinunter. Sie hatte ein ungutes Gefühl. Auch hier stank es ekelerregend. Männerpisse war ein Zeichen für die ständig zunehmende Zahl der Obdachlosen, die seit der Wirtschaftskrise im Spätsommer die Côte d'Azur zu ihrem neuen Hauptquartier machten.

Sie hörte ein kehliges Männerlachen, dann kurz darauf noch weitere Stimmen. Es mussten mehrere sein, vielleicht drei oder vier. Aber waren die Männer unter ihr? Durch den Hall waren die Stimmen schwer zu lokalisieren. Angespannt hielt sie den Atem an. Mehrmals schon hatte Maja in der Vergangenheit schlechte Erfahrungen in diesem Parkhaus gemacht, doch nie zuvor war sie zu so später Stunde allein hier gewesen. Daher war es in der Vergangenheit maximal bei einem unangenehmen Wortwechsel geblieben. Sie hoffte inständig, dass nicht irgendwelche üblen Typen ausgerechnet in der untersten Etage herumhingen, wo ihr Auto stand. Allein wäre sie ihnen ausgeliefert.

Unsicher blieb sie einen Moment auf dem letzten Absatz stehen. Hier stank es bestialisch. Vor ihr breitete sich eine verräterische Pfütze aus. Maja verzog das Gesicht. Es grauste ihr jetzt schon vor einer möglichen Begegnung. Aber was sollte sie tun? Ihr Münchner BMW stand dort unten. Ihr Vater hatte ihr seinen alten Wagen vor drei Jahren geschenkt, und Maja hing sehr daran. Zwar konnte sie heute Nacht auch ohne ihr Auto zurück in die Villa nach Antibes, aber die Taxifahrt würde sie wahrscheinlich fast hundert Euro kosten. Schade ums Geld, auch weil sie morgen dann hierher zurückkommen musste. Allerdings konnte sie tagsüber gut den Bus nehmen. Aber eigentlich hatte sie vor, den Morgen entspannt am Pool zu verbringen, bevor sie Stefan am frühen Abend vom Flughafen abholen würde. Außerdem widerstrebte es ihr zutiefst, ihren Ängsten nachzugeben. Also holte sie tief Luft und schob ihre Schultern zusammen, um größer zu wirken als sie tatsächlich war. Dann stieg sie über die stinkende Lache.

Später würde sie sich daran erinnern, dass das einer der Momente in ihrem Leben war, in dem in ihr sämtliche Alarmglocken geläutet hatten, sie aber nicht auf ihre innere Stimme hatte hören wollen.

Der Mann ließ erneut sein kehliges Lachen hören. Jetzt stimmte auch ein zweiter mit ein. Maja hörte Glas splittern. Mit ein wenig Glück waren diese Männer weiter oben, redete sie sich ein, während sie die letzte Etage hinabstieg. Die Geräusche mussten von weiter oben kommen, aus der dritten Etage, wo die Pisslache war. Die Männer würden Maja noch nicht einmal bemerken. Sie würde einfach auf Zehenspitzen gehen, bis sie ihren Wagen aufgesperrt hatte, um nicht bemerkt zu werden. Ihre Absätze waren laut, aber ihre Schuhe würde sie notfalls ausziehen können.

Ihr Hirn lief auf Hochtouren, denn sie fühlte eine Gefahr. Aber noch suchte sie nach einer Lösung, denn sie hasste es, sich ihren Ängsten ausgeliefert zu fühlen. Also legte sie sich einen Plan zurecht.

Vorsichtig würde Maja zuerst die Stahltüre einen Spalt weit öffnen, um zu sehen, ob überhaupt jemand auf ihrer Etage der Parkgarage war. Sollten die Typen allerdings in der Nähe ihres Wagens abhängen, würde sie auf der Stelle umkehren. Sie würde sich ein Taxi nehmen, die hundert Euro ausgeben und morgen mit dem Bus nach Nizza fahren, um ihren Wagen zu holen.

Einen Moment lang horchte sie. Jetzt war alles ruhig. Hatten die Stimmen zu Leuten gehört, die längst weggefahren waren? Dann hätte sie aber den Motor ihres Wagens hören müssen. Und wenn diese Männer zu Fuß die Parkgarage verlassen wollten, mussten sie an ihr vorbei. Spät in der Nacht war unter dem Justizpalast lediglich dieser eine Eingang offen, das wusste sie.

Lautlos schlich Maja jetzt die restlichen Stufen nach unten, und die allerletzten Stufen ging sie auf Zehenspitzen. Bloß kein unnötiges Geräusch machen. Ihr Atem ging flach. Ihre Ohren waren auf jedes noch so kleine Geräusch geeicht. Das Adrenalin in ihren Adern pumpte kribbelnde Nadelstiche in ihre Fingerspitzen. Wie sie es hasste, Angst zu haben.

Ihr ganzes Leben hatte sie sich vor Gewalt gefürchtet. Selbst in einer friedlichen Stadt wie München hatten ihre Eltern ihr von klein auf beigebracht, immer auf ihre Sicherheit zu achten. Damit die lauten Ledersohlen ihrer Sandalen sie nicht verraten würden, zog sie leise ihre Schuhe aus. Sie verzog das Gesicht. Es war ein ekelhaftes Gefühl, mit nackten Füßen den bepissten Beton entlangzulaufen, denn auch hier waren überall verräterische dunkle Flecken, wenn auch nicht so frische.

Sie hatte es fast geschafft. Die glänzend türkise Vier auf der Stahltüre am Ende des schmalen Ganges schien ihr verheißungsvoll. Dahinter stand ihr Wagen. Es würde schon gut gehen, beruhigte sie sich. Doch dann hörte sie erneut die Stimme eines Mannes. Aber diesmal hörte sie auch noch eine Frau und atmete sofort auf. Die beiden lachten. Eine Autotür schlug zu. Kurz darauf sprang ein Motor an. Sie hörte, wie der Wagen über ihrem Kopf hinwegfuhr. Es war die dritte Etage. Sicher war das die Stimme gewesen, die sie vorher gehört hatte. Ihre Phantasie hatte die Situation falsch interpretiert. Geräuschvoll atmete sie aus. Ihre Erleichterung war enorm. Einen Moment lehnte sie sich an die Betonwand und schloss die Augen. Wenn nur dieses grauenhafte Angstgefühl von ihr weichen würde. Sie hasste dieses kribbelnde Gefühl in ihren Händen.

Als Maja weiter auf die Stahltür zuging, die ihr Leben für immer verändern würde, machte sie sich nicht die Mühe, ihre Schuhe wieder anzuziehen. Sie wollte einfach nur möglichst schnell weg von hier. Dieser Ort war ihr immer schon unheimlich gewesen. Unter dem alten Justizpalast von Nizza waren sicher früher einmal Gefangene gefoltert worden, dachte sie. Bad Vibes. Eine grauenhafte Vorstellung, dass hier wahrscheinlich einst Gefangene unter grausamsten Bedingungen ihr Leben hatten lassen müssen. Albträume konnte man von diesem Ort bekommen. Sobald sie sicher in ihrem Auto saß, würde sie die Zentralverriegelung aktivieren. Mit diesem Gedanken öffnete sie die Tür.

Die Typen waren zu dritt. Einer war jung, weißblond gefärbt und sehr muskulös. Die bunte Tätowierung einer großen Schlange zog sich von seiner Hand über den Bizeps seines rechten Arms bis über seinen Hals. Sie endete knapp unter dem linken Ohrläppchen mit der Schwanzspitze. Der Kopf der Schlange war auf seiner Hand, die gerade eine Schnapsflasche zum Mund führte. Er sah Maja als Erster und grinste.

Der Zweite war deutlich älter, hatte einen Fettbauch und

war unrasiert. Er kam Maja merkwürdig bekannt vor, so als seien sie sich bereits begegnet. Auch er verzog den Mund zu einem zufriedenen Grinsen, das faulige Zähne entblößte, und flüsterte dem Jungen ein paar Worte zu, die sie nicht verstehen konnte. Dann setzte er die Flasche ebenfalls an. Seine rot unterlaufenen Augen und der krankhaft geschwollene Leib zeugten von vielen Jahren des Alkoholmissbrauchs. Vielleicht war er erst um die vierzig.

Der Dritte machte ihr am meisten Angst. Groß und drahtig strahlte sein Gesicht puren Sadismus aus. Er war ganz in Schwarz gekleidet, und sein eisgrauer Haarschnitt war frisch und präzise. Er sah nicht wie ein Obdachloser aus. Sogar sein T-Shirt, auf dessen Vorderseite ein angreifender Hai prangte, hatte Bügelfalten. Das passte nicht zusammen. Majas Verstand arbeitete auf Hochtouren. Sie wusste instinktiv, dass es auf jede Sekunde ankam. Ihr drohte Gefahr, aber es war nicht irgendeine Gefahr. Es war kein Zufall, dass diese Männer hier auf sie warteten. Das wusste Maja bereits in dem Moment, als der Haifischmann seinen beiden Komplizen zunickte. Die Männer hatten hier auf sie gewartet. Sie hatten sich direkt neben ihrem Auto niedergelassen. Nur zwei weitere Wagen standen zu dieser späten Stunde noch hier. Normalerweise brachen die Besucher der Altstadt früher auf. Und diejenigen, die zu viel getrunken hatten, ließen ihre Autos ohnehin bis zum nächsten Morgen stehen. Es war sogar ein neuer Mercedes dabei, neben dem der ältere kleine BMW ihres Vaters bescheiden aussah. Die Männer hatten es also nicht unbedingt auf ihren Wagen abgesehen.

Maja sah sich fieberhaft um. Noch hatte sie den Knauf der Stahltür in der Hand. Vielleicht würde sie fliehen können. Ohne Schuhe war sie schnell. Sie würde auf dem Weg nach oben laut um Hilfe schreien. Es könnte ihr gelingen, wenn sie sofort losrennen würde. Aber genau das konnte sie nicht. Sie war wie gelähmt. Ihre Beine fühlten sich an, als wären sie aus Eis.

»Hallo, Maja!«

Seine Schritte waren sanft und präzise, als er auf sie zukam, wie die eines Pumas.

Sie erstarrte. Er kannte ihren Namen. Jetzt musste sie schnell sein, das fühlte sie, denn sonst würde etwas Schreckliches geschehen. Sie sah sein Messer aufblitzen, drehte sich um und versuchte fortzurennen. Aber ihre Bewegungen waren viel zu langsam. Die Messerspitze des Haifischmannes bohrte sich bereits schmerzhaft in ihren Rücken.

»Wenn du weiterleben willst, hörst du mir jetzt gut zu. Lass die Tür los und denk noch nicht einmal darüber nach, zu schreien oder um Hilfe zu rufen. Ich müsste dich sonst auf der Stelle töten.«

Sie gehorchte instinktiv. Die Tür fiel mit einem Knall zu. Ihre Schuhe fielen ihr aus der Hand auf den Betonboden. Sie konnte es nicht verhindern. Ihr Körper hatte begonnen zu zittern. Leise sprach der Mann auf sie ein, aber sie hatte Mühe, seinen Worten zu folgen. Er sprach deutsch mit starkem Akzent, vielleicht russisch, aber es konnte auch etwas anderes sein. Sie war sich nicht sicher. Aber mit einem Mal wusste sie, wo sie den Dicken gesehen hatte. Er war einer der beiden Angler, der auf der Mole gesessen hatte, als sie mit Keanu im Meer geschwommen war. Sie erinnerte sich genau. Die Männer hatten sie also schon länger beobachtet und warteten hier auf sie. Die Stimme des Haifischmanns wurde lauter und penetranter.

»Los, antworte! Wo ist dein Freund? Du weißt, von wem ich rede, oder?«

Fieberhaft dachte Maja nach. Die Männer waren vielleicht nicht ihr, sondern Keanu gefolgt.

»Los, rede! Wo ist er?«

Sie bekam von hinten einen Stoß. Fast fiel sie zu Boden. Der Haifischmann lachte, die anderen lachten mit. Inzwischen waren sie näher gekommen, so als wollten sie ihre Beute genauer unter die Lupe nehmen. Ihre Blicke waren unmissverständlich.

Die beiden begannen zu reden, in einem für Maja viel zu schnellen Südfranzösisch, das guttural und primitiv klang. Sie waren angetrunken. Der Haifischmann lachte gutmütig, als er antwortete, und seine Worte konnte sie zumindest halbwegs verstehen. Als der Blonde sich in den Schritt fasste und mit der Zunge schnalzte, überfiel sie Ekel. Jetzt ahnte sie, warum sie bei Elisa in der blaue Grotte gewesen war. Es war eine Warnung. Als sie vorhin in der Parkgarage Männerlachen hörte, hätte sie auf ihre innere Stimme hören sollen. Sie hätte auf der Stelle umkehren müssen. Aber dafür war es jetzt zu spät.

»Du wirst schon noch reden ... glaub mir!«

Sein selbstsicheres Lächeln war das eines Sadisten, dachte sie noch, als sie die Hand des Haifischmannes auch schon wie einen Schraubstock an ihrem Oberarm spürte. Unsanft schubste er sie vorwärts.

Von der Tür aus hatte Maja nicht bis in die hintere Ecke der Garage sehen können. Dort lagen bei einem alten Kleinbus Schlafsäcke auf einigen Schlafmatten. Ein richtiges Lager. Barfuß stolperte sie vorwärts, während die Männer lachten. Der blonde Muskelprotz machte eine obszöne Geste mit seiner Zunge, bevor er erneut die Flasche ansetzte. Der Fette machte Anstalten, nach ihren Brüsten zu greifen. Maja wich entsetzt zurück. Ein Teil von ihr konnte das alles nicht fassen. Natürlich war ihr bewusst, was für einen verlockenden Anblick sie den Männern in ihrem knappen Kleidchen bieten musste, aber darum ging es nicht. Irgendwie ging es um Keanu. Man war ihr mit Absicht gefolgt. Der Haifischmann sprach deutsch und kannte ihren Namen, aber es ergab alles keinen Sinn. Maja machte einen verzweifelten Versuch.

»Wenn es Keanu ist, den ihr sucht ... er ist nicht bei mir.«

Der Hai lächelte.

»Das sehe ich. Du kommst sehr spät heute, und du kommst allein. Er hat dich am Meer versetzt, aber warum? Wo ist er, Prinzessin? Oder willst du mir etwa weismachen, dass du dich nicht für ihn so hübsch gemacht hast? Der Ausschnitt steht dir wirklich gut. Habt ihr euch bei dir verabredet, oder bei ihm? Willst du ihm nicht sagen, dass du dich ein wenig verspätest? Immerhin hast du gerade eben drei nette Freunde getroffen. Die willst du sicher nicht enttäuschen, oder?«

Dann sprach er wieder mit den beiden anderen, und diesmal verstand sie. Es ging darum, wer sie als Erster haben durfte. Ihre Gedanken überschlugen sich. Was war hier los? Sie hatte nur einen einzigen Abend mit Keanu verbracht, aber dieser Mann hielt sie für seine Freundin. Warum? Und natürlich hatte er recht. Sie hatte sich für Keanu schön gemacht, weil sie ihn heute Abend das letzte Mal sehen würde. Tränen der Verzweiflung stiegen in ihr auf. Sie hatte sich Mühe gegeben. Ihr Kleid war tief ausgeschnitten, der Saum endete auf halber Höhe ihrer Oberschenkel. Ihr BH war ein erregender Push-up, ihre Lippen hatte sie nach dem Essen extra für ihn nachgezogen, die Haare fielen ihr mädchenhaft über die Schultern. Sie hatte ihr Bestes getan, um ihn ein letztes Mal ans Meer zu locken, und er war nicht gekommen. Sie musste in den Augen dieser Männer aussehen wie das geborene Opfer. Wut stieg in ihr hoch.

»Warum haben Sie keine Angst? Wissen Sie nicht, was Ihnen von Seiten der Behörden blüht, wenn Sie eine Touristin in der Tiefgarage überfallen?«

Immer noch hoffte Maja, dass das Ganze hier nur ein Albtraum war und sie jede Minute aufwachen würde. Aber das geschah nicht. Der Mann sah sie mit überlegenem Lächeln an.

»Wie kommst du denn auf so eine Idee? Du hast dich uns angeboten. Du hattest Lust auf eine schnelle Nummer. Du magst Sex, oder? Sonst hättest du es mit dem Mann aus Kauai nicht im Wasser getrieben …«

Der Haifischmann kannte also sogar Keanus Heimatort. Dann waren die Männer ganz sicher hinter ihm her und nicht hinter ihr.

Er redete bereits weiter, in überheblichem Ton, als wäre sie eine Hure.

»Was sagt dein Vater, wenn sein kleines Mädchen sich in Nizza mit einem dreckigen Kanaka herumtreibt, statt ihrem Haole Verlobten in München treu zu sein?«

Jetzt packte Maja panische Angst.

»Wer sind Sie? Und was wollen Sie?«

Die Antwort war eine Ohrfeige. Hart und schnell schlug er ihr ins Gesicht. Der Schmerz kam so unerwartet, dass Maja laut aufschrie. Prompt schlug er wieder zu.

»Du stellst mir keine Fragen, Prinzessin! Wenn, dann stelle ich hier die Fragen, verstanden?«

Seine stahlgrauen Augen funkelten sie wütend an. Maja schwieg. Sie konnte nicht anders. Er hatte sie hart getroffen. Ihre Kieferknochen schmerzten von seinem ersten Schlag. Von dem zweiten war die Haut auf ihrem linken Wangenknochen aufgeplatzt. Jetzt erst sah sie den Totenkopfring an seiner Hand. Der Ring hatte sie verletzt. Sie konnte das Blut fühlen, das ihr über die Wange lief, wagte es aber nicht, ihre Hand zu heben. Aus Angst, er könnte erneut zuschlagen, mied sie seine Augen und sah zu Boden.

In ihr liefen die Gedanken Amok. Irgendwie musste das alles einen Sinn ergeben. Ihr Peiniger hatte das Wort Kanaka benutzt. Er war auf der Suche nach Keanu. Bestimmt war er ebenfalls aus Hawaii. Warum sonst sollte er diese herablassende Bezeichnung für das hawaiische Volk benutzen. Maja hatte das Wort Kanaka vorher noch nie gehört, nicht einmal von ihrem Vater. Und wenn der Haifischmann über Stefan Bescheid wusste und sogar ihre Heiratspläne kannte, dann musste es eine Verbindung zu ihrer Familie geben. Wem sah dieser Mann ähnlich?

Da er erneut mit seinen Komplizen sprach, musterte sie ihn durch den Schleier der Tränen, die ihr unkontrolliert über die Wangen liefen. Es waren vor allem Tränen der Wut.

Der Haifischmann war knapp einen Kopf größer als sie,

durchtrainiert und gut aussehend, wenn seine Gesichtszüge nicht so hart gewesen wären. Seine stahlgrauen Augen wirkten traurig, trotz der arroganten Überlegenheit, die aus ihnen sprach. Sein Kopf war fast kahl geschoren. Die eisgrauen Stoppeln auf seinem langen Schädel gingen in einen Dreitagebart über. Er könnte bereits um die fünfzig sein, dachte sie, aber durch die stahlharten Muskeln wirkte er jünger. Über seiner linken Augenbraue hatte er eine frische Narbe, in der schwarze Fäden zu sehen waren. In dem Auge darunter hatte sie vorhin in der Iris einen dunkelroten Bluterguss entdeckt. Ein professioneller Schläger? Ein Killer vielleicht, wie sie sie nur aus Filmen kannte?

Was ihr an dem Mann die meiste Angst einflößte, war der Aufdruck des aufgerissenen Haifischmauls auf seinem T-Shirt. Vielleicht war das kindisch, aber es hatte mit der unheimlichen Reise zu tun, auf die Keanu sie in den letzten Tagen geschickt hatte. Sein Haifischzahn, die Geschichte von Elisa, in die Maja eingetaucht war wie in ihre eigenen Träume. Ein unheimlicher Gedanke überfiel sie. Elisa Vogels Augen waren stahlgrau. Könnte es sein, dass dieser Mann in irgendeiner Weise mit Elisa verwandt war?

Der Haifischmann telefonierte jetzt. Er war ein paar Schritte beiseitegetreten, aber sie konnte hören, dass er Englisch sprach, amerikanisches Englisch.

Währenddessen umkreisten die Franzosen Maja wie hungrige Wölfe. Sie tranken abwechselnd aus ihrer Flasche, grunzten Obszönitäten. Sie hatten jetzt sehr bald etwas mit ihr vor, wie sie aus ihren Gesten schloss. Bisher trauten sie sich nicht, ihr zu nahe zu kommen. Der Boss hatte das Sagen. Sie warteten darauf, dass Haifischmann sein Gespräch beendete und den Startschuss gab. Er machte die Ansagen. So viel hatte Maja verstanden. Doch alles andere blieb ein Rätsel.

Was wollte der Mann von Keanu? Warum folgte man ihr? Sie hatte kürzlich in der Zeitung über eine Entführung gelesen, die vor einigen Wochen die Côte d'Azur verunsichert hatte. Die sechzehnjährige Tochter eines Jachtbesitzers war am Hafen von Antibes verschwunden. Es gab eine hohe Lösegeldforderung, die schnell erfüllt werden musste, sonst würde das Mädchen getötet werden. Es hatte zum Glück keinen Armen getroffen, und in nur drei Tagen war der Fall vom Tisch. Eine Million konnte der Vater, ein Computerchip-König aus Belgien, leicht bezahlen. Für die Täter war das in der Tat schnelles Geld. Außerdem befürchtete die Polizei Nachahmer, denn die Täter konnten nicht gefasst werden.

»Komm her!«

Der Haifischmann hatte sein Gespräch beendet. Er steckte sein Handy weg und winkte sie zu sich. Maja dachte fieberhaft nach, was wohl jetzt das Beste wäre. Sollte sie Widerstand leisten? Sollte sie ihm einen Handel anbieten? Zwar würde ihr Vater nur schwer eine ganze Million aufbringen, aber vielleicht wäre es trotzdem klug zu verhandeln.

Vorsichtig näherte sie sich ihm, darauf bedacht, nicht unnötig erneut seinen Zorn zu wecken. Sobald sie nahe genug war, umfasste er ihren Unterarm hart. Mit einem Ruck zog er ihren Körper bis auf wenige Zentimeter zu sich heran. Er tat ihr weh. Sein Griff war eisern wie ein Schraubstock. Erneut musste Maja an Elisa denken, an ihre Not in der Grotte. Wie gerne hätte Maja jetzt eine Waffe gehabt. Ohne Zögern hätte sie ein Messer benützt. Zu ihrer Angst war eine maßlose Wut gekommen, die sie nur schwer kontrollieren konnte. Er musterte ihre Augen genau. Seine Stimme war schneidend.

»Ich verstehe, dass du mich hasst und vielleicht am liebsten töten würdest, aber es gibt einen Weg, der für uns beide angenehmer wäre. Wo ist er jetzt?«

»Wer?«

Er verstärkte seinen Griff an ihrem Unterarm. Majas Beine wurden schwach vor Schmerz.

»Bitte ... ich weiß es nicht. Wir haben uns nur ein einziges Mal getroffen. Heute ist er ... er ist nicht ans Meer gekommen. Ich weiß nicht, wo er ist.«

»Lüg mich nicht an! Dein Fick-Freund ist extra nach Nizza gekommen, um dich kennenzulernen. Und du hast heute am Strand wieder auf ihn gewartet.«

Bei dem Wort Fick-Freund war Maja trotz des Schmerzes in ihrem Unterarm innerlich zusammengezuckt. Es klang ordinär und hässlich. Und die Behauptung, Keanu hätte ihr Seminar besucht, um sie kennenzulernen, verwirrte sie. Ihr Vater hatte ihr dieses Seminar spendiert. Er war es gewesen, der sie vor Monaten darauf aufmerksam gemacht hatte. Sie erinnerte sich jetzt daran, wie ihr Vater sie explizit zu dem Seminar ermutigt hatte. Konnte es sein, dass ihr Vater etwas damit zu tun hatte, dass sie Keanu kennengelernt hatte? Aber warum? Vorsichtig begann sie, erneut zu reden, denn keinesfalls wollte sie zusätzliche Schmerzen.

»Hören Sie ... Zunächst war ich davon überzeugt, dass es hier gar nicht wirklich um mich geht, sondern nur um Keanu. Aber jetzt bin ich mir auf einmal nicht mehr so sicher. Was genau wollen Sie?«

»Du weißt sicher, wo der Kanaka wohnt?«

Maja schüttelte langsam ihren Kopf.

»Nicht genau. In einem Hotel in der Altstadt vielleicht ...«

Wieder schlug er ihr brutal ins Gesicht. Der Schlag war noch härter als zuvor. Maja flog von dem Aufprall fast einen Meter weit. Sie landete direkt vor den Füßen des blonden Sadisten. Doch als der Anstalten machte, sich nach ihr zu bücken, wies der Haifischmann ihn mit scharfen Worten zurecht. Er war noch nicht fertig mit ihr.

Durch Majas Hüfte zog sich ein stechender Schmerz. Von dem harten Aufprall auf dem Beton hatte sie sich sicherlich eine Verletzung zugezogen. Sie stöhnte. Dann versuchte sie, auf seinen Befehl hin aufzustehen, aber ihr rechtes Bein wollte ihr nicht gehorchen. Ihr wurde übel. Nur nicht ohnmächtig werden, dachte sie. Besser auf etwas konzentrieren, das neutral ist. Das half gegen die Angst. Sie hatte es in ihrem Selbstverteidigungskurs gelernt. Neben sich sah sie seine Schuhe.

Der Haifischmann trug viel zu teure Schuhe für einen primitiven Kriminellen, stellte sie fest. Zudem waren sie frisch geputzt und das Leder sah edel aus. Bestimmt lebte dieser Mann nicht auf der Straße, sondern in einem der teuersten Hotels der Stadt.

»Steh auf!«

Er hielt ihr seine Hand hin. Aber Maja sah zu Boden und blieb einfach sitzen.

»Was ist? Kannst du nicht aufstehen?«

»Nein, verdammt! Mein Bein tut weh. Sie sind ein brutales Schwein!«

Kaum waren ihr die Worte aus dem Mund gerutscht, biss sie sich auf die Lippen. Wollte sie von diesem Mann totgeschlagen werden? Doch er lächelte.

»Ich mag Prinzessinnen, die hart im Nehmen sind. Im Bett machen sie einfach mehr Spaß.«

Der Spruch auf Französisch, den er hinzufügte, um den beiden Geiferern noch mehr Appetit zu machen, löste erneut schallendes Gelächter aus. Der Blonde öffnete bereits seine Gürtelschnalle.

Also gut, dachte Maja, darauf soll es also hinauslaufen. Er will mir Angst machen. Aber nie sollte man seine Angst zeigen, keinem Tier und vor allem auch keinem Menschen. Das hatte ihr Vater ihr beigebracht. Es hatte nur bisher noch nie wirklich gewirkt. Immer schon hatte Maja panische Angst vor Hunden. Angst kann man nicht gut verstecken. In kleinen Molekülen dringt sie aus den Poren der Haut und signalisiert dem Angreifer Unterlegenheit. Auch bestimmte Männer waren Maja seit frühster Kindheit unheimlich. Es gab Gründe dafür. Ein Pfefferspray hatte sie fast immer in ihrer Handtasche, auch in München. Ein Selbstverteidigungskurs war normaler Baustein ihrer Erziehung gewesen. Als weiblicher Teenager war man selbst in ihrer als sehr sicher geltenden Heimatstadt Gefahren ausgesetzt. Sie wusste eigentlich, wie sie sich beschützen musste, war mit Freundinnen in bedenkliche Länder gereist, in denen sich Frauen in Acht nehmen mussten. Immer schon neugierig und freiheitsliebend hatte sie bis jetzt jede Situation meistern können. Irgendwie würde sie auch jetzt entkommen, sagte sie sich. Irgendwie.

Wieder klang seine Stimme an ihr Ohr.

»Zum letzten Mal, wo ist dein Fick-Freund?«

Maja sah sich verzweifelt um. Ihre Handtasche, in der sie ihr Pfefferspray hatte, lag außer Reichweite. Als sie geschlagen wurde, war sie weggeflogen. Bestimmt fünf Meter waren es. Zudem konnte sie sich kaum bewegen. Ihre Hüfte und ihr Bein taten weh. Ihr war eisigkalt, und sie wusste, dass sie einen leichten Schock haben musste, denn sie nahm alles wie in Zeitlupe wahr.

Der Blonde begann unter den anfeuernden Rufen des Fetten, ein paar Schlafsäcke auf den Matten auszubreiten. Er sollte wohl der Erste sein, denn er ließ bereits seine Hose herunter. Panisch sah Maja sich um. Wo war die Überwachungskamera? Bemerkte niemand, was hier vor sich ging?

»Los, rede! Oder soll ich dich ihm überlassen?«

Der Haifischmann bohrte ihr auffordernd die Spitze seines Schuhs in die Seite. Dann griff er ihr unters Kinn. Er zwang sie, ihm in die Augen zu sehen. Seine Hand war kalt und zitterte, so als stünde auch er unter ganz besonderer Anspannung. Ob Angst oder Erregung konnte sie nicht deuten. Er flüsterte ihr leise zu, um von den anderen nicht gehört zu werden.

»Wenn du mir sagt, wo ich ihn finde, kann ich dich immer noch laufen lassen. Das wäre mir lieber.«

Maja sah ihm geradewegs in die Augen. Sie versuchte, ihre Angst zu verbergen, aber ihre Stimme war brüchig.

»Was hat Keanu Ihnen getan?«, wollte sie wissen, sah aber schnell in seinen Augen, dass ihre Frage ein Fehler war. Eilig fuhr sie fort, bevor er erneut seine Hand heben konnte.

»Ich muss unbedingt wissen, was er getan hat. Ist es etwas Schlimmes? Und was hat es mit meinem Vater zu tun?«

Abschätzend sah er sie an.

»Wie lange kennt ihr euch schon, Keanu und du?«

»Wir kennen uns erst seit Beginn des Seminars, seit wenigen Tagen und nicht sehr gut.«

»Aber vor dem Seminar habt ihr korrespondiert, oder? Du bist diejenige, die er in Europa treffen sollte? Die mit dem Erbschein? Dein Vater hat das eingefädelt, nicht wahr?«

Sein Tonfall klang jetzt anders, irgendwie um einiges kultivierter. Er passte zu den sauberen Fingernägeln, den teuren Schuhen, aber nicht zu den obdachlosen Dreckskerlen. Fieberhaft überlegte Maja, was sie ihm sagen sollte. Tatsächlich hatte sie Keanu erst bei dem Seminar kennengelernt, aber sie war sich nicht sicher, ob es klug wäre, das jetzt ehrlich zuzugeben. Daher schwieg sie.

Er wertete ihr Schweigen als Zustimmung und sprach weiter. Ein warnender Unterton schwang in seiner Stimme mit.

»Eure Leute haben sich in etwas verrannt, aber das wird so nie funktionieren. Bei dem Land geht es um viel zu viel Geld. Sie werden nie zulassen, dass die Kanaka ihr Land zurückbekommen. Du und dein Vater, ihr macht einen gefährlichen Fehler, wenn ihr euch da hineinziehen lasst.«

Scharf nahm er sie ins Visier.

»Es könnte euch viel kosten … vielleicht sogar euer Leben. Nicht ich bin der Feind, das ist es nicht. Auch ich arbeite nur für andere. Die Interessen derer, die ihr mit euren politischen Aktionen ständig verärgert, sind jetzt akut bedroht. Diese Interessen haben nichts mit euren gemein. Da geht es vor allem um Geld, viel Geld. Du solltest dich da raushalten, genau wie dein Vater. Ihr gehört nicht nach Kauai. Nicht wirklich.«

Maja verstand nicht, was er ihr sagen wollte, aber sie glaubte jetzt eine gewisse Anteilnahme in seinen Augen zu lesen. Der Mann wollte sie warnen.

»Bleib weg von Keanu. Es könnte dir sonst übel ergehen – und ich meine wirklich übel. Und dein Vater soll sich auch raushalten. So ein Erbschein ist nicht viel wert, wenn der Erbe noch nicht einmal die amerikanische Staatsbürgerschaft besitzt. Und meine Auftraggeber verstehen keinen Spaß. Keanu mag aussehen wie ein Engel, aber täusche dich nicht. Er wird dich am Ende zerstören. Sein Volk duldet keine Haole. Und auch wenn du Mandelaugen hast, so wirst du nie eine von ihnen sein. Die Kanaka benutzen dich nur für ihre ganz persönlichen Ziele. Es geht ihnen um Rache, um nichts als die Rache der Kanaka an den Haole.«

Da waren sie wieder, die Begriffe, die Maja so irritierten. War er einer von ihnen, einer der Haole, dessen Vorfahren einst nach Kauai ausgewandert waren? Majas Neugierde überwog.

»Woher sprechen Sie so gut Deutsch? Sie sind ein Hawaiianer, nicht wahr?«

Er nickte, berichtigte sie aber sofort.

»Ich bin gebürtiger Amerikaner, geboren auf Hawaii, mit deutschen Vorfahren. Kein einziger Tropfen Kanaka-Blut fließt in meinen Adern. Darauf lege ich Wert.«

Maja hütete sich nachzufragen. Sie ließ ihn weiterreden. Wie in einer Art Fieber beschrieb er ihr die Aussichtslosigkeit der Sache. Die Hawaiianer würden einen verzweifelten Kampf um ihr Land kämpfen, aber auf ihren Inseln letztendlich enden wie die Indianer auf dem Mainland der USA. Selbst die wohlhabenden Kanaka würden sich ihren eigenen Grund und Boden wegen steigender Steuern schon bald nicht mehr leisten können. Man würde die politisch unbequemen und chronisch faulen Ureinwohner Hawaiis in Zukunft in abgegrenzten Gebieten in einer Art von Reservaten halten. Niedrige Löhne, schlechte Schulbildung, miese Ernährung sowie das amerikanische Fernsehprogramm würden ihr Übriges tun. In ein paar Jahrzehnten wäre auch das letzte Zucken vorbei. Dann würden sie sich endlich damit abfinden, dass ihre Zeit vorüber ist. Natürlich dürften die Kanaka auch weiterhin zu Hungerlöhnen für Touristen ihre Hula-Tänze aufführen. Einmal im Jahr könnten sie unter Ihresgleichen große Reden schwingen, aber mehr sei in Zukunft nicht mehr drin. Gegen mächtige Konzerne mit wirtschaftlichen Zielen könnte auch Hawaiifreund Barack Obama auf Dauer nichts ausrichten.

»Keanus Leute führen seit Jahren einen Kampf gegen Windmühlen! Es ist Wahnsinn. Dein Mann lebt gefährlich, verstehst du ... durch ihn lebst du gefährlich. Das merkst du bereits, nicht wahr?«

Der Klang seiner Stimme war erneut schneidend. Bis auf wenige Zentimeter hatte sein Gesicht sich Majas genähert. Sie roch an seinem Atem keine Spur von Alkohol, dafür aber die verkrampfte Säuerlichkeit eines fortgeschrittenen Magengeschwürs.

Ihr Verstand war jetzt wieder hellwach. Sie begriff, dass hier ein Irrtum vorliegen musste. Der Haifischmann hielt Maja und ihren Vater für Komplizen einer hawaiischen Untergrundbewegung, in der Keanu wohl eine große Rolle spielte. Gedanken von deutschen Terroristen schossen ihr durch den Kopf. Vor ihrem inneren Auge hatte sie eigenartige Bilder ihres Landes, in die sich aber immer auch wieder die aus Elisas erster Zeit auf Kauai mischten. Die Königstreuen. Die Steine-Esser. Keanu war anscheinend wirklich in etwas verwickelt, das gefährlich war. Trotz ihrer Angst war ihre Neugierde hellwach.

»Ihre Auftraggeber ... was genau wollen die von uns? Wie können wir helfen? Weder mein Vater noch ich haben das kleinste bisschen Interesse daran, in politische Grabenkämpfe verwickelt zu werden. Wir sind Deutsche mit hawaiischen Wurzeln, die mehrere Generationen zurückliegen und für uns bisher nie Bedeutung hatten. Ich habe Keanu rein zufällig auf dem Seminar kennengelernt. Mein Vater hat keinerlei Verbindungen zu Verwandten in Hawaii. Er ist in Deutschland geboren. Sein Vater war lediglich ein amerikanischer Besatzungssoldat aus Kauai, der sich kurzzeitig verliebt hatte. Mein Vater kannte ihn nicht einmal. Wie also können wir Ihnen helfen, mein Vater und ich?«

Maja wusste, dass sie damit ein Risiko einging, doch einen Versuch schien es ihr wert. Niemand hatte etwas davon, wenn sie zu Schaden kam. Aber der Haifischmann sah sie misstrauisch an.

»Du sagst nicht die Wahrheit, denn dein Vater war sehr wohl auf Kauai. Er hat sich im Amt nach seinem Vater erkundigt und dort seine Personalien eingetragen. Daher das Erbe …«

»Das ist ewig her!«

»Aber es stimmt! Ihr drei macht gemeinsame Sache. Dein Vater hat es eingefädelt …«

»Nein!«

»Du lügst, um deine Haut zu retten!«

Er zischte ihr in ihr Gesicht. Sein säuerlicher Speichel sprühte feine Tropfen. Das Messer in seiner Hand zitterte.

»Tut mir leid um dich, aber Landbesitz auf Kauai ist verdammt viel wert, verstehst du? Meinen Auftraggebern ist es viel wert.«

Sein Blick wanderte in Richtung der Männer, die nur auf sein Zeichen warteten.

»Du weißt, was die mit dir machen werden.«

»Nichts, wenn Sie es nicht wollen. Sie sind der Boss. Und ich werde Ihnen helfen.«

Maja fixierte ihr Gegenüber mit ihrer gesamten inneren Kraft. Wenn es ihr gelänge, ihn jetzt zu überzeugen, hätte sie ihre Chance. Er lächelte traurig.

»Meine Anweisungen waren klar. Entweder ich bekomme Keanu allein zu fassen, oder aber ich verpasse euch beiden einen Denkzettel, den ihr nie vergessen werdet. Jetzt habe ich nur dich. Also musst du es allein ausbaden. Das ist einzig und allein deine Entscheidung.«

Schnell wandte er sich von ihr ab. Er konnte den verzweifelten Blick nicht ertragen, mit dem Maja zu seinem Herzen vorzudringen hoffte. Seine Worte waren kaum hörbar.

»Du weißt wirklich nicht, wo Keanu ist?«

»Ich habe am Meer auf ihn gewartet, aber er ist nicht gekommen. Vielleicht hat er Nizza schon verlassen … Aber wenn er noch hier ist, dann könnte ich es vielleicht herausbekommen.«

Er schüttelte den Kopf.

»Du kennst Keanu nicht besonders gut. Wir nennen ihn auch Mister Unsichtbar, weil er die seltene Gabe besitzt, vom Erdboden zu verschwinden. Du findest ihn genauso wenig wie ich, wenn er nicht gefunden werden möchte.«

Der Blick des Mannes war abwesend. Wer auch immer diese Auftraggeber waren, sie hatten explizite Anweisungen gegeben. In Majas Hals steckte ein Kloß, der ihre Stimme dünn und armselig klingen ließ.

»Bitte, ich habe doch nur so getan, als ob ich überhaupt wusste, worum es geht. Ich habe aber keine Ahnung! Sie haben die Falsche! Keanu und ich haben lediglich einen Abend am Meer miteinander geflirtet. Vor dem Seminar habe ich noch nie von ihm gehört. Er hat mir noch nicht einmal seine Adresse auf Kauai gegeben. Er wollte mich auch nicht wiedersehen. Es muss also ein Irrtum sein!«

»So, so. Nur ein Irrtum. Dann bist du also nicht Maja Kemper, Tochter von Max Kemper?«

»Doch, ich bin Maja Kemper. Aber es gibt nichts, was Keanu mit mir geplant oder besprochen hätte. Sie müssen mir das glauben. Es war … es war völlig unbedeutend. Bitte …«

Aber ihr Flehen stieß bei ihm jetzt auf taube Ohren. Er musterte ihre Aufmachung. Seine Augen wanderten in ihren Ausschnitt, in dem ihr Push-up für einen verführerischen Spalt sorgte.

»Ihr Frauen lügt doch alle …«

Er hob mit seiner Schuhspitze den Saum ihres Kleides höher, bis Majas Unterhose sichtbar wurde. Türkise Spitze trug sie unter dem Kleid, dunkles Türkis wie das Meer oder das Wasser in der Grotte auf Kauai. In Majas Kopf begann sich alles zu drehen. Elisas Vergewaltigung, Keanus Erzählungen über seine Ahnin, die Haifischfrau. Der Mann mit den stahlgrauen Augen, der die Kanaka hasste.

Ihr Frauen lügt doch alle …

War in dieser schrecklichen Nacht in der Grotte zwischen Elisa und Gerit Janson ein Kind der Gewalt entstanden, das nichts als Hass in die Welt trug? War der Mann, der in der Parkgarage vor ihr stand, ein später Nachfahre dieser Gewalttat?

Maja zog energisch den Saum ihres Kleides herunter. Einen letzten Versuch würde sie noch wagen.

»Mein Freund Stefan kommt morgen nach Nizza, um das Wochenende mit mir zu verbringen. Mit Keanu hatte ich nichts. Es war lediglich ein harmloser Flirt. Wirklich! Und jetzt lassen Sie mich zu meinem Wagen!«

Mit äußerster Anstrengung gelang es ihr aufzustehen. Sie humpelte einen Schritt in Richtung Auto, bevor er sie hart an den Haaren zurückriss.

»Verlogenes Flittchen. Versuch, deine Story deinen neuen Freunden zu erzählen. Sie freuen sich auf dich.«

Geifernd sah der Blonde zu ihnen rüber. Seine Blicke waren voller alkoholkalter Gier. Auf Französisch gab der Haifischmann den Startschuss. Von ihm aus konnten die Männer ihren Spaß mit Maja haben. Er würde zusehen.

»Für meine Auftraggeber.«

Er zückte eine kleine Kamera.

»Für Keanu werde ich es ins Internet stellen.«

Die beiden Männer zogen sich auf sein Geheiß Masken an. Es waren bizarre Tiermasken aus Plastik, wie man sie an Karneval trägt. Ein Hund mit heraushängender Zunge und ein brüllender Löwe. Maja kämpfte mit Brechreiz. Panisch sah sie sich um. Gab es hier wirklich keine Überwachungskamera?

Der Blonde mit der heruntergelassenen Hose trug die Maske des brüllenden Löwen. Torkelnd kam er auf sie zu. Maja war inzwischen klar, dass sie nicht würde vermeiden können, was ihr bevorstand. Durch ihren Kopf schoss der Gedanke, dass sie lieber sterben würde. Sie war nicht so stark wie Elisa.

Der Schlangenkopf auf der Hand des blonden Löwen griff nach ihr. Seine Zunge zuckte durch den Spalt in der Maske. Durch die Gucklöcher sah sie seine irren Augen, high von Drogen und Alkohol. Als sie schrie, legte er seine Hand über ihren Mund. Dann war der Fette über ihr, ein geifernder Hund. Seine Hände grabschten nach ihren Oberarmen, um sie zu Boden zu drücken. Der Löwe hob ihre Beine. Er machte keinen Hehl daraus, dass ihm der Anblick des türkisen Höschens Freude bereitete. Der stechende Schmerz in ihrer Hüfte zwang Maja zu einem weiteren Schrei. Die Hand drückte fester. Sie bekam keine Luft mehr.

Während der Haifischmann filmte, schleppten die Männer sie auf ihr Lager wie ein Stück Beute, das es zu verzehren galt. Maja strampelte verzweifelt, als der Löwe den Anfang machte. Ein Ritsch und ihre türkise Unterhose flog zur Seite. Der fette Hund presste ihr seine fleischige Hand fester über Mund und Nase. Sie wollte auf der Stelle sterben, dachte sie noch, ihren Körper verlassen und zurück in den großen Ozean gehen. Der Mangel an Sauerstoff ließ ihre Gedanken langsamer werden. Sie hoffte, dass es schnell gehen würde. Der Tod war ihre beste Option.

Als Maja begann, das Bewusstsein zu verlieren, hörte sie einen Schuss. Dann Stimmen. Die fette Hand ließ von ihr ab. Luft strömte in ihre Lungen. Wie in Trance drehte sie ihren Kopf. Aus dem Augenwinkel sah sie ihn. Keanu stand in der geöffneten Stahltür. Seine Hand hielt eine Waffe.

Am Ende dieser Nacht, als es schon Morgen wurde, lag der Albtraum in der Garage bereits gefühlte tausend Lichtjahre zurück. Erste Sonnenstrahlen malten geheimnisvolle Muster an die Decke von Majas Schlafzimmer in der Villa in Antibes, und sie fühlte eine enorme Dankbarkeit. Nicht nur lebte sie und war nicht vergewaltigt worden, sondern sie war glücklich. Ihre Hüfte und ihr Bein schmerzten zwar noch, aber jetzt war es ein süßer Schmerz.

Sobald Keanu und sie in der Villa in Sicherheit waren, hatten sie miteinander geschlafen. Maja lächelte bei dem Gedanken daran, dass ihre Lust letztendlich stärker gewesen war als der Schock. Selbst der Schmerz in ihrer Hüfte konnte Maja nicht davon abhalten, ihr Verschmelzen mit Keanus männlichem Körper zu genießen. Vielleicht war ihrer beider Lust auch eine Reaktion auf das Unfassbare gewesen, das in der Tiefgarage geschehen war.

Als Maja an die kritischen Sekunden zurückdachte, als Keanu sie mit seiner Waffe aus den Händen der drei Männer befreit hatte, wurde ihr kurz übel. Es konnte gut sein, dass sie einen der drei getötet hatten. Sie wusste es nicht genau, aber allein der Gedanke daran ließ sie erneut erschauern. Nicht durch einen Schuss war der Fette mit der Hundemaske ums Leben gekommen, sondern durch Majas Auto. Er hatte sich ihnen in den Weg gestellt. Sollte er tot sein, so war sie mit Keanu daran schuld.

Sie hatten nach ihrer Flucht und der Ankunft in der Villa beraten, was sie am besten tun sollten. Beide waren sie erschrocken, aber Keanu wusste zumindest, was sie keinesfalls machen durften. Sie konnten niemandem an der Côte d'Azur wirklich vertrauen, nicht einmal Keanus Cousine, bei der er wohnte und die ihm die Waffe geliehen hatte. Sharkman hatte überall seine Beziehungen, wie Keanu ihr verriet, und er wollte keinen seiner Freunde in Gefahr bringen.

Maja sollte erst zu Hause mit ihrem Vater sprechen, wenn sie sicher sein konnte, wie viel sie ihm erzählen durfte. Aber auch das nur, wenn es unbedingt notwendig war.

Natürlich hatte sie Keanu viele Fragen gestellt. Wer genau waren diese skrupellosen Auftraggeber von Sharkman? Waren es Franzosen? Waren es Amerikaner? Warum waren sie hinter Keanu her?

Aber er wollte Maja zu ihrer eigenen Sicherheit so wenig wie möglich über seine geheime Mission erzählen. Sie sollte mit ihrem Vater sprechen, wenn die französische Polizei je nach ihrem Wagen fahnden sollte. Das riet er ihr. Nur wenige Details bekam Maja aus ihm heraus. Aber wie gut Keanu ihren Vater kannte, hatte sie erstaunt.

»Warum hast du es mir nicht von Anfang an erzählt?«

»Weil es um eine vertrauliche Angelegenheit zwischen ihm und mir ging.«

Keanu hatte sich wegen einer Rechtssache an Max Kemper gewandt, weil Majas Vater durch seinen hawaiischen Vater zu seinem Klan auf Kauai gehörte.

»Es geht um Land, sehr wertvolles Land – an der Küste von Kauai.«

Mehr verriet er ihr nicht. Aber Keanu hatte tatsächlich gewusst, dass die Tochter von Max Kemper an dem Seminar in Nizza teilnehmen würde. Zunächst hatte er sie auch ansprechen wollen, aber dann war etwas anderes geschehen. Er hatte sich in sie verliebt.

»Hast du nicht!«

»Ich will nicht mehr darüber reden!«

Mit traurigem Blick strich er über ihre Lippen, auf denen noch seine Küsse brannten. Der Zeitpunkt seines Abschieds war gekommen. Er flog in wenigen Stunden nach Kauai zurück.

In Maja krampfte sich bei dem Gedanken daran, ihn vielleicht nie wiederzusehen, alles zusammen. Er aber küsste ihr liebevoll die Sorgenfalten weg.

»Du musst mir Vertrauen schenken, okay? Alles wird gut. Ich sorge dafür … Du machst es einfach so, wie wir es abgesprochen haben.«

Maja nickte. Was konnte sie auch anderes tun? Er war der Mann, der sich bei Bedarf in Luft auflösen konnte. Mister Unsichtbar. Sie vermied seinen Blick. Er sollte die Tränen in ihren Augen nicht sehen.

Aber jetzt war seine vorhin noch gefasste Stimme rau vor Zärtlichkeit und Wehmut.

»Bis ganz bald, so sagt man doch bei euch. See you soon, and in my dreams. I will write you. Jeden Tag einen Brief, versprochen.«

Maja bemühte sich um Fassung.

»Ich mag Briefe, aber so wie jetzt bist du mir lieber. Und so bald werden wir uns sicher nicht wiedersehen. Aber ich finde dich vielleicht auch in meinen Träumen … oder in Elisas Träumen? Mehr als Träume dürfen wir gar nicht … Du willst heiraten und ich auch.«

Ihr Lächeln war zaghaft.

Beide hatten erkannt, dass ihre Liebesnacht in der Villa einmalig bleiben musste. Die Erkenntnis war grausam und schnitt bis in Majas tiefste Seele.

»It sucks! I hate it …«

Er hatte sich ebenso unsterblich verliebt, das wusste sie jetzt. Widerstand war zwecklos. Wie nie zuvor wäre Maja bereit gewesen, ihr Leben für diesen Mann umzukrempeln, wenn er es denn verlangt hätte. Das wusste sie nach dieser Nacht. Sie würde ihm folgen, notfalls bis nach Kauai, nur um mit ihm zusammen zu sein.

Aber er tat es nicht. Im Gegenteil. Als könnte er ihre Gedanken lesen, schüttelte er jetzt langsam seinen Kopf.

»I cannot change my life for you. Sorry …«

Keanu konnte sein Leben nicht für sie ändern. Es war unmöglich.

Maja begriff inzwischen, dass der Haifischmann in der Garage in einigen Punkten recht gehabt hatte. In Keanus Leben gab es eine klare Priorität. Wie sein Vater und seine Mutter vor ihm, so kämpfte auch er für das Weiterbestehen seines Volkes in Würde und Freiheit. Es war ein harter Kampf, denn es ging vor allem um Landbesitz. Ihren schwindenden Lebensraum mussten die Ureinwohner immer mehr gegen Gier und skrupellose Spekulation verteidigen. Daran hatte sich seit den ersten Plantagenbesitzern auf den Inseln nicht viel geändert. Nur waren die Spieler auf dem vergleichsweise kleinen Spielfeld der Inseln anonymer und internationaler geworden. Wenn jetzt die Bagger kamen, um wieder ein Stück unberührtes Land für einen neuen Golfplatz zu planieren, saß der neue Besitzer vielleicht in Mexiko, Schweden oder Südfrankreich. Ohne jegliches Unrechtsbewusstsein wurde das Land der Ureinwohner nun international an den Meistbietenden verschachert. Viele von ihnen lebten heute schon obdachlos an eingezäunten Stränden.

»If I had the choice …«

Traurig sah Keanu Maja an. Sie wusste, dass er bleiben würde, wenn er die Wahl hätte. Aber seine Organisation kämpfte seit über einem Jahrhundert für die Rechte der Hawaiianer. Man nannte sie die Steine-Esser. Er hatte ihr in der Nacht viel von seinem Kampf um die Anerkennung seines Volkes erzählt.

Maja war glasklar, warum seine ursprünglich harmlose Organisation sich inzwischen notfalls auch mit Waffen gegen mächtige Feinde wehren musste, die zum Teil völlig skrupellos waren. In der Politik hatten Immobilienspekulanten eine mächtige Lobby, vor allem in den USA. Die Skandale gingen bis in die obersten Regierungskreise. Es ging um sehr viel Geld. Milliarden waren es inzwischen. Die Szene in der Tiefgarage war nicht Keanus erste Begegnung mit dem Haifischmann, der sich für genug Geld hatte kaufen lassen, um unbequeme Gestalten wie Keanu einzuschüchtern oder notfalls aus dem Weg zu räumen. Aber was genau hatte Majas Vater damit zu tun? Sie fragte Keanu, aber er schüttelte den Kopf.

»Es ist zu gefährlich, wenn ich dir Details verrate, bevor alles unter Dach und Fach ist. Aber ich sage dir, dass ein Stück Land zu besitzen für uns Hawaiianer Heimat und Identität zugleich bedeutet. Wir werden von unseren Inseln verdrängt, obwohl wir mit ihnen fest verwurzelt sind. Doch jeder Quadratmeter auf den Inseln ist heutzutage reines Gold wert. Wie unwissende Kinder haben wir uns das Land lange von Fremden abkaufen lassen. Chinesen, Koreanern, Japanern und natürlich Amerikanern. Ihnen allen gehört ein Stück unserer Inseln … Nur noch das Geld regiert. Wir Ureinwohner haben keine mächtige Lobby. Uns fehlen Geld und Einfluss. Über Generationen führen wir einen vergeblichen Kampf, eigentlich seit der Zeit, in der unsere letzte Königin entmachtet wurde. Elisa wusste das von Anfang an.«

Maja nickte und legte ihren Kopf in seinen Schoß.

»Deshalb bist du in die Bildung gegangen, wie sie es damals mit Kelii tun wollte. Ist es ihr je gelungen? Konnte sie mit ihm eine Schule aufmachen, in der Weiße und Einheimische gemeinsam lernten?«

Keanu schüttelte traurig seinen Kopf.

»Diesen Traum konnte sie nie wirklich leben. Der Rassismus war so stark, dass sie sich schließlich zwischen einem der beiden Völker entscheiden musste.«

»Sie hat euer Volk gewählt, nicht wahr?«

»Nicht nur hat sie es gewählt, sondern Elisa hat es auf ihre Art beschützt, wie wir es damals nicht konnten. Unsere Sagen und Geschichten, unsere Kultur, das ist fast alles, was uns noch bleibt. Heute sind viele aus meinem Volk und Elisas Klan auf der ganzen Welt verstreut. Aber selbst von unserer stolzen Identität blieb auf den Inseln nicht viel übrig, geschweige denn von den einst enormen Reichtümern. Nur in unseren eigenen Schulen, auf die nur Kinder mit hawaiischem Blut gehen können, lebt das alte Hawaii noch. Ich will dafür sorgen, dass es uns auch in Zukunft noch gibt. Hawaii findest du irgendwann nur noch hier …«

Keanu nahm Majas Hand und legte sie auf seine Brust, direkt über sein Herz.

Sie spürte die Hitze seiner nackten Haut und schloss die Augen. Sie wollte sich ihr kurzes Zusammensein für immer einprägen.

»Erzähl mir mehr von Elisa …«

Er strich ihr zärtlich übers Haar, während er weiter über das sprach, was ihn am meisten im Leben beschäftigte.

»Elisa Vogel war überaus wichtig für uns. Sie war eine Weiße, aber nur ihre Haut war weiß. In ihrem Herzen war sie eine von uns. Auch unser Klan wurde von den Plantagenbesitzern lange schamlos ausgebeutet. Viele von uns starben unter unmenschlichen Arbeitsbedingungen. Mit ständig neuen Gesetzesänderungen wurde das Land auf Kauai unter den reichen und mächtigen weißen Einwanderern aufgeteilt. Aber das Schlimmste war, dass die Weißen versuchten, die Ureinwohner mit kontinuierlicher Missachtung Stück für Stück ihrer Identität zu berauben. Dabei war es für die verschiedenen Stämme Hawaiis ohnehin nie einfach, sich zu einem einzigen Volk zu vereinigen. Unter den Inseln hatte es Fehden gegeben ...«

»Unter den Kahuna?«

Keanu nickte und fuhr fort.

»Sie waren einst sehr mächtig, unsere Kahuna. Sie haben sich lange Zeit gegenseitig bekämpft, aber schließlich begannen sie, sich zu respektieren und auch zu unterstützen, da sie begriffen, dass wir als Hawaiianer zusammenhalten müssen. Die weißen Zuwanderer verhielten sich den Ureinwohnern gegenüber hingegen immer grober und respektloser. Auf Elisas Rat hin hat mein Klan um 1900 beschlossen in künftigen Generationen nur noch unter sich zu heiraten. Das hawaiische Blut sollte wieder stark und stolz werden ...«

»Don't mix the blood ...?«

»Eine Überlebensstrategie, zu der meine Ahnin riet, weil sie die Weißen sehr gut kannte. Elisa wusste, wie zerstörerisch Ignoranz und Arroganz sind, wenn sie mit Gier gepaart werden. Sie selbst hatte schlimme Erfahrungen mit ihrem eigenen Volk gemacht. Elisa schrieb einmal an unsere letzte Königin, dass die meisten Weißen auf den Inseln Rassisten und Frauenhasser sind. Meine Großmutter hat mir Elisas Briefe gezeigt und auch die Antwortschreiben unserer Königin.«

Maja hörte den Stolz in seiner Stimme. Sie glaubte zu verstehen, wovon Keanu redete. Aber Ignoranz und Arroganz waren nicht nur Krankheiten der hawaiischen Inseln. Bittere Erfahrungen hatte auch ihr Vater wegen seines exotischen Aussehens in Deutschland gemacht, obwohl er in ihrer Heimat geboren war. Und auch Majas exotisches Aussehen hatte zu Vorurteilen geführt. Wie oft hatte sie ihre Freundinnen beneidet, weil sie nie gefragt wurden, ob sie aus China kämen. Rassismus war überall und trieb viele hässliche Blüten. Erst später, als Majas Aussehen etwas Besonderes war, hatte sich das Blatt gewendet. Sie galt als exotische Schönheit, ihre Freundinnen waren dagegen austauschbar.

Sie schwiegen jetzt beide. Dabei hatte sie noch so viele weitere Fragen.

»Wieso warst du genau im richtigen Moment in der Tiefgarage?«

Keanu zögerte einen Augenblick.

»Ich bin dir vom Restaurant zum Strand und danach bis zur Tiefgarage gefolgt. Die Waffe hatte ich die ganze Zeit bei mir. Ich wusste, dass Sharkman in der Stadt war. Man hatte mich gewarnt.«

»Du warst die ganze Zeit dort?«

Maja richtete sich erstaunt auf. Er nickte.

»Ich wusste seit unserer Nacht am Meer, dass wir von ihm beobachtet werden. Ich hatte Angst um dich. Aber ich dachte, dass er dich nur einschüchtern würde ... ich hätte schon früher eingreifen müssen.«

Mit traurigem Lächeln zeigte er auf sein Herz.

»Wahrscheinlich werde ich von jetzt an auch am anderen Ende der Welt spüren, wenn es dir nicht gut geht. Wir haben uns miteinander verbunden ... du bist jetzt immer bei mir.«

Maja stiegen Tränen in die Augen. Er war im Begriff, von ihr zu gehen. Sie konnte es nicht fassen. Auch sie fühlte sich mit ihm verbunden, auf eine Art und Weise, die ihr neu und unheimlich war. Aber es war so. Sie hatte Keanu so schnell in ihr Herz geschlossen und sich ihm so bedingungslos geöffnet, wie sie das noch bei keinem Mann vor ihm gewagt hatte. Und das lag gewiss auf eigentümliche Weise auch an Elisa. Auf eigentümliche Weise, genauer konnte sie es nicht definieren oder gar für ihn in Worte fassen. Aber sie fühlte sich Keanu zugehörig.

»Es ist so traurig, dass du schon fort musst …«

Ihre Stimme klang heiser, und sie war den Tränen nah. Mit einem Mal wollte Maja keine weiteren Fakten. Sie wollte ihn einfach nur bei sich spüren, griff nach seiner Hand und bemühte sich zu lächeln.

»Komm zu mir! Ein wenig Zeit haben wir doch noch, bevor dein Flieger geht, oder? Erzähl bitte weiter … erzähl mir von Elisa. Ich will deine Stimme hören …«

Keanu sah ihr tief in die Augen.

»Willst du wirklich nur … reden?«

Maja wurde heiß. Es war eine unglaubliche Liebesnacht mit ihm gewesen. In jedem Winkel ihres Körpers spürte sie auch jetzt noch die Spuren ihrer unvernünftigen Zärtlichkeiten. Er hatte vorsichtig ihre Hüften umfasst, um die Prellung zu untersuchen, die sich dort nach der Brutalität in der Garage unter einem Bluterguss abzeichnete. Dann hatte er den kleinen Riss auf ihrem Wangenknochen sorgfältig mit einem Pflaster aus ihrer Hausapotheke geklebt und zärtlich ihre geschlossenen Augenlider geküsst, während das leichte Schmerzmittel wirkte. Von sich aus hätte er nie mehr verlangt. Aber Maja wollte ihn. Obwohl sie ein grauenhaftes Erlebnis hinter sich hatte, oder vielleicht gerade deswegen, war ihre Sehnsucht, ihn ganz in sich zu spüren, so übermächtig gewesen, dass sie alle körperlichen Schmerzen vergaß, aber auch jegliche Vorsicht. Sie hatte sich nicht einmal mit einem Kondom geschützt. Sie musste wahnsinnig sein.

»Hier, genau hier hat der Hai Elisa damals gebissen.«

Jetzt zeichnete er mit seiner Fingerkuppe das Gebiss des Hais an ihrem Oberschenkel nach.

»Ich erzähle dir alles ganz genau, wenn du wirklich nur reden willst …«

In Maja stieg erneut Lust auf, aber sie hatte mit einem Mal große Angst. Es war unvernünftig gewesen, was sie zugelassen hatte, mehr als unvernünftig sogar. Unvernunft entsprach ganz und gar nicht ihrem Naturell. Hatte ihre überwältigende Lust vielleicht mit dem leichten Schock zu tun, den sie zweifellos hatte?

»Nein, ich will nicht nur reden. Ich will dich auch spüren … vielleicht sehen wir uns nie wieder.«

Erneut begann sie, mit ihm in die Wellen der Lust zu tauchen. Aber als seine Hand von ihren Brüsten zur Quelle ihrer Lust wanderte, meldete sich doch ihre Vernunft. Sie hielt seine Hand fest.

»Nein, wir sollten nicht noch einmal … Ich meine, wir hätten nie so weit gehen dürfen. Bitte … bitte erzähl mir doch von Elisa. Sie ist also nicht gestorben in dieser Nacht in der Grotte?«

»Nein. Elisa Vogel hatte ein langes Leben.«

Er stand auf und sah auf seine Uhr.

»Ich habe noch ungefähr eine Stunde. Dann muss ich zum Flughafen.«

Maja nickte. Um ihre Tränen vor ihm zu verbergen, zog sie das Laken über sich und rollte sich zusammen wie ein kleines Kind. Ihr war mit einem Mal entsetzlich elend zumute.

»Bist du müde?«

»Mmmm … kalt und müde.«

Er beugte sich über sie und begann, zärtlich ihre Haare zu streicheln.

»Maja … darf ich dich etwas fragen?«

»Nur wenn es nichts Ernstes ist …«

Sie wischte ihre Augen trocken und drehte sich zu ihm um und versuchte ein klägliches Lächeln. Aber Keanu wusste auch ohne viele Worte, wie ihr zumute war.

»Du wolltest nicht wirklich reden … Du wolltest mich auch, nicht wahr?«

Als er ihr langsam das Laken von Körper zog, konnte Maja nur noch nicken. Ja, es war unvernünftig, aber sie konnte ganz einfach nicht anders.

Eine Stunde konnte eine verdammt lange Zeit sein, wenn jede einzelne Sekunde unendlich kostbar war. Schon kurz darauf war Keanu zwischen ihren Beinen sehr zufrieden. Genüsslich ließ er seine Zunge die Innenseite ihres Oberschenkels in kleinen Kreisen heraufwandern, bis Elisa um Gnade bettelte. Aber Keanu wollte sie stöhnen hören. Es würde ihre einzige gemeinsame Liebesnacht bleiben müssen. Es war wie ein kleines Machtspiel zwischen ihnen, das mühelos an ihr erstes Mal anknüpfte, indem Maja gar nicht anders konnte, als sich ihm hinzugeben. Jetzt konnte sie sich besser zurückhalten. Zunächst sanft und dann stürmischer brachte er sie mit seinen Zungenschlägen zum Glühen. Er umfasste dabei ihre Pobacken, denn Maja sollte nicht einmal auf die Idee kommen, sich seinen Lippen auch nur für Augenblicke zu entziehen. Und mit Trillern und Saugen an ihrer Liebesperle brachte er sie zum ersten Höhepunkt.

Danach wollte Maja sich revanchieren, aber davon wollte Keanu nichts wissen. Spielerisch drückte er sie erneut auf die Matratze und erforschte sie mit seinen Fingern. Maja versuchte, ihre Beine aneinanderzudrücken. Sie schämte sich für ihre Feuchtigkeit. Nach ihrem heftigen Orgasmus war sie wie überflutet.

Keanu lachte über ihre Schamhaftigkeit.

»Bist du sicher, dass du genug hast?«

Maja hatte nicht genug. Sie wollte mehr. Er war ein wunderbar verspielter Bettpartner und wollte Maja ganz besitzen in ihrer letzten Stunde. Keinen Zentimeter Abstand zwischen ihnen ließ er zu. Seine Finger brachten sie erneut so weit. Maja hatte das Gefühl, vor lauter Lust zu explodieren. Sie biss in ihr Kissen und gab sich dem Rhythmus seiner Finger rückhaltlos hin.

Kurz darauf reichte Keanu ihr das Wasserglas, sodass sie das grüne Pulver schlucken konnte. Es würde sie für Stunden in einen todesähnlichen Schlaf versetzen, aber sie gleichzeitig heilen. Es war eine Kräutermedizin aus seiner Heimat. Maja lächelte.

»Tausend Nebel heißt die Pflanze ... Damit wurde Elisa wieder gesund.«

Keanu nickte. Er fügte hinzu, dass die Medizin aus der Pflanze unverändert und seit Jahrhunderten ein Geheimtipp bestimmter Heiler seiner Sippe war.

Während Maja träumte, würde Keanu den Kontinent Europa verlassen. So hatten sie es abgemacht. Er musste weg, so schnell es ging. Wenn der Mann mit der Hundemaske, der Maja bei ihrer Flucht aus der Tiefgarage vor die Kühlerhaube gerannt war, wirklich tot war, würde es eine ausführliche Untersuchung geben. In die durfte Keanu nicht hineingezogen werden, aus vielerlei Gründen nicht. Maja lächelte ihn an.

»Ich werde sagen, dass ich ganz alleine war ... du warst nie in der Tiefgarage.«

»Du solltest gar nicht viel sagen. Du standest unter Schock, weil drei Männer dich in der Tiefgarage angegriffen haben ... du hattest Schmerzen. Du bist eingeschlafen. Du erinnerst dich nicht.«

Maja schluckte. Ein bitterer Geschmack stieg in ihrer Kehle auf und ließ ihre Zunge pelzig werden.

»Vielleicht lebt der Mann ja noch?«

»Vielleicht, solche Kerle sind hart im Nehmen ... ich hoffe es für ihn.«

Maja schwieg. Ein Gefühl von hoffnungsloser Traurigkeit begann sie zu lähmen.

Er streichelte zärtlich ihre Wange.

»Danke. Die Zeit mit dir war wunderbar.«

Ein letztes Mal versuchte sie, ihn anzulächeln, während sie gegen die bleierne Müdigkeit ankämpfte, die in ihren Nacken kroch. Sanft zog er das Laken höher und breitete eine leichte Decke über sie.

»Das Pulver beginnt zu wirken. Du solltest jetzt schlafen, damit die Träume zu dir kommen können. Du brauchst sie, du brauchst deine Träume, damit du mich wiederfinden kannst.«

Sie wollte wissen, was er damit meinte. Ein letztes Mal griff sie nach seiner Hand, die ihr so viel Vergnügen bereitet hatte. Sie küsste schläfrig jeden einzelnen seiner Finger. Als sie fertig war, hielt sie wie ein kleines Kind seine Hand fest. Ihre Stimme war kaum noch hörbar, und jedes Wort strengte sie an. Dennoch musste sie reden.

»Lass mich jetzt nicht allein ... bleib einfach bei mir ... lass uns zusammen sein, irgendwo ... wir müssen einfach zusammen sein, das fühle ich.«

Keanu nickte traurig, aber sie wusste, dass er nicht bleiben würde. Er wartete nur darauf, gehen zu können, denn er musste sein Flugzeug nach Paris erreichen. Er wartete darauf, dass Tausend Nebel sie mitnehmen würde in eine andere Welt. Seine Worte waren lediglich dazu da, um sie zu beruhigen.

»Wir werden uns wiedersehen ... ich schreibe dir. Ich melde mich.«

Sicher waren das nur hohle Worte. Er gehörte einer anderen, dachte sie bedrückt. Deshalb war es auch so unendlich schwer für sie, sich mit diesem Abschied abzufinden. Sie bekämpfte die wachsende Schwere, die sich auf ihre Augenlider legte, denn sie wollte ihm noch etwas sagen. Aber wie sagt man einem Mann, der eine andere liebt, am besten, was man für ihn empfindet? Sie sollte besser nichts sagen, dachte sie, aber vielleicht später etwas für ihn aufschreiben. In dem schläfrigen Nebel, der immer schneller in ihren Kopf stieg, drangen die letzten Worte, die sie ihm noch sagen musste.

»Nimm deine Zeichnung mit ...«

Sie hatte ihm ihre Zeichnung von dem Hai geschenkt. Nach ihrer Nacht im Meer war sie entstanden. Als Andenken an sie sollte er sie mitnehmen. Er nickte. Seine Hand entzog sich ihrer bereits.

Sie sah mit halb geschlossenen Augen, wie er ihre Zeichnung vom Tisch nahm, zusammenrollte und in die Innentasche seiner Jacke steckte. Maja konnte sich nicht länger gegen den Schlaf wehren. Aber sie konnte diesen Mann auch nicht so gehen lassen. Sie wollte es nicht. Einmal nur wollte sie die Worte sagen, die heiß in ihrem Inneren brannten. Aber sie sagte sie leise, so leise, dass er sie nicht hören konnte.

»Ich liebe dich ... auch wenn es unmöglich ist. Es tut mir leid ... ich wünsche dir alles Gute mit Leilani ... nein, das stimmt nicht. Ich will dich für mich ... für mich ganz allein.«

Natürlich antwortete er nicht. Er hatte bereits das Zimmer verlassen. Maja hörte noch, wie die Haustür hinter ihm ins Schloss fiel.

Keanu war weg. Er hatte ein Flugzeug zu erreichen. Am anderen Ende der Welt wartete seine Freundin auf ihn. Er hatte Leilani nie zuvor betrogen, hatte er ihr gesagt. Sie hatte ihm sofort geglaubt. Er war kein Mann, der Frauen anlog oder sie betrog, das spürte sie. Sein schlechtes Gewissen seiner Freundin gegenüber war spürbar.

Maja befühlte mit schwerer Hand ihre Lippen, geschwollen von verzweifelten Küssen. Er hatte sie in ihrem Innersten angerührt. Ihr Kopf lag bleiern auf dem seidenen Kissen, das nach ihrer Liebe roch.

Ob er es Leilani wohl erzählen würde? Ob Maja mit Stefan je darüber sprechen konnte? Auch sie hatte davor noch nie einen ihrer Freunde betrogen. Sie hatte keine Ahnung, wie sie es Stefan beibringen sollte. Vielleicht würde es besser sein, mit einer Lüge zu leben? Vielleicht.

In einem letzten verzweifelten Aufbäumen schleuderte sie das Liebeskissen zu Boden. Da sah sie ihn. Der Haifischzahn an dem Lederband, mit dem alles begonnen hatte, lag unter ihrem Kissen. Hatte er ihn mit Absicht dort liegen lassen? War er ein Geschenk, ein Liebespfand?

Maja fühlte trotz der Schwere durch das Pulver mit einem Mal so etwas wie Glück, sogar Euphorie. Für sie war diese Begegnung ein neuer Anfang. Durch Keanu hatte sie erfahren, wie es ist, wenn zwei Menschen wirklich zueinander gehören, Körper und Seele.

Das war die Liebe, lächelte sie, als ihr die Augen zufielen. Dann trug Tausend Nebel sie mit sich fort.

9. Kapitel

In der Grotte, 1894

Als Elisa versuchte, sich in ihrem Felsversteck im Wasser daran zu erinnern, was genau man ihr angetan hatte, machte sich eine merkwürdige Dumpfheit in ihrem Kopf breit. Dann begann alles zu schmerzen.

Sie musste ohnmächtig geworden sein, während Janson sie gewaltsam nahm, jedenfalls konnte sie sich nicht mehr daran erinnern, wie er aus der Höhle gegangen war. Warum war er überhaupt fortgegangen? Hielt er sie für tot? War er gegangen, um Hilfe zu holen?

Als sie vorhin von dem hämmernden Schmerz in ihrem Kopf erwachte, war sie mutterseelenallein in dämmriger Finsternis. Zunächst wusste sie nicht, wo sie war. Das Kleid unter ihr, auf das Janson sie geworfen hatte, war klebrig von ihrem Blut und einer anderen Flüssigkeit. Ein ihr fremder Gestank stieg penetrant in ihre Nase. Sie ekelte sich so sehr, dass sie das Gefühl hatte, sich sofort übergeben zu müssen. Sie würgte und würgte, aber es kam nichts aus ihrem Mund. Nur die Wunde zwischen ihren Beinen schmerzte.

Elisa hatte mit einem Mal nur einen einzigen Wunsch. Sie wollte in das dunkeltürkise Wasser. Es schien sie im Dunkel zu rufen. Sie wollte darin untertauchen und für immer verschwinden.

Auf allen vieren kroch sie über die Steine der dunklen Höhle, die von den Sternen im Eingang nur wenig Licht bekam. Bis hinunter ans Ufer kroch sie, weil das Gehen ihr zu große Schmerzen bereitete. Als sie das kühle Nass spürte, glitt sie mit ihrem Unterrock immer tiefer in das dunkle Türkis. Das Wasser an ihrem Körper fühlte sich lindernd an. Sie hatte kaum ein Gefühl für die Temperatur. Der Untergrund, auf dem sich ihre Füße unsicher vorantasteten, war rau. Nur wenige Kiesel lagen auf dem Felsgrund. Ihr Kopf fühlte sich schwer an, und ihr Wunsch, auch ihn unterzutauchen, um den Schmerz zu vergessen, wurde übermächtig. Sie wollte den Ekel loswerden, der in ihren Schläfen pochte und in ihrer Kehle würgte. Es war ihr eigener Körper, vor dem sie Abscheu empfand, ohne zu wissen, warum. Das Gefühl war ihr neu. Sie erinnerte sich nicht an das, was geschehen war. Im Dunkel der Höhle war sie so erwacht. Nur instinktiv wusste sie, wie wichtig ein Versteck jetzt war. Sie musste an Tiere denken, die vor einem Jäger flüchten. Der Hai durchkreuzte ihre Vorstellung, und sie sah ihn in seinem Riff verschwinden. Ihr drohte Gefahr. Das spürte sie.

In dem kühlen Blau würde sie allein sein können. Sie würde wieder wissen, wer sie war und was sie wollte, bevor ihr die Sinne schwanden. Elisas Verstand sagte ihr, dass ihr etwas Schreckliches widerfahren war, denn es erinnerte sie an damals, als sie auf der Plantage wieder zu sich kam, nachdem Großvater Hai sie verschont hatte. Aber damals hatte ihre Mutter ihr gesagt, was geschehen war. Jetzt war sie ganz allein. Sie konnte nicht benennen, was es war, weil ihr die Erinnerung an die Tat selbst fehlte. Aber es musste etwas Schlimmes gewesen sein. Und es hatte mit Gerit Janson zu tun.

Bruchstücke waren noch da. Sie war mit Janson und Johannes in der Kutsche zu der Höhle gefahren, die sie immer schon hatte sehen wollen. Ihre Mutter hatte ihr dazu geraten, auch ihr Onkel. Ihr Onkel war Jansons Freund. Es gab Heiratspläne. Dann war Johannes mit einem Mal verschwunden. Ihr Gesicht war auf ihr Kleid gepresst worden. Janson hatte hässliche Worte über Kelii gesagt. Er war wütend gewesen, das wusste sie noch, konnte sich aber nicht mehr daran erinnern, warum. Ihr fehlte auch der Puzzlestein, wie der schreckliche Schmerz in ihren Körper gekommen war. Unterhalb ihres Nabels tat ihr selbst im kühlen Wasser alles weh. Aber ähnlich wie damals, als der Hai zugebissen hatte, konnte sie den Schmerz nicht genau lokalisieren. Es war, als wäre ihr Unterleib erneut nicht mehr der ihre.

Das kühle Blau, in das sie jetzt ganz untertauchte, half ihrem Kopf, klarer zu werden. Die Verwirrung wurde langsam weniger. Sie erinnerte sich daran, dass sie länger über Kelii geredet hatten. Elisa musste sich verteidigen, denn sie waren am Wasserfall gesehen worden. Aber nicht Johannes hatte sie verraten. Es musste jemand anderes gewesen sein. Janson war sehr wütend. Er hatte ihre Narbe sehen wollen, aber schlimmer noch, er wollte sichergehen, dass Elisa noch Jungfrau war. War das der Schmerz?

Langsam, wie in Zeitlupe, versuchte Elisa im Wasser, die Puzzlesteine zusammenzusetzen, während sie dorthin schwamm, wo der Höhlensee tiefer wurde. Instinktiv suchte sie nach einem Versteck, einem Riff, wie der Hai eins hatte, um sich vor Harpunen zu verbergen. Ab und zu kam sie zum Luftholen hoch, bis sie am hinteren Ende des Sees angekommen war. Hier wurden die Wölbungen flacher. Spitze Felszacken hingen von der Höhlendecke herunter. Das Wasser war dunkler hier, auch wärmer, wie es Elisa vorkam. Sie musste in der Nähe der warmen Quelle sein, die den See tief aus der Erde speiste.

Jetzt erst realisierte sie, wie stark ihre Zähne aufeinanderschlugen, obwohl sie nicht wirklich Kälte empfand. Das Meer, in dem sie mit Kelii das Schwimmen geübt hatte, war sehr viel kälter.

Da sah sie den Schein der beiden Fackeln am Eingang der Höhle. Der Impuls, sich zu verstecken, indem sie erneut untertauchte, kam tief aus ihrem Inneren heraus. Sie dachte an Maja, ihren Schutzengel, wie sie die fremde Frau insgeheim nannte. Aber sie wusste, dass es keinen Sinn haben würde unterzutauchen. Die Fackeln würden näher kommen. Man würde sie womöglich beim Auftauchen sehen.

So leise wie möglich und ohne das stille Wasser des Sees aufzurühren, glitt Elisa hinter einen der herabhängenden Felsen. Währenddessen betraten die beiden Männer die Höhle. Schon erleuchteten ihre Fackeln die Wände der Höhle und kurz darauf die Hälfte des Sees.

Aber hinter Elisas Felsen blieb es dunkel. Von hier aus konnte sie alles, was in der Höhle vor sich ging, gut beobachten. Der Felsen ließ über der Wasseroberfläche nur einen winzigen Zwischenraum frei. Sie konnte unmöglich gesehen werden.

Durch die Fackeln warfen die Silhouetten der Männer unheimliche Schatten an die Höhlenwände. Zielstrebig ging Janson zu der Stelle, an der er Elisa ohnmächtig zurückgelassen hatte. Verblüfft blieb er stehen.

»Hier ist niemand …« Dann rief er lauter.

»Elisa! Wo sind Sie?«

Jansons Stimme klang panisch, aber sie hütete sich davor, ihm zu antworten. In ihrem Versteck war sie sicher. Nur ihre Zähne schlugen von dem Schock und der Kälte so stark aufeinander, dass sie einen Finger dazwischensteckte, um sich nicht durch ein Geräusch zu verraten. Wenn Janson mit seiner Fackel näher zum Wasser kommen würde, könnte er sie sonst hören. Entschlossen zu warten, bis beide Männer wieder fort waren, stellte sie sich auf eine längere Zeit in ihrem Versteck ein. Sie konnte jetzt Johannes im Licht seiner Fackel gut erkennen. Er trat zu Janson und beleuchtete mit seiner Fackel ebenfalls die Stelle. Elisa konnte aus der Entfernung sehen, wie er vor Schreck zurückwich.

»Was ist passiert? Überall ist Blut …«

Entsetzt hob er Elisas besudeltes Spitzenkleid hoch. Doch Janson antwortete ihm nicht. Er hatte begonnen, über die großen Steine zum anderen Ende der Höhle zu klettern. Seine Stimme war panisch.

»Elisa! Wo sind Sie? Machen Sie keinen Unsinn … Sie brauchen Hilfe!«

Mit Entsetzen musterte Johannes immer noch ihr Kleid.

Wieder verlangte er nach einer Auskunft, wollte wissen, was genau hier geschehen sei.

Janson antwortete ausweichend. Er suchte jetzt bereits die weiter entfernten Winkel der Höhle nach ihr ab. Zunehmend ärgerlich ermahnte er Johannes, es ihm nachzutun.

»Wir müssen sie finden! Elisa hat eine Dummheit gemacht. Erst wollte sie mich verführen, dann bekam sie Angst vor ihrer eigenen Courage ... sie wollte schwimmen gehen, ist gefallen. Ich weiß auch nicht ... Frauen kann kein Mann verstehen. Sie hat eine Ohnmacht vorgetäuscht. Was weiß ich? Eins der vielen Frauenleiden? Unter Umständen war sie auch betrunken? Oder sie wollte schwimmen gehen, und ihr wurde im Wasser schwindelig! Nun helfen Sie mir schon, anstatt nur dumm dazustehen. Wir können nicht ohne Elisa zur Plantage zurückfahren. Wir müssen sie suchen!«

Jansons Stimme hallte von den Höhlenwänden wider. Seine Worte klangen in Elisas Ohren wie das Knallen einer Peitsche.

Aber von ihrem sicheren Versteck aus konnte Elisa auch sehen, wie Johannes in Richtung See sah, in die Knie ging, die Hände vor sein Gesicht schlug und spontan anfing zu schluchzen.

Sie sah auch, wie Janson nach einigen weiteren vergeblichen Rufen zu Johannes zurückkam. Wütend begann er, den jungen Mann anzuschreien.

»Was stehen Sie hier noch herum! Helfen Sie mir gefälligst beim Suchen. Das ist ein Befehl!«

Johannes versuchte aufzustehen. Elisa konnte sehen, wie schwer es ihm fiel. Sie ahnte, was er dachte. Dass das hier war wie bei dem Mädchen Noelani, das sich vom Wasserfall in den Tod stürzte, weil Johannes' Stiefvater ihr im Waschhaus der Plantage Vogel Gewalt angetan hatte.

So hätte auch Elisa in dieser Nacht ihr Leben in dem tiefen Wasser des Höhlensees beenden können. Aber sie tat es nicht. Etwas in ihrem Inneren hinderte sie daran. Ein ungewisses Gefühl von ewiger Zukunft machte ihr Mut. Es war auch der

Gedanke an Maja, ihre neue Freundin, die in einer anderen Zeit lebte, oder vielleicht schon im Himmel. Dann war da Großvater Hai, der ihre Haut im Wasser stählte, damit sie stark bleiben konnte. Und es war auch ihre Liebe zu Kelii, die sie beschützte.

Elisa harrte aus, bis die Männer ihre Suche in der Höhle aufgaben. Sie fragte sich, ob Johannes derjenige sein würde, der ihrer Mutter die Nachricht überbrachte. Was würden die Männer sagen? Elisa sei übermütig, vom Mondlicht betrunken, zum Schwimmen in den nächtlichen See gegangen und dort ertrunken? Was würden sie mit ihrem Kleid machen? Würden sie es verbrennen? Die verräterischen Spuren von Blut und männlicher Lust für immer verschwinden lassen? Solche Gedanken gingen Elisa durch den Kopf, während sie ruhig wie der Hai im Riff aus sicherer Distanz die hilflosen Männer beobachtete.

Gerit Janson war der reichste Mann der Insel. Er würde Wege finden, um zu erklären, was passiert war. Niemand würde ihn je dafür zur Rechenschaft ziehen. Noch immer verstand Elisa nicht ganz, warum er ihr überhaupt Gewalt angetan hatte, aber sie war kein Mann, der sich beweisen musste. Sie verstand nicht, was sie antrieb, diese Männer, verstand nicht, was in den dunklen Anteilen ihrer Seelen vorging. Einen Moment, als Janson mit Johannes auf das Wasser in ihre Richtung starrte, tat er ihr leid. Seine Augen waren die eines Wildes, das von einem Jäger gehetzt wurde. Seine Stimme klang gebrochen.

»Das wollte ich nicht ... ich wollte Hilfe holen, weil sie plötzlich ohnmächtig wurde ... Sie hatte mich gereizt. Sie wissen schon. Paul wollte sie unbedingt mit mir verheiraten. Ich wollte nicht, auch wegen ihrer Behinderung. Aber er hatte sie wohl auf mich angesetzt. Sie sollte mich verführen. Erst hieß es, sie wollte mir nur ihre Narbe zeigen. Aber dann ... Bitte, Johannes, glauben Sie mir, nie hätte ich für möglich gehalten, dass sie ins Wasser geht.«

Johannes hatte sich halbwegs wieder gefasst. Aber er sah Janson nicht an, als er ihm nach längerem Schweigen antwortete.

»Wir sollten morgen bei Tageslicht zurückkommen, mit mehr Männern. Wir müssen ihren Körper bergen ... Elisas Mutter ... ihre Tochter muss begraben werden.«

Seine Stimme erstarb. Er konnte nicht weiterreden. Elisa liebte ihn in diesem Moment dafür. Johannes reagierte wie ein Kind. So gut hatten sie sich in der kurzen Zeit nicht kennengelernt, dennoch hatte sie sofort gefühlt, dass ihr Vater recht hatte. Johannes war ein feiner Kerl.

Janson klopfte ihm auf die Schulter, so als wollte er den Jüngeren dazu ermahnen, sich nicht erneut seinen Emotionen hinzugeben.

»Sie leiten das Notwendige in die Wege. Ich muss leider so schnell wie möglich nach Lihue zurück. Meine Geschäfte erwarten mich.«

Johannes schwieg. Im Licht der Fackel sah sein Gesicht jetzt zehn Jahre älter aus.

»Allein weiß ich nicht, wie ich Elisas Mutter und ihrem Onkel erklären soll, was hier heute Nacht vorgefallen ist. Es wäre besser, wenn Sie mich noch zurück zur Plantage begleiten könnten.«

Wieder legte ihm Janson seine Hand auf die Schulter.

»Natürlich fahre ich noch mit zurück und erkläre alles. Auch sollten wir das Kleid zusammen übergeben, nachdem Sie es ein wenig im Wasser gereinigt haben. Die Mutter wäre bestimmt nicht erfreut über die Verunreinigung. Mütter sehen ihre Töchter gerne als Unschuldslämmer. Das ungehörige Verhalten von Elisa werde ich nicht erwähnen. Sie wollte schwimmen gehen und kam nicht wieder. Wir fanden nur noch ihr Kleid.«

Wieder schwieg Johannes länger, bevor er antwortete.

»In Ordnung. Und den Morgen werden Sie nicht mehr abwarten?«

»Nein, den Suchtrupp leiten Sie. Denken Sie immer daran, junger Freund, solche Dinge passieren nun einmal. Ich bin mir sicher, Elisa wollte nicht aus dem Leben scheiden. Sie ist ganz einfach beim Schwimmen von einer Schwäche befallen worden.«

Er drückte Johannes das Kleid in die Hand. Als er sah, wie Johannes zögerte, fügte er noch ein paar Worte hinzu, die Elisa in ihrem Versteck aufhorchen ließen.

»Wann genau kommt ihre schwangere Freundin auf meine Plantage? Leilani ist übrigens ein sehr schöner Name …«

Das war es! Damit hatte sich Janson in Johannes' Gunst eingekauft. Nicht nur den Posten des Verwalters hatte er ihm angeboten, sondern auch ein Leben mit Leilani und ihrem gemeinsamen Kind. Jetzt verstand Elisa ihren neuen Freund. Sie sah ihm zu, wie er ihr Kleid in dem kalten Wasser bei Fackelschein wusch und dabei um sie weinte. Johannes hätte sie auch lieben können, dachte sie und lächelte inmitten ihres Schmerzes und ihrer Verzweiflung. Und auf bestimmte Weise würden sie für immer miteinander verbunden sein, wenn sie Bruder und Schwester heirateten. Sie hätte viel darum gegeben, wenn sie sich ihm in diesem Moment hätte zeigen können, aber ihre innere Stimme hielt sie zurück. Durch seine Liebe zu Leilani würde Johannes von nun an für Männer wie Janson leichte Beute sein.

Nachdem die Männer gegangen waren, wartete Elisa eine Weile. Noch weiter hinten in der Höhle hatte sie inzwischen die Stelle gefunden, an der das warme Wasser aus dem Felsen trat. Sie ließ sich auf dem Rücken treiben und sah empor zur Höhlendecke. Ein kleiner Spalt ließ jetzt das Mondlicht herein. Nun war sie offiziell gestorben. Selbst wenn man am nächsten Tag ihre Leiche nicht finden würde, war die heutige Nacht die Nacht ihrer Wiedergeburt. Ein Teil ihrer selbst war für immer gestorben. Etwas war zerbrochen, denn nie wieder würde ihr Körper ganz ihr eigener sein. Es graute ihr selbst im Wasser davor, den Schaden genauer zu untersuchen. Aber sie konnte fühlen, dass langsam mehr Leben in ihre Beine zurückkehrte, vielleicht genug, um damit erste Schritte in ihrem neuen Leben zu machen.

10. Kapitel

Die Flucht, 1894

Sobald die Männer in der Kutsche fortgefahren waren, schwamm Elisa durch die Grotte zurück ans Ufer. Dort war das Wasser merklich kühler. Ihre Beine und Füße waren taub, als sie über die Steine zurück auf den schmalen Pfad kletterte, der aus der Höhle führte. Sie hoffte, dass die Wasserspur, die ihre Haare und der Unterrock hinter ihr auf den Steinen bildeten, getrocknet sein würde, wenn der Suchtrupp am Morgen kam. Wohl würden sie auch keine Hunde mit hierher bringen, dachte sie.

Van Ween hielt auf der Plantage einen Bluthund, der für das Aufspüren von geflohenen Arbeitern abgerichtet war. Immer wieder gab es Diebstähle aus den Lagerhäusern. Wurde der Täter oder die Täterin überführt, versuchten sie oft noch in die Berge zu fliehen, um nicht in Lihue in das Gefängnis für die Einheimischen zu müssen. Dort erwarteten sie oft drakonische Strafen oder gar der Tod. Doch van Weens Hund hatte eine gute Nase. Die meisten von ihnen wurden gefangen und öffentlich gerichtet, um weitere Täter abzuschrecken.

An einem scharfkantigen Stein hatte Elisa sich den Zeh blutig geschlagen. Sicher würde sie Spuren in der Höhle hinterlassen. Sie konnte nur hoffen, dass ihr Onkel sie vielleicht gar nicht lebend finden wollte. Ihre Liebe zu Kelii machte sie ohnehin zu einem Schandfleck für die Weißen auf der Insel. Man würde sie vergessen wollen. Sobald das Absuchen des Höhlensees ohne Ergebnis blieb, würde man ihr Begräbnis beschließen, notfalls auch gegen den Wunsch ihrer Mutter, da war Elisa sich inzwischen sicher. Ihre Stellung auf der Plantage war weit entfernt von dem, was ihr Vater sich einst erträumt hatte.

Elisa war am Höhleneingang angekommen. Ihr Atem ging schwer, obwohl die Steigung nur minimal war, denn jeder

Schritt fiel ihr unendlich schwer. Es war, als wäre Blei in ihre Gliedmaßen gegossen. Sie spürte überwältigende Müdigkeit. Noch einmal sah sie zurück in die düstere Grotte und prägte sich den Anblick dieses Ortes für immer ein. Der See war jetzt dunkler als bei ihrer Ankunft. Der Mond schien nicht mehr durch das Loch in den Felsen, sodass sich das dunkle Wasser kaum mehr vom Stein abhob. Sie glaubte, sich daran zu erinnern, wie der alte Fried einmal über die Ausmaße des Sees in der Grotte gesprochen hatte. Unter dem Berg eingeschlossen lag angeblich der weitaus größere Teil dieses Wasserbeckens. Durch einen Tunnel, der einen Meter unter der Oberfläche lag, konnte man in eine zweite Grotte gelangen. Vielleicht würde man das als Erklärung für die Unauffindbarkeit ihrer Leiche akzeptieren, zumindest hoffte Elisa das inständig, während sie den Abstieg zur Straße begann. Wenn sie nur nicht so müde wäre. Am liebsten würde sie sich irgendwo auf die Erde legen und für immer schlafen. Doch der Funke Lebenswille in ihrem Inneren hinderte sie daran, dem Drang nachzugeben. Bis zum Morgengrauen musste sie es schaffen, zu der Abzweigung zu kommen, die hinauf zum Wasserfall führte. Das mussten zwischen sechs und sieben Kilometer sein, schätzte sie und setzte mechanisch einen Fuß vor den anderen.

Kurz darauf war sie auf der einzigen Straße, die zurück nach Hanalei Bay und damit auch zur Vogel-Plantage führte. Wollte sie sich nicht barfuß durch das dschungelartige Dickicht quälen, war dies ihre einzige Möglichkeit. Aber das Laufen tat weh. Immer wieder dachte sie daran, aufzugeben und einfach am Straßenrand zu warten, bis die Männer zurückkamen. Sie könnte behaupten, sie hätte im See ihr Gedächtnis verloren. Damit hätte Gerit Janson die Absolution für seine Tat. Aber was würde mit ihr geschehen? Ohnehin durch den Hai beschädigt, wie Janson ihr noch einmal brutal verdeutlicht hatte, wäre sie von nun an sein Opfer. Was heute Nacht geschehen war, könnte jederzeit wieder passieren, egal ob Elisa schließlich in eine Ehe mit Janson einwilligte oder nicht. Er wusste von ihr und Kelii. Er würde sie für immer dafür verachten, wenn nicht sogar hassen.

Dennoch zitterte Elisa innerlich bei dem Gedanken daran, was die Nachricht ihres Todes für ihre Mutter bedeuten würde. Für Clementia gab es nur noch Elisa. Ihre Mutter lebte für sie. Zwar hatten ihre Worte und ihr flehender Blick beim Abendessen signalisiert, wie gern sie es sehen würde, wenn Elisa sich Janson annähern würde, aber damit meinte sie nichts Böses. Eine Ehe mit Gerit Janson bedeutete auch für ihre Mutter den äußerst erstrebenswerten gesellschaftlichen Aufstieg. Welche Mutter hätte so eine lukrative Partie wie Janson nicht für ihre Tochter gewollt?

Elisa strauchelte. Fast wäre sie in der Dunkelheit über einen Ast gefallen, der aus dem Dickicht ragte. Gespenstisch still war es zu der nächtlichen Stunde. Sie schätzte die Zeit auf ungefähr drei Uhr morgens. Kein Vogel sang, nicht einmal eine Grille zirpte. Nur das Meer rauschte leise unter ihr an den Klippen. Wenn Elisa ihren Atem anhielt, glaubte sie, einzelne Wellen zu unterscheiden. Unwirklich ragten Palmen am Straßenrand in den nächtlichen Himmel, viele von ihnen hatten in diesem Jahr nur spärliche Wedel. An Hände musste Elisa denken, die Gott verzweifelt um Hilfe anflehten.

Sollte ihr die Flucht gelingen, würde auch Elisa Gott ihre Hände entgegenstrecken, aber es geschähe aus Dankbarkeit. Endlich könnte sie frei leben.

Wieder gingen ihre Gedanken zurück zu ihrer Mutter. Sicher hatte ihre Mutter nicht mit einem derartigen Gewaltakt gegen Elisa gerechnet, als sie ihr zu dem Ausflug riet. Oder aber doch? Es gab so viel, was Elisa nicht wusste oder nur durch ihr geheimes Studium der Bücher in der Bibliothek ihres Onkels ahnte.

Ihre wundervolle Erfahrung mit Kelii am Wasserfall schien ihr in diesem Moment weit weg zu sein. Vielleicht waren seine zärtlichen Berührungen, die darauf ausgerichtet waren,

Lust zu bereiten, lediglich eine unnatürliche Ausnahme bei einem Mann. Ihre Mutter hatte ihr immer nur von dem Leid der Frauen erzählt, das schon in der Bibel verankert sei. Unter Schmerzen sollten die Frauen gebären, hieß es dort. Die Mutter hatte immer wieder erwähnt, wie schwierig und vor allem auch gefährlich das Gebären sein konnte. Aber es sei auch die heilige Pflicht jeder Ehefrau, ihrem Mann zu Willen zu sein und ihm so viele Kinder wie möglich zu schenken.

Aber wenn dieser Akt bei den Weißen für eine Frau immer grauenerregend war, warum wollte Leilani dann für immer mit Johannes zusammen sein? Er war ein Weißer, und die beiden liebten sich von Herzen. Sie machten sich gegenseitig glücklich. Johannes hatte es ihr selber gesagt. Vieles zwischen Mann und Frau ergab für Elisa gar keinen Sinn.

Während ihre Füße wie von selbst voranschritten, versuchte sie zu erfassen, was genau ihr angetan worden war und vor allem: warum. Es schien ihr im Nachhinein, als hätte Janson alles minutiös im Vorfeld geplant, vielleicht sogar mit ihrem Onkel. Auch Johannes war in irgendeiner Form eingeweiht gewesen, auch wenn er vielleicht keine Details wusste. Es war eine Gewalt, die Männer den Frauen einfach antaten, weil sie es durften. Sie waren Männer und bestimmten über Frauen und Kinder, zumindest bei den Weißen.

Auch in Hamburg war es gewissermaßen so gewesen, obwohl das Züchtigen und die häusliche Gewalt eher in der Arbeiterschicht zu finden waren. Weiter oben in der Gesellschaft gab man sich zumindest den Anschein, seiner Gattin freiwillig gewisse Rechte einzuräumen. Sie herrschte über Haus und Kinder, er über das Geschäft.

Bei den Hawaiianern hingegen war es völlig anders. Es war zwar vieles getrennt zwischen Männern und Frauen, aber die Männer herrschten nie über die Frauen. Vor allem aber bedienten sie sich nicht mit Gewalt an ihren Körpern. Das war das größte Tabu von allen. Man konnte noch nicht einmal darüber sprechen.

Elisa verstand auf ihrem nächtlichen Gang, warum Noelani sich vom Wasserfall in den Tod gestürzt hatte, nachdem die Gewalt, die Piet van Ween ihr angetan hatte, Folgen zeigte. Es war kein Akt der Rebellion oder der Verzweiflung gewesen, sondern die Konsequenz eines tiefen Schamgefühls. Elisa hatte dieses Gefühl nicht gekannt. Aber jetzt wusste sie, was es war. Anders als bei dem Hai, der sie versehrt hatte, war Janson eine Kreatur ihrer eigenen Art. Er hatte sich ihrer bedient, gegen ihren Willen. Sie ekelte sich vor ihrem eigenen Körper, weil er ihn besessen hatte. Ihr Unterleib war ihr merkwürdig fremd und dieses fremde Gefühl hatte begonnen, sich auszubreiten. Selbst ihre Hände sahen im Mondlicht merkwürdig fahl und tot aus. Sie glaubte unter ihren Fingernägeln Spuren seiner Haut zu fühlen. Das konnte nicht sein, denn sie war lange im Wasser gewesen, aber es fühlte sich so an. Ihre Hände waren ein Teil von ihm. Schnell ließ sie ihre Hände außer Sichtweite fallen, aber ihre zerstörerischen Gedanken wollten nicht aufhören, sich immerzu um Janson zu drehen.

Zwar schritten ihre bloßen Füße gehorsam auf dem Weg entlang, der zurück zur Nordspitze der Insel führte, aber auch diese Füße gehörten ihr jetzt nicht mehr. Elisa spürte den Sand unter den Fußsohlen nicht, so wie auch ihre Beine taub und ihr gänzlich fremd waren. Gehörte ihr ganzer Leib jetzt Gerit Janson? Warum ging sie dann nicht zu ihm, um den Besitz zu besiegeln? Ob sie von nun an in ihrem eigenen fremden Körper leben müsste oder aber an seiner Seite, war bestimmt kein großer Unterschied.

Sie spürte noch einen einzigen Schmerz, aber auch den nur, wenn sie sich darauf konzentrierte. In ihrem Unterleib schien eine Lava aus brodelnder Dunkelheit zu regieren. Bisweilen spürte sie ein Stechen, aber sie war sich auch hier nicht sicher, ob diese Empfindung wirklich zu ihrem eigenen Körper gehörte. Vielleicht bildete sie sich diese Schmerzen nur ein. Das feine Rinnsal von Blut, das an der Innenseite ihres Oberschenkels herablief, ignorierte sie einfach. Dieser ganze Teil ihres Körpers gehörte nicht mehr ihr. Sollte Janson ihn doch nehmen. Der Gedanke daran machte sie noch nicht einmal besonders traurig. Sie war ja schon tot.

Elisa kam gut voran. Das stetige Laufen war eine Erleichterung. Um sich von ihren morbiden Gedanken abzulenken, zählte sie die Sterne am Horizont, sobald sie den dichten Dschungel hinter sich gelassen hatte. Das Stück Straße, das vor ihr lag, ging bis auf ein paar Kurven um den Berg herum gerade herunter bis fast zum Meeresufer. Dort war auch die Abzweigung hoch zum Wasserfall, die Elisa von ihren Ausflügen mit Kelii gut kannte. Wenn sie es bis dorthin geschafft hatte, wäre sie in Sicherheit. In Keliis Dorf, da war sie sich sicher, würde man ihr weiterhelfen.

Wieder strauchelte sie, diesmal war es kein Ast, sondern ihre Schwäche. Sie legte ihre Hände auf ihren Oberschenkel und spürte das vertraute Zittern der Muskulatur. Obwohl sie viel trainiert hatte, erlahmte jetzt ihr verletztes Bein, sodass sie es hinter sich herziehen musste. Sie atmete tief ein und aus, um auch das auszublenden, und zwang sich Meter für Meter vorwärts. Sie zählte die Sterne, lauschte dem Geräusch der Wellen und einem gelegentlichen Rascheln der Mäuse. Sie versuchte, die Gerüche um sich herum zu definieren, um nicht an das Erlebte zu denken.

Das nächtliche Kauai war voller Düfte, doch am meisten liebte Elisa die betörende Süße des wilden Jasmins, der jetzt überall blühte. Tränen stiegen ihr in die Augen, als sie erneut an Kelii dachte. Wo er wohl in diesem Augenblick sein mochte?

Das Bellen des Hundes hörte sie zuerst. Kurz darauf die Räder der Kutsche und das aufgeregte Wiehern der Pferde. Dann sah sie auch schon den Schein der beiden Fackeln, die an den Seiten des Kutschbocks steckten. Noch waren sie weit genug weg. Elisa konnte sich seitlich in die Büsche schlagen. So schnell und so weit es ihr in der kurzen Zeit möglich war, kletterte sie die kleine Böschung hinauf. Dahinter ließ sie sich fallen. Sie hörte, wie die Kutsche näher kam. Der Hund bellte lauter und jetzt fast ohne Unterlass. Die Kutsche verlangsamte ihre Fahrt. Dann hielt sie schließlich an. Elisa hörte die Stimme ihres Onkels.

»Warum bellt die verdammte Töle?«

»Vielleicht sollten wir ihn laufen lassen. Er scheint etwas zu wittern.«

Das war Johannes' Stimme. Darauf folgte Gerit Janson.

»Selbst wenn Ihre Nichte noch am Leben sein sollte, mit ihrem versehrten Bein könnte sie niemals so weit gekommen sein … es ist bestimmt ein Tier, das der Hund wittert.«

Elisa hielt den Atem an. Sie betete innerlich zu Gott, zu der Göttin Pele, zu dem großen weißen Hai, der sie schon einmal am Leben gelassen hatte. Sie hoffte inständig auf ein Wunder. Aber es blieb aus. Jetzt sprach Piet van Ween.

»Nimm den Hund und geh nachsehen, Johannes. Da muss etwas sein. Die Töle macht doch sonst nicht so viel Radau.«

Der Hund fing aufgeregt an zu jaulen, als er, von Johannes an der Leine gehalten, aus der Kutsche sprang.

Elisa wusste, dass ihr nur noch wenige Minuten blieben, wenn überhaupt, bis Johannes mit der Fackel die Böschung hinaufgeklettert war. Ihr Versteck war lediglich ein stacheliger halbhoher Busch. In unmittelbarer Nähe wuchs eine Palme. Einen Moment überlegte Elisa in ihrer Panik, ob sie es wagen sollte, sich so weit an dem Stamm der Palme hochzuziehen, dass sie zumindest vor den Zähnen des Hundes sicher war. Doch es war zu spät. Vor ihr stand Johannes. Er hielt den Hund mit einem knappen Befehl zurück, beugte sich zu Elisa und flüsterte ihr zu.

»Gedankt sei Gott, dem Allmächtigen. Du lebst!«

Elisa wollte ihm etwas sagen. Sie wollte ihn bitten, sie nicht zu verraten, damit sie sich vor Janson in Sicherheit bringen konnte. Aber als sie ihre Lippen öffnete, kam kein einziger Laut. Johannes sah sie im Schein der Fackel an. Er sah ihren nassen, zerrissenen Unterrock, das Blut an ihren Beinen und vor allem ihr Zittern. Sein Blick verriet eine Mischung aus Wut und Mitgefühl, als er erneut flüsterte.

»Das war Janson. Er hat dir Gewalt angetan, nicht wahr?«

Elisa nickte. Mühsam zurückgehaltene Tränen schossen ihr in die Augen. Johannes nickte. Sein Blick zeigte grimmige Entschlossenheit, als er leise weiter sprach.

»Er wird es wieder tun ... Glaube mir, bitte, Elisa, ich hatte keine Ahnung, dass er über Kelii und dich Bescheid wusste. Ich habe es ihm nicht gesagt ... Aber mein Stiefvater, Piet, er war ebenfalls oben am Wasserfall. Er hat auch mich und Leilani gesehen und verraten ... Es ist etwas sehr Ungutes im Gange.«

»Johannes?! Was gibt es da oben?«

Elisa hörte, wie jetzt auch Piet van Ween die Böschung hinaufkletterte. Johannes rief ihm rasch zu: »Hier ist ein Tierkadaver ... sieht aus wie ein wilder Hund. Ich komme wieder runter.«

Schnell flüsterte er Elisa zu: »Versuche bis zum Dorf zu kommen, zu Kelii oder zumindest zu seiner Familie ... Und lass mir irgendwie eine Nachricht zukommen. Ich werde gegen Mittag am Wasserfall sein, morgen oder übermorgen. Gott schütze dich.«

Dann war er mit dem Hund verschwunden.

Elisa wusste im Nachhinein nicht mehr, wie sie es bis zur Abzweigung geschafft hatte. Aber die Kutsche kam kein zweites Mal auf der Straße an ihr vorbei. Johannes musste die Männer in der Höhle auf der Suche nach ihr hingehalten haben. Oder aber er hatte sie davon überzeugen können, dass Elisa im See ertrunken war. Dann warteten sie bis zum Morgengrauen, um den Grund des Sees nach ihrer Leiche abzusuchen. Jedenfalls war sie Johannes mehr als dankbar. Auch wenn sie sein Verhalten nicht ganz deuten konnte, hatte er sich als ihr Freund bewährt.

Amala war mit den anderen Frauen und Mädchen, die tagsüber auf der Plantage arbeiteten, auf dem Weg zur Arbeit, als sie Elisa fanden. Sie hatte es nicht bis hinauf zum Wasserfall geschafft, sondern war einen guten Kilometer davor vor Erschöpfung ohnmächtig geworden. So erzählte es ihr Amala später am Abend, nachdem sie von der Arbeit zurückgekehrt war. Selbst die jungen Mädchen, traditionell Plappermäuler, hatten den Ernst der Lage erkannt, als sie Elisas Verletzungen sahen. Sie wussten, was geschehen war. Amala hatte mit allen Mädchen des Dorfes über die weißen Männer gesprochen. Noelanis Schicksal war schmerzhaft präsent. Man wusste von Gewalttätigkeiten. Zudem war Elisa lang genug aus ihrer Ohnmacht erwacht, um zu signalisieren, warum sie auf keinen Fall zurück auf die Plantage wollte.

»Kelii, ich will zu Kelii. In seine Hütte. Ich werde auf ihn warten. Für meine Familie bin ich gestorben …«

Zu dieser Zeit wusste niemand, dass das die letzten Worte waren, die Elisa Vogel für viele Monate sprechen würde.

Man brachte sie zunächst in Amalas Hütte, in der diese mit ihrem Mann, ihren Kindern und ihrer alten, blinden Mutter lebte. Kelii, sein Vater und Leilani waren immer noch nicht von der Nachbarinsel Oahu zurückgekehrt. Man sprach von einem geplanten Aufstand der Königstreuen. Elisa schwieg. Sie konnte nicht mehr sprechen, nahm aber dankbar das grüne Pulver, frisches Wasser und ein wenig Obst zu sich. Dann wollte sie nur noch schlafen, am liebsten für immer oder bis Kelii sie nach diesem bösen Traum wieder aufwecken würde.

11. Kapitel

Südfrankreich, Septemberdämmerung 2010

»Nein, Stefan, es geht wirklich nicht. Ich kann nicht an den Flughafen kommen. Bitte nimm dir ein Taxi. Ich bin gestern Nacht gestürzt. Nein, nur an Hüfte, Bein und im Gesicht habe ich mich leicht verletzt. Aber heute habe ich den ganzen Tag geschlafen, um mich zu regenerieren … Ja, ich weiß, wie teuer das Taxi ist, aber ich kann beim besten Willen nicht mit meinem Auto gefahren … Ich habe vorhin ein Schmerzmittel genommen. Bis später! Guten Flug!«

Das mit dem Schmerzmittel war gelogen. Maja war vor einer Stunde relativ ausgeruht aufgewacht und hatte festgestellt, dass sie den Tag verschlafen hatte. Das Mittel von Keanu musste stark gewesen sein. Aber sie hatte erneut von Elisa geträumt. Es war zur Abwechslung ein schöner Traum gewesen.

Elisa war in einem grünen Tal oben in den Bergen, in dem es oft mehrmals am Tag kurz regnete. Alles war saftig und so unglaublich grün, selbst im Traum erschien es fast unwirklich. Aber es ging Elisa gut. Kelii war erst eine Weile nach Elisas Ankunft im Dorf mit seiner Familie aus Oahu zurückgekommen. Im Königshaus gab es Probleme, die auch Kauai betrafen. Die Kluft des Hasses zwischen Weißen und Hawaiianern war dabei, sich noch zu vertiefen. Aus kleinstem Anlass wurden Hawaiianer auf offener Straße gefangen genommen und zur Strafe in Gefängnisse gesteckt, in denen sie oft Monate auf eine Verhandlung warteten.

Im Dorfrat beschloss man daher, dass es nicht gut war, Elisa bei ihnen zu verstecken. Zusammen mit ihrem Liebsten schickte man sie in ein verborgenes Tal weit oben auf dem Berg Kawaikini, dem höchsten Berg Kauais. Elisa trug dort nur noch hawaiische Kleidung. Kelii hatte ihr eine kleine Hütte gebaut. Er blieb oft für mehrere Tage bei ihr, bevor er zurück in sein Dorf und auf die Plantage musste. Elisa lebte dann wie ein Eremit, wartete nur auf seine Rückkehr und war glücklicher als je zuvor in ihrem Leben. Endlich konnte sie frei und mit ihrem Liebsten zusammen sein. Es war wie im Paradies, wenn auch ein kindliches. Das Frausein hatte Elisa seit der grausamen Nacht in der Grotte verlernt. Freundschaft wollte sie von ihrem Liebsten und auch seinen Schutz. Weiter nichts.

Maja liebte ihre Träume von Elisa. Jeden einzelnen hatte sie akribisch aufgezeichnet und jedes Mal eine kleine Zeichnung dazu angefertigt. Diesmal war es Elisa in einem hawaiischen Kleid, wie sie am Ufer eines steilen Bergbaches aus Gräsern einen Korb flocht.

Nachdem ihr Telefonat mit Stefan schon eine ganze Weile zurücklag und er inzwischen bereits im Flieger von München nach Nizza sitzen musste, duschte sie noch einmal ausgiebig. Sie wollte nicht nur das letzte bisschen Schlaf aus ihren Gliedern vertreiben, sondern sich vor ihrem Treffen zumindest halbwegs in den Griff bekommen. Sie konnte nur noch an Keanu denken. Durch das Pulver aus der Tausend-Nebel-Pflanze hatte sie den ganzen Tag geschlafen, weder ihr Telefon gehört, noch mitbekommen, wie die Putzfrau in die Villa kam. Ganze zwölf Stunden hatte sie im Tiefschlaf oder besser gesagt im Traumschlaf verbracht. Währenddessen hatten sich die Prellungen an ihrer Hüfte und an ihrem Bein von einem entzündeten Rot in ein sattes Lila verwandelt. An ihrer Wange war kaum noch etwas zu sehen, stellte sie zufrieden fest und entfernte im Dampf der Dusche Keanus Pflaster.

Ihr Gesicht sah im Spiegel nach einem sehr schlechten Gewissen aus. Tatsächlich tat es ihr aufrichtig leid, Stefan belügen zu müssen, aber sie hatte im Moment keine andere Wahl. Sie wollte Keanu so viel Zeit wie möglich geben, das hatten sie vereinbart. Bevor sie wegen des Überfalls und der versuchten Vergewaltigung in der Tiefgarage zur Polizei ging, um Anzeige zu erstatten, würde Maja die lokalen Nachrichten bei Radio Nizza anhören, danach die lokale Presse lesen.

Sollte ihr Angreifer nach dem Zusammenprall mit ihrer Kühlerhaube wirklich gestorben sein, wäre es im Radio zu hören oder in den Zeitungen zu lesen. Das Beste wäre, Maja würde dann von sich aus zur Polizei gehen, bevor man ihren Wagen aufgespürt hatte. Die anderen Männer in der Tiefgarage hatten bestimmt ihr Nummernschild gesehen. Die französische Polizei würde auch über Deutschland relativ schnell Majas Wohnort ermitteln können. Andererseits wollte sie keine schlafenden Hunde wecken. Vielleicht war der Mann gar nicht so schwer verletzt.

»Mademoiselle?«

Maja erschrak. Die Putzfrau! Vielleicht hatte sie die Waffe gefunden, die Keanu in Majas Handtasche deponiert hatte, damit sie heute zurück zu ihrem Besitzer gelangte. Eine weitere Herausforderung, denn Maja hatte in ihrem Leben bisher nie etwas mit Schusswaffen zu tun gehabt. Doch Keanu hatte sie darum gebeten. Die Waffe gehörte, wie er mit seinem unwiderstehlichen Lächeln erklärt hatte, einer Cousine von ihm, die ihre Organisation von Frankreich aus seit Jahren unterstützte. Bei ihr hatte Keanu auch gewohnt. Wieder ein Teil des Puzzles, das Maja inzwischen immer stärker beschäftigte. Auch ihr Vater war laut Keanu ein Komplize, was den Kampf der Hawaiianer um ihr Land betraf.

Nachdem sie die Putzfrau aus dem Ort bezahlt hatte, vergewisserte Maja sich, dass die Waffe noch an ihrem Platz in ihrer Handtasche war. Alles in Ordnung. Aber während sie die Nachrichten im Radio hörte, schlug sie die Pistole sicherheitshalber in eine alte Zeitung ein, umwickelte sie mehrfach mit Klebeband und steckte ihr Kunstwerk in eine Plastiktüte.

Es klingelte. In der Kamera der Alarmanlage sah sie Stefans Gesicht. Kurz darauf lag sie in seinen Armen und atmete seinen vertrauten Geruch, eine Mischung aus Seife und sauberer Minze. Ganz der Mediziner bestand er darauf, sich ihre Prellungen anzusehen und stellte ihr alle möglichen Fragen über den Hergang des Sturzes. Maja, die weder im Radio noch in der lokalen Presse einen Hinweis auf einen Toten oder Verletzten in Nizzas Tiefgarage gefunden hatte, stellte ihr Missgeschick Stefan gegenüber äußerst vage dar. Sie sei in der schlecht ausgeleuchteten Tiefgarage unaufmerksam gewesen und gegen einen der Pfeiler gelaufen.

»So genau weiß ich es nicht mehr …«

Stefan sah sie besorgt an.

»Wieso weißt du es nicht? Warst du danach ohnmächtig …?«

Sie musste sich einen längeren Vortrag über ihren Leichtsinn anhören, weil sie nicht sofort in ein Krankenhaus gefahren war, um ihren Kopf untersuchen zu lassen. Es gefiel ihm auch nicht, dass sie ihm das Schmerzmittel nicht nennen konnte, welches sie zwölf Stunden wie ein Stein hatte schlafen lassen. Und als Maja zu guter Letzt darauf bestand, dass sie am kommenden Vormittag zusammen nach Nizza fahren müssten, um als Gefallen für einen anderen Seminarteilnehmer eine Plastiktüte zu einer Unbekannten zu bringen, war Stefan endgültig übellaunig. Er wäre lieber mit ihr zum letzten Mal in diesem Jahr zum Tauchen gegangen. In der Nähe des Napoleonmuseums in Cap d'Antibes gab es einen kleinen Verleih. Er hatte schon alles ausgemacht. Wieder log Maja. Sie behauptete, gerade ihre Tage zu haben und daher nicht schwimmen oder tauchen zu wollen.

Am nächsten Morgen, nachdem Maja die Nacht hindurch an seiner Seite kaum geschlafen hatte, weil sie pausenlos an Keanu denken musste, war Stefans Laune beim Frühstück auf dem Tiefpunkt angelangt.

»Was ist mit dir los, Maja? Ich habe das Gefühl, dass ich gar nicht mehr an dich herankomme … du bist seit deinem Sturz nur noch abweisend mir gegenüber und zudem völlig verspannt.«

Maja nickte schuldbewusst.

»Es tut mir wirklich sehr leid, aber ich bin komplett erledigt. Das Seminar war wahnsinnig anstrengend und dann noch dieser dumme Sturz. Vielleicht hättest du gar nicht erst herkommen sollen ...«

Aber so hatte Stefan es nicht gemeint. Er wollte nur sichergehen, dass Maja nichts bedrückte, womit sie allein nicht fertig wurde. So redeten sie noch ein wenig aneinander vorbei, bis es Zeit wurde zu gehen. Maja dachte schon, dass der Fall damit erledigt sei, aber sie hatte die Rechnung ohne ihren Stefan gemacht.

Als sie in dem Luxusappartementhaus am Jachthafen angekommen waren, in dem Maja ihre mysteriöse Plastiktüte abgeben sollte, mussten sie auf den Lift warten.

»Sag mir, was in der Tüte ist.«

»Nein, das sage ich dir nicht, weil ich es selber gar nicht weiß. Außerdem tue ich hier lediglich einem Kommilitonen einen Gefallen.«

Wieder zog Stefan ein Gesicht. Und als sie in dem Lift zum achten Stockwerk hinauffuhren, meldete er ein ernsthaftes Gespräch an.

»Ich kenne dich seit drei Jahren. So wie jetzt warst du noch nie. Was ist dir wirklich passiert? Ich meine, man läuft doch nicht einfach so gegen einen Pfeiler ...«

»Ich war eben unkonzentriert ...«

Maja war gereizt, lächelte Stefan aber bittend an. Er sollte sie nicht länger nerven, nicht heute. Sie würde sich ihm ohnehin nicht anvertrauen. Aber weil er keine Ruhe gab, log sie erneut, so als hätte sie ihr Leben lang nichts anderes getan.

»Also gut! Ich war irritiert, denn ich hatte auch noch Ärger mit dem Wagen. Es ist eine Delle in der Kühlerhaube. Ein Junge mit einem Fußball in der Nähe des Seminargebäudes hat schlecht gezielt. Ich habe bei dem Aufprall einen Riesenschreck bekommen, sag ich dir. Es hat ziemlich gekracht. Gut, dass es nicht die Windschutzscheibe war! Aber die geht wohl nicht so leicht kaputt wie das Blech der Kühlerhaube, oder?«

Stefan runzelte die Stirn.

»So eine Kühlerhaube hält einen Fußball auch aus, außer natürlich der Ball war aus Beton.«

Er wusste, dass sie log. Sie vermied seinen Blick und wünschte sich in diesem Moment mindestens einen halben Erdball weiter.

Die Lifttüren gingen direkt zu dem Penthouse hin auf. Maja klingelte. Da Stefan mit ihrer Erklärung unzufrieden war, fuhr sie fort, während sie warteten.

»Der Junge war ziemlich kräftig, weißt du, aber noch jung, maximal zwölf oder dreizehn. Ich habe ihn laufen lassen, damit er zu Hause keinen Ärger bekommt. Das hättest du doch sicher auch getan, oder?«

Wieder keine Antwort, nur dieser tadelnde überlegene Blick, den er so gut drauf hatte. Die Tür öffnete sich. Überrascht machte Maja einen kleinen Schritt rückwärts. Vor ihr stand eine der schönsten Frauen, die sie in ihrem Leben gesehen hatte. Die zarte Südseeschönheit mochte um die dreißig sein, hatte ein dralles Baby auf dem Arm, und hinter ihr stand ein zartes kleines Mädchen, ungefähr zwei Jahre alt. Ihre Stimme war sanft und wohlklingend, ähnlich wie die von Keanu, auch sie lächelte beim Sprechen.

»Aloha, Sie müssen Maja sein. Mein Cousin hat mir von Ihnen erzählt.«

Ihr Deutsch war gebrochen, ihre sorgfältige Aussprache zeugte von einem hohen Bildungsstand. Dr. Chang, wie sie sich ihnen vorstellte, war eine Spezialistin für Nierenleiden und arbeitete mit ihrem Mann, ebenfalls einem Urologen, seit zwei Jahren in Nizza. Ursprünglich kam sie aus Kauai und war weitläufig mit Keanu verwandt. Cousin und Cousine im weiteren Sinne. Sie strahlte Maja an.

»Keanu hat Ihnen an meine Adresse bereits eine Nachricht geschickt. Bleiben Sie doch bitte zum Tee.«

Stefan und Maja akzeptierten die Einladung, nachdem die Plastiktüte diskret den Besitzer gewechselt hatte.

Dr. Chang verstand es danach geschickt, Stefan in ein medizinisches Fachgespräch zu verwickeln, sodass Maja in Ruhe an ihren Computer konnte.

Maja spürte ihr Herz überlaut schlagen, als sie Keanus Nachricht las. Er hatte auf Englisch geschrieben. Fast förmlich bedankte er sich bei Maja für das Zurückbringen der Leihgabe zu seiner Cousine und erging sich noch in einigen Unverbindlichkeiten. Maja fasste es nicht, aber weiter stand dort wirklich nichts. Keinerlei noch so kleine Anspielung erinnerte an ihre einzigartigen Erlebnisse miteinander. Er hatte ihr im Grunde genommen kein einziges persönliches Wort geschrieben. Stattdessen schrieb er ihr Namen und Adresse einer weiteren Kontaktperson in München. Wieder war von einer Cousine die Rede, die diesmal etwas für Maja hatte, das sie möglichst bald abholen sollte. Majas Enttäuschung war übermächtig. Aber was hatte sie erwartet? Einen elektronischen Rosenstrauß?

Von dem offenen Fenster des Arbeitszimmers aus konnte Maja weit über den Hafen von Nizza aufs Meer hinaussehen. Sie ließ Revue passieren, was geschehen war oder, besser gesagt, was nicht eingetreten war. Die Polizei hatte nicht an ihrer Tür gestanden, um die Kühlerhaube ihres Wagens zu inspizieren. Der geheimnisvolle Haifischmann war ebenfalls nicht mehr aufgetaucht, obwohl es nicht so schwer sein konnte, Maja in Antibes aufzuspüren. Vielleicht aber war sie nach Keanus Abreise uninteressant geworden. Nie würde sie die Worte vergessen, die der Typ ihnen nachgerufen hatte, als sie beschützt von Keanus Waffe ins Auto gestiegen war.

»We will kill you – and your kind, forever!«, hatte der Haifischmann in seinem eigenartigen Englisch gesagt und dabei gelächelt.

Doch Maja schien es im Nachhinein so, als sei selbst ihr Entkommen in der Tiefgarage Teil eines perfiden Plans, den sie nicht verstehen konnte, weil sie keine Eingeweihte war. Genau genommen hatte sie auch nach Keanus langen Erklärungen in dieser Nacht nur wenig Ahnung, wogegen oder wofür im Detail von seiner geheimen Organisation gekämpft wurde. Sie verstand natürlich die Wut auf Immobilienspekulanten, die auf den Inseln Hawaiis die Grundstückspreise skrupellos in die Höhe trieben. In Deutschland gab es so etwas auch. Ganze Gegenden wurden zu teuer für Familien mit Kindern oder ältere Leute. Überteuerte Singleghettos nahmen auch in deutschen Städten zu, waren aber kein Grund für Vergewaltigungen und männliche Drohgebärden mit oder ohne Waffen.

»Wollen wir noch zum Essen bleiben? Anela hat uns freundlicherweise eingeladen.«

Stefan küsste sie auf die Stirn. Wie zufällig warf er dabei einen Blick auf die E-Mail, die Maja bekommen hatte. Er überflog die Zeilen kurz und lächelte beruhigt.

»Ich hatte schon Sorge, dass du einen neuen Verehrer hast ... Anela hat mir spannende Dinge über ihren Cousin Keanu erzählt ... er scheint in seiner Familie ein ziemlicher Held zu sein.«

»Wirklich? Den Eindruck hatte ich nicht unbedingt. Ein Lehrer eben. Aber wir haben uns im Seminar auch hauptsächlich über Bildungspolitik und die neusten pädagogischen Erkenntnisse unterhalten ... nicht unbedingt ein Terrain für Helden.«

Maja war bereits dabei, die Münchner Adresse in der E-Mail mit einem Stift auf ein Stück Papier zu kopieren.

»Du willst also hier zum Essen bleiben. Außerdem duzt du Dr. Chang bereits. Wie kommt es? Ist es vielleicht ihre Schönheit, die dich bezaubert?«

Jetzt lächelte Stefan.

»Na ja, vielleicht auch, aber vor allem hat Anela mir das Du angeboten und uns beide zum Essen eingeladen, damit ich ihren Mann persönlich kennenlerne. Wir haben festgestellt, dass ich eins seiner Bücher kenne ... Nierentransplantation ist sein Fachgebiet ... Beruflich wäre es für mich sehr interessant.«

Maja lächelte und dankte innerlich wem auch immer für die Gnade, am heutigen Abend keine Grundsatzgespräche mit Stefan unter vier Augen führen zu müssen.

»Großartige Idee! Ich helfe beim Kochen!«

Eine Stunde später saßen Maja und Stefan mit Familie Chang am Tisch auf der großen Terrasse unter einem roten Sonnenbaldachin. Es ging um Medizin. Maja langweilte sich ein wenig, aber ihr Freund genoss die Erörterung des Themas sichtlich. Und ein unverfänglicher Familienabend mit entzückenden kleinen Kindern war auch für Maja um vieles besser als ein schwieriger Abend allein mit Stefan und ihrem schlechten Gewissen.

»Ihr habt euch ineinander verliebt, nicht wahr?«

Die Worte kamen ganz unverblümt aus dem sinnlichen Mund, als Maja allein mit Anela nach dem Hauptgang in der Küche war, um ihr mit dem Nachtisch zu helfen. Fern von den Männern konnten sie reden. Maja verstand jetzt auch, warum ihre Gastgeberin sie wirklich eingeladen hatte. Ihr Name Anela war hawaiisch und bedeutet Engel, wie sie Maja erklärte, während sie geschickt Zitronensorbets in kleine Schälchen füllte und mit Himbeeren garnierte. Sie war größtenteils Hawaiianerin, hatte aber eine chinesische Großmutter. Ihr Mann, Dr. Chang, war in China geboren. Anela lächelte weich.

»Aber meine Seele gehört Hawaii. Immer wenn ich Zeit habe, verbringe ich sie dort, auch mit meinen Kindern. Keanu und ich gehören zu einem großen Klan, der sich einmal im Jahr trifft. Sharkpeople, so nennen uns die anderen Klans, im Gegensatz zu den Turtles oder den Owls, also der Schildkrötenfamilie oder dem Eulenklan. Alle Kinder der Haifischfamilie kennen Elisa Vogel ...«

Anela sah Maja neugierig an.

»Keanu hat mir erzählt, wie sie zu dir gekommen ist, als du den Zahn von Großvater Hai um den Hals hängen hattest.

Warum trägst du keinen hawaiischen Namen, wenn du eine von uns bist? Und warum glaubst du, dass eine Liebe zwischen dir und Keanu keine Chance hat?«

Auf der Rückfahrt nach München schwieg Maja die meiste Zeit und saß auf dem Beifahrersitz. Stefan fuhr ihren Wagen und redete viel über seinen Beruf. Maja musste sich ablenken, um das Unvermeidliche nicht an ihr tiefstes Innerstes heranzulassen. Über hundertfünfzig Tunnel notierte Maja daher zwischen Nizza und München mit kleinen Strichen in ihrem Notizbuch. Es war ein Spiel, das sie mit ihrem Vater immer gespielt hatte, wenn sie im Sommer an die Côte d'Azur gefahren waren. Damals war sie noch ein Kind. Ihre Probleme waren lösbar. Eigenartigerweise war beim Zählen nie die gleiche Zahl an Tunneln herausgekommen. Das war ein willkommener Anlass zu philosophischen Gedanken. Hatten sich die Tunnel verändert? Hatten sich Maja und ihr Vater immer wieder verzählt? Und warum hatte ihre Mutter nie mitgespielt, sondern die ganze Zeit über im Auto ehrgeizig an ihren Vorlesungsskripten gearbeitet?

Maja war lange das Nesthäkchen gewesen, nachdem ihre Geschwister schon längst flügge waren. Oft hatte sie das Gefühl, dass sie ihrer Mutter lästig war, eine Art Bremsklotz. Daran musste sie plötzlich denken, als sie Stefan so begeistert von seinen Aufstiegschancen an der Klinik schwärmen hörte. Stefan war das Ziehkind seiner Mutter an der Herzklinik. Sie war die Chefärztin, er der aufsteigende Stern am Ärztehimmel. Eine umwerfende Kombination, fanden alle, nur Maja machte es bisweilen Angst.

An einer Raststätte am Bodensee, wieder auf deutschem Terrain, hielt Maja sich relativ lange in der Toilette auf. Sie musste allein sein, um noch einmal an sich heranzulassen, was Anela ihr noch in der Küche gesagt hatte.

»Er liebt dich, Maja. Mein Cousin hat noch nie eine Frau so sehr geliebt wie dich.«

Sie hatte dabei Majas Hand ergriffen und an ihr Herz gedrückt, so als müsste sie ihren Worten mehr Intensität und Glaubwürdigkeit verleihen.

»Ich weiß, es ist verrückt, aber ich habe Keanu noch nie so gesehen ... Und ich kenne ihn, seit er ein kleiner Junge ist, glaube mir!«

Wieder der Druck ihrer Hand und diese wahnsinnig warmen Augen, die lächeln konnten wie eine Sonne. Anela machte keine halben Sachen. Sie strahlte Maja an, als könnte sie so die ganze Welt erwärmen.

»Glaube mir, Maja, du bist die eine, die einzig Richtige für meinen Lieblingscousin. Ich kenne natürlich auch Leilani, seine Verlobte, aber ich glaube, das könnte jetzt vorbei sein ...«

Anela hatte bei ihren Worten immer noch warm gelächelt, aber gleichzeitig auch ein wenig traurig ausgesehen, als sie Majas Hand schließlich wieder losließ.

»Du glaubst mir natürlich nicht. Wie solltest du auch. Ich weiß nicht, was du empfindest. Stefan ist auch ein großartiger junger Mann und bestimmt ein vielversprechender Mediziner. Aber Keanu und du, ihr seid ... ihr seid miteinander verbunden. Ihr seid, wie man bei uns sagt, dakine, oder auf Englisch one kind, aus einem Holz geschnitzt. Und damit meine ich nicht, dass ihr vielleicht um acht Ecken blutsverwandt seid, sondern eure Seelen sind es ... ich spüre so etwas.«

Bevor sie mit den Eisschälchen zu den anderen zurückgingen, hatte Anela sie umarmt. Maja glaubte, Tränen in ihren Augen zu sehen, als sie ihr einen letzten Rat mit auf den Weg gab.

»Was immer du weiter in deinem Leben mit Keanu vorhast, ich kann dir sagen, er ist jede Sekunde, jeden deiner Gedanken und jede deiner Anstrengungen wert. Hätte er mich auserwählt, ich hätte alles stehen und liegen lassen ... ich wäre ihm wahrscheinlich sogar bis ans Ende seiner verrückten Rebellenwelt gefolgt ...«

Es lag eine Traurigkeit in dem Blick der schönen Frau, die Maja mitten ins Herz traf. Dabei schien Anela so glücklich mit ihrem netten Mann und den beiden süßen Kindern hier in Nizza. Aber welchem Menschen kann man schon ins Herz sehen? Sicher wirkten Maja und Stefan von außen auch wie das Traumpaar schlechthin. Und vielleicht waren sie das auch, und Maja konnte es im Moment einfach nur nicht sehen.

In der engen Toilettenkabine der Raststätte versuchte Maja, ihre Gefühle zu ordnen. Da war einmal ihre zunehmende innere Distanz zu Stefan, die es zu begreifen galt. Nicht einmal seine Küsse bedeuteten ihr noch etwas. Er ließ sie schlicht kalt, und sie schämte sich dafür, so wie sie sich auch wegen ihrer Lügen genierte. Aber vor allem ging Maja ihr Liebeserlebnis mit Keanu nicht aus dem Kopf. Auch jetzt griff sie an den Haifischzahn, nur kurz, um sich ihm verbunden zu fühlen. Es war wie ein Aufatmen, wie ein Anker der Sicherheit. Dann versteckte sie ihn wieder im hintersten Winkel ihrer Handtasche. Sie würde ihm den Zahn zurückgeben müssen, das wusste sie. Aber noch konnte sie nicht einmal daran denken.

Sie machte sich natürlich auch Gedanken über das Auserwählen, von dem Anela gesprochen hatte. Hatte Keanu sie auserwählt? War es Liebe, die er für Maja empfand? Was für eine Art von Liebe? Ein kurzes spannungsgeladenes Feuer, wie es vorkam, wenn man sich im Urlaub in eine Fremde verliebte? Und warum sollte gerade Keanu auf lange Sicht etwas Besonderes sein, besonderer selbst als Anelas Mann, der hinreißend war, auch zu ihren beiden Kindern. Außerdem schien er seine Frau von Herzen zu lieben.

Es musste für Anela die Romantik des Heldentums sein, die Keanu in seinem Kampf für sein Volk verkörperte, schloss Maja, als sie sich die Hände wusch. Dabei sah sie ihr Gesicht im Spiegel an und wusste, dass sie erneut log. Keanu war ein großartiger Mann, das hatte sie gesehen, im Seminar, mit anderen, aber auch als sie zu zweit waren. Hoffentlich war es für sie vor allem das Geheimnis von Elisas Geschichte, das sie mit Keanu verband. Das hoffte sie inständig, denn dann würde ihr Gefühl für ihn vorübergehen. Es hatte sie erwischt wie ein Blitzschlag aus dem Nichts. Es war so stark, dass Stefan zu einem Schatten von bedeutungslosem Grau verblasst war. Als sei ihre Liebe verbraucht … und ohne jegliche Energie. Und das hatte rein gar nichts mit Stefan selber zu tun.

Maja suchte im Spiegel in ihren mandelförmigen Augen nach Antworten auf Fragen nach ihren Wurzeln in der Südsee, denn damit konnte sie zumindest tatkräftig umgehen. Sie würde zu Hause in der Vergangenheit forschen, um Ruhe vor Keanu zu finden. Er war wie ein verheerender Wirbelsturm über sie gekommen, der keinen Baustein auf dem anderen gelassen hatte.

Aber die Ahnenforschung war nicht alles, was sie nach ihrer Rückkehr in München zu erledigen hatte. Eins war ihr in den letzten Tagen klar geworden. Wenn sie Stefan wirklich nicht mehr liebte und ihre Beziehung vorbei sein sollte, dann würde sie es ihm möglichst schonend und zum richtigen Zeitpunkt beibringen müssen. Die Frage war nur: Gab es je den richtigen Zeitpunkt für derartig niederschmetternde Neuigkeiten?

12. Kapitel

Waimea Valley, Herbst 1894

Die ersten beiden Monate nach der Gewalttat waren für Elisa wie im Flug vergangen. Sie lebte in der dschungelartigen Wildnis zwischen den beiden größten Bergen Kauais wie eine Königin. Dafür sorgte Kelii immer wieder aufs Neue, wenn er bei ihr sein konnte. Während ihren ausgedehnten Wanderungen zeigte er ihr paradiesische Geheimplätze. Oft waren seine Orte versteckt, und Elisa musste durch ein Flussbett waten oder aber hohe Felsen überwinden, um sie zu erreichen. Aber immer lohnte es sich.

Die zerklüftete Landschaft des Waimea Valleys, das sich viele Kilometer lang durch die Insel zog, war voll mit traumhaften Geheimverstecken, die nur Einheimische kannten. Meist unzugänglich aber von wilder exotischer Schönheit war dieser Garten Eden, in den Kelii Elisa geführt hatte. Jeder neue Platz brachte ihr Gesicht zum Strahlen. Aber sie sprach kein einziges Wort.

Wie schon vor einem Jahr, als Kelii ihr Bein nach dem Biss des Haifisches mit dem grünen Pulver und seiner grenzenlosen Geduld geheilt hatte, behandelte er sie auch dieses Mal mit äußerster Sorgfalt. Er brachte ihr bestimmte Früchte und Wurzeln, die sie essen sollte. Er achtete darauf, dass sie jeden Tag viel Wasser trank. Auch führte er sie anfangs bei Sonnenuntergang täglich an einen stillen Ort, an dem sie verharren und still beten sollte. Er wusste, wie krank ihre Seele war, auch in der Zeit, als Elisa das Ausmaß des Schadens selbst noch gar nicht wahrnehmen konnte, weil sie durch den Schock wieder zum Kind geworden war.

Sie war in den ersten Wochen vor allem glücklich, am Leben zu sein. Danach war sie froh, dem Schicksal entkommen zu sein, das ihr Onkel für sie bestimmt hatte. Es fiel Elisa am Anfang nicht auf, dass sie voller Angst vor Keliis Händen zurückzuckte, weil es Männerhände waren. Nach einiger Zeit wurde sein körperlicher Abstand normal für sie. Nicht mehr von ihm berührt zu werden, bedeutete Sicherheit und Entspannung. Sie belohnte ihn dafür mit einem dankbaren Kinderlächeln.

Kelii sprach nie über seine zunehmenden Gefühle von Frustration und Leid, denn auch er schien anfangs einfach nur glücklich zu sein, wenn er an ihrer Seite sein konnte. Besondere Freude machte es ihm, ihr von seinen Ausflügen Dinge mitzubringen. Bisweilen musste er tagelang fortbleiben, um keinen Verdacht zu erwecken.

Für die Bewohner der Plantage war Elisa seit ihrem nächtlichen Ausflug mit Janson offiziell tot. Es gab dort nur einen Verbündeten und Mitwisser. Zwar arbeitete Johannes bereits seit einiger Zeit für Gerit Janson in Lihue, aber er war immer noch oft auf der Plantage. Zwei Tage die Woche verbrachte er auf der Paul-Vogel-Plantage, wie sie jetzt hieß, seit der Name von Elisas Vater vom Tor entfernt worden war.

Janson hatte den Hain mit Elisas Obstbäumen von ihrer Mutter erworben. Es gehörte zu Johannes' Aufgaben, in Jansons Hain die Apfelernte, Neuanpflanzungen sowie die regelmäßige Pflege der Obstbäume zu betreuen. Jedes Mal, wenn Johannes dort war, traf er Kelii. Er wollte wissen, wie es Elisa ging und ob sie etwas brauchte. Er sorgte dafür, dass sie alles bekam. Manchmal waren es ein Buch oder Zeichenmaterialien oder neue Schreibutensilien.

Immer wenn Kelii mit seinen Neuigkeiten von der Plantage zurück in die Berge kam, hatte Elisa schon ihren Schreibblock mit ungeduldigen Fragen gefüllt. Das war jetzt die einzige Möglichkeit für Elisa, mit Kelii zu kommunizieren, denn sie war stumm.

Schwer traumatisiert von der Gewalt, die Janson ihr zugefügt hatte, betrauerte sie anfangs noch nicht einmal den Verlust ihrer Stimme. Sie war einfach nur froh, überlebt zu haben. Janson nie mehr wiedersehen zu müssen, war ein Geschenk. Wie ein kleines Kind klammerte sie sich an ihren Freund Kelii. Er war ihr rettender Anker, ihre Familie und ihr Zuhause. Aber Kelii war jetzt nur noch ein Freund oder eine Art Bruder für sie. Obwohl sie ihn über alles liebte, und das tat sie, ängstigte sie seine männliche Nähe.

Ihr einmaliges Erlebnis am Wasserfall, bei dem sie sich seinen Zärtlichkeiten schamlos und voller Lust hingegeben hatte, war in eine unendlich ferne Vergangenheit gerückt. Wenn ihr Blick jetzt zufällig auf das Tuch fiel, das er um seine Hüften trug, musste Elisa immer an die Waffe der Männlichkeit denken, die darunter verborgen war. Etwas in ihrem Inneren war zerrissen, nicht nur körperlich, sondern vor allem in ihrer Seele. Janson hatte etwas in ihr zerstört, und sie wusste nicht, wie sie den Schaden wieder heilen konnte. Im Kopf war Elisa sich natürlich darüber im Klaren, wie wenig Kelii mit Janson gemeinsam hatte. Aber ihr Körper wollte es nicht verstehen. Ihr wurde übel und schwindlig, wenn Kelii auch nur zufällig ihre Hand mit seiner berührte. Immer zuckte sie dann zurück, so als wäre er eine giftige Pflanze oder ein glühendes Stück Kohle. Sie konnte ihre Reaktion mit dem Kopf nicht steuern. Es passierte einfach.

Die drei Mal, die sie in den letzten Wochen innerhalb des Tales umziehen mussten, um möglichen Verfolgern auszuweichen, konnte sie sich selbst bei halsbrecherischen Kletterpartien nicht von ihm helfen lassen. Ihre Knie begannen schon zu zittern, wenn sein Körper bis auf Armeslänge in ihre Nähe kam.

Kelii schien es zu verstehen, zumindest zu akzeptieren, denn sie wurde erfinderisch darin, auf immer neue Weise ihre Zuneigung zu ihm auszudrücken. Sie liebte ihn wirklich. Sie waren wie Brüderchen und Schwesterchen. Stundenlang imitierten sie im Wechsel Vogelstimmen. Sie pfiffen sich gegenseitig Tonfolgen vor, bis ihre gespitzten Lippen vor Erschöpfung taub wurden. Elisa nahm Kohlestücke von ihrem abendlichen Feuer und zeichnete für ihn riesige Gemälde an die Felsen, während er fort war. Kam er zurück, erwarteten ihn ihre schönen Bilder auf den Felsen wie Boten aus einer anderen Welt.

Eine Zeit lang zeichnete sie Erinnerungen aus ihrer Hamburger Kindheit. Den alten Michel, den Hafen, die riesigen alten Gebäude der Speicherstadt. Dann waren es Szenen aus der Bibel. Moses und das geteilte Meer. Die Geschichte von David und Goliath und viele andere. Ihr Lieblingsmotiv blieben Adam und Eva im Paradies, denn so kam ihr das neue Leben mit Kelii vor. Nur fehlte der Apfel.

Manchmal schrieb sie ihm auch kleine Gedichte oder lange Briefe, die voller Zuneigung waren. Und immer, wenn Kelii von seinen Ausflügen in sein Dorf oder auf die Plantage zurückkehrte, zeigte sie durch ihr Lächeln tiefe Dankbarkeit. Sie war so froh, dass er nie darüber sprach, wie schwer es für ihn war, nicht mehr ihre Stimme zu hören, seit Elisa in der blauen Grotte ein Teil ihrer Seele gestohlen worden war. Sie würde für immer stumm bleiben, zumindest glaubte Elisa das tief in ihrem Herzen. Sie hatte längst vergessen, wie es sich anfühlte, wenn man sprach, sagte sie sich in ihrem Inneren. Auch ein Teil ihrer Erinnerung war in der Grotte gestorben. Die an ihren Vater zum Beispiel, denn sie konnte sein Gesicht nicht zeichnen, obwohl sie es versuchte. Manchmal versuchte sie, ihre Stimme zu üben. Sie erinnerte sich an die Lieder, die sie so gerne als Kind mit ihrer Mutter gesungen hatte. Jetzt sang sie diese Lieder in ihrem Kopf. Ihre Zunge gehorchte ihr zwar in der Bewegung und selbst dem Formen der Laute, aber aus ihrem Mund drang kein einziger Ton. Ihr Atem trug nur noch Luft.

Dabei hatte Elisa vor einiger Zeit um ein bestimmtes Buch in der Bibliothek ihres Onkels gebeten, das die Funktionen des Körpers genau erklärte. Dort fand sie Abbildungen der Stimmbänder und der Kehle. Elisa studierte sie genau, zeichnete sie nach und tastete an ihrem Hals nach ihrem Kehlkopf. Sie spürte ihren Atem strömen und konnte auch summen. Physisch schien alles normal zu sein. Ihre Atemluft transportierte aus der Kehle die Töne in den Mund. Aber mit geöffnetem Mund brachte ihre maximale Anstrengung höchstens ein trockenes Keuchen hervor. Es irritierte sie, wie wenig die Anstrengungen mit ihrer Stimme fruchteten, deshalb beschloss sie eines Tages aufzugeben. Sie lernte so viele andere Dinge in dieser Zeit von der Natur.

Sie wurde unter Keliis Anleitung ein Meister im Feuermachen, Fischen und im Auffinden von wilden Tarowurzeln tief in der Erde. Aber ihr eigener Körper blieb ihr nach dem Gewaltakt ein geheimnisvolles Rätsel. Einiges war einfach anders, als sie es vor der Grotte gewöhnt war. Nicht nur fehlte ihre Stimme, sondern auch die Mitte ihres Köpers blieb ihr fremd. Sie hatte nach wie vor täglich mit der Verarbeitung von Wasser und Nahrung zu tun. Sie wusch sich sorgfältig an den geheimen Nischen der Frau, so wie ihre Mutter es ihr als Kind beigebracht hatte. Aber zwischen ihren Beinen, wo sich bei Berührung früher wohlig und kitzelnd ihre Sinne gemeldet hatten, blieb alles taub. Sie fühlte dort nichts mehr. Auch ihre Mondzeit kam nicht mehr, weder im ersten Monat noch im zweiten.

Als Kelii heute nach dreitägiger Abwesenheit zurückkehrte, galt ihre erste schriftliche Frage dem Befinden ihrer Mutter. Sie hatte in der Nacht von ihr geträumt, nachdem sie in der Höhle von einem heftigen Regenguss geweckt wurde, der prasselnd auf den Felsen seine Trommelmusik spielte.

Kelii lächelte traurig über ihr freudig erregtes Gesicht. Er wusste, wie sehr Elisa an ihrer Mutter hing, war aber selber nicht von Clementias Liebe zu ihrer einzigen Tochter überzeugt. In Hawaii liebten Mütter ihre Kinder anders. Sie waren Geschenke der Götter. Doch lieber hätte er sich die Zunge abgebissen, als ihr zu berichten, wie wenig Trauer er bei ihrer Mutter wahrgenommen hatte. Deshalb wählte er seine Worte äußerst vorsichtig.

»Deiner Mutter Clementia geht es, den Umständen entsprechend, ziemlich gut. Du weißt, wie sehr deine Tante darauf gedrängt hatte, ein Schiff zu finden, das sie nach angemessener Trauerzeit zurück nach Europa bringt?«

Elisa nickte nervös. Es war schwierig für sie zu begreifen, warum ihr Onkel die Entscheidung gefällt hatte, ein Stück von Elisas Land zu verkaufen, um ihre Mutter zurück in die alte Welt zu schicken. Kelii fuhr bereits fort.

»Deine Mutter hatte letzte Woche erneut zwei Mal Besuch vom alten Fried. Es sieht so aus, als hätte er es sich vorgenommen, seine schützende Hand über sie zu halten. Jedenfalls hat er ihr diesmal angeboten, zu ihm zu ziehen. Ich habe es aus erster Hand erfahren. Von Amala, die sich täglich um sie kümmert. Vielleicht ist so auch dein Land in Sicherheit ... vielleicht.«

Elisa nickte zufrieden. Gott hatte ihre Gebete für ihre Mutter erhört. Sie legte Kelii ihre nächste Frage hin. Johannes und Leilani. Wie geht es ihnen?

Diesmal nickte er nur vorsichtig. Er lächelte nicht. Die Beziehung der beiden blieb in seiner Familie ein äußerst heikles Thema. Der von Leilani gewünschten Ehe mit Johannes hatten weder ihre Mutter noch ihr Vater letztendlich zugestimmt. Der Besuch, den der Vater mit Kelii und Leilani im Königspalast auf Oahu machte, da seine Mutter dort als oberste weibliche Beraterin der Königin tätig war, hatte zu mehr Schwierigkeiten geführt. Vor allem aber hatte er nicht das von Leilani gewünschte Ergebnis gebracht. Die Königin selber war strikt gegen die Ehe. Daher hatten auch die Kahuna nicht zugestimmt, was den Eltern die Hände band. Leilani sollte vorerst in ihrem Dorf bleiben, bis ihr Kind auf der Welt war. Dann erst wollte man weitersehen. Kelii lächelte entschuldigend, als er Elisas enttäuschtes Gesicht sah. Er kannte ihre Gedanken und stimmte ihr im Grunde seines Herzens zu.

»Du hast recht. Sie lieben sich, und das sollte von unserer Seite unterstützt werden. Aber immerhin darf Johannes meine Schwester jetzt wieder offiziell und regelmäßig besuchen. Auch war sie bereits einmal bei ihm in Lihue, um sich sein Haus auf der Janson-Plantage anzusehen ...«

Mehr sagte Kelii nicht, denn Elisa war bei der Erwähnung des Namens Janson zusammengezuckt. Vor allem wegen Johannes' neuer Stellung bei Gerit Janson sah auch Elisa die Verbindung von Leilani und Johannes mit gemischten Gefühlen. Sie ahnte, was es letztendlich für Leilani bedeuten würde, auf der Janson-Plantage leben zu müssen. In Jansons Augen waren Kanaka-Frauen nichts weiter als Körper, über die ein Weißer frei verfügen konnte.

Hektisch schrieb sie ein paar Worte auf und reichte sie ihm. Kelii las und seufzte.

»Was soll ich sagen ... ich hoffe auch, meine Schwester passt auf sich auf. Aber Johannes wird ein Auge auf sie haben. Er ist unser Freund.«

Erneut schrieb Elisa Worte auf ihren Block. Diesmal betonte sie das letzte mit einem überdeutlichen Fragezeichen. Da lächelte er. Darüber gab er gerne Auskunft.

»Das Baby bewegt sich sehr viel. Meine Schwester sagt, es kommt zum nächsten Vollmond ... Johannes ist immerzu aufgeregt, aber Leilani sagt, sie will ihn nicht in der Nähe haben, wenn das Kind zur Welt kommt ... weil er sicher in Ohnmacht fallen wird.«

Die beiden lachten. Elisa wartete einen Moment. Dies war ein guter Moment. Deshalb legte sie ihm schnell ihren nächsten Fragezettel hin.

Er runzelte die Stirn, denn diese Bitte hatte sie schon mehrmals vorgetragen. Bis jetzt hatte er jedes Mal vehement reagiert, aber sie konnte nicht lockerlassen. Sein ernstes Gesicht war voller Sorge.

»Darüber haben wir schon öfter gesprochen ... Ich kann dir nicht helfen. Zum einen glaube ich nicht, dass wir es wagen sollten. Es sind zwar fast drei Monde vergangen, und du bist stärker, aber sobald alle wissen, dass du lebst, wird die Hölle losbrechen.«

Elisa deutete stur auf den zweiten Teil ihrer Frage. Kelii las ihre Worte laut.

»Wann bekomme ich Gerechtigkeit?!«

Sein Gesicht war von Schmerz verzerrt.

»Du wirst keine bekommen, Elisa. Genau wie Noelani damals. Du bist eine Frau und bist freiwillig mit Janson in die Grotte gegangen. Dafür gibt es Johannes als Zeugen. Wir haben keine Beweise …«

Elisa kritzelte wütend weitere Worte auf ihren Block, aber Kelii schüttelte beharrlich den Kopf.

»Du kannst nicht sprechen. Außerdem bist du seitdem mit mir hier oben in den Bergen gewesen … Man wird sagen, du bist nichts weiter als eine Kanaka-Geliebte. Vergiss nicht, dass Piet van Ween uns am Wasserfall gesehen haben muss … Er würde auch gegen dich aussagen.«

Elisa warf wütend ihren Schreibblock zu Boden. Sie wollte weggehen, als Kelii weitersprach.

»Sieh es endlich ein. Niemand von den Herren wird sich für dich einsetzen oder dir glauben wollen. Gerit Janson ist einfach zu mächtig. Aber ich glaube dir. Ich werde immer bei dir bleiben … ich bin für dich da. Das hier ist unser Leben …«

Elisa schüttelte den Kopf. Sie hatte jetzt Tränen in den Augen, als sie erneut etwas für Kelii aufschrieb. Nachdem er es gelesen hatte, schwieg er. Danach atmete er ein paar Mal tief ein und aus, bevor er weitersprach.

»Diese Rache darf dir nicht wichtiger sein als deine Heilung. Ich könnte Janson töten, aber es würde unser Ende bedeuten. Sie würden mich auch umbringen. Und was geschieht dann mit dir?«

Elisa sah die Sorge in seinen Augen. Sie wusste, dass er nicht an sich selbst dachte, sondern nur an sie. Sie schlug ihre Augen nieder, als er weitersprach. In seiner Stimme schwang jetzt eine traurige Zärtlichkeit mit, er wirkte plötzlich wie gebrochen.

»Wichtiger ist, dass ich dich bald ganz von hier fortbringe, damit du Kauai hinter dir lassen kannst. Auf Oahu, Maui oder Hawaii könnten wir in Sicherheit leben. Dort könntest du wieder ganz gesund werden. Du würdest wieder sprechen. Das ist wichtig, hörst du ... Ich will, dass du meine Frau wirst. Unser Leben, Elisa ... unser Leben ist mir wichtig!«

Er hatte begonnen, vor ihr hin und her zu gehen, immer in dem körperlichen Abstand, den Elisa von ihm verlangt hatte. Den letzten Satz sagte er mit stiller Verzweiflung.

»Die Rache an Janson, so sehr auch ich sie mir wünsche, hätte einen unsagbar hohen Preis. Ist es dir das wirklich wert?«

Sie verstand in diesem Moment, wie schwer auch er von Janson verletzt worden war. Sie sah es an seiner geballten Faust, dem Zorn in seinen Augen und seinem fest zusammengepressten Kiefer. Auch er wollte nichts lieber, als diesen Mann mit eigenen Fäusten zu zermalmen, hatte er doch ihre beiden Seelen in die Dunkelheit gestürzt.

In dem Moment verstand sie etwas Essentielles über sich selbst, vielleicht auch über die Natur des Menschen selber. Rache und Liebe konnten nicht gleichzeitig in einem Herzen blühen. Ihr Wunsch nach Rache an Janson und ihre eigene Liebe zu Kelii bekämpften sich seit der Nacht in der Grotte. Sie musste das ändern, wenn sie Kelii wirklich glücklich machen wollte, denn er liebte sie. Würde sie für immer die Gedanken an ihre Rache an Janson in ihrem Inneren regieren lassen, so würde ihre Liebe zu Kelii Stück für Stück hinter der rot glühenden Wut ihres Hasses verschwinden.

Elisa sah ihre Rachegefühle in diesem Moment als einen Kreis aus zerstörerischem Feuer, den sie selber wie einen Schutzwall um sich gezogen hatte. Ihr Wunsch nach Rache war es, der auch Kelii auf Abstand hielt. Vielleicht war sie auch deshalb stumm. Ihr Hass auf den Mann, dessen brutale Gewalt sie tödlich verletzt hatte, hielt ihre zärtlichen Worte in ihrer Kehle gefangen. So viel Kraft hatte der Hass.

»Ein Wort von dir und ich finde Janson noch heute und schneide ihm die Kehle durch. Nein, das wäre zu gnadenreich.

Ich erwürge ihn für dich mit meinen eigenen Händen. Du glaubst nicht, wie oft ich es mir schon in allen Details ausgemalt habe. Wahrscheinlich wünsche ich mir seinen Tod noch mehr als du.«

Elisa blinzelte in die Sonne über sich, die durch das Blätterdach feine Strahlen auf die rote Erde warf. Wie in Zeitlupe sah sie einen Käfer auf dem Boden mühsam über einen abgebrochenen Zweig krabbeln. Sie sah eine Pfütze auf einem Felsen, die sich nach dem nächtlichen Regenguss gebildet hatte. Eine Eidechse näherte sich langsam, um zu prüfen, ob es sicher wäre, von dem Nass zu trinken. Sie sah das Spiel der Muskeln an Keliis Kieferknochen. Wie wütend er ihretwegen war, wie bereit, für sie zu töten und damit alles zu zerstören, was sie gemeinsam erschaffen hatten. War das die Kraft von Elisas Liebe?

Sechsundzwanzig Tage und Nächte waren seit diesem Moment vergangen, in dem Elisa in der Tiefe der Waimea Schlucht eine Erkenntnis geschenkt bekam, die sie den Rest ihres Lebens begleiten würde. Sie hatte noch am gleichen Tag beschlossen, sich für die Liebe zu Kelii zu entscheiden. Ihren Hass wollte sie für immer hinter sich lassen. Alles andere war wie von alleine geschehen.

Zwar konnte sie weder sofort sprechen, noch fand sie auf der Stelle wieder Gefallen an Keliis Männlichkeit und wollte ihn berühren, aber sie sah ihren Weg wieder vor sich. Zunächst führte er über das Meer. Auf die Nachbarinsel Oahu wollten sie reisen, Verwandte von Kelii besuchen, danach seine Mentorin, die mächtige alte Kahuna Hoku. In den Königspalast waren sie durch Keliis Mutter ohnehin jederzeit eingeladen. Elisa hatte sich vorgenommen, Lili'uokalani, die Königin von Hawaii, kennenzulernen, aber vor allem auch Keliis Mutter. Vielleicht würde sie dann sicher wissen, wie es in ihrem Leben weitergehen würde.

Immer noch trug Elisa traditionelle hawaiische Kleidung. Sie hatte die wenigen Dinge, die sie jetzt noch besaß, unter ihnen zwei Bücher, ihr Zeichen- und Malzeug, in das Tuch eingeschlagen, das Leilani ihr als Abschiedsgeschenk zukommen ließ. Das Tuch war von einem leuchtenden Rot. Keliis Schwester hatte ihr liebevolle Worte dazugeschrieben und ihr viel Kraft gewünscht. Sie sei immer willkommen, hatte sie Elisa geschrieben, als Schwester und als Freundin.

Leilanis Baby hatte Kelii als Erster begrüßen können. Es war tatsächlich ein gesunder, kräftiger und vor allem großer Junge, der seiner Mutter die Geburt nicht einfach machte. Johannes war, wie von Leilani gewünscht, nicht dabei, dafür aber ihr Bruder. Über die Zeilen, die Johannes an Elisa schrieb, um die Qual zu beschreiben, die er durchlitt, während Leilani mit Keliis Hilfe ihren ersten Sohn gebar, musste Elisa ein wenig lächeln.

Wenige Tage später, als die Winde günstig waren, machten sie sich mit Keliis Boot auf die Reise. Mehrere Tage und Nächte würden sie auf dem Meer verbringen, bis sie an Oahus Nordküste angekommen waren. Oahu war ungefähr achtzig Seemeilen entfernt, wie er ihr erklärte, während er ihr die Reiseroute skizzierte.

Bis auf das kleine Ni'hau war Oahu die nächstgelegene Insel zu Kauai. Nach den Sternen würde er sein neues Va'a vor allem nachts navigieren. Tagsüber war es die Sonne, die ihnen Geleit geben würde, aber aus der Form der Wellen konnte er ablesen, ob sie auf Kurs waren. Die uralte polynesische Navigationskunst wurde von Generation zu Generation weitergegeben.

Kelii war stolz auf sein neues Va'a, sein Auslegerkanu für zwei, bei dem ihm sein Vater und Freunde aus dem Dorf geholfen hatten. Er freute sich auf ihre Reise übers Wasser und war sicher, dass sie auch Elisa guttun würde. Sie nickte, aber mehr, um Kelii eine Freude zu machen. Vorfreude verspürte sie keine. Sie hatte nicht vergessen, dass es ein Va'a gewesen war, von dem sie einst bei ihrer Ankunft ins Meer gestürzt war. Kelii konnte ihr noch so viel von der Stabilität seines neuesten Bootes erzählen, in ihr blieb ein Rest von Zweifel. Aber auf die Nachbarinsel freute sie sich sehr.

Zuerst würden sie einige Tage bei einer Cousine von Kelii verbringen, die er lange nicht gesehen hatte, aber sehr schätzte. Kelii wollte ihren Mann und ihre Kinder kennenlernen und ihnen ein wenig beim Bau ihres neuen Hauses helfen. Auf der gleichen Seite von Oahu lebte die sehr alte Hoku, die Elisa inzwischen auch gern kennenlernen wollte. Die betagte Heilerin, die auch Königin Lili'uokalani in den wichtigsten Fragen beriet, hatte mehrfach von Elisa geträumt. Das hatte sie durch die beiden wichtigsten lokalen Kahuna auf Kauai ausrichten lassen.

Der Traum eines Kahuna war eine große Ehre, wie Kelii ihr erklärte, aber er war auch unmittelbare Aufforderung für eine Konsultation. Selbst einen Mondtermin hatte Hoku vorgegeben, wie es sich gehörte, sodass ihr Plan für den ersten Reisemonat so gut wie feststand.

Nach Sonnenuntergang sollte ihre Fahrt zur Nachbarinsel bei günstigem Wind von der kleinen Bucht, unterhalb des Versammlungsfelsens, aus losgehen. Nicht nur Keliis Vater, sondern fast das halbe Dorf war gekommen, um ihnen eine gute Reise zu wünschen. Amala hatte zum Abschied eine prächtige rote Blumenkette für Elisa gewunden. Sie hing ihr den traditionellen Lei mit Tränen in den Augen und vielen segnenden Worten um den Hals.

Elisa hätte den Duft unter Tausenden erkannt. Die roten Jasminblüten wuchsen auf der Vogel-Plantage, vor ihrem ehemaligen Schlafzimmer. Die Frauen umarmten sich. Dann ließ sich Elisa ein letztes Mal von Amala die Haare kämmen und einen Zopf flechten, damit ihr Haar auf der Seereise nicht verfilzen würde.

Die Männer legten letzte Hand an das Boot. Sobald Vorräte, Wasser und Habseligkeiten verstaut waren, nahm Elisa ihren Platz in Keliis neuem Va'a ein. Dann machten sie sich auf die Reise.

Kelii ließ es sich nicht nehmen, an dem Riff der Haie haltzumachen und die traditionellen Rituale durchzuführen, die ihnen eine gute und sichere Reise bescheren sollten. Elisa mied den Blick in die schwarze Tiefe. Es war nicht, dass sie Angst hatte, denn ihr Herz blieb ganz ruhig. Es war vielmehr eine dunkle Sehnsucht, die sie kurz spürte, als sie über dem Riff waren. Ein Teil von ihr wollte dort unten sein, tief im Riff der Haie, weil sie glaubte, dort endlich Frieden zu finden. Sie hatte begonnen, sich auf eine Art und Weise dem Klan der Haie zugehörig zu fühlen, die sie zutiefst beunruhigte. Deshalb wagte sie keinen einzigen Blick in die Tiefe.

Ihre erste Nacht auf dem Meer begann schwierig. Es war kalt, zu kalt, um allein zu schlafen, denn sie hatten nur eine gemeinsame warme Decke. Aber wie sollten sie sich legen, um Elisas panisches Herzklopfen nicht zu verstärken, wenn Keliis Körper ihren berührte?

Das Meer war ruhig. Die Sterne über ihnen bildeten einen Zauberteppich für Elisas hungrige Augen. Auf dem Wasser sah sie viel mehr Himmelskörper als in den Bergen, da auf Kauai fast immer eine neblige Wolke über den Gipfeln hing. Die Wellen bildeten ein glucksendes Bett aus dunkelblauem Glas. Der Mond, der in dieser Nacht wie eine Sichel am Himmel stand, wachte über Elisas Herz, so kam es ihr zumindest vor, als sie zunächst vorsichtig Keliis Rücken berührte. Er hatte länger gerudert, musste also müde sein, sagte sie sich. Er hatte keinen Wunsch nach Nähe.

Sie sah ihn gerne im Boot vor sich am Paddel sitzen, in immer gleicher Haltung, seine Muskeln im Wechselspiel mit den Wellen, die sie so schnell vorwärtsgleiten ließen, dass sie bisweilen ans Fliegen denken musste. So weit waren sie in ihrer ersten Nacht gekommen, dass Kauai und auch Ni'hau am nächtlichen Horizont nicht mehr zu sehen waren. Um sie herum war nur das unendlich weite Meer.

Elisa hatte sich vorgenommen, ihre Angst vor Keliis Körper auf dieser Reise zu überwinden. Daher zwang sie sich in der

Enge des Bootes zunächst dazu, seinen Rücken ein wenig zu streicheln. Es war gut. Ihr Herz überschlug sich nicht in Panik. Kelii hielt ganz ruhig, so wie man Ruhe gibt, wenn ein scheues Tier einen besucht. Elisa ließ ihre Finger über seine Wirbel spazieren. Sie konnte das pulsierende Leben in seinen Muskelsträngen mit ihren Fingerkuppen ertasten und fühlte einen kleinen Triumph. Sie hatte es geschafft. Eine erste Klippe von vielen hatte sie in dieser Nacht überwunden. Eines Tages würde sie ganz seine Frau sein können, das zumindest war ihr Ziel. Sie wollte ihn in ihren Armen stöhnen hören, wie er es einmal unter dem Wasserfall getan hatte, als Elisa noch keine Angst vor seiner Männlichkeit hatte. Sie würde wieder dort hinkommen und ihn streicheln, bis er von Glück ermattet lächeln würde. Der Weg würde schwierig für sie sein, denn schon jetzt im Boot stieg die Übelkeit wieder in ihr empor. Aber sie würde es mit der Zeit schaffen.

Um sich von der Übelkeit abzulenken, roch sie ein wenig an dem roten Lei. Eine Ewigkeit schien es her zu sein, als sie am Tag von Johannes' Rückkehr mit Kelii und Johannes unter dem roten Jasminbusch stand und sich wie die schönste Frau der Welt fühlte. Tränen stiegen in ihr auf, aber sie gab dem Gefühl nicht nach. Es galt, stark zu sein und zu bekämpfen, was zwischen ihr und ihrem Liebsten stand. Sie würde es schaffen, das nahm sie sich in dieser Nacht fest vor.

Mit einem zaghaften Kuss auf jedes seiner Schulterblätter machte sie den Anfang und wurde mit einem wohligen Seufzer belohnt.

13. Kapitel

München, Oktoberfest 2010

In Majas Leben waren nach ihrer Rückkehr die ersten Wochen wie im Flug vergangen. Es war eine schwierige Zeit, nicht zuletzt wegen einer ihrer größten Charakterschwächen. Ihre Unentschlossenheit hatte ihr schlaflose Nächte beschert, während sie neben Stefan lag. Sie drehte ihm jetzt immer den Rücken zu, kapselte sich unter ihrer eigenen Decke ab und hoffte, er würde schnell einschlafen, ohne vorher den Versuch zu machen, mit ihr zärtlich zu werden. Aber nachdem er einige Male abgeblitzt war, hatte er Maja in Ruhe gelassen, so als würde er spüren, wie sehr sie mit sich kämpfte, Nacht um Nacht.

Tagsüber wusste sie es. Ihr Ringen war gegen sich selbst gerichtet, weil sie ihre eigenen Gefühle nicht verstand. Ihre Zeit mit Keanu war intensiv, aber kurz gewesen, vielleicht letztendlich nichts weiter als ein romantischer Wunschtraum von ihr. Wären da nur nicht ihre Träume von Elisa gewesen. Zwei Mal hatte Maja seit ihrer Rückkehr sehr intensiv von ihr geträumt. Einmal war Maja mit dem Paar vor der Küste von Oahu in einen Sturm geraten.

Das Boot mit Elisa und Kelii hatte auf den riesigen Wellen getanzt wie eine Nussschale. Regen peitschte von oben, Donner grollte und Blitze durchzuckten den tropischen Himmel, der mitten am Tag fast so schwarz wie die Nacht war. Es war ein unglaubliches Spektakel.

Elisa fühlte keinerlei Angst. Fast trotzig sah sie jeder neuen Welle entgegen, während Kelii meisterhaft das Paddel im Stehen führte, um sein Boot mal schräg und mal gerade über einen Wellenkamm zu führen.

Elisas Augen hatten vor Stolz gebrannt, als sie ihm dabei zusah. Nass vom Salzwasser lachte Kelii jeder neuen Herausforderung entgegen. Er schien glücklich und sang ein hawaiisches Lied, einen Lobgesang auf seine Götter, wie Maja es in ihrem Traum verstand. Und das war das Eigenartige, dass sie diese fremde Sprache in ihrem Traum verstand, sogar so gut, dass sie nach dem Aufwachen das ganze Lied auf Deutsch aufschreiben konnte.

Ein zweites Mal war Maja im Traum ganz bei Elisa gewesen. Sie waren jetzt an Land, Kelii und sie, ihr Boot war ein Stück weit an einem einsamen Sandstrand hochgezogen. Sie lagen einander in den Armen. Im Licht der frühen Sonne glühten ihre Küsse so heiß, dass Maja mit einer unglaublichen Sehnsucht aus dem Traum aufgewacht war. Ihr ganzes Sehnen galt an diesem Morgen Keanu, während sie es kaum ertragen konnte, mit Stefan gemeinsam zu frühstücken. Sie kam sich wie eine Schwerverbrecherin vor und litt enorm, weil sie mit niemandem über ihre Gefühle sprechen konnte.

Nach der formellen Nachricht bei Anela in Nizza hatte Keanu sich nicht mehr bei Maja gemeldet. Weder über Facebook noch über ihre E-Mail-Adresse hatte er ihr eine Nachricht gesandt. Seine Cousine Anela musste sich geirrt haben. Kein Mann, der wirklich Feuer gefangen hatte, hielt eine derartig lange Funkstille aus. So dachte Maja. Sie ging deshalb auch zunächst nicht zu der Münchner Adresse, die sie bei Anela aufgeschrieben hatte. Die eine formelle E-Mail von ihm auf einem fremden Computer war genug, eine weitere Enttäuschung wollte sie nicht riskieren. Es tat zu weh. Aber zur Ruhe kam sie deshalb noch lange nicht. Halbe Nächte recherchierte sie am Internet alles, was sie über Hawaii herausfinden konnte.

Sie interessierte sich für Elisas Zeit, die kurze Periode der hawaiischen Republik auf den Inseln, in der die letzte Königin versuchte, das Königreich Hawaii für die Urbevölkerung zu retten. Aber Maja war auch zunehmend an der heutigen Situation Hawaiis interessiert, besonders an der Bildungspolitik, den speziellen Kamehameha-Schulen, benannt nach dem Königshaus von Hawaii.

Sie fand Keanu dort in seiner Eigenschaft als Berater, aber auch als Vorsitzender in wichtigen Komitees und Aufsichtsräten. Sie erfuhr auf seiner Webseite von den beiden Jahren, die er sich freigenommen hatte, um ein Buch zu schreiben. Sein Foto zeigte ihn unverbindlich lächelnd und unschuldig. Es log, wie Maja wusste. Dieser Mann war alles andere als unschuldig, denn schließlich hatte er ihr Herz gestohlen. Von seinen anderen Aktivitäten, nämlich seinem Engagement im Untergrund und seinen Bemühungen, weitere Landverkäufe von Einheimischen zu verhindern, fand Maja nichts. Auch sein Buch konnte sie nirgendwo bestellen. Es schien entweder vergriffen zu sein, oder aber der Verleger hatte kalte Füße bekommen.

Schließlich fand sie in den Tiefen des Netzes auch eine kleine Zusammenfassung über Elisa Vogel. Der kurze Absatz klang wie die Legende über eine europäische Wohltäterin, die um die Jahrhundertwende Vorreiterin von gesellschaftlichen Reformen auf den Inseln Hawaiis war, ließ aber wichtige Fakten aus. Jetzt schon wusste Maja sehr viel mehr über die weiße Haifischfrau als hier zu finden war.

Erstaunlich war, dass zwar Elisas Geburtsdatum in Hamburg angegeben war, aber kein Todesdatum. Zwei Kinder soll Elisa gehabt haben, aber auch darüber war man sich nicht sicher. Einige ihrer Zeichnungen und auch ein Ölgemälde waren zu sehen. Das Gemälde war naturalistisch. Es zeigte einen gigantischen weißen Hai, der eine junge Frau in europäischer Kleidung mit sich in die Tiefe zog. Elisa Vogels Zeichnungen zeigten verschiedene Motive und hatten unterschiedliche Formate. Ein altmodisches Segelschiff, vermutlich die Bremen III, war auf einer kleineren Zeichnung, nachträglich sehr sorgfältig koloriert. Es gab auch mehrere Landschaftszeichnungen, darunter einen Wasserfall und eine lange Schlucht. Waimea Valley, stand unten am Bildrand, dazu das Jahr 1894.

Die letzte Zeichnung aber nahm Maja den Atem. Lange saß sie nachts da und starrte das Porträt an, das ihr entgegenblickte. Es war ihr eigenes Gesicht.

Mit ihrem Vater versuchte Maja mehrere Male, über seine Verbindung zu Hawaii zu sprechen, aber ihre Gespräche waren nicht sehr fruchtbar. Max Kemper blieb merkwürdig verschlossen, sobald seine Tochter ihn auf seinen biologischen Vater, also ihren hawaiischen Großvater ansprach. Da war ein tiefer Schmerz in ihm, wie Maja vermutete, wahrscheinlich, weil die Existenz ihres Vaters dem amerikanischen Besatzungssoldaten so gleichgültig gewesen war. Maja aber ließ nicht locker.

»Ich habe ein Recht darauf, so viel wie möglich zu erfahren, weißt du … Es geht hier auch um mich. Und ich träume von Hawaii, Papa, sehr oft sogar. Ich gehe nachts dorthin, und es fühlt sich an, als wäre ich wirklich dort. Ich habe vielleicht eine Sehnsucht, weil du eine Sehnsucht nach diesem Ort hast? Ich meine, vielleicht ist es ja gar nicht meine, sondern deine Sehnsucht?«

Ihr Vater sah sie lächelnd an. Maja hatte ihm in wenigen Sätzen von ihrer Begegnung mit Keanu erzählt. Natürlich hatte sie nichts von Sex und schon gar nichts von ihrem Verliebtsein erwähnt, aber ihr Vater kannte sie gut. Er nickte.

»Du suchst eine Erklärung. Das verstehe ich. Aber suche sie nicht bei mir, sondern lieber bei dir selbst. Es tut mir leid für dich, dass Keanu schon verlobt war. Daher konnte zwischen euch nur eine Bekanntschaft entstehen. Ihr beide hattet einiges gemeinsam, das war auch mein Gefühl. Deshalb wollte ich, dass du ihn kennenlernst. Das andere, also die Sache mit dem Land auf Kauai, das ist noch lange nicht spruchreif. Aber wenn du willst, dann halte ich dich gerne auf dem Laufenden. Deine Mutter will davon nämlich gar nichts wissen. Du weißt, dass sie generell nicht sehr viel von den USA hält …«

Er zwinkerte seiner Tochter zu. Sie waren in dieser Sache Verbündete. Und tatsächlich war Maja die Einzige, die sich zumindest ein wenig für den Anteil Hawaii in ihrem Blut interessiert hatte. Ihre Mutter und ihre beiden Geschwister hatten nie ein Interesse daran bekundet, was bestimmt auch damit zu tun hatte, dass ihre Mutter aus dem Elsass stammte und Frankreich über alles liebte. Fast alle ihre Familienferien hatten sie dort verbracht.

Maja wusste instinktiv, dass ihr Vater ihr nicht alles gesagt hatte. Sein von ihr abgewandter Blick bestätigte es ihr heute aufs Neue. Aber auch seine Verschwiegenheit hatte sie seit ihrer Rückkehr aus Nizza mehrfach angesprochen. Max Kemper machte schon immer viel mit sich selber aus. Auch jetzt wollte er sie partout nicht einweihen. Alles, was sie zu hören bekam, waren Floskeln über viel zu komplexe Zusammenhänge, die sie ohnehin nicht verstehen würde.

»Schau, Liebes, Keanu hat mich wegen einer rein rechtlichen Sache kontaktiert. Unter Umständen könnte meine genetische Herkunft und damit mein Erbrecht die umstrittenen Besitzverhältnisse um ein Stück Land auf Kauai betreffen. Das ist alles.«

Doch Maja ließ nicht locker.

»Wenn du derjenige bist, dem dieses Stück Land vielleicht gehört, weil du der rechtmäßige Erbe bist, dann betrifft es auch mich als deine Tochter, oder etwa nicht?«

Sein Nicken hatte ihr das zwar bestätigt, aber er hatte ihr gleichzeitig versichert, es müsste von Seiten der Kempers aus nichts weiter getan werden; man solle nur einfach abwarten. Die Regierung der USA musste alle Unterlagen prüfen, die Geburtsurkunde und die genauen militärischen Daten von Majas Großvater.

»Weißt du, Liebes, wir kennen diesen Mann nicht. Vielleicht war mein biologischer Vater ein Betrüger, ein Mörder, ein Taugenichts. Ich jedenfalls halte alles für möglich. Was für ein Mann lässt sonst kurz nach dem Krieg eine junge schwangere Frau zurück, die mittellos ist und ein Kind von ihm bekommt?«

Der Stachel saß tief. Maja wusste es. Ihr Vater fuhr fort.

»Bei den Namen auf Grundstücksurkunden auf den hawaiischen Inseln ist es zudem ohnehin nicht ganz leicht, die rechtmäßigen Erben zu finden. Keanu hat meinen Namen aus dem Register, in das ich mich bei meinem einen Besuch eingetragen hatte, um meinen verschollenen Vater zu finden. Er kümmert sich darum. Wir haben gerade gestern miteinander telefoniert.«

»Ihr habt was?«

Sie glaubte, falsch gehört zu haben. Aber ihr Vater lächelte traurig.

»Seit deiner Rückkehr nach München hat sich Keanu bereits zweimal bei mir gemeldet. Aber er hat dir noch nicht einmal einen Gruß ausrichten lassen.« Ihr Vater sah sie mitleidig an.

»Du hast dich ein wenig in ihn verguckt, nicht wahr? Aber Menschen aus Hawaii vermischen sich nur ungern mit anderen Völkern. Besonders, wenn sie selber reines Blut haben, noch dazu edles Blut, dann bleiben sie lieber bei ihresgleichen. So war es angeblich auch bei meinem biologischen Vater. Seine Familie hätte meine Mutter nie bei sich aufgenommen. Don't mix the blood ... Das hat mir bei meinem Besuch der zuständige Beamte gesagt. Die Hawaiianer sind anders als wir. Sie mögen zudem keine Weißen, nicht wirklich.«

Auch das beschäftigte Maja, denn wie genau konnten Keanu und sie überhaupt beide zum Klan von Elisa Vogel gehören? Doch das war in diesem Moment zweitrangig. Was sie wirklich traf, war die Tatsache, dass Keanu mit ihrem Vater sprach und ihr noch nicht einmal einen Gruß ausrichten ließ. Was war ihre Affäre überhaupt für ihn gewesen? Ein kurzer Snack?

»Was ist mit dir? Warum trinkst du nichts?«

An dem lärmenden, fröhlichen Tisch im Ammerzelt, einem der kleineren Bierzelte, saß Maja nachmittags mit ihren besten Freundinnen zusammen. Aber anstatt teilzunehmen an der fröhlichen Frauenrunde im Dirndl, die sich hier wie jedes

Jahr einen Tisch leistete, um Münchens wichtigstes Fest zu feiern, war Maja mit ihren Gedanken auf Hawaii.

Ina trank und deutete dann auf Majas Busen, der von dem Ausschnitt ihres Dirndls vorteilhaft zur Geltung gebracht wurde.

»Täusche ich mich, oder sind die in letzter Zeit gewachsen?«

Maja lächelte säuerlich. Ina entging auch rein gar nichts. Tatsächlich hatte sie in den drei Wochen, seitdem sie von der Côte d'Azur zurückgekehrt war, mehrere Kilo zugenommen. Sie nickte und antwortete laut, um die ankommenden Blechbläser zu übertönen.

»Frustfraß! Ich muss jeden Abend mindestens eine Tafel Schokolade haben …«

Ina verstand. Wenn sie auch nicht jedes Detail kannte, so wusste sie um Majas Zweifel an ihrer Liebe zu Stefan. Mitfühlend ergriff die Freundin ihre Hand, um sie zu trösten.

»Torschlusspanik, so nennt man, was du gerade erlebst. Es trifft viele Frauen, nachdem sie einen Heiratsantrag bekommen. Stefans Antrag war einfach wirklich … wirklich …«

Ina hatte keine Worte, aber sie deutete auf Majas Verlobungsring mit einem Gesichtsausdruck, der alles sagte. Ina hielt Maja für den Glückspilz schlechthin.

Auch Maja sah jetzt Stefans Ring an, den sie nach wie vor an ihrem Ringfinger trug. Sie nickte und lächelte, was sollte sie auch anderes tun. Aber sie empfand nichts.

Als sie kurz darauf ihre Brieftasche öffnete, um ihr Radler zu bezahlen, das sie kaum angerührt hatte, fiel ihr Blick auf einen Zettel. Es war die Adresse in München, die Keanu ihr noch in Nizza, als Anela ihr seine Mail zeigte, hatte zukommen lassen. Maja hatte die Botschaft vergessen oder, besser gesagt, mit Absicht verdrängt. Jetzt nahm sie den Zettel in die Hand. Die Adresse, die darauf stand, war ganz in der Nähe der Theresienwiese.

Als Maja eine halbe Stunde später in dem kleinen Massagesalon stand, war ihr mulmig zumute. Obwohl ihr das Ambiente gefiel, wollte sie am liebsten gleich wieder gehen, weil sie sich in ihrem grasgrünen Dirndl plötzlich albern vorkam. Aber dann gefielen ihr die exklusiven Fotos von Hawaii an den Wänden, manche in Schwarzweiß, einige noch aus den Fünfzigerjahren. Der Laden hatte wirklich Stil. Die Besitzerin bot außer hawaiischen Massagen traditionelle Behandlungen der Krankengymnastik und medizinische Massagen auf Kassenrezept an.

»Kann ich Ihnen helfen?«

Wieder stand eine exotische Schönheit vor Maja, allerdings handfester als die zarte Anela in Nizza und mit europäischem Einschlag.

Einem ersten Impuls folgend, nannte Maja weder ihren Namen, noch erwähnte sie den Grund ihres Kommens, sondern gab vor, sich für hawaiische Massage zu interessieren. Die junge Frau erzählte zunächst ein wenig von der Massagetechnik Lomi Lomi und erwähnte dann ihre hawaiischen Wurzeln.

»Die Familie meiner Mutter stammt ursprünglich aus einem kleinen Dorf auf Kauai. Jedes Jahr einmal trifft sich unser ganzer Klan. Wir sind viele, fast tausend Mitglieder inzwischen, verteilt über die ganze Welt. Immer treffen wir uns auf einer anderen Insel Hawaiis, obwohl meine eigenen Wurzeln, wie gesagt, nach Kauai führen … In unserem kleinen Dorf lebte unsere legendäre Ahnin Elisa Vogel, ursprünglich aus Deutschland … Sie gehörte zu dem Stamm der Sharkpeople, also des Haifischklans …«

Ihr Wissen war nicht so präzise wie das von Keanu, aber Maja hörte ihr trotzdem fasziniert eine Zeit lang zu. Dann hielt sie es nicht mehr aus.

»Haben Sie jemals von der Haifischfrau geträumt? Können Sie sich an so etwas erinnern?«

Erstaunt sah die Frau sie an, doch plötzlich lächelte sie wissend.

»Sie müssen Maja sein, Maja Kemper, nicht wahr? Ich habe etwas für Sie – von meinem Keanu. Seit Wochen warte ich darauf, dass Sie sich melden. Anela hat mich angerufen, nachdem Sie bei ihr in Nizza waren. Sie hat mir von euch beiden erzählt …«

Wieder lächelte sie, diesmal ein wenig verschmitzt.

»Es ist gut, dass Sie endlich gekommen sind, aber wir sollten nicht so lange reden. Das Erste, was ich für Sie tun muss, so hat mein Cousin es mir aufgetragen, ist eine Behandlung. Er schenkt Ihnen eine lange Stunde Lomi Lomi bei mir. Sie hatten sich doch in Nizza verletzt, nicht wahr? Heute habe ich keine Kunden mehr. Sie können sich dort drüben ausziehen.«

Keine Minute später stand Maja in der Umkleidekabine und wunderte sich über sich selbst. Sie mochte keine Massagen, außerdem war sie kein Mensch, der spontane Überraschungen schätzte. Aber als sie kurz darauf, in ein großes Frotteetuch gehüllt, das Behandlungszimmer betrat, war sie spontan verzaubert. Es roch wunderbar nach exotischen Blüten und ein wenig nach Sandelholz.

»Aloha …«

Die restlichen hawaiischen Worte verstand Maja nicht. Aber die junge Frau, die ab ihrem fünften Lebensjahr in München gelebt hatte und ungefähr in Majas Alter sein mochte, war jetzt Hawaii pur. Sie hatte sich eine Orchidee ins Haar gesteckt. Im Hintergrund lief »Somewhere Over the Rainbow«, von Israel Kamakawiwo'ole sanft auf seiner Ukulele gezupft. Sogar ein entferntes Meeresrauschen glaubte Maja wahrzunehmen. Maja schluckte. Sie hatte mit einem Mal einen Kloß im Hals. Die junge Frau schien es nicht zu bemerken.

»Legen Sie sich einfach mit dem Rücken auf die Massagebank und entspannen Sie sich. Ich heiße übrigens Malika, das ist mein hawaiischer Name und bedeutet so viel wie Biene. Fleißige Biene und Sammlerin der süßen Kraft. Wie ist Ihr hawaiischer Name? Oder darf ich du zu dir sagen?«

Mit dem Du war Maja sofort einverstanden, aber dann musste sie zugeben, weder einen Namen aus Hawaii noch eine besondere Verbindung zu der Inselgruppe zu haben. Das klang selbst in ihren eigenen Ohren ein wenig kläglich, weshalb sie sich schnell verbesserte.

»Ich meine, ich hatte bisher wenig Verbindung zu Hawaii. Außer natürlich meine Begegnung mit Keanu und durch ihn in letzter Zeit meine Träume über Elisa Vogel. Aber daran ist nur Keanu Schuld. Vor der Begegnung mit ihm habe ich nie von Hawaii geträumt …«

Elisa hatte sich auf die Massagebank zwischen die warmen Laken gelegt. Sie sah mit einer gewissen Unruhe zu, wie Malika ihre Hände tief in ein Gefäß mit goldenem Öl tauchte.

»Ich verwende eine Mischung aus Ölen, weil ich mir das teure Kukuinuss-Öl aus Hawaii in purer Form nicht leisten kann, sorry! Aber es ist immerhin Kukuinuss in meinem Öl enthalten. Meine Massage dauert gewöhnlich rund zwei Stunden, aber wenn es dir zu viel wird, dann musst du es einfach sagen … Es ist eine sehr intensive Arbeit. Sie dringt in die Seele ein, wie man in Hawaii sagt, ist starkes Mana und wurde früher ausschließlich von erfahrenen Kahuna angewendet.«

Das Wort Kahuna sagte Maja inzwischen etwas, aber der andere Begriff war für sie schwammig, obwohl ihr auch Mana in ihren nächtlichen Recherchen einige Male begegnet war.

»Was genau bedeutet das Wort Mana?«

Majas Stimme klang merkwürdig spröde in ihren Ohren, weit weg von dem Meeresrauschen mit der sanften Männerstimme aus Hawaii.

Malika hatte begonnen, Majas Rücken sanft und rhythmisch mit dem warmen Öl zu bestreichen. Ihre Worte vermischten sich mit den anderen Klängen, während Maja unter den kräftigen Streichbewegungen von Malikas Ellenbogen begann, sich tiefer und tiefer zu entspannen.

»Als Mana bezeichnen wir Hawaiianer eine Kraft, die sowohl die jenseitige Welt der Götter und Ahnen prägt als auch die diesseitige Welt des täglichen Lebens durchdringt. Mana ist überall und in jedem von uns. Wenn man vom Erwecken des Mana spricht, so ist deine spirituelle Energie gemeint. Aber es ist immer lediglich deine eigene Energie, die du spüren kannst, nie eine andere, wenn du dich dem Lomi Lomi hingibst. Vielleicht aber wird diese Energie stärker sein als sonst, vielleicht wirst du das Gefühl haben, deinen Körper zu verlassen, oder aber er wird dir fremd vorkommen. Manche begeben sich auch auf Reisen bei dieser Massageform, auf Reisen zu sich selbst, in ihr Inneres, oder aber zu Teilen ihrer Seele, die im Alltag keinen Platz haben. Was auch immer es ist, lass es einfach geschehen. Vertraue mir …«

Maja konnte nicht anders, als sich vollständig zu entspannen. Sie war bereits im Begriff, wegzudriften, als ihr letzter Gedanke Elisa galt. Ihr war, als spürte sie die Freundin mit einem Mal unmittelbar neben sich.

14. Kapitel

Oahu Mountains, Herbst 1894

Hokus Hände waren für Elisa voller Widersprüche. Einerseits beweglich und lebhaft wie die eines Kindes, wirkten sie andererseits zerbrechlich vom Alter. Sie waren trocken wie in der Sonne verdorrte Äste. Wie der Hals der Riesenschildkröte, die in Hokus magischem Garten bei den Wasserfällen lebte, waren ihre Finger voller Falten. Ebenso wie ihr Gesicht erzählten Hokus Hände Geschichten. Wie kleine Schmetterlinge schlüpften sie nach und nach aus ihren Fingerspitzen, während sie bei Elisas Behandlung ihre Lieder summte.

Die Alte sah zu Kelii rüber, der nicht weit von ihnen auf einem Felsen saß und schnitzte. Ihre Stimme war harsch aber liebevoll.

»Mach schon, dass du hier wegkommst und uns zum Abendessen ein paar Fische fängst. Ich will allein mit Elisa sein.«

Die legendäre Kahuna, die seit vielen Jahren das hawaiische Königshaus beriet, summte vor sich hin, während sie ihre Hände über Elisas Hautoberfläche gleiten ließ. Sie berührte ihre Haut dabei kein einziges Mal. Ihre Augen waren fest geschlossen, das Gesicht voller Konzentration. Elisa kannte diese Art der Heilung bereits. Kelii hatte sie auf diese Art schon öfter behandelt. Auch die beiden Kahuna auf Kauai wandten diese Technik anfangs für ihre Diagnose an.

Elisa seufzte zufrieden, als Kelii ihr liebevoll über die Haare strich, bevor er zum Fischen aufbrach. Immer noch sah sie Sorge in seinen Augen. Die Angst um Elisa und der Unmut darüber, dass der Mann, der Elisa so Ungeheuerliches angetan hatte, wohl nie zur Rechenschaft gezogen würde, ließ seine sonst geraden Schultern mit dem wachsenden Gefühl der Niederlage nach vorne fallen. Er wirkte oft bedrückt, obwohl sich im letzten Monat viel verbessert hatte. Es nagte an ihm, dass seine Liebe Elisas Leid nicht schneller lindern konnte.

Elisa lächelte ihm zu. Sprechen konnte sie immer noch nicht, aber ihre Augen signalisierten, was sie kommunizieren wollte: Geh fischen. Mir geht es gut. Wirklich, es ist alles in Ordnung … oder besser gesagt, du kannst genauso gut fischen gehen, denn es ändert ohnehin nichts. Meine Stimme ist tot.

Kelii ging, nachdem er sanft ihre Stirn geküsst hatte. Das durfte er wieder. Einige Berührungen von ihm konnte sie ertragen, seit sie zusammen übers Meer nach Oahu gekommen waren. Aber beide wussten, dass sonst gar nichts in Ordnung war. Elisa war nur noch ein Schatten ihrer selbst. Selbst ihr Körper, einst von ausgewogener Proportion und schlankem Wuchs, hatte sich verändert, da sie kaum essen wollte. Elisas Seele war schwer krank. Niemand hatte ihr in den letzten Monaten helfen können. Die beiden Kahuna auf Kauai verstanden nicht, warum es Elisa trotz der Behandlung nicht von Tag zu Tag besser ging, sondern sie immer mehr Kraft verlor. Am Schluss wollte sie kaum noch Nahrung zu sich nehmen und war ausgemergelt wie die halb verhungerten Mädchen im Roten Hafenhaus von Lihue.

Kelii spürte instinktiv, dass Elisa sterben wollte. Aber er sprach nie darüber. Er redete nur über ihre körperlichen Symptome mit den Kahuna, die er in den ersten Wochen nach ihrer Vergewaltigung regelmäßig mit ihr auf Kauai konsultiert hatte. Auch wenn sie mit den Besuchen das Risiko von Elisas Entdeckung eingingen, war ihm ihre kontinuierliche Behandlung wichtig. Er konnte den Gedanken nicht ertragen, sie zu verlieren. Daher sollten die Kahuna Elisas Körper behandeln, selbst wenn sie zu ihrer Seele nicht vordringen konnten. Nicht einmal Kelii konnte das. Oft schien ihm Elisas Seele wie hinter einer Felswand eingemauert. Oder verloren in den tiefsten Tiefen eines ihm unbekannten Ozeans. Daher hielt sich Kelii an die Signale ihres Körpers, den er zumindest sehen konnte.

Auch Elisa hatte bisweilen Sorge. Das Gefühl der Taubheit in ihrem Unterleib, der Verlust ihrer Stimme und ihre Angst vor jeglicher Berührung waren hartnäckig. Sie ahnte auch, wie schuldig sich Kelii fühlen musste, konnte aber nichts dagegen tun. Trug er nicht letztendlich die Verantwortung für den Hass des weißen Mannes, der sich an Elisa entladen hatte? Hatte Kelii nicht ein Tabu zwischen ihren Völkern übertreten, indem er es wagte, eine Weiße zur Ehefrau zu begehren? Elisa konnte ihn davon nicht befreien. Wie ein unausgesprochener Fluch trennte sie dieses Tabu. Was Keliis Schwester durfte, nämlich einen Weißen zum Mann zu begehren, war ihm als Hawaiianer bei strenger Strafe verboten. Eine Zeit lang stand darauf sogar die Todesstrafe.

Keliis dumpfes Gefühl von Schuld war qualvoll. Selbst mit der Tausend-Nebel-Pflanze ließen die folternden Gedanken nicht nach. Das gewalttätige Zerreißen von Elisas Seele hatte ein großes schwarzes Loch in seinem Inneren hinterlassen. Bisweilen quälten ihn derartig heftige Rachegelüste, dass er sogar Elisa völlig vergaß. Schweißgebadet wachte er mit dem Wunsch auf, sich in Lihue in das Haus von Gerit Janson zu stehlen. Er wollte mit seinem Messer die Kehle des Weißen durchbohren und zusehen, wie er qualvoll und langsam starb, oder ihn sogar mit seinen eigenen Händen strangulieren. Es waren schreckliche Visionen, und sie waren pervers, denn nicht ihm hatte Janson Leid angetan. Doch Elisa hatte in der Waimea Schlucht ihre Hassgedanken abgelegt, um wirklich lieben zu können. Auch wenn ihr Weg dornig war, wollte sie ihn mit Kelii zusammen zu Ende gehen. Warum konnte er das nicht? Hatte sich ihr Durst nach Rache auf ihn übertragen? Kamen deshalb in seinen Träumen Dämonen zu ihm? Auch deshalb hatte Kelii Kauai verlassen wollen. Zwischen Janson und ihm mussten von nun an die Winde der Südsee die bösen Geister vertreiben.

Es war eine gute Entscheidung. Nach vielen Tagen Überfahrt auf teils stürmischer See waren Elisa und er nach Oahu gekommen. Von den hohen Wellen an der North Shore wurde sein Va'a bei Walalua an Land getragen. Er hatte sein Boot dort versteckt, um mit Elisa zu Fuß in das Innere der Insel zu gehen. Zunächst wollte Kelii seine Lieblingscousine Nalani besuchen. Über einen ganzen Mond lang würden sie dort bleiben, da Hoku seine Frau erst zum nächsten Vollmond sehen wollte. Die Träume hatten den Zeitpunkt bestimmt. Kelii hatte die Botschaft in seinem Traum noch auf Kauai empfangen und sich innerlich vor Hoku verbeugt. Mahalo für die Heilung meiner Frau. Wenn jemand zu Elisas geheimer Seele sprechen konnte, dann würde es die weise Hoku sein.

Kelii freute sich auf seine Cousine. Er hatte sie das letzte Mal gesehen, als sie noch Kinder waren. Nalani war von Kauai nach Maui gezogen und hatte dort vor einigen Jahren geheiratet. Seitdem hatte sie drei Kinder bekommen und war gerade erst mit ihrem Mann zurück nach Oahu gekommen. Nun brauchte das Paar mit den drei kleinen Kindern Hilfe beim Hausbau. Kelii erfuhr davon, als er seine Mutter im Königspalast besucht hatte. Kelii war mindestens zwei Mal im Jahr auf Oahu. Auf Maui hingegen war er noch nie gewesen. Das hatte auch mit der größeren Distanz zu tun, aber vor allem damit, dass sein Vater schlechte Erinnerung mit der Insel verband. Elisa verstand es nicht ganz, als er es ihr genauer erklären wollte. Und auch Kelii fand es irgendwie absurd, aber so war es unter den hawaiischen Klans nun einmal. Nicht jeder konnte mit jedem. Oft waren es die lokalen Kahuna, die lange Fehden anzettelten und auch über Jahrzehnte aufrechthielten. Kelii hatte Elisa entschuldigend angelächelt.

»Es wäre einfach eine Beleidigung für meinen Vater gewesen, wenn ich zu Nalanis Hochzeit nach Maui gegangen wäre. Auch wenn du das vielleicht nicht ganz verstehst, so sind wir nun einmal. Unser Haifischklan kann sehr gut mit dem Schildkrötenklan, aber das ist es auch schon. Maui ist sozusagen Feindesland. Vor allem für mich als Sohn ist es wichtig, mit meinem Vater an einem Strang zu ziehen ...«

Elisa verstand nicht ganz, was er meinte, aber das machte nichts. Sie hatte gelernt, dass Familienverhältnisse unter Hawaiianern kompliziert waren, vielleicht sogar komplizierter als unter Europäern.

Erbitterte Fehden unter den wichtigsten Familien Hawaiis waren auch über Jahrhunderte ausgetragen worden, so hatte Kelii es erklärt.

»Aber manchmal gibt es auch eine große Versöhnung. Eines Tages, manchmal völlig unerwartet, hat ein Kahuna einen Traum, der zur Versöhnung mahnt. Doch bis dahin geht man sich besser aus dem Weg ...«

Natürlich wollte Elisa alles wissen, was mit Keliis Cousine zu tun hatte, und er gab bereitwillig Auskunft.

»Nalani, die aus der Familie meiner Mutter stammt, also aus der Königsfamilie, hatte nichts mit der Fehde der Familie meines Vaters zu tun. Diese Fehde richtet sich gegen Verwandte auf Maui, die ich noch nie zu Gesicht bekommen habe. Aber das ist egal. Ich durfte trotzdem nicht nach Maui. Deshalb habe ich meine Cousine seit vielen Jahren nicht gesehen und will sie, ihren Mann und ihre Kinder nach altem Brauch begrüßen.«

Er hatte bereits begonnen, Blumen zu pflücken, um daraus Leis zu flechten, bevor sie am nächsten Morgen den Anstieg auf die Berghöhe begannen, wo das Paar sein Haus baute. Elisa half ihm. Bald hatte sie in ihrem roten Tuch eine ansehnliche Menge von Blüten in vielen Farben gesammelt. Sie konnte sich nicht sattsehen an der Pracht, die hier mindestens ebenso üppig in Strandnähe wucherte wie auf Kauai. Aber Oahu sah anders aus. Die Insel war auch bergig, aber hauptsächlich zu einer Seite hin, ansonsten überwogen sanftere Hügel. Auch war Oahu weniger grün. Die Regengüsse und Nebelschwaden, die Kauai die meiste Zeit umgaben, wurden hier von stärkeren Winden fortgeblasen, zumindest zu dieser

Jahreszeit. Oahu wirkte trockener und weiter. Zu den Grüntönen mischten sich Ocker und Rot. Karge Felsen lagen zwischen den Buchten im Meer.

Die verlassene menschenleere Landschaft der Nordküste gefiel Elisa. Sie konnte kaum glauben, dass auf der Südseite der Insel, in der königlichen Hauptstadt Honolulu, mehr Menschen lebten als auf ganz Kauai. Seit König Kamehameha III Honolulu im Jahr 1850 zur Hauptstadt seines gesamten hawaiischen Königreichs erklärt hatte, zogen immer mehr Menschen hierher. Es waren nicht nur Hawaiianer, sondern Immigranten aus dem gesamten asiatischen Raum und natürlich auch Amerikaner und Europäer. Honolulu war ein weltweit wichtiger Hafen für Sandelholz, wie Kelii ihr erklärte. Aber am allerwichtigsten, zumindest für die Hawaiianer, war der neue königliche Palast.

Sie feierten ihren ersten Abend auf Oahu auf ihre Weise. Kelii freute sich wie ein Kind, als er mit Elisa zusammen die Leis wand. Fünf waren es an der Zahl, einer für jedes Familienmitglied. Bei einem kleinen Feuer, das sie machten, um sich zu wärmen, erzählte er ihr, wie es in den nächsten Wochen auf Oahu weitergehen würde.

»Nach dem ausgiebigen Besuch bei Nalanis Familie werde ich dich zum verabredeten Zeitpunkt zu den heiligen Wasserfällen bringen. Hoku ist die mächtigste Kahuna der Inseln und das nun schon seit langer Zeit. Viele machen sich auf den Weg in ihre Einsiedelei, um Rat und Heilung zu erbitten. Aber bei uns ist es anders. Hoku hat nach dir geschickt. Sie ist in meine Träume gekommen und hat dich gerufen, wie du in ihren Träumen warst. Es ist eine große Ehre. Aber es ist wichtig, dass wir genau zu der Zeit kommen, in der sie uns erwartet. Sie hatte diesen Traum ... der Traum sagt die Zeit. Hoku ist Haifischklan.«

Kelii machte eine bedeutsame Pause. Er kannte Hoku seit seiner Kindheit. Sie hatte ihn als Schüler in die Kunst der Heilung eingeführt, als er sechs Jahre alt war. In regelmäßigen Abständen verlangte sie ihn zu sehen und prüfte seine Fortschritte. Sie war dabei sehr streng. Kelii rollte mit den Augen.

»Zwar werde ich seit Jahren von den beiden Kahuna auf Kauai auch in den Heilkünsten unterwiesen, aber Hoku hat sozusagen die Oberaufsicht. Sie gibt den Segen, wenn ein Kahuna genug gelernt hat und selbst lehren darf.«

Kelii war bei der Alten gewesen, um Rat wegen seiner Schwester und Johannes zu erbitten, nachdem er von dem Baby erfahren hatte. Bei diesem Besuch hatte die Hellsichtige ihn scharf angesehen.

»Sie hat über dich gesprochen. Weißt du, was sie gesagt hat?«

Elisa schüttelte den Kopf. Nach kurzem Überlegen sprach er weiter.

»Ich bin mir nicht sicher, ob es für deine Ohren bestimmt war. Aber Hoku hat gesagt, du hättest zwar die Haut einer Haole, aber deine Seele sei eine von unseren Seelen. Du hättest eine gewaltige Macht, die in deinem Inneren tobt, aber du kannst sie nicht erkennen …«

Elisa hing wie gebannt an Keliis Lippen. Er hatte ihr nie von diesem Gespräch erzählt. Zögernd fuhr er fort.

»Hoku hat gesagt, ich müsste mich sehr in Acht nehmen, denn deine Seele sei um ein Vielfaches stärker als meine eigene. Großvater Hai hätte dich nicht zufällig für mich ausgesucht. Er hat dir eine Aufgabe gegeben, eine große Aufgabe, die unser ganzes Volk betrifft. Und ich müsste dir helfen und dich beschützen …«

Keliis Stimme war merklich leiser geworden.

»Seither habe ich über Hokus Worte nachgedacht. Ich war genauso blind wie du jetzt stumm bist. Ich hätte dich nie allein lassen dürfen …«

Elisa legte ihre Hand auf seine, um ihm zu zeigen, dass sie ihm keinerlei Schuld gab. Es war ihr Schicksal. Sie war darin allein gefangen. Kelii konnte auch nach Monaten nicht sehen, was genau sie zerstört hatte. Das Ausmaß von Jansons Hass und die Verachtung der Weißen gegenüber den Hawaiianern fraßen sie auf. Daran hatte er keine Schuld. Kelii war mit Johannes befreundet, aber auch ihn kannte er nicht, denn Weiße waren anders als Hawaiianer. Weiße waren in Elisas Augen feige, grausam und unehrlich in einem Ausmaß, das Kelii noch nicht einmal erahnen konnte. Das war ihre Meinung.

Eine Weile saßen sie schweigend an ihrem kleinen Feuer, das jetzt fast nur noch aus müder Glut bestand. Elisa war traurig zumute. Sie wollte gar nicht, dass Kelii die Weißen wirklich verstand, denn vielleicht würde er sich dann auch von ihr abwenden.

Sie lächelte Kelii hilflos an. Selbst wenn sie reden könnte, wusste sie nicht, wie sie es ihm erklären würde. Sie war froh, dass er wenig über die Abgründe ihrer Seele wusste. Sie hoffte, ihr Todeswunsch blieb ihm verborgen, aber sie ging durch ein dunkles Tal.

Elisa ertappte sich dabei, wie sie überlegte, ob es nicht besser für ihren Liebsten wäre, wenn es sie gar nicht mehr gäbe. Er war schön, klug und von reinem Herzen. Hatte er nicht eine bessere Frau verdient?

Als sie am nächsten Morgen mit den Blumenketten und ihren beiden Bündeln den Anstieg begannen, schob die aufgehende Sonne Elisas düstere Nachtgedanken fort. Die Morgenluft roch würzig und die Vögel in den immergrünen Büschen sangen um die Wette ihre ersten Lieder.

Kelii war auf dem gewundenen Pfad den Berg hinauf so verliebt in Elisa wie eh und je. Es stimmte, dass es schwere Zeiten waren, aber jedes Lächeln von ihr ließ sein Herz höher schlagen. Er würde alles für sie tun. Wenn auch Hoku seiner Liebsten nicht helfen konnte, so würde er es mit Jansons Blut tun müssen. Kelii würde grausame Rache an ihrem Vergewaltiger üben, damit Elisas Seele wieder in ihr Gleichgewicht kommen konnte. Das hatte er sich vorgenommen. Auf Kauai war ihm dieser Weg unmöglich erschienen, aber inzwischen wusste Kelii mehr. Es gab viele Wege, um Elisa zu rächen. Auch wenn es sonst nicht seine Art war, würde Kelii sogar einen heimtückischen Mord nicht ausschließen. Ihm ging es einzig und allein darum, eines Tages wieder den süßen Klang von Elisas Stimme zu hören.

Nach einem stundenlangen Marsch durch die Berge der Nordküste kamen sie endlich zu der Hütte von Nalanis Familie. Dort erwartete sie eine Überraschung, denn vor wenigen Stunden hatte Nalani ihr viertes Kind zur Welt gebracht.

Das junge Paar war am Ende seiner Kräfte. Drei kleine Kinder quengelten vor Hunger. In der halbfertigen Hütte herrschte Chaos. Hühner liefen frei umher, das irdene Kochgeschirr war verdreckt, und es war kein Essen mehr da.

Trotzdem war Elisa sofort wie bezaubert. Das Neugeborene war erneut ein kleiner Junge. Zufrieden lag er an der Brust seiner Mutter und trank bereits, auch wenn Nalani vor Schwäche kaum ihre Augen offen halten konnte. Auch ihr Mann war sichtlich erschöpft. Sie hatten keinerlei Hilfe, da sie weit weg von der nächsten Siedlung wohnten. Die Geburt hatte fast zwei Tage gedauert, außerdem war das Kind fast einen Monat zu früh auf die Welt gekommen, wie Makaio, der junge Vater, den Ankömmlingen erklärte.

»Wir waren noch nicht wirklich vorbereitet! Erst nächsten Mond sollte der Kleine kommen, oder aber meine Frau hat sich verrechnet …«

Nalani widersprach mit schwachem Lächeln.

»Von wegen verrechnet! Schau dir doch an, wie zart er ist … Er ist einen Mond zu früh auf die Welt gekommen. Ich habe zu viel gearbeitet …«

Kelii lächelte sanft, als er seine Cousine zur Begrüßung auf ihrem Lager vorsichtig umarmte.

»Wir hätten einen Lei mehr flechten sollen. Euer kleiner Sohn ist wunderschön …«

Nalanis Augen glänzten vor Freude, als sie von Kelii die

fünf duftenden Leis für ihre Familie entgegennahm. Scheu nickte sie Elisa zu.

»Ich habe schon von dir gehört ... Elisa, die Haifischfrau, die das Herz meines Lieblingscousins verzaubert ... aber keine Stimme mehr hat.«

Nalani versuchte sich aufzurichten, um Elisa zur Begrüßung die Hand zu reichen, aber es misslang kläglich. Erschöpft ließ sie sich auf die Matte zurückfallen.

»Verzeih ... mein Kleiner hier hat sich schwergetan. Er lag falsch herum, weißt du ... Es war sehr anstrengend. Trotzdem würde ich gerne von meinem Lager aufstehen, um euch etwas zu essen zu machen, wie es sich nach den Gesetzen der Gastfreundschaft gehört ...«

Sie lächelte Elisa schüchtern an.

»Aber ich bin leider zu müde, Schwester, und ich befürchte, Makaio ist es auch. Wir wären sehr dankbar für eure Hilfe ... euch schickt der Himmel.«

Damit schlief sie auch schon ein, Arm in Arm mit ihrem Mann und dem neugeborenen Baby.

Das Erste, was Elisa an Nalani auffiel, war ihre samtweiche, tiefe Stimme. Und wenn Keliis schöne Cousine in den folgenden Tagen wach war, sprach sie immerzu in einer Art Singsang, der blumiger war als die Sprache der Frauen auf Kauai. So sprach man auf Maui, bekam Elisa erklärt. Aber auch Nalanis große Augen waren eindrucksvoll. Sie schienen immerzu über etwas zu schmunzeln, und ihre drei kleinen Söhne liebten das Lachen ihrer Mutter.

»Nimm du das Baby!«

Nalani strahlte Elisa vertrauensvoll an, als sie ihr das Neugeborene zum ersten Mal reichte, um es im Bach zu waschen. Zunächst war Elisa zögerlich. Ein so kleines Kind hatte sie noch nie auf dem Arm gehabt. Aber Nalani nahm ihr schnell die Scheu.

»Du kannst das, Elisa. Die Göttin Pele hat meine Gebete gehört und dich zu mir geschickt ... Ich bin froh, dass du da bist, Schwester! Und ich bin mir sicher, dass mein kleiner Quälgeist hier es ebenso sieht. Dem Baby wird schon nichts passieren … Er ist zäher, als er aussieht. Denk nur daran, durch was für einen grauenhaft engen Tunnel er sich durcharbeiten musste, der arme Kleine!«

Wieder lachte Nalani ihr kehliges Lachen, um das Elisa sie aus tiefstem Herzen beneidete. Wie gerne hätte sie dem Kleinen am Bach beim Waschen ein Lied vorgesungen, damit er im kalten Wasser nicht gar so erbärmlich schrie. Aber auch Kelii hatte wenig Mitgefühl für das winzige Baby, wie es Elisa schien.

»Lass ihn nur ordentlich schreien. Das macht ihn gesund. Und tauch ihn auch ruhig kurz mit dem Kopf unter. Das kalte Wasser härtet ab. Babys müssen einiges aushalten, bis sie das erste Mal in ihrem Leben das Licht unserer Sonne sehen. Da sollte man danach mit ihnen auch nicht zu zimperlich umgehen. Das macht einen Jungen sonst nur weich und weinerlich …«

Elisa arbeitete in den ersten Tagen nach ihrer Ankunft viel auf der kleinen Farm in den Bergen. Mit Keliis Hilfe sorgte sie dafür, dass Nalani sich genug ausruhte und wieder zu Kräften kam, denn Makaio musste dringend das Haus fertigstellen, bevor die Stürme kamen. In der windigen Hütte konnten sie so weit oben in den Bergen nicht mit den kleinen Kindern bleiben.

Die Aufgabengebiete zwischen Männern und Frauen waren streng getrennt. Wochenbett war Frauensache, den Hausbau organisierten die Männer.

Nalani war mehr als froh, als ihr Mann wieder nach draußen konnte, um in den Bergen Bäume zu fällen und weiter an ihrem halbfertigen Haus zu bauen. Sie zwinkerte Elisa zu.

»Männer sollten nicht zu viel über unsere Angelegenheiten wissen, sonst wollen sie nachts nicht mehr unser Lager teilen. Auch mögen sie es nicht, uns Frauen schwach zu erleben. Es verunsichert einen Mann zu sehr ... und was will eine Frau mit einem unsicheren Mann in ihrem Lager?«

Wieder dieses Lachen, das Elisa nicht einordnen konnte. Sie nickte, lächelte und half bei allem, was im Wochenbett anfiel. Dabei überspielte sie ihre Unsicherheit, so gut es ging, obwohl sie zu gerne einige Fragen gestellt hätte. Ob es Nalani wirklich Freude machte, das Lager mit Makaio zu teilen? Oder spielte sie Elisa bloß etwas vor? Waren Frauen, die Jungs zur Welt brachten, vielleicht glücklicher als die Mütter von Mädchen?

Nalani machte es Elisa auch in den kommenden Tagen leicht. Sie war froh, Hilfe zu haben und auf ihrem Lager bleiben zu können. Elisa sorgte für das Essen und beschäftigte die drei kleinen Jungs. Einmal am Tag badete sie auch den lebhaften Vierjährigen und seine gutmütigen dreijährigen Zwillingsbrüder im Bach, wobei alle drei vor Vergnügen quietschten. Es waren glückliche Kinder. Frei und wild wuchsen sie auf. Den größten Teil des Tages spielten sie im Wald miteinander. Elisa sah sie nur, wenn sie Hunger hatten oder einer von ihnen sich wehgetan hatte, sonst gingen sie ganz in ihren kleinen Abenteuern auf.

Elisa liebte es zuzuhören, wenn Nalani ihren Jungs abends alte hawaiische Weisen vorsang. Seit sie nicht mehr sprechen konnte, reagierte Elisas Gehör feiner und aufmerksamer auf stimmliche Nuancen. Jetzt lauschte sie gebannt den uralten Texten der Lieder. Viele erzählten von Manu, den Verwandten im Meer. Die Haifische wachten über ihre menschlichen Brüder und Schwestern an Land. Sie schickten ihnen heilende Träume und gutes Mana für das Glück ihrer Familien.

Aus der Stimme von Keliis Cousine hörte Elisa eine mütterliche Zärtlichkeit heraus, die sie in der Tiefe ihres Herzens berührte. Sie musste an ihre eigene Mutter denken.

Inzwischen hatte Clementia Vogel von Johannes erfahren, dass Elisa lebte. Unter Tränen war sie zusammengebrochen und hatte sich viele Stunden in ihr Zimmer eingeschlossen.

Doch als sie wieder herauskam, hatte sie Johannes geschworen, Elisa nie zu verraten. Sie verstand, dass ihre Tochter nach ihrem furchtbaren Erlebnis bei Kelii bleiben wollte, auch wenn es ihr anfangs schwerfiel. Zeit ihres Lebens würde Clementia Vogel immer nur vom Freund ihrer Tochter sprechen. Das Wort Ehemann brachte sie bis zu ihrem Tod nicht über die Lippen. Die Schande war zu groß.

Sie hatte ihrer Tochter ein kleines Briefchen geschrieben. Elisa trug es in einem Lederbeutel an ihrem Gürtel. Wann immer sie Sehnsucht nach ihrer Mutter hatte, las sie die tröstlichen Worte.

Du bist mein Licht, meine Vergangenheit und meine Zukunft, Elisa. Verzeih mir bitte meine Dummheit. Wie konnte ich nur Deinem Onkel vertrauen!
Von nun an werde ich nur noch für unser Wiedersehen leben.
Deine Dich über alles liebende Mutter

Von Johannes hatte Elisa erfahren, dass ihre Mutter einen Heiratsantrag vom alten Fried angenommen hatte. Sie würde von nun an bei ihm leben, zusammen mit seinen hawaiischen Geliebten. Aber auch das hätte Clementia Vogel nie von sich aus derartig offen verbalisiert. Immer sprach sie von den Musen ihres Mannes Fried, obwohl der alte Fried kaum je malte.

So ganz konnte Elisa sich ihre strenge Mutter auf Frieds schattiger Lanai, der Veranda, zwischen den mandeläugigen Schönheiten noch nicht vorstellen, aber sie war dem alten Fried sehr dankbar. Es war bestimmt gut für ihre Mutter, von der Plantage und damit von Onkel Paul und Tante Katharina wegziehen zu können. Allein der Gedanke beruhigte Elisa sehr.

Auf der Farm in den Bergen plätscherten die Tage für Elisa und Kelii mit Nalanis Familie arbeitsreich und friedlich dahin. Kelii mochte den Mann seiner Cousine, denn Makaio war sanftmütig und großzügig. Aber das Leben in Oahus Bergen war anstrengender als in dem Fischerdorf auf Maui, in dem sie vorher lebten. Bei beiden nahmen Elisa und Kelii eine große Erschöpfung wahr. Sie halfen daher so viel sie konnten beim Anlegen von Vorräten und vor allem dem Hausbau, der mit Keliis Hilfe zügig voranschritt. Die Zeit der großen Stürme stand unmittelbar bevor. Jede Nacht suchten die Männer den Himmel nach Zeichen für einen Wetterumschwung ab. Doch es blieb zu ihrem Glück lange genug trocken, um das Dach des neuen Hauses fertig zu decken.

Elisa bewunderte Nalani von Tag zu Tag mehr. Auch wenn sie noch sehr erschöpft war, arbeitete sie jetzt jeden Tag länger im Sitzen am Webstuhl an den warmen Decken für die Kinder. Dabei sang sie immer ihre Lieder. Und wenn Nalani gerade nicht sang, scherzte sie mit den Kleinen oder sprach ihrem Mann aufmunternde Worte zu. Konnte sie nicht mehr, weil ihre Kräfte sie verließen, schlief sie von einem Moment zum nächsten ein, meist mit einem Lächeln auf den Lippen.

Elisa begriff, dass auch eine glückliche Frau bisweilen bis ans Ende ihrer Kraft gelangen kann. Aber im Gegensatz zu Elisas Kraftlosigkeit, die von dem Tumult in ihrem Inneren verursacht wurde, war Nalani komplett mit sich im Reinen. Daher schien die junge Mutter selbst im Schlaf noch zu lächeln. »Mahalo Mana Mano«, murmelte sie dann bisweilen, was so viel hieß wie vielen Dank, göttliche Kraft der Haifische.

Es wurde für Elisa mit jedem Tag leichter, Nalani zu helfen. Die drei Jungs mochten sie schon vom ersten Tag an, auch ohne Stimme. Sie hatte allen dreien kleine Flöten geschnitzt und brachte ihnen bei, einfache Lieder zu spielen. Mit Kohlestücken aus dem Feuer malten sie zusammen auf den Felsen, oder Elisa ließ die Jungs im Bach unter ihrer Aufsicht Fische angeln.

Der Bach war sonst für die Jungs kapu, also verboten, denn an einigen Stellen war er reißend und tief. Aber mit Elisa verbrachten sie dort viele vergnügliche Stunden, spritzten sich gegenseitig nass und versuchten, kleine Fische mit einem Netz zu fangen. Währenddessen half Kelii nach dem Dachbau beim Fertigstellen der Wände und Fensterrahmen. Aus Koa, dem geschmeidigen dunklen Bergholz, schnitzte er zuletzt eindrucksvolle Eingangspfosten für die Tür.

Nachdem sie die Innenwände und ein paar einfache Möbel gezimmert hatten, arbeiteten die Männer nur noch an den Nachmittagen an dem neuen Haus. Frühmorgens pflügten Kelii und Makaio mit den beiden Pferden das große Feld. Noch bevor die Stürme kamen, wollte Makaio auf dem fruchtbaren Boden Tarowurzeln aussäen. Im Jahr darauf hatte er vor, hier Ananas zu ziehen, denn angeblich war Ananas die Frucht der Zukunft.

Makaios Augen leuchteten vor Begeisterung, als er von seinen Plänen fürs kommende Jahr redete.

»Mit der Ananasfrucht werden wir schon bald sehr viel Geld verdienen. Im Palast in Honolulu sind die kleinen Pflanzen bereits angekommen. Dort wachsen sie beschützt in der Zeit der Stürme. Von unserer Königin bekommen wir genug Setzlinge, um auf allen Feldern Ananas zu ziehen.«

Es war das erste Mal, dass Elisa in Zusammenhang mit der Ananasfrucht den Namen Dole hören sollte. Zunächst war es der Name Sanford Dole. Der in Honolulu geborene Amerikaner war seit einiger Zeit der geschätzte Vertraute und die rechte Hand der Königin. Selbst nachdem Hawaii zur Republik werden sollte und die Monarchie stärker unter Druck geriet, wurde Sanford Dole unter den Hawaiianern auf Oahu hoch geschätzt. Wie konnte es auch anders sein? Sanford Doles Mutter war gestorben, als er noch ein Säugling war. Eine Hawaiianerin hatte ihn wie ihr eigenes Kind in Honolulu aufgezogen. Seine politische Karriere war eine Serie von Erfolgsmeldungen. Im Zusammenhang mit der Republik Hawaii waren seine Ideen in aller Munde.

Es rief vor allem bei den hawaiischen Frauen der gehobenen Gesellschaft Entzücken hervor, wenn Dole in ihrer eigenen Sprache Reden hielt. Man vertraute ihm und hielt ihn für einen der Ihren, einen Mann, der in dem Land verwurzelt und mit ihm verwachsen war und Hawaii niemals schaden würde. Immerhin hatte Sanford Dole als Außenminister dafür gesorgt, dass die Inselmonarchie Hawaii weltweit einflussreiche Verbündete hatte. Queen Victoria in England war eine von ihnen. Obwohl die Monarchie jetzt deutlich geschwächt war, stand Dole in den Augen der Hawaiianer stets auf Seiten der Urbevölkerung. Doch in den kommenden Dekaden sollte der Name Dole durch die Ananasfrucht noch eine ganz andere Bedeutung erlangen.

Weder Nalani noch ihr Mann ahnten, dass nie wirklich beabsichtigt war, dass die Hawaiianer durch die Ananasfrucht großen Wohlstand erlangten. Makaio wusste nur, dass vom Palast die ausdrückliche Empfehlung gekommen war, die kleinen Ananaspflanzen, die jetzt im Palast gezogen wurden, im kommenden Jahr auf ihrer Hochebene zu setzen und bestmöglich zu betreuen. Dafür sollten sie bei Erfolg angemessen entlohnt werden. Nalani war diejenige, die sofort große Träume hatte.

»Wir wünschen uns ein paar Angestellte und vielleicht sogar einen eigenen Lehrer für unsere Söhne. Das werden wir uns vielleicht schon bald leisten können. Und ich bekomme dann Hilfe im Haus, bei der Wäsche und beim Kochen …«

Ananas auf ihren Feldern erfolgreich anzubauen, das war der Zukunftsplan des jungen Paares. Dafür arbeiteten sie jeden Tag hart. Elisa bewunderte Nalani dafür. Sie hatte sich noch nie wirklich Gedanken über ihre gemeinsame Zukunft mit Kelii gemacht. Kinder, ein Haus oder überhaupt eine längerfristige Idee von ihrem gemeinsamen Leben mit Kelii schienen ihr unmöglich, solange sie stumm und auch sonst in ihren eigenen Augen keine vollwertige Frau war.

Obwohl Nalani auch nach zwei Wochen noch müde von der Geburt war und jedes Stillen sie anstrengte, lächelte sie bei dem Gedanken an die Zukunft ihrer Familie oft voller Zuversicht.

»Wir werden es schaffen, Elisa. Wir werden unseren Kindern ein schönes Leben bieten. Hier in den Bergen können wir sie vor der schrecklichen Krankheit Mai Pake schützen … Mit Gottes Hilfe und mit der Hilfe von Pele werden wir hier glücklich sein und ein langes Leben haben … Hier ist das Paradies.«

Sie zwinkerte Elisa verschwörerisch zu.

»Wenn es die Menehune, diese magischen Wesen, je gab, dann haben sie einst auch hier gewohnt … gleich dort drüben.«

Mit einem verschwörerischen Lächeln zeigte sie auf den großen Koa-Baum. Dort entstand gerade der erste Teil ihrer traditionellen Lanai, wie man die hawaiische Veranda nannte, auf der sich im Sommer das Leben abspielte. Täglich zimmerten Kelii und Makaio ein neues Stück Geländer. Es würde die ideale Aussichtsplattform werden, um zusammen mit den Kindern den Sonnenuntergang zu genießen, wenn das Tagwerk erledigt war.

Wenn die Vögel in der Dämmerung in den Bäumen rund um das Haus den wachsenden Dreiviertelmond besangen, war es ein magischer Ort. Nalani hatte recht. In dieser Zeit, in der politische Aufstände vor allem in den Städten und Dörfern der Inseln immer wieder für Unruhen sorgten, hatte sich das Paar einen traumhaften Flecken Erde ausgesucht. Es gab durch die Hochebene viel fruchtbares Ackerland, außerdem wehte so weit oberhalb der Küste auch im Hochsommer immer eine kühle Brise. Wenn Elisa auf den untersten Ast des alten Koa-Baums kletterte, konnte sie das Meer und sogar ein Stück weißen Strand sehen. Sie fühlte sich geborgen und verzaubert zugleich. Sie lächelte auf ihrem Ast, als sie um sich in die weichen, flachen Täler blickte. Vielleicht hatte Nalani recht und die Menehune, das legendäre Zwergenvolk Hawaiis, hatten einst wirklich hier gelebt.

In der letzten Woche auf der Farm, in den Tagen vor Vollmond, wurden die Männer auch mit den Feldern fertig. Kelii und Makaio hatten Früchte und Wurzeln geerntet und Elisa kochte einiges auf Vorrat. Es ging ihr hier gut, sehr viel besser als seit vielen Monaten. Doch immer noch war Elisa plötzlich aus dem Nichts erschöpft und auch ihre Übelkeit wollte nie ganz weichen. Dennoch legte sie sich hier auf der Farm zum ersten Mal seit langer Zeit abends mit zufriedener Erschöpfung auf ihr Lager auf der Lanai, das sie mit Kelii teilte. Sie liebte es, mit ihm zusammen in die Sterne zu sehen, bis ihr die Augen zufielen. Immer schlief sie tief und traumlos. Wenn sie morgens von kleinen Händen und zärtlichen Stimmen geweckt wurde, weil die Jungs hungrig waren, lächelte sie jetzt bereits beim Aufstehen.

Am Tag, bevor Kelii und Elisa zu den heiligen Wasserfällen aufbrechen sollten, kam Verwandtschaft aus Honolulu den Berg hinaufgeschnauft. Es waren fünf an der Zahl, allerdings war Keliis Mutter nicht unter den Gästen. Als oberste Hofdame hatte sie im Palast in Honolulu zu viel zu tun und schickte daher nur ein Geschenk.

Elisa hatte von Nalani einiges über die Königstreuen auf Oahu gelernt. Viele von ihnen waren bereit, für ihre Königin zu sterben, wenn es sein musste. Einige hassten die weißen Einwanderer abgrundtief und misstrauten ihnen. Selbst wenn sie teilweise für die Haole arbeiten mussten und auch Freunde unter ihnen hatten, spürte Elisa die Anspannung des älteren Paares, das den Berg hinaufkam. Nach der üblichen langen Begrüßung setzte man sich auf die Lanai und aß von Elisas Essen.

»Schmeckt gut …«

»Doch, wirklich … ich kann nicht klagen.«

»Also doch, für eine Haole kannst du gar nicht schlecht unsere Tarowurzeln kochen.«

Elisa lächelte ihr Dankeschön, aber Kelii kleidete es in Worte.

»Meine Frau ist keine echte Haole. Elisa will unsere Monarchie genau wie wir Hawaiianer. Sie ist eine von uns, eine Steine-Esserin.«

Die anderen lächelten vorsichtig. Dabei war Elisas Sympathie ganz und gar auf Seiten der geschundenen Hawaiianer. Sie verabscheute Profitgier und Gewalt zutiefst, wie sie mit Händen und Füßen klarzumachen versuchte, weil sie doch nicht sprechen konnte. Dabei hätte sie zu gerne ein paar Sätze über ihre weißen Landsleute gesagt.

Im Laufe des Abends sahen Nalanis Verwandte trotz ihrer Hautfarbe in Elisa nicht wirklich mehr eine Weiße. Ausgesucht von Großvater Hai, war sie eine von ihnen.

»Du bedauernswertes Kind steckst in der falschen Haut«, sagte der ältere Onkel.

»Und deine Haut ist darüber nicht glücklich!« Er hatte recht und alle lachten.

Elisas Haut war ein Thema für sich. Bei der Überfahrt von Kauai nach Oahu war sie so viel der Sonne ausgesetzt gewesen, dass sie mehrfach die Farbe gewechselt hatte. Zunächst rot und brennend, dann wie von einem sanften Goldton geküsst, bis ihre Haut jetzt schließlich von einem hellen Rotbraun war.

»Und deine Haare ... nun ja, sie sehen irgendwie alt und ausgeblichen aus«, fügte die ältere Tante zwinkernd hinzu.

»Aber mach dir nichts draus, denn zumindest ist diese Farbe ungewöhnlich für eine so junge Frau.«

Tatsächlich waren Elisas Haare sehr viel heller geworden, seit sie keine Hauben mehr trug, um sie zu schützen. Einige Strähnen leuchteten rötlichgolden in der Sonne.

»Und Augen hast du... wie ein Kiesel im Meer.«

Nalanis Cousine, die Mutter ihrer beiden kleinen Nichten, hatte völlig recht. Selbst Elisas Augenfarbe hatte sich auf dem Meer verändert. Das Stahlgrau ihrer Iris wirkte bisweilen wie dunkles Türkis.

Die beiden Mädchen, die mit ihren Großeltern und ihrer

Mutter zur Taufe zu Besuch waren, stritten sich darum, Elisas Haare frisieren zu dürfen. Schon bald hatte sie eine abenteuerliche Hochfrisur.

Als Kelii mit Makaio aufstand, um Onkel, Tante und Cousine die Fortschritte beim Hausbau zu zeigen, flüsterte er ihr im Vorbeigehen zärtlich ins Ohr.

»Du bist schöner denn je.«

Die Taufzeremonie selbst war von feierlicher Schlichtheit. Das Neugeborene wurde zu Elisas Ehren auf den Namen Eli getauft, so wollte es Nalani. Elisa strahlte vor Glück, als die Mutter ihr den süßen Jungen ein letztes Mal in den Arm legte. Der Kleine war ihr richtig ans Herz gewachsen. Nalani lächelte.

»Über Eli sind wir für immer verbunden, du und ich. Wir sind jetzt wie Schwestern.«

Am Morgen nach der Taufe, als sie noch Klatsch aus dem Iolani-Palast hörten und Fotos herumgereicht wurden, drängte Kelii plötzlich zum Aufbruch.

»Hoku will dich sehen. In dem Traum, den sie mir gestern Nacht geschickt hat, hat sie uns gerufen. Sie hat nur diesen einen Tag für dich. Danach muss sie in den Palast. Es soll Ärger geben …«

Unwillig verzog ihr Liebster sein Gesicht. Der Iolani-Palast, das Prunkgebäude der jetzigen Königin, war erst seit sechs Jahren fertig. Lili'uokalanis Bruder hatte das Gebäude nach Vorbildern europäischer Architektur errichten lassen, wie Elisa auf einem der bräunlichen Abzüge sehen konnte. Nalanis Onkel zeigte die Fotos stolz herum.

»Das Königshaus hat sich damit viele Feinde gemacht. Der Palast war zu teuer. Die dafür nötigen Steuern sorgten für Aufruhr unter den Einwanderern, denn viele Haole wollen das hawaiische Königshaus ohnehin nicht anerkennen.«

Auch die Tante wetterte jetzt.

»Vor allem die Amerikaner zeigen sich zunehmend respektlos. Unsere Bemühungen, das Königshaus in Architektur,

Protokoll und Bildung den europäischen Königshäusern anzugleichen, ziehen sie immerzu ins Lächerliche.«

Kelii nickte. Auch ihn beschäftigten diese Themen seit seinem letzten Besuch bei seiner Mutter im Palast.

»Ich hatte deshalb Streit mit meiner Mutter. Als oberste geschätzte Hofdame hat sie Kauai endgültig verlassen, um hier in Honolulu auf Wunsch von Lili'uokalani ein Leben im europäischen Stil zu führen. Aber wozu? Alle Welt lacht über uns Kanaka, wenn wir wie die Haole sein wollen ...«

Elisa musste ebenfalls lachen, als sie von Nalanis Tante das neuste Foto der Königin gezeigt bekam. Auf ihm war auch Keliis Mutter zu sehen, eine schlanke dunkle Dame mit Perücke.

»Wie gefällt sie dir denn so im Korsett, deine zukünftige Schwiegermutter?«, neckte die Tante.

Kelii zog die Augenbrauen zusammen, aber Elisa konnte sich ihr Lachen nicht verkneifen. Schnell schrieb sie ein paar Worte auf ihren Block.

»Warum macht deine Mutter das? Sie sieht einfach lächerlich aus!«

Kelii antwortete ärgerlich.

»Das sage ich ihr auch! Sie soll zurück nach Kauai kommen. Aber meine Mutter ist loyal und treu. Lili'uokalani zuliebe trägt sie Korsett, enge Schuhe, die ihr Blasen machen, und schminkt sich ihre Haut so hell wie möglich.«

Er grinste Elisa breit an.

»Sie wird dich also lieben, Elisa ... Wir müssen nur eins deiner unbequemen Kleider auftreiben, bevor wir in den Palast gehen. Du bist eine Haole ... und meine Mutter liebt die Weißen ...«

Elisa hörte den bitteren Unterton in seiner Stimme und senkte den Kopf. Sie schämte sich, ohne genau zu wissen, warum. Sie war froh, dass sie den Palast in Honolulu erst zuletzt aufsuchen würden, so hatte Kelii es entschieden. Er hatte ein schwieriges Verhältnis zu seiner Mutter.

Als sie sich verabschiedeten, um zu Hoku zu gehen, nahm Elisa den kleinen Eli noch ein letztes Mal auf ihren Arm. Sie konnte nicht anders. Tief inhalierte sie den süßen Babygeruch, um ihn nie zu vergessen. Was für ein unglaublich hübsches Kind, dachte sie, als sie seine winzigen braunen Händchen streichelte. Seine blitzblanken Mandelaugen schienen sie anzulächeln, so als wollte er ihr etwas Freundliches sagen. Mit seinen knapp sechs Wochen schien er seine Umgebung bereits neugierig zu mustern. Schnell küsste Elisa ihn und gab ihn seiner Mutter zurück. Nalani nickte. Sie verstand die Tränen in Elisas Augen.

»Keine Angst, du wirst Eli wiedersehen, das verspreche ich dir. Und auch wir werden uns wiedersehen … noch bevor der Mond erneut voll sein wird. Wir wurden soeben in den Palast eingeladen!«

Der Aufstieg durch das dichter werdende Grün des Dschungels, das ungefähr eine Meile hinter der Farm begann, war beschwerlich. Elisa blieb ein paar Schritte hinter ihrem Liebsten zurück. Sie wollte alleine sein, um nachzudenken.

Kelii strahlte männliche Zuversicht aus, dachte sie, als er so vor ihr herging. Er war kräftiger geworden, auch männlicher, wie sie fand. Die Arbeit am Haus hatte ihn während der letzten sechs Wochen reifen lassen. Die Muskeln an seinem Rücken glänzten in der Sonne. Seine frisch geölten Haare fielen ihm jetzt bis weit über die Schultern. Das schwere Bündel mit ihren Sachen, das er quer über seinem breiten Kreuz trug, schien er noch nicht einmal zu spüren. Fröhlich pfiff er vor sich hin und bekam sofort Antwort von einem der kleinen roten Singvögel, die hier oben in den Bäumen lebten. Elisa glaubte, den Grund für seine gute Laune zu kennen. Sie lächelte insgeheim über den Einfluss, den ihr eigenes Befinden auf seines hatte. Ihr ging es seit ihrer Ankunft auf Oahu mit jedem Tag besser. Es tat ihr gut, von Kauai fort zu sein. Sie hatte Distanz zu ihren schrecklichen

Erinnerungen gewonnen. Ihre Angst vor Keliis Berührungen war so gut wie verschwunden. So wie früher genoss sie seine Nähe. Sie fasste ihn wieder an, ohne darüber nachzudenken. Gerne nahm sie seine helfende Hand beim Überqueren des wilden Baches. Sie hielt sie sogar länger als nötig. Kelii lächelte zufrieden.

»Es geht dir besser ... und wenn du bei Hoku warst, wird es dir wieder ganz gut gehen. Alles wird sein wie früher. Du wirst sehen ...«

Als sie unter einem Baum rasteten, nachdem sie ein paar Früchte gegessen hatten, strahlte er sie plötzlich an.

»Wir werden bald eine Haut.«

Elisa hatte ihn zunächst nicht ganz verstanden. Da nahm er ihre Hand, legte sie auf sein Herz und bat Elisa, ihre Augen zu schließen. Sie sollte einfach nur zuhören, mit ihren Fingern zuhören, was in seinem Inneren geschah, wenn sie ihn mit ihren Fingerspitzen berührte.

»Wir werden sein wie ein Wesen ... ich werde du, und du wirst ich. Spürst du mich?«

Elisa brauchte eine Weile. Langsam nahm sie mit ihren Fingerkuppen mehr als seinen aufgeregten Herzschlag wahr. Unter dem Pochen war ein Rauschen, ähnlich dem wilden Bach, dem sie den Berg hinauf bis zu den Wasserfällen folgen würden. Er flüsterte, um ihre Konzentration nicht zu stören.

»Folge dem wilden Bach tief in mich hinein.«

Er half ihr noch mit weiteren kleinen Hinweisen. Es war, als lernten ihre Fingerspitzen, zu Augen zu werden, die durch seine Haut drangen. Dann lernte Elisa sich mit seinem Atem zu verbinden, so lang, bis ihrer beider Luftströme zu einem wurden. Sie fing an, Bilder zu sehen. Aufgeregt schrieb sie auf den Block.

»Ich sehe das Riff ... die Haie ... ein kleines Mädchen. Sie hat eine schwarze Perle ...«

Kelii nickte zufrieden.

»Das ist eine Erinnerung an meine Schwester. Als wir Kinder waren, haben wir am Riff der Haie getaucht. Eines Tages fand Leilani ihre erste Perle ...«

Elisa spürte weiter mit ihren Fingerspitzen, doch jetzt kamen keine Bilder mehr. Plötzlich waren da Gefühle, schwer und voller Dunkelheit. Erschrocken zog sie ihre Hand zurück. Sie schrieb:

»Da ist der Tod ... ein weißer Mann ...«

Kelii wusste sofort, was Elisa gefühlt hatte. Er senkte seinen Kopf.

»Ich habe einmal getötet, einen weißen Mann. Ich habe ihn vergraben ... Nur mit den Kahuna in unserem Dorf habe ich darüber gesprochen. Nicht einmal mein Vater weiß es ... Ich möchte diese Erinnerung nicht mit dir teilen. Ich will sie mit niemandem teilen ... sie ist sehr hässlich ...«

Aber Elisa schrieb erneut.

»Was genau ist passiert? Erzähle es mir bitte ... ich muss es wissen.«

Ihrem flehenden Blick konnte er nicht lange widerstehen. Er fuhr mit zögernder Stimme fort.

»Ich war damals vierzehn Jahre alt. Der Matrose war betrunken, als er nachts alleine an unseren Strand kam. Ich sah, wie er hinfiel, in der Nähe der Felsen, an denen sich die Brandung bricht. Ich war fertig mit dem Fischen und wollte zurück ins Dorf. Da hat er um Hilfe gerufen. Er hatte sich auf dem Felsen sein Bein verletzt. Er tat so, als wollte er nur meine Hilfe ... aber das stimmte nicht ... Er wollte mich besitzen ... wie die Weißen eine Frau besitzen wollen – mit Gewalt.«

Keliis Stimme erstarb abrupt. Elisa wollte ihn nicht weiter drängen. Sie konnte sich den Rest vorstellen. Hätte sie in der Grotte ein Messer gehabt, sie hätte ebenfalls getötet. Sie wollte weitergehen, aber Kelii hielt sie fest.

»Ich möchte es dir ganz erzählen ... Als der Matrose in meinen Armen an dem Messerstich gestorben ist, hat er nach seiner Mutter gerufen. Es war schrecklich ... willst du die Bilder sehen?«

Elisa nickte und legte ihre Fingerkuppen erneut auf die Haut über seinen Rippen. Sein Herz schlug darunter hart und schnell.

Kelii hatte seine Augen geschlossen und ließ Elisa die schrecklichen Bilder sehen, die in seinem Inneren wüteten.

Der Matrose lachte, sobald er Kelii zu fassen bekam. Er war stark, betrunken und sagte ekelhafte Worte. Der Mann versuchte, dem Jungen Gewalt anzutun. In seiner Panik, weil er sich aus dem Griff des schweren Matrosen nicht befreien konnte, stach der Junge zu, wieder und wieder.

Elisa nahm langsam ihre Hand von seinem Herzen.

Sie spürte auch nach der langen Zeit noch seinen Schmerz und die Verzweiflung über seine Tat. Als er sprach, war seine Stimme nur ein Flüstern, aber jedes seiner Worte drang tief in Elisas Seele ein.

»Du willst keine Rache nehmen, meine Liebste. Gewalt frisst ein Stück Licht aus deiner Seele. Wenn, dann werde ich Janson für dich töten. Ich habe schon getötet, und der Tod war mein Lehrer. Aber du gehörst dem Leben. Du bist meine Haifischfrau und vielleicht wirst du einmal eine sehr mächtige Kahuna …«

Nur wenige Stunden später lag Elisa auf Hokus Matte, um endgültig von Jansons Gewalttat geheilt zu werden.

»Du, Elisa, entspanne dich jetzt, während ich ein paar Worte mit meinem Schüler rede …«

Elisa spürte die gewaltige Kraft sofort, die von Hokus greisen Händen ausging. Im Vergleich zu der mächtigen Heilerin von Oahu schienen Elisa ihre eigenen Fähigkeiten wie die eines Kindes. Hoku war eine Meisterin in vielen Kahuna-Künsten, aber vor allem war sie eine Meisterin der Hellsichtigkeit. Ihr blieb nichts verborgen.

»Du machst deine Sache gut. Ich bin zufrieden. Aber du darfst nicht nachlassen. Jeden Tag musst du besser werden, hörst du? Jeden Tag!«

Kelii nickte. Er versuchte, dabei nicht zu lächeln, aber ihn rührte seine alte Lehrerin bisweilen. Jetzt, im hohen Alter, erinnerte sie ihn immer mehr an eine Zauberin aus dem Volk der Menehune, eine Sagengestalt, die alle Kinder kannten.

Hoku hatte Kelii als kleinen Jungen in die hohe Kunst der Heilerei eingeführt und war mit seinen Fortschritten zufrieden, wie sie noch weiter im Detail ausführte, während sie die paar Schritte mit ihm ging.

»Du bist jetzt im fünften Winter deiner zweiten Ausbildung?«

»Hast du inzwischen gelernt, den toten Matrosen zu besiegen?«

Elisa hörte, wie Kelii mit einem Ja antwortete. Also stimmte es, was er sagte, Hoku las seine Gedanken und teilte seine Träume.

»Und du liebst diese Wahine von ganzem Herzen?«

Kelii bejahte auch das, sagte aber auch, dass er noch auf den Segen seiner Mutter warten musste, um Elisa auch heiraten zu dürfen. Und natürlich hätte Hoku in der Sache ein Wörtchen mitzureden.

Die Alte grunzte zustimmend.

»Ich werde sie mir ansehen, deine Elisa … meine Träume waren sehr groß. Eine, die von Großvater Hai erwählt wird, ist keine kleine Seele …«

Kurz darauf war Hoku wieder bei Elisa. Sie begann die Behandlung mit ihren Händen. Anfangs sprach sie dabei mit Elisa in ihrer leisen heiseren Stimme.

»Nur ich darf entscheiden, welche Fähigkeiten ein Heiler erlangen darf. Kelii zum Beispiel lernt Traumreisen, Pflanzenmedizin und das Sehen mit den Fingern. Er darf aber nicht lehren … Alles was er dir bisher beigebracht hat, ist ohne meine Erlaubnis verboten. Nur wegen deiner Begegnung mit Großvater Hai hat er sich dir als Haole überhaupt genähert.«

Eine Weile lang schwieg die Alte und strich durch die Luft über Elisas Kopf, dann der Länge nach über ihren ganzen Körper.

»Du bist in diesem Leben in eine Haole-Haut hineingeboren. Warum?!«

Hoku sprach das Wort voller Verachtung aus, doch kurz darauf wurde ihre Stimme wieder weicher.

»Dein Erlebnis in der Grotte, das habe ich nicht vorausgesehen. Seitdem herrscht Verwirrung. Was ist dein Schicksal mit deinem Volk? Was genau habe ich übersehen?«

Elisa wusste, dass Hoku keine Antwort von ihr erwartete. Die Heilerin suchte ihre eigene Wahrheit tief in Elisas Körper. Summend verweilte sie jetzt an der Stelle über ihrem Unterleib, die der Hai vor mehr als einem Jahr verunstaltet hatte. Ihr Summen begann sich zu intensivieren, wurde zu Tönen und Lauten und schließlich zu einem monotonen Gesang, der Elisa immer mehr einschläferte. Riesige Wellen, dachte sie noch im Halbschlaf. In mir und überall um mich herum sind unglaublich große Wellen. Ich werde ertrinken …

Da wurde sie auch schon von einer gewaltigen Kraft unbarmherzig in die Tiefe gezogen. Sie war inmitten ihrer Erinnerung mit Großvater Hai.

Elisa musste jetzt viele, viele Meter unter der Wasseroberfläche sein, denn hier war wenig Licht. Ihr Gegenüber lauerte mit starren Augen. Der große weiße Hai sah sie ruhig an, so als wollte sein Auge ihr etwas sagen. Elisa blickte ebenso ruhig zurück. Sie empfand dabei nicht das geringste bisschen Furcht. Sie war tot, realisierte sie gelassen. Sie musste tot sein, denn sie hörte ihren eigenen Atem nicht mehr. Sie verspürte aber auch keinerlei Not, sondern schwebte in einem gefühllosen, nebligen Niemandsland. Wolken von ihrem Blut, ihre schwebenden Haare im Wasser, der Stoff ihres nassen Kleides, alles war jenseits ihrer Wirklichkeit. Doch, da war noch etwas, das sich hin und wieder zwischen das Auge des Hais und Elisas eigenes schob. Es war ihr Finger. Ihr toter

Finger berührte die Haut neben dem Auge des Hais. Wollte Elisa sich mit dem Ungetüm verbinden?

Sie hörte Musik, das Stampfen von vielen Füßen, die im Einklang waren. Da waren die Stimmen vieler Menschen, dazu das Rauschen mächtiger Wellen. Auch sie wurde Teil eines Tanzes. Klänge trieben Elisa vorwärts, mitten in das Auge des mächtigen Hais. Es wurde dunkel.

Weit vor sich in einem dunklen Tunnel sah Elisa einen kleinen Funken Licht. Die Stimmen sangen immer noch, in einer ihr fremden Sprache. Aber Elisa verstand auch so, was die Worte ihr sagen wollten. Sie musste vorwärts, immer weiter, in Richtung Licht.

Wie von allein wurde sie in einen Raum aus Licht gezogen. Erst war es um sie herum nur hell, doch dann nahmen die Formen nach und nach Kontur an.

Der Raum, in dem Elisa sich befand, war ihr vertraut. Es war das Arbeitszimmer ihres Vaters. Sie war in ihrem Haus in Hamburg. Elisas Vater saß, so wie sie ihn in ihrer Kindheit oft erlebt hatte, zufrieden an seinem Schreibtisch. Er war versunken in ein Buch. Als er Elisa kommen sah, legte er die Lektüre lächelnd zur Seite und breitete seine Arme aus. Sie lief zu ihm, wie sie es als Kind oft getan hatte. Doch diesmal war es anders. Elisa hatte ein Anliegen. Sie war ungeduldig. Der Vater lachte.

»Was bringt mir meine kleine Prinzessin heute aus dem Garten? Ist es wieder eine Schnecke?«

Elisa gab ihrem Vater einen Kuss. Dann ließ sie sich von ihm auf den Schoß nehmen und öffnete ihre erdige Hand.

»Schau, was in meinem Beet war…«

Ein kleiner Regenwurm wand sich in ihrer Hand.

Etwa sechs Jahre alt musste sie damals gewesen sein, dachte Elisa, während sie in großer Distanz Hokus Summen hörte und gleichzeitig im Haus ihrer Kindheit war. Bis zu diesem Moment hatte sie sich nie mehr an diesen Regenwurm erinnert. Aber er war einst ein wichtiger Lehrer gewesen. Es war eine eigenartige Sensation, wieder klein zu sein und in Hamburg, dachte sie noch. Dann summte Hoku lauter. Elisa hörte auf zu denken und ließ sich von der Heilerin zurück in ihre Erinnerung führen.

Nachdem ihr Vater einen Bogen Papier auf seinen Schreibtisch gelegt hatte, sahen sie sich gemeinsam den sich windenden Wurm an. Elisa stupste ihn zart an, sodass er sich noch mehr krümmte. Dann stellte sie ihre Frage.

»Hat der Regenwurm auch einen Lieben Gott?«

Der Vater nickte. Er strich ihr eine Haarsträhne aus dem Gesicht, bevor er anfing zu sprechen.

»Alle Lebewesen kommen aus derselben Quelle. Alle gehen wir eines Tages dorthin zurück. Aber manche Kreaturen wissen nicht so viel von Gott. Sie lesen nicht in der Bibel. Sie singen auch keine Lieder mit ihrer Mutter am Klavier, um Gott zu erfreuen. Aber für Gott sind alle gleich. Wir kommen von seiner Lichtquelle. Der Wurm lebt genauso in Gottes Liebe wie du und ich.«

Als Nächstes zeigte das Mädchen auf das Kreuz von Jesus Christus, das seit der letzten Reise nach Hawaii über dem Arbeitsplatz ihres Vaters hing.

»Der Sohn von Gott … sieht der auch den Wurm?«

Ihr Vater nickte und nahm das Kreuz von der Wand. Er reichte es Elisa, denn er wusste, wie gern sie es hatte. Sie hatten sich darauf geeinigt, dass Elisa das Kreuz nach ihrer Konfirmation als Geschenk von ihm bekommen sollte. Vorher durfte sie es jederzeit in seinem Arbeitszimmer besuchen.

Andächtig sah sich Elisa den geschnitzten Jesus an. Das Kreuz war eine einfache Arbeit aus Kauai. Ihr Vater hatte es in der dortigen Mission mit der Absicht erstanden, seine Frau von den Fortschritten der Missionsschule zu überzeugen. Die Christusfigur sah aus wie ein Hawaiianer.

Elisa mochte die Figur. Aber auch das glatte Koa-Holz faszinierte sie. Solche Bäume gab es bei ihnen nicht. Ihr Vater sprach, während Elisa das Kreuz zärtlich mit ihren Fingern streichelte.

»Wir sind alle Gottes Kreaturen, Elisa. Dennoch hat jeder von uns seine eigene Aufgabe. Ich kümmere mich um Schiffe und baue eine Plantage auf Kauai. Du spielst und lernst schöne Lieder von deiner Mutter. Der Wurm verrichtet in der Erde seine Arbeit, Tag für Tag.«

Ihr Vater lächelte jetzt.

»Für den Wurm ist es vielleicht einfacher, immer gottgefällig zu sein …«

Elisa nickte, aber sie war abgelenkt. Irgendwie hätte sie es gerne gesehen, wenn der Wurm sich für das Kreuz interessiert hätte, das sie ihm hinhielt. Doch das tat er nicht. In sich zusammengekrümmt lag er da, während Elisas Vater weitersprach.

»Für uns Menschen ist es nicht immer leicht, Gottes Willen zu verstehen. Wir müssen unseren Weg zu Gott finden, indem wir das Lesen lernen und die Bibel studieren.«

Stolz legte der Vater ihr seine Hand auf den Kopf. Elisa wusste, wie viel Vergnügen ihm ihre schnellen Fortschritte im Lesen machten. Er nahm sich fast jeden Abend Zeit, um ein wenig mit ihr zu üben. Elisa nickte eifrig.

»Wenn der Wurm so lesen könnte wie ich, würde sich Jesus freuen!«

Ihr Vater lachte gutmütig.

Elisa hatte sich für einen Moment an seine Brust gelehnt und ihre Augen geschlossen. Sie liebte es, wenn ihr Vater lachte, und fand es wunderbar, ihn ganz für sich zu haben. Er war nie so streng mit ihr wie ihre Mutter. Zudem roch er gut nach Pfeife und den Büchern mit den schweren Ledereinbänden, die sich rechts und links von seinem gewaltigen Schreibtisch türmten.

Elisa entspannte sich an der Brust des Vaters. Und da passierte es. Nur einen kurzen Moment lang war sie unachtsam, aber diese Unachtsamkeit hatte Folgen. Als ätzende Wunde würde sie sich in ihr Unterbewusstsein eingraben.

Das Holzkreuz glitt Elisa aus der Hand. Seine Kante traf den Wurm auf dem Stück Papier. Kurz zuckte der Regenwurm zusammen. Dann lag er in zwei Teilen da. Entsetzt sah Elisa, wie die zwei Teile zunächst noch zuckten und dann langsam still wurden. Elisa hatte Gottes wichtigstes Gebot gebrochen. Durch ihre Unachtsamkeit hatte sie den Wurm getötet.

Heiße Scham stieg ihr ins Gesicht. Schnell glitt sie vom Schoß des Vaters. Sie hörte seine Worte nicht, sondern rannte aus seinem Zimmer so schnell sie konnte. Im Garten versteckte sie sich hinter der Hecke und weinte bittere Tränen der Wut und der Scham. Sie war wütend auf Gott, der den Tod des Wurms zugelassen hatte. Das Kreuz aus Kauai, das sie sich einst so sehnlich wünschte, wollte sie zu ihrer Konfirmation nicht mehr haben. Wenn später ihr Blick im Arbeitszimmer des Vaters darauf fiel, stieg ihr die Schamesröte ins Gesicht. Ihr Verhältnis zu Gott blieb von diesem Tag an ambivalent. Sie sah das Licht, aber auch den Schatten, denn sie war ein Teil davon.

Elisa war bei der Erinnerung an den zerteilten Regenwurm auf dem Lager der Heilerin zusammengezuckt. In rasender Schnelligkeit glitt sie durch den Tunnel der Stimmen zurück ins Meer. Ihr Auge starrte in das des Haifisches. Sie hörte Hokus Stimme.

»Was ist mit dir und Jesus? Wo ist dein Zuhause in dieser Welt?«

Die Alte bat Elisa, ihre Augen zu öffnen. Elisa gehorchte, obwohl es ihr schwerfiel. Ihre Lider fühlten sich an wie Blei, und sie wollte im geschützten Dunkel ihrer Apathie bleiben. Doch der durchdringende Blick der Heilerin ließ es nicht zu.

»Das Kreuz und der Wurm ... sie waren nicht der Anfang. Geh weiter zurück ... Du musst weiter gehen, wenn du Antworten finden willst.«

Hoku stützte Elisas Kopf. Dann flößte sie ihr ein wenig von einem Getränk ein, dessen Geschmack Elisa sofort erkannte. Tausend Nebel.

»Die Pflanze hilft dir, die Zeit zu wechseln. Geh durch das Auge von Großvater Hai zurück durch die Zeit. Suche nach dem Kreuz … es wartet auf dich.«

Elisa hatte keine Ahnung, wovon Hoku sprach. Aber sie hatte plötzlich den Wunsch, der Heilerin eine Frage zu stellen. Die kleine Elisa im Arbeitszimmer des Vaters hatte noch ihre Stimme. Vielleicht konnte auch der Kehlkopf der erwachsenen Elisa wieder Worte formen? Schmerzlich wurde ihr bewusst, was sie in der Grotte alles verloren hatte. Wie viele Teile ihrer selbst waren in dieser Nacht gestorben? Elisa wollte ihre Stimme wiederbekommen. Sie sollte zurückkehren, aber auch ihre Kraft und ihre Unschuld.

Sie öffnete den Mund, um zu sprechen, aber alles, was herauskam, war ein klägliches Knurren und Quietschen. Elisa konnte nicht mehr sprechen. Gott hatte sie bestraft. Aber Hoku schüttelte energisch den Kopf.

»Blödsinn! Dein Gott straft dich nicht … Auch dein Gott will dich nur wachsen sehen. Unsere Götter sind nicht verschieden. Alles, was die göttliche Energie auf deinen Weg legt, dient nur einem Ziel. Dem Licht sollst du entgegenwachsen …«

Elisa sah Hoku erstaunt an. Die Heilerin konnte wirklich jeden ihrer Gedanken lesen. Ihre nächste Frage stellte Elisa in ihrem Inneren – und prompt kam aus Hokus Mund wieder eine Antwort.

»Du willst wissen, warum Großvater Hai dich ausgewählt hat? Und dieser Janson, ist er wirklich ein Mann aus deinem Volk? Du willst wissen, warum er dir Gewalt angetan hat?«

Elisa nickte. Hoku legte ihr sanft ihre Hände an die Schläfen. Energie strömte ins Innere ihres Schädels. Tausende von winzigen Ameisen krabbelten durch Elisas Hirnwindungen. Dann kam der Nebel über sie. Schwach hörte sie jetzt Hokus Worte, wie aus weiter Ferne sprach die Heilerin zu ihr.

»Versuche hindurchzugehen durch alle singenden Nebel, die zu dir kommen werden. Geh und finde deine Antwort.

Aber du solltest nicht alleine suchen … Du brauchst deine Helfer. Es gibt Freunde aus der anderen Welt. Großvater Hai ist dein mächtigster Freund. Er regiert dein Leben und deinen Tod. Aber er wählt nur Kahuna aus, das musst du wissen. Du bist eine von uns, nur eben eine Kahuna in weißer Haut. Du musst jetzt deine anderen Helfer suchen. Das ist wichtig. Gehe in die Zeit zurück, vor Großvater Hai … Geh und suche im singenden Nebel … Ich halte dich … Du wirst den Weg zu mir zurückfinden.«

Elisa umfing erneut grenzenlose Müdigkeit. Als Hoku wieder anfing zu summen, versuchte sie noch einmal, ihre Augen zu öffnen, aber es war schwer. Um sie beide herum schienen jetzt überall dichte Nebelschwaden zu sein. Sie sah aus den Augenwinkeln, wie die Heilerin eine Feder nahm. Es war eine lange große Feder, die in den Händen der singenden Heilerin zu tanzen schien. Abwechselnd flatterte sie über Elisas Füße.

Das Kribbeln der Ameisen begann zunächst in ihren Zehen, dann in Füßen und Knöcheln. Das kitzelnde Gefühl stieg höher und höher, bis es in ihrem Unterleib zu Wärme und dann in ihrem Oberkörper zu einer starken Hitze wurde.

In Elisas Kehlkopf begann ein Feuer zu lodern, das teuflisch brannte. In dem Sitz ihrer verlorenen Stimme konzentrierte sich alle Energie. Vor Elisas innerem Auge stiegen Bilder von Flammen auf. Sie sah ein Feuer, das am Rande eines kleinen Dorfes am Meer bis hoch hinauf in den Himmel loderte. Wo war sie? War sie auf Hawaii? Vielleicht in einer früheren Zeit? Menschen, die kaum bekleidet waren, standen um das Feuer herum. Ihre Stimmen klangen feindselig und aggressiv. Ihre Worte galten der jungen Frau, die an einen Pfahl gebunden war. Sie weinte. Elisa fühlte ihre Tränen auf ihrer Haut. Sie war diese junge Frau. Aber warum waren alle so wütend auf sie?

Eine Männerstimme übertönte alle anderen. Elisa fühlte eine unglaubliche Angst in sich aufsteigen. Es war für sie schwer, durch die Rauchschwaden hindurch sein Gesicht genau zu erkennen, aber sie wusste mit einem Mal, wer der Mann war. Er war Awapuhi, wilder Ingwer, und der Kahuna ihres Dorfes. Er war aber ebenfalls ihr Lehrer und hatte ihr schon viel beigebracht. Doch jetzt machte er sie verantwortlich für eine schwere Krankheit, die einigen Menschen im Dorf das Leben gekostet hatte. Sie wusste, warum er es tat. Sie hatte sich geweigert, bei ihm zu liegen, obwohl er sie zur Frau wollte, nachdem ihr Liebster an der Krankheit gestorben war. Aber sie konnte ihren Lehrer doch nicht zum Mann nehmen, denn sie liebte ihn nicht. Deshalb wollte er sich an ihr rächen. Sein Stolz war gekränkt. Außerdem musste er von seiner Unfähigkeit ablenken. Nicht einen Einzigen der Kranken im Dorf hatte er vor dem schwarzen Tod retten können, der mit dem Schiff der Weißen an ihre Ufer gekommen war.

Sie blinzelte durch den Rauch. Awapuhi schrie und gestikulierte in ihre Richtung. Die Männer des Dorfes zerrten sie an einem Seil immer tiefer ins Feuer. Da erkannte sie seine Seele. Er sah anders aus als ihr Vergewaltiger Janson, denn ihr Lehrer war ein älterer Hawaiianer, aber seine wütenden Gesten und sein listiger Blick waren die von Janson. War das möglich? Kamen Seelen an den gleichen Orten erneut zusammen, um ihr Schicksal zu wiederholen? Gab es eine offene Rechnung zwischen Janson und ihr? Wieder und wieder machte er eine Geste, die ihren Flammentod bedeutete. Er zeigte mit seinem Götterstab in ihre Richtung und sagte, es sei die Göttin Pele, die ihren Tod forderte, wenn nicht noch mehr Kranke im Dorf sterben sollten.

Sie wollte mit den Männern ihres Dorfes sprechen, konnte es aber nicht, denn sie musste immer wieder husten. Der Rauch biss in ihren Augen, drang in ihre Kehle und tief in ihre Lungen. Der Tod ist ganz nah, dachte sie, und hob ihre Augen gen Himmel. Da sah sie ihn. Über ihr kreiste ein Greifvogel. Sie hörte seinen Ruf und verstand, was er sagte. Ihre Seele sollte sie aus ihrem gefesselten Körper lösen und ihm auf seine Schwingen legen. Er würde sie nach Hause bringen, zu den Göttern, denen sie beide dienten und deren Licht sie von der Erde in den dunklen Sternenhimmel rief. Sie spürte eine goldene Freude in ihrer Brust. Ihr Liebster, der vor einigen Tagen an der bösen Krankheit gestorben war, hatte ihr einen Boten geschickt, um sie zu sich zu rufen. Sie war erlöst. Mit diesem Gedanken sank sie in die Knie, um sich den Flammen zu ergeben. Da spürte sie seine Hand in ihren Haaren. Er riss ihren Kopf an den Haaren zurück, und sie erkannte seine unglaubliche Wut, weil sie sich ihm verweigert hatte.

Wieder schrie der Greifvogel über ihr. Er rief sie zu sich, zurück zum Licht, wo Frieden und Kraft auf sie warteten. Von der Pflege ihres Liebsten tödlich erschöpft, öffnete sie den Mund. Sie wollte Awapuhi, den sie seit ihrer Kindheit kannte, noch eine letzte Frage stellen.

»Warum? Du weißt doch, dass ich dich nie lieben könnte. Hast du das Licht der Götter verloren?«

Da schlug er hart zu. Er traf sie mit der Kante seines Stabes an ihrer Schläfe. Es war vorbei. Doch bevor die Flammen ihren Körper fraßen, war sie schon nicht mehr dort. Der wertvollste Teil von ihr ritt weit über dem Meer auf den Schwingen des Falken den Sternen entgegen. Aber mit ihrer letzten Seelenkraft schickte sie den stärksten Fluch, den er ihr beigebracht hatte, in Awapuhis Richtung. Verfaulen sollte sein Fleisch bei lebendigem Leib an seinen Knochen und nie sollte ein Weib seine Seele lieben.

In der tröstlichen Geborgenheit, die ihr Rachegedanke um sie hüllte, kam Elisa die Erkenntnis. Sie war schon öfter auf den hawaiischen Inseln gewesen, wie sie jetzt sicher wusste. Und sie war auch Janson schon einmal begegnet, wenn auch in anderer Gestalt. Die Geheimnisse des Himmels mussten weiter und größer sein, als die Diener des christlichen Gottes es sahen, die nur ein einziges Buch kannten, nach dem sie sich richteten. Elisa begriff auf den Schwingen des Falken, dass das göttliche Licht umfassender war, als ein Mensch es je begreifen würde.

Die Hitze in ihrem Kehlkopf explodierte mit einem Seufzer aus der tiefsten Tiefe ihrer Seele. Tränen flossen ihr aus den Augen, als Hokus Feder ihr sanft über die Vorderseite des Halses strich, um die Energien weiter zu verteilen. Stoßweise blies die Heilerin rechts und links gegen Elisas Hals.

»Noch nicht fertig … noch nicht fertig …«

Damit zirkulierte sie wieder und wieder ihre Feder. Der heiße Knoten wurde kühl, fühlte sich flüssig an und schließlich spürte Elisa nur noch ein angenehm lebendiges Kribbeln. Hoku war fertig, drückte Elisa die Feder in die linke Hand und flüsterte ihr ins Ohr.

»Jetzt versuch es … wähle gut. Was sind deine ersten Worte?«

Elisa dachte kurz nach. Da waren Worte, die sich ihr aufdrängten. Zum Beispiel war da Keliis Name. Der Mann, den sie liebte. Oder vielleicht auch ihr eigener Name. Andererseits war sie sich nach ihrer Nebelreise nicht mehr ganz sicher, wer sie überhaupt war. Viele Stimmen meldeten sich in ihrem Inneren. Aber ein Wort war stärker als alle anderen. Es schien Elisa der richtige Anfang für ein Leben, von dem sie noch nicht wusste, wohin es sie von nun an führen würde. Aber es würde von nun an ihr Leben sein.

»Kahuna … ich bin Kahuna!«

Hoku war mehr als zufrieden.

»Ja, das bist du. Du bist sogar schon eine sehr entwickelte Kahuna. Wir anderen wissen es schon länger, zumindest einige von uns. Aber ich bin froh, dass du es jetzt auch weißt.«

Sie klatschte in die Hände.

»Für heute reicht es. Du solltest später zum Wasserfall gehen … Der Tod will abgewaschen werden, besonders wenn man verbrannt wurde …?«

Hoku hörte mittendrin auf zu reden. Sie sah Elisa prüfend an.

»Kannst du es fühlen …?«

Elisa wusste nicht, was Hoku meinte. Ihre Gedanken waren bereits woanders. Sie wollte zu Kelii. Sprechen, singen und ihm all das sagen, was sie in ihrem Inneren fühlte, das wollte sie in diesem Moment mehr als alles andere. Von ihrer Liebe wollte sie reden und von ihrem Wunsch, von jetzt an und für immer bei ihm bleiben zu dürfen. Sie hatte ihre Stimme wieder, sie hatten eine gemeinsame Zukunft vor sich. Der Rest würde sich finden. Elisa wollte aufstehen, aber Hoku drückte sie energisch auf die Matte zurück.

»Du kannst es immer noch nicht fühlen … na gut. Dann werde ich es dir sagen müssen …«

Hokus Gesicht war jetzt ernst. In ihrer Stimme schwang Bedauern mit.

»Was ich dir jetzt sagen muss, wird nicht nur dir wehtun, sondern auch für Kelii wird es schwer werden. Kelii ist mein wertvollster Schüler, weißt du … ich mag ihn.«

Die alte Heilerin atmete tief durch. Elisa glaubte kurz, so etwas wie Zorn in ihren Augen aufblitzen zu sehen.

»Er liebt dich mehr als sich selbst. Vielleicht wird diese Liebe auf lange Sicht sein eigenes Leben zerstören, aber darauf hast du keinen Einfluss. Dich zu lieben ist sein Pakt mit Gott … Du bist sein Schicksal.«

Hoku zögerte kurz, dann sprach sie weiter.

»Vielleicht wird seine Liebe deine Rettung sein können. Aber deine Aufgabe ist groß in diesem Leben, und du musst jetzt stark sein, Kind. Ich kann mein Wissen nicht länger für mich behalten, sonst könnte alles noch schlimmer werden. Jetzt gibt es zumindest noch die Möglichkeit … Du könntest vielleicht etwas gegen das drohende Unheil tun. Doch wir müssten schnell handeln … Weißt du jetzt, wovon ich rede?«

Elisa starrte Hoku an.

»Tut mir leid, aber ich habe keine Ahnung.«

Hoku seufzte erneut. In ihren Augen sah Elisa Tränen glänzen.

»Kelii und du, ihr habt einen Fehler gemacht. Es wird

schwer für euch werden, also musst du stark sein. Versprichst du es mir?«

Elisa lächelte Hoku schief an.

»Ich hoffe, dass deine Sorge lediglich mit der angespannten Situation zwischen den Weißen und den Hawaiianern zu tun hat. Unsere Herkunft könnte es uns schwer machen, offiziell ein Paar zu werden. Das meinst du doch, oder?«

Elisa war von dem Lager aufgestanden. Sobald sie sich voll aufrichtete, war sie einen guten Kopf größer als die greise Heilerin.

»Ich bin dankbar, dass du mir meine Stimme zurückgegeben hast. Das ist am wichtigsten für Kelii und für mich. Wenn ich gesund bin, dann bin ich auch stark. Wir wissen, dass wir für unsere Liebe kämpfen müssen, vielleicht für den Rest unseres Lebens.«

Elisa strahlte die Alte jetzt an.

»Zusammen sind wir stark, Kelii und ich. Solange wir zusammenhalten, werden wir es schaffen!«

Hoku schüttelte betrübt den Kopf.

»Du weißt es immer noch nicht, Kind. Du hast nicht die geringste Ahnung, wovon ich rede? Es ist schrecklich! Komm, leg dich wieder hin, vielleicht kannst du es dann selber fühlen ... Los! Leg dich wieder hin! So kann ich dich ohnehin nicht zu ihm gehen lassen. Du bist ... du bist ... eben doch Haole!«

Elisa wusste, dass Widerstand zwecklos war. Sie gehorchte und legte sich wieder auf die Matte.

Die Heilerin legte mitleidig ihre rechte Hand auf Elisas Unterleib.

»Spüre einfach nur in dich hinein, Kind. Jede Frau bei uns kann es schnell fühlen ... Warum, denkst du, ist dir immerzu übel? Und bleibt nicht deine Mondzeit seit einiger Zeit aus? Was genau geschah in der Grotte?«

Elisas Beine begannen zu zittern. Was sie die letzten Wochen als ungeheuerlichen Gedanken verdrängt hatte, brach jetzt wie ein Unwetter über sie herein. Sie hatte in diesem Teil ihres Körpers nichts spüren wollen. Alles, was sie an diese Nacht erinnerte, sollte für immer auf dem Grund des Höhlensees liegen. Doch in der Sekunde, als Hoku die Worte sagte und mit ihren Fingerkuppen in das Innere ihres Bauches sah, wusste auch Elisa Bescheid. Aber es war ein Wissen, gegen das sie sich mit aller Kraft abschotten musste, weil es ihr Leben zerstören konnte.

Hoku unterbrach ihr Summen. Sie sah sie mit traurigen Augen an, die voller Verständnis waren.

»Ich weiß. Aber du kannst es nicht wegschieben, Kind. Es wächst in dir. Es wird von Tag zu Tag größer und will irgendwann mit eigenen Augen die Sonne sehen. Spürst du seine Kraft?«

Jetzt nahm auch Elisa das fremde Wesen in ihrem Unterleib wahr. In ihr wuchs ein Kind heran. Aber es war auch das Kind von Gerit Janson. Allein der Gedanke daran war so ekelhaft, dass sie das Gefühl hatte, sich auf der Stelle übergeben zu müssen. Doch es kam noch schlimmer. Hoku flüsterte mit trauriger Stimme.

»Das Kind kann nichts dafür. Der Mann hat dir das angetan. Er wusste, dass dieser Platz für dein erstes Kind mit Kelii bestimmt war …«

Elisas Wehschrei war der eines verwundeten Tieres. Als sie sich auf der Matte zusammenkrümmte, wollte ihr Zittern nicht mehr aufhören. In ihrem Magen bildete sich ein Klumpen. Kurz darauf erbrach sie mit lautem Würgen vor den Füßen der Heilerin. Hoku rieb ihr den Rücken.

»So ist es gut. Lass es raus. Du kannst den Hass nicht gebrauchen. Du musst eine Entscheidung treffen und zwar schnell. Kelii muss nichts von diesem Kind erfahren … du hast den Fehler gemacht und nicht er.«

Elisa verstand wieder nicht, was Hoku meinte. Aber die Alte sah sie mit deutlichem Vorwurf an.

»Du liebst Kelii seit dem ersten Tag. Warum bist du dann

nicht deinem Gefühl gefolgt? Mit deinen weißen Gedanken von Reinheit und Keuschheit hast du einem Gewalttäter Platz gemacht ... Jetzt trägst du ein Kind der Gewalt und nicht Keliis Kind!«

Die Stimme der Alten klang in Elisas Ohren wie das böse Zischen einer Schlange. Sie hatte das Gefühl, dem etwas entgegensetzen zu müssen.

»Es ist Gottes Gebot, unberührt in die Ehe zu gehen ... Kelii und ich haben darüber geredet. Wir wollten es beide so ... Wir wollten es uns aufheben, bis wir vor Gott ein Paar sind.«

Hoku stampfte vor Wut auf.

»Das ist nicht Gottes Gebot! Das biblische Gesetz dient der Angst. Viele Männer haben Angst vor einer untreuen Frau. Aber Kelii ist nicht so ein Mann. Er wollte für dich sterben, schon am ersten Tag eurer Begegnung. Und du? Du hast ihn abgewiesen ... Dein Gott, der seinen Priestern erlaubt, Heilerinnen im Feuer zu verbrennen ... Siehst du deinen Irrtum ein?«

In Elisas Kopf drehte sich alles. Ihr Hals war wie zugeschnürt, und sie war froh, dass sich ihrem Lager in der Hütte jetzt schnelle Schritte näherten.

»Elisa! Wie geht es dir?«

Sie hatte nur einen einzigen Wunsch. Sie wollte in Keliis Armen weinen und von ihm getröstet werden, weil in ihr ein Kind heranwuchs, das sie nicht bekommen wollte.

Keliis besorgtes Gesicht erschien in Elisas Blickfeld, aber Hoku stellte sich dazwischen.

»Bitte geh zurück nach draußen! Elisa und ich sind noch nicht fertig. Wir haben Frauensachen zu besprechen.«

15. Kapitel

München, Herbst 2010

Nachdem die Lomi-Lomi-Behandlung abgeschlossen war, hatte Maja sich noch einmal vergewissert, dass sie dafür wirklich nicht bezahlen musste. Aber es war ein Geschenk von Keanu, wie Malika ihr versicherte.

»Keanu hat mir auch gesagt: zuerst die Massage und dann erst die Worte … also hier!«

Damit händigte Malika ihr mit einem Zwinkern einen Stapel Briefe aus. Es waren genau zehn an der Zahl. Malika nickte.

»Jeden Tag kommt ein neuer Brief für dich …«

»Keanu schreibt mir an deine Adresse? Aber er wusste doch gar nicht, ob ich wirklich zu dir kommen würde. Ich meine, ist das nicht ein wenig …«

Malika vollendete den Gedanken.

»Du meinst, altmodisch und total romantisch? Ja, da hast du recht. Es gibt Internet und Skype. Aber so ist mein Cousin eben – hoffnungslos romantisch und bisweilen erschreckend altmodisch! Welcher halbwegs normale Mann schreibt heutzutage noch Liebesbriefe per Luftpost?«

Maja lächelte. Ihr gefielen die Briefumschläge mit dem rot-blauen Luftpostrand und den blumigen amerikanischen Briefmarken. Ihr Herz hatte begonnen, aufgeregt zu schlagen. Sie war neugierig, was Keanu ihr wohl schreiben würde.

Malika lächelte immer noch.

»Ein Brief pro Tag schreibt mein Cousin dir … Wenn du mich fragst, lässt das auf mehr als ein flüchtiges Gefühl schließen. Hast du ihn verzaubert?«

Maja lachte unsicher. Am liebsten hätte sie seinen ersten Brief auf der Stelle geöffnet, aber dann zögerte sie. Sie glaubte, so etwas wie einen Anflug von Kritik in Malikas fragendem Blick zu lesen. Daher steckte sie die Briefe schnell ein.

»Nein, ich bin nicht wirklich der Typ, der Männer verzaubert. Außerdem sind wir beide in einer festen Beziehung. Warum … warum glaubst du, tut Keanu das? So viele Briefe … dabei kennen wir uns doch kaum.«

Malika räumte Laken und Handtücher auf und mied Majas Blick.

»Ehrlich gesagt bin ich auch überrascht. Vielleicht hat er nur Torschlusspanik. Ich meine, immerhin kenne ich Leilani. Mein Cousin wird, oder wollte, eine ziemlich spannende Frau heiraten. Es war beiden sehr ernst. Bei mir liegt seit Anfang Juni die Einladung zu Silvester auf Kauai. Sie wollten sich beim traditionellen Hibiskus-Ball das Jawort geben. Und jetzt schreibt er Liebesbriefe an dich!«

Malika sah Maja abschätzend an.

»Leilani ist eine echte Schönheit! Die beiden kennen sich ewig …Ihre Familien sind begeistert … Was verbindet euch beide? Ich meine, du siehst gut aus. Aber was treibt Keanu wirklich um?«

Malika hielt ihr auffordernd den Brieföffner hin. Aber etwas hielt Maja davon ab, seine Briefe aus ihrer Handtasche zu holen.

»Ich weiß nicht … Das fühlt sich nicht richtig an. Damit muss ich noch warten, damit ich am Ende nicht völlig abhebe …«

Malika nickte.

»Ihn hat es auch heftig erwischt. Sonst würde er nicht Anela und mich als Liebesboten einsetzen. Willst du nicht zumindest seinen ersten Brief aufmachen?«

Aber Maja zog bereits ihre Jacke an.

»Nein. Nicht jetzt. Zu Hause wartet mein Freund. Ich will jetzt keinen Fehler machen, der meine zukünftige Ehe gefährdet.«

Mit entschuldigendem Lächeln schulterte Maja ihre Tasche. Malika lächelte wissend und drückte sie zum Abschied an sich.

»Cousin Keanu hin oder her, du hast eine starke Verbindung zur Haifischfrau und vielleicht gehörst du zu unserem Klan. Irgendwelche Ambitionen in Richtung Kahuna – so wie Elisa Vogel?«

Maja schüttelte lachend den Kopf.

»Nein, nie gehabt. Ich glaube, wenn ich mich als Lehrerin um eine Beamtenstelle bemühe, ist das viel klüger. Heiler verdienen mir zu wenig ...«

Malika konterte mit noch lauterem Lachen.

»Du willst Lehrerin werden? Jeden Tag dreißig Schreihälse, die auf deinen Nerven herumtrampeln? Das ist aber auch nicht ohne!«

Malika lächelte breit.

»Es ist schon spannend, wie Hawaii zu dir gekommen ist, obwohl du selber noch nie dort warst. Es ist das Mana. Es findet jeden von uns. Man sagt auf Hawaii, dass es an der Göttin Pele liegt. Sie ruft ihre Kinder irgendwann zu sich ...«

Die Oktobersonne schien Maja warm ins Gesicht, als sie zurück auf die Straße ging. Es war nicht einmal zwei Stunden her, seit sie nach ihrem Besuch auf dem Oktoberfest zu Malika gekommen war. Vielleicht stimmte es, dass Pele alle Kinder mit hawaiischem Blut eines Tages zu sich rief. Durch ihre Träume von Elisa Vogel fühlte sich Maja mit Hawaii verbunden. Auch ihre Begegnung mit Keanu, der mit ihrem Vater verbunden war, trug dazu bei und vielleicht gab es ja wirklich ein Stück Land auf Kauai, das auf verschlungenen Wegen eines Tages in die Hände ihrer Familie gelangen sollte.

Ihr Handy klingelte. Sie erkannte Stefans Melodie und seufzte. Mit ihm und seinen Freunden war sie heute Abend noch einmal auf dem Oktoberfest verabredet, hatte aber gerade nicht die geringste Lust dazu. Lieber würde sie sich am Abend irgendwo verkriechen, wo sie ungestört sein konnte, um in Ruhe Keanus Briefe zu lesen.

Maja wartete, bis Stefans Klingeln aufhörte. Als sie daran

dachte, wie gerne ihr Freund in Tracht mit ihr auf das Oktoberfest ging, um sie stolz seinen Freunden zu präsentieren, krampfte sich alles in ihr zusammen. Bestimmt liebte sie ihn in der Tiefe ihres Herzens, aber fühlen konnte sie es im Moment nicht. Wahrscheinlich hatte ihre Gefühlskälte ihm gegenüber mit ihrer Affäre mit Keanu zu tun. Aber vielleicht war auch die Begegnung mit Elisa in ihren Träumen an ihrer Entfremdung schuld. Sie hatte versucht, mit Stefan über Träume zu reden, doch er wollte nichts davon hören. Dennoch bewirkten gerade die Träume eine schrittweise Veränderung in Maja, die sie immer weiter von ihrem Leben mit Stefan wegzog. Seitdem sie die Côte d'Azur verlassen hatte, war Elisa noch einige Male zu ihr gekommen, und vor ein paar Tagen war es intensiver gewesen als je zuvor.

Maja war sich inzwischen fast sicher, dass ihre starke Verbindung zu Elisa nichts mit Keanu direkt zu tun hatte. Es kam ihr so vor, als sei sie selbst in ihrem früheren Leben Elisa Vogel gewesen. Das würde auch das Porträt erklären, das sie im Internet gefunden hatte. Elisa hatte sich selbst in der Zukunft gemalt. Aber dann zweifelte sie wieder, denn wie konnte es sein, dass eine Frau aus der Vergangenheit wusste, wie sie in Zukunft in einem anderen Leben aussehen würde? War so etwas überhaupt möglich?

Konfuse Gedanken nährten die Idee eines vorbestimmten Schicksals, denn Maja war in ihrem Leben bisher nie schicksalsgläubig gewesen. Sie hatte auch nie an Reinkarnation und frühere Leben geglaubt, wie sie Stefan versichert hatte, als sie ihm von Elisas Erscheinen in ihren Träumen erzählt hatte. Andererseits schien ihr eine Art Seelenwanderung die einzige halbwegs logische Erklärung für das Porträt im Internet zu sein.

Aber Stefan hatte die Zeichnung von Elisa Vogel, die mehr als ein Jahrhundert als war, sehr viel nüchterner kommentiert.

»Stimmt, die Frau auf der Zeichnung sieht dir ähnlich. Aber das ist wohl einfach diese exotische Mischung aus Europa und Südseeschönheit. Ist doch nett, dass es vor mehr als hundert Jahren auf Kauai eine Frau gab, die dir ähnlich sah … Aber jetzt gehen wir zusammen Squash spielen, ja?«

Stefan versuchte, Maja für ihr gemeinsames Leben zu interessieren und sie von Elisa Vogel loszueisen. Maja versuchte so gut sie konnte mitzumachen, aber es gelang ihr nicht wirklich. Elisa war ständig in ihren Gedanken. Maja wartete jede Nacht darauf, in ihren Träumen mit ihr zusammen zu sein, und tagsüber schrieb sie alles akribisch auf.

Wieder klingelte ihr Handy. Diesmal war es ihr Vater und Maja ging ran. Seine sonst ruhige Stimme klang aufgeregt.

»Kannst du sofort zu mir ins Büro kommen? Es ist etwas geschehen … es betrifft dich und ist wichtig.«

Keine halbe Stunde später saß Maja im Büro ihres Vaters in der Münchner Innenstadt. Sie trank eine starke Tasse Kaffee, um klar im Kopf zu werden, denn sie musste in diesem Moment eine Entscheidung treffen, die nicht einfach war. Lüge oder Wahrheit war ihre Wahl. Oder präziser ausgedrückt: Sollte sie ihren Vater weiter anlügen, ihren Freund weiter anlügen, vielleicht auch die Behörden in Deutschland und Frankreich anlügen oder aber ganz einfach jetzt und hier die Wahrheit über die Vorkommnisse in einer Parkgarage in Nizza sagen.

Ihr Vater sah sie besorgt an.

»Was genau weißt du über diese Sache?«

Es ging um Majas Auto, das vor ihr ihrem Vater gehört hatte. Aber es ging auch um ein angebliches Verbrechen, das sich in einer Tiefgarage in Nizza zugetragen haben könnte. Aber vor allem gab es ein überaus kompromittierendes Foto, das Maja und Keanu zeigte. Er hatte seine Waffe auf den Haifischmann gerichtet, aber ihn sah man nur undeutlich im Profil. Maja hingegen war frontal zu sehen. Sie stand in ihrem kurzen Kleid halb hinter Keanu und war gerade dabei, die Autotür zu öffnen.

Der Blick ihres Vaters verhieß nichts Gutes, als er ihr noch das zweite Foto hinschob, das allerdings unscharf war. Maja lag auf dem Boden. Mehrere Männer machten sich an ihr zu schaffen.

»Das bist hoffentlich nicht du …?«

Maja verschluckte sich an dem heißen Kaffee. Schnell stellte sie die Tasse weg.

»Nein, Papa, das möchte ich ganz sicher nicht sein. Woher kommen überhaupt diese verdammten Fotos? Ich dachte, da war keine Kamera in dieser beschissenen Tiefgarage!«

Erstaunt sah ihr Vater sie an. Er konnte sich nicht wirklich einen Reim darauf machen, wie Maja reagierte. Seine Tochter fluchte normalerweise nicht vor ihm.

Maja stand auf. Unruhig ging sie in ihrem Dirndl vor ihrem Vater auf und ab.

»Der Mann ist tot, sagst du?«

Ihr Vater nickte.

»Einer dieser Männer wurde tot aufgefunden. Es ist der mit der Schweinemaske auf dem Foto. Er wurde allerdings erst vierzehn Tage, nachdem diese Aufnahmen gemacht wurden, an der Küste zwischen Nizza und Cagnes-sur-Mer angespült. Er war zudem ein obdachloser Kleinkrimineller, sodass sich die Polizei nicht sonderlich angestrengt hat. Aber dieses dritte Foto hier …«

Unscharf zeigte das Foto den Moment, als der Dicke mit der Maske auf Majas Kühlerhaube knallte.

Wieder sah ihr Vater sie prüfend an.

»Du hattest den Wagen kurz nach eurer Rückkehr zur Reparatur gebracht. Was hatte Stefan gesagt, nachdem ihr aus Nizza zurück wart? Da war ein Junge mit einem Ball auf der Straße …?«

Maja sah aus dem Fenster.

»Stefan hat nichts damit zu tun. Er war nicht dabei. Der Mann auf dem Foto ist nicht Stefan.«

Ihr Vater lächelte.

»Ich würde Stefan auch keine Waffe zutrauen ... Das ist Keanu. Was, um Himmels willen, ist passiert, Maja?«

Maja war an das große Panoramafenster getreten. Die goldene Oktobersonne ging gerade unter. Von dem Büro aus konnte Maja die Türme der Frauenkirche sehen, zumindest den kleineren der beiden. Langsam drehte sie sich zu ihrem Vater um.

»Stefan denkt, es war ein Fußball, der mir auf die Kühlerhaube fiel.«

Maja zuckte mit den Schultern.

»Vielleicht war dieser Mann besoffen. Vielleicht war er ein Verbrecher, ein Säufer und ein gemeiner Vergewaltiger. Und vielleicht waren diese Männer zu dritt ...«

»Mein Gott, Maja, was genau ist passiert?«

Ihr Vater setzte sich vor Schreck kerzengerade auf und starrte sie an. Sie versuchte, ihren Vater anzulächeln, aber es fiel ihr schwer.

»Ich wurde in letzter Minute gerettet, Papa, sagen wir es mal so. Aber vielleicht hat das Ganze mit dir zu tun. Der Mann aus Kauai hat dich kontaktiert. Es geht um die Besitzverhältnisse eines wertvollen Stückes Land auf Kauai. Keanu hat mich in Nizza gerettet oder aber in Gefahr gebracht. Du entscheidest. Mehr kann ich dir nicht sagen.«

Jetzt stand Majas Vater ebenfalls auf und trat zu ihr ans Fenster, um die untergehende goldene Sonne zu betrachten. Seine Stimme war leise.

»Deine Mutter und deine Geschwister wissen nichts von dem Grundstück auf Kauai. Und auch dir kann ich im Moment nicht viel sagen, ohne dich in Gefahr zu bringen.«

Er drehte sich zu Maja um.

»Eines Tages wirst du von mir alle Details erfahren. Versprochen!«

»Dito! Eines Tages wirst du alles über diese Nacht in Nizza erfahren.«

Sie lächelte, auch wenn es ein schmerzliches Lächeln war.

Ihr Vater ging zurück zu seinem Schreibtisch und legte die drei Fotos nebeneinander.

»Als dein Anwalt: Also, wenn du mich fragst, ist das da auf dem Foto nicht zwingend als echte Schusswaffe zu erkennen. Es gab nie eine bedrohliche Situation, denn es war in deinen Augen ein harmloses Spiel mit Masken und Wasserpistolen. So könntest du es der Polizei in Nizza notfalls schildern, oder? Dieser arme Mann muss woanders ums Leben gekommen sein …«

Seit dem Gespräch mit ihrem Vater waren einige Tage vergangen. Maja hatte sich zurückgezogen, um nachzudenken. Weder mit Stefan noch mit ihrem Vater und schon gar nicht mit ihrer Mutter wollte sie über ihre Gefühle reden, die jetzt mit jedem Tag stärker wurden. Eine starke Unruhe hatte von ihr Besitz ergriffen, und sie brauchte dringend ein paar Tage Abstand und Ruhe. Auf Inas Rat beschloss sie, ihre Wohnung zu verlassen, um Stefans weiteren Gesprächsversuchen auszuweichen.

Mitten in der Nacht quartierte Ina die Freundin bei sich ein, aber über ihre Probleme reden wollte Maja nicht. Da das Wochenende vor der Tür stand, nutzten die Freundinnen das schöne Wetter und fuhren in den Chiemgau, um beim Wandern wieder einen klaren Kopf zu bekommen.

Maja war den Samstag über eher schweigsam. Erst am Sonntagmorgen brach es aus ihr heraus.

»Ich kann das nicht länger alleine!«

Ina kam aus der Dusche des einfachen Zimmers, das sie sich in den Bergen gemietet hatten.

»Na endlich … ich dachte schon, dass du es mir nie sagen würdest. Was ist mit Stefan und dir? Er hat mir vorhin schon wieder eine SMS geschickt, um sich nach dir zu erkundigen, denn er macht sich inzwischen große Sorgen. Und die mache ich mir langsam auch. Was ist mit dir?«

Mit Ina konnte Maja normalerweise über alles reden.

Schließlich kannten sie sich eine Ewigkeit. Aber diesmal ging es nicht. Maja wusste nicht, wo sie anfangen sollte. Ina fing an zu raten.

»Ist es der Mann aus Kauai?«

»Nein. Ja. Ich weiß nicht. Er hat mir Briefe geschrieben, aber ich will sie gar nicht lesen ...«

»Dann liebst du Stefan also noch?«

»Natürlich liebe ich ihn. Aber ich kann nicht mehr mit ihm schlafen. Ich bin wie blockiert ...«

So ging es eine Weile hin und her, aber auch Ina war keine große Hilfe. Die Freundin machte sich nur Sorgen, denn sie verstand Maja auch dann nicht, als sie alle Details im Zusammenhang mit dem Vorfall in Nizza erfahren hatte.

»Ich bin verdammt froh, dass der Hawaiianer mit der Knarre dich vor einer Vergewaltigung gerettet hat, Süße. Aber jetzt muss Schluss sein mit dem Unsinn. Gib mir einfach seine Briefe. Der Typ macht dich noch wahnsinnig mit seinen verqueren Ideen, und er gefährdet deine Beziehung mit Stefan. Du gehörst zu uns, zu deiner Familie und den Freunden in München. Der einmalige Ausrutscher, diese eine Nacht ... Du vergisst sie am besten. Nach so einem Schock ist man nicht wirklich man selbst ...«

Maja versuchte zu lächeln.

»Und ich gehöre deiner Meinung nach zu Stefan?«

»Unbedingt! Er ist dein Traummann, ihr liebt euch und du wirst diese Krise überstehen!«

Ina hatte begonnen, Majas Haare zu kämmen, die vom gestrigen Wandern im Wind zerzaust waren, und formulierte ihren nächsten Gedanken mit Absicht vorsichtig.

»Aber es ist wichtig, deine Gefühle sorgfältig zu prüfen, bevor du dein endgültiges Jawort gibst ... Nur bitte lenk dich nicht mit einem anderen Mann ab. Ein Typ aus Hawaii, den du kaum kennst und der wie ein amerikanischer Schauspieler heißt? Es kann nur ein Ablenkungsmanöver sein!«

Maja wusste nicht, ob Ina recht hatte. Zu diesem Zeitpunkt herrschte in ihr bereits Gefühlschaos. Auch deshalb öffnete sie Keanus Briefe nicht an diesem Wochenende in den Bergen, obwohl sie sie stets in ihrem Wanderrucksack bei sich hatte.

Nach dem Wochenende mit Ina kam Maja zurück in die gemeinsame Münchner Wohnung. Doch schon das Herumdrehen ihres Schlüssels in der Eingangstür fühlte sich auf einmal nicht mehr richtig an. Sie antwortete nicht auf Malikas E-Mail, in der sie ihr mitteilte, dass noch weitere Briefe aus Kauai angekommen seien. Aus einem Grund, den sie erst Tage später verstehen würde, war sie wie gelähmt. Mit Mitte zwanzig hatte sie das schreckliche Gefühl, in einer emotionalen Sackgasse angekommen zu sein, an deren Ende eine himmelhohe Mauer aus stumpfer Eintönigkeit stand.

Obwohl sie in die Uni ging und zudem halbe Tage in einer netten Schule verbrachte, in der sie ein Kunstpraktikum mit einer vierten Klasse machte, schien die Zeit in ihrem Inneren gänzlich stillzustehen.

»Ich fühle nichts mehr ... vielleicht habe ich doch ein Burnout, wie meine Mutter meint. Auch Stefan redet inzwischen davon.«

Aber Ina war auch an diesem Tag, an dem sie wie immer abends miteinander telefonierten, anderer Meinung.

»Nein, ich glaube, du hast dich verliebt, Süße. Zudem hast du heftigen Mist mit diesem Typen erlebt. Das sind jetzt noch die Nachwirkungen. Lass Stefan vielleicht doch lieber allein zum Geburtstag seiner Mutter fahren. Nimm dir Zeit für dich selbst, und wenn dir die Decke auf den Kopf fällt, rufst du mich an. Aber, und das rate ich dir als deine beste und allerbeste Freundin, lass die Finger von diesen Liebesbriefen! Sonst hört deine Träumerei nie auf.«

Dann lagen eines Morgens Keanus weitere Briefe in einem Sammelumschlag in ihrem Briefkasten, Absender war Malika. Stefan reichte ihr den handbeschrifteten dicken Umschlag.

»Wer ist denn Malika? Eine neue Freundin?«, fragte er neugierig.

»Nicht direkt eine Freundin, aber eine weltweit engagierte junge Frau. Sie wollte, dass ich mir ihre Materialien über ein Kinderhilfsprojekt ansehe. Danke!«

Wenig später legte Maja die zwölf Luftpostumschläge mit den amerikanischen Blumenbriefmarken zu den anderen zehn, die immer noch ungeöffnet waren. Sie hasste es zu lügen, dachte sie, als sie obenauf den Schwangerschaftstest legte, den sie sich heimlich in der Apotheke besorgt hatte. Der Test war nur für alle Fälle, beruhigte sie ihr ängstlich klopfendes Herz. Sie wollte ganz einfach sicher sein, dass in dieser einen Nacht, in der ihr Verstand scheinbar ausgesetzt hatte, wirklich nichts passiert war.

Keanus Briefe versteckte sie in der Schachtel mit ihren Alben, die sie erst vor Kurzem aus dem Haus ihrer Eltern in Stefans Wohnung geholt hatte. Dann ging sie, um Stefan weiter anzulügen, diesmal wegen ihres geplanten Wochenendes.

Warmes Sonnenlicht schien auf seine ungekämmten Locken. Er saß wie so oft an seinem Computer an dem kleinen Couchtisch vor dem Fernseher, als Maja leise ihr Wohnzimmer betrat. Er sah noch nicht einmal von seiner Arbeit auf, sondern tippte weiter.

»Du kommst nicht mit mir zu Mutters Geburtstag, nicht? Lass mich raten ... du fühlst dich mal wieder nicht gut. Was ist es diesmal? Eine drohende Darmgrippe oder unerträgliche Kopfschmerzen?«

Maja setzte sich zu ihm auf den Boden und legte ihm in einer vorsichtigen Geste des Mitgefühls die Hand auf die Schulter. Er tat ihr wirklich leid. Stefan litt seit Nizza wie ein Hund. Trotzdem bemühte er sich um ein wenig Leichtigkeit.

»Sagen wir doch einfach, Maja hat seit Nizza die Schneckenkrankheit. Und Stefan gelingt es diesmal irgendwie so gar nicht, seine Süße aus ihrem Haus hervorzulocken ...«

»So in etwa könnten wir es stehen lassen. Aber du hast recht, ich möchte nicht mitfahren.«

Stefan nickte, aber sie spürte seine unterdrückte Wut. Seine Stimmung schwankte jetzt meistens zwischen einem diffusen Mitleid für sie und seiner ohnmächtigen Wut. Maja versuchte ein Lächeln.

»Ehrlich gesagt ist es nicht nur mein Körper, der in seinem Schneckenhaus bleiben möchte. Es ist mehr als das. Ich möchte ... nein, ich muss einfach allein mit mir sein ... Das wird mir guttun.«

Er sah sie abschätzend an, von oben bis unten, wie er das manchmal mit seinem Ärzteblick tat.

»Du wirst nicht das ganze Wochenende mit Frustfraß verbringen?«

Maja wusste, wie ihm ihr Körper missfiel, seit sie aus Nizza zurückgekehrt waren. Sie hatte fast drei Kilo zugenommen. In emotional unausgeglichenen Phasen aß sie viel Schokolade. Stefan hatte es ihr in den letzten Wochen mehrfach vorgeworfen.

»Fernsehen, Fressen und viel zu viel Zuhause, aber dabei überhaupt keine Lust auf Sex ... Es ist jetzt über einen Monat her, Maja!«

So war es tatsächlich. Dabei war Maja außer dem Wanderwochenende mit Ina in den letzten Wochen hauptsächlich zu Hause gewesen, allerdings am liebsten, wenn Stefan in die Klinik ging. War er da, war sie gerne bei ihren Eltern oder ihrer Freundin, um ihm aus dem Weg zu gehen. Sie wollte nicht mit ihm schlafen. Allein der Gedanke daran war ihr zuwider. Stefans Stimme war jetzt sachlich.

»Meiner Meinung nach steckst du seit dem Seminar in Nizza in einer Depression. Du musst was dagegen tun.«

Er stand hinter dem Computer auf und streckte seine Arme in die Höhe. Maja konnte das straffe Sixpack seiner Bauchmuskeln bewundern. Einst fand sie seinen Körper göttlich, aber jetzt reizte er sie nicht im Geringsten. Sie konterte.

»Frauen sind nicht immer gleich. Wir gehen durch unsere emotionalen Phasen. Und weißt du, noch sind wir nicht verheiratet. Du kannst es dir immer noch anders überlegen.«

Auch Maja war jetzt vom Boden aufgestanden.

»Sprich mit deiner Mutter darüber. Bei euch oben in Bonn, da hast du doch noch deine Exfreundin Tanja. Ist sie nicht erfolgreiche Ärztin und findet keinen Mann? Vielleicht solltet ihr beide mal wieder miteinander ins Bett gehen …?«

Stefan wurde wütend.

»Hör auf mit dem kindischen Mist!«

Aber jetzt war es Maja, die ungehalten wurde, auch, weil sie sich ihm gegenüber schrecklich hilflos fühlte. Sie zischte ihn wütend an.

»Es ist für mich genauso schwer … Ich bin völlig durcheinander! Das bin ich nicht gewohnt. Ich wusste bisher immer, was ich gefühlt habe …«

Sie sah ihn flehend an.

»Es ist nur so … ich muss allein sein, um für mich ganz sicher zu wissen, ob ich dich noch liebe.«

Stefan ließ seine Arme sinken. Mit einem Mal sah er aus wie ein Boxer, der einen langen Kampf verloren hatte. Er tat Maja leid. Aber es gab nichts, was sie ihm hätte sagen können, außer vielleicht, dass ihr bisheriges Leben irgendwie in Nizza aufgehört hatte zu existieren.

Am nächsten Tag war Maja endlich allein in der gemeinsamen Wohnung. Stefan war übers Wochenende nach Bonn gefahren. Seine Mutter feierte immerhin einen runden Geburtstag. Sie bedauerte am Telefon mehrfach, dass Maja nicht mit Stefan mitkommen würde.

Bis zum Abend wartete Maja, weil sie zu viel Angst vor der Wahrheit hatte. Aber es waren sechs Wochen seit ihrer letzten Periode. Da sie ein Kind mit Stefan wollte, hatte sie die Pille schon vor Monaten abgesetzt.

Maja holte die Schachtel mit den Briefen und dem Schwangerschaftstest aus ihrem Versteck. Keanu und sie waren völlig verantwortungslos gewesen. Nicht einmal der Gedanke an ein Kondom hatte ihr fiebriges Verlangen durchkreuzt. Es konnte also sein. Aber zunächst machte Maja sich daran, Keanus Briefe zu öffnen, schön der Reihenfolge nach. Sie redete sich dabei ein, dass ihre Gefühle für ihn auf ein erträgliches Maß geschrumpft waren. Sie würde mit allem umgehen können, mit allem, was er über die Ozeane in ihre Richtung geschickt hatte.

Schließlich lagen seine Briefe auf dem Boden ihres Zimmers ausgebreitet vor ihr. Manche waren eng mit der Hand beschriebene Briefbögen, andere eine kleine Zeichnung oder ein paar Zeilen eines Gedichtes. Ihre Reise zu Keanu konnte beginnen. Doch etwas stimmte noch nicht. Schnell stand Maja noch einmal auf. Sie holte Keanus Haifischzahn aus einem anderen Versteck. In dem Reisebeutel für Waschzeug hatte der Zahn gelegen, um bei Stefan keinen Verdacht zu erwecken.

Feierlich legte Maja sich den Haifischzahn um. Sie hatte mit sich einen Pakt geschlossen. Dies würde ihr letzter Tag mit Keanu sein, wenn sie Glück im Unglück gehabt hatte. Und davon ging sie aus. Der Schwangerschaftstest war eigentlich eine überflüssige Geldausgabe, wie sie sich einredete. Er würde gewiss negativ ausfallen.

Nach dem heutigen Tag musste Maja alle zwanzig Briefe von Keanu verbrennen. Den Haifischzahn würde sie an Malika schicken. Aber auch Keanus Cousine würde sie zunächst einmal nicht wiedersehen. Sie brauchte eine Zeit der völligen Entwöhnung, um in ihr altes Leben zurückzufinden. Doch Majas Pakt galt nur, wenn …

Kurz darauf hatte Maja die Gewissheit eines Tests, der als fast hundert Prozent zuverlässig galt. Das Resultat sank in jede einzelne ihrer erstaunten Poren. Es war geschehen. Maja trug ein Stück von Keanu in sich und empfand – Freude.

Eine neue Maja saß zwischen zwanzig Briefen, in sorgfältiger Handschrift verfasst. Jeder einzelne war Zeugnis von Keanus Liebe, oder, wie Maja sich ermahnte, was dieser Mann sonst für sie empfinden mochte. Sie kannten sich nur kurz, und vielleicht war es lediglich Begierde.

In einem seiner Briefe fand sie ein wenig Sand. In vier von ihnen waren gepresste Blüten. Einer war auf der Rückseite geschmückt mit einer Zeichnung: ein kleines Farmhaus weit oben in den Bergen von Oahu, wie er schrieb. Dort machte Keanu gerade ein paar Tage Ferien bei seiner Tutu, einer seiner geliebten Großmütter. Er schrieb von einem gigantischen Koa-Baum an der Lanai, vom dem aus er das Meer sehen konnte, wenn er an Maja dachte.

Seit sie sich von Keanu in Nizza verabschiedet hatte, war genug Zeit vergangen, sodass sie ein wenig Abstand gewonnen hatte. Das dachte sie zumindest und versuchte ihr heftig klopfendes Herz zu beruhigen. Es waren genau vier Wochen, sechs Tage, elf Stunden und zweiunddreißig Minuten vergangen, seit Keanu ihr den letzten Kuss gegeben hatte. Maja merkte, wie ihr die Tränen über die Wangen liefen, obwohl sie kein bisschen traurig war. Zu Hause, dachte sie, auch wenn es verrückt ist, ich fühle mich bei Keanu zu Hause.

16. Kapitel

Hawaiian Islands, Jahreswende 2011

Mit dem kleinen Flugzeug ist es wirklich nur ein Katzensprung von Oahu nach Kauai, dachte Maja erstaunt. Und dennoch konnte sie von oben sehr gut sehen, wie verloren die sieben hawaiischen Inseln inmitten des grenzenlos scheinenden Blaus der Südsee lagen. Heftige Winde zerrten an der kleinen Propellermaschine, und Maja schnallte ihren Gurt fester, um in ihrem Sitz nicht zu stark auf und nieder zu hüpfen. Das windige Wetter war nicht weiter ungewöhnlich für diese Jahreszeit, versicherte der Pilot. Wenn die Inseln Hawaiis von Überschwemmungen oder heftigen Stürmen heimgesucht wurden, dann eher im Winter.

Mein Baby wird es schon nicht weiter übel nehmen, hoffte Maja mit einem Mal leicht beunruhigt. Zwar war sie bereits in der fünfzehnten Woche, und ihre Gynäkologin hatte ihr versichert, dass sie wieder fliegen durfte, aber sie hatte dabei vielleicht nicht unbedingt einen Sturmritt auf den wilden Luftwirbeln über der Südsee gemeint. Andererseits hatte Maja den langen Flug von Deutschland über Los Angeles nach Honolulu sehr gut überstanden. Nicht einmal schlecht war ihr gewesen. Aber sie war auch nicht allein. Ihr fürsorglicher Vater hatte ihr jeden Wunsch von den Augen abgelesen.

Mit einem Lächeln dachte Maja an die guten Ratschläge, die er ihr am Honolulu Airport mit auf den Weg gegeben hatte. Max Kemper machte sich trotz allem Sorgen um seine Jüngste, das war ihr bei seiner Umarmung zum Abschied klar geworden. Er hatte Bedenken wegen ihres ersten Treffens mit Keanu auf Kauai. Dabei hatte ihr Vater sie in den vergangenen Monaten in jeder ihrer Entscheidungen tatkräftig unterstützt. Im Gegensatz zu Majas Mutter freute Max sich vom ersten Moment an auf sein Enkelkind mit hawaiischen Wurzeln.

»Mit oder ohne Vater, das ist erst einmal Nebensache. Hauptsache, dein Baby kommt gesund zur Welt, und du kommst damit klar, dass du die Verantwortung für das Kind zum Großteil allein tragen wirst ...«

Auch hatte er Maja nicht widersprochen, als sie sich von Stefan trennen wollte. Sein Lächeln schien sogar zufrieden.

»Stefan ist nett, aber er würde leider besser zu deiner Mutter passen als zu dir ...«

Für diesen Satz musste Maja ihren Vater spontan umarmen, denn Max drückte einfach aus, wie es sich auch für sie angefühlt hatte. Stefan liebte ein Idealbild von Maja, eines, das auch ihre Mutter immer von ihr gehabt hatte. Maja wollte und konnte diesem Bild aber gar nicht entsprechen. Nur ihrem Vater vertraute sie ihre intimsten Gedanken an, als sie an diesem denkwürdigen Wochenende lange im Englischen Garten spazieren gingen.

»Eigentlich mag ich noch nicht einmal, was Mama und Stefan beruflich machen. Schulmedizin macht mir Angst. Ich glaube, ich bin eher die Homöopathie- und Gesundbeten-Abteilung. Ich weiß, Stefan verdient gutes Geld ... und auch vor Mama habe ich größten Respekt. Ich meine, wie oft bin ich dafür bewundert worden, dass meine Mutter die Chefärztin einer vorbildlichen Herzklinik ist. Sie hilft vielen Menschen ... Aber oft frage ich mich, warum bei uns überhaupt so viele Menschen Probleme mit ihrem Herzen haben. Liegt es nicht auch an der Kälte in unserer Gesellschaft? So viele Menschen bei uns sind einsam, gerade auch im Alter. Ich glaube nicht, dass die Schulmedizin darauf eine Antwort hat.«

Ihr Vater sagte nichts. Er lächelte still vor sich hin, während die Herbstblätter um sie herum leise zu Boden fielen. Der graue Himmel, der viele Monate trübes Winterwetter ankündigte, ließ beide ihren eigenen Gedanken nachgehen. Maja und ihr Vater waren in ihrer Familie diejenigen, die jeden Winter mindestens eine Woche in die Sonne fliehen mussten, um sich bei Laune zu halten. Der Rest der Kempers kannte so etwas wie eine Winterdepression nicht.

Über Majas Bitte, vorübergehend wieder in ihr altes Zimmer im Haus einziehen zu dürfen, bis sie einen Lebensplan mit ihrem Kind hatte, freute sich ihr Vater sichtlich. Er versprach, die Einzelheiten mit seiner Frau zu regeln.

Die beiden Monate bis Weihnachten hatte Max mit seiner Jüngsten ausgiebig genossen. Sie war seine einzige Komplizin in einer Angelegenheit, die Max sogar vor seiner Frau verborgen hielt: das Grundstück auf Kauai.

Am Weihnachtsabend hatten sie die Überraschungsbombe platzen lassen. Die ganze Familie war gekommen, um gemeinsam zu feiern. Max hatte ein kitschiges Hawaii-Poster entrollt, Maja hatte Blumenketten verteilt und dazu Hula-Musik gespielt. Dann hatten sie dem Rest des Kemper-Klans mitgeteilt, dass es von jetzt an einen Garten auf der Insel Kauai geben würde, den man besuchen könnte. Von nun an würden ihre hawaiischen Wurzeln eine größere Rolle in der Familie Kemper spielen, da Max beschlossen hatte, das späte Erbe seines leiblichen Vaters anzutreten. Es gab anscheinend außer ihm keine rechtmäßigen Erben und er hatte bereits seinen Flug gebucht, um die rechtlichen Dinge vor Ort zu klären. Maja würde ihn dabei begleiten.

Natürlich wurden sofort einige Stimmen laut, die zum Verkauf rieten und sich auf bares Geld freuten. Es war immerhin ein Grundstück mit einem grandiosen Blick aufs Meer, wie einige Fotos zeigten. Hawaii sei doch inzwischen mehr oder weniger eine Ferienkolonie der Amerikaner. Dazu lächelte Max sanft, sprach wenige und sehr bestimmte Worte. Das wäre ganz alleine seine Entscheidung. Er würde durch Maja immerhin bald ein Enkelkind bekommen, das seine Wurzeln auf der Insel Kauai hatte. Wer weiß, was das für die Zukunft bedeuten würde. Die Geschwister schwiegen. Einerseits bewunderten beide Maja für ihren Mut, aber so richtig verstehen konnte sie weder ihre Schwester noch ihr Bruder. Das

Leben von alleinerziehenden Eltern war schließlich alles andere als einfach.

Maja und Max setzten sich kurz nach Weihnachten in den Flieger. Auf Oahu verbrachten sie relativ viel Zeit in einer größeren Kanzlei im Zentrum von Honolulu, um rechtliche Fragen zu klären. Es gab verschiedene ungeklärte Fakten. Maja war vor allem daran interessiert zu erfahren, wie das Grundstück in die Hände des Mannes geraten war, der ihr leiblicher Großvater war. Aber auf den ersten Blick ließ sich nur eine entfernte Verbindung zu Elisa Vogel feststellen. Ihr hatte dieses Land ursprünglich vor über hundert Jahren nach dem Tod ihres Vaters gehört, wurde aber dann ihrer Mutter Clementia überschrieben. Bei deren Tod ging es an Elisas Tochter Victoria, obwohl es ein jahrelanges Gerichtsverfahren gab. Elisa hatte gegen Victoria prozessiert. Victoria hatte es auch deswegen kurz nach dem Zweiten Weltkrieg für sehr wenig Geld an einen Offizier der US Navy verkauft, an Majas unbekannten Großvater. Dieser Mann wiederum wollte es seinem ältesten Sohn vermachen, wie es unter Hawaiianern üblich war. Das Grundbuch mit den entsprechenden Einträgen lag vor, und Maja studierte aufmerksam jedes noch so kleine Detail. Auf der rechtskräftigen Besitzurkunde aus dem Jahr 1948 sah sie die Unterschrift ihres leiblichen Großvaters. Es war die gleiche Signatur, wie auf Max' Geburtsurkunde aus dem Jahr 1946. Aber niemand wusste, was aus dem ehemaligen hawaiischen Berufssoldat nach 1948 geworden war. Es gab weder irgendwo eine Todesurkunde von Max' Vater noch hatte er je länger auf dem Grundstück auf Kauai gewohnt. Überhaupt hätte dort nie ein Haus gestanden, sondern lediglich ein kleiner Schuppen, den er im Sommer 1948 errichtet hatte. Ein verblichenes Schwarz-Weiß-Foto lag bei: ein Schuppen zwischen windschiefen Apfelbäumen, dahinter Felsen und das Meer. Das war es also, ihr eigenes Stück Land auf Kauai, dachte Maja und drehte aus einem plötzlichen Impuls heraus das Foto um. In Bleistift gekritzelt und kaum noch zu erkennen stand dort ein Name: Elisa.

Nebenbei erkundete Maja mit ihrem Vater die Insel Oahu. Maja wollte die kleine Farm in den Bergen finden, die Keanu für sie gezeichnet hatte. Das war nicht ganz einfach. Aus der Erinnerung ihrer Träume wusste Maja, dass es die Nordküste der Insel war, von der aus es hoch in die Berge ging, aber ansonsten hatte sie nur wenige Anhaltspunkte. Die Dole Ananasfabrik war einer von ihnen.

Die alte Fabrik, in der Generationen von hawaiischen Arbeitern meist unter menschenunwürdigen Bedingungen gearbeitet hatten, war inzwischen eine der wichtigsten Touristenattraktionen der Insel. Dort stand auf einer Informationstafel viel über den ersten Ananasanbau auf der Insel und den Wohlstand, den die Ananasfrucht nach Oahu gebracht hatte. Aber die Namen Nalani und Makaio konnte Maja nirgendwo entdecken. Überhaupt war nur von der weißen Familie Dole die Rede und nicht von den Hawaiianern, denen das Land hier ursprünglich gehörte.

Ein alter hawaiischer Wachmann, der fast keine Zähne mehr im Mund hatte, erkannte jedoch die kleine Farm auf Keanus Zeichnung sofort und lächelte. Die hawaiischen Worte, die er vor sich hinmurmelte, konnte Maja nicht verstehen, aber seine Wegbeschreibung half ihnen weiter.

Keanus hawaiische Tutu war eine schöne Frau und noch relativ jung für eine Großmutter. Ihre sprühenden dunklen Augen bildeten einen aparten Gegensatz zu ihrem schlohweißen Haar, das sie in einem langen Zopf auf dem Rücken trug. Dabei konnte sie bei ihrer vitalen Ausstrahlung höchstens sechzig Jahre alt sein.

Als sie erfuhr, wer Maja war, lud sie Vater und Tochter zu einer Tasse Tee auf ihrer Lanai ein. Sie sprach sehr gut deutsch, da sie, wie sie erzählte, einige Jahre in Heidelberg studiert hatte. Während sich Max und sie unterhielten, konnte Maja sich in Ruhe umsehen.

Keanu hatte in seinem Brief, der der Zeichnung beilag, einiges über diesen Ort geschrieben. Der Koa-Baum, der schon stattlich war, als Elisa vor mehr als hundert Jahren auf ihn kletterte, war jetzt ein eindrucksvoller Baumriese. Tutu lächelte, als sie sah, wie Maja den Stamm voller Ehrfurcht berührte.

»Der alte Koa ist mein Freund, aber seine Wurzeln machen mir hier alles kaputt. Koa hebt meine Lanai an einer Seite so hoch, dass der Tee ein Eigenleben hat! Schau!«

Tatsächlich stand der Tee mit dem feinen Jasminaroma, den Tutu aufgebrüht hatte, deutlich schief in den drei Tassen. Maja und Max schmeckte er trotzdem. Zum ersten Mal, seit sie vor fast einer Woche in München aufgebrochen waren, fühlte Maja sich wieder geerdet. Honolulu war eine Großstadt, aber hier oben, weit über den Ananasfeldern und der scheußlichen Fabrik, war es unglaublich friedlich. Dieses Fleckchen Paradies war geblieben und gehörte immer noch der ursprünglichen Familie, wie Maja von Keanus Tutu erfuhr.

»Es war ein harter Kampf ... und ohne Elisa Vogels Hartnäckigkeit hätte mein Vater Eli ihn nie gewonnen. Kommt mit mir, ich zeige euch etwas.«

In dem großen Wohnraum, dessen Fenster und Türen sich ringsherum auf die Lanai öffneten, hingen zwei Porträts. Maja erkannte die Gesichter aus ihrem Traum sofort. Nalani und Makaio waren hier um einiges älter, vielleicht in ihren Vierzigern. Aber sie wirkten stattlich, stolz und immer noch glücklich verliebt. Maja bat Tutu, ihr zu erzählen, was mit dem Paar geschehen war. Wurden sie reich und glücklich durch die Ananasfrucht?

Tutu schüttelte traurig ihren Kopf.

»Nein, es kam ganz anders. Das Glück war ihnen nicht hold, denn Nalanis größte Angst sollte sich bewahrheiten.

Die furchtbare Krankheit Mai Pake kam genau zur Jahrhundertwende in die Berge. Sie wurde von den chinesischen Feldarbeitern eingeschleppt, die von der Familie Dole als billige Arbeitskräfte gekauft worden waren. In Windeseile breitete sich die Lepra unter den Hawaiianern aus. Sie nahm Nalani innerhalb von zwei Jahren ihre drei blühenden Söhne. Auch ihr Mann Makaio wurde krank. Die weiße Polizei kam und zwang ihn, sein Haus zu verlassen. Wie alle anderen Leprakranken musste er auf die Insel Molokai, um niemanden anzustecken. Aber nachdem Nalani schon ihre Söhne verloren hatte, begleitete sie meinen Großvater auf die Insel der Kranken. Durch Elisas Pflege gesundete er dort auf wunderbare Weise. Siehst du seine Nase, auf dem Porträt? Hier, die weißen Flecken … Großvater blieb für sein Leben von Mai Pake gezeichnet.«

Die elegante Frau mit dem Kaurischmuck an den Armen zeigte auf die Stelle in dem Porträt. Maja konnte es gut erkennen, aber sie bestaunte vor allem auch die Maltechnik. Tutu versuchte zu lächeln, aber es fiel ihr sichtlich schwer.

»Wie du sehen kannst, konnten meine Großeltern das Haus, das sie für ihre Familie gebaut haben, behalten. Aber das war so ziemlich alles, was ihnen blieb. Selbst im Jahr 1940, als ich geboren wurde, musste mein Vater Eli deswegen immer noch mit seiner Mutter gegen die weißen Anwälte kämpfen.«

Maja konnte ihren Blick nicht von den beiden Porträts losreißen.

»Es ist unglaublich, wie Elisa Vogel sich als Künstlerin weiterentwickelt hat. Ich habe einige frühe Landschaften von ihr im Internet gesehen, aber nur ein einziges Porträt. Die Zeichnung einer jungen Frau, die mir ein wenig ähnlich sieht …«

Tutu lächelte verschwörerisch.

»Meine Großmutter Elisa ist für viele von uns ein Geheimnis, aber auch ein Wunder gewesen, weil sie das Unmögliche möglich machen konnte. Da wo andere keinen Weg sahen, nahm sie ihren Stock und kämpfte. Sie war unser großes Vorbild. Nur durch sie ist mein Großvater Makaio wieder gesund geworden. Ich habe durch Elisa auch diese anderen Großeltern noch kennengelernt, aber da waren Nalani und Makaio schon sehr alt. Ich hatte nämlich insgesamt sechs Großeltern. Das ist hier bei uns keine Seltenheit …«

Tutu lächelte und trank einen Schluck Tee.

»Elisa war eine große Heilerin. Ihre vier Jahre auf der damaligen Leprainsel Molokai sind legendär. Man nannte sie dort nicht nur die Haifischfrau, sondern auch die Zauberlilie von Molokai. Solltest du einmal nach Molokai fahren, dann wirst du eine kleine Gedenkstätte für sie finden, an der täglich Blumen niedergelegt werden. Elisa hat durch ihre Heilkünste sehr vielen Menschen geholfen. Aber ohne ihren kampfbereiten Stock wären auch dieses Haus und Grundstück nicht mehr in meinem Besitz. Die Familie Dole hatte sich unser Haus bereits unter den Nagel gerissen. Aber Elisa gab nicht auf, und eines Tages konnten Nalani und Makaio wieder einziehen. Sie sind hinten auf dem Grundstück beerdigt, neben ihren drei Söhnen. Willst du es sehen?«

Später, als Max und Maja sich verabschiedeten, musste Maja noch eine Frage stellen, die sie seit Längerem beschäftigte.

»Die Verwandtschaftsverhältnisse, oder besser gesagt die Nachkommen von Elisa Vogel, sind mir nicht ganz klar. Wie genau ist Keanu mit Elisa verwandt?«

Tutu spitzte ihren Mund, so als würde sie ein Lied pfeifen. Dann rollte sie mit den Augen.

»Du willst es wirklich genau wissen? Reden wir hier über Blutanteile und Prozente im deutschen Sinn oder über echte Verwandtschaft? Was die echte Verwandtschaft betrifft, auf die es ankommt, so ist Elisa eine meiner drei Großmütter, weil Eli mein Vater war. Keanu wiederum ist mein Enkel, also ist Elisa seine Ur-Urgroßmutter.«

»Aber ich dachte, Eli war Makaio und Nolanis Sohn?«

Tutu zog die Augenbrauen hoch. Sie sah Maja jetzt durchdringend an und spitzte erneut ihren Mund.

»Welches Vögelchen hat dir denn das zugezwitschert? Oder hatte mein Enkel etwa recht? Bist du eine Traumgängerin?«

Auf dem Rückweg, als ihr Vater die schlängelnde Bergstraße in Richtung Honolulu fuhr, verstand Maja immer noch nicht genau. Die Frau in den Bergen hatte ihr gerade trotz allem weismachen wollen, dass Eli der Sohn von Elisa Vogel war. Das ergab aber so doch gar keinen Sinn, denn Maja wusste es besser.

Ihren ersten Traum von Elisa hatte Maja, nachdem sie und Max den Iolani-Palast im Zentrum von Honolulu besichtigt hatten und von dem lauten Hotel in der Innenstadt in eine Unterkunft am Meer umgezogen waren. Obwohl die Insel über die Feiertage ausgebucht war, hatte Tutu ihnen per Telefon schnell eine bessere Unterkunft organisiert.

»Das ist Familie, versteht ihr, die nehmen keine normalen Touristen, sondern vermieten nur auf Empfehlung … Dakine.«

Tutus Zwinkern war wie ein Sonnenstrahl, als sie Maja zum Abschied in den Arm nahm und drückte.

»Sag meinem Enkel einen schönen Gruß von seiner Tutu, wenn du ihn auf Kauai siehst. Er soll auf dem Hibiskus-Ball einen Tanz für mich mittanzen!«

In der Nacht darauf, als Maja sich erschöpft von dem sanften Rauschen der Wellen vor der Veranda ihres Bungalows in den Schlaf fallen ließ, träumte sie zum ersten Mal seit ihrer Abreise aus München.

17. Kapitel

Iolani-Palast, Honolulu, Frühjahr 1895

Es war ein unglaubliches Gefühl für Elisa, nach all den Monaten jeden Mittag wieder in einer warmen Badewanne liegen zu können, bevor sie zu Kelii in den Lustpavillon ging, um ihre täglichen Übungen zu machen. Sie entspannte sich in dem weichen erwärmten Meerwasser mit den duftenden Jasminblüten völlig. Ihr Schwangerschaftsbauch war jetzt wohlgerundet, aber sie machte sich keine Sorgen um Jansons Baby. Hoku hatte alles in Ordnung gebracht, was in Elisa vorher im Ungleichgewicht war. Die grausame Tat lag durch Hokus Behandlungen hinter ihr. Das Schicksal des Kindes war bereits entschieden. Es würde nicht bei Elisa aufwachsen, so hatte Hoku es bestimmt. Als weißes Baby würde es gute Eltern finden, das sagte auch Königin Lili'uokalani, allerdings mit traurigem Blick. Für sie war es eine Tragödie, was mit Elisa geschehen war. Einmal, als Elisa allein bei ihr zum Tee geladen war, brachte Lili'uokalani das Thema zur Sprache.

»Noch bin ich die Königin. Ich könnte diesen Gerit Janson verhaften und einsperren lassen.«

Aber Elisa schüttelte energisch ihren Kopf.

»Ich bin geheilt. Das Baby wird gute Eltern finden. Und wenn Janson auf Kauai verhaftet würde, dann wüssten alle, dass ich noch am Leben bin und mit einem Hawaiianer in wilder Ehe lebe. Das würde furchtbare Folgen haben, vor allem für die Hawaiianer. Die Weißen würden es nie zulassen. Mein Onkel und die anderen weißen Plantagenbesitzer sind alle wie Janson. Sie nehmen sich, was sie wollen, notfalls mit Gewalt. Es ist egal, ob es Land, junge Mädchen oder am Ende Ihre Krone ist … sie wollen nur Macht und Profit, und das bedeutet notfalls auch gewaltsame Eroberung. Janson will meine Apfelplantage. Dabei war es Land, das mein Vater für mich bestimmt hatte! Aber wenn meine Mutter einmal nicht mehr ist, besitzt es sicher bald mein Vergewaltiger …«

Leise fügte Elisa noch hinzu: »Manchmal hasse ich mein Volk. Ich schäme mich für die Weißen, weil sie arrogant, dumm und grausam sind.«

Lili'uokolani lächelte milde.

»Du bist noch so jung, mein Kind. Die Jugend spricht heiße Worte, aber ich kann dir versichern, dass es auch gute Weiße gibt. Mein Berater Sanford Dole, zum Beispiel … Seit Jahren dient er treu unserer hawaiischen Monarchie.«

Königin Lili'uokalani war ganz anders, als Elisa sie sich vorgestellt hatte. Mit Ende fünfzig war sie aufgeschlossen für alles Neue und wirkte zwanzig Jahre jünger. Ihre gemeinsamen Gespräche waren unkompliziert, intelligent und warmherzig.

In den Monaten bis zur Geburt ihres Kindes verbrachte Elisa so viel Zeit wie es ging mit der weisen Königin, die begonnen hatte, an ihrer Biographie zu arbeiten. Lili'uoakalani stellte viele intelligente Fragen, aber sie hatte mindestens so viele Antworten für Elisa parat. Nur den einen Mann, der fast täglich zu ihr kam, um sich mit ihr zu beraten, den durfte Elisa nie treffen. Jedes Mal, wenn Sanford Dole von einem der Bediensteten angemeldet wurde, musste Elisa zurück in ihre bescheidenen Gemächer. Sie teilte den Wohnraum mit Keliis Mutter. Elisa mochte es nicht, wenn sie sich verstecken musste. Aber Dole sollte auf keinen Fall wissen, dass Elisa Vogel am Königshof weilte.

»Wegen des geplanten Anbaus der Ananasfrucht auf den anderen Inseln hält Dole derzeit auch sehr enge Verbindungen zu den Plantagenbesitzern auf Kauai. Daher halte ich es für zu gefährlich für dich, mein Kind.«

Damit schickte sie Elisa wieder einmal auf ihr Zimmer.

Allein mit ihrem Liebsten besprach Elisa das Thema ausführlich.

»Also vertraut Lili'uokalani ihrem Berater doch nicht so ganz, oder?«

Kelii gab ihr recht, wusste aber durch seine Beziehung in Honolulu zu den Königstreuen noch einiges mehr.

»Unserer Meinung nach ist Sanford Dole mit daran schuld, dass das hawaiische Königshaus immer stärker diskreditiert wird. Wie kann er Lili'uokalanis Ideen derartig ungefiltert in der Öffentlichkeit ausbreiten? Das ist nicht diplomatisch, wenn die Königin die hawaiische Monarchie erhalten will. Das muss Dole eigentlich wissen, handelt aber nicht danach. Die Steine-Esser fürchten schon eine baldige erneute Attacke auf das Königshaus. Und diesmal wird Lili'uokalani vielleicht sogar permanent unter Hausarrest gesetzt.«

Ihr kleines gemeinsames Schlafzimmer, das neben den Gemächern von Keliis Mutter lag, war hellhörig. Mehr als einmal kam die Mutter herüber und bat um Mäßigung, wenn Kelii und Elisa leidenschaftlich politisierten, nachdem er von den Versammlungen der Königstreuen in Honolulu zurückkam. Die Mutter hielt nicht allzu viel von den Steine-Essern, weil dort hauptsächlich junge Männer das Wort führten.

»Lili'uokalani ist die fortschrittlichste und klügste Monarchin, die wir hawaiischen Frauen uns wünschen können. Sie wird speziell Schulen für hawaiische Mädchen gründen, und zwar auf allen Inseln. Sie wird versuchen, den Fluch von Mai Pake zu bannen und europäische Ärzte auf unsere Inseln holen, um die Krankheit für immer zu besiegen. Lili'uokalani will ein modernes Hawaii, das mit der Welt mithalten kann, und genau das muss Sanford Dole der Öffentlichkeit vermitteln, auch wenn es nicht einfach ist.«

Elisa erwiderte darauf nichts. Sie verstand sich nicht besonders gut mit Keliis Mutter. Sie glaubte, Ablehnung gegen ihre weiße Haut und europäische Herkunft zu spüren, obwohl in ihrer Gegenwart nie ein einziges negatives Wort fiel. Bei Kelii sprach sie aus, was sie quälte.

»Deine Mutter hasst mich. Ich kann es fühlen … und ich

verstehe sie sogar. Sie trägt für ihre Königin dieses unbequeme Korsett, die einengenden Schuhe und pudert sich ihre Haut weiß, weil Lili'uokalani sich dadurch politische Vorteile erhofft. Aber deine Mutter verachtet sich eigentlich dafür. Sie kommt selber aus einer königlichen Familie. Wenn sie Weiße wirklich achten würde, dann hätte sie Johannes jubelnd in eure Familie aufgenommen, oder etwa nicht?«

Elisa saß, wie so oft, wenn sie in den Gemächern bleiben musste, auf dem Bett und skizzierte. Heute war es ein Porträt von Keliis stolzem Profil. Er nickte, denn er wusste, dass Elisa recht hatte. Doch das machte die Sache nicht einfacher. Seine Mutter hatte immerhin die Höflichkeit, sich nicht anmerken zu lassen, was sie für Elisa empfand. Aber seine Freunde unter den Steine-Essern hatten ihm sogar verboten, seine Freundin zu ihren Treffen mitzubringen. Er hatte es Elisa aus Taktgefühl nicht gesagt, aber er war sich sicher, dass sie es ohnehin wusste. Nicht ein einziges Mal hatte sie gefragt, ob sie ihn begleiten durfte.

Elisa hatte manchmal fast schwermütige Momente, weil sie inzwischen begriff, dass ihre Begeisterung und Liebe für Kelii allein nicht ausreichen würde, um die Kluft zwischen ihren beiden Völkern zu schließen. Doch es gab etwas, das Elisa über einiges hinwegtröstete. Und das hatte mit Hoku zu tun.

Hoku war schon zwei Mal gekommen und hatte Elisa eine ganze Woche im Palast unterrichtet. Sie hatte sich unter den anderen Kahuna durchsetzen können, denn obwohl Elisa eine Haole war, sang ihre Seele das Lied der Kahuna aus Hawaii. Dafür gab es vielerlei Beweise, vor allem aber die Narbe von Großvater Hai. Daher bekam Elisa von Kelii täglich Unterricht in Kräuterheilkunde, Fingerspitzensehen, Mana-Arbeit und auch der Hellsichtigkeit. All das musste sie jeden Tag üben, um sich auf die Prüfungen vorzubereiten, die Hoku abhielt, wenn sie in den Palast kam, um die Königin zu beraten. Aber Elisas wichtigste Hausaufgabe von allen war der Unterricht in der hohen Kunst der körperlichen Liebe. Hoku hatte es ihr mehrfach ans Herz gelegt.

»Erst wenn du mit Kelii zusammen wieder von der höchsten Klippe springen kannst, um auf den Schwingen des Falken der Sonne entgegenzujubeln, habt ihr eine Zukunft als Paar.«

Befangen und scheu lag Elisa anfangs neben Kelii in dem kleinen Lustpavillon von Lili'uokalani, in dem sie täglich eine Stunde verbringen mussten. So hatte Hoku es ihnen befohlen. Elisa hatte eine Aufgabe zu bewältigen. Daher nahm sie vor dem Beginn ihrer Stunde stets eine Medizin aus Kräutern, Blumen und einer bestimmten Beerensorte, um ihren Körper empfänglicher für lustvolle Empfindungen zu machen. Dazu gab es bestimmte Übungen, die Kelii und sie täglich machen sollten.

Anfangs waren ihr seine Berührungen an den intimen Stellen ihres Körpers noch unangenehm und lösten ein starkes Schamgefühl aus. Doch nachdem sie ein paar Mal geübt hatten, erinnerte sich Elisa an die genüssliche Stunde hinter dem Wasserfall auf Kauai, als sie noch ein unschuldiges Mädchen gewesen war. Damals hatte sie es sehr gemocht, wenn Kelii sie angefasst hatte. Und manchmal, wenn es ihr mit der Kräutermedizin jetzt gelang, die dunklen Wolken in ihrem Kopf beiseitezuschieben, spürte sie einen Hauch von dem damaligen prickelnden Lustgefühl.

»Bitte versuch es noch einmal!«

Elisa drehte sich mit ihrem Bauch auf die Seite. Sie war jetzt sechs Monde mit Kind, drei würden noch kommen, bevor das Kleine selber die Sonne sehen wollte. So hatte es Hoku ihr erklärt. Bis dahin musste es Elisa gelungen sein, sich wieder zu holen, was Janson ihr gestohlen hatte: die Lust in ihrem Unterleib. Sonst würde auch die Geburt unnötig schwierig werden, hatte Hoku sie gewarnt. Ihr Bauch war klein und fest und störte nicht bei dem Liebesspiel, denn Kelii liebkoste sie lediglich mit seinen Fingern.

Er lächelte, als sie jetzt unter seiner sanften kreisenden Bewegung aufstöhnte. Er konnte sich an seiner Liebsten nicht sattsehen. Nie zuvor war Elisa so schön wie jetzt mit ihren vollen Brüsten und dem geschwollenen Leib.

Im Lustpavillon war es warm, da die Sonne um die Mittagsstunde herum direkt auf die Liegebänke schien, die mit weichen Fellen und Kissen in rötlichen Mustern ausgekleidet waren. Die Königin war bekannt dafür, dass sie ihr Liebesleben pflegte und zwar nicht unbedingt nur mit Männern. Überhaupt hatte Lili'uokalani ein Faible für Sinnlichkeit, was sich in der gesamten Palasteinrichtung zeigte. Überall gab es Nischen und Orte, wie geschaffen für intime Begegnungen. Das Licht, die Wahl der Farben, selbst die Gerüche im Palast erzählten Geschichten der Liebe.

Ihr Bad hatte sie aufgewärmt und ein sinnliches Feuer brannte zwischen ihnen, um Elisas innere Glut anzuheizen. Wie Hoku es Kelii aufgetragen hatte, verströmten in einer Schale aus Ton duftendes Sandelholz und stimulierende Kräuter über den Flammen ihr betörendes Aroma.

»Magst du es so gerne ...?«

Seine Hand glitt zwischen ihre Beine, wo es feucht und warm war, und sie lehnte sich genüsslich noch weiter zurück. Jedes Mal, wenn sie jetzt übten, empfand Elisa mehr Vergnügen. Meisterhaft beherrschte Kelii es, sie mit seinen Fingerkuppen so lange an der richtigen Stelle zu massieren, bis sie nicht anders konnte, als ihre Beine noch weiter zu öffnen und ihm ihre Hüften entgegenzustemmen. Aber bisher war es ihm nie gelungen, Elisa so weit zu stimulieren, dass sie sich völlig vergaß und in seinen Armen explodierte. Etwas in ihrem Inneren hielt sie in letzter Sekunde immer zurück. Sie schob dann mit entschuldigendem Lächeln seine Hand zur Seite.

Doch heute, so spürte sie, war es anders als sonst. Sie war neugierig, wie es um seine Lust bestellt war. Seine Augen hatte er genüsslich geschlossen, so als würden seine Finger den Platz mögen, den sie in kleinen kreisenden Bewegungen zu erobern suchten. Ihre Hand glitt wie von alleine zu seinem Lendenschurz, der seine Männlichkeit bedeckte. Was ihre Fingerspitzen dort fanden, gefiel ihr, weil er es mochte. Sie hatte keine Angst mehr. Sanft streichelte sie jetzt auch ihn, bis er zu stöhnen begann. Da wagte er, bei ihr mit seinem Finger ein wenig tiefer zu forschen, ein Privileg, welches sie ihm bis jetzt mit dem schnellen Schließen ihrer Schenkel verwehrt hatte. Aber heute ließ Elisa es zu.

Sein Mittelfinger fand den Eingang und den Rhythmus. Nun nahm er seine zweite Hand zu Hilfe, um sie noch weiter zu reizen, weil er merkte, wie ihre Hüften ihm entgegenfieberten.

Lustvoll ineinander verwoben ritten sie auf den Wellen der Lust, bis Elisa es nicht mehr aushielt. Und auch er konnte nicht anders, als sich ihren geschickten Händen hinzugeben.

Es war der Tag, an dem sie mit Kelii nach ihrer schwierigen Zeit endlich den Sprung von der Klippe schaffte. Genau gleichzeitig entfuhr ihnen ein Laut der Freude, der über die Wände des Pavillons bis in den Garten drang. Dort unterhielt sich in einem schattigen Plätzchen, das sie von der Mittagssonne abschirmte, Königin Lili'uokalani mit dem Berater Sanford Dole über die wunderbare Ananasfrucht. Einen Moment hielt die Königin inne und lächelte. Es war ein geheimer Triumph, von dem ihr eifrig dozierender Berater mit dem langen weißen Bart nichts ahnte.

Als Kelii und Elisa nach dem hart erkämpften Wunder erschöpft und glücklich in den Kissen lagen, glaubte Elisa durch einen Spalt des großen roten Vorhangs, der sie vor neugierigen Blicken schützte, ein Falkenpaar zu sehen, das gemeinsam gen Sonne flog.

18. Kapitel

Kauai, Neujahrsmond 2011

Aufgewacht war Maja von dem ersten Zwitschern der Vögel. In dem roten Jasminbusch vor dem Fenster schienen gleich mehrere Nester zu sein. Aber nicht nur das Vogelgezwitscher und ihr Jetlag hinderten sie daran, wieder einzuschlafen. Sie musste ununterbrochen an Keanu denken. Während sie sich in den Kimono einhüllte und auf die Veranda trat, leise, um ihren Vater im Nebenzimmer nicht zu wecken, sah sie Keanus Augen vor sich, als er ihr in Nizza ihren Sonnenhut gereicht hatte. Vom ersten Moment an waren Maja diese Augen vertraut, vielleicht auch, weil sie denen ihres Vaters ähnlich waren. Mit diesen Gedanken setzte sie sich in die blumige Hollywoodschaukel auf der Lanai und sah hinaus auf das nächtliche Meer. Die Morgendämmerung musste kurz bevorstehen. In der Gischt der Wellen kündigten feine silberne Fäden den ersten Gruß des Tages an.

Obwohl sie in Kürze Keanu sehen und endlich Auge in Auge mit ihm sprechen würde, war sie unzufrieden mit sich. Wie verlogen ihr Anruf in seinen Ohren geklungen haben musste! Er hatte Maja nach ihrer E-Mail gebeten, ihn unbedingt anzurufen. War eine knappe E-Mail nach vielen Wochen ihres Schweigens und insgesamt dreißig Liebesbriefen von seiner Seite ihre endgültige Antwort auf seine Gefühle? Empfand sie gar nichts für ihn? Hatte er sich in Nizza nur eingebildet, dass sie eine tiefe, echte Verbindung haben, auf der man eine Beziehung aufbauen könnte?

Maja schluckte. Während die Gischt auf den Wellen heller und heller im Licht strahlte, schämte sie sich. Sicher hatte Keanu bei ihrem Telefonat gemerkt, dass sie ihm etwas Wichtiges verschwieg. Überhaupt redete sie kaum einen zusammenhängenden Satz, wie es ihr nach dem Auflegen schien. Vielmehr waren es unsichere Halbsätze, abgelöst von ratlosem Schweigen. Sie wollte nicht lügen. Sie konnte ihm aber auch keinesfalls die ganze Wahrheit sagen. Zu tief waren ihre Schuldgefühle, nachdem sie sich für das Kind in ihrem Bauch entschieden hatte. So etwas machte man nicht in der heutigen Zeit. Es gab für eine Frau, die kein Kind mit einem Mann geplant hatte, zu viele Möglichkeiten, dem Mann gegenüber fair zu sein. Männer nach einer einmaligen Bettbegegnung zu Vätern wider Willen zu machen, war nicht in Ordnung, Maja wusste das. Obwohl es nirgendwo geschrieben stand, war es vielleicht sogar die größte Zumutung, die eine Frau heutzutage einem Mann aus angeblicher Liebe vor die Füße legen konnte.

Maja beging in ihren eigenen Augen Keanu gegenüber geradezu so etwas wie ein Verbrechen. Sie hatte schließlich ein Kind mit Stefan geplant. Auch Ina dachte so. Als Maja ihr von der Schwangerschaft erzählte, hatte ihre Freundin sie ungewöhnlich streng angesehen.

»Das ist es also! Jetzt verstehe ich im Nachhinein sehr viel besser, warum du derartig schräg drauf warst!«

Inas Blick wurde noch strenger. Zwischen ihren Augenbrauen bildete sich die steile Falte, die Maja seit ihrer gemeinsamen Kindheit kannte. Alarmstufe rot.

»Du weißt, dass du potentiell drei Menschen sehr, sehr unglücklich machst, vielleicht sogar vier, wenn Stefans Gefühle für dich überhaupt noch eine Rolle spielen ... Und hattest du mir nicht erzählt, dass dein hawaiischer Beau mit dem Namen eines unwiderstehlichen Filmstars in diesem Winter heiraten will? Was sagt denn seine Zukünftige zu deinem Egoismus?«

Es war ein unerfreuliches Gespräch gewesen. Aber noch stärker reagierte ihre Mutter, nachdem Maja sich selbst nach mehreren Beratungsgesprächen uneinsichtig zeigte.

»Ich sage dir gleich, Maja, dass ich für dieses Kind nicht als Großmutter da sein werde. Dein Vater und ich haben genug Kummer mit den verunglückten Ehen deiner Geschwister.

Ein weiteres emotional unterernährtes Enkelkind verkrafte ich nicht. Was hast du dir eigentlich dabei gedacht? Und was tust du Stefan damit an? Stefan wäre ein Mann gewesen, dem ich eine Familie zumindest zutrauen würde …«

Später hatten ihre Eltern im Schlafzimmer gestritten, was selten vorkam. Auch dafür hatte Maja sich schuldig gefühlt, bis ihr Vater ihr am nächsten Morgen gut gelaunt zuzwinkerte.

»Ich wollte immer schon ein Enkelkind ganz für mich allein … Was meinst du, ob es Zwillinge werden?«

Aber es war nur ein einzelnes kleines Wesen, über das Maja jetzt schützend ihre Hand hielt, während sie so leise wie möglich auf der Hollywoodschaukel hin und her schwang. Keinesfalls wollte sie ihren Vater wecken.

Sie sah hoch zu den letzten Sternen, die mit den Lichtern der Küste von Honolulu in der beginnenden Morgendämmerung um die Wette blinkten. Nicht einmal eine winzige Sekunde lang hatte sie gezweifelt, dass das heranwachsende Wesen in ihrem Innern zu ihr gehörte. Nur wie sie mit Keanu umgehen sollte, wenn sie ihn heute auf Kauai treffen würde, das wusste sie noch nicht. Allein wenn sie an ihr Wiedersehen mit ihm dachte, wurden ihre Beine schwach, ihr Mund trocken und ihr Herz hämmerte wie das eines Kolibris. Maja wollte nicht verliebt sein, weil es unrealistisch und vor allem sehr unvernünftig war. Aber ihr aufgeregtes Herz hatte anscheinend keine Ahnung, was das Wort Vernunft überhaupt bedeutete. Leise stand sie von der Hollywoodschaukel auf und ging in ihr Zimmer zurück, um sich noch ein wenig hinzulegen. Es würde ein anstrengender Tag werden.

Später am Morgen musste Maja sich beeilen. Sie war noch einmal eingeschlafen und viel zu spät von ihrem Vater geweckt worden. Da sie ohne ihren Vater nach Kauai vorausfliegen würde, um Keanu zu treffen, musste sie noch ihre Sachen packen. Sie war unsicher, was sie für ihre erste Begegnung mit

Keanu anziehen sollte. Ungefähr fünf Kilo hatte sie zugenommen, seit sie sich in Nizza verabschiedet hatten. Ihre Körbchengröße war kein C mehr, sondern ein deutliches D und in ihren Jeans fühlte sie sich längst beengt. Also entschied sie sich für ein hübsches Kleid aus dunklem Türkis mit halblangen Ärmeln, das bis knapp übers Knie reichte. Dazu wählte sie Stiefel und eine leichte Lederjacke, die sie notfalls anziehen konnte, wenn es im Flugzeug zu kalt wurde.

Das junge Mädchen von der Rezeption klopfte an ihrer Zimmertür, während Maja ihre Haare kämmte und sie locker hochsteckte.

»Das hier ist gerade für Sie angekommen, es ist eine Leihgabe von Tutu. Sie können sich das Büchlein in Ruhe ansehen, aber dann sollte es bitte in Keanus Hände gelangen. Es ist für das geplante Elisa-Vogel-Museum in Lihue ... Keanu weiß Bescheid.«

Das Mädchen mit den umwerfend weißen Zähnen, die Maja an eine perfekte Perlenkette erinnerten, strahlte sie an.

»Sie sind also Keanus Traumgängerin ...«

Von der hübschen jungen Frau erfuhr Maja von Elisas Museum, das zu Ehren der Haifischfrau seit Jahren in Planung war, aber immer noch keine Genehmigung bekam. Die junge Frau war ungefähr in Majas Alter und eine hawaiische Schönheit. In rudimentärem Deutsch erklärte sie ihr in wenigen Sätzen, das ihr Nachname van Ween war, ein ursprünglich friesischer Name. Ihre Urgroßmutter Leilani war von königlichem Inselblut, hatte aber im Jahr 1895 einen Deutschen geheiratet.

»Leider! Es gibt einen Urgroßvater Johannes aus Hamburg in meinem Blut! Sonst bin ich ganz und gar Hawaii, so wie auch meine Schwester Leilani ... Bitte sagen Sie Keanu schöne Grüße von mir. Ich muss noch bis morgen arbeiten, bin aber sicher rechtzeitig zum Hibiskus-Ball in Lihue ... Meine Schwester weiß Bescheid. Hier! Passen Sie gut drauf auf! Und – gute Reise!«

Damit drückte sie Maja das alte Skizzenbuch von Elisa in die Hand. Dann war die junge Frau in dem farbenfrohen Sarong mit einem unergründlichen Lächeln wieder verschwunden.

Die Zeit war knapp. Maja musste ihren Flieger erwischen. Trotzdem setzte sie sich kurz auf ihr Bett. Das war Leilanis Schwester! Natürlich, daran erinnerte sie die junge Schönheit – an das Foto von Keanus Freundin Leilani.

Ob sie etwas von Majas Affäre mit Keanu wusste? Hatte er ihr seinen Ausrutscher inzwischen gebeichtet, oder würde er seine Ehe mit einer Lüge beginnen? Nachdenklich sah Maja auf das Skizzenbuch. Auf den Deckel aus einfacher Pappe hatte Elisa eine einfache Reisschale gezeichnet, in der eine Hibiskusblüte lag. Unter der feinen Federzeichnung standen die Worte: Für meine Tochter Victoria.

Erst am Flughafen von Honolulu, nachdem Maja sich von ihrem Vater verabschiedet hatte und darauf wartete, dass ihr Flug nach Kauai aufgerufen wurde, schlug sie Elisas Skizzenbuch auf.

Innen auf der ersten Seite standen das Jahr 1895 und der Name des Iolani-Palastes in Honolulu. Doch was dann kam, darauf war Maja nicht vorbereitet. Es waren liebevolle Skizzen einer Geburt, begleitet von Worten, die Elisa in gestochen scharfer Schrift dazugeschrieben hatte. Einem kleinen zarten Mädchen mit hellen Augen hatte sie das Leben geschenkt. Es sollte bei fremden Eltern in Oahu aufwachsen, da Elisa mit Kelii fortwollte. Auf der Insel Maui wurden sie bei einer wichtigen Kahuna-Versammlung erwartet, und die Zeit drängte. Doch Elisa hatte es nicht übers Herz gebracht, sich von ihrer Tochter zu trennen …

19. Kapitel

Abschied aus Oahu, Sommer 1895

Stille war um Elisa herum, nichts als Stille. Ihre Brüste waren schwer und schmerzten. Alles, was Elisa tun konnte, um die Schreie in ihrem Inneren zum Schweigen zu bringen, war zeichnen. Seite um Seite füllte sie wie besessen mit jeder ihrer Erinnerungen an das winzige Wesen, das jetzt nicht mehr bei ihr sein konnte. Sie hatten es ihr genommen.

In der Nacht, bevor sie sich von ihrer Tochter trennen sollte, hatte Elisa einen Entschluss gefasst. Sie würde ihre Tochter behalten. Da sie wusste, dass Kelii nie damit einverstanden sein würde, hatte sie das kleine Mädchen in Leilanis rotem Tuch auf ihren Rücken gebunden. Unten am Hafen von Honolulu legten jetzt ständig große Schiffe ab. Der Handel mit Sandelholz florierte, sowohl mit Amerika, als auch mit Asien und Europa. Irgendein Kapitän würde sich sicher erbarmen und Elisa und ihr Kind an Bord nehmen. Kurz vor Morgengrauen riss Elisa aus.

Doch barfuß und im Nachthemd, das sie unter ihrer Decke trug, in die sie sich gegen die Kälte gewickelt hatte, kam sie nicht einmal bis hinunter zu den Schiffen. Kelii holte sie im Laufschritt ein. Die Palastwachen hatten ihn verständigt. Seine Augen blitzten vor Zorn.

»Bist du wahnsinnig, Elisa? Willst du uns umbringen? Möchtest du das wirklich? Es ist sein Kind, das weißt du. Was glaubst du, warum Sanford Dole zwei seiner Leute in den Palast eingeschleust hat? Deine kleine Tochter ist längst zum Politikum geworden … Sie gehört dir nicht mehr, denn sie kann nicht zu einem Kanaka wie mir gehören! Sie ist weiß! Wenn du sie behalten willst, dann musst du Gerit Janson heiraten. Es gibt keinen anderen Weg … Möchtest du das? Möchtest du Janson heiraten?«

Elisa sagte nichts. Sie wusste, wie recht er hatte. Seit herausgekommen war, dass Elisa nicht nur am Leben war, sondern ein weißes Kind unter ihrem Herzen trug, war im Palast die Hölle losgewesen. Der Auslöser war Sanford Dole, der Vertraute der Königin. Lili'uokalani hatte ihr Bestes gegeben, um das Liebespaar zu schützen, aber für Elisa galten eigene Gesetze. Sie blieb eine Weiße, wie Dole stets betonte, und müsste mit den Gesetzen der Weißen zurechtkommen. Es hatte von Gerit Jansons Seite aus einen Heiratsantrag gegeben. Elisa hatte Unrecht getan, indem sie mit Kelii durchgebrannt war, noch dazu mit Jansons Kind unter ihrem Herzen. Doch natürlich würde die Situation anders aussehen, wenn das Baby, das Elisa bald gebären würde, hawaiische Merkmale trüge. Dann würden andere Gesetze greifen, die Gesetze der Königin und damit des hawaiischen Volkes. Allein die Hautfarbe des Kindes würde entscheiden. Der Wille der Mutter war Nebensache.

»Lass mich in Ruhe ... geh zu deinen Leuten. Ich tue, was für mein Kind und mich richtig ist!«

Bebend vor Zorn drückte Elisa das wimmernde Bündel an sich. Sie ging an Kelii vorbei auf die Hafenmauer zu. Wenn sie es nur schaffen würde, auf ein Schiff zu kommen, dachte sie in ihrer Not, auf irgendein Schiff, das sie weit weg bringen würde, vielleicht sogar zurück nach Europa, dann könnte sie ihre Tochter bei sich behalten.

»Bleib stehen, Elisa! Es hat doch keinen Sinn ...«

Sie hasste Kelii in diesem Moment, obwohl sie wusste, dass er recht hatte. Sie selbst hatte im Vorfeld eingewilligt zu dieser Adoption, weil es gar keine andere Möglichkeit gab. Jeder konnte sehen, dass dieses bezaubernde Wesen mit der milchweißen Haut und den graublauen Augen kein Kanaka-Kind war, sondern einem weißen Mann gehörte. Und dennoch hasste sie Kelii dafür. Er versperrte ihr den Weg zu den Schiffen, sodass sie jetzt dicht an der Hafenmauer stand. Sein Blick war voller Trauer.

»Gib sie mir ... bitte. Ich bringe sie weg. Du wirst sie bald vergessen, das verspreche ich dir. Wir werden andere Kinder haben, du und ich, unsere Kinder … so wie wir es besprochen haben. Dieses Kind bringt nur Unglück …«

Elisa hörte den Klang seiner Worte, aber sie konnten nicht in ihr wundes Herz vordringen. Ein hoher Zaun hatte sich um sie herum gebildet. Sie war dahinter allein mit dem Kind. Es gab in diesen Minuten keine Liebe zu Kelii, keine lustvollen Stunden zu zweit, kein Lernen und Lehren in der hohen Kunst des Heilens. Sie hatten keine Zukunft und keine Vergangenheit mehr als Paar. Elisa war jetzt Mutter und würde nie wieder das Mädchen sein, das sie einmal war. Ihre Brüste schmerzten heiß. Sie wollte den Rosenmund des kleinen Wesens an ihnen spüren und allein sein, einfach nur allein mit ihrem Kind. Wimmernd griff das hilflose Wesen nach seiner Nahrung. Jeder noch so winzige Laut, der durch die Brandung an der Hafenmauer an ihr Ohr drang, schnitt tief in Elisas Seele. Wie hatten die anderen für sie diese Adoption planen können? Wussten sie nicht, dass Elisa es nicht ertragen konnte, sich von ihrer Tochter zu trennen?

Die Gischt einer mächtigen Welle, die an die Hafenmauer peitschte, benetzte Elisas Wangen. Es ist ein Zeichen, dachte sie. Großvater Hai gibt mir das Zeichen, dass ich mein Kind nicht freigeben muss. Ich kann zusammen mit meiner Tochter ins Wasser springen und dort unten am Meeresgrund warten, bis Großvater Hai uns holt.

»Gib sie mir … gib sie mir jetzt.«

Er streckte ihr seine schönen Hände entgegen. Elisa sah, wie sie zitterten. Er kannte ihre Gedanken, und vielleicht erkannte er auch ihre Not. Seine Stimme klang beschwörend, als er einen weiteren Schritt auf sie zumachte.

»Mach keine Dummheit, Elisa! Ich weiß, was du fühlst. Aber es wird vorübergehen. Wir werden wieder auf den Falkenflügeln reiten, du und ich. Wir haben noch unser ganzes Leben! Ich liebe dich, ich liebe dich, ich liebe dich!«

Elisa sah die grenzenlose Liebe in seinen Augen, die weder

Zeit noch Raum zu kennen schien. Aber sie hörte auch das klägliche Wimmern ihrer Tochter. Sie fühlte die kleine Hand, die ihre Brust suchte. Kelii war ein Mann, er konnte sie nicht ganz und gar verstehen. Wie sollte er auch, er hatte nie ein Kind geboren. Auch wusste er nicht, welchen Pakt Elisa in der Nacht der Geburt mit diesem kleinen Wesen geschlossen hatte. Einen Moment lang schloss Elisa ihre Augen. Es war das reine Wunder, dass das Kind und sie überhaupt noch am Leben waren.

Der Weg an die Sonne, den ihre kleine Tochter gewählt hatte, war teuflisch, anders konnte Elisa es im Nachhinein nicht beschreiben. Selbst Hoku, die schon vielen Kindern gesund ans Licht geholfen hatte, war nach zwei Tagen und Nächten erschöpfenden Kampfes schließlich ratlos gewesen.

»Was ist es, Elisa, warum könnt ihr euch nicht voneinander trennen, du und das Kind? Was ist es? Sprich es aus!«

Elisa war zu diesem Zeitpunkt schon mehr tot als lebendig. Die Worte wollten nicht kommen. Dabei hatte sie die erste Nacht und auch den folgenden Vormittag der Wehen gut überstanden. Sie konnte sich immer wieder ausruhen und hatte dank Hokus Kräutern keine allzu starken Schmerzen. Doch als die Sonne erneut unterging und die zweite Nacht anbrach, begann sie eigenartige Geräusche in ihrem Kopf zu hören. Dann rebellierte ihr Körper. Sie musste sich pausenlos übergeben, obwohl ihr Magen bis auf den Kräutertee völlig leer war.

Sie hatte nicht mehr das Gefühl, ein Kind zur Welt zu bringen, sondern in ihr hatte ein zerstörerischer Kampf begonnen. Die Geräusche in ihrem Kopf führten sie wieder und wieder in die Grotte zurück, in die Nacht, in der ihr Baby entstanden war. Wie konnte das geschehen? Auch Hoku war ratlos. War es der Mond, der in der zweiten Nacht noch nicht einmal mehr seine Sichel zeigen wollte? War es der stürmische Wind, der vom Meer kam und wütend an den Fensterläden des Palastes rüttelte? Oder war es der Tod selber, der an Elisas Tür klopfte? Elisa wusste es nicht. Ihr Verstand gehorchte ihr nicht mehr. Sie konnte Hoku keine Antwort auf ihre Frage geben. Alles, was sie konnte, war leise zu beten. Deutsche Kindergebete kamen aus ihrem Mund, wie Elisa sie einst in Hamburg im Alten Michel neben ihrem Vater und ihrer Mutter in der Kirchenbank aufgesagt hatte.

In den kurzen Momenten, in denen ihre Schmerzen nachließen, sah sie sich fiebrig und verwirrt um. Sie sah in Keliis besorgtes goldbraunes Antlitz, nahm Hokus zahllose weise Falten wahr und hörte die beiden gedämpft in den Lauten einer Sprache sprechen, die nicht die ihre war. Angst hatte sie, grenzenlose Angst vor der Dunkelheit, die begann, an ihr emporzukriechen wie eine giftige Schlange. Elisa würde den nächsten Sonnenaufgang nicht erleben, das flüsterte eine Stimme in ihr, die sie an die Stimme ihrer Mutter erinnerte.

»Du hast Gottes Gesetze gebrochen, weil du in wilder Ehe mit einem Heiden lebst.«

Dann wurden mehr Stimmen in ihrem Inneren laut. Alle kamen sie in dieser Nacht, die Dämonen in ihrem Inneren, um sie zur Rechenschaft zu ziehen. Das ist das Jüngste Gericht, dachte Elisa in ihrem Fieberwahn. Die lauteste Stimme forderte von Elisa ein Gelübde. Sie musste dem Kind eine gute Mutter sein. Dann würde Gott seine schützende Hand über sie halten und den Tod aus dem Palast jagen. Elisa hatte es versprochen, leise zwar, sodass Hoku und Kelii nicht hören konnten, was sie vor sich hinmurmelte, aber sie hatte es versprochen.

Das Geräusch von Kutschenrädern riss Elisa aus ihrer Erinnerung an die schlimmste Nacht ihres Lebens, schlimmer noch als die Stunde der Gewalt mit Gerit Janson. Kelii packte sie fest am Arm.

»Elisa! Bitte, du musst mir das Kind jetzt geben. Es ist doch alles abgesprochen. Es bleibt nicht viel Zeit. Das Baby muss zu Gerit Janson. Er ist extra mit dem Schiff aus Kauai gekommen … Lili'uokalani hat es mir gestern gesagt. Wir wollten dich damit verschonen.«

Elisa zuckte zusammen. Sie sah die Kutsche in die Hafeneinfahrt von Honolulu einbiegen und erkannte das Wappen der Königin. In einiger Entfernung von ihnen brachte der Kutscher die vier königlichen Rappen zum Stehen. Dann stieg der livrierte große Hawaiianer vom Kutschbock. Elisa sah wie in Zeitlupe, als er den Schlag der Kutsche öffnete.

Trotz der frühen Morgenstunde war Lili'uokalani tadellos gekleidet. Sie war die Erste, die ausstieg. Ihr folgten zwei Männer. Sanford Dole war an seinem langen, weißen Bart gut zu erkennen. Gerit Janson hingegen hätte Elisa nicht ohne Weiteres erkannt. Er trug einen edlen dreiteiligen Anzug, einen Hut und einen silbernen Stock, da er stark hinkte. Zudem hatte er sich seit ihrer letzten Begegnung einen Bart wachsen lassen. Seine Augen trafen die von Elisa wie ein Blitzstrahl. Sie realisierte, wie erbärmlich sie auf ihn wirken musste mit ihren offenen, wirren Haaren, in ihrem Nachtgewand, barfuß und in einen schwarzen Umhang gehüllt, das schreiende Kind in dem roten Tuch vor ihre halb entblößte Brust gebunden. Sein mitleidiger Blick sagte es ihr. Elisa Vogel war nurmehr ein Niemand, eine heruntergekommene Kanaka-Braut. Seine Verachtung traf sie wie ein Schwerthieb. Sie verstand jetzt, was Kelii ihr hatte ersparen wollen. Sie sah es in seinen Augen, als sie um Hilfe flehend zu ihm sah. Ihre Stimme war nur noch ein Flüstern.

»Bitte … bring mich von hier weg.«

Willenlos ließ sie zu, wie ihr Liebster sanft das Kind aus dem roten Tuch nahm, ihm zärtliche Abschiedsworte in seiner Sprache zuflüsterte und es Elisa zu einem letzten Kuss hinhielt. Dann trug er es zu seiner Königin. Mit einer kleinen Verbeugung reichte er Lili'uokalani das Baby. Die Männer würdigte er keines Blickes.

Elisas Beine wurden schwach. Doch bevor sie unter ihr

nachgeben konnten, war Kelii wieder an ihrer Seite. Er stützte sie unauffällig, damit die Männer ihre Schwäche nicht sehen würden, während er ihr Gesicht von der abfahrenden Kutsche weg zum Meer drehte. Mit seiner melodiösen Stimme begann er, ihr ein hawaiisches Lied ins Ohr zu singen. Es handelte von der unendlichen Kraft des Meeres.

Fieberhaft skizzierte Elisa auch dieses letzte Bild an der Hafenmauer in das kleine Buch, das Kelii ihr gebracht hatte. In der Stille ihres unendlichen Leides brachte sie den Abschied von ihrer Tochter zu Papier, während sich ein weiteres Tuch mit der Milch ihrer nutzlosen Brüste tränkte. Immer noch war ihr zum Sterben zumute. Das Essen fiel ihr schwer, und sie wollte nicht sprechen. Doch als vertraute Stimmen in den anliegenden Gemächern von Keliis Mutter erklangen, horchte sie auf. Es waren Kinderstimmen, mindestens drei, die um die Wette krakeelten. Dazwischen hörte sie den warmen Singsang von Nalani und das klägliche Weinen eines Babys.

Gut fünf Monde hatte Eli jetzt das Sonnenlicht gesehen, war aber immer noch erschreckend klein und zart, wie Nalani Elisa wenig später berichtete. Als die Freundinnen zusammensaßen und Elisa den Kleinen entzückt in die Arme nahm, lächelte Nalani verzagt. Sein geringes Gewicht hatte sie zu verantworten, meinte sie, weil sie zu wenig Milch hatte. Andere Nahrung vertrug Eli noch nicht, und Nalani war sichtlich in Sorge.

»Seine Brüder haben mich einfach ausgesaugt … Er kam zu schnell, mein Kleiner hier. Ich hatte noch nicht wieder genug Kraft. Mein tägliches Leben auf der Farm strengt mich nach wie vor sehr an, und jetzt müssen wir auch noch die nächsten Wochen die Ananassetzlinge pflanzen und täglich gießen. Ich weiß gar nicht, wie wir das schaffen sollen …«

Bewundernd sah Nalani auf Elisas pralle Brüste. Und Elisa, die seit dem Morgen an der Hafenmauer vor Trauer kein Wort mehr gesprochen hatte, musste zum ersten Mal lächeln.

»Du weißt gar nicht, wie viel Glück du hast! Mein Baby ist fort. Sie haben meine kleine Tochter mitgenommen …«

Nalani wusste längst Bescheid. Sie nickte nur. Dann lächelte sie.

»Siehst du, er erkennt dich noch nach all den Monaten!«

Tatsächlich schien das zarte Baby Elisa mit dem gleichen wissenden Blick zu mustern wie schon am Tag seiner Geburt. Elisa streichelte und liebkoste seine Arme, seine kleinen Beinchen und den eingefallen Bauch.

»Erlaubst du …?«

Sekunden später hatte Elis Mund sein Ziel gefunden. Zufrieden schmatzte er, während seine Mutter lachend zusah, wie er zuerst Elisas eine und dann ihre zweite Brust leerte, zufrieden aufstieß und kurz danach in Elisas Armen einschlief. Nalani nickte mit einem Zwinkern in den Augen.

»Es ist vielleicht das erste Mal, dass Eli sich richtig sattessen konnte! Vielleicht hat Hoku recht. Möglicherweise ist es der Wille der Göttin Pele, dass Eli bei meiner Schwester Elisa bleibt. Hoku hatte einen Traum …«

Es war ein unkompliziertes und fröhliches Ritual, das eine Woche später im Königspalast zwischen den beiden Müttern und ihren Männern gefeiert wurde. Eli wurde Elisas und Keliis Kind, ihr erstgeborener Sohn. Aber er würde, nach hawaiischem Brauch, auch immer noch zu Nalani und Makaio gehören. So wurde es von den beiden Elternpaaren im Beisein von Lili'uokalani und Hoku beschlossen.

Bei dem Ritual gab es eine Schale Reis, in der eine weiße Blüte lag. Sie sollte symbolisieren, was durch Hokus Beschluss von diesem Tag an nie mehr ausgesprochen werden sollte. Elisa hatte eine gesunde Tochter zur Welt gebracht, die bei den Haole aufwachsen würde. Alle verbeugten sich einmal vor der Schale, selbst die drei kleinen Jungs von Nalani und Makaio, begleitet von Hokus wehmütigem Gesang. Elisa, die Eli im Arm trug, lächelte still vor sich hin. Auch wenn sie den

Schmerz des Abschieds noch fühlte, so verstand sie jetzt auch zum ersten Mal wirklich, mit wie viel Liebe und Achtung ihre neue Familie sie willkommen hieß.

»Mahalo«, sagte sie laut und deutlich, sodass alle im Raum sie hören konnten. Dann küsste sie zärtlich ihren schlafenden, zufriedenen Sohn.

20. Kapitel

Das rote Haus von Lihue, Jahreswende 2011

Die kleine Propellermaschine war bereits im Anflug auf *Lihue Airport,* als Maja sich an den sorgfältig beschrifteten Zeichnungen sattgesehen hatte. Sie steckte Elisas Skizzenbüchlein in ihre Tasche. Sie würde es Keanu gleich bei ihrem Treffen geben und ihm dabei einige Fragen stellen, nahm sie sich vor. Elisas Leben stellte sie stets vor neue Rätsel, aber immerhin wusste Maja jetzt, wie genau Elisa mit Keanu verwandt war. Eli war ihr Adoptivsohn.

Mit Keanu über Elisa zu reden, würde Maja die Möglichkeit geben, emotionalen Abstand zu wahren. Dann wäre sie gleich auf sicherem Terrain und würde noch nicht einmal in Versuchung kommen, ihm seine bevorstehende Hochzeit mit der Nachricht von ihrer Schwangerschaft zu verderben. Aber wenn Maja ehrlich war, so war es das, was sie eigentlich wollte. Sie gönnte ihm seine Hochzeit und sein Glück nicht wirklich. Maja wünschte sich, dass ihn ihre Begegnung in Nizza ebenso aus der Bahn geworfen hatte wie sie. Aber womöglich war es tatsächlich so gewesen, und sie war am Telefon zu töricht gewesen. Warum sonst hätte er ihr nach ihrer Begegnung so viele Briefe geschrieben?

Doch nach ihrem Telefonat kam kein Brief mehr. Maja hatte ihm eine kalte Dusche verpasst, weil sie keinen anderen Weg sah. Wie sollte es auch gehen? Wenn eine Frau nach einem One Night Stand schwanger wurde und danach behauptete, unsterblich verliebt zu sein, war das mehr als unglaubwürdig. Das konnte nicht gut gehen. So ein Strohfeuer konnte nicht mit vielen Jahren loyaler Liebe konkurrieren, wie sie Keanu und seine Leilani verband. Außerdem wollte er unbedingt eine Hawaiianerin heiraten. Don't mix the blood war das oberste Gebot seines Klans, das hatte er ihr selber gesagt, als sie in Nizza essen waren.

Maja hatte ihre Optionen viele Male hin und her gewälzt. Sie hatte Luftschlösser gebaut, sie zerstört, um erneut von vorne zu beginnen. Fast wahnsinnig hatte sie sich in München gemacht, bis sie schließlich aufgegeben hatte. Aber letztendlich konnte sie noch nicht einmal zum Telefon greifen, um ihm zu sagen, dass sie ein Kind von ihm bekam und sich darauf freute. Und eine E-Mail? Hätte sie es ihm in einer feigen E-Mail schreiben sollen? Nein, ihre Entscheidung, ihr Geheimnis ganz für sich zu behalten, war Keanu gegenüber die einzig halbwegs faire Option, dachte sie, als sie im dem starken Wind vorsichtig die kleine Treppe hinunterstieg, die der Pilot eigens für die wenigen Passagiere aus dem Flugzeug ausgeklappt hatte. Er lächelte Maja zu.

»Keanu lässt grüßen. Er wartet vorne in der Halle.«

»Danke. Vielen Dank.«

Majas Herz raste, in ihrem Kopf überschlugen sich die Gedanken. Warum hatte sie nur ihrem Vater verboten, in den nächsten beiden Tagen nach Kauai zu kommen? Sie hatte Max' Worte im Ohr, als er sie zum Abschied zweifelnd angesehen hatte: »Ich weiß, dass du es selber ausbaden willst. Aber wie genau willst du es denn ausbaden, wenn du Keanu noch nicht einmal davon erzählen möchtest?«

Maja wusste keine Antwort, zumindest keine, die den Gesetzen der Logik folgte. Ihr Gefühl sagte ihr, sie würde wissen, was zu tun ist, wenn sie Keanu endlich in die Augen sehen könnte. Und jetzt sah sie ihn.

Er stand bei der Gepäckausgabe und unterhielt sich mit einem der Flughafenangestellten, den er näher zu kennen schien. Die Männer gestikulierten und lachten, während Maja einen leisen Tod starb.

Wie oft in ihrem Leben war es so gewesen, dass sie diese ganzen Gefühle hatte, mit denen sie nicht zurechtkam, während ihr Gegenüber noch nicht einmal ahnte, in was für inneren Höllen sie schmorte. Keanu unterhielt sich entspannt und lachte, als würde er irgendeine Freundin vom Flughafen abholen. Wahrscheinlich schlug sein Puls noch nicht einmal schneller als sonst.

Diesmal, das schwor Maja sich, würde sie gelassen und souverän bleiben. Sie würde keine Gefühle offenbaren. Sie würde sich nicht lächerlich machen. Das Geheimnis in ihrem Bauch war einzig und allein ihre Angelegenheit, und so würde es auch in Zukunft bleiben. Sie tastete in der Tasche nach ihrem Fotoapparat. Eins ihrer Ziele für diese Reise war eine genaue Dokumentation. Eines Tages, wenn ihr Kind alt genug sein würde, könnte sie Beweise brauchen für diese seltsame Liebesgeschichte mit einem Mann am Ende der Welt.

In dem Moment, als Maja stehen blieb, um das erste Foto von ihrem Kindsvater zu machen, hörte Keanu auf, sich zu unterhalten. Es war, als ob er ihre Absicht spürte. Das Lächeln, das sie mit ihrem Fotoapparat einfing, war traurig und froh zugleich. Dann kam er schon auf sie zugelaufen. Wie unglaublich gut er aussieht, dachte sie, als sie den Fotoapparat wegsteckte.

»Hallo, schön dich zu sehen!«

Sie streckte ihm ebenso unverbindlich ihre Hand zur Begrüßung entgegen. Er sollte noch nicht einmal auf die Idee kommen, sie auf die Wange zu küssen.

»Hi! Nett, dass du gekommen bist, um mich abzuholen. Danke. Einen schönen Gruß von meinem Vater. Er kann leider erst in drei Tagen nach Kauai kommen.«

Er nickte lächelnd, ignorierte ihre Hand und nahm ihre Reisetasche.

»Der Dank ist auf meiner Seite. Ich bin froh, wenn die Sache mit eurem Grundstück gut abläuft. Es hat hier ganz schön für Wirbel gesorgt ... Erinnerst du dich an Sharkman in Nizza?«

Maja nickte. Sie spürte, wie ihr Nacken sich versteifte. Die Erinnerung an das Erlebnis in der Parkgarage war immer noch nicht ganz verarbeitet.

»Der Kampf der Immobilienspekulanten geht weiter, aber

Sharkman selbst sitzt momentan auf dem Festland im Untersuchungsgefängnis. Unsere Freunde haben das veranlasst. Und seine Auftraggeber haben wohl auch Angst bekommen. Es gab einen Skandal wegen undurchsichtiger Immobiliengeschäfte und jetzt gibt es eine ausführliche Untersuchung. Diese Runde ging also an uns. Wir Einheimischen haben in diesem Jahr auf dem Hibiskus-Ball etwas zu feiern, obwohl es nur ein kurzer Triumph sein wird. Dadurch, dass er ein direkter Nachkomme von Elisa Vogel ist, hat Sharkman gewisse Rechte … Er wird innerhalb weniger Monate erneut freikommen, da bin ich mir sicher!«

Sie folgte ihm durch den kleinen Flughafen hinaus auf den Parkplatz, wo er einen Jeep aufsperrte, der schon bessere Tage hinter sich hatte. Aufkleber zeugten von Keanus politischem Engagement für sein Volk. Maja zögerte, bevor sie einstieg.

»Wie genau ist Sharkman mit Elisa verwandt?«

»Seine Linie geht zurück zu Elisas erstgeborener Tochter Victoria. In Elisas Tagebuch steht, Victorias einzige Tochter Hannah, geboren 1928, sei kurz nach dem Angriff auf Pearl Harbour als junges Mädchen von einem verrückt gewordenen Marinesodaten vergewaltigt worden.«

Maja lächelte mit einem Mal weich.

»Dann kamen Mutter und Tochter wieder zusammen?«

»Ja, lange waren sie sich spinnefeind. Doch nach dem Krieg wohnten sie wegen Hannah sogar für einige Jahre zusammen. Sharkman war das einzige Kind von Hannah, dem Unglücksmädchen, wie sie allgemein genannt wurde, weil sie nie wieder ein einziges Wort sprach. Sharkman hat genau genommen keinen Tropfen hawaiisches Blut. Aber er verbrachte Jahre bei seiner Urgroßmutter Elisa und lernte viel von ihr, angeblich auch Heilkunst und sogar Magie. Doch nach Elisas Verschwinden wurde er zum zweihundertprozentigen Amerikaner, keiner weiß genau warum …

»Dann muss Sharkman jetzt schon in seinen Sechzigern sein?«

Maja war erstaunt, denn sie hatte ihren Angreifer für sehr viel jünger gehalten. Keanu nickte.

»Er müsste ungefähr so alt wie dein Vater sein.«

Keanu hielt ihr die Autotüre auf. Maja konnte sehen, dass er zumindest ihre Beifahrerseite von Büchern freigeräumt und seinen Wagen frisch gesaugt hatte. Lächelnd deutete er auf die Zeichen der üblichen Autovermieter, die außen an dem Gebäude Werbung machten.

»Ich habe natürlich einen Leihwagen für dich reserviert, aber hier am Flughafen ist alles in der Hand der Amerikaner. Und du willst doch sicher unsere Ziele unterstützen, oder?«

Sein Lächeln war so strahlend wie die Sonne. Maja konnte nicht anders, als ebenfalls zu lächeln, als sie die Blumenkette berührte, die auf ihrem Sitz lag.

»Ein Lei…«

»Aloha, willkommen auf Kauai!«

Vier Monate, ein Tag, eine Ewigkeit. Dennoch war es für Maja, als hätten sie sich nie getrennt. Nachdem er ihr den Lei um den Hals gehängt hatte, griff er in seine Brusttasche und reichte ihr zwei Karten.

»Für den Hibiskus-Ball. Ich habe für deinen Vater auch eine besorgt. Falls er rechtzeitig kommt …«

Sie nickte. Sprechen konnte sie nicht. Dann fuhr er los. Er drückte ihr einen Prospekt über grüne Energie auf Hawaii in die Hand und erzählte von Freunden, mit denen er sich gerade in der Energiepolitik engagierte, wenn er nicht unterrichtete. Seine Stimme war weich wie Samt.

Um ihn nicht andauernd anzustarren, weil er sogar noch besser aussah, als sie ihn in Erinnerung hatte, sah Maja aus dem Fenster. Es war unwirklich für sie, auf der Insel zu sein, von der sie so viel geträumt hatte. Elisas Zeit lag lange zurück, aber das weiche Grün der Täler, das sich den Berg hinaufzog, hatte sich nicht verändert. Die Wolken in den Farben Dunkelgrau bis Schneeweiß schienen schneller als anderswo auf der Welt über den Himmel zu ziehen. Die vom vielen Regen sauber gewaschenen großen Blätter der Gummibäume glänzten um die Wette. Zweiundzwanzig verschiedene Worte für Regen kannte die hawaiische Sprache, schoss es ihr durch den Kopf.

Keanu warf ihr einen neugierigen Blick zu, während er zügig auf Lihue zufuhr. »Du trägst ihn also um den Hals …«

Sie wusste sofort, dass er den Haifischzahn meinte. Er musste sein Lederband erkannt haben, der Zahn selber war unter ihrem Kleid und ihrer Lederjacke verborgen. Sie nickte und zog umständlich unter dem Gurt die Jacke aus, weil ihr in der Sonne zu warm wurde.

»War er ein Geschenk oder hast du ihn vergessen?«

»Was glaubst du?«

Wieder lächelte er, aber sie hatte einen Kloß im Hals. Mit dem Zahn von Großvater Hai hatte alles angefangen. Seine Stimme war jetzt ernst.

»Du solltest ihn immer tragen, jeden Tag, wenn es geht. Der Zahn hat gutes Mana, wie wir hier sagen. Er wird dich beschützen. Ich habe ihn mit Absicht bei dir zurückgelassen. Das weißt du, oder? Das war kein Versehen …«

»Und unsere Affäre in Nizza? Was hat sie dir bedeutet?«

Maja hätte sich auf die Zunge beißen können, denn sie wollte nicht darüber sprechen. Doch jetzt war es zu spät. Er schenkte ihr einen kurzen besorgten Seitenblick.

»Ich verstehe dich nicht. Du hattest mir gesagt, dass du in Deutschland bald heiraten wolltest. Wenn ich dich in eine schwierige Situation gebracht habe, dann tut es mir leid. Ich musste dir diese Briefe schreiben. Ich bin … ich bin … einfach meinem Gefühl gefolgt. Vielleicht war es wegen deiner Verbindung zu Elisa … Ich habe noch nie eine Traumgängerin getroffen. Ich spürte eine ganz starke Verbindung. Das war es, was ich in Nizza gefühlt habe und auch während all der Wochen danach …«

Maja schwieg, obwohl sie tausend Fragen an ihn gehabt hätte. Zum Beispiel hätte es sie interessiert, ob Keanu seiner

Freundin je von ihrer kleinen Episode erzählt hatte. Auch hätte sie gerne gewusst, was genau eine Traumgängerin war, wenn sie auch wenigstens eine ungefähre Ahnung hatte. Aber sie sagte gar nichts. Ihr Schweigen mochte zwar verlogen sein, aber es war eine sichere Höhle gegen die Versuchung, ihm von dem Kind zu erzählen. Was hatte ihr Vater ihr beim Abschied zugeflüstert: Manche Dinge im Leben muss ein Mensch mit sich allein austragen.

Sie bogen in eine Straße, die zum Hafen von Lihue führte. Schon von Ferne sah Maja das rote Haus neben der Kaimauer. Es überragte die Geschäfte und Cafés in den neueren Gebäuden. Es wirkte nicht einladend auf Besucher, sondern sah heruntergekommen aus.

»Das ist unser zweiter Sieg in diesem Jahr. Wir haben das rote Hafenhaus zurückbekommen!«

Keanu parkte direkt davor. Er bat Maja auszusteigen und einen Moment mit hineinzukommen. Neugierig musterte sie das alte fleckige Messingschild neben der Eingangstür: Red House of Lihue, Home for Local Orphan Girls.

Maja erstarrte. Es war das Haus, in dem zu Elisas Zeit arme Mädchen gegen Essen im Namen Christi ihre Körper zur Verfügung stellen mussten, um nicht zu verhungern. Dieser Ort des Grauens existierte also noch?

Keanu zückte einen Schlüssel, der ebenfalls aus einer anderen Zeit zu stammen schien. Er sperrte eine schwere Holztür auf, die schief in den Angeln hing.

»Ich muss hier ein paar Dinge ausladen. Gleich danach geht es weiter. Wir haben dieses Haus nach langem Kampf vor ein paar Wochen endlich von der Regierung zur Verfügung gestellt bekommen. Hier wollen wir unser kleines Museum für Elisa einrichten …«

Von der Ladefläche seines Jeeps begann er zwei in Decken gewickelte Bilder auszuladen und dann eine Holzkiste.

»In einem Teil des Museums wollen wir die künstlerischen Arbeiten von Elisa ausstellen und dazu ihre Geschichte auf den Inseln rekonstruieren. Elisa lebte längere Zeit auf Maui, wo sie als Heilerin gearbeitet hat. Später lebte sie auf Molokai. Aber später, lange nach ihrer Rückkehr von der Leprainsel nach Kauai hat sie aus Protest gegen die weiße Regierung fast ein Jahrzehnt in diesem Haus mit den jungen Prostituierten verbracht. Wusstest du das?«

Maja schüttelte ihren Kopf. Sie erinnerte sich an das kleine Skizzenbuch und kramte es aus ihrer Tasche.

»Hier! Mit einem schönen Gruß von deiner Tutu aus Honolulu.«

Keanu lächelte zufrieden.

»Seit meine Familie weiß, dass Elisa Teil eines Museums auf Kauai werden wird, bekomme ich auch von anderen Familien Fotos, Zeichnungen, Briefe und auch Bilder von Elisa. Es ist erstaunlich, wie vielen Menschen sie in ihrem Leben geholfen hat. Die Familien haben vieles aufgehoben ... und haben auch einige Geschichten zu erzählen, die ich noch nicht kannte.«

Maja betrat das rote Haus fast ehrfürchtig. Es musste Jahre lang vernachlässigt worden sein, dachte sie, als sie die Fenster sah, die teilweise von außen mit Brettern vernagelt waren. Aber das Haus hatte eine solide Grundstruktur. Es war, was für Hawaii ungewöhnlich war, aus roten Backsteinen gebaut und hatte zwei Stockwerke. Der oberste Stock war halb in ein großes überhängendes Dach gebaut, das an die Architektur im Norden Deutschlands erinnerte. Das Dach hatte zahllose kleine Kammern mit lukenartigen, vergitterten Fenstern, wie Maja an einem gezeichneten Plan sehen konnte, der neben dem Eingang im Flur aufgehängt war. Keanu stellte sich neben sie.

»In den Kammern oben wurden die Mädchen gehalten wie Tiere im Käfig. Die Fenster wurden vergittert, damit sie nicht in den Tod sprangen. Es muss wie ein Gefängnis gewesen sein. Die Weißen hatten keinerlei Interesse daran, das Leid zu lindern, sondern im Gegenteil, sie verdienten Geld daran.

Als Elisa einzog, wohnten über fünfzig Mädchen hier. Die erste Welle Mai Pake machte viele einheimische Kinder zu Waisen. Die Jungs wurden Sklaven auf den Ananas- oder Zuckerrohrfeldern. Die Mädchen mussten ihre Körper verkaufen. Und den Gewinn strichen die Haole ein, allen voran Gerit Janson.«

Maja sah sich ein verblichenes, schwarzweißes Gruppenfoto an, das ebenfalls an der Wand hing. Unter dem Foto war die verschnörkelte Jahreszahl 1920 zu sehen, daneben der von Elisas Schrift gemalte Titel: Die Siegreichen.

Das Foto zeigte eine ältere Elisa, in der einen Hand einen Stock, auf den sie sich stützte, auf dem anderen Arm ein kleines Baby, das fröhlich in die Kamera lächelte. Um sie herum Frauen und Mädchen allen Alters. Viele von ihnen sahen arm aus und waren barfuß, aber alle wirkten gesund und wohlgenährt. Sie sahen gerade und beinahe stolz in die Kamera.

Obwohl Elisas Gesicht angestrengt aussah, ihre Haare ergraut waren und ihr Kleid ärmlich wirkte, ging von ihren Augen ein tiefer, zufriedener Glanz aus. Maja entdeckte auf ihrer Schulter einen Falken. Und auf dem Knauf ihres Gehstocks war eindeutig ein kleiner Totenkopf zu sehen.

Keanu stellte seine Kiste ab und trat zu ihr.

»Elisa hat in diesem Haus gekämpft, viele Jahre lang, für diese Mädchen, die hier von ihren weißen Besitzern zum Tode verdammt waren. Nach zehn Jahren und vielen Verlusten war ihr ein Teilsieg gelungen. Der Besitz von Sklaven auf Hawaii wurde offiziell und bei Strafe von Amerika aus verboten. Das hat Menschen wie Gerit Janson, aber auch ihren eigenen Onkel und seine Frau noch mehr gegen Elisa aufgebracht. Sie hatte mächtige Feinde und offiziell waren auch Mischehen verboten. Kelii und sie waren also ständig in Gefahr. Aber sie hatten auch sehr mächtige Freunde. Stock und Falke sind Symbole von Elisas zunehmender Macht als Kahuna. Einige sagten, dass sie Menschen verhexen konnte. Andere wiederum beschrieben sie als liebevollsten und sanftesten Menschen der

Welt. Aber was erzähle ich dir das alles ... Du bist eine Traumgängerin. Sicherlich weißt du jetzt schon mehr über Elisa Vogel als ich!«

Er stand neben ihr. Zusammen sahen sie das Schwarzweißfoto an. Beide rührten sie sich nicht von der Stelle, so als würden sie gegenseitig ihrem Atem lauschen. Er hatte für das Ausladen sein Hemd ausgezogen und trug nur noch das T-Shirt mit dem Logo für erneuerbare grüne Energie auf den Hawaiian Islands. Er war ihr so nah, dass Maja sein männlicher Geruch wie eine Einladung in die Nase stieg. Ihr wurde warm, fast schon heiß in ihrem Kleid mit den halblangen Ärmeln.

»Es ist stickig in diesem Haus. Ich warte draußen.«

Damit wandte Maja sich ab. Sie konnte ihr erwachendes Begehren spüren. Der Gedanke, er könnte es auch fühlen, war ihr mehr als peinlich. In den Monaten seit ihrer Begegnung hatte sie keinerlei Lust auf Sex verspürt. Mit dem Wissen der Schwangerschaft war ein Schalter in ihr umgelegt. Doch hier, in dem dämmerigen Raum, überfiel Maja unpassenderweise die Lust. Dabei war die Umgebung keineswegs animierend. Man hatte bereits mit der ersten Renovierung begonnen. Überall standen Farbeimer und Säcke mit Mörtel. Maja wollte gehen, aber Keanu hielt sie am Ärmel fest.

»Warte noch ... ich will dir etwas zeigen. Warte mal, es ist hier auf dem Foto. Auf dem Dach. Ich nehme es ab. Dann kannst du es besser sehen.«

Er gab ihr das Foto. Dann stand er ganz ruhig neben ihr. Seine Schultern, seine Arme und Hände waren unbeweglich wie die einer Statue, dachte Maja, als sie ihn von der Seite musterte. Sie hatte vergessen, wie stark die Anziehungskraft war, die von ihm ausging. So als könnte er ihre Gedanken lesen, verzogen sich seine vollen Lippen zu einem feinen Lächeln. Er deutete mit seinem Finger auf das Dach auf dem Foto, genauer gesagt auf den Dachfirst.

»Erkennst du den zweiten Falken? Er ist ein wenig verblichen. Ich habe ihn selber erst vor Kurzem entdeckt.«

Jetzt sah Elisa ihn auch. Der Vogel saß auf dem First, nicht weit weg von einem Mann mit bloßem Oberkörper, der etwas auf dem Dach zu reparieren schien. Maja erkannte ihn sofort.

»Das ist Kelii. Er war bei ihr?«

Majas Frage war ein vorsichtiges Flüstern. Irgendwie hatte sie angenommen, dass die beiden als Paar einen zu schwierigen Weg vor sich hatten. Aber Keanu lächelte.

»Es war nie einfach für Kelii. Elisas Seele war, wie Hoku ihm prophezeit hatte, eine schwierige Aufgabe. Die Gesetze waren gegen sie, und er musste immer aufs Neue um sie kämpfen. Doch es gibt eine schöne Legende um ihren Tod. Angeblich haben sie sich eines Tages, als sie beide schon sehr alt waren, gemeinsam am Meer in Gischt verwandelt.«

»Was meinst du damit?«

Keanu sah Maja nicht an. Seine Stimme klang heiser. Er hatte begonnen, mit seinem Finger den von Maja auf dem Glas des Fotos zu liebkosen. Aber er mied ihren Blick, als er fortfuhr.

»Ihre beiden Körper wurden nie gefunden. Aber auch die großen Kahuna in den alten Zeiten haben nie einen toten Körper zurückgelassen. Sie haben ihre Aufgabe in der Welt erledigt. Wenn ihre Körper erschöpft waren, haben sie sich am Ende ihres Lebens verwandelt, um eines Tages durch neue Körper zu wirken … Es ist ein Kreislauf aus Energie. Man sagt bei uns, die Körper der großen Kahuna werden einfach zu Gischt auf den Wellen …«

Keanus Handy klingelte. Der intime Moment zwischen ihnen war vorüber.

»Entschuldige bitte. Das ist Leilani.«

Er trat ein Stück beiseite, um zu telefonieren. Schnell trat Maja diskret vor die Tür des roten Hauses. Es war gut, dass seine Freundin angerufen hat, dachte sie, sonst hätten sie sich vielleicht da drinnen vergessen. Es war hoffnungslos. Sie begehrte ihn immer noch mit jeder Faser ihres Seins.

Als Keanu nachkam, war er in Eile. Vor dem Hibiskus-Ball gab es noch viel zu tun, wie er ihr erklärte. Er war spät dran mit der Lichtanlage und der Vorbereitung für die Bar. Sie stiegen ein und sprachen auf dem Weg zu dem einheimischen Autovermieter kein einziges Wort mehr. Wieder begrüßte er einen Freund und gab noch ein paar Instruktionen, damit Maja eine Wegbeschreibung zu ihrem Hotel in Hanalei Bay bekam. Zuletzt gab er ihr noch einen Rat.

»Ich glaube, dass du euer Land zuerst allein ansehen solltest. An deiner Stelle würde ich kurz vor Sonnenuntergang hingehen. Du wirst es leicht erkennen. Zwar sind nur noch zwei der vielen Apfelbäume übrig, die Elisas Vater einst in dem Hain gepflanzt hatte, aber die Bäume sind weithin sichtbar. Ich glaube sogar, es ist eine deutsche Apfelsorte ...«

Wieder dieses unwiderstehliche Zwinkern. Erneut standen sie nah beieinander. Maja spielte kurz mit dem Gedanken, ihm zum Abschied ein Küsschen auf die Wange zu geben, ganz unverfänglich. Aber diesmal streckte er ihr seine Hand entgegen. Der Moment war vorbei.

Sie fand den Weg von Lihue nach Hanalei Bay ohne größere Probleme. Alles war gut ausgeschildert, und es herrschte trotz des Ferienwochenendes nicht allzu viel Verkehr. Überall sah sie Hinweise für Taucher, Surfer und sogar Helikopterflüge rund um die Insel. Es war das reinste Ferienparadies.

Keanu hatte recht gehabt, als er sagte, man müsse sich als Einheimischer ranhalten, wenn man hier überhaupt noch ein Stück Land erwerben wollte. Die Grundstückspreise waren astronomisch, die Mieten ebenso. »Unsere Inseln werden von hungrigen Heuschrecken überfallen, aber von dem Geld der vielen Touristen werden nicht wir, sondern die Investoren satt.« Maja begriff immer mehr, worum es ihm ging. Sie fand sein Engagement großartig, denn ohne Keanu wären sie vielleicht nie in den Besitz des geerbten Grundstücks gekommen. Und auch wenn ihre Geschwister in Deutschland lieber Geld hätten, da beide keinen Bezug zu Hawaii hatten, keimte in Maja eine gewisse Vorfreude.

In der letzten Stunde, bevor die Nacht sich über die Insel breiten würde, stieg Maja den Pfad hoch, der vom Parkplatz zu den Wasserfällen führte. Es gab auch eine Straße, die den Berg entlang zu dem hawaiischen Dorf führte, in dem Kelii einst mit seiner Familie gelebt hatte. Aber Keanu hatte ihr zu dem alten Pfad geraten. Er würde sie direkt zum Grundstück führen.

Einst hatte Elisa von der Bremen III aus mit dem Feldstecher des Kapitäns ihre ersten hawaiischen Männer beobachtet, die diesen Pfad entlang zum Versammlungsfelsen gingen, um das Vollmondfest zu feiern. Heute war noch kein Mond zu sehen und auch sonst hatte die Stimmung viel von ihrer Romantik verloren. Wo einst menschenleerer Strand gewesen war, standen die Häuser auf Stelzen dicht an dicht in Hanalei Bay. Vereinzelt gingen bereits die Lichter an. Um diese Jahreszeit wurde es auch hier früh dunkel. Nur das Meer, dachte Maja, ist unverändert majestätisch, und sie glaubte, die Stelle zu erkennen, unter der das Riff von Großvater Hai verborgen war. Ob er noch lebte? Wie alt wurden Haie eigentlich?

Sie ging zügig, immer höher, bis um den ersten Bergkamm herum, wie Keanu es ihr aufgezeichnet hatte. Kein Mensch außer ihr war hier. Alles, was sie sah, war ein Vogelschwarm, der sich aus einem der großen Koa-Bäume erhob und in der beginnenden Dämmerung seine Kreise über dem Meer zog. Die Luft war salzig und süß zugleich. Der rote Jasminbusch fiel ihr zuerst auf. Dann sah sie den vermoderten Holzpfosten, um den herum der Jasmin über Jahrzehnte gewachsen war. An zwei schiefen Scharnieren hing ein kaputtes Gartentürchen. Das musste es sein. Hier begann ihr Grundstück.

Es gab keinen Türgriff mehr und auch kein Schloss, dennoch konnte man sehen, dass hier früher einmal ein Garten gewesen war oder aber der Eingang zu einem größeren Obsthain. Es hatte zu Anfang des zwanzigsten Jahrhunderts ein Seebeben gegeben und in diesem Zusammenhang einen Erdrutsch, das wusste Maja von ihrem Vater. Daher existierte der hintere Teil des Hains nicht mehr. Der Berg hatte ihn sich genommen und mit undurchdringlichem Dschungelgrün überwuchert. Dadurch gab es eine natürliche Abgrenzung für den Garten.

Das verbliebene Grundstück lag genau unterhalb des großen Versammlungsfelsens. Auf der sanften Schräge, die den Berg hinaufführte, stand einer der beiden Apfelbäume. Er war gerade und hoch gewachsen, doch hatte er nur wenige Äste. Weiter unten, auf dem geraden Stück ihres Landes, wuchs der zweite Apfelbaum schief in Richtung Meer, so als würde er den Meereswinden etwas zurufen wollen. Der Holzschuppen stand unter dem Baum. Er war baufällig, mit von der Sonne und der salzigen Luft ausgebleichten Latten. Aber die kleine Bank davor sah stabil aus, so als hätte sich in letzter Zeit jemand damit Mühe gegeben.

Maja setzte sich auf die Bank unter den schiefen Apfelbaum und vor den wackeligen Schuppen. Sie sah mit zusammengekniffenen Augen in die Sonne. Voll und orange schien der mächtige Ball die Wolken um sich herum zu verjagen, um allein am Himmel unterzugehen. Sie legte die Hand auf ihren Bauch. Es war ein aufregender Tag gewesen. Viel war geschehen und sie wollte in sich hineinspüren, wie es ihrem Kind ging. Aber durch ihren Kopf schossen viele Fragen, seit sie Keanu wiedergesehen hatte. Warum war sie wirklich gekommen? War es das wilde Land hier draußen unter dem Felsen, mit dem sie eine besondere und schicksalhafte Verbindung hatte? Oder war es ihr Kind, das jetzt schon nach seinen Wurzeln suchte? Was lebte in Majas eigenen hawaiischen Genen? Warum hatte sie an diesem Flecken Erde das Gefühl, jederzeit ihre Flügel ausbreiten und in den Sonnenuntergang fliegen zu können? Elisa musste sie hierher gerufen haben, um etwas zu vollenden, dachte sie und schloss ihre Augen.

21. Kapitel

Hibiskus-Ball, Jahreswende 1900

Als würde das kleine Mädchen spüren, wer sich hinter dem Vorhang versteckte, starrte es immer wieder in ihre Richtung. Elisa aber mied den Blick der Kleinen. Sie verspürte weder Wehmut noch Sehnsucht, sondern nackte Angst. In den graublauen Augen des fünfjährigen Mädchens sah sie etwas Starres und Unbewegliches. Ihre Bewegungen waren die eines mechanischen Püppchens. Sie erinnerte Elisa an Gerit Janson und die schreckliche Nacht, in der das Kind entstanden war.

Elisa hatte ihre Tochter ganze fünf Jahre lang nicht gesehen. Sie war mit ihrer Familie lange auf Maui gewesen, um dort mit Kelii die Tausend-Nebel-Heilpflanze im Geheimen zu kultivieren, da diese Pflanze auf Kauai und auf Oahu laut einem neuen Gesetz der Weißen verboten werden sollte.

Die Augen des kleinen Mädchens suchten und fanden einen kurzen Moment die Augen ihrer Mutter. Das kleine Mädchen klatschte vor Freude in die Hände. Auch Elisas Herz begann laut zu klopfen. Ihre Tochter, dieses Kind war trotz allem ihr Fleisch und Blut und würde es auch immer bleiben, das wurde ihr in diesem Moment bewusst. Diese Erkenntnis tat weh. Lange war Elisa fort gewesen, hatte von Hoku und anderen Heilern viel gelernt und führte mit Kelii und Eli das Leben einer glücklichen Familie. Aber jetzt fühlte sie einen scharfen Stich. Hier auf Kauai fühlte sie den Schmerz einer Betrogenen.

Wie von allein wich sie in ihrem Versteck hinter dem Vorhang zurück, bis ihr Rücken auf Keliis Brust traf. Dort blieb sie stehen. Sie musste ihren Mann jetzt ganz nah bei sich spüren und griff mit fester Hand nach dem kleinen Eli, der neugierig die weißen Tanzenden in ihren opulenten Ballkleidern musterte. Sicherheit brauchte Elisa, ganz viel Sicherheit, denn der Boden unter ihren Füßen drohte trotz all ihres Wissens zu wanken.

Dies war ihre alte Welt, die Welt der weißen Plantagenbesitzer. Vielleicht hatte Kelii recht, und es war keine gute Idee, sich als Bedienstete verkleidet beim Hibiskus-Ball einzuschleichen. Die alten Dämonen zeigten Elisa ihr hässliches Gesicht, und zudem fürchtete sie sich vor Entdeckung und dem damit verbundenen Hohn. Wenn sie nur nicht so neugierig gewesen wäre. Nicht nur ihre Tochter, sondern vor allem auch ihre Mutter wollte sie nach all der Zeit wiedersehen.

Elisa beobachtete, wie die alten Männer, Sanford und Janson, sich um das kleine Mädchen bemühten. Inzwischen trug auch Janson einen Altmännerbart, und die Kleine zog frech daran. Sanford verbeugte sich, so als sei das Kind in dem steifen Rüschenkleid eine Prinzessin. Die Kleine lachte. Fröhlich klatschte sie erneut in die Hände, als ihr Vater ihr jetzt ein neues Spielzeug reichte, das Sanford aus Oahu mitgebracht hatte. Es war, wie Elisa sehen konnte, eine Ananas, die man aufklappen konnte. Drinnen war eine Spieluhr, die ein amerikanisches Lied erklingen ließ. Die Männer lachten. Janson nahm die Kleine auf den Arm und Elisa zuckte instinktiv zusammen.

»Wollen wir gehen?«

Keliis Flüstern klang beruhigend an ihr Ohr. Aber auch er konnte die Flutwelle an Gefühlen nicht verhindern, die auf Elisa zurollte. Sie zitterte am ganzen Körper.

»Victoria! Mein Liebling!«

Diese Stimme hätte Elisa unter Tausenden erkannt. Sie drehte ihren Kopf zum Eingang der Festhalle. Clementia Vogel sah blendend aus. Ihre Ehe mit dem alten Fried ließ sie um zehn Jahre jünger aussehen. An seiner Seite schritt sie stolz wie eine Königin durch den Saal, direkt auf ihre Enkelin und Janson zu. Das Kleid ihrer Mutter war aus rubinroter Seide mit dazu passenden Schuhen. Das edle Kollier aus schwarzen Perlen in ihrem Ausschnitt zeugte von neuem Wohlstand.

Elisa erinnerte sich hinter ihrem Vorhang daran, was Johannes ihr gesagt hatte, als er sie gestern heimlich am Wasserfall getroffen hatte. Er war der Einzige, der von Elisas und Keliis Rückkehr nach Kauai wissen durfte. Offiziell war sie von den lokalen Behörden für tot erklärt worden, damit ihre Ländereien und vor allem ihr profitabler Obsthain nicht in den Besitz von Paul Vogel und seiner Frau übergingen. Das zumindest hatte Johannes mit dem alten Fried und ihrer Mutter verhindern können. Clementia Vogel war jetzt die Besitzerin eines der profitabelsten Grundstücke auf Kauai, obwohl Janson durch das Kind ebenfalls Ansprüche angemeldet hatte. Victoria war, ebenfalls offiziell, Elisas und Gerits Tochter und damit ebenfalls als Erbin benannt.

»Victoria! Komm her, mein Schätzchen, komm zu deiner Großmama und lass dich küssen!«

Alles an Clementia strahlte vor Glück, als die Kleine auf sie zurannte.

»Großmama, Großmama ... ich habe meine Mama gesehen!«

»So, mein Schatz, hast du das?«

Elisa hielt vor Schreck den Atem an. Ihre Mutter hatte bereits begonnen, sich diskret umzusehen. Janson und Dole waren mit ihren Zigarren beschäftigt, sodass Großmama und Enkelin ungestört miteinander flüstern konnten. Wieder wanderten Clementias Augen durch den Saal, bis hin zu dem Vorhang, hinter dem Elisa stand. Schnell zog Elisa sich zurück. Ihre Mutter wusste es vielleicht doch, oder aber sie glaubte den Worten des Kindes. Doch nichts geschah.

Elisa spähte erneut hinter dem Vorhang hervor und sah, wie ihre Mutter sich in aller Seelenruhe setzte. Victoria kletterte auf ihren Schoß und drückte ein Küsschen auf Clementias glühende Wangen. Doch dann sagte sie es erneut.

»Ich habe meine Mutter gesehen ... Elisa, die Frau auf dem Foto. Sie steht dort hinten, hinter dem Vorhang, zusammen mit einem braunen Mann und einem kleinen braunen Jungen. Und meine Mutter hat gar keine Schuhe an ...«

Clementia lachte. Die beiden Männer stimmten jetzt mit

ein. Dann kam auch Fried, um die kleine Prinzessin zur Begrüßung zu küssen. Auf die Worte der Kleinen ging nur ihre Mutter ein. Sie legte ihren Finger über die Lippen, um ihrer Enkelin zu signalisieren, dass sie besser schweigen sollte.

Elisa konnte hinter ihrem Vorhang fühlen, wie ein Teil von ihr in diesem Moment zu Eis wurde. Sie fühlte sich betrogen und gleichzeitig auf grauenhafte Weise entblößt. Ihre eigene Mutter kam noch nicht einmal, um nachzusehen, ob Elisa nach fünf Jahren nach Kauai zurückgekehrt war. Lag es daran, dass sie ihr Kind weggegeben hatte, um mit ihrem Liebsten zu leben? Das musste es sein. Elisa war in den Augen ihrer Mutter ein Ungeheuer, die kranke Irre, die mit einem Kanaka leben musste, für dessen Liebe sie eine gute Partie wie Gerit Janson verschmäht hatte. Ihr ganzer Niedergang war einzig und allein ihre Schuld.

»Victoria!«

Ein kleiner Junge stürmte durch den Saal. In seinem Matrosenanzug, die Haare brav gescheitelt, die Füße in Lackschuhen, sah der sechsjährige Thomas entzückend aus. Er war ein sehr heller hawaiischer Junge. Von seinem deutschen Vater hatte er die hohe Stirn und die längliche Kopfform geerbt. Leilanis und Johannes' Sohn war ein Augenschmaus, so wie auch seine kleine Schwester, die ihm tapsig folgte. Leilanis Tochter hieß Elisabeth, wie Elisa von Johannes erfahren hatte.

Atemberaubend schön war Leilani in ihrem türkisen Kleid, geschmückt mit wertvollen weißen Perlen auf einem festlichen Haarreif in einer aufwendigen Hochsteckfrisur. Es gab bestimmt keinen einzigen Mann im Festsaal von Lihue, der Johannes in diesem Moment nicht um seine reizvolle exotische Frau mit der Haltung einer Königin beneidete. Die junge Hawaiianerin, die hoch erhobenen Hauptes erschienen war, strahlte eine Selbstsicherheit und Grazie aus, von der Elisa nur träumen konnte. Aber war das hier noch ihre Welt? Den Prunk für den jährlichen Hibiskus-Ball verdienten kleine traurige Mädchen in einem Haus, in dem sie wie Tiere gehalten wurden. Nie würde Elisa vergessen können, was Johannes ihr einst über den Hibiskus-Ball erzählt hatte. Und jetzt gehörte er selber dazu.

Elisa lächelte traurig bei dem Anblick des schönen gemischten Paares, das anmutig über die Tanzfläche schwebte. Leilani verstieß nicht gegen das geltende Gesetz. Ein weißer Mann konnte zur Frau nehmen, wen er wollte. Sie flüsterte Kelii ins Ohr, dass es besser für sie sei, diesen Ort zu verlassen und nicht zu warten, bis sie vielleicht doch noch entdeckt wurden. Es wäre zu beschämend, denn Elisa trug ja tatsächlich noch nicht einmal Schuhe. Ihr letztes Paar war in den Bergen von Maui kaputt gegangen.

Doch gerade, als Elisa gehen wollte, öffnete sich einen kleinen Moment der Vorhang zu ihrem Versteck.

»Nimm das ... und geh mit meinem Segen, mein Kind.«

In den Augen ihrer Mutter glänzten Tränen, als sie ihrer Tochter mit schnellem Griff ihr schwarzes Perlenkollier zusteckte. Dann fiel der Vorhang wieder zu. Die Tanzenden dahinter drehten sich weiter im Kreis.

Sprachlos sah Elisa auf den Schatz in ihrer Hand. Damit würden sie ihre Familie eine ganze Weile über Wasser halten können. Zärtlich legte Kelii seine Hand über die Rundung von Elisas Schwangerschaftsbauch, und Elisa wischte sich eine verräterische Träne von der Wange. In wenigen Stunden würde es Mitternacht sein. Sie verließen mit Eli unauffällig den Saal der Tanzenden, um in der Sicherheit der Berge mit Ihresgleichen den Beginn des zwanzigsten Jahrhunderts zu feiern.

22. Kapitel

Der alte Garten, Jahreswende 2011

Es war schon fast dunkel, als Maja ihre Augen wieder aufschlug. Noch konnte man gut sehen, aber die Dämmerung kam schnell über die Berge. Schon lagen einige Täler ganz im Schatten. Sie wollte nicht von der Dunkelheit überrascht werden und stand von der kleinen Bank auf, um den Pfad zurückzugehen, der zu ihrem Wagen führte. Da hörte sie seine Stimme.

»Hast du es gefunden?«

Keanu stand nicht weit von ihr. Er musste dort schon eine ganze Weile gewartet haben, aber Maja hatte ihn nicht kommen hören. Sie nahm an, dass er von dem Grundstück sprach. Ein wenig wunderte sie sich über seine Frage, ob sie es gefunden hatte. Immerhin standen sie beide darauf. Aber da deutete Keanu schon auf den verwitterten Stamm des alten Apfelbaums hinter dem Schuppen.

»Unseres habe ich an dem Tag geschnitzt, als ich aus Nizza zurückkam.«

Im Licht des letzten Sonnenstrahls sah Maja die beiden Herzen, die in den alten Stamm geschnitzt waren. In dem einen Herz, das von Wind, Regen und Sonne verwittert und ausgewaschen war, standen die Namen Elisa und Kelii. In dem neuen Herz standen die Namen Maja und Keanu.

Sie wagte fast nicht zu atmen, als er zu ihr trat. Er nahm ihr Gesicht in seine Hände und sah ihr in die Augen. Seine Stimme war rau vor Sehnsucht.

»Es gibt keine Zufälle, Maja. Du bist hier, weil ich dich gerufen habe, vielleicht schon vor unendlich langer Zeit … Bitte sage mir, dass ich mit meinem Gefühl nicht allein bin.«

Maja schluckte. Ihr Herz flatterte vor Freude in ihrem Brustkorb wie ein gefangener Vogel, der die offene Käfigtür sieht. Es wäre zu schön, um wahr zu sein. Doch noch gab es ein entscheidendes Hindernis.

»Was ist mit deiner Hochzeit mit Leilani? In zwei Tagen ist der Hibuskus-Ball …«

Er mied ihren Blick und sah traurig aufs Meer. Seine Stimme klang leise und zögerlich.

»Und dein Freund, der erfolgreiche Arzt Stefan? Bist du noch mit ihm zusammen? Konntest du ihn überhaupt noch küssen oder ihm sagen, wie sehr du ihn liebst, nachdem wir beide …?«

Maja schüttelte den Kopf und er lächelte vorsichtig.

»Ich habe es sofort gewusst, noch bevor mein Flieger in Nizza abhob. Du bist es. Du bist meine Frau.«

Sanft legte er seine Hand auf ihren Bauch.

»Und unser Kind habe ich auch gespürt … und mich jeden Tag darüber gefreut, dass du es bekommen willst … und es bei dir leben darf.«

Maja sah ihn lange an, ohne ein Wort zu sagen. Er hatte es also die ganze Zeit gewusst. Über den halben Erdball hatte er gespürt, dass sie schwanger war. Worauf also wartete sie noch?

Keanu deutete mit einem wehmütigen Lächeln hinaus aufs Meer. Eine Welle, größer als die anderen, schob sich in Richtung Strand. Ein einsamer Surfer ließ sich von ihr im letzten Licht an den Strand tragen.

»Das Einzige, was ich nie könnte, ist von hier fortzugehen. Vielleicht habe ich deshalb gezögert. Wenn wir zusammen leben wollen, dann würde ich alles tun, damit du dich hier wohlfühlst. Du könntest unterrichten, dafür würde ich sorgen. Oder aber du könntest Elisas Museum in Lihue gestalten … Aber unser Leben wäre für immer hier, an diesem Ort. Ich könnte meine Heimat auf Dauer nicht verlassen. Großvater Hai braucht mich hier. Unser Klan … Ich bin … Ich meine, willst du … würdest du für immer bei mir auf Kauai bleiben?«

Er sah sie ein wenig schief an, weil er sich nicht sicher war, wie sie seine Frage aufnehmen würde. Letztendlich war es das, was sie trennte und sie möglicherweise auch für immer trennen würde. Keanu und Hawaii waren eins. Seine Liebe zu seiner Heimat war stärker als alles andere.

Maja zögerte keinen Moment. In ihr war mit einem Mal eine Stärke, die keinerlei Zweifel zuließ. Das war es, worauf sie immer gewartet hatte, diese eindeutige Gewissheit. Dennoch hoffte sie, dass ihre Stimme sie jetzt nicht im Stich lassen würde, denn ihr Herz und das ihres Kindes hatten begonnen, vor Freude Purzelbäume zu schlagen.

»Ja, ich will«, flüsterte sie atemlos.

Die heißen Küsse, mit denen sie sich nach ihrem Jawort gegenseitig bedeckten, ließen beide die Zeit vergessen. Als die Gischt auf dem Mitternachtsblau der Wellen nur noch ein feiner Streifen Silber war, schickte Maja ein stilles Mahalo an ihre Freundin Elisa. Ihre Seele war angekommen.

Susan Kearney

Die Geliebte des Zeitreisenden

Pentragon 1. Aus dem Amerikanischen von Michael Siefener. 400 Seiten. Piper Taschenbuch

Frischer Lesestoff für alle Romance-Fantasy-Fans: Der Abenteurer Lucan findet eine geheimnisvolle Sternenkarte, mit deren Hilfe er in die Galaxie Pendragon reist. Dort hofft er, den Heiligen Gral zu finden – die einzige Rettung für unsere bedrohte Erde. Als er die faszinierende Cael kennenlernt, die Hohepriesterin des Planeten, beginnt die Luft zu knistern. Auch Cael ist alles andere als abgeneigt … Wäre da nicht ihr kleines Geheimnis, das nebenbei auch noch Lucans Welt retten könnte. Aber wie reagiert ein Mann, wenn er erfährt, dass seine Liebste ein Drache ist?

05/2645/01/L

Agnes Imhof

Die Königin der Seidenstraße

Historischer Roman. 448 Seiten. Piper Taschenbuch

Mit ihrem Gesang bringt sie die mächtigsten Männer um den Verstand: Arib, die berühmteste Kurtisane des Orients. Doch bevor die Verführerin auf dem Höhepunkt ihrer Macht anlangt, liegt eine gefahrvolle Flucht vor ihr, die sie durch die Salzsteppen Asiens über die uralten Karawanenwege der Seidenstraße bis in den Palast des Kalifen Harun ar-Raschid nach Bagdad führt. Hier muss Arib sich schließlich entscheiden: zwischen dem leidenschaftlichen Wunsch, Rache am Mörder ihrer Familie zu nehmen – und der Liebe ihres Lebens.

Bildgewaltig erzählt Agnes Imhof die wahre Geschichte Aribs und entführt in eine sinnliche Welt voller Luxus und Ausschweifung, voller Intrigen und Hass.

»Die große Verführung. Sex and the City im Orient. Ein farbenprächtiger Roman über Bagdads Schickeria.«
Freundin

05/2610/01/R